ELENA GARRO

ELENA GARRO

CUENTOS COMPLETOS

Prólogo de
Geney Beltrán Félix

ALFAGUARA

El papel utilizado para la impresión de este libro ha sido fabricado a partir de madera procedente de bosques y plantaciones gestionadas con los más altos estándares ambientales, garantizando una explotación de los recursos sostenible con el medio ambiente y beneficiosa para las personas.

Penguin Random House Grupo Editorial

Cuentos completos. Elena Garro

Primera edición: marzo de 2016
Primera reimpresión: febrero de 2017
Segunda reimpresión: enero de 2019
Tercera reimpresión: febrero de 2020
Cuarta reimpresión: marzo de 2022
Quinta reimpresión: marzo de 2023
Sexta reimpresión: mayo de 2024
Séptima reimpresión: febrero de 2025

ISBN: 978-607-314-090-4

Impreso en México – *Printed in Mexico*

Índice

Prólogo
Elena Garro, la sublevada
Geney Beltrán Félix

Elena Garro hizo su primera incursión en la ficción breve con *La semana de colores* (1964). Antes de este libro, la autora nacida en Puebla en diciembre de 1916 había dado muestras de talento, madurez y originalidad con las piezas teatrales de *Un hogar sólido* (1958) y como novelista con *Los recuerdos del porvenir* (1963), que le valió el consagratorio Premio Xavier Villaurrutia.

No fue, ninguno de los tres libros, un balbuceo ni los restos de un ejercicio de formación, sino obras sólidas e innovadoras. En las páginas de Garro, una inquieta, sorprendente imaginación y un manejo dúctil y expresivo del lenguaje, siempre tocado por las virtudes de la poesía y el juego, conviven con una singular concepción del tiempo y una postura crítica ante la Historia y la realidad, en la que resalta el tesón para hurgar en el devenir de personajes marginados o vulnerables ante el poder: mujeres, niños, indígenas, ancianos. La fulgurante aparición de Garro —recalquémoslo: en tres géneros distintos— no podía sino asignarle un sitio de privilegio: el de una autora llamada a enlistarse en la nómina de clásicos literarios de Hispanoamérica.

Ya sabes que tengo miedo y que por eso traiciono...

Desde sus primeras líneas "La culpa es de los tlaxcaltecas", el cuento con que abre *La semana de colores*, hace ver los hechos en el escenario de una cocina. Laura es una mujer blanca y rica que vive en la moderna ciudad de México. Vuelve a su hogar, agitada y temerosa, con "el traje blanco quemado y sucio de tierra y sangre". Es recibida por Nacha, su cocinera, ante quien, mientras recobra los ánimos gracias a una taza de café, va desgranando la confusa odisea de los meses últimos: al viajar a Michoacán y Guanajuato y luego al desplazarse a otros lugares de la capital, se ha encontrado varias veces con un imprevisto hombre de rasgos indígenas. Sus ausencias, y el ultraje que al parecer sufrió en cada lance, provocaron la censura, los celos y el maltrato de su marido. La verdad es esta: en sus travesías Laura ha ido no sólo a otros lugares sino a otro tiempo: al año 1521, en el corazón de los días sangrientos previos a la caída de México-Tenochtitlan. Así ha descubierto que el hombre indígena es un guerrero azteca de quien habría sido esposa en una existencia anterior.

Justamente considerado uno de los mejores cuentos de la literatura hispanoamericana, "La culpa es de los tlaxcaltecas" es el ejemplo magistral para introducirse en la ficción de Elena Garro. Se trata en primer término de una muestra de sabiduría técnica. El inteligente y fluido manejo de los planos temporales, entre el ayer remoto y las semanas últimas, da forma a una sagaz apropiación de la Conquista desde una perspectiva por entero inédita: la de la condición femenina a mediados del siglo XX en una sociedad que, como la mexicana, reprime a la mujer y discrimina al indígena. La palabra esencial en este cuento, como en la segunda parte de *Los recuerdos del porvenir*, es *traición*. En la novela, Isabel Moncada, muchacha perteneciente a una familia cristera, traiciona a su gente al volverse amante del jefe militar enemigo. En el cuento, Laura, una mujer de rasgos hoy criollos que fueron morenos en una vida distante, ha seguido el ejemplo de los tlaxcaltecas, que se aliaron a Hernán Cortés contra el imperio mexica: ha fallado, si bien en su caso inadvertidamente, en el propósito de guardar lealtad a su primer marido al haberse casado y seguir viviendo en esta reencarnación con un hombre blanco del siglo XX. La razón de su conducta no está, ciertamente, en la perversidad deliberada sino en la ignorancia de su verdadero ser y la cobardía en que incurre quien se sabe indefenso o débil: "Ya sabes que tengo miedo y que por eso traiciono..."

En julio de 1980, Elena Garro da a las prensas su segunda recopilación de cuentos: *Andamos huyendo Lola*. La mayoría de las historias están protagonizadas por una madre y su hija. Lelinca y Lucía sufren el acoso de fuerzas siniestras que las obligan a un difícil periplo de huida por tres países. El penúltimo texto se titula, muy significativamente, "Una mujer sin cocina".

Es una tarde calurosa de junio. Lelinca vaga por las calles de una ciudad extranjera: "No tenía ningún lugar a donde ir, nadie la conocía y ella no conocía a nadie". Por los relatos que preceden a este, sabemos que se trata de una mujer rubia de edad madura, exiliada antes en Nueva York, hoy en Madrid, una escritora sin domicilio fijo y sin los papeles migratorios en regla, con inagotables problemas de dinero y una hija debilitada por la enfermedad. Vive, pues, en una estación límite de desamparo, con las condiciones de una No Persona. "El exilio en la obra de Garro se presenta como la pérdida del hogar pero también como la pérdida de la identidad", anota Susana Perea-Fox en *Elena Garro y los rostros del poder.*

Y es ahí, en esa fase terminal de la penuria, cuando Lelinca ve acercarse las imágenes de su niñez, sobre todo de la cocina de su casa, donde "sucedía lo mejor del mundo: los postres, los hechos históricos, las hadas, los enanos y las brujas que salían de las bocas de las criadas". En ese lugar, pues, se reunían el alimento del cuerpo y las palabras irreales que espolean el alma. Pero algo más: "las criadas eran adivinas y pitonisas y estaban en su casa para avisar de los peligros y que esta no cayera en el pozo de todos ignorado... Lo sabían todo, porque estaban ahí desde mucho antes de la llegada de los españoles". ¿Qué ocurre ahora? Al haber perdido esa cocina fundacional, la Lelinca adulta deambula en el extravío, constreñida la imaginación y sin asideros ciertos a ninguna traza de la sabiduría. La prosa, tensa y asfixiantemente persuasiva, crea un escenario en que Lelinca no sólo recuerda sino que de hecho retorna a su infancia para conocer la raíz de su presente. Aquí la palabra nodal, de nuevo, es *traición.* Cuando los dos planos, el hoy de la mujer mayor y el ayer de la inocencia, se funden en una materialidad elusiva pero irrefutable, un episodio que habría signado hacia la calamidad la existencia de la protagonista es revivido. Durante una caminata, la pequeña Leli se extravía. Llevada por el miedo, desacatando la orden de sus padres y sin hallar el rastro de su hermana, la niña habría sufrido el abuso de un hombre. Al volver a casa, más que la compasión, halla la reprimenda. "¡Traidora! ¡Traidora!", le grita su hermana a la niña-adulta que ha disuelto la frontera de las décadas para tornar vivencialmente al pasado. "Tus padres han llorado mucho por tu culpa", le dice Tefa, la criada. "Eres ingrata, eres mala, eres desobediente, sembraste la desdicha en tu familia...".

Llamo la atención sobre las dos cocinas, la del primer cuento de *La semana de colores* y el penúltimo de *Andamos huyendo Lola*, por una cuestión central en la ficción de Elena Garro. No sólo se encuentran, estos dos libros, entre las principales creaciones de la autora mexicana, sino que ambos relatos rubrican la perspectiva reveladoramente dual desde la que Garro se acercó a uno de sus temas medulares, el de la situación familiar y social de la mujer.

Tanto Laura como Lelinca experimentan la cocina como un sitio benévolo para la vida y la fabulación. Sin embargo, les es ajeno. Su papel ahí es ambivalente: no son criadas sino amas, aunque sometidas a un poder superior (el marido, los padres). En el primer caso, Laura es servida por su cocinera, Nacha, en quien encuentra un oído y una voz favorables si bien sólo fugazmente, pues su papel está en huir de esa cocina y esa casa donde el esposo y la suegra la amedrentan y coartan para volver, en otra franja de la eternidad, al amor de origen. En el segundo ejemplo, el estatuto de exiliada lleva a Lelinca a añorar la cocina primordial como una región de íntima magia, pero ahí experimenta aun hoy la reprobación: los ecos de tantos años atrás siguen teniendo poderío en su mente.

Inmersas en sociedades patriarcales, las mujeres en la ficción de Elena Garro se hallan escindidas por la naturaleza contradictoria de lo doméstico como un espacio que alimenta y asfixia. Para preservar la libertad del cuerpo y de la mente se ven instadas a renegar y a huir de lo que simboliza la cocina, pero esas osadías las pagan con el aislamiento, la condena moral, el temor, el hambre y hasta la destrucción de la identidad. Como señala Lucía Melgar atinadamente, llamando la atención sobre el talante afín al feminismo de esta postura crítica, Elena Garro "captó y supo mostrar la complejidad del ser-y-convertirse-en-mujer en una sociedad y en una tradición que niegan o reprimen la libertad, el erotismo y el deseo femeninos".

Las salidas dramáticas que le dio nuestra autora a esta complejidad se mueven entre la traición y la subversión. A como avanzó en su trayectoria literaria, eso sí, Garro acentuó los contornos fatalistas del devenir que enfrentan sus protagonistas femeninas, en una proyección gradualmente más visceral y más desesperanzada de lo que significa para una mujer relacionarse con la otredad en sociedades represivas y conservadoras: sin vínculos positivos con el otro, la misma naturaleza de la persona vacila, se rompe, naufraga al fin. Bajo cualquier tonalidad, ya sean las de la infancia o la madurez, las páginas de Garro no esquivan la tarea de dejar consignada la injusticia esencial que esta realidad entraña.

Los días se tocaban con la punta de los dedos

La ficción de Elena Garro, en especial la publicada a partir de 1980, es una de las más viajeras de la literatura hispanoamericana. Cierto que en su primera novela, *Los recuerdos del porvenir*, la autora erige en lo profundo de México el pueblo imaginario de Ixtepec, y algunos de los cuentos comprendidos en *La semana de colores* tienen como escenario una comarca rural de nombre

Tiztla, con el modelo de la Iguala guerrerense de la infancia. Pero ya en este último libro encontramos un texto, "¿Qué hora es...?", en el que una mujer mexicana se halla varada en un hotel de París. Como en este ejemplo, mucha de la escritura posterior de Garro hace un despliegue de tramas en movimiento que paran en lugares tan variopintos como la ciudad de México, Veracruz, Aguascalientes, Guanajuato, Puerto Vallarta, hasta sitios icónicos de Estados Unidos y Europa: Nueva York, París, Madrid, Lausana, etcétera.

Hay que precisar, con todo, que no es esta una escenografía gozada por sus bellezas turísticas o su glamurosa tradición cultural. Como ocurre con los personajes de Joseph Conrad, los de Elena Garro viajan a sitios remotos sin dejar de gravitar en su propio interior; los parajes ajenos en nada les ahorran vivir en un estado de querella entre sus deseos de libertad y las barreras y dificultades que les asignan los familiares, las parejas o los no siempre visibles adversarios. Incluso, esa geografía dilatada podría ser vista como las variaciones imperfectas, a menudo esquivas si no es que hasta infernales, de un escenario arquetípico, ya imposible pero siempre añorado: el de esa cocina de la niñez, un reino tan nutricio cuanto carcelario.

En *La semana de colores* se dibujan las pautas originarias de este proceso. Varios de los cuentos son protagonizados por dos niñas, las hermanas Evita y Lelinca (la misma que reaparece, ya adulta, en *Andamos huyendo Lola*). Hijas de padres librepensadores y cultos, aunque también negligentes y secos en el rubro de las emociones, crecen con libertad en una casa, un jardín y un pueblo propicios al juego y la imaginación. Los personajes —resume en *Protagonistas de la literatura mexicana* el crítico Emmanuel Carballo— "desprecian la razón y la lógica, aceptan como único rumbo posible la fantasía y viven presos en un mundo fascinante y peligroso hecho de supersticiones, consejas y mitos". La percepción de las niñas tiene alas suficientes para advertir o crear una esencialidad más plena y abierta, en que los elementos del universo natural hacen unidad con los seres humanos, y donde el raciocinio es una herramienta inferior que se ve prevalecida por la fusión plural de los sentidos, como liberalmente lo demuestra la prosa, de un poderoso aliento metafórico y gran don para la sinestesia: "Sus palabras se bebieron el agua de la tarde y se produjo un silencio reseco", se lee en una descripción.

Si un día las niñas leen *La Ilíada* de Homero, viven la Guerra de Troya; si amanecen con ánimo de convertirse en perros, nada se los impide. Aunque, para ser precisos, no se trata de un auge de la voluntad: no hay una decisión premeditada de lanzarse a un orbe fantástico, sino que esa realidad tan extravagante es la misma norma de vida, el ambiente primario en que las pequeñas respiran y crecen. Por eso, no hay un rechazo de la racionalidad en sí, cuanto de los intentos de la racionalidad —representada por los adultos, sean padres o sirvientes— por domeñar las prerrogativas francas del vuelo quimérico. El vínculo esencial de Evita y Leli es con la palabra. "Las palabras son mágicas, poseen un poder de encantamiento como en los cuentos de hadas donde lo que se dice se vuelve realidad de inmediato, aunque una sola palabra sea suficiente también para deshacer el conjuro", señala Margo Glantz en una página de su libro *Ensayos sobre literatura mexicana del siglo XX*.

Ya en "La culpa es de los tlaxcaltecas", Garro coloca en la médula de su ficción una idea no racionalista del tiempo (similar a la desplegada en *Los recuerdos del porvenir*): la posibilidad de llegar a un punto en que todas las eras se concentran, un sitio en el que conviven el pasado, el presente y el futuro, concede a su protagonista la ocasión de liberarse de las ataduras que restringen la experiencia vital a una sola época y un solo sitio —esa colonia rica de la ciudad de México a mediados del siglo XX— para expandir los rangos de su vida y su sensibilidad hacia otros cotos históricos del suceder humano. Laura descubre en un punto que "todo lo increíble es verdadero".

En la saga de su infancia, Evita y Leli viven inmersas en una concepción del tiempo que se rehúsa a la estreñida lógica racional. Acá, la conciliación del tiempo y el espacio trastoca las formas de ambos, y enriquece y profundiza la percepción que de su entorno tienen las niñas: "Antes de la Guerra de Troya, los días se tocaban con la punta de los dedos y yo los caminaba con facilidad. El cielo era tangible. Nada escapaba de mi mano y yo formaba parte de este mundo. Eva y yo éramos una", narra Lelinca. Los días tienen una existencia física y colorida, pueden urdir un orden diferente al creído por los adultos pero muy visible para las hermanas:

—Ya van cinco viernes seguidos —dijo Leli haciendo un gesto de desagrado.

Su padre la miró.

—Es una vergüenza que todavía no sepas los días de la semana.

—Sí los sabemos —protestó Evita.

Habría que insistir en esto: no se trata de un juego banal. Para las niñas, es todo lo vivo y trascendente que sería el pacto de seriedad y método que rige el estamento de los mayores. Por eso mismo, la provincia infantil no está libre del pesar y la muerte. En "El día que fuimos perros", las niñas, trasmutadas en dóciles cachorros, son testigos de un asesinato. Sin embargo, la voz narrativa se tiñe del discernimiento animista de un perro, un ser que ve los hechos en estado puro y no los comprende en su suceder pues no relaciona las causas con los efectos que pueden derivar en una muerte: "El hombre de la pistola la aguantaba firme, de pie en la tarde esplendorosa. Su camisa y sus pantalones blancos se llenaban de sangre. Con un movimiento liberó su mano presa y puso la pistola en la mitad de la frente de su enemigo arrodillado. Un ruido seco partió en dos a la otra tarde, y abrió un agujerito en la frente del hombre arrodillado".

Las niñas avizoran también la soledad primitiva que gobierna la evolución de todo individuo, el miedo, la enfermedad y la traición. En "El Duende", una de ellas se descubre capaz de un acto cruel —aunque sus motivos no lo sean— y es víctima de amargas consecuencias, producto de la incomprensión de los adultos, veloces para condenar. Como apunta Esther Seligson en un ensayo de su libro *A campo traviesa*, el paraíso infantil de *La semana de colores* es un jardín "boscoso, poblado de delicias y de horrores, intenso, prolífico, excesivo. Porque lo paradisiaco no es sólo lo bello y lo bueno, lo puro, la paz y el sosiego; están también lo monstruoso, la crueldad, lo amorfo, el desconsuelo y el Ángel de la Muerte. Y sin ser opuestos, sin contraposiciones ni luchas: el claroscuro, la coexistencia". La niñez no es así el preludio limpio de la carencia; es, ya, el tenue pero irreversible arranque de una ordalía que con los años mutará de escenarios y rostros enemigos sin escatimar nunca la dura lección del desamparo.

Al ser una estación bella y cruel, serena y violenta, la infancia inspira por lo tanto un deseo de pertenencia y la necesidad de huir a partes iguales. Tal es el origen de la condición exiliada que experimentan otros personajes de la ficción de Garro. Es una escisión interior que los coloca entre dos polos —entre el campo y la ciudad, entre la cocina y la calle, entre lo real y lo deseado— y que les impide aceptar las normas astringentes del mundo en que viven, aunque al sublevarse descubran que su voluntad no es lo suficientemente enérgica para vencerlas. Acompañado de su nieto, un campesino llega a la ciudad de México a vender zapatos; conoce a una joven a quien querría proteger de un peligro cierto, pero se sabe no sólo indefenso sino impotente para servirle de escudo ("El zapaterito de Guanajuato"). Un hombre joven no sabe cómo romper su compromiso matrimonial con una muchacha adinerada que nada más le hace conocer el tedio; la aparición de una mujer bellísima y fantasmal le permitiría vivir la vida con la pasión que no halla en otro lado, pero los hechos lo llevan a la inercia de las convenciones ("Era Mercurio"). En otros casos, ya se trate de cuentos inspirados en historias rurales con elementos de terror ("El anillo", "Perfecto Luna") o en auténticas tragedias que trasminan racismo o violencia política ("El árbol", "Nuestras vidas son los ríos"), Garro presenta a personajes para quienes la realidad nunca deja de ser un entorno insuficiente, sitiado por amenazas y sinsentidos, un mundo en que —como dice la narradora de "El anillo"— "lo único que la gente regala es el mal", y ante el cual las apetencias propias por el gozo o la esperanza se van de a poco desvaneciendo hasta dirigirse hacia el desánimo, la frustración o la muerte.

Estamos, así, ante un contundente debut, el de Garro con *La semana de colores*: un itinerario de la imaginación por las andanzas humanas en que el juego convive con la amargura, el asombro con el desaliento: una visión plural, tan incómoda cuanto fabulosa, de la existencia.

¿Y cómo se vive mejor que sublevado?

En la vena de Nellie Campobello y Juan Rulfo, Elena Garro se interesó en las historias de personajes colocados en las orillas más frágiles de la vida comunitaria, a menudo hundidos en la pobreza o en una escala inminente de peligro e indefensión, pero dotados de habla. "¿Quién se fija en mí? ¡Nadie! Nadie sabe ver a un pobre", clama uno de sus campesinos. En más de una instancia, los cuentos de Garro recurren al monólogo, lo que da un espesor dramático no sólo a las historias particulares sino al elocuente fraseo de los pensamientos y las emociones: "Ser pobre, señor, es irse quebrando como cualquier ladrillo muy pisado". La compasiva mirada de Garro hacia los desheredados sería un rasgo temperamental, manifestado en su compromiso político —defendió a grupos de campesinos en sus peticiones de tierra en los años cincuenta y sesenta—, tanto como con las venturas y desventuras de su vida.

El polémico papel de Garro durante el movimiento estudiantil de 1968 (señaló en un artículo periodístico a escritores e intelectuales que apoyaban las protestas de los universitarios) la llevó a una posición vulnerable a la crítica moral y política, dio pie a su decisión de abandonar México a partir de 1972 y se tradujo en una capa de silencio y negación sobre sus aportaciones a la literatura. Luego de vivir con grandes carencias por más de dos décadas en Estados Unidos, España y Francia, la autora regresó a su país y se estableció en Cuernavaca en 1993. A lo largo de los años ochenta y noventa fue dando a conocer varias obras inéditas. Como ha señalado la crítica y estudiosa Gabriela Mora, la literatura de Garro debería ser considerada, en calidad y trascendencia, a la par de las dos obras maestras de Juan Rulfo. Sin embargo, tanto por los saldos de su exilio como por su condición de mujer en una sociedad literaria machista y su perfil incómodo para las instituciones del Estado —al haber sido crítica siempre de las injusticias sociales—, Garro, quien falleció en agosto de 1998, no fue reconocida nunca a plenitud. Ninguno de los premios mayores del país o de la lengua llegó a sus manos. Un galardón como el Premio Nacional de Ciencias y Artes le fue negado sin más. Claro que para las generaciones siguientes de lectores resulta natural hacer a un lado los ires y venires biográficos y las desavenencias personales y políticas. Es decir: su vida fue un itinerario de derrotas que se trasfiguraron oblicua y deslumbrantemente en sus obras, y es esta, su escritura y nada más su escritura, la que pervive y ha de estar en el nodo de la conversación crítica.

Andamos huyendo Lola ha de ser leído, entonces, no tanto como el recuento pronunciadamente autobiográfico de las desventuras extranjeras de dos mujeres, Elena Garro y su hija Helena Paz, trocadas en los nombres de Lelinca y Lucía, sino como una serie de historias en torno a los vínculos de la realidad y la imaginación cuando la persecución y el desamparo llevan al ser humano a un abatimiento emocional y psíquico extremo, como el que forja la dinámica social, tan vigente hoy como hace cuarenta años, de la migración.

En primer término, la misma forma narrativa ha mutado; más que cuentos ceñidos y redondos como los de *La semana de colores,* en *Andamos huyendo Lola* tenemos relatos exentos de la búsqueda de un efecto dramático único. Se trata de piezas más bien distendidas, con un aliento amplio para desmenuzar las peripecias de sus entes de ficción, pues lo que se privilegia es una pauta progresiva con que se designe la sedimentación interna del hostigamiento. No es raro que un crítico tradicional como Seymour Menton haya descalificado apresuradamente el libro aduciendo que "los cuentos son demasiados difusos y carecen de unidad estructural". Se ha incluso señalado que el texto que da título al volumen sería una novela corta antes que un cuento o un relato.

Ciertamente, la novela corta es una forma que caracterizó la ficción publicada por Garro en los ochenta y noventa, con títulos como *La casa junto al río* (1982), *Y Matarazo no llamó...* (1989), *Un traje rojo para un duelo* (1996) y *Un corazón en un bote de basura* (1996). En el texto central de *Andamos huyendo Lola*, Garro se demora en las tribulaciones de las dos mujeres en Nueva York: los episodios se centran en sus dificultades económicas, sus amistades y apegos, los rumores y ruidos apenas discernidos de un pasillo a otro en el edificio en que viven, el talante sutilmente perverso de quienes las rodean y que les afinca el propio temperamento en los feudos de la desconfianza y la maledicencia. He aquí, pues, una galería de individuos a los que la dúctil voz narrativa —capaz de adentrarse alternadamente en la percepción de la madre, la hija, las vecinas, el casero— esboza desde sus impresiones y motivos. A pesar de su mayor extensión, sin embargo, ese texto sigue rigiéndose por la lógica de distensión acumulativa que asociaríamos con el relato, antes que por una construcción novelística en que los sucesos confieran una evolución determinativa a la psique de las protagonistas; lo que crece es el tenor siniestro del ambiente en que gravitan las dos mujeres, cuyo perfil no conoce una transformación decidida. Las acciones finales, que las salvan del peligro, vienen tomadas por otros personajes, excepciones benignas en un medio calamitoso. La aterrada parálisis de madre e hija hallaría una relación orgánica con la propia estructura de la narración.

En consonancia, este segundo tomo de ficción breve tiene una prosa virada hacia tonalidades más oscuras que *La semana de colores*, y en las que el humor y la ironía se insertan con ejemplos de medidos a escasos. Algunos predominan en el primer texto, "El niño perdido". El narrador, un chico que ha huido de los maltratos en su casa, da fácilmente con las inconsistencias y los absurdos de la vida en torno suyo, como cuando afirma: "La vida es injusta hasta en los Diez Mandamientos. Yo siempre honré a mis padres, quiero decir, que aguanté sus palizas y sus borracheras". La exuberancia visual tampoco es muy dispendiosa pero se distingue en las referencias a los dones pretéritos ya perdidos o a los que volverán una vez que el infortunio acabe: "¿Cómo era el final de la desdicha?... Era un clavel hinchado de humedad y de frescura esparciendo fragancias desde el lugar en el que había caído".

Antes que el color y el juego, antes que la profusa audacia de la imagen icástica, en *Andamos huyendo Lola* alienta un registro de lo opresivo y lo pesadillesco, con frases más compactas y hasta estrictas en el tesón con que se delata la debilitada armazón emocional de las protagonistas: "El frío produce la nostalgia de las chimeneas y de las confidencias". El tono exacerba la representación, a ratos maniquea, de víctimas enfrentadas a fuerzas superiores ante las que, así sea en la perseverancia de la inmovilidad, nunca se rinden. "¡Sí, mocoso, nos sublevamos! ¿Y cómo se vive mejor que sublevado?", dice una mujer amiga de Lelinca en una página inicial del libro.

En "Invitación al campo", el primer cuento de *El accidente* (1997), Garro presenta el desconfiado encuentro entre una mujer intelectual y un poderoso político. Este invita a aquella a un paseo en su automóvil, durante el cual ha de revisar pleitos de tierras entre grupos de ejidatarios y un gobernador. Más que enfocarse en la lucha social concreta, lo que Garro desentraña es el tenebroso vínculo del poder con el tiempo. En unas páginas de catadura realista, el ministro da una explicación insólita, decididamente fabulosa: "el tiempo son imágenes, que se proyectan en espacios sucesivos, como un juego de espejos... El todo está en colocarse en el ángulo favorable". Lo que llamamos presente, pasado y futuro son bajo esa mirada estaciones simultáneas que los seres humanos equivocadamente aprehendemos en secuencia, separadas una de otra. El hombre se hace del poder gracias a la facultad de ver por adelantado los hechos, es decir, al descifrar el futuro en el mismo rubro del ayer, y actuar en su beneficio a partir de ese conocimiento. Así lo explica el peculiar narrador de "La primera vez que me vi..." en *Andamos huyendo Lola*: "no hay tiempos mejores ni peores, todos los tiempos son el mismo tiempo aunque las apariencias nos traten de engañar con su espejeo".

Señala Fabienne Bradu, en su libro *Señas particulares: escritora*, cómo el tema del poder ejerció en Elena Garro "una fascinación y una repulsión simultáneas, que sus creaciones ordenan en una suerte de venganza simbólica". Al recuperar la voz e historia de las víctimas, la escritora habría dado a sus obras el cometido de fungir como "una suerte de compensación o de corrección de una realidad, muchas veces la del poder, que no acaba nunca de aceptar y que repudia a través de o gracias a sus ficciones". Si la víctima es el papel mayor en *Andamos huyendo Lola*, el victimario es la ausencia más ominosa: los relatos nunca hacen claros los perfiles de esos enemigos que según Lelinca y Lucía se esmeran por cerrarles los caminos y hundirlas en la miseria. Ante un mundo de tan kafkiano espesor, sólo se puede ver "el final de la desdicha", esa esperada liberación de deudas y hambres, con el recurso de una imaginación que se subleve no sólo contra los huidizos agentes del poder sino contra las formas elementales que sustentan la realidad misma.

En "La corona de Fredegunda", la insolvente Lelinca se relaciona con Diego, un hombre vestido de color amarillo huevo de locuaz inclinación por la historia medieval y quien, aun vistiendo pobremente, es capaz de traer consigo joyas antiguas de un altísimo valor. ¿Viven acaso una y otro en la misma época? ¿Es posible que un emisario del ayer invada y corrija las bajezas que dominan en la actualidad? ¿Eso que llamamos presente es de veras sólo una de las moradas del tiempo en que se puede ensayar la vida? Diego se revela poseedor de otra forma de poder, una fuerza propia de muchos siglos antes y que, en este nuevo contexto, lo vuelve el subversivo operador de la venganza. Madre e hija se salvan de las circunstancias en que deben dinero a sus arrendadores porque alguien de una era lejana —ya que nadie de entre quienes las rodean en ese insensible siglo XX— considera la existencia de ambas merecedora de respeto y solidaridad.

Y más aún: la huida de Lelinca y Lucía se da gracias a que la fantasía se manifiesta como un poder tan definitivo que es capaz de asentarse en la misma percepción con la contundencia que asociamos únicamente con la realidad. No se trata de una evasión vicaria; no es un empeño carente de repercusiones. Como en "Las cuatro moscas" o "Una mujer sin cocina", esta subversión de los tiempos se da no sólo en la vaguedad de lo deseado o lo elucubrado sino desde la sensibilidad. No hay detrás de esto un programa explícito de reivindicación social; no hay un designio de cuestionar la miseria desde la ideología. La intuición de Garro la lleva a dejar a un lado lo racional en sus personajes: si el hambre se siente en las vísceras y atrofia la inteligencia, Garro parte de esas mismas premisas y así exhibe la fantasía como una sensibilidad con ribetes quiméricos que podríamos asociar con los estados alterados de la consciencia, una esfera de vivencias análoga al sueño, la alucinación, la ebriedad, o el escapismo de los juegos infantiles pero a la que los personajes le asignan efectos consistentes y perdurables. Visto a la distancia, *Andamos huyendo Lola* es un duro veredicto de las sociedades modernas, espoleadas por la lógica de explotación económica y que difunden como naturales las conductas de la indiferencia y el rechazo hacia quienes malviven, humillados y ofendidos, en los desnudos bordes de la miseria. Bajo esta perspectiva, Garro asume una posición política sigilosa en su formulación pero vehemente en sus conclusiones: muestra cómo las secuelas de la pobreza llegan a un extremo tal que las facultades racionales del adulto se ven devastadas, la noción del aquí y el ahora termina volviéndose una estancia intolerable, por lo que los personajes desarrollan formas de la imaginación y la sensibilidad que los hagan volver a la irrealidad de la infancia. La pregunta que subyace en Garro sería: ¿qué mundo es este en que los migrantes, al verse imposibilitados para mínimamente sobrevivir, pierden su condición de humanos, adultos, racionales?

Así, la fuga fantástica que los personajes ansían a lo largo de *Andamos huyendo Lola* es la de un sueño pesaroso del que al final se habría de trascender hacia una región de la vida en que las víctimas se ven reivindicadas no sólo como entes sociales —inmigrantes, pobres, enfermas— sino como seres humanos conferidos de renovada dignidad.

Ir corriendo en un espacio vacío hacia ninguna parte

En 1997, Elena Garro dio a conocer dos triadas de textos narrativos breves: *El accidente y otros cuentos inéditos* y *La vida empieza a las tres...* Sin que podamos etiquetar, a ninguno de los dos tomos, como obras imbuidas de un impulso unitario, sí es posible ver en algunos cuentos la recurrencia de una figura ya atendida en títulos como, entre otros, *Testimonios sobre Mariana* (1981) y *Reencuentro de personajes* (1982): la mujer dominada por el varón en una relación opresiva.

La vida conyugal se retrata con los tintes de un pesimismo sin matices. "¿Qué tengo que ver con ese extraño?", se pregunta Valeria, protagonista de "La vida empieza a las tres...", refiriéndose a su esposo. No hay afinidades ni vías para el diálogo sensible y mesurado. Valeria viaja en un trasatlántico con su marido y en la travesía conoce a dos hombres, muy distintos uno del otro, que se disciernen como caminos posibles para la evasión de un matrimonio muerto. En "Hoy es jueves...", un relato largo próximo a las fronteras de la novela corta, la protagonista no atina a distinguir ninguna ruta para escapar de una unión desastrada. El poder masculino, encarnado en su esposo y el marido de su suegra, ha atajado toda esperanza y todo goce, al grado de hacerle nacer un violento ímpetu de venganza. "Luna de miel", de *El accidente*, es la desasosegante narración de un veraz amor expiado en el infierno: una pareja de amantes acuerdan escaparse de vacaciones a Puerto Vallarta, lejos de las parejas oficiales. Pero los días pasan sin que esa aventura depare más que un placer fugaz, por los celos mutuos y la aflicción que provoca la consciencia de la separación inminente. El paraíso en la playa sólo trae olas de ansiedad y desconfianza.

Esta edición incluye "La factura", texto que recupera atmósferas similares a las de *Andamos huyendo Lola* al presentar la situación de una mujer emigrada en París ante un casero abusivo. "La factura" se dio a conocer en traducción francesa en 1986 y no se editó en su versión original sino póstumamente. De igual modo, este volumen presenta dos relatos no publicados en forma de libro previamente: "Lago Mayor", vivamente emparentado con la trama de la novela *Reencuentro de personajes*, y "Amor y paz", un boceto de rasgos semiautobiográficos.

Muy en otra sintonía a estas creaciones, el cuento más revelador de la última etapa creativa de Elena Garro es el ya glosado "Invitación al campo". Al lado de la visión fantástica que del tiempo enuncia el ministro, un hombre por demás hermético que parece encarnar el poder en estado puro, destaco el perfil de la protagonista, Inés. No sabemos mucho de ella. Casi nada se cuenta de su pasado, muy poco de su vida presente. Un amigo común tramó la salida al campo, pensando que "al conocerse terminaría la enemistad entre el ministro e Inés". El político había recibido críticas de ella, quien se deja ver como una mujer reflexiva y sensible ante las injusticias, una intelectual interesada por el activismo. Cuando el ministro pasa a recogerla, ella adivina que "el paseo tenía un objeto preciso, aunque secreto". Aparece entonces su gata en la sala arrastrando un pedazo de carne cruda. "El animal parecía querer desafiar el orden implacable que traía consigo el recién llegado... Ágata siempre tan delicada, ahora se comportaba indecente delante de un extraño". El animal da la pauta de una deriva imposible: la de establecer un vínculo, al menos signado por la confianza pues no lo será por el afecto, con el hombre.

Luego de analizar la trama de *Los recuerdos del porvenir*, Jean Franco señala en su libro *Las conspiradoras* cómo Garro en esa novela demuestra, con el ejemplo de Isabel Moncada, que "también la subversión de las mujeres fracasa porque el poder las seduce". La representación de lo femenino ha recorrido en las páginas de Elena Garro muchas escalas para llegar a Inés. Lo digo por lo siguiente: Inés no es ya la querida que con el auxilio de fuerzas fantásticas se evade de su abusivo amante, un militar poderoso; tampoco la ilusionada joven que conscientemente se entrega al enemigo de su familia; no es una mujer acosada que huye sin suerte a países distantes ni tampoco la joven esposa a quien el marido busca constreñir hasta la ignominia. Cierto es que la última etapa narrativa de Garro abunda en mujeres obsesivamente postradas por el atropello —como vemos en el ejemplo paradigmático de la novela *Inés* (1995)—, aunque muy a menudo se matiza cualquier maniqueísmo al hacer evidente la forma en que las víctimas, dominadas por el terror, la suspicacia y la mezquindad, no pueden impedir el "colaborar" con sus verdugos. Como una pieza de teatro del absurdo, "Invitación al campo" hace ver una suerte de danza en silencio de dos presencias, una masculina y poderosa y la otra femenina y crítica, que orbitan una en relación con la otra sin incurrir en discrepancias ni opresiones aunque, tampoco, sin que se abra un espacio para la seducción —contrario esto a la visión de Jean Franco—, como si finalmente se movieran en tiempos distintos que han acordado traslaparse por unas horas. Entre un episodio y otro, tan similares que parecen uno mismo apenas matizado por leves cambios secundarios, mientras ve el paisaje campestre por la ventanilla del auto Inés piensa: "La vida era eso: una gran extensión oscura donde era igual avanzar hacia atrás o hacia delante; los gestos se sucedían sin eco y de ellos no quedaban trazas. Era un ir corriendo en un espacio vacío hacia ninguna parte".

A Inés la veo en la franja terminal de lo femenino que exploró en la ficción Elena Garro: ella no vive en un estado de sitio y así no busca sublevarse. Parecería estar, decepcionada y pasiva, de regreso de todas las batallas. Es una espectadora y ya no una víctima de los funcionamientos del poder: las diversas paradas que hacen ella y el hombre en el automóvil no ocurren en el espacio sino en el tiempo, y en cada episodio se repite la lógica fría del ministro, cuyo poder es tan irrefutable que su sola presencia basta para refrendarlo, sosteniendo la idea de que, con un dominio así de abstracto, ya no hay lucha posible: la injusticia se repetirá interminablemente. El fatalismo de Inés es absoluto, su imaginación y cualquier crítica devienen estériles: la vida es entonces no un paraíso ni un infierno sino "un ir corriendo en un espacio vacío hacia ninguna parte".

La semana de colores
(1964)

La culpa es de los tlaxcaltecas

Nacha oyó que llamaban en la puerta de la cocina y se quedó quieta. Cuando volvieron a insistir abrió con sigilo y miró la noche. La señora Laura apareció con un dedo en los labios en señal de silencio. Todavía llevaba el traje blanco quemado y sucio de tierra y sangre.

—¡Señora!... —suspiró Nacha.

La señora Laura entró de puntillas y miró con ojos interrogantes a la cocinera. Luego, confiada, se sentó junto a la estufa y miró su cocina como si no la hubiera visto nunca.

—Nachita, dame un cafecito... Tengo frío.

—Señora, el señor... el señor la va a matar. Nosotros ya la dábamos por muerta.

—¿Por muerta?

Laura miró con asombro los mosaicos blancos de la cocina, subió las piernas sobre la silla, se abrazó las rodillas y se quedó pensativa. Nacha puso a hervir el agua para hacer el café y miró de reojo a su patrona; no se le ocurrió ni una palabra más. La señora recargó la cabeza sobre las rodillas, parecía muy triste.

—¿Sabes, Nacha? La culpa es de los tlaxcaltecas.

Nacha no contestó, prefirió mirar el agua que no hervía.

Afuera la noche desdibujaba a las rosas del jardín y ensombrecía a las higueras. Muy atrás de las ramas brillaban las ventanas iluminadas de las casas vecinas. La cocina estaba separada del mundo por un muro invisible de tristeza, por un compás de espera.

—¿No estás de acuerdo, Nacha?

—Sí, señora...

—Yo soy como ellos: traidora... —dijo Laura con melancolía.

La cocinera se cruzó de brazos en espera de que el agua soltara los hervores.

—¿Y tú, Nachita, eres traidora?

La miró con esperanzas. Si Nacha compartía su calidad traidora, la entendería, y Laura necesitaba que alguien la entendiera esa noche.

Nacha reflexionó unos instantes, se volvió a mirar el agua que empezaba a hervir con estrépito, la sirvió sobre el café y el aroma caliente la hizo sentirse a gusto cerca de su patrona.

—Sí, yo también soy traicionera, señora Laurita.

Contenta, sirvió el café en una tacita blanca, le puso dos cuadritos de azúcar y lo colocó en la mesa, frente a la señora. Ésta, ensimismada, dio unos sorbitos.

—¿Sabes, Nachita? Ahora sé por qué tuvimos tantos accidentes en el famoso viaje a Guanajuato. En Mil Cumbres se nos acabó la gasolina. Margarita se asustó porque ya estaba anocheciendo. Un camionero nos regaló una poquita para llegar a Morelia. En Cuitzeo, al cruzar el puente blanco, el coche se paró de repente. Margarita se disgustó conmigo, ya sabes que le dan miedo los caminos vacíos y los ojos de los indios. Cuando pasó un coche lleno de turistas, ella se fue al pueblo a buscar un mecánico y yo me quedé en la mitad del puente blanco, que atraviesa el lago seco con fondo de lajas blancas. La luz era muy blanca y el puente, las lajas y el automóvil empezaron a flotar en ella. Luego la luz se partió en varios pedazos hasta convertirse en miles de puntitos y empezó a girar hasta que se quedó fija como un retrato. El tiempo había dado la vuelta completa, como cuando ves una tarjeta postal y luego la vuelves para ver lo que hay escrito atrás. Así llegué en el lago de Cuitzeo, hasta la otra niña que fui. La luz produce esas catástrofes, cuando el sol se vuelve blanco y uno está en el mismo centro de sus rayos. Los pensamientos también se vuelven mil puntitos, y uno sufre vértigo. Yo, en ese momento, miré el tejido de mi vestido blanco y en ese instante oí sus pasos. No me asombré. Levanté los ojos y lo vi venir. En ese instante, también recordé la magnitud de mi traición, tuve miedo y quise huir. Pero el tiempo se cerró alrededor de mí, se volvió único y perecedero y no pude moverme del asiento del automóvil. "Alguna vez te encontrarás frente a tus acciones convertidas en piedras irrevocables como ésa", me dijeron de niña al enseñarme la imagen de un dios, que ahora no recuerdo cuál era. Todo se olvida, ¿verdad Nachita?, pero se olvida sólo por un tiempo. En aquel entonces también las palabras me parecieron de piedra, sólo que de una piedra fluida y cristalina. La piedra se solidificaba al terminar cada palabra, para quedar escrita para siempre en el tiempo. ¿No eran así las palabras de tus mayores?

Nacha reflexionó unos instantes, luego asintió convencida.

—Así eran, señora Laurita.

—Lo terrible es, lo descubrí en ese instante, que todo lo increíble es verdadero. Allí venía él, avanzando por la orilla del puente, con la piel ardida por el sol y el peso de la derrota sobre los hombros desnudos. Sus pasos sonaban como hojas secas. Traía los ojos brillantes. Desde lejos me llegaron sus chispas negras y vi ondear sus cabellos negros en medio de la luz blanquísima del encuentro. Antes de que pudiera evitarlo lo tuve frente a mis ojos. Se detuvo, se cogió de la portezuela del coche y me miró. Tenía una cortada en la mano izquierda, los cabellos llenos de polvo, y por la herida del hombro le escurría una sangre tan roja, que parecía negra. No me dijo nada. Pero yo supe que iba huyendo, vencido. Quiso decirme que yo merecía la muerte, y al mismo tiempo me dijo que mi muerte ocasionaría la suya. Andaba malherido, en busca mía.

"—La culpa es de los tlaxcaltecas —le dije.

"Él se volvió a mirar al cielo. Después recogió otra vez sus ojos sobre los míos.

"—¿Qué te haces? —me preguntó con su voz profunda. No pude decirle que me había casado, porque estoy casada con él. Hay cosas que no se pueden decir, tú lo sabes, Nachita.

"—¿Y los otros? —le pregunté.

"—Los que salieron vivos andan en las mismas trazas que yo —vi que cada palabra le lastimaba la lengua y me callé, pensando en la vergüenza de mi traición.

"—Ya sabes que tengo miedo y que por eso traiciono...

"—Ya lo sé —me contestó y agachó la cabeza. Me conoce desde chica, Nacha. Su padre y el mío eran hermanos y nosotros primos. Siempre me quiso, al menos eso dijo y así lo creímos todos. En el puente yo tenía vergüenza. La sangre le seguía corriendo por el pecho. Saqué un pañuelito de mi bolso y sin una palabra, empecé a limpiársela. También yo siempre lo quise, Nachita, porque él es lo contrario de mí: no tiene miedo y no es traidor. Me cogió la mano y me la miró.

"—Está muy desteñida, parece una mano de ellos —me dijo.

"—Hace ya tiempo que no me pega el sol —bajó los ojos y me dejó caer la mano. Estuvimos así, en silencio, oyendo correr la sangre sobre su pecho. No me reprochaba nada, bien sabe de lo que soy capaz. Pero los hilitos de su sangre escribían sobre su pecho que su corazón seguía guardando mis palabras y mi cuerpo. Allí supe, Nachita, que el tiempo y el amor son uno solo.

"—¿Y mi casa? —le pregunté.

"—Vamos a verla —me agarró con su mano caliente, como agarraba a su escudo y me di cuenta de que no lo llevaba. 'Lo perdió en la huida', me dije, y me dejé llevar. Sus pasos sonaron en la luz de Cuitzeo iguales que en la otra luz: sordos y apacibles. Caminamos por la ciudad que ardía en las orillas del agua. Cerré los ojos. Ya te dije, Nacha, que soy cobarde. O tal vez el humo y el polvo me sacaron lágrimas. Me senté en una piedra y me tapé la cara con las manos.

"—Ya no camino... —le dije.

"—Ya llegamos —me contestó. Se puso en cuclillas junto a mí y con la punta de los dedos acarició mi vestido blanco.

"—Si no quieres ver cómo quedó, no lo veas —me dijo quedito.

"Su pelo negro me hacía sombra. No estaba enojado, nada más estaba triste. Antes nunca me hubiera atrevido a besarlo, pero ahora he aprendido a no tenerle respeto al hombre, y me abracé a su cuello y lo besé en la boca.

"—Siempre has estado en la alcoba más preciosa de mi pecho —me dijo. Agachó la cabeza y miró la tierra llena de piedras secas. Con una de ellas dibujó dos rayitas paralelas, que prolongó hasta que se juntaron y se hicieron una sola.

"—Somos tú y yo —me dijo sin levantar la vista. Yo, Nachita, me quedé sin palabras.

"—Ya falta poco para que se acabe el tiempo y seamos uno solo... por eso te andaba buscando —se me había olvidado, Nacha, que cuando se gaste el tiempo, los dos hemos de quedarnos el uno en el otro, para entrar en el tiempo verdadero convertidos en uno solo. Cuando me dijo eso lo miré a los ojos. Antes sólo me atrevía a mirárselos cuando me tomaba, pero ahora, como ya te dije, he aprendido a no respetar los ojos del hombre. También es cierto que no quería ver lo que sucedía a mi alrededor... soy muy cobarde. Recordé los alaridos y volví a oírlos: estridentes, llameantes en mitad de la mañana. También oí los golpes de las piedras y las vi pasar zumbando sobre mi cabeza. Él se puso de rodillas frente a mí y cruzó los brazos sobre mi cabeza para hacerme un tejadito.

"—Éste es el final del hombre —dije.

"—Así es —contestó con su voz encima de la mía. Y me vi en sus ojos y en su cuerpo. ¿Sería un venado el que me llevaba hasta su ladera? ¿O una estrella que me lanzaba a escribir señales en el cielo? Su voz escribió signos de sangre en mi pecho y mi vestido blanco quedó rayado como un tigre rojo y blanco.

"—A la noche vuelvo, espérame... —suspiró. Agarró su escudo y me miró desde muy arriba.

"—Nos falta poco para ser uno —agregó con su misma cortesía.

"Cuando se fue, volví a oír los gritos del combate y salí corriendo en medio de la lluvia de piedras y me perdí hasta el coche parado en el puente del Lago de Cuitzeo.

"—¿Qué pasa? ¿Estás herida? —me gritó Margarita cuando llegó. Asustada, tocaba la sangre de mi vestido blanco y señalaba la sangre que tenía en los labios y la tierra que se había metido en mis cabellos. Desde otro coche, el mecánico de Cuitzeo me miraba con sus ojos muertos.

"—¡Estos indios salvajes!... ¡No se puede dejar sola a una señora! —dijo al saltar de su automóvil, dizque para venir a auxiliarme.

"Al anochecer llegamos a la ciudad de México. ¡Cómo había cambiado, Nachita, casi no pude creerlo! A las doce del día todavía estaban los guerreros y ahora ya ni huella de su paso. Tampoco quedaban escombros. Pasamos por el Zócalo silencioso y triste; de la otra plaza, no quedaba ¡nada! Margarita me miraba de reojo. Al llegar a la casa nos abriste tú. ¿Te acuerdas?"

Nacha asintió con la cabeza. Era muy cierto que hacía apenas dos meses escasos que la señora Laurita y su suegra habían ido a pasear a Guanajuato. La noche en que volvieron, Josefina la recamarera y ella, Nacha, notaron la sangre en el vestido y los ojos ausentes de la señora, pero Margarita, la señora grande, les hizo señas de que se callaran. Parecía muy preocupada. Más tarde Josefina le contó que en la mesa el señor se le quedó mirando malhumorado a su mujer y le dijo:

—¿Por qué no te cambiaste? ¿Te gusta recordar lo malo?

La señora Margarita, su mamá, ya le había contado lo sucedido y le hizo una seña como diciéndole: "¡Cállate, tenle lástima!" La señora Laurita no contestó; se acarició los labios y sonrió ladina. Entonces el señor volvió a hablar del presidente López Mateos.

—Ya sabes que ese nombre no se le cae de la boca —había comentado Josefina, desdeñosamente.

En sus adentros ellas pensaban que la señora Laurita se aburría oyendo hablar siempre del señor presidente y de las visitas oficiales.

—¡Lo que son las cosas, Nachita, yo nunca había notado lo que me aburría con Pablo hasta esa noche! —comentó la señora abrazándose con cariño las rodillas y dándoles súbitamente la razón a Josefina y a Nachita.

La cocinera se cruzó de brazos y asintió con la cabeza.

—Desde que entré a la casa, los muebles, los jarrones y los espejos se me vinieron encima y me dejaron más triste de lo que venía. ¿Cuántos días, cuántos años tendré que esperar todavía para que mi primo venga a buscarme? Así me dije y me arrepentí de mi traición. Cuando estábamos cenando me fijé en que Pablo no hablaba con palabras sino con letras. Y me puse a contarlas mientras le miraba la boca gruesa y el ojo muerto. De pronto se calló.

Ya sabes que se le olvida todo. Se quedó con los brazos caídos. "Este marido nuevo no tiene memoria y no sabe más que las cosas de cada día."

"—Tienes un marido turbio y confuso —me dijo él volviendo a mirar las manchas de mi vestido. La pobre de mi suegra se turbó y como estábamos tomando el café se levantó a poner un *twist.*

"—Para que se animen —nos dijo, dizque sonriendo, porque veía venir el pleito.

"—Nosotros nos quedamos callados. La casa se llenó de ruidos. Yo miré a Pablo. 'Se parece a...' y no me atreví a decir su nombre, por miedo a que me leyeran el pensamiento. Es verdad que se le parece, Nacha. A los dos les gusta el agua y las casas frescas. Los dos miran al cielo por las tardes y tienen el pelo negro y los dientes blancos. Pero Pablo habla a saltitos, se enfurece por nada y pregunta a cada instante: '¿En qué piensas?' Mi primo marido no hace ni dice nada de eso."

—¡Muy cierto! ¡Muy cierto que el señor es fregón! —dijo Nacha con disgusto.

Laura suspiró y miró a su cocinera con alivio. Menos mal que la tenía de confidente.

—Por la noche, mientras Pablo me besaba, yo me repetía: "¿A qué horas vendrá a buscarme?" Y casi lloraba al recordar la sangre de la herida que tenía en el hombro. Tampoco podía olvidar sus brazos cruzados sobre mi cabeza para hacerme un tejadito. Al mismo tiempo tenía miedo de que Pablo notara que mi primo me había besado en la mañana. Pero no notó nada y si no hubiera sido por Josefina que me asustó en la mañana, Pablo nunca lo hubiera sabido.

Nachita estuvo de acuerdo. Esa Josefina con su gusto por el escándalo tenía la culpa de todo. Ella, Nacha, bien se lo dijo: "¡Cállate! ¡Cállate por el amor de Dios, si no oyeron nuestros gritos por algo sería!" Pero, qué esperanzas, Josefina apenas entró a la pieza de los patrones con la bandeja del desayuno, soltó lo que debería haber callado.

—¡Señora, anoche un hombre estuvo espiando por la ventana de su cuarto! ¡Nacha y yo gritamos y gritamos!

—No oímos nada... —dijo el señor asombrado.

—¡Es él...! —gritó la tonta de la señora.

—¿Quién es él? —preguntó el señor mirando a la señora como si la fuera a matar. Al menos eso dijo Josefina después.

La señora asustadísima se tapó la boca con la mano y cuando el señor le volvió a hacer la misma pregunta, cada vez con más enojo, ella contestó:

—El indio... el indio que me siguió desde Cuitzeo hasta la ciudad de México...

Así supo Josefina lo del indio y así se lo contó a Nachita.

—¡Hay que avisarle inmediatamente a la policía! —gritó el señor.

Josefina le enseñó la ventana por la que el desconocido había estado fisgando y Pablo la examinó con atención: en el alféizar había huellas de sangre casi frescas.

—Está herido... —dijo el señor Pablo preocupado. Dio unos pasos por la recámara y se detuvo frente a su mujer.

—Era un indio, señor —dijo Josefina corroborando las palabras de Laura. Pablo vio el traje blanco tirado sobre una silla y lo cogió con violencia.

—¿Puedes explicarme el origen de estas manchas?

La señora se quedó sin habla, mirando las manchas de sangre sobre el pecho de su traje y el señor golpeó la cómoda con el puño cerrado. Luego se acercó a la señora y le dio una santa bofetada. Eso lo vio y lo oyó Josefina.

—Sus gestos son feroces y su conducta es tan incoherente como sus palabras. Yo no tengo la culpa de que aceptara la derrota —dijo Laura con desdén.

—Muy cierto —afirmó Nachita.

Se produjo un largo silencio en la cocina. Laura metió la punta del dedo hasta el fondo de la taza, para sacar el pozo negro del café que se había quedado asentado, y Nacha al ver esto volvió a servirle un café calientito.

—Bébase su café, señora —dijo compadecida de la tristeza de su patrona. ¿Después de todo de qué se quejaba el señor? A leguas se veía que la señora Laurita no era para él.

—Yo me enamoré de Pablo en una carretera, durante un minuto en el cual me recordó a alguien conocido, a quien yo no recordaba. Después, a veces, recuperaba aquel instante en el que parecía que iba a convertirse en ese otro al cual se parecía. Pero no era verdad. Inmediatamente volvía a ser absurdo, sin memoria, y sólo repetía los gestos de todos los hombres de la ciudad de México. ¿Cómo querías que no me diera cuenta del engaño? Cuando se enoja me prohíbe salir. ¡A ti te consta! ¿Cuántas veces arma pleitos en los cines y en los restaurantes? Tú lo sabes, Nachita. En cambio mi primo marido, nunca, pero nunca, se enoja con la mujer.

Nacha sabía que era cierto lo que ahora le decía la señora, por eso aquella mañana en que Josefina entró a la cocina espantada y gritando: "¡Despierta a la señora Margarita, que el señor está golpeando a la señora!", ella, Nacha, corrió al cuarto de la señora grande.

La presencia de su madre calmó al señor Pablo. Margarita se quedó muy asombrada al oír lo del indio, porque ella no lo había visto en el Lago de Cuitzeo, sólo había visto la sangre como la podíamos ver todos.

—Tal vez en el lago tuviste una insolación, Laura, y te salió sangre por las narices. Fíjate, hijo, que llevábamos el coche descubierto —dijo casi sin saber qué decir.

La señora Laura se tendió boca abajo en la cama y se encerró en sus pensamientos, mientras su marido y su suegra discutían.

—¿Sabes, Nachita, lo que yo estaba pensando esa mañana? ¿Y si me vio anoche cuando Pablo me besaba? Y tenía ganas de llorar. En ese momento me acordé de que cuando un hombre y una mujer se aman y no tienen hijos están condenados a convertirse en uno solo. Así me lo decía mi otro padre, cuando yo le llevaba el agua y él miraba la puerta detrás de la que dormíamos mi primo marido y yo. Todo lo que mi otro padre me había dicho ahora se estaba haciendo verdad. Desde la almohada oí las palabras de Pablo y de Margarita y no eran sino tonterías. "Lo voy a ir a buscar", me dije. "Pero ¿a dónde?" Más tarde cuando tú volviste a mi cuarto a preguntarme qué hacíamos de comida, me vino un pensamiento a la cabeza: "¡Al café de Tacuba!" Y ni siquiera conocía ese café, Nachita, sólo lo había oído mentar.

Nacha recordó a la señora como si la viera ahora, poniéndose su vestido blanco manchado de sangre, el mismo que traía en ese momento en la cocina.

—¡Por Dios, Laura, no te pongas ese vestido! —le dijo su suegra. Pero ella no hizo caso. Para esconder las manchas, se puso un suéter blanco encima, se lo abotonó hasta el cuello y se fue a la calle sin decir adiós. Después vino lo peor. No, lo peor no. Lo peor iba a venir ahora en la cocina, si la señora Margarita se llegaba a despertar.

—En el café de Tacuba no había nadie. Es muy triste ese lugar, Nachita. Se me acercó un camarero. "¿Qué le sirvo?" Yo no quería nada, pero tuve que pedir algo. "Una cocada." Mi primo y yo comíamos cocos de chiquitos... En el café un reloj marcaba el tiempo. "En todas las ciudades hay relojes que marcan el tiempo, se debe estar gastando a pasitos. Cuando ya no quede sino una capa transparente, llegará él y las dos rayas dibujadas se volverán una sola y yo habitaré la alcoba más preciosa de su pecho." Así me decía mientras comía la cocada.

"—¿Qué horas son? —le pregunté al camarero.

"—Las doce, señorita.

"'A la una llega Pablo', me dije; 'si le digo a un taxi que me lleve por el periférico, puedo esperar todavía un rato.' Pero no esperé y me salí a la calle. El sol estaba plateado, el pensamiento se me hizo un polvo brillante y no hubo presente, pasado ni futuro. En la acera estaba mi primo, se me puso delante, tenía los ojos tristes, me miró largo rato.

"—¿Qué haces? —me preguntó con su voz profunda.

"—Te estaba esperando.

"Se quedó quieto como las panteras. Le vi el pelo negro y la herida roja en el hombro.

"—¿No tenías miedo de estar aquí solita?

"Las piedras y los gritos volvieron a zumbar alrededor nuestro y yo sentí que algo ardía a mis espaldas.

"—No mires —me dijo.

"Puso una rodilla en tierra y con los dedos apagó mi vestido, que empezaba a arder. Le vi los ojos muy afligidos.

"—¡Sácame de aquí! —le grité con todas mis fuerzas, porque me acordé de que estaba frente a la casa de mi papá, que la casa estaba ardiendo y que atrás de mí estaban mis padres y mis hermanitos muertos. Todo lo veía retratado en sus ojos, mientras él estaba con la rodilla hincada en tierra apagando mi vestido. Me dejé caer sobre él, que me recibió en sus brazos. Con su mano caliente me tapó los ojos.

"—Éste es el final del hombre —le dije con los ojos bajo su mano.

"—¡No lo veas!

"Me guardó contra su corazón. Yo lo oí sonar como rueda el trueno sobre las montañas. ¿Cuánto faltaría para que el tiempo se acabara y yo pudiera oírlo siempre? Mis lágrimas refrescaron su mano que ardía en el incendio de la ciudad. Los alaridos y las piedras nos cercaban, pero yo estaba a salvo bajo su pecho.

"—Duerme conmigo... —me dijo en voz muy baja.

"—¿Me viste anoche? —le pregunté.

"—Te vi...

"Nos dormimos en la luz de la mañana, en el calor del incendio. Cuando recordamos, se levantó y agarró su escudo.

"—Escóndete hasta el amanecer. Yo vendré por ti.

"Se fue corriendo ligero sobre sus piernas desnudas... Y yo me escapé otra vez, Nachita, porque sola tuve miedo.

"—Señorita, ¿se siente mal?

"Una voz igual a la de Pablo se me acercó a media calle.

"—¡Insolente! ¡Déjeme tranquila!

"Tomé un taxi que me trajo a la casa por el periférico y llegué...

Nacha recordó su llegada: ella misma le había abierto la puerta. Y ella fue la que le dio la noticia. Josefina bajó después, desbarrancándose por las escaleras.

—¡Señora, el señor y la señora Margarita están en la policía!

Laura se le quedó mirando asombrada, muda.

—¿Dónde anduvo, señora?

—Fui al café de Tacuba.

—Pero eso fue hace dos días.

Josefina traía el *Últimas Noticias*. Leyó en voz alta: "La señora Aldama continúa desaparecida. Se cree que el siniestro individuo de aspecto indígena que la siguió desde Cuitzeo, sea un sádico. La policía investiga en los estados de Michoacán y Guanajuato".

La señora Laurita arrebató el periódico de las manos de Josefina y lo desgarró con ira. Luego se fue a su cuarto. Nacha y Josefina la siguieron, era mejor no dejarla sola. La vieron echarse en su cama y soñar con los ojos muy abiertos. Las dos tuvieron el mismo pensamiento y así se lo dijeron después en la cocina: "Para mí, la señora Laurita anda enamorada". Cuando el señor llegó ellas estaban todavía en el cuarto de su patrona.

—¡Laura! —gritó. Se precipitó a la cama y tomó a su mujer en sus brazos.

—¡Alma de mi alma! —sollozó el señor.

La señora Laurita pareció enternecida unos segundos.

—¡Señor! —gritó Josefina—. El vestido de la señora está bien chamuscado.

Nacha miró desaprobándola. El señor revisó el vestido y las piernas de la señora.

—Es verdad... también las suelas de sus zapatos están ardidas. Mi amor, ¿qué pasó?, ¿dónde estuviste?

—En el café de Tacuba —contestó la señora muy tranquila.

La señora Margarita se torció las manos y se acercó a su nuera.

—Ya sabemos que anteayer estuviste allí y comiste una cocada. ¿Y luego?

—Luego tomé un taxi y me vine para acá por el periférico.

Nacha bajó los ojos, Josefina abrió la boca como para decir algo y la señora Margarita se mordió los labios. Pablo, en cambio, agarró a su mujer por los hombros y la sacudió con fuerza.

—¡Déjate de hacer la idiota! ¿En dónde estuviste dos días?... ¿Por qué traes el vestido quemado?

—¿Quemado? Si él lo apagó... —dejó escapar la señora Laura.

—¿Él?... ¿El indio asqueroso? —Pablo la volvió a zarandear con ira.

—Me lo encontré a la salida del café de Tacuba... —sollozó la señora muerta de miedo.

—¡Nunca pensé que fueras tan baja! —dijo el señor y la aventó sobre la cama.

—Dinos quién es —preguntó la suegra suavizando la voz.

—¿Verdad, Nachita, que no podía decirles que era mi marido? —preguntó Laura pidiendo la aprobación de la cocinera.

Nacha aplaudió la discreción de su patrona y recordó que aquel mediodía, ella, apenada por la situación de su ama, había opinado:

—Tal vez el indio de Cuitzeo es un brujo.

Pero la señora Margarita se había vuelto a ella con ojos fulgurantes para contestarle casi a gritos:

—¿Un brujo? ¡Dirás un asesino!

Después, en muchos días no dejaron salir a la señora Laurita. El señor ordenó que se vigilaran las puertas y ventanas de la casa. Ellas, las sirvientas, entraban continuamente al cuarto de la señora para echarle un vistazo. Nacha se negó siempre a exteriorizar su opinión sobre el caso o a decir las anomalías que sorprendía. Pero, ¿quién podía callar a Josefina?

—Señor, al amanecer, el indio estaba otra vez junto a la ventana —anunció al llevar la bandeja con el desayuno.

El señor se precipitó a la ventana y encontró otra vez la huella de sangre fresca. La señora se puso a llorar.

—¡Pobrecito!..., ¡pobrecito!... —dijo entre sollozos.

Fue esa tarde cuando el señor llegó con un médico. Después el doctor volvió todos los atardeceres.

—Me preguntaba por mi infancia, por mi padre y por mi madre. Pero, yo, Nachita, no sabía de cuál infancia, ni de cuál padre, ni de cuál madre quería saber. Por eso le platicaba de la conquista de México. ¿Tú me entiendes, verdad? —preguntó Laura con los ojos puestos sobre las cacerolas amarillas.

—Sí, señora... —y Nachita, nerviosa, escrutó el jardín a través de los vidrios de la ventana. La noche apenas si dejaba ver entre sus sombras. Recordó la cara desganada del señor frente a su cena y la mirada acongojada de su madre.

Mamá, Laura le pidió al doctor la *Historia*... de Bernal Díaz del Castillo. Dice que eso es lo único que le interesa.

La señora Margarita había dejado caer el tenedor.

—¡Pobre hijo mío, tu mujer está loca!

—No habla sino de la caída de la Gran Tenochtitlán —agregó el señor Pablo con aire sombrío.

Dos días después, el médico, la señora Margarita y el señor Pablo decidieron que la depresión de Laura aumentaba con el encierro. Debía tomar contacto con el mundo y enfrentarse con sus responsabilidades. Desde ese día, el señor mandaba el automóvil para que su mujer saliera a dar paseítos por el Bosque de Chapultepec. La señora salía acompañada de su suegra y el chofer tenía órdenes de vigilarlas estrechamente. Sólo que el aire de los eucaliptos no la mejoraba, pues apenas volvía a su casa, la señora Laurita se encerraba en su cuarto para leer la Conquista de México de Bernal Díaz.

Una mañana la señora Margarita regresó del Bosque de Chapultepec sola y desamparada.

—¡Se escapó la loca! —gritó con voz estentórea al entrar a la casa.

—Fíjate, Nacha, me senté en la misma banquita de siempre y me dije: "No me lo perdona. Un hombre puede perdonar una, dos, tres, cuatro traiciones, pero la traición permanente, no". Este pensamiento me dejó muy triste. Hacía calor y Margarita se compró un helado de vainilla; yo no quise, entonces ella se metió al automóvil a comerlo. Me fijé que estaba tan aburrida de mí como yo de ella. A mí no me gusta que me vigilen y traté de ver otras cosas para no verla comiendo su barquillo y mirándome. Vi el heno gris que colgaba de los ahuehuetes y no sé por qué, la mañana se volvió tan triste como esos árboles. "Ellos y yo hemos visto las mismas catástrofes", me dije. Por la calzada vacía, se paseaban las horas solas. Como las horas estaba yo: sola en una calzada vacía. Mi marido había contemplado por la ventana mi traición permanente y me había abandonado en esa calzada hecha de cosas que no existían. Recordé el olor de las hojas de maíz y el rumor sosegado de sus pasos. "Así caminaba, con el ritmo de las hojas secas cuando el viento de febrero las lleva sobre las piedras. Antes no necesitaba volver la cabeza para saber que él estaba ahí mirándome las espaldas"... Andaba en esos tristes pensamientos, cuando oí correr al sol y las hojas secas empezaron a cambiar de sitio. Su respiración se acercó a mis espaldas, luego se puso frente a mí, vi sus pies desnudos delante de los míos. Tenía un arañazo en la rodilla. Levanté los ojos y me hallé bajo los suyos. Nos quedamos mucho rato sin hablar. Por respeto yo esperaba sus palabras.

"—¿Qué te haces? —me dijo.

"Vi que no se movía y que parecía más triste que antes.

"—Te estaba esperando —contesté.

”—Ya va a llegar el último día...

”Me pareció que su voz salía del fondo de los tiempos. Del hombro le seguía brotando sangre. Me llené de vergüenza, bajé los ojos, abrí mi bolso y saqué un pañuelito para limpiarle el pecho. Luego lo volví a guardar. Él siguió quieto, observándome.

”—Vamos a la salida de Tacuba... Hay muchas traiciones...

”Me agarró de la mano y nos fuimos caminando entre la gente, que gritaba y se quejaba. Había muchos muertos que flotaban en el agua de los canales. Había mujeres sentadas en la hierba mirándolos flotar. De todas partes surgía la pestilencia y los niños lloraban corriendo de un lado para otro, perdidos de sus padres. Yo miraba todo sin querer verlo. Las canoas despedazadas no llevaban a nadie, sólo daban tristeza. El marido me sentó debajo de un árbol roto. Puso una rodilla en tierra y miró alerta lo que sucedía a nuestro alrededor. Él no tenía miedo. Después me miró a mí.

”—Ya sé que eres traidora y que me tienes buena voluntad. Lo bueno crece junto con lo malo.

”Los gritos de los niños apenas me dejaban oírlo. Venían de lejos, pero eran tan fuertes que rompían la luz del día. Parecía que era la última vez que iban a llorar.

”—Son las criaturas... —me dijo.

”—Éste es el final del hombre —repetí, porque no se me ocurría otro pensamiento.

”—Él me puso las manos sobre los oídos y luego me guardó contra su pecho.

”—Traidora te conocí y así te quise.

”—Naciste sin suerte —le dije. Me abracé a él. Mi primo marido cerró los ojos para no dejar correr las lágrimas. Nos acostamos sobre las ramas rotas del pirú. Hasta allí nos llegaron los gritos de los guerreros, las piedras y los llantos de los niños.

”—El tiempo se está acabando... —suspiró mi marido.

”Por una grieta se escapaban las mujeres que no querían morir junto con la fecha. Las filas de hombres caían una después de la otra, en cadena como si estuvieran cogidos de la mano y el mismo golpe los derribara a todos. Algunos daban un alarido tan fuerte, que quedaba resonando mucho rato después de su muerte.

”Faltaba poco para que nos fuéramos para siempre en uno solo cuando mi primo se levantó, me juntó ramas y me hizo una cuevita.

”—Aquí me esperas.

”Me miró y se fue a combatir con la esperanza de evitar la derrota. Yo me quedé acurrucada. No quise ver a las gentes que huían, para no tener la tentación, ni tampoco quise ver a los muertos que flotaban en el agua para no llorar. Me puse a contar los frutitos que colgaban de las ramas cortadas: estaban secos y cuando los tocaba con los dedos, la cáscara roja se les caía. No sé por qué me parecieron de mal agüero y preferí mirar el cielo, que empezó a oscurecerse. Primero se puso pardo, luego empezó a coger el color de los ahogados de los canales. Me quedé recordando los colores de otras tardes. Pero la tarde siguió amoratándose, hinchándose, como si de pronto fuera a reventar y supe que se había acabado el tiempo. Si mi primo no volvía, ¿qué sería de mí? Tal vez ya estaba muerto en el combate. No me importó su suerte y me salí de allí a toda carrera perseguida por el miedo. 'Cuando llegue y me busque...' No tuve tiempo de acabar mi pensamiento porque me hallé en el anochecer de la ciudad de México. Margarita ya se debe haber acabado su helado de vainilla y Pablo debe de estar muy enojado... Un taxi me trajo por el periférico. ¿Y sabes, Nachita?, los periféricos eran los canales infestados de cadáveres... por eso llegué tan triste... Ahora, Nachita, no le cuentes al señor que me pasé la tarde con mi marido."

Nachita se acomodó los brazos sobre la falda lila.

—El señor Pablo hace ya diez días que se fue a Acapulco. Se quedó muy flaco con las semanas que duró la investigación —explicó Nachita satisfecha.

Laura la miró sin sorpresa y suspiró con alivio.

—La que está arriba es la señora Margarita —agregó Nacha volviendo los ojos hacia el techo de la cocina.

Laura se abrazó las rodillas y miró por los cristales de la ventana a las rosas borradas por las sombras nocturnas y a las ventanas vecinas que empezaban a apagarse.

Nachita se sirvió sal sobre el dorso de la mano y la comió golosa.

—¡Cuánto coyote! ¡Anda muy alborotada la coyotada! —dijo con la voz llena de sal.

Laura se quedó escuchando unos instantes.

—Malditos animales, los hubieras visto hoy en la tarde —dijo.

—Con tal de que no estorben el paso del señor, o que le equivoquen el camino —comentó Nacha con miedo.

—Si nunca los temió, ¿por qué había de temerlos esta noche? —preguntó Laura molesta.

Nacha se aproximó a su patrona para estrechar la intimidad súbita que se había establecido entre ellas.

—Son más canijos que los tlaxcaltecas —le dijo en voz muy baja.

Las dos mujeres se quedaron quietas. Nacha devorando poco a poco otro puñito de sal. Laura escuchando preocupada los aullidos de los coyotes que llenaban la noche. Fue Nacha la que lo vio llegar y le abrió la ventana.

—¡Señora!... Ya llegó por usted... —le susurró en una voz tan baja que sólo Laura pudo oírla.

Después, cuando ya Laura se había ido para siempre con él, Nachita limpió la sangre de la ventana y espantó a los coyotes, que entraron en su siglo que acababa de gastarse en ese instante. Nacha miró con sus ojos viejísimos, para ver si todo estaba en orden: lavó la taza de café, tiró al bote de la basura las colillas manchadas de rojo de labios, guardó la cafetera en la alacena y apagó la luz.

—Yo digo que la señora Laurita no era de este tiempo, ni era para el señor —dijo en la mañana cuando le llevó el desayuno a la señora Margarita.

—Ya no me hallo en casa de los Aldama. Voy a buscarme otro destino —le confió a Josefina. Y en un descuido de la recamarera, Nacha se fue hasta sin cobrar su sueldo.

El zapaterito de Guanajuato

Iba yo bajando la avenida, llevaba a Faustino de la mano, mi nietecito no decía nada, aunque yo bien veía que los tres días de girar por la ciudad, sin alimento y sin cobijo, lo habían amedrentado. "Sin dinero, sin familia y sin amigos, ¿qué será de nosotros?", me iba yo diciendo, mientras veía las casas y las ventanas que me miraban pasar. Nunca fui pedigüeño y la vergüenza del hambre me hacía caminar sin ver por dónde pisaba. La ciudad es hosca por desconocida y todas sus calles, que son muchas, son ajenas a la tristeza de un fuereño. "¿Qué será de nosotros sin un alma que nos mire?" Iba yo oyendo los pasitos encarrerados de Faustino, sin verlo, para no mirarle el hambre... "De seguro lleva la boca bien seca. Sufriendo se enseña el hombre..." así iba yo diciéndome, cuando la vi por primera vez. Estaba dentro de un coche nuevo, encaramada en el asiento, bien abrazada al hombre que la tenía tomada por la cintura. De él sólo vi el pelo negro asomando sobre un hombro de ella, y los brazos que la sostenían. Me dije: "¡Caray, aquí se besan en mitad de la calle y en plena luz del sol!" Me llamó la atención su cintura delgadita adentro de su vestido blanco. La puerta del coche estaba abierta, y le vi las piernas tan desnudas como los brazos. Faustino también los vio. Y los dos vimos cuando ella levantó una mano y le dio una bofetada en mitad de los besos que se daban. Él, ofendido, echó la cabeza para atrás y ya no vi nada. No podía yo quedarme a mirar. "¡Viejo curioso!", me hubieran dicho, y con sobrada razón. Faustino y yo seguimos bajando la avenida. "¡Qué genio tan vivo!", me dije y ahora me digo: "¡Ojalá que Dios le detenga la mano, para que no acabe mal!" De repente el coche nuevo pasó zumbando junto a nosotros. Vimos cómo adentro iban forcejeando: él para detenerla, ella con la portezuela abierta. El coche iba zigzagueando, como si fuera borracho. "¡Sea por Dios, con tal de que no les salga al paso un poste!"... Faustino y yo seguimos bajando la avenida a la que no le veíamos fin. La mentada avenida era como todas las calles de la ciudad de México: cerrada por paredes y por casas, sin desembocadura al campo. La luz por allá es muy blanca y sin verdura, y a esas horas del mediodía, con los ojos sin sueño, los pies andados y el estómago limpio, cansa. En mis ochenta y dos años ya he visto mucho, pero nada tan desamparado como los mediodías de la nombrada ciudad de México. Faustino iba espantado. Así me lo dijo ella cuando nos habló. Porque de repente la vimos venir andando de cara a nosotros. Su traje blanco relumbraba al sol. Parecía muy acalorada. Abrió tamaños ojos y se nos quedó mirando.

—No son de aquí, ¿verdad?

Nos vio fuereños, por los pantalones de manta, los huaraches y los sombreros ardidos de sol.

—No, niña.

Se quedó piensa y piensa; ella todo lo piensa mucho aunque parezca que no.

—¿En dónde paran?

—En ninguna parte, niña.

Era feo mendigarle y los dos preferimos bajar los ojos. Nos dio vergüenza la desdicha.

—¿Ya comieron?

Preguntó de frente y sin rodeos. ¿Para qué mentirle, si se nos veía el hambre? Se me nublaron los ojos, la vejez no sirve para atajar a las lágrimas cuando quieren correr.

—No, niña. Ni mi nietecito ni yo hemos probado alimento, en los tres días que llevamos girando por estas dichosas calles.

Le dije todo por el niño. El orgullo hay que hacerlo a un lado cuando hay criaturas.

—¿Tres días?

Nos miró como si dijéramos mentiras y luego se puso a mirar los coches que en esa avenida nunca dejan de pasar.

—¡Hay mucha hambre, niña! Mucha hambre. No sólo nosotros la padecemos, en mi pueblo todos andamos en la misma desgracia. Por eso venimos del campo a buscar consuelo en la ciudad.

—¡Estos bandidos del gobierno!...

Se enojó como las yeguas y dio patadas en el suelo.

—Vengan.

No me avergonzó su caridad. La hacía con enojo, como si ella tuviera la culpa de mi triste situación. La frescura de su casa nos consoló de la sequía de la calle. Sus sirvientas se pusieron a reír cuando nos vieron. Luego detuvieron la risa y se quedaron serias. Una de ellas se acercó a la señora Blanquita.

—Señora, ya van tres veces que llama, una después de la otra. Seguidito, seguidito.

La señora Blanquita se puso roja de mohína y apoyó la cara sobre la mano para no pensar. Todos nos callamos.

—Si llama otra vez díganle que no he llegado... o que me morí...

Sus sirvientas y ella se quedaron muy tristes. Faustino y yo hicimos como si no hubiéramos oído nada y como si no estuviéramos allí. Las sirvientas nos llevaron a un cuarto para reposarnos, mientras nos preparaban la comida.

—¡Cuánta molestia! —decía yo.

—No se mortifique, señor, estamos impuestas, así es la señora Blanquita.

Y así es. Por la tarde me quedé en la cocina platicando con ellas. Les conté de Guanajuato y de las tristezas que pasábamos: quería pagarles la cortesía del hospedaje y de la risa. Al oscurecer entró a la cocina la señora Blanquita. Estaba bien triste. Ocupó una sillita y se fumó dos cigarros, sin decir una palabra.

—Vete a ver al Chino, para ver si nos fía algo para la cena —dijo de repente.

Nunca pensé que una casa tan bien puesta y una señora tan bien vestida, no tuviera ni un centavo para cenar. ¡Parecía tan rica!

—El dinero se va como agua. Es maldito, ¿verdad?

Muy verdad que era maldito. Y así se lo contesté a la señora Blanquita.

—¿Hay mucha hambre en su tierra?

—Sí, niña, mucha.

Preguntando, preguntando, me hizo contarle mi vida, mis pesares, y la razón de mi viaje a la mentada ciudad de México. Soy de oficio zapatero, le dije, pero a causa de la pobreza ya nadie compra zapatos en Guanajuato. Por eso junté unos centavos, que le pedí al agiotista, y me puse a hacer algunos pares, para venir a venderlos a la ciudad de México, en donde todavía la gente rica lleva zapatos. Salieron muy bonitos, con hebillas de plata y tacones altos. Por allá somos mineros, y nos gusta tanto el oro como la plata. En otros tiempos todo fue de oro; los palacios, los peines, los altares y en algunas casas hasta los barrotes de las ventanas fueron de oro. Pero, ya digo, eso fue en otros tiempos. Ahora somos pobres, por eso vine hasta aquí a traer mis zapatos. Rosa, mi hija mayor, los envolvió en papel de seda, y me prestó a su hijo Faustino, para que me acompañara en el viaje. Mi hija Gertrudis nos preparó la comida y nos hizo el itacate. Y la mañana de un jueves nos pusimos en camino. A las tres de la mañana agarramos la carretera y caminamos hasta el mediodía. A esa hora hallamos albergue en la casa de un carbonero, que nos ofreció su compasión, su agua fresca y también su fuego para calentar las tortillas. Con él también hicimos noche. Nos fuimos de madrugada. Al despedirnos nos deseó la buena compañía de Dios y nos dijo que en el viaje de regreso nos recogería otra vez. En nueve días que duró el viaje, lo hicimos a buen paso, hallamos consuelo en la gente de bien, que nos compadecía. A mí, a causa de mis ochenta y dos años. Y a Faustino, mi nietecito, por sus ocho añitos tan tiernos. Cuando entramos en la ciudad de México, nos fuimos derechos a la Villa de Guadalupe, para dar gracias. Hicimos noche en los portales de la Villa, junto con otros peregrinos, que también venían en busca de consuelo para su hambre y sus pesares. Allí platicando, platicando, un señor me informó que en cualquier mercado me comprarían los zapatos.

—¡Qué bonitos! —me dijo cuando se los enseñé. Yo no me di bien cuenta de que los miró con codicia, sino hasta el otro día, cuando amanecí sin ellos. Faustino me dijo:

—Vamos a buscarlo, abuelo, al fin que no andará lejos.

Y así fue: nos pusimos busca y busca y busca sin hallarlo. El señor no era muy alto, llevaba una chamarra de cuero, tenía el pelo muy negro y se reía bonito. Pero no dimos con él. Andábamos en su busca, sin un centavo, y sin poder volver a Guanajuato, cuando la hallamos a usted, señora Blanquita.

La señora Blanquita nos miró compadecida.

—¿Y cuánto valían sus zapatos?

—Algo así como unos cien o quinientos pesos. Nunca lo supe de cierto, porque como le dije, no llegué a venderlos.

—¡Uy, qué bicoca!

Y la señora Blanquita se echó a reír. Hay que decir que ella no es de medias tintas, o se ríe mucho, o está bien enojada.

—Quinientos pesos… yo se los doy y le pago su boleto de autobús para que regrese a Guanajuato.

Mucho se lo agradecí. Le di mi nombre junto con las gracias: Loreto Rosales, para servirla. Y mi nieto, Faustino Duque, su servidor. Regresó la sirvienta que se llama Josefina, y que es frondosa y de buen parecer.

—El Chino dijo que ya es mucho lo que nos fía, y no quiso darme ni un pedacito de queso.

—¡Se asará en los infiernos!

Y la señora Blanquita salió de la cocina, diciendo palabras gruesas, ella que es tan delgadita. Esa noche cenamos café negro y tortillas duras con sal. Pero no nos afligimos, porque como nos dijo la propia señora Blanquita, todos estábamos al amparo de la Divina Providencia. Apenas acabamos de cenar, apagaron las luces de la sala y cerraron las cortinas de las ventanas que daban a la calle. También apagaron la luz de la cocina. La señora Blanquita y sus sirvientas se tiraron en el suelo, junto a las ventanas, para espiar la calle, por la rendija de una cortina apenas entreabierta.

—Allí está, señora Blanquita —dijo Josefina muy quedito.

—Mire, seño, está mirando para acá, patrullando la casa...

—Desgraciado, voy a llamar a la policía —dijo la señora.

—Sí, señora, péguele un susto antes de que nos mate.

Estuvimos espiando el peligro hasta quién sabe qué horas, porque Faustino y yo nos retiramos a dormir. Casi no dormí pensando en el enemigo que acechaba a la señora Blanquita. Oí las horas: las doce, la una de la madrugada y ellas allí seguían, espiando los pasos del malhechor, para estar prevenidas. Menos mal que la señora Blanquita parecía muy arredrada. Lo mismo que Josefina y que Panchita. Con ese pensamiento me dormí.

—¿Ya desayunó, don Loretito? —me preguntó la señora en la mañana.

—Ya, niña.

—Hoy le doy su dinero, para que vuelva a Guanajuato...

Y los días empezaron a correr y yo cada vez estaba más avergonzado. La señora Blanquita no tenía ni un centavo, y yo no podía hacer nada por ella, ni siquiera irme, porque la hubiera ofendido.

—¡Déjeme ir, señora Blanquita!

—¡Está loco, don Loretito!

Se reía, ponía música y bailaba. No se acongojaba por nada. Nunca salía, estaba muy amenazada. Por las noches espiaba la calle con sus criadas.

—¡Estamos enchiqueradas!

—Sólo Dios nos puede ayudar.

En el día Josefina iba a pedir fiado. Antes de salir se asomaba a los balcones.

—-Voy en una carrera antes de que llegue y me agarre.

Y volvía enseguida con las compras fiadas. Mientras preparaba la sopa de fideos y las quesadillas de flor de calabaza, cantaba. Tenía bonita voz la tal Josefina. Panchita también cantaba mientras tendía las camas y limpiaba los espejos. La señora Blanquita, tantito bailaba y tantito bordaba. Yo me hallé bien y ya no pedía irme. ¿Qué más quería? Tenía buen trato y buena compañía. A mi nieto lo dejaban jugar con el radio. De la ciudad ya ni me acordaba. Algún día la Divina Providencia nos recordaría y nos mandaría el dinero que necesitábamos. Entonces, con todo el dolor de mi corazón, yo me regresaría a Guanajuato. Y digo con todo el dolor porque me había engreído con esas tres mujeres: es difícil hallarlas tan reidoras. Así pensaba yo, y así se me pasaban los días. Fue una tarde, cuando ya empezaba a pardear, cuando llamaron a la puerta. Desde mi cuarto alcancé a oír la voz de Josefina.

—Perdone, señor, pero no puedo agarrar el paquetito...

—¿Por qué no? —era tamaño vozarrón de hombre.

Oí que Josefina cerró la puerta de golpe.

—¡Señora Blanquita, dejaron esto! —gritó Josefina apesadumbrada.

—¡Estúpida! ¿Por qué lo agarraste?

Oí que deshacían el paquetito.

—¿Ves?, ¿ves? ¡Mira!, ¡mira!

No me atreví a asomar la cabeza para ver qué habían traído. Josefina entró muy disgustada.

—La van a matar... la van a matar...

Al rato vi que Faustino estaba jugando con dos muñequitas rotas. Las dos estaban vestidas de novia y los vestidos blancos estaban hechos jirones, las mechitas güeras casi arrancadas.

—¿Dónde las encontraste, muchacho?

—Ahí estaban, en el suelo.

Pedimos unas agujas y un poco de hilo y nos pusimos a componerlas. En eso estábamos cuando volvieron a llamar a la puerta. Me puse en guardia, para algo había yo de servir a pesar de mis ochenta y dos años.

—¿La quiere matar? —gritó Josefina.

—¡Para que floree su tumba! —oí el mismo vozarrón de hombre.

—¡Señora!... Señora Blanquita.

También yo salí a ver: allí estaban, regadas en el suelo, quién sabe cuántas rosas rojas.

—¡Las aventó, señora, cuando yo no las quise agarrar!

—Flores en el suelo de mi casa, ¡qué mal agüero!, ¡qué mal agüero! —gritó la señora Blanquita.

Bien roja de mohína las empezó a levantar, abrió la ventana y las tiró a la calle. Josefina la ayudó. En cambio Panchita agarró una docena y la escondió en uno de los baños.

—Venga a ver, don Loretito.

La señora me llevó al balcón. Ya había oscurecido y las flores con la luz de los faroles, brillaban como confeti. Lástima que los coches les pasaran por encima. Nos metimos cuando vimos que todas estaban machucadas. Al rato volvieron a llamar a la puerta, pero esta vez eran golpes muy recios, como si quisieran echarla abajo. Me pareció que le daban de patadas o de cachazos de pistola.

—¡Yo abro, Josefina!

Vimos pasar a la señora Blanquita, como una centella. Iba embravecida.

Luego ya no oímos nada. Con precaución salimos del cuarto, en el suelo del salón había otro tanto de rosas rojas, y la puerta de la calle estaba completamente abierta.

—¡Se la llevó! —gritó Josefina.

—Sí, se la llevó —repitió Faustino.

Los cuatro nos vimos muy espantados. Sólo Dios sabía a dónde y si algún día la devolvería. Apenas íbamos a decir algo, cuando la señora Blanquita se nos apareció de nuevo. Venía bien revolcada, con el pelo lacio sobre la cara y su vestido blanco, roto.

—¡Me echó el coche encima!... Dame un tequila...

La señora se dejó caer en una silla de seda. Tenía las rodillas raspadas. Josefina le limpió la sangre de las piernas, le arregló el pelo y le pasó un pañuelo por la cara. Panchita nos dio a todos un buen fajo de tequila.

—Ande don Loretito, para el susto.

Con la señora Blanquita va uno de sobresalto en sobresalto. Se bebió su tequila de un trago, se repuso, se levantó y se fue al teléfono.

—Haga el favor de venir a la esquina de mi casa. A ver si tiene valor de decírmelo en mi cara... Lo espero en diez minutos.

Al rato entró a la cocina bien girita. Llevaba otro vestido. Nos sonrió, pero yo vi que estaba bien enojada. Buscó y buscó entre los cuchillos y luego escogió un martillo. Se lo puso bajo el brazo, con la cabeza para arriba, el palo pegado al cuerpo y lo sostuvo con el brazo. Parecía que iba desarmada. ¡Es ladina, y sabe muy bien lo que hace!

—Ahorita vengo.

Nos tiró un beso con la mano libre y se fue. Las muchachas se me quedaron mirando: "Viejo tarugo, ¿para qué sirve?" Les leí el pensamiento.

—Voy a seguir sus pasos... nunca se sabe...

Salí a la calle, que no había pisado en muchos días. De noche había tantos automóviles como al mediodía, y sus faroles la llenaban de reflejos. A causa de ellos, no atinaba yo a ver por dónde andaba la señora Blanquita. De repente la vi en la acera de enfrente. Junto a ella estaba un hombrón muy alto. Parecía que no se hablaban, nada más se miraban: midiéndose. Me metí entre los coches, y con mucha cautela, me acerqué.

—¡Sígame!

—Aquí no —gritó la señora.

El hombrón se volvió para todas partes, buscando.

—Debe tener usted a sus indios guardándola —dijo temeroso.

—Sígame.

La señora se echó a andar y el hombre la fue siguiendo, mirando, mirando para todas partes, desconfiado. A mí no me vio. ¿Quién se fija en mí? ¡Nadie! Nadie sabe ver a un pobre. Además yo sé caminar sin que me miren. Me lo enseñaron de chiquito. Nos fuimos metiendo por unas calles con jardines y sin gentes. ¡Muy oscuras! Yo me escurría entre los árboles y los pocos postes de luz. También me arrimaba a las puertas y a las rejas. La señora Blanquita iba muy adelante, caminando sin volver la cabeza, con los brazos pegados al cuerpo, escondiendo el arma, bien derechita. Dio vuelta a la izquierda y él la siguió. Yo me arrimé a la esquina y miré. Él me daba la espalda. Ella se le fue acercando.

—A solas, repítame lo que dijo.

—¿Lo que dije?... ¿qué dije? —preguntó el hombre asustado.

—¡Repítame lo que me dijo!

—Eres mala. Muy mala...

Y el hombre dio la vuelta después de dar su queja. Apenas le dio la espalda, la señora Blanquita sacó el martillo, lo levantó, agarrándolo con las dos manos y le dio un golpe seco sobre la nuca. La cabeza del martillo brincó sobre la acera y se fue rebotando hasta media calle. ¡Así de recio fue el golpe! El hombre dio unos pasos bamboleándose. A la luz de los faroles le vi los ojos en blanco. Luego, como borracho se fue a media calle y a tientas buscó la cabeza del martillo, la agarró y alcanzó a tirarla adentro de un jardín. Después se dejó caer al suelo y se cogió la cabeza entre las manos. La señora Blanquita se acercó a rematarlo con el palo del martillo. Pero el hombre se lo arrebató de un manotazo y lo tiró adentro del jardín.

—¡Traidora!... Das por la espalda...

Estaba enojada de haber dejado vivo a su enemigo. Era valiente, porque el enemigo era bien fornido, le sacaba la cabeza y pesaba el doble que ella. Allí sentado, le vi tamañas manos y tamañas espaldas. La señora lo miró un rato y luego agarró el camino de su casa. El hombre se levantó para seguirla. Pasaron muy cerquita de mí, sin verme. Yo los seguí. "Mientras ella lleve la ventaja, yo no meto las manos. Es bien bragada y defensa no necesita", me iba yo diciendo, cuando llegamos a la última callecita, la que desemboca en su avenida. Allí ella se detuvo, pensando, ¡adivinar en qué! Cerca de la esquina había un estanquillo abierto.

—¡Cómpreme unos cigarros! —ordenó.

Me acordé que desde la mañana no fumaba, porque el Chino no había querido fiarle sus Monte Carlo.

—Sí, mi amor...

Oí que contestaba su enemigo. Y con cautela, se paró en la puerta del estanquillo, para cuidar la bocacalle y que ella no ganara la avenida. Le estaba cerrando el paso. Ella lo miró y reculó muy despacito, muy despacito. Cuando el enemigo entró a pagar los cigarros, la señora Blanquita miró para todas partes, buscando salida en la callecita oscura, pero no tenía más remedio que pasar frente a la puerta del estanquillo. Miró para el cielo y se halló con las ramas del fresno. Sin pensarlo, se trepó al árbol como un gato y desapareció en lo oscuro del follaje. El hombre salió con los cigarros en la mano y no la vio. Pero no se desanimó: alerta, fue calle arriba, mirando para todas partes, escudriñando los jardines, las rejas, las salientes de las casas. Luego, calle abajo. Luego otra vez calle arriba, buscando; luego otra vez calle abajo. Yo me senté en el borde de la acera, me bajé el sombrero y me hice el que dormía, mientras lo miraba: calle arriba, calle abajo. El árbol de la señora Blanquita estaba muy quietecito. Y el hombre seguía calle arriba, calle abajo, mirando para todos lados. "¡Condenado, sabe que no ha salido de estos andurriales y le anda cerrando el paso!" Pasó más de una hora. Cerraron el estanquillo y el hombre seguía calle arriba, calle abajo. De seguro la señora Blanquita lo miraba y por eso no se movía.

—¡Écheme un cigarro! —gritó de pronto desde las ramas del fresno. Siempre he dicho que tanto el hombre como la mujer siempre se venden por sus vicios.

—¿Dónde, Blanca, dónde? —preguntó el hombre dando vueltas como trompo.

—Acá arriba.

—¿Dónde?

—¡En el fresno!

El enemigo se agarró al tronco del árbol y le dio tanta risa, que a mí también me la contagió. Se reía tanto, que trabajo le costó tirarle los cigarros, porque ella no quiso bajarse.

—¡Lárguese, para que pueda volver a mi casa!

—¡Quiero verle la carita!

—No se puede. Sólo mis amigos pueden verla.

—¿Cuánto vale su carita? ¡La compro!

—¡Quinientos pesos!

—¿Los mismos que me pediste?

—¡Los mismos! Se los debo al zapaterito de Guanajuato.

Se me quitó la risa. El zapaterito de Guanajuato era yo, Loreto Rosales. Me agaché bien. No quería que nadie me viera la cara. Me dio vergüenza que yo, Loreto Rosales, pusiera a una señora en el trance de matar a martillazos al mal hombre que le negaba ¡quinientos pesos!

—¿En dónde está su zapaterito, para dárselos?

—En un lugar secreto y usted no lo verá.

En verdad no debía verme. Me fui hasta la esquina bien agachado. Pasé frente al estanquillo, que tenía las puertas cerradas. Di la vuelta, llegué a la avenida y gané la casa. Entré y agarré a Faustino y luego tomé el camino de regreso a Guanajuato. Hice once días, porque no hallaba la salida de la mentada ciudad de México. Me fui hasta sin despedirme, porque hay veces en que no despedirse es de más cortesía. En los once días de andada, me reconfortaba pensar que yéndome, libraba a la señora Blanquita de la cárcel. Hace ya siete días que llegué a mi casa. Pero no estoy tranquilo. Anoche soñé a la señora Blanquita, parada en el Hemiciclo a Juárez, buscándome. Tal vez me necesite. Por eso de buena hora agarré el camino de regreso a México. A buen paso, Faustino y yo llegaremos en nueve días, y allá veremos qué es menester que hagamos por ella. Al fin que mientras ella lleve la ventaja, yo no meteré las manos... Aunque con la señora Blanquita, nunca se sabe, nunca se sabe...

¿Qué hora es...?

—¿Qué hora es, señor Brunier?

Los ojos castaños de Lucía recobraron en ese instante el asombro perdido de la infancia.

El señor Brunier esperaba la pregunta. Miró su reloj pulsera y dijo marcando las sílabas para que Lucía entendiera bien la respuesta:

—Las nueve y cuarenta y cuatro.

—Faltan todavía tres minutos... ¡qué día tan largo! Ha durado toda la vida. ¿Dios me regalará esos tres minutos?

Brunier la miró unos segundos: recostada, con los ojos muy abiertos y mirando hacia ese largo día que había sido su vida.

—Dios le regalará muchos años —dijo el señor Brunier, inclinándose sobre ella y mirándole los ojos castaños: hojas marchitas que un viento frío barría en aquel momento lejos, muy lejos de ese cuarto estrecho.

—Alguien está entrando en este cuarto... el amor es para este mundo y para el otro. ¿Qué hora es, señor Brunier?

Brunier volvió a inclinarse para ver aquellos ojos color té, que empezaban a irse, girando por los aires como hojas.

—Las nueve y cuarenta y siete, señora Lucía —dijo con tono respetuoso mirando a los ojos, que ahora parecían estar tirados en cualquier acera.

—Las nueve y cuarenta y siete —repitió supersticioso y deseando que ella lo oyera. Pero ella estaba quieta, liberada de la hora, tendida en la cama de un cuarto barato de un hotel de lujo.

Brunier le tomó una mano, tratando de hallarle un pulso que él sabía inexistente. Con mano firme le bajó los párpados. El cuarto se llenó de un silencio grave, que iba del techo al suelo y de muro a muro. Sobre una maleta marchita estaba la chalina de gasa color durazno. La cogió y la extendió sobre el cadáver. Apenas hacía bulto en la cama. El pelo sepia formaba una mancha desordenada debajo de la gasa.

Brunier se dejó caer en un sillón y se quedó mirando los cristales brillantes de las ventanas. Afuera los automóviles de colores claros se llenaban y se vaciaban de jóvenes ruidosos. ¿Cuántos años hacía que, metido en aquel uniforme verde y dorado, cuidaba la puerta del hotel? Veintitrés años. Así se le había ido la vida. Le pareció que sólo había abierto la puerta a malhechores. La banda era interminable y los "Buenos días", "Buenas tardes" y "Buenas noches", también interminables. Sólo la señora Mitre le había dicho al entrar: "¿Qué horas son?" La recordó perfectamente: venía seguida de dos mozos que le llevaban las maletas. No era demasiado joven, tal vez ya llegaba a los treinta años. Sin embargo, al pasar junto a él le sonrió con una sonrisa descarada. "Las señoras no sonríen así, sólo los muchachos", se dijo Brunier. Y para colmo, aquella señora le guiñó un ojo. Se sintió desconcertado. La viajera llevaba al cuello una amplia chalina de gasa color durazno cuyas puntas flotaban a sus espaldas como alas. Uno de los extremos de la chalina se quedó prisionero en una de las puertas y la sonriente extranjera dio un paso hacia atrás al sentirse estrangulada por la gasa. Brunier se precipitó a liberar la prenda y luego se inclinó respetuosamente ante la viajera.

—¡Gracias, gracias! —repitió la señora con un fuerte acento extranjero.

Brunier hizo una nueva reverencia dispuesto a retirarse. La extranjera lo detuvo sonriente.

—¿Cómo se llama?

—Brunier —contestó avergonzado por la falta de discreción de la señora.

—¿Qué hora es, señor Brunier?

Brunier vio su reloj pulsera.

—Las seis y diez, señora.

—El avión de Londres llega a las nueve y cuarenta y siete, ¿verdad?

—Creo que sí... —contestó el portero.

—Faltan tres horas y treinta y siete minutos —dijo la desconocida con voz trágica.

La extranjera cruzó el vestíbulo del hotel a grandes pasos. Su abrigo corto dejaba ver dos piernas delgadas y largas, que caminaban, no como si estuvieran acostumbradas a cruzar salones, sino a correr de prisa por las llanuras. Se inscribió en el hotel como Lucía Mitre, recibió su llave y anunció con desenvoltura:

—Reserven el cuarto 410 para el señor Gabriel Cortina, que llega hoy en el avión de Londres a las nueve y cuarenta y siete minutos.

El cuarto 410 estaba al lado del cuarto 412, el número que le había tocado a ella.

Durante varios días la señora Mitre comió y cenó en su habitación. Nadie la vio salir. El cuarto 410 permaneció vacío. En la vida del hotel llena de grupos de gentes que entran y salen, de fiestas, de automóviles que se detienen a sus puertas, estos hechos insignificantes pasaron inadvertidos. Sólo Brunier espiaba con atención las entradas y salidas de los clientes, esperando ver reaparecer a la señora de la chalina color durazno, que le había guiñado un ojo y preguntado la hora. Con discreción indagó entre las doncellas y los camareros.

—¿Qué? ¿La sudamericana? Está tocada. Se arregla, se sienta en un sillón y pregunta: "¿Qué hora es?"

Marie Claire, después de imitar la voz y los ademanes de la extranjera, se echó a reír.

—¡Qué manía! A mí también no hace sino preguntarme la hora —dijo Albert, el camarero que le llevaba los desayunos.

—Algo le pasa —comentó Brunier pensativo.

—Está esperando a su amante... —exclamó Marie Claire soltando una carcajada rencorosa.

Brunier escuchó las confidencias y siguió cuidando la gran puerta de entrada. Pasaron dos meses. De la gerencia del hotel le preguntaron a la señora Mitre si pensaba seguir guardando la habitación 410.

—¡Claro! El señor Gabriel Cortina llega hoy en el avión de las nueve y cuarenta y siete —contestó ella con aplomo.

—¡Es una extravagante! —dijeron en la administración.

—Los ricos pueden serlo. ¿Qué le importan esos francos si en su país tiene cien mil caballos y trescientas mil vacas? —replicó *mademoiselle* Ivonne con voz amarga y dejando por unos momentos las cuentas para entrar en la conversación.

—Todos los sudamericanos tienen muy buenas vacas y muy malas maneras. Como carecen de ideas están llenos de manías —dijo el señor Gilbert, asomándose por encima de su cuello duro.

La señora Mitre no tenía tantas vacas y al terminar el tercer mes no tuvo con qué pagar la última cuenta del hotel. El señor Gilbert subió a su habitación. La señora Mitre le abrió la puerta sonriente, lo hizo pasar y le ofreció asiento.

—Señora, lo siento, estoy realmente desconcertado, pero... debe usted mudarse de hotel.

¿Mudarme? —preguntó la señora asombrada.

El señor Gilbert guardó silencio. Después asintió gravemente con gestos de la cabeza.

—No puedo mudarme. Aquí estoy esperando al señor Gabriel Cortina. Él llega hoy en la noche, en el avión de las nueve cuarenta y siete. ¿Qué diría si no me encontrara? Sería una catástrofe. ¡Una verdadera catástrofe!

El señor Gilbert estaba apenadísimo. La cuenta del hotel no había sido cubierta.

—Según tengo entendido, la señora no tiene dinero para cubrir la cuenta.

—¿Dinero? No, no tengo nada —dijo la señora echando la cabeza para atrás y riendo de buena gana.

—¿Nada? —preguntó el señor Gilbert aterrado.

—¡Nada! Lo que se dice nada —aseguró ella sin dejar de reír.

El señor Gilbert la miró sin entender lo que ella le decía. Realmente era aterradora la confesión de la señora que tenía delante.

—¿Por qué duda usted de su palabra si me dijo que llegaba hoy en el avión de las nueve y cuarenta y siete...?

—No, no lo dudo... —dijo Gilbert desconcertado.

La señora Mitre lo miró un rato con sus ojos color té. Luego pareció nerviosa, se torció las manos y acercó mucho su rostro al del señor Gilbert.

—¿Qué hora es...? —preguntó inquieta.

—Las cuatro y cinco —contestó el hombre casi a pesar suyo.

Las tardes eran ahora muy cortas y por las ventanas entraba el oscurecer gris y frío. El señor Gilbert encendió una lámpara que estaba sobre una consola y su luz rosada iluminó la cara pálida de la señora Mitre. Era duro decirle a aquella mujer sonriente y delicada que debía desalojar el cuarto, ahora mismo. La miró con valor.

—¡Señora...!

Ella se volvió hacía él, sonriendo con aquella sonrisa de muchacho de campo y le guiñó un ojo.

—Sí, señor...

—Si pudiera usted, al menos, dejar algo...

—¿Algo? —preguntó ella asombrada y descruzando las piernas.

—Sí, algo de valor —dijo el señor Gilbert impaciente. ¿Por qué le tocaría a él precisamente venir a decirle a la señora Mitre esta estupidez?

Lucía Mitre apoyó los codos sobre las rodillas, sostuvo la cara entre sus manos y lo miró con fijeza como si no entendiera lo que le pedía. Gilbert guardó silencio. No se le ocurría agregar ninguna palabra.

—¡Ah! ¿De valor? —repitió Lucía, como para sí misma. Entrecerró los ojos y volvió a cruzar las piernas. De pronto se llevó las manos a la nuca y con decisión se quitó el collar de perlas de varios hilos que llevaba puesto.

—¿Esto? —dijo extendiendo las manos que sostenían las perlas. El señor Gilbert apreció desde lejos sus reflejos tornasoles y pareció tranquilizarse.

—Son muy caras... Cuánto rogué para que me las regalaran. ¿Ya ve? Nadie sabe para quién ruega. Si Ignacio supiera... —agregó como para sí misma.

El señor Gilbert no supo qué contestar. Lucía le tendió el collar con un gesto amplio.

—Ignacio es mi marido —dijo a modo explicativo.

—¿Su marido?... —preguntó Gilbert al mismo tiempo que recogía la alhaja.

—Sí, mi marido...

Madame Mitre se quedó mirando al vacío, como si la palabra *marido* la hubiera transportado a un mundo hueco.

—Es una historia muy complicada. ¿Verdad que las complicaciones son odiosas, señor...?

—Gilbert —contestó su interlocutor casi mecánicamente.

—Gilbert —completó ella su frase trunca.

Las palabras de Lucía sonaban irreales en la habitación de luz rosada. Su voz salía con lentitud y parecía que no iba dirigida a nadie. Las frases apenas dichas rodaban frágiles por el aire y caían sin ruido sobre la alfombra. Lucía miró a Gilbert, para que éste no olvidara lo que iba a decirle.

—Ahora comprende usted por qué Gabriel Cortina llega esta noche en el avión de las nueve y cuarenta y siete, ¿verdad?

Gilbert guardó silencio y guardó el collar para examinarlo más tarde con calma.

La voz corrió entre los empleados del hotel: "La señora Mitre entregó un fabuloso collar de perlas, para seguir esperando la llegada de su amante". El rumor llegó a los oídos de Brunier. Habían pasado ya cinco meses desde la tarde en que la señora Lucía le había guiñado un ojo, y Brunier, a pesar de no haberla visto más, no la había olvidado. Esperaba siempre que apareciera la larga chalina flotante y la sonrisa hospitalaria. El cuarto 410 había sido ocupado por un sinfín de viajeros, que se dirigían a las montañas de Austria o a los soles de España y Portugal y la señora Mitre permanecía invisible en el cuarto 412 del hotel. Brunier estaba intranquilo. Sabía que más tarde o más temprano, la señora se acabaría las perlas, una por una, y entonces tendría que irse a la calle. Esta idea lo mortificaba.

—Señorita Ivonne, ¿cuántas perlas le quedan todavía a la señora Mitre? —preguntó Brunier, temeroso de la respuesta.

—Veintidós —contestó Ivonne.

—¿Y después?

—Después, ¡up! —contestó Ivonne haciendo sonar los dedos.

—Hay que hablar con ella —dijo Brunier pensativo.

—No lo va a escuchar. Está esperando a su amante, que no va a llegar —dijo Ivonne convencida.

—Lo que hace es una niñería —insistió el señor Brunier.

El domingo por la tarde, el señor Brunier subió al cuarto 412. Se alisó los cabellos antes de llamar. Sentía que iba a cumplir con una misión importante y que no debía fallar en sus gestiones. Lucía Mitre le abrió la puerta. Lo miró sonriente, lo invitó a pasar y le ofreció asiento con su mismo gesto amplio y alegre.

—Realmente, tiene buenas maneras. Sólo que no me escuchó. Lo único que logré fue convencerla de que se mudara al cuarto 101, pues así tendrá dos días por cada perla. Mañana temprano le bajo las maletas —comentó Brunier más tarde.

—Esta historia empieza a ponerme nervioso —dijo Albert.

—¿Y el tal Gabriel, en dónde está? —preguntó exasperada Marie Claire.

—A lo mejor no existe. A lo mejor ella lo inventó —dijo Mauricio, uno de los elevadoristas.

—Es muy posible. Si no, ya hubiera dado señales de vida —asintió Marie Claire.

Más tarde Ivonne atrapó al señor Brunier en los vestidores. Hasta ella había llegado la hipótesis de Mauricio y quería consultarlo con el viejo portero, que parecía tener tanto interés en la extranjera.

—¿Sabes, Brunier, que nunca ha recibido carta de ningún lado del mundo?

—¿Y ella no pregunta si ha tenido correspondencia? —preguntó Brunier pensativo.

—No, no dice nada. Sólo pregunta la hora. Dice que su reloj va muy despacio —explicó Ivonne con avidez.

—Pero tiene que haber vivido antes en algún lugar. No me diga que se apareció ¡así!, de pronto, en la mitad de París.

Durante muchos días Lucía Mitre vivió en el cuarto 101. Sólo los criados la veían. Comía y cenaba en su habitación y no hablaba con nadie. De pronto el señor Gilbert volvió a visitarla. Otra vez debía pedirle que abandonara el hotel. Pero Lucía buscó sonriente en su alhajero unos aretes de diamantes y se los entregó al visitante.

Brunier subió al cuarto 101. Quería convencer a la señora Mitre de algo muy penoso: que se mudara a un hotel más barato. De esa manera sus diamantes se convertirían en muchos días.

—¿Muchos días...? Pero si Gabriel llega hoy en el avión de las nueve y cuarenta y siete minutos. ¿Por qué tienen ustedes tanta prisa...? ¿Nunca han visto a nadie que espere a su amante todo el día?

—Sí... un día —dijo Brunier.

—Entonces...? ¿Qué hora es? —dijo ella.

—Las doce y media de la mañana —contestó Brunier mirándola con desesperación.

—Bueno, pues dentro de nueve horas y diecisiete minutos llega Gabriel...

Lucía agachó la cabeza, parecía cansada. Se miró las puntas de los pies y se arregló los pliegues de su falda de seda color durazno. Después sonrió levemente al portero; éste, se sintió avergonzado. Nada de lo que él pudiera decirle resultaba válido, porque Lucía Mitre giraba como una mariposa alrededor de un fuego que él no percibía, pero que estaba allí, en la misma habitación, cegándola.

—Claro, señor Brunier, que el tiempo se ha vuelto de piedra... cada minuto que pasa es tan enorme como una roca enorme. Se construyen ciudades nuevas que florecen, decaen y desaparecen, y van pasando las ciudades y los minutos; y el minuto de las nueve y cuarenta y siete llegará cuando hayan pasado estos minutos de piedra con sus enormes ciudades, que están antes del minuto que yo espero. Cuando suene ese instante la ciudad de los pájaros surgirá de este amontonamiento de minutos y de rocas...

—Sí, señora —dijo Brunier con respeto.

—Estoy muy cansada... muy cansada... son las piedras —agregó Lucía mirando con sus ojos fatigados al portero. Después, como si hiciera un esfuerzo, le hizo un guiño y sonrió con su sonrisa abierta de muchacho. Brunier quiso devolverle la sonrisa, pero lo invadió una tristeza inexplicable, que lo dejó paralizado.

—De niña, señor Brunier, el tiempo corría como la música en las flautas. Entonces no hacía sino jugar, no esperaba. Si los grandes jugáramos, acabaríamos con las piedras adentro del reloj. En ese tiempo el amor estaba afuera de las tapias de mi casa, esperándome como una gran hoguera, toda de oro, y cuando mi padre abrió el portón y me dijo: "¡Sal, Lucía!", corrí hacía las llamas: mi vocación era ser salamandra...

Brunier supo que la señora Lucía estaba hechizada. ¿Pero, por quién o por qué?

—¿Y usted, señor Brunier, cuántas salamandras tuvo? —preguntó Lucía con interés, como si de pronto recordara que debía hablar más de su interlocutor y menos de ella misma.

—Dos, pero ellas son verdaderas salamandras, no se quemaron en el fuego —contestó Brunier.

Después de la visita del portero, la señora se quedó aún más quieta. Nunca tocaba el timbre ni pedía nada. Acabaron por mandarle las bandejas casi vacías. El señor Gilbert la visitaba de cuando en cuando y se llevaba una por una sus alhajas. Le preocupaba aquella presencia constante en el cuarto más barato del hotel. La primavera pasó con sus racimos de nieve y cubriendo a los castaños; se deshojó el verano en un otoño amarillo, volvió el invierno con sus teteras humeantes, y Lucía Mitre siguió preguntando la hora, encerrada en su cuarto. El señor Gilbert la tenía muy presente.

—Señora, ¿no sería conveniente que le escribiera usted a su marido?

—¿A mi marido?... ¿Para qué?

—Para que haga algo por la señora... para que la recoja. Un señor mexicano es, dondequiera, siempre un caballero.

—¡Ah! Sí, él es el mejor de los hombres. Siempre le viviré agradecida, señor Gilbert. Si usted supiera... vivimos casados ocho años... Nunca olvidaré las noches que pasé en la habitación inmensa de su casa. Mi suegra me oía llorar y venía envuelta en un kimono japonés...

La señora Mitre guardó silencio, como si oyera venir los pasos de aquella mujer a la que por primera vez nombraba. El señor Gilbert miró hacia la puerta, tuvo la impresión de que alguien envuelto en un traje oriental entraba sin ruido en la habitación. La señora Mitre se tapó la cara con las manos y empezó a sollozar. Gilbert se puso de pie.

—¡Señora! Por favor...

—El cuarto era enorme, estaba lleno de espejos y yo me sentía muy sola. Eso enojaba a mi suegra... ¿Le parece muy mal, señor Gilbert?

—No, no, me parece natural —contestó Gilbert ruborizándose.

—A Ignacio lo veía en el comedor. El día que me escribió la carta me extrañó mucho, porque podía habérmelo dicho en la comida. Luego vi que ésa era la mejor manera de decirme algo tan delicado. ¿Quiere usted leerla?

Gilbert no supo qué decir. La señora Mitre se levantó con presteza y buscó adentro de su maleta un pequeño cofre de madera muy olorosa. Al abrirla respiró con deleite el perfume y exclamó:

—¡Es de Olinalá!

Luego encontró una carta escrita tiempo antes y leída muchas veces, y la entregó a Gilbert con aquel gesto suyo, amplio y sonriente, que tomaba siempre que tenía que dar algo, ya fueran sus perlas, sus brillantes, o su carta.

—¡Léala, por favor!

El señor Gilbert recorrió la carta con los ojos sin entender nada. La carta estaba escrita en español, sólo alcanzó a descifrar la firma: "Ignacio". Movió la cabeza, como si entendiera el contenido de aquella carta, la dobló con cuidado y quiso guardarla como las perlas, para que alguien se la tradujera más tarde. Pero Lucía Mitre tendió la mano y a él no le quedó más remedio que entregarla.

—¿Ve usted? —dijo ella con simplicidad. Luego se puso de pie, alcanzó una cerilla y le prendió fuego al papel. Gilbert no pudo impedir su gesto y la carta se retorció en las llamas, hasta convertirse en una telita negra que cayó hecha añicos.

—¿Ahora ya no sirve, verdad? —preguntó asombrada.

—No, ya no sirve —comentó Gilbert descorazonado. Estaba seguro de que esa carta quemada contenía el secreto de Lucía Mitre.

—¿Qué hora es? ¿Cuánto tiempo falta para las nueve y cuarenta y siete?

—Cuatro horas y veintitrés minutos —dijo el señor Gilbert con voz melancólica.

—¡Cuatro horas...!

—Mientras dan las nueve, ¿por qué no sale usted a dar un paseo por París? Si viera qué hermosos están los muelles, llenos de libros, de paseantes...

—¿Una vuelta?... No, no puedo. Me voy a arreglar un poco... estoy tan nerviosa —dijo tocándose la cara con angustia.

El señor Gilbert vio sus mejillas hundidas y sus manos delgadas y temblorosas.

—Es usted muy bella, señora Mitre —dijo convencido de que la tragedia embellece a sus personajes. La luz que rodeaba a la mujer que tenía sentada frente a él, era una luz que se alimentaba de ella misma. Toda ella ardía adentro de unas llamas invisibles y luminosas. Tuvo la impresión de que pronto no la vería más. Admiró los huesos calcinados de sus pómulos y de sus dedos translúcidos. ¿Cuándo, y cómo, y por qué, había entrado en aquella hermosa dimensión suicida? Se sintió grosero junto a la dama vestida de color durazno que se transmutaba cada día más en una materia incandescente que a él le estaba vedada.

—Después de esa carta ya no podía quedarme en la casa de Ignacio... Recuerdo que la noche de la cena, la seda de las paredes del comedor ardía en llamas pequeñísimas, y que las flores de la mesa olían con la frescura que sólo se encuentra en los jardines. Cuando vi las manos de Ignacio y de Emilia acariciándose sobre el mantel, me parecieron las manos desconocidas de personajes desconocidos. En ese momento me fui a vivir a otro palacio, aunque aparentemente seguí durmiendo en el cuarto de la casa de Ignacio. Por las noches después de la visita de mi suegra entraba Gabriel... ¿Usted conoce México? Pues Gabriel es como México, lleno de montañas y de valles inmensos... Siempre hay sol y los árboles no cambian de hojas sino de verdes...

La señora Mitre se quedó buscando aquellos soles brillando sobre las copas de los árboles de su país. Gilbert la dejó acompañada de sus fantasmas. "Su marido y su amante la engañaron", se dijo, mientras llegaba a su despacho y se sintió responsable de la suerte de aquella mujer. Durante los dos meses que todavía vivió en el hotel, el señor Gilbert se negaba a comentarla.

—¡Por favor! No me hablen de la señora Mitre... Me da escalofríos.

Ahora Lucía Mitre estaba cubierta con su chalina de gasa color durazno. Una ira antigua y caballeresca se apoderó de Brunier; "¡pobre pequeña!", se dijo pensando en Gabriel. "¡Pobre pequeña!" se repitió recordando a Ignacio. Debía advertir a Gilbert de lo que acababa de ocurrir en el cuarto 101.

Los divanes y las sillas de época cubiertas de sedas de color pastel, los espejos, los ramos de flores silvestres y las alfombras color miel, le dieron la sensación de entrar al centro tibio del oro. Contempló a las parejas reflejadas en las luces de los espejos, deslizándose frágiles por caminos invisibles y perfumados, en busca de amores que quizás apenas durarían unas horas. Parecían hermosos tigres olfateando intrincados vericuetos y tuvo la impresión de que algunos de aquellos personajes fugaces se quedarían tal como Lucía, prendidos a un minuto irrecuperable.

Brunier se acercó a Gilbert, que de pie, muy sonrosado y vestido con su impecable jacquet, sonreía a una de aquellas parejas elegidas. Esperó unos minutos.

—La señora Lucía acaba de morir —anunció sin dejar traslucir su emoción.

—¿Qué dice? —preguntó Gilbert adoptando el rostro más inexpresivo que encontró.

—Que la señora Lucía Mitre acaba de morir —repitió Brunier sin cambiar de actitud.

—¡Qué desdicha! —exclamó el señor Gilbert en voz baja. Luego atendió sonriente a una cliente que le preguntaba por el bar.

—Voy a llamar a la policía. Hay que evitar que los clientes se den cuenta de lo sucedido.

—Murió exactamente a las nueve y cuarenta y siete minutos —explicó Brunier con una voz que quiso ser natural.

Gilbert iba a decir algo, pero la llegada de un cliente lo distrajo. El cliente era joven, llevaba una raqueta en la mano y su rostro era asoleado y sonriente. Con voz juguetona, explicó que desde hacía once meses, una amiga suya le había reservado el cuarto 410. No sabía si la reservación se había hecho a nombre de su amiga: Lucía Mitre, o al suyo: Gabriel Cortina.

—Pero es lo mismo —explicó sonriente.

Gilbert, asombrado, no supo qué decir, buscó en los ficheros y vio que el cuarto 410 estaba vacío. Cogió la llave y se la tendió al joven que distraído daba golpecitos en el escritorio, con el filo de su raqueta.

Gilbert y Brunier, mudos por la sorpresa, vieron cómo se alejaba Gabriel Cortina, rumbo a los elevadores. Iba jugando con la llave, ajeno a su desdicha. Sus pantalones de franela y su saco sport le daban una elegancia infantil y americana. Los dos hombres se miraron consternados. Deliberaron unos momentos y decidieron que cuando llegara la policía explicarían lo sucedido al recién llegado.

—¡Es una catástrofe!

—¡Una verdadera catástrofe!

A las diez y media de la noche tres hombres correctamente vestidos cruzaron el vestíbulo del hotel acompañados de Brunier y de Gilbert. Los cinco hombres subieron primero al cuarto 410, para decirle a Gabriel Cortina lo sucedido. Llamaron a la puerta con suavidad. Al ver que nadie contestaba a sus repetidas llamadas decidieron abrir con la llave maestra. Encontraron el cuarto vacío e intacto. Brunier y Gilbert se miraron atónitos, pero recordaron que el cliente no llevaba más equipaje que su raqueta. Buscaron la raqueta sin hallarla. Entonces llamaron a los criados, pero ninguno de ellos había visto al joven que buscaban. Los tres policías revisaron el baño y los armarios. Todo estaba en orden: nadie había entrado en aquella habitación. Perplejos, los cinco hombres bajaron a la administración; tampoco allí, ninguno de los empleados, ni siquiera Ivonne, recordaba la llegada de aquel huésped. La llave del cuarto 410 estaba colgada en el fichero, intocada. Gilbert y Brunier discutieron acalorados con el personal de la administración la presencia de Gabriel Cortina en el hotel. Los policías ordenaron pesquisas que resultaron inútiles, pues el joven risueño, propietario de la raqueta, no apareció en ninguna parte del hotel.

Había desaparecido sin dejar huella. Después de muchas discusiones adoptaron la hipótesis de que habían sido víctimas de una alucinación.

—Fue el deseo de que llegara —aceptó vencido y melancólico el señor Gilbert.

—Sí, eso debe haber sucedido, los dos la amábamos —confesó Brunier.

Los tres policías se enternecieron con lo sucedido. Uno de ellos era de la Bretaña y contó que en su país sucedían cosas semejantes.

Sombríos, los cinco hombres se dirigieron al cuarto de Lucía Mitre para terminar con su triste diligencia. Al entrar en la habitación los policías se quitaron los sombreros y se inclinaron respetuosos ante el cuerpo de la señora.

Brunier, solemne, señaló a los pies de la cama.

—¡Ahí está! —dijo casi sin voz.

Sus cuatro acompañantes vieron la raqueta blanca depositada con descuido a los pies de la cama de Lucía Mitre. Se lanzaron nuevamente a la búsqueda del joven propietario de la raqueta, pero su búsqueda fue infructuosa, pues el cliente risueño, tostado por el sol de América, no volvió a aparecer nunca más en el Hotel del Príncipe.

Gilbert se inclinó por última vez sobre el rostro de Lucía Mitre, también ella se había ido para siempre del hotel, pues en su rostro no quedaba de ella nada.

La semana de colores

Don Flor le pegó al Domingo hasta sacarle sangre y el Viernes también salió morado en la golpiza.

Después de su confidencia, Candelaria se mordió los labios y siguió golpeando las sábanas sobre las piedras blancas del lavadero. Sus palabras sombrías se separaron del estrépito del agua y de la espuma y se fueron zumbando entre las ramas. La ropa era tan blanca como la mañana.

—¿Y luego? —preguntó Tefa.

Evita quiso oír el resto de la conversación, pero Rutilio llamó a Tefa y ésta se fue al lavadero.

—¿Qué dijiste, Candelaria? —aventuró la niña.

—Nada que deban oír tus orejas de mocosa.

Durante toda la mañana Candelaria siguió azotando la ropa blanca contra las piedras blancas. Evita no obtuvo ni una palabra más de la boca de la lavandera. En vano la niña esperó un gran rato. La criada no se dignó a mirarla, abstraída en su trabajo y en su canto.

—¿Qué día es hoy? —preguntó Eva a la hora de la comida.

—Viernes —contestó su padre.

—¡Hum! —comentó incrédula.

Las semanas no se sucedían en el orden que creía su padre. Podían suceder tres domingos juntos o cuatro lunes seguidos. Podía suceder también lunes, martes, miércoles, jueves, viernes, sábado y domingo; pero era una casualidad. ¡Una verdadera casualidad! Era mucho más probable que del lunes saltáramos bruscamente al viernes y del viernes regresáramos al martes.

—Yo quisiera que siempre fuera jueves —pidió Leli.

—Yo pediría martes —contestó su hermana.

El jueves y el martes eran los mejores días.

—Ya van cinco viernes seguidos —dijo Leli haciendo un gesto de desagrado.

Su padre la miró.

—Es una vergüenza que todavía no sepas los días de la semana.

—Sí los sabemos —protestó Evita.

Los viernes morados y silenciosos llenaban a la casa de grietas. Ellas veían sus muros rotos y se alejaban con miedo. De una carrera llegaban hasta la alberca y, para no ver el polvo, se tiraban de cabeza al agua.

—¡Sálganse, ya se les arrugó la piel por el remojo!

Las sacaban del agua y las sentaban a la mesa.

Los viernes eran días llenos de sed. Por las noches el ruido de los muros quebrados no las dejaba dormir.

—¿Crees que amanezca jueves?

Amanecía otra vez viernes. Los muros seguían de pie, sostenidos por el último pedacito de jueves.

—Rutilio, ¿qué día es hoy?

—Para qué quieren saberlo, si cualquier día es bueno para morir.

No era verdad. Había días mejores para morir. El martes era delgadito y transparente. Si morían en martes, verían a través de sus paredes de papel de china los otros días, los de adelante y los de atrás. Si morían en jueves, se quedarían en un disco dorado dando vueltas como en los "caballitos" y verían desde lejos a todos los días.

—Papá, ¿qué día es hoy?

—Domingo.

—Eso dice el calendario de la guitarrita, pero no es cierto.

—Eso dice el calendario porque eso debe decir. Hay un orden, y los días son una parte de ese orden.

—¡Hum...! No lo creo —insistió la niña.

Su padre se echó a reír. Siempre que se equivocaba se reía, les levantaba el flequillo, les miraba la frente, volvía a reír, y luego bebía un sorbito de café.

—El señor no sabe nada —afirmaba Evita.

—Vamos ver a don Flor...

El rey Felipe II las oyó desde su retrato.

—¡Chist! Está oyendo...

Lo miraron, colgado en la pared, vestido de negro, oyendo lo que ellas murmuraban, junto a la mesita en donde merendaban las natillas, cerca de las cortinas del balcón.

A don Flor nadie lo veía. Las gentes que hablaban con él venían de muy lejos y sólo "cuando tenían penas". Eva y Leli se escapaban de su casa para ir a la colina de girasoles gigantes. Desde su altura estratégica, sentadas en el suelo, dominaban el patio y el corral de la casa de don Flor. Había tanta luz, que la casa, el patio y el corral les quedaban al alcance de la mano. Desde la colina, podían ver las ollas, las piedras, las sillas y los ixtles. La casa era redonda y pintada de blanco, parecía un palomar. Por dentro tenía todos los colores, pero eso lo supieron un tiempo después. Don Flor no se vestía de blanco, como los otros hombres, ni llevaba pantalones. Su traje era largo, color bugambilia y parecía una túnica. Llevaba el cabello cortado a la "Bob", igual que las niñas, y en las tardes se sentaba en el patio o en el corredor de su casa a tejer canastas y a platicar con los Días. Desde la colina ellas lo veían tejer los mimbres y los ixtles blancos. Todos los días eran de distinto color. A veces la semana estaba incompleta y don Flor platicaba sólo con el Miércoles y el Domingo. A veces estaba cuatro veces seguidas con el Lunes.

—¿Qué tanto hablan? ¡Entren, se va a enfriar la cena!

El Viernes, asomado a la ventana que daba al corral, llamó a don Flor y al Lunes. Eva y Leli se acordaron que debían volver a su casa. Estaba anocheciendo y de prisa bajaron la colina y entraron al pueblo.

—Ya vimos que hace tres días que es lunes —dijo Evita.

—¿Fueron a la casa de don Flor? ¡Les va a caer el mal! ¿No saben que no es católico? Se lo voy a decir a sus padres.

Candelaria se enojó mucho cuando supo que iban a ver a don Flor. En cambio él no lo sabía, y, tranquilo, se seguía paseando en su corral y tejiendo canastas con sus manos oscuras. Los Días se sentaban en ruedo sobre unos petates. Se veía muy bonito el corro de los Días. La semana junta era como el arco iris y salía sin que lloviera. Una tarde don Flor se acercó al Jueves, que tejía un ixtle blanco y le puso en la punta de la trenza negra una flor naranja de nopal. La flor era del color de su vestido. Eva y Leli se quedaron sentadas en la colina toda la tarde, a pesar del calor que bajaba del cielo y subía de la tierra. No podían dejar de mirar la flor naranja sobre la trenza negra. Los girasoles peludos eran secos, y en lugar de dar sombra aumentaban el calor como si fueran de lana.

—¡Lástima que no tengamos trenzas negras!

Por la noche su casa iluminada resplandecía como la flor naranja sobre la trenza negra del Jueves.

—¡Hoy es jueves! —anunciaron radiantes.

Felipe II las miró con disgusto. Les pareció que quería darles una bofetada.

—Confunden los días. Están embrujadas... —suspiró Candelaria, acercándoles el cestito de los bizcochos.

La criada cruzó los brazos y las miró mucho rato. También ella brillaba negra en la luz naranja del Jueves. Las niñas masticaron ruidosas los "violines" y las "flautas".

—Nuestro Señor Jesucristo les va a secar los ojos, por mirar lo que no deben mirar.

—Nuestro Señor Jesucristo no nos da miedo.

—¿Qué dicen, perversas? ¿Tampoco les da miedo equivocar a los días?

No contestaron, siguieron comiendo sus bizcochos. También Nuestro Señor podía equivocarse y haber dicho mal los días. Imposible que lo supiera todo. Después de esa tarde, siguieron muchos jueves redondos y naranjas. Poco a poco el último jueves se volvió rojo y entró otra vez el domingo, sin que Nuestro Señor les hubiera sacado los ojos. Candelaria tampoco las había acusado con sus padres y Felipe II las miraba con enojo y sin palabras.

—¿Vamos a ver qué día saca hoy?

Se escaparon rumbo a la colina de los girasoles. La colina estaba callada. No había chicharras. La tierra había cerrado sus agujeros y no dejaba salir a las hormigas ni a los pinacates. Un viento rojo hacía bajar a las nubes rojizas hasta tocar las puntas de los girasoles. De las flores llovía un polvo amarillo y don Flor estaba solo, tumbado en el patio de su casa. No había ni un solo día. Se había acabado la semana. Evita y Leli quisieron volver a su casa. Pero la tarde roja giró alrededor de ellas y continuaron sentadas en la tierra ardiente, mirando el patio abandonado de los Días, y a don Flor derribado en el suelo, mirando inmóvil el cielo. Pasó el tiempo y don Flor metido en su traje bugambilia siguió quieto, tirado en el centro del patio de su casa. A fuerza de mirarlo, su traje empezó a volverse enorme y el patio muy chiquito. Tal vez Nuestro Señor Jesucristo le estaba sacando los ojos, por eso sólo veían la mancha cada vez más grande del traje color bugambilia.

—Vamos a ver a don Flor, él nos lo dirá.

Bajaron la colina y dieron un rodeo hasta llegar frente a la casa que vibraba blanca bajo las nubes rojas. Golpearon a la puerta y esperaron. Al cabo de un rato la puerta se entreabrió y luego se abrió completamente.

—¿Qué pena las trae por aquí, niñitas? —les dijo don Flor cuando apareció en la puerta de su casa. Ellas lo miraron, alto, metido en su túnica de pliegues opacos, con las orejas cubiertas por los cabellos negros.

—No vemos...

—Pasen, pasen.

Las hizo entrar a un zaguán minúsculo, pintado de color lila. De allí al patio redondo. Las puertas de los cuartos daban a ese patio y estaban todas cerradas. Cada puerta era de color distinto. Las ventanas daban al corral. La casa era igual a un palomar. En el centro del patio en donde debería estar una fuente, don Flor colocó tres sillas, las hizo tomar asiento y las miró pensativo.

—¿Con que ustedes son las güeritas?

Ellas se dejaron observar en silencio.

—Pelo hembra… —agregó don Flor tocándoles el cabello, con sus dedos cargados de anillos.

Acercó su silla de un empellón y se inclinó sobre ellas para mirarles los ojos.

—Ojo macho —agregó.

Las niñas no supieron qué decir, bajaron los ojos y miraron con fijeza las piedras redonditas y grises del suelo.

—Hay mucha agua, mucha agua en sus ojos.

Don Flor dijo estas palabras con gravedad. Luego guardó un silencio afligido.

—Entre ustedes y yo hay toda el agua del mundo.

Al decir esto, don Flor se quedó muy triste, puso los ojos en blanco, palmeó varias veces con fuerza, como si fuera a hacer estallar la tarde, tendió las manos hacia delante, con las palmas hacia arriba y se quedó en éxtasis. Al cabo de un rato se inclinó sobre Leli, colocó un dedo entre sus ojos y la miró con fijeza.

—Tú te vas a ir del otro lado del agua.

Cuando retiró el dedo de la frente de la niña, ésta pensó que le había quedado un agujero. Don Flor sacudió las manos, como si las tuviera mojadas, se volvió a mirar a Eva y colocó otra vez su dedo oscuro sobre la frente pálida de la niña.

—Y tú…

Guardó silencio, parecía perplejo. Retiró el dedo de la frente de la niña y le cogió una rodilla.

—Voy a leer tu rodilla.

Se inclinó con presteza sobre la pierna llena de tierra de la colina y así estuvo largo rato. Evita no se movió.

—Tú no te vas. Tú te quedas en medio de estos días.

—¿Cuáles? —preguntó Eva asustada.

—Éstos. Aquí estamos en el centro de los días.

Sus palabras se bebieron el agua de la tarde y se produjo un silencio reseco. Las niñas sintieron sed, miraron el patio polvoriento por el que corría un aire caliente. En la casa no había ni una sola planta, ni el menor rastro de hojas.

—Ya no hay días… ¿A dónde se fueron? —preguntó Eva.

—La Semana se fue a la Feria de Teloloapan. Aquí sólo queda el centro de los días —respondió don Flor mirándolas con sus ojos vidriosos que olían a alcohol.

—¿A la feria?

—¿No me creen? ¡Vengan!

Don Flor se levantó y echó a andar moviendo los pliegues de su túnica color bugambilia. Ellas lo miraron alejarse. De pronto se detuvo, se volvió a mirarlas y las llamó con señas. Las niñas no tuvieron más remedio que obedecer y acercarse al hombre que las esperaba impaciente. Se detuvo frente a una puerta pintada de rojo.

—¿Ven?

Sobre la pintura roja de la puerta, en caracteres de un rojo más oscuro, alguien había escrito: "Domingo", y con letras más pequeñas: "Lujuria", y más abajo: "Largueza". El hombre sacó de entre los pliegues de su túnica un manojo de llavecitas negras, escogió una y la introdujo en el candado que cerraba la puerta. Después, de un puntapié, la abrió de par en par.

—Pasen.

Las niñas entraron acompañadas de don Flor y se quedaron de pie en medio de la habitación.

—¿Oyen? —preguntó el hombre con voz extraña.

Las niñas lo miraron sorprendidas. En el cuarto de puerta y muros rojos no había nadie, ni se escuchaba ningún ruido.

—¿No oyen los chicotazos? —insistió don Flor.

Las niñas miraron sus ojos secos y alertas, su cara tendida hasta unos ruidos que ellas no escuchaban. Don Flor parecía complacido, extrañamente complacido.

—Oigan.

En el cuarto sólo había un olor terrible. No sabían si agradable o desagradable. De uno de los muros rojos colgaban unos collares de conchas negras.

—¿Ven? El Domingo no está, se fue a la feria con los otros Días.

—No, no está —respondieron las niñas.

Don Flor se acercó a tocar las conchas negras, luego se volvió a ellas.

—De todas es la más mala: lujuriosa y despilfarrada. No he podido acomodarle la virtud que le atajaría el vicio.

El hombre movió la cabeza y dio de vueltas a los anillos que llevaba en los dedos. Volvió a mirarlas con los ojos secos.

—Cuando me toca visitarla, me hace sudar sangre, pero yo también se la saco. La dejo rayada a chicotazos... ¿La oyen...?

Me está llamando. ¡Óiganla! ¡Óiganla llorar llamándome! Ama el placer y los vicios...

Las niñas no oían nada. El cuarto de Domingo les dio miedo. Miraron a don Flor, los ojos se le habían quedado tan secos como las conchas negras de los collares que pendían de la pared.

—¡Óiganla...! ¡Óiganla...!

Se volvió a mirarlas, estaba sonriente, mostrando los dientes blancos.

—Me gusta su piel tendida... se le revienta como a las guayabas... ¡Lástima de mujer! ¡Lástima...! Es carne para el demonio. ¡Lástima de tanta hermosura...!

—Ya nos vamos —dijeron las niñas, asustadas.

—¿Cómo que se van? Ustedes vinieron a conocer los días y apenas les estoy enseñando la lujuria del Domingo.

Don Flor se echó a reír a carcajadas. Se acarició los cabellos negros y luego se quedó triste.

—Mal día... Mujer perversa... Ojalá que no me pierda en sus placeres... le tengo miedo.

—¡Ojalá que no me pierda en sus placeres...! —repitió preocupado don Flor. Al salir del cuarto del Domingo, cerró la puerta con cuidado.

—Cierro bien para que no se me escapen sus quejidos. Esta mujer tiene que hacer penitencia. Ya les dije que me hace sudar sangre, pero que yo también se la saco...

Sus palabras cayeron jadeantes sobre las cabezas rubias de las niñas. Andaban cerca de las fauces de un animal desconocido, de aliento tan caliente como la tarde. Don Flor se detuvo en la puerta siguiente. La puerta estaba pintada de color de rosa y con un rosa más oscuro había escrito: "Sábado", "Pereza", "Castidad".

—¡Sábado! ¡Pereza! ¡Castidad! —leyó don Flor.

Empujó la puerta y entraron a una habitación de muros color de rosa. El suelo de la habitación estaba cubierto de bagazos de caña de azúcar. En la pared había muñequitas de trapo clavadas con alfileres.

—Tampoco a Sábado he podido acomodarle la virtud. No sirve para nada. ¡Para nada!

Don Flor parecía muy disgustado. Dio de puntapiés a los bagazos de caña y con su mano cargada de anillos acomodó los alfileres que amenazaban caerse de la cabeza de una de las muñecas.

—¡Miren este desacato! Tan floja es, que ni para dar un beso sirve.

Eva y Leli lo dejaron hablar, sin entender su disgusto. Hubieran querido preguntarle por qué las muñecas eran tan chicas y estaban tan cubiertas de alfileres, pero prefirieron callar. La cara contrariada de don Flor les produjo miedo.

—La hago fregar y fregar el piso, pero no entiende. En cuantito me descuido, se pone a mascar caña y a cantar tumbada en el petate. La ocupo a fuerza y sin gusto... No vale nada. Pero tiene que saber que yo soy el dueño de los Días. Lo único que me gusta es que yo no le gusto...

Don Flor se echó a reír. Riéndose, salió del cuarto y cerró la puerta, divertido.

Las niñas querían irse. Cada palabra de don Flor olía a alcohol y salía agrandada de su boca. El hombre, sin hacerles caso, las llevó al cuarto de Viernes. Abajo de esta palabra estaban escritas "Orgullo" y "Diligencia". La puerta y los muros eran morados. En las paredes había papalotes de grandes colas brillantes. El cuarto olía a almizcle y a glicerina.

—Aquí no hallarán ni una palabra —explicó el hombre y guardó silencio un rato.

—Hasta hablar con ella cuesta. ¡Es difícil, muy difícil esta mujer! Ni a chicotazos la bajo de sus alturas. Los castigos que las otras temen a ella se le resbalan sin una palabra. Esta mujer me tiene triste... no la logro, no la logro...

Parecía de veras triste. Abstraído, se quedó mirando un montón de canastas blancas, que estaban apiladas en un rincón del cuarto. Movió incrédulo la cabeza.

—Ella es la que mejor teje.

Don Flor acarició las canastas blancas, olorosas a campo, y se le humedecieron los ojos.

—Aunque la ocupe a las buenas o a las malas toda una noche, no le arranco una palabra. ¡En llagas la he dejado! Pero cuando una mujer no quiere, es que no quiere, y en ella se rompe el hombre.

Salieron del cuarto de Viernes sin hablar. La tristeza de don Flor cayó sobre las niñas y las siguió por el corredor estrecho. El cuarto que decía Jueves tenía escrito: "Cólera" y "Modestia". Su puerta y sus paredes eran anaranjadas, como la flor de nopal que don Flor había colocado sobre la trenza de la mujer. El cuarto olía a flores de calabaza y del techo colgaban mazorcas de maíz.

—Aquí vive Jueves. Las otras le tiemblan. Yo ya se lo tengo dicho: "Mujer, acabarás en el infierno, convertida en lengua de fuego", pero no se corrige. Cuando la chicoteo, se me viene encima como gato. ¿Creen? Con ella me paso muchas noches y días seguiditos. Da muchos placeres, muchos placeres. ¡Pero nada más a mí! Nunca conoció a otro hombre. Yo la agarré muy tiernita.

Don Flor se golpeó el pecho con orgullo. El olor que se desprendió de su túnica les produjo náuseas. Se inclinó y agarró el petate, para agitarlo frente a ellas.

—¿Ven? ¿Ven?

Las niñas no vieron nada. Los dedos cargados de anillos señalaban el tejido del petate.

—¿No ven los placeres? Aquí están dibujados.

El cuarto de Miércoles era verde y las palabras escritas en verde más pálido eran: "Envidia"' y "Paciencia".

—Tampoco a ésta he podido acomodarle la virtud. ¿La han visto?

—Sí —dijeron ellas, que habían visto a Miércoles desde lejos, vestida con su falda y su huipil verde muy tierno y con las trenzas llenas de cintas verdes que colgaban de su nuca.

—Si por ella fuera, nada más a ella la visitaría. Por eso rara es la noche que paso con ella. Pero aguanta todo: desprecios, golpes, con tal de que de cuando en cuando le conceda castigar a las otras.

Don Flor se echó a reír. Se volvió a verlas con sus ojos brillantes en donde bailaban chispas secas.

—¡Es sanguinaria!

Su risa les llegó oliendo a alcohol. Ellas lo oían sin entenderlo.

—No vayan a creer que no me gusta. ¡Me gusta, me gusta esta mujer! No todos los días. Ya saben que hay días para los días. La deberían de ver cómo se pone cuando le ofrezco los castigos. ¡Es una perra! ¿Han visto las caras de las perras ensartadas? ¡Hasta babea...!

El cuarto de Martes era amarillo pálido. En su puerta decía: "Avaricia" y "Abstinencia".

—Es tan finita que no me gusta ni tocarla. Es quebradiza, y yo soy garrido. Quiero un cuerpo más a mi manera.

De pronto pareció enfurecerse. Clavó los ojos en el suelo, pareció que buscaba algo, se agachó con presteza y levantó una loseta. En el hueco de tierra suelta estaban escondidos unos pendientes de cuentas azules.

—Ya le tengo dicho que no esconda nada. La voy a hacer que vomite los pulmones, para que los esconda en este agujero.

La violencia de sus palabras dichas en voz baja hicieron parpadear a los amarillos de las paredes. Don Flor cerró la puerta de un golpe. Sofocado, se recargó un gran rato sobre el muro del corredor para sosegarse. Ellas esperaron atónitas.

La habitación de Lunes era azul como su traje. Sobre la puerta también azul, escritas con azules diferentes estaban las palabras: "Gula" y "Humildad".

—Ésta, cuando la toco, me lame las manos. ¡La golosa!

Don Flor se miró las manos con satisfacción. Luego se las acercó a las niñas, como si esperara que ellas también se las lamieran. Los anillos estaban grasientos y las piedras de colores, opacas. Así se quedó un gran rato, luego se irguió y olfateó como un perro.

—¡Huelan! ¡Huelan! —les urgió.

Ellas respiraron fuerte, tratando de percibir algún olor, pero no les llegó ninguno. El cuarto de Lunes era el único que no olía a nada. El esfuerzo que hicieron para oler les aumentó las náuseas. Don Flor las miró y se echó a reír a carcajadas.

—¿No huelen? Lunes es glotona de manjares y de hombre... Me vuelve muy animal... A veces me da miedo. El hombre, niñitas, peligra junto a la mujer glotona.

Las llevó al patio en donde un calor redondo y seco las esperaba.

—Bueno, niñitas, ya vieron dónde viven los Días, y cómo son. Ya vieron también quién maneja a la Semana. Y ya vieron que todo está en desorden: los colores, los pecados, las virtudes y los Días. Estamos en el desorden, por eso yo chicoteo a los Días, para castigarlos por sus faltas.

Don Flor guardó silencio. En el calor del patio, las niñas vieron que su traje estaba sucio, y que los dedos en donde giraban los anillos estaban impregnados de mugre. El patio olía a agrio y las palabras salían descompuestas de la boca del hombre. Don Flor se inclinó sobre ellas y las miró con sus ojos negros y secos. Adentro de ellos había lagos sangrientos y piedras oscuras.

—Díganme, niñitas, ¿cuál es su pena?

Las niñas ya habían olvidado sus temores. Veían los ojos de don Flor y olían las corrientes de aromas que salían por las rendijas de las puertas de colores, para juntarse en el centro del patio y formar un remolino de vapores. Nuestro Señor Jesucristo no las había castigado y lo único que querían era volver a su casa, en donde las paredes y el jardín olían a paredes y a jardín.

—Las gentes de por aquí me tratan mal, niñitas. Ustedes son las primeras en venir a visitarme. En cambio, las gentes de la ciudad de México vienen hasta acá a buscar consuelo para sus penas. Me llegan acobardados y yo les enseño el desorden de los días y el desorden del hombre. Me vienen a pedir que castigue al día en que van a correr su suerte. Quieren llevar ventaja y entrar con el día cansado. Hay los que van a jugar sus elecciones y yo les castigo el día del voto. También vienen las señoras, a pedir castigo para el día de sus rivales. Todos me dejan mi buen dinero y se van contentos, después de ver cómo les castigo al día que necesitan. Cuando ya lo ven en sangre empiezan a sacar el dinero...

Don Flor esperó un rato y se echó a reír. Ellas no supieron qué decir y se empeñaron en mirar el suelo. El hombre se inclinó sobre sus cabezas y preguntó:

—¿Y ustedes, niñitas, qué castigo quieren?

Las niñas se miraron asustadas, querían irse a su casa y estar cerca de Felipe II y de Candelaria. Don Flor y su casa redonda les daba miedo.

—Yo soy el dueño de los Días. Soy el Siglo. Díganme en qué día las ofendieron, y ya verán lo que le hacemos al Día que ustedes me pidan.

Las niñas miraron a los ojos de don Flor.

—Vuelvan, no importa que haya tanta agua entre ustedes y yo. Lo mismo les haré el favor. ¡Los días son parejos para todos! ¿Quieren que chicoteemos al Jueves? Díganme, ¿cuál es el día que quieren ver en sangre?

Ellas volvieron a mirar el suelo. No querían ver los ojos del hombre ni oír sus palabras sombrías.

—Díganme, niñitas, ¿cuál es el día que quieren ver en sangre? —don Flor repitió una y otra vez su misma pregunta.

—¿Cuál es el día que quieren ver en sangre?

No cambiaba de voz ni se impacientaba frente a su silencio.

—¿Cuál es el día que quieren ver en sangre?

Pasó mucho tiempo antes de que pudieran ganar la puerta de salida. No se fijaron si la puerta quedó abierta o cerrada. Lo único que querían era llegar a su casa. Cuando cruzaron el zaguán, delante de la figura asombrada de Rutilio, la voz repitió:

—¿Cuál es el día que necesitan ver en sangre? ¿Cuál, niñitas? ¿Cuál? ¿Díganme cuál es el día que necesitan ver en sangre?

Se echaron a llorar. Su padre les explicó que los días eran blancos y que la única semana era la Semana Santa: Domingo de Ramos, Lunes Santo, Martes Santo, Miércoles Santo, Jueves Santo, Viernes de Dolores, Sábado de Gloria y Domingo de Resurrección. Pero era difícil olvidar a la semana de colores encerrada en la casa de don Flor.

—¿Cuál es el día que necesitan ver en sangre? ¿Cuál? ¿Cuál?

—Ya se quedaron como pájaros locos, brincando de la Semana Santa a la Semana de Colores encerrada en la casa de don Flor —les dijo Candelaria al correr el velo del mosquitero, que resultaba ineficaz para protegerlas de la pregunta de don Flor. "¿Cuál es el día que necesitan ver en sangre? ¿Cuál? ¿Cuál?"

Por la mañana Candelaria no les llevó el desayuno. Rutilio les sirvió la avena con leche. Las miraba con miedo. Su padre y su madre habían salido a una diligencia.

—Para que no las molesten a ustedes —explicó Rutilio. Las niñas lo miraron asustadas.

—¿Están seguras de que les habló? —preguntó Rutilio acercándoles el cestito de bizcochos.

—¿Quién?

—Don Flor.

De la mañana blanca, tendida sobre el mantel, surgió la pregunta: "¿Cuál es el día que necesitan ver en sangre? ¿Cuál, niñitas, cuál?"

—Sí... nos habló mucho... —se echaron a llorar.

—¿Dejaron la puerta abierta? —preguntó Rutilio.

—No sé... —respondió Evita.

—Sí, sí... —asintió Leli.

—Eso se dice, que fueron ustedes las que dejaron la puerta abierta. Salía tanta pestilencia, que los arrieros, al pasar por allí, la notaron, se metieron hasta el patio y allí lo hallaron tirado en el mero centro. Dicen que fueron las mujeres las que lo mataron, porque la Semana desapareció... ¿Están seguras de que les habló?... Dicen que murió hace varios días...

El día que fuimos perros

El día que fuimos perros no fue un día cualquiera, aunque empezó como todos los días. Despertamos a las seis de la mañana y supimos que era un día con dos días adentro. Echada boca arriba, Eva abrió los ojos y, sin cambiar de postura, miró a un día y miró al otro. Hacía ya rato que yo los había abierto y que, para no ver la inmensidad de la casa vacía, la miraba a ella. ¿Por qué no nos habíamos ido a México? Todavía no lo sé. Pedimos quedarnos y nadie se opuso a nuestro deseo. La víspera, el corredor se llenó de maletas: todos huían del calor de agosto. Muy temprano las maletas se fueron en un carricoche de caballos; sobre la mesa quedaron las tazas de café con leche a medio beber y la avena cuajada en los platos. Cayeron sobre las losas del corredor los consejos y las recomendaciones. Eva y yo los miramos desdeñosas. Éramos dueñas de los patios, los jardines y los cuartos. Cuando tomamos posesión de la casa, nos cayó encima un gran peso. ¿Qué podíamos hacer con los arcos, las ventanas, las puertas y los muebles? El día se volvió sólido, el cielo violeta se cargó de papelones oscuros y el miedo se instaló en los pilares y las plantas. En silencio deambulamos por la casa y vimos nuestros pelos convertirse en harapos. No teníamos nada que hacer, ni nadie a quién preguntarle qué hacer. En la cocina, los sirvientes se acurrucaron alrededor del brasero, para comer y dormitar. No se tendieron las camas; nadie regó los helechos, ni levantó las tazas sucias de la mesa del comedor. Al oscurecer, los cantos de los criados nos llegaron cargados de crímenes y penas y la casa se hundió en ese día, como una piedra en una barranca muy honda.

Despertamos decididas a no repetir la víspera. El nuevo día brillaba doble e intacto. Eva miró los dos días paralelos que brillaban como dos rayas escritas en el agua. Después, contempló el muro, en donde estaba Cristo con su túnica blanca. Pasó luego los ojos al otro cuadro, que mostraba la imagen de Buda envuelto en su túnica naranja, pensativo, en medio de un paisaje amarillento. Entre los dos cuadros que vigilaban su cabecera Eva había colocado un recorte de periódico con una fotografía en la que una señora de boina se paseaba en una lancha. "La Krupskaia en el Neva" decía el pie de la fotografía.

—Me gustan los rusos —dijo Eva, y en seguida palmoteó para llamar a los criados. Nadie acudió a su llamado. Nos miramos sin sorpresa. Eva palmoteaba desde uno de los días y sus palmadas no llegaban al día de la cocina.

—Vamos a husmear —me dijo.

Y saltó a mi cama para mirarme de cerca. El pelo rubio le cubría la frente. De mi cama salió al suelo, se puso un dedo en los labios y penetró con cautela por el día que avanzaba paralelo al otro. Yo la seguí. Nadie. El día estaba solo y era tan temible como el otro. Los árboles quietos, el cielo redondo, verde como una pradera tierna, sin nadie también, sin un caballo, sin un jinete, abandonado. Del pozo salía el calor de agosto, que había provocado la huida a México. Echado junto a un árbol estaba Toni. Ya le habían puesto la cadena. Nos miró atento y vimos que él estaba en nuestro día.

—Es bueno Toni —dijo Eva y le acarició la boca abierta.

Después se echó junto a él y yo me eché del otro lado.

—¿Ya desayunaste, Toni?

Toni no contestó, sólo nos miró con tristeza. Eva se levantó y desapareció entre las plantas. Volvió corriendo y se echó otra vez junto a Toni.

—Ya les dije que preparen la comida para tres perros y ninguna gente.

Yo no pregunté nada. Junto a Toni la casa había perdido peso. Por el suelo del día caminaban dos hormigas; una lombriz se asomó por un agujerito, la toqué con la punta de un dedo y se volvió un anillo rojo. Había pedazos de hojas, trocitos de ramas, piedras minúsculas y la tierra negra olía a agua de magnolia. El otro día estaba a un lado. Toni, Eva y yo, mirábamos sin miedo sus torres gigantescas y sus vientos fijos de color morado.

—Tú, ¿cómo vas a llamarte? Busca tu nombre de perro, yo estoy buscando el mío.

—¿Soy perro?

—Sí, somos perros.

Acepté y me acerqué más a Toni, que movió la cabeza disgustado. Recordé que él no se iría al cielo: yo correría su misma suerte. "Los animales no van al cielo." Nuestro Señor Jesucristo no había puesto en el cielo un lugar para perros. El señor Buda tampoco había puesto un lugar en el Nirvana para perros. En la casa era muy importante ser bueno para ganar el cielo. No podíamos ahorrar, ni matar animales; éramos vegetarianos y los domingos tirábamos el domingo por el balcón, para que lo recogiera alguien y aprendiéramos a no guardar nada. Vivíamos al día. La gente del pueblo husmeaba por los balcones de la casa: "Son españoles", decían y nos miraban de soslayo. Nosotros no sabíamos que no éramos de allí porque allí estábamos ganando el cielo, cualquiera de los dos: el blanco y azul o el naranja y amarillo. Ahora en ninguno de los dos había lugar para nosotros tres. Los alquimistas, los griegos, los anarquistas, los románticos, los ocultistas, los franciscanos y los romanos, ocupaban los anaqueles de la biblioteca y las conversaciones de la mesa. Tenían un lugar aparte los Evangelios, los Vedas y los poetas. Para los perros no había más lugar que el pie del árbol. ¿Y después? Después estaríamos tirados en cualquier llano.

—Ya encontré mi nombre.

—¿Ya? —Eva se enderezó curiosa.

—Sí: Cristo.

Eva me miró con envidia.

—¿Cristo? Es buen nombre de perro.

Eva acomodó la cabeza sobre las patas delanteras y cerró los ojos.

—También yo encontré el mío —dijo enderezándose de pronto.

—¿Cuál?

—¡Buda!

—Es muy buen nombre de perro.

Y el Buda se echó junto al Toni y empezó a gruñir de gusto.

Nadie vino a visitar el día de Toni, del Cristo y del Buda. La casa estaba lejos, metida en su otro día. Las campanadas del reloj de la iglesia no indicaban nada. El suelo empezó a volverse muy caliente: las lombrices entraron en sus agujeros, los pinacates buscaron los lugares húmedos debajo de las piedras, las hormigas cortaron hojas de acacia, que les servían de sombrillas verdes. En el lugar de los perros había sed. El Buda ladró con impaciencia para pedir agua, el Toni lo imitó y en seguida el Cristo se unió a los ladridos. Por un caminito lejano aparecieron los pies de Rutilio calzados con huaraches. Traía tres jarros llenos de agua. Indiferente, le puso un jarro a Toni, miró al Cristo y al Buda y les colocó un jarro cerca del hocico. Rutilio acarició las cabezas de los perros y ellos agradecidos movieron los rabos. Fue difícil beber agua con la lengua. Más tarde el criado viejo trajo la comida en una olla y la sirvió en una cazuela grande. El arroz de los perros tenía huesos y carne. El Cristo y el Buda se miraron atónitos: ¿los perros no son vegetarianos? El Toni levantó el labio superior, gruñó feroz desde sus colmillos blancos y cogió con presteza los pedazos de carne.

El Cristo y el Buda metieron el hocico en la cazuela y comieron el arroz mojado como engrudo. Toni terminó y soñoliento miró a sus compañeros que comían a lengüetadas. Después, también ellos se recostaron sobre sus patas delanteras. El sol quemaba, el suelo quemaba y la comida de los perros pesaba como una bolsa de piedras. Se quedaron dormidos en su día, apartados del día de la casa. Los despertó un cohete que venía del otro día. Siguió un gran silencio. Alertas, escucharon la otra tarde. Estalló otro cohete y los tres perros echaron a correr en dirección al ruido. El Toni no pudo avanzar en la carrera, porque la cadena lo retuvo junto al árbol. El Cristo y el Buda saltaron por encima de las matas rumbo al portón.

—¿Dónde van, mocosas desgraciadas? —les gritó Rutilio desde el otro día.

Los perros llegaron al zaguán; les fue difícil abrir el portón, los cerrojos estaban muy altos. Al fin, salieron a la calle iluminada por el sol de las cuatro de la tarde. La calle brillaba esplendorosa como una imagen fija. Las piedras relucían en el polvo. No había nadie. Nadie, sino los dos hombres bañados en sangre, abrazados en su lucha. El Buda se sentó en el filo de la acera y los miró con los ojos muy abiertos. El Cristo se acomodó muy cerca del Buda y también los miró con asombro. Los hombres se quejaban en el otro día: "¡Ya vas a ver!"... "¡Ajay! ¡Hijo de la chingada!"... Sus voces sofocadas venían desde muy lejos. Uno detuvo la mano del que llevaba la pistola y con la mano libre le tatuó el pecho con su cuchillo. Estaba abrazado al cuerpo del otro y, como si las fuerzas no le alcanzaran, se deslizaba hacia el suelo en el abrazo. El hombre de la pistola aguantaba firme, de pie en la tarde esplendorosa. Su camisa y sus pantalones blancos se llenaban de sangre. Con un movimiento liberó su mano presa y puso la pistola en la mitad de la frente de su enemigo arrodillado. Un ruido seco partió en dos a la otra tarde, y abrió un agujero en la frente del hombre arrodillado. El hombre cayó boca arriba y miró al cielo con fijeza.

—¡Cabrón! —exclamó el hombre de pie sobre las piedras, mientras sus piernas seguían lloviendo sangre. Luego también él levantó los ojos para mirar al mismo cielo, y al cabo de un rato los volvió hacia los perros, que a dos metros de distancia, sentados en el borde de la acera, lo miraban boquiabiertos.

Todo quedó quieto. La otra tarde se volvió tan alta, que abajo la calle quedó fuera de ella. A lo lejos aparecieron varios hombres con fusiles. Venían como todos los hombres, de blanco, con los sombreros de palma sobre la cabeza. Caminaban con lentitud. El golpe de sus huaraches resonaba desde muy lejos. En la calle no había árboles para amortiguar el ruido de los pasos; sólo muros blancos, contra los cuales retumbaban cada vez más cerca las pisadas, como redoble de tambores en día de fiesta. El estruendo se detuvo de golpe, cuando llegaron junto al hombre herido.

—¿Tú lo mataste?

—Yo mismo, pregúntenle a las niñas.

Los hombres miraron a los perros.

—¿Ustedes lo vieron?

—¡Guau! ¡Guau! —contestó el Buda.

—¡Guau! ¡Guau! —respondió el Cristo.

—Pues llévenselo.

Se llevaron al hombre y de él no quedaron más rastros que la sangre sobre las piedras de la calle. Iba escribiendo su final, los perros leyeron su destino de sangre y se volvieron a mirar al muerto.

Pasó un tiempo, el portón de la casa seguía abierto, y los perros absortos, sentados en el borde de la acera, seguían mirando al muerto. Una mosca se asomó a la herida de su frente, después se limpió las patas y se fue a los cabellos. Al cabo de un instante volvió a la frente, miró la herida y se limpió las patas otra vez. Cuando la mosca volvió a la herida, llegó una mujer y se tiró sobre el muerto. Pero a él no le importó ni la mosca ni la mujer. Impávido siguió mirando al cielo. Vinieron otras gentes y se inclinaron a mirar sus ojos. Empezó a oscurecer y el Buda y el Cristo siguieron allí, sin moverse y sin ladrar. Parecían dos perros callejeros y nadie se ocupaba de ellos.

—¡Eva! ¡Leli! —gritaron desde muy arriba. Los perros se sobresaltaron.

—¡Ya van a ver cuando lleguen sus padres! ¡Ya van a ver!

Rutilio los metió a la casa. Colocó una silla en el corredor, muy cerca de la pared y se sentó solemne a ver a los perros, que, echados a sus pies, lo miraban atentos. Candelaria trajo un quinqué encendido y pavoneándose se volvió a la cocina. Al poco rato los cantos inundaron la casa de tristeza.

—¡Por su culpa yo no puedo ir a cantar...! ¡Maldosas! —se quejó Rutilio.

El Cristo y el Buda lo escucharon desde el otro día. Rutilio, su silla, el quinqué y el muerto, estaban en el día paralelo, separado del otro por una raya invisible.

—Ya van a ver, vendrán las brujas a chuparles la sangre. Dicen que les gusta mucho la sangre de los "güeros". Le voy a decir a Candelaria que deje las cenizas encendidas, para que ellas se calienten las canillas. Del brasero irán a su cama a deleitarse. ¡Eso merecen por canijas!

El fogón con las cenizas encendidas, Candelaria, Rutilio, los cantos y las brujas, pasaban delante de los ojos de los perros como figuras proyectadas en un tiempo ajeno. Las palabras de Rutilio circulaban por el corredor sin fondo de la casa y no los tocaban. En el suelo del día de los perros, había cochinillas que se iban a dormir. El sueño de las cochinillas era contagioso y el Cristo y el Buda, acurrucados sobre sus patas delanteras, cabecearon.

—¡Vengan a cenar!

Los sentaron en el suelo de la cocina, en el círculo de criados que bebían alcohol, y les dieron un plato de frijoles con longaniza. Los perros se caían de sueño. Antes de ayer todavía cenaban avena con leche y el gusto de la longaniza les produjo náuseas.

—¡Llévatelas a la cama, parecen borrachas!

Los pusieron en la misma cama, apagaron el quinqué y se fueron. Los perros se durmieron en el otro día, al pie del árbol, con la cadena al cuello, cerca de las hormigas de sombrilla verde y las lombrices rojas. Al cabo de un rato despertaron sobresaltados. El día paralelo estaba allí, sentado en la mitad del cuarto. Los muros respiraban ceniza ardiente, por las rendijas las brujas espiaban las venas azules de sus sienes. Estaba todo muy oscuro. En una de las camas estaba el muerto con la frente abierta; a su lado, de pie, el hombre tatuado chorreaba sangre. Muy lejos, en el fondo del jardín, dormían los criados; la ciudad de México, con sus padres y con sus hermanos, quién sabe dónde estaba. En cambio, el otro día estaba allí, muy cerca de ellas, sin un ladrido, con sus muertos fijos, en la tarde fija, con la mosca enorme asomándose a la herida enorme y limpiándose las patas. En el sueño, sin darnos cuenta, pasamos de un día al otro y perdimos al día en que fuimos perros.

—No te asustes, somos perros...

Pero Eva sabía que ya no era verdad. Habíamos descubierto que el cielo de los hombres no era el mismo que el cielo de los perros.

Los perros no compartían el crimen con nosotros.

Antes de la Guerra de Troya

Antes de la Guerra de Troya los días se tocaban con la punta de los dedos y yo los caminaba con facilidad. El cielo era tangible. Nada escapaba de mi mano y yo formaba parte de este mundo. Eva y yo éramos una.

—Tengo hambre —decía Eva.

Y las dos comíamos el mismo puré, dormíamos a la misma hora y teníamos un sueño idéntico. Por las noches oía bajar al viento del Cañón de la Mano. Se abría paso por las crestas de piedra de la sierra, soplaba caliente sobre las crestas de las iguanas, bajaba al pueblo, asustaba a los coyotes, entraba en los corrales, quemaba las flores rojas de las jacarandas y quebraba los papayos del jardín.

—Anda en los tejados.

La voz de Eva era la mía. Lo oíamos mover las tejas. De las vigas caían los alacranes y las cuijas cristalinas se rompían las patitas rosadas al golpearse sobre las losas del suelo de mi cuarto. Protegida por el mosquitero, tocaba el corazón de Eva que corría en el mío por los llanos, huyendo del vaho que soplaba del Cañón de la Mano. El viento no nos quemaba.

—¿Tuvieron miedo anoche?

—No. Nos gusta el viento.

Después, la casa estaba en desorden. Con las trenzas deshechas, Candelaria nos servía la avena.

—¡Viento perverso, hay que amarrarle los pelos a una roca para que nos deje silencios!

—Es la cólera caliente de las locas —agregaba Rutilio.

—Por eso digo que hay que clavarle las greñas a las rocas y ahí que aúlle.

Era mucha la cólera de Candelaria. Nosotras nos movíamos intactas en su voz y en el jardín mirábamos las flores derribadas.

"Fue antes de que Leli naciera...", decía a veces mi madre.

Esas palabras eran lo único terrible que me sucedía antes de la Guerra de Troya. Cada vez que "antes de que Leli naciera" se pronunciaba, el viento, los heliotropos y las palabras se apartaban de mí. Entraba en un mundo sin formas, en donde sólo había vapores y en donde yo misma era un vapor informe. El gesto más mínimo de Eva me devolvía al centro de las cosas, ordenaba la casa deshecha y las figuras borradas de mis padres recuperaban su enigma impenetrable.

—Vamos a ver qué hace la señora...

La señora se llamaba Elisa y era mi madre. Por las tardes Elisa se escondía en su cuarto, se acercaba al tocador y cerraba las puertas de su espejo. No volvía a abrirlas hasta la noche, a la hora en que se ponía polvos en la cara. Echada en la cama, su trenza rubia le dividía la espalda.

—¿Quién anda allí?

—Nadie.

—¿Cómo que nadie?

—Es Leli —contestaba Eva.

Elisa escondía algo y luego se incorporaba. A través del mosquitero su cara y su cuerpo parecían una fotografía.

—¡Sálganse de mi cuarto!

Volvíamos al corredor, a caminarlo de arriba abajo, de abajo arriba, de loseta en loseta, sin pisar las rayas y repitiendo: fuente, fuente, o cualquier otra palabra, hasta que a fuerza de repetirla sólo se convertía en un ruido que no significaba fuente. En ese momento cambiábamos de palabra, asombradas, buscando otra palabra que no se deshiciera. Cuando Elisa nos echaba de su cuarto, repetíamos su nombre sobre cada loseta y preguntábamos "¿por qué se llama Elisa?" y la razón secreta de los nombres nos dejaba atónitas. ¿Y Antonio? Era muy misterioso que su marido se llamara Antonio. Elisa-Antonio, Antonio-Elisa, Elisa-Antonio, Antonio, Elisa y los dos nombres repetidos se volvían uno solo y luego, nada. Perplejas, nos sentábamos en medio de la tarde. El cielo naranja corría sobre las copas de los árboles, las nubes bajaban al agua de la fuente y a la pileta en donde Estefanía lavaba las sábanas y las camisas del señor. Antonio tenía chispas verdes y amarillas en los ojos. Si los mirábamos de cerca, era como si estuviéramos adentro de una arboleda del jardín.

—¡Mira, Antonio, estoy dentro de tus ojos!

—Sí, por eso te dibujé a mi gusto —contestaba los domingos, cuando nos recortaba el fleco.

Antonio era mi padre y no nos mandaba a la peluquería porque "la nuca de las niñas debe ser suave y el peluquero es capaz de afeitarlas con navaja". Era una lástima no ir a la peluquería. Adrián giraba entre sus frascos de colores, afilando navajas y batiendo tijeras en el aire. Platicaba como si recortara las palabras y un perfume violento lo seguía.

—¡Aja!, buenas ganas me tienen las rubitas, pero su papá no paga peluquero.

Sentadas en la tarde redonda, recordábamos las visitas a Adrián y las visitas a Mendiola, el que vendía "besos" envueltos en papelitos amarillos.

—¡Aquí está ya la parejita de canarios!

Mendiola nos ponía un "beso" en cada mano. Las dos éramos visitadoras. Cuando íbamos al cine veíamos a los dos amigos desde lejos. No podíamos platicar con ellos ni con don Amparo, el que vendía los cirios, porque estábamos en medio de Elisa y Antonio, que sólo saludaban con inclinaciones de cabeza. Les gustaba el silencio y cuando hablábamos decían:

—¡Lean, tengan virtud!

Asomadas a los dioses dibujados en los libros, hallábamos la virtud. Los dioses griegos eran los más guapos. Apolo era de oro y Afrodita de plata. En la India los dioses tenían muchos brazos y manos.

—Deben ser muy buenos ladrones.

"Que tu mano derecha ignore lo que hace tu izquierda." Nosotras robábamos la fruta con la mano izquierda. ¿Y los dioses de la India? Ellos tenían mano izquierda, mano derecha, mano arriba, mano abajo, mano simpática, mano antipática, y mano de en medio. Imposible determinar cuál mano era la que ignoraba lo que hacían las otras manos.

—¡Ah, si fuéramos como ellos robaríamos todo: tornillos, dulces, banderitas, y al mismo tiempo!

Los demás dioses eran como nosotras. Hasta Nuestro Señor Jesucristo tenía sólo dos manos clavadas en la cruz. Huitzilopochtli era un bultito oscuro, con manos y sin brazos, pero él nos daba mucho miedo y preferíamos no mirarlo, inmóvil sobre uno de los estantes de los libros.

—¿Cómo sería una cruz para clavar a Kali?

—Como un molino.

—Te digo una cruz, no un molino.

—¿Una cruz?... Igual a una cruz.

—Habría que clavarle una mano encima de la otra y de la otra con un clavo tan largo como una espada.

—¿Y la mano de en medio?

—Se la dejamos suelta como un rabo, para espantarse las moscas.

—No se puede. Hay que clavársela también.

—¿Del lado izquierdo o del derecho?

—Vamos a preguntárselo a Elisa.

—¿Que quieren? —preguntó Elisa con su voz de fotografía.

—Nada.

—¡Pues sálganse de mi cuarto! —y escondió algo otra vez.

Salimos al corredor con la vergüenza de saber que Elisa ocultaba algo en su cama. Recorrimos las losetas repitiendo su nombre y cuando sólo nos quedó el ruido volvimos a su cuarto.

—¿Qué quieren?

—Te llama tu marido... está en el gallinero.

El gallinero no era un lugar para Antonio y Elisa nos miró curiosa. Pero el gallinero estaba en el fondo de los corrales y Elisa tomaría un buen rato en ir y volver a su cama. Se fue. Su cama estaba caliente y de las almohadas se levantaba un vapor de agua de Colonia. Buscamos lo que escondía.

—¡Mira!

Eva me mostró una bolsita de besos y frutas cristalizadas. Sacamos dos besos y los comimos.

—¡Mira!

Una hoja seca marcaba las páginas del libro que Elisa guardaba debajo de su almohada.

—¡Vámonos!

Nos fuimos de prisa, sin los dulces y con el libro. Buscamos un lugar seguro donde hojearlo. Todos los lugares eran peligrosos. Miramos a las copas de los árboles y escogimos la más verde, la más alta. Sentadas en una horqueta leímos: la *Ilíada*. Así empezó la desdichada Guerra de Troya.

"¡Canta, oh Musa, la cólera del pélida Aquiles!"

La cólera de Elisa duró muchas semanas. Nosotras, ensordecidas por el fragor de las batallas, apenas tuvimos tiempo de escucharla.

¿En dónde se esconden todo el día?

—¡Hum...! Quién sabe...

Arriba, entre las hojas, nos esperaban Néstor, Ulises, Aquiles, Agamenón, Héctor, Andrómaco, Paris y Helena. Sin darnos cuenta, los días empezaron a separarse los unos de los otros. Después, los días se separaron de las noches; luego el viento se apartó del Cañón de la Mano, y sopló extranjero sobre los árboles, el cielo se alejó del jardín y nos encontramos en un mundo dividido y peligroso.

"No permitas que los perros devoren mi cadáver", decía Héctor por tierra, alzando el brazo para apoyar su súplica. Aquiles, de pie, con la cabeza apoyada en la garganta del caído, lo miraba desdeñoso.

—¡Pobre Héctor!

—Yo estoy con Aquiles —contestó Eva súbitamente desconocida.

Y me miró. Antes, nunca me había mirado. Yo la miré. Estaba a horcajadas sobre la rama del árbol, como otra persona que no fuera yo misma. Me sorprendieron sus cabellos, su voz y sus ojos. Era otra. Sentí vértigo. El árbol se alejó de mí y el suelo se fue muy abajo. También ella desconoció mi voz, mis cabellos y mis ojos. Y también tuvo vértigo. Descendimos afianzándonos al tronco, con miedo de que se desvaneciera.

—Yo estoy con Héctor —repetí en el suelo y sintiendo que ya no pisaba tierra. Miré la casa y sus tejados torcidos me desconocieron. Me fui a la cocina segura de encontrarla igual que antes, igual a mí misma, pero la puerta entablerada me dejó pasar con hostilidad. Las criadas habían cambiado. Sus ojos brillaban separados de sus cabellos. Picaban las cebollas con gestos que me parecieron feroces. El ruido del cuchillo estaba separado del olor de la cebolla.

—Yo estoy con Aquiles —repitió Eva abrazándose a las faldas rosas de Estefanía.

—Yo estoy con Héctor —dije con firmeza, abrazada a las faldas lilas de Candelaria.

Y con Héctor empecé a conocer el mundo a solas. El mundo a solas únicamente era sensaciones. Me separé de mis pasos y los oí retumbar solitarios en el corredor. Me dolía el pecho. El olor de la vainilla ya no era la vainilla, sino vibraciones. El viento del Cañón de la Mano se apartó de la voz de Candelaria. Yo no tocaba nada, estaba fuera del mundo. Busqué a mi padre y a mi madre porque me aterró la idea de quedarme sola. La casa también estaba sola y retumbaba como retumban las piedras que aventamos en un llano solitario. Mis padres no lo sabían y las palabras fueron inútiles, porque también ellas se habían vaciado de su contenido. Al atardecer, separada de la tarde, entré a la cocina.

—Candelaria, ¿tú me quieres mucho?

—¡Quién va a querer a una "güera" mala!

Candelaria se puso a reír. Su risa sonó en otro instante. La noche bajó como una campana negra. Más arriba de ella estaba la Gloria y yo no la veía. Héctor y Aquiles se paseaban en el Reino de las Sombras y Eva y yo los seguíamos, pisando agujeros negros.

—Leli, ¿me quieres?

—Sí, te quiero mucho.

Ahora nos queríamos. Era muy raro querer a alguien, querer a todo el mundo: a Elisa, a Candelaria, a Rutilio. Los queríamos porque no podíamos tocarlos.

Eva y yo nos mirábamos las manos, los pies, los cabellos, tan encerrados en ellos mismos, tan lejos de nosotros. Era increíble que mi mano fuera yo, se movía como si fuera ella misma. Y también queríamos a nuestras manos como a otras personas, tan extrañas como nosotras o tan irreales como los árboles, los patios, la cocina. Perdíamos cuerpo y el mundo había perdido cuerpo. Por eso nos amábamos, con el amor desesperado de los fantasmas. Y no había solución. Antes de la Guerra de Troya fuimos dos en una, no amábamos, sólo estábamos, sin saber bien a bien en dónde. Héctor y Aquiles no nos guardaron compañía. Sólo nos dejaron solas, rondando, rondándonos, sin tocarnos, ni tocar nada nunca más. También ellos giraban en el Reino de las Sombras, sin poder acostumbrarse a su condición de almas en pena. Por las noches yo oía a Héctor arrastrando sus armas. Eva escuchaba los pasos de Aquiles y el rumor metálico de su escudo.

—Yo estoy con Héctor —afirmaba en la mañana en medio de los muros evanescentes de mi cuarto.

—Yo, con Aquiles —decía la voz de Eva muy lejos de su lengua. Las dos voces estaban muy lejos de los cuerpos, sentados en la misma cama.

El robo de Tiztla

Tiztla es una pequeña ciudad situada al sur de la República de México. Sus habitantes son silenciosos y pequeños. Sus noches son profundas y cuando el sol se pone el hombre tiene miedo. Los meses de verano son tan calientes y secos como el corazón de una piedra puesta al sol. Las gentes viven soñolientas y exaltadas. El fuego corre por debajo de la tierra y los jardines hierven con el canto de las chicharras y los grillos. Un continuo "¡au!", "¡ae!", "¡au!", incendia la imaginación. Los campos se llenan de demonios, que de cuando en cuando irrumpen en la ciudad para meterse en los ojos de los hombres. Las gentes duermen alertas en sus hamacas. El rumor incesante los adormece, mientras el mal, en forma de alimañas y cuchillos, los espía. Duermen oyendo muchas cosas que las gentes de la capital no han oído nunca. Junto a ellos reposa siempre su machete.

Cuando sucedió el robo era verano y las mujeres veían en la luz resplandeciente algo que los hombres no veían. Por eso, en la mañana posterior al robo, las autoridades se ensañaron con las criadas y olvidaron a los hombres de la casa.

—¡Estas mujeres saben! —insistía el jefe policiaco.

—¡Claro que saben! —respondían sus ayudantes.

—Nada más dígame qué vio.

Y el jefe de la policía miró a Fili con ojos vidriosos, como si quisiera sacar de las pupilas de la mujer alguna imagen oculta. Fili bajó los párpados recelosa.

—Pues mire, señor, yo vi cincuenta hombres...

—¡Cincuenta hombres!

—Sí, señor, cincuenta hombres blancos, con ojos de lumbre, que andaban muy despacito en el jardín. Cada uno llevaba una antorcha en la mano y... estaban bailando...

—¿Bailando? ¡Apunte, compañero! Cincuenta hombres blancos, bailando en el jardín, con antorchas en la mano.

El compañero apuntó rápidamente.

—¿Y después del baile qué hicieron? —preguntó adusto el jefe.

—¿Después del baile...? Pues nada, siguieron baila y baila toda la noche...

—Apunte, compañero, que los cincuenta hombres continuaron el baile.

El jefe de la policía pareció desconcertado. Insistió en mirar con ojos vidriosos a Fili y ésta agachó la cabeza, entornó los párpados y se acomodó las trenzas sobre el pecho. El hombre miró a su derredor e hizo una especie de mueca, que quiso ser sonrisa, a la señora y a sus hijas, que escuchaban el interrogatorio con aire distraído, como si no les interesara lo más mínimo. Ahora era el turno de Carmen, la cocinera.

—¡Ay, señor, yo vi hartos hombres, hartos hombres!

—¿Cuántos eran? —preguntó el policía.

—Alcancé a contar treinta y siete.

—¿Sólo eran treinta y siete? —exclamó el policía desilusionado.

—Es que no llego a contar más. Hasta treinta y siete aprendí... pero había muchos más. Cada uno tenía un machete en la mano... ¡y qué machete, señor, reverberaba! Relumbraba en la noche como fuego blanco. Y todos andaban agachados, agachados...

—Apunte, compañero: más de treinta y siete hombres agachados, con machetes relumbrantes en la mano.

El compañero apuntó nervioso.

—¿Y qué más vio? —repitió en voz severa el policía.

Carmen se le quedó mirando, indecisa.

—Pues, vi... cómo las plantas también se agachaban a su paso y ellos las rodeaban, las rodeaban...

—¿Ya apuntó usted lo que dice la declarante?

—Sí, señor, las plantas se agachaban al paso de los malhechores que las rodeaban —dijo con voz segura el ayudante.

—¿Tiene algo que agregar a su declaración?

—Yo, nada. Fue todo lo que vi, señor.

Y Carmen dio un paso atrás, mirando de reojo a Fili, que había escuchado sus palabras con gran atención.

—¡A ver, usted! ¿Qué vio?

Candelaria, la lavandera, con sus manos rosadas por el agua y el jabón, dio un paso adelante y se preparó a hablar con seriedad.

—Verá usted, señor, yo soy de buen dormir y andaba yo perdida entre mis sueños, cuando aquí Carmen, me recordó: "Quién sabe quién anda en el jardín", me dijo. "¡Déjate de tonterías!", le respondí y me volví para el otro lado. "Sí, quién sabe quién andará por el jardín", dijo Fili, que estaba tiembla y tiembla. Entonces el sueño se me espantó y me asomé por la ventana, y vi lo que ellas vieron.

—Precise lo que vio.

—Pues ya lo precisé, vi lo que ellas vieron —contestó Candelaria, molesta por la brusquedad del hombre.

—Pero, ¿qué fue lo que ellas vieron?

—¿Para qué se lo voy a repetir? Yo tengo mucho quehacer y no puedo perder mi tiempo con palabras. Siempre he dicho que palabrear para nada sirve. Uno habla y habla, y el sol sale y se mete, y llega la luna, y el quehacer parado...

—Es verdad, sólo que ésta es una circunstancia extraordinaria. Haga usted el favor de decir lo que vio o quedará detenida por encubridora —dijo el policía, lanzando una mirada de complicidad a la señora. Su mirada quedó sin respuesta, pues la señora estaba ocupada en ver los tulipanes que yacían en el suelo.

—Bien dicen que mientras más suben más ganan por no hacer nada —respondió Candelaria enojada.

—¡No retobe, diga lo que vio!

—Pues ni tanto que hubiera visto; un manojito de hombres emparejados a sus cuchillos...

—Apunte usted: mientras la declarante dormía, un manojito de hombres armados de cuchillos, habían tomado posesión del jardín...

—¿Eso es todo? —preguntó Candelaria disponiéndose a alejarse.

—¿Hacia dónde dirigían sus pasos dichos hombres?

—Eso sí sólo Dios lo sabe... Ahí andaban ellos, sus intenciones quién sabe...

—La declarante desconoce las intenciones de los intrusos —dictó al policía. Después, sonriente, se dirigió a la señora.

—¿Y usted, señora, me hace el favor de decirme, qué oyó, qué vio, etcétera?

La señora de la casa abrió mucho los ojos y se quedó pensativa unos minutos. El coro de curiosos guardó silencio.

—Yo oí al perro que ladraba muy enojado. Puse una silla, me subí en ella y me asomé por la ventanilla de la puerta que da al corredor, y entonces vi a unos hombres en el fondo del jardín. Algunos tenían una antorcha en la mano... otros un machete... otros creo que nada...

—¡Apunte, compañerito! ¡Apunte la súbita aparición del perro!

—No fue súbita, ya tenía una media hora de ladrar —corrigió la señora.

—Súbita en las declaraciones. Es la primera vez que irrumpe en esta declaración —repuso cortésmente el policía.

Los curiosos se miraron entre sí e hicieron signos de admiración ante la sagacidad de la autoridad. Ésta se volvió hacia la señora.

—¿Y cuántos hombres eran?

—Pues no los conté. Pero... ¿Cuántos podrían ser? ¿Unos catorce?... ¿Unos treinta y dos? No. Tal vez unos siete... No sé, se movían mucho, ¿sabe?...

—Entre siete y treinta y dos malhechores —dictó el jefe.

—No puedo decir el número exacto, pero aproximadamente eran ésos, entre siete y treinta y dos —repitió la señora distraída.

—Vayamos ahora a hacer una inspección ocular —dijo el policía con voz pomposa.

La autoridad seguida de la señora, los niños, los sirvientes y los curiosos que habían entrado a la casa, se dirigieron al fondo del jardín. Los árboles mostraban huellas profundas de machetazos; los plátanos estaban por tierra; los tulipanes destrozados a cuchilladas; los helechos, como cabelleras tiradas en el suelo, se secaban lentamente al sol. Los malhechores odiaban las plantas. Era como si hubieran entrado en la casa para acabar con el verdor del jardín.

—¡Apunte compañero!

El compañero apuntaba, mientras los gendarmes y los campesinos, que habían entrado en la casa, miraban indiferentes aquel destrozo.

—Vamos al bodegón —dijo la señora.

La señora guió al grupo hacia un cuarto construido sobre el muro, que separaba al jardín de la calle. El bodegón era un cuarto de proporciones enormes, techo bajo y piso de ladrillo. No tenía ventanas; una puerta pequeña, pintada con permanganato, daba acceso a aquel lugar inhóspito. Hacía apenas tres años que don Antonio, el dueño de la casa, lo había mandado construir. Nadie sabía el objeto de aquella construcción. La cal de las paredes, manchada de humedad, la gigantesca proporción del cuarto y la ausencia de luz le daban un aspecto misterioso y vacío. Las palabras sonaban huecas ahí dentro y un silencio frío y viscoso se pegaba a la nariz.

La autoridad y sus acompañantes entraron en silencio. Algo, adentro, cortaba la respiración. Y allí precisamente era donde los malhechores habían dirigido sus pasos. Las paredes estaban llenas de agujeros, los ladrillos levantados aquí y allá y unos costales de maíz destrozados a machetazos, habían dejado escapar el grano que brillaba tibio y dorado en la humedad. La confusión de ladrillos y maíz pisoteado imponía silencio. El policía se quedó perplejo.

—Apunte esta fechoría, compañero —dijo para darse tiempo de pensar y decir algo más adecuado.

Sus palabras dieron la señal para que todo el mundo quisiera hablar al mismo tiempo.

—¡Jesús Santísimo!

—¡Alabado sea Dios!

—¡El Señor nos socorra!

—¡Aquí anduvo el Enemigo!

—¡Estos perversos vinieron en el nombre del Demonio!

—Sí, aquí estuvieron toditita la noche —dijo Candelaria.

—¡Uy! Si se fueron cuando ya rayaba el día... —agregó Carmen.

—Lo más curioso es que no se llevaron nada —explicó la señora al policía, que la escuchó atónito. Los demás se dispusieron a oír el relato que ya conocían de memoria, pues desde las siete de la mañana en Tiztla no se hablaba de otra cosa.

—Antes de dormir revisé toda la casa. Usted sabe que mi marido está en México desde hace tres días. Cuando desperté imaginé que algo sucedía... y me dio miedo. Después que vi a los hombres a través de las ventilas, desperté a los niños y les dije que se callaran, pues podían venir a las habitaciones y matarnos si se daban cuenta de que los espiábamos. Los niños se portaron muy valientes, sobre todo esta niña. ¡Figúrese que quiso que la subiera a la silla para ver lo que pasaba!

La señora extendió la mano y la puso sobre la cabeza de Eva. La niña enrojeció y bajó la vista ante la mirada de admiración del policía.

—¿Me permite, señora, que interrogue también a la niña? Es una pura formalidad.

—¡Claro, pregúntele lo que quiera! —aceptó la señora.

—A ver, Evita, ¿qué viste en el jardín?

La niña se quedó muda.

—¿Qué viste, chula? No te va a pasar nada —insistió el hombre al encontrarse con los ojos obstinados de la niña.

—Pues vi a unos hombres que estaban quemando el jardín. Eran muchos, muchos, muchos. Yo creo que estaban contentos... Y vi también... —la niña Evita se calló bruscamente. El policía esperó, inclinado sobre ella, pero la niña escondió la cara.

—¿Qué más viste, chula? —dijo solícito.

La niña se mordió la boca y miró al suelo con terquedad.

—¡Di qué más viste! —le ordenó su madre.

—Nada... —contestó Eva.

—Di qué viste, linda —insistió el hombre endulzando la voz.

—¡Nada! —respondió la niña con firmeza.

—¿Vas a decir lo que viste? —le gritó su madre zarandeándola.

—¡No! —dijo la niña.

—No la asuste, señora, si se asusta no hablará nunca. ¿Qué viste, chula? —preguntó otra vez el policía con una voz melosa en la que Evita distinguió más cólera que afecto.

—Dime, ¿qué viste, qué vieron esos ojitos?

La niña lo miró rencorosa.

—¡No la espanten!, déjenla que hable —gritó uno de los curiosos.

—¡Habla!, ¿qué viste? —gritó indignada la madre, que se sentía devorada por la curiosidad.

—¡Nada!

—¡Algo vio! ¡Algo vio! Pero no lo va a decir, tiene espanto —dijeron los vecinos.

—Sí, algo vio —asintió el policía mirando a la chiquilla sin esperanzas.

Si algo vio la niña, no se supo nunca. Ella se empeñó en guardar silencio y fue inútil que los demás estuvieran pendientes de sus labios. Exasperados por su actitud, optaron por callarse también y se dirigieron silenciosos hacia el muro que los malhechores habían horadado para entrar. El muro era altísimo y espeso; los asaltantes habían hecho un boquete muy cerca de la tierra. El policía penetró por él y salió a la calle con toda facilidad. Asombrado, volvió al interior de la casa.

—De modo que por aquí entraron —dijo meditabundo.

—Sí, señor, por ahí —dijo la niña con tranquilidad.

—¿Y cómo lo sabes, chulita? —preguntó el hombre con odio.

La niña Evita volvió a callarse. El policía le dio la espalda. Quería simular indiferencia. Molesto por la mirada de la chiquilla, trató de reconstruir los hechos.

—Primero horadaron el muro; luego entraron y se dirigieron al bodegón, allí rompieron la puerta, destrozaron los costales de maíz, el piso y las paredes; después salieron al jardín a causar más estropicios, despedazaron las plantas a machetazos. ¿Eso es todo, señora?

—Sí, señor. Lo curioso es que no robaron nada —volvió a insistir la dueña de la casa.

—Es un robo sin robo. Muy raro, señora.

—Muy raro. Mire, ni siquiera se llevaron la ropa que estaba tendida.

En esa parte del jardín serenaban la ropa; la noche anterior Candelaria la había dejado tendida y allí estaban todas las prendas, blancas y frescas.

—¡Intactas! Ni siquiera se llevaron las sábanas. ¿Ha visto usted, compañero?

El escribano asintió con la cabeza.

—¡Pues apunte usted, compañero! No espere a que yo le dicte todo. Estas gentes son torpes —agregó dirigiéndose a la señora. Las "gentes" bajaron la cabeza.

El policía pareció satisfecho de su observación y se acercó a la señora.

—¿Me permite usted un aparte?

La señora lo miró con asombro y sin saber lo que quería de ella aceptó con un signo de cabeza. Los dos se retiraron a un sitio alejado. El policía se inclinó confidencial.

—Dígame sus sospechas, señora.

—¿Mis sospechas...? Yo no tengo sospechas —contestó ella extrañada.

—¿Tiene usted plena confianza en sus sirvientes?

—¡Claro! Hace años que los conozco. ¿Cómo se atreve usted a insinuar que en mi casa hay bandidos?

El policía se disculpó. Durante toda la mañana continuó sus diligencias en la casa de don Antonio. La verdad era que no hallaba ni pies ni cabeza al robo que no era robo. Para no quedar como un mal funcionario interrogó una y otra vez a los habitantes de la casa. De cuando en cuando lanzaba miradas de rencor a Evita, que impávida lo veía ir y venir, cada vez más preocupado.

—Esta mocosa sabe todo —le dijo en voz baja al escribano.

Después, de mal talante por su fracaso, llamó al velador Rutilio. Éste confesó con humildad que cuando oyó los primeros ruidos, en vez de hacer la ronda por los corrales y el jardín, se metió en la carbonera y allí esperó a que amaneciera. El hombre no había visto nada. Las criadas repitieron su misma versión.

—¿Ya todos rindieron declaración? —preguntó el jefe de la policía.

—Todos, menos la pobre de Lorenza, que se asustó tanto que perdió el habla —respondió la señora.

—¿Perdió el habla? —saltó el policía.

—Sí, señor —dijeron los sirvientes, los curiosos y la señora.

El policía, seguido de toda la comitiva, se dirigió al cuarto de la sirvienta. Abrió la puerta con cuidado y entró. Lorenza, tendida en su cama de otates, con el vestido rosa empapado de sudor, los miró con los ojos muy abiertos por el miedo. A las preguntas del jefe de la policía de Tiztla respondió con miradas extraviadas y quejidos, mientras de su frente caían gotas gruesas de sudor. El policía parecía consternado. Cuando la torre de la iglesia dio las doce campanadas del mediodía, levantó la diligencia y él y los curiosos se retiraron a comer. Ya habían visto y oído todo. La única conclusión plausible era que aquellos extraños visitantes eran enemigos de don Antonio. ¿Y qué hacen los enemigos si no el mal? Durante varios días en Tiztla no se habló sino de los "enemigos". A medida que las lenguas los pulieron, se transformaron en enemigos cada vez más sospechosos y más extraños, hasta que un día tomaron la forma de demonios. ¡Claro! Por eso la niña Evita nunca quiso decir lo que vio y Lorenza perdió el habla.

El jefe de la policía redactó un acta en la cual explicaba detalladamente la visita nocturna efectuada por los demonios en la casa de don Antonio Ibáñez. El acta relataba todas las formas extravagantes que adoptaron los demonios esa noche memorable, cómo destruyeron un pabellón y un jardín y "la ronda del fuego infernal" que hicieron. La sirvienta Lorenza Varela perdió el habla a causa de lo que presenció esa noche, lo cual prueba que fue algo del otro mundo, ya que nunca se pudo saber qué fue lo que la hizo quedar muda.

El misterio quedó encerrado en la mudez de Lorenza y en el silencio de Evita. Hoy, muchos años después, Evita, que soy yo, se decide a decir la verdad sobre el robo de Tiztla.

El jardín era el lugar donde a mí me gustaba vivir. Tal vez porque ése era el juguete que me regalaron mis padres y allí había de todo: ríos, pueblos, selvas, animales feroces y aventuras infinitas. Mis padres estaban muy ocupados con ellos mismos y a nosotros nos pusieron en el jardín y nos dejaron crecer como plantas. Y como plantas fuimos creciendo mis hermanos y yo. Durante un tiempo mi padre se dedicó a hacer reformas en la casa: levantó la altura de los muros y construyó el bodegón. La casa se llenó de albañiles, de cal y de mezcla fresca. Mi madre encontró inútiles aquellos gastos. Entonces mi padre compró unas cargas de maíz, para utilizar la bodega inútil que había construido. Recuerdo con claridad la tarde en que llegaron los arrieros y cómo mi padre, lleno de alegría, dirigió las maniobras que se realizaron con rapidez. Los seis costales de grano quedaron recargados en la pared del fondo de la bodega. Después, salimos todos de allí y mi padre, con gran solemnidad, puso un candado a la aldaba de la puerta, lo cerró y se echó la llave al bolsillo. Todo quedó igual y quieto mucho tiempo.

En aquellos días, entre un 16 de septiembre y otro 16 de septiembre pasaba mucho tiempo. Yo fui jugando en cada árbol, en cada macizo de flores, en cada desnivel de terreno, hasta que llegué cerca de la puerta del bodegón. Su vista me inquietaba y en vano traté de abrirla muchas veces. Me daba pesadumbre ver la velocidad con que envejecía, tal vez de pena porque nunca nadie la iba a abrir. Me dejaba triste aquella puerta abandonada y alguna vez le pedí la llave a mi padre para abrirla. Pero él la había perdido y la puerta siguió cerrada, inútil y melancólica.

Yo era muy amiga de las criadas de mi casa. Me gustaban sus trenzas negras, sus vestidos color violeta, sus joyas brillantes y las cosas que sabían. Lorenza, la más joven, me confiaba secretos a condición de que yo le confiara otros de igual importancia que los suyos. Sólo que era difícil deslumbrarla. Lorenza tenía una ventaja sobre mí: era hija de una bruja y su conocimiento del misterio era muy vasto. Ante la sabiduría de su madre yo no encontré nada sino enfrentarla a los tesoros de mi padre. Le expliqué que los jarrones chinos valían más que un barco, aunque ni ella ni yo sabíamos lo que era un barco, ni lo habíamos visto nunca. Pero lo imaginábamos como una torre gigantesca, que giraba y echaba luces radiantes en medio de un agua mucho más clara y azul que el agua de la fuente de la casa. Cuando Lorenza supo que los jarrones eran tan preciosos, me contó un secreto de brujería, que me sirvió para dar órdenes a mis hermanos. En cuanto empezaba a oscurecer yo me iba al cuarto de planchar y hablaba con ella. Salía vapor de la ropa y los ojos oscuros de la mujer brillaban en aquel calor. Me contaba cosas terribles y luego dejaba caer la plancha y cantaba canciones de abandonados, que lloraban en la noche, junto a caminos polvorientos, por una mujer ingrata. Sus canciones eran muy tristes y el cuarto se llenaba de lágrimas y de pajaritos extraviados. Después agregaba: "Julián anda dado a la bebida por mi causa". Y se echaba a reír. Me gustaba que se riera y que hablara, para verle las encías de color rosa pálido, los dientes blancos y su lujoso colmillo de oro.

—Mamá, ¿me quieres poner un colmillo de oro? —le pedía por las noches a mi madre.

—¡Cállate! No digas tonterías, es una costumbre horrible.

Un día le dije a Lorenza que había visto a Julián con Amparito. La planchadora tiró las ropas al suelo y se enojó conmigo. De ese enojo partió todo el mal. Durante varios días la rondé queriendo contentarla.

—¡Lárguese! ¡No entre, escuintla entrometida! —me gritaba apenas asomaba la cabeza al cuarto de planchar.

—¡Todavía no te he dicho en dónde está el gran tesoro de mi papá! —le grité una tarde, por la rendija de la puerta.

Lorenza guardó silencio. Después, desde el rumor de las sábanas rociadas, me contestó:

—¡Pues ándele, pase!

No recuerdo bien cuánto oro le dije que había en el bodegón.

—¡Ah! Entonces con ese fin lo construyó tu papá...

—Sí, con ese fin.

—¿Y si alguien se llevara todo ese oro, qué haría tu papá?

—Nada, porque tiene mucho más.

—¿En dónde?

—No te lo digo.

Era bueno dejar algo en reserva, no fuera a ser que se volviera a enojar conmigo y ya no tuviera yo ningún secreto que ofrecerle.

La noche en que mi madre me trepó en la silla, vi a Lorenza que atravesaba el jardín, en medio de las antorchas de los asaltantes. Iba con su vestido rosa y sus trenzas deshechas. Corría despavorida buscando el camino de su cuarto. Julián iba detrás de ella con un machete en la mano. Yo me bajé de la silla y no le dije nada a mi madre. Pensé que era mejor esperar a que amaneciera y hablar con la planchadora. Muy temprano fui a verla.

—¡Caray, niña Evita, no había nada! Es usted una mentirosa. ¡Pero por ésta —y besó la cruz— que se lo voy a decir a mi mamá y usted se va a secar como un odre!

No supe qué decir. Me aterraron sus palabras. Lorenza se enderezó en su cama.

—¡Y para más, Julián por poco y me mata! ¡Y todo por una escuintla lenguaraz! Pero mi mamá la va a embrujar. ¡Ya la veré en el mercado, colgada de un mecate, como cualquier odre seco!

No supe qué decir. La miré con desesperación. ¿Alguien de ustedes ha visto a los odres secándose al sol en el mercado de Tiztla?

—¡Julián y yo iremos a prisión! —rugió Lorenza en voz baja y me miró con ferocidad.

Yo bajé los ojos y sentí que el estómago se me escapaba por una rendija del suelo.

—Pero desde allí a carcajadas me voy a reír de usted, cargada de moscas y amarilla como un buen pellejo.

—¡Ay! Lorenza, qué triste es todo, yo embrujada y tú en la cárcel... —y me eché a llorar.

—No llore, niña Evita, no le voy a hacer el mal. No le diré nada a mi mamá si usted no le dice nada a la suya —contestó Lorenza echándose a llorar a su vez.

—¿Y si nos preguntan, Lorenza?

—Usted diga: no vi nada. ¡Al fin yo, por el espanto, perdí el habla...!

Lorenza perdió el habla muchos meses, hasta que su mamá bajó de la cuadrilla donde vivía, en las cercanías de Chilapa. Mató a un conejo en el lugar en donde aparecieron los demonios que se llevaron la lengua de su hija y pronunció unas palabras mientras se llenaba las trenzas de ceniza. Desde entonces Lorenza pudo hablar con lengua de animal. Y con ella sigue hablando hasta ahora. A Julián no lo volví a ver. Una tarde en medio del vapor de la ropa me acerqué a ella:

—¿Y Julián...?

—¡Hum! Piense usted, niña Evita, no me quiere ver. A él no le gustan las mujeres que hablan con lengua de animal...

Y era verdad que su voz había cambiado. La lengua del conejo era demasiado chica y apenas le alcanzaba para hablar suspirando...

El Duende

A las tres de la tarde el sol se detenía en la mitad del ciclo. El silencio podía estallar en cualquier instante y el jardín podía caer roto en mil pedazos. La casa entera estaba quieta. Sólo Rutilio regaba las losetas del corredor. A los pocos instantes, el agua, convertida en vapor, se levantaba de los ladrillos. La valla de helechos que separaba al jardín del corredor no detenía a la ola ardiente que llegaba hasta las habitaciones.

En dos hamacas paralelas Eva y Leli se mecían. El ir y venir de las hamacas columpiaba a la tarde con un ruido de reatas secas. Todos los días a esa hora, la muerte las rondaba: se detenía sobre las ramas y desde allí las miraba.

—Eva, ¿te da miedo morir?

—No, el otro mundo es tan bonito como éste.

—¿Cómo lo sabes?

—Me lo dijo mi abuela Francisca.

Eva lo sabía todo, era distinta, estaba en la casa porque tenía curiosidad por este mundo, pero pertenecía a un orden diferente. Era una aliada poderosa y la única liga que Leli poseía entre este mundo y el mundo tenebroso que la esperaba. "El otro mundo es tan bonito como éste"... Durante un rato la frase la dejó convencida, pero luego, la puerta que la esperaba y que conducía al vacío, volvió a tomar cuerpo. Con su propio pie daría el paso que iba a precipitarla al abismo por el cual iría descendiendo por los siglos de los siglos, con la cabeza hacia abajo, en una caída sin fin dentro del pozo negro que era la muerte. Por ahí caerían también su padre, su madre y sus hermanos. Y nunca se encontrarían, porque todos caerían en diferentes horas. Sólo Eva se quedaría flotando en el jardín, mirando con sus ojos amarillos las cosas que pasaban en la casa.

—¿Estás segura de que el otro mundo es tan bonito como éste?

—Sí, y como no tenemos cuerpo no sudamos.

Era irremediable no tener cuerpo. Elisa decía lo mismo. El sacerdote decía lo mismo. El cuerpo se quedaba acá y no podíamos llevarnos ni un mechoncito de pelo, para recordar de qué color habíamos sido. Miró el cabello dorado de Eva. Cerca de las sienes era muy pálido y con el sudor se le pegaba a la piel y tomaba la forma de plumas muy finas. Eva se estaba mirando las manos contra la luz del sol.

—Adentro de las manos tenemos luz.

Leli recordó el día que jugando con la navaja de su padre se cortó un dedo y la sangre salió a borbotones. Sintió vergüenza al sorprender a Eva en una mentira.

—¡Mentirosa!

—¿Has visto a Nuestro Señor? De cada dedo le sale un rayo de luz. Mis dedos se van a encender un día y me voy a ir en lo oscuro.

Era verdad que Nuestro Señor y los santos echaban luz por los dedos y por la cabeza y que a Eva no le daba miedo lo oscuro. Tampoco le daba miedo columpiarse de las ramas más altas de los árboles.

—¡Te vas a caer! —le gritaba Leli cuando la veía columpiarse de las hojas altísimas de las palmeras.

—Si me caigo me detiene el Duende —explicaba Eva cuando bajaba a tierra.

El Duende, el dueño del jardín, era muy amigo suyo. Por eso cuando su padre las regañaba porque aplastaban los plátanos tiernos Eva comentaba:

—Pobre, cree que es el dueño de todo...

Esa tarde, Rutilio siguió regando los ladrillos y las tres de la tarde siguieron escritas mucho tiempo en la torre de la iglesia que se asomaba en el cielo del jardín.

—Vamos a bañarnos —dijo Eva.

Salieron al jardín. Pasaron bajo las jacarandas, rodearon a la fuente, cruzaron el macizo de los plátanos, llegaron hasta las palmeras, sesgaron un poco hacia la izquierda y alcanzaron el pozo. El pozo era el lugar más fresco del jardín, rodeado de helechos, espadañas y otras hojas, rezumaba humedad. Hasta allí no llegaban los rumores de la casa. Era la parte secreta del jardín. Un pretil de piedra negra guardaba a su agujero profundo. Muy abajo corría el agua de los ríos en los cuales se bañan las mujeres plateadas y los pájaros de plumas de oro.

Las niñas se desnudaron y luego subieron los cántaros llenos del agua misteriosa. El agua helada convirtió sus cuerpos en dos islas frías en el mar caliente de la tarde. El agua del pozo era un agua risueña; sin embargo las niñas se bañaban en silencio. Era una tarde predestinada a lo que sucedió después. Leli miraba a las hojas que eran siempre las mismas hojas verdes. Detrás de las mafafas se asomaba una hoja de un verde más oscuro. La hoja tenía venas rojas y por debajo del verde oscuro había un verde clarísimo, que iluminaba al verde oscuro con reflejos de vidrio. La niña cortó una de aquellas hermosas hojas desconocidas y la mordisqueó. La hoja era muy dulce. Cortó más y las comió. Eva siempre hacía los descubrimientos. Esta vez había sido ella. Iba a reírse satisfecha, cuando sintió que una aguja le atravesaba la lengua. Se quedó quieta. Las encías empezaron a crecerle y en ese momento recordó al negro de *Las mil y una noches* que con el alfanje en la cintura reparte los venenos para matar a las favoritas infieles. "Estoy envenenada", se dijo.

—No coman yerbas, se van a envenenar —les repetía Antonio.

—No le creas a mi papá. El Duende es muy amigo mío y ya les quitó el veneno a todas las plantas —le susurraba Eva a espaldas de su padre.

Eva la había engañado. "Estoy envenenada", se repitió mirando a su hermana, que ignorante de su suerte seguía jugando con el agua. La presencia de su muerte próxima la asombró. Pronto empezaría a caer cabeza abajo por los siglos de los siglos. ¿Quién iba a darle la mano? No Eva, que ajena al mal irremediable que había caído sobre ella, seguiría regocijándose con el agua. Tenían horas diferentes. Estaban en distintos espacios y cada segundo que pasaba sus tiempos se separaban más y más. Los lazos que la ataban a Evita se soltaban y caían sin ruido sobre la hierba. Debía ir sola al otro mundo. Y sólo era una hoja verde lo que la separaba de su hermana. Siempre son cosas minúsculas las que determinan las catástrofes. Miró a Eva con ojos postreros. Pero no podía despedirse, ni irse sola, ni dejarla sola. Una idea acudió a su cabeza: matar a su hermana. Se inclinó y cortó un ramo de hojas venenosas.

—Evita, prueba estas hojas, son muy dulces.

Su voz no delató su traición y Eva aceptó agradecida el regalo. ¿Sabría que eran venenosas? Ella lo sabía todo. "¡Dios mío, haz que se las coma!" Y Dios la oyó, porque su hermana empezó a comer las hojas. ¿Y si para ella no eran mortales? Tal vez el Duende había quitado el veneno de las hojas de Eva. "¡Dios mío, que se muera!" Y Dios volvió a oírla, porque de pronto su hermana abrió la boca como para decir algo, sacó la punta de la lengua, la miró con los ojos muy abiertos y su mirada cambió del estupor al espanto.

—¡Mala!

La vio salir huyendo. Su cuerpo desnudo y delgadito se perdió entre los árboles. Un segundo grito la alcanzó:

—¡Mala!

Eva estaba en la misma hora que ella. "El otro mundo es tan bonito como éste, allí no se suda porque no tenemos cuerpo"... ¿Era Evita la que le decía aquellas palabras? Leli cayó muerta.

La tendieron en su cama y corrieron el mosquitero blanco. En la camita de junto tendieron a Eva. Por la mañana temprano, Leli abrió los ojos y miró con cuidado el día de su muerte. Desde la cama vecina Evita la miraba asqueada. Se volvió a la pared. Leli vio entrar a Elisa. Venía de puntillas, se acercó, descorrió el mosquitero y le tocó la frente como cuando tenía fiebre. Luego retiró la mano preocupada.

—¿Es cierto lo que dice Evita?

Leli comprendió que ninguna de las dos estaba muerta y se sintió defraudada. Eva mentía. No era verdad su amistad con el Duende, ni verdaderos sus poderes. La hoja verde les había hecho el mismo daño. Disgustada, también ella se volvió a mirar a la pared.

—¿Verdad que no es cierto?... Tú no quisiste matarla —insistió su madre, que como siempre no entendía nada.

Leli miró con visible disgusto la cal blanca de la pared.

—No sabías que eran venenosas. ¿Verdad, hijita?

La niña se sentó en la cama y miró con ojos serios a su madre.

—Sí lo sabía, y le pedí a Dios que me ayudara a matarla.

Elisa abrió la boca, sacó la punta de la lengua como para decir algo, abrió mucho los ojos y su mirada pasó del estupor al espanto.

—¡Mala!

Se alejó de prisa de su cama.

—¡Mala! —volvió a repetir, dirigiéndose hacia la cama de Evita. Su hermana se abrazó a su madre y las dos se pusieron a llorar. Acudió su padre y miró a Leli con ojos asustados. Después entraron Estrellita y Antoñito. Su hermano levantó el mosquitero, le guiñó un ojo, puso la mano en forma de pistola y le disparó una descarga cerrada: ¡Bum! ¡Bum! ¡Bum! Estrellita, sola, de pie en medio de la habitación, pareció asombrada, como si su familia y sus crímenes le dieran mucha vergüenza.

Su padre, indeciso primero, avanzó al cabo de unos segundos hacía la cama de Eva. Los niños lo siguieron, Leli se quedó sola, mirada por toda la familia, que transida escuchaba los sollozos de Eva. Volvían a ser distintas, pero de distinta manera. Se sentó en la cama, asombrada. ¿Por qué la hoja le había hecho el mismo daño a Evita? Su madre tomó en brazos a su hermana y salió con ella de la habitación. Su padre y sus hermanos la siguieron. Leli se quedó sola reflexionando.

Al mediodía le llevaron un caldo desgrasado. Candelaria la miró aburrida.

—Anda, come... —le dijo con tedio.

Se bebió el caldo que sabía a trapo mojado. También ella estaba aburrida. Quiso hablar con Candelaria, pero ésta sólo le contestó con banalidades.

—¿Hasta cuándo dejarás de hacer maldades?

Leli observó que Candelaria tenía las narices aplastadas y que su voz la aburría tanto como sus gestos. Ya no le interesaban sus consejos: siempre eran los mismos. Al atardecer su cuarto no le interesaba nada. Las garzas habían desaparecido de las manchas de humedad y los rincones se habían quedado vacíos. De cuando en cuando, le llegaban desde lejos las risas de Evita y el ¡Bum! ¡Bum! ¡Bum! de la pistola de Antoñito. Las entradas y salidas de sus padres aumentaban el aburrimiento. La miraban y le hacían la misma pregunta:

—¿Verdad que no quisiste matar a Evita?

Su respuesta afirmativa los hacía huir cada vez más asustados.

Cuando encendieron los quinqués, entró Estrellita. Avanzó cautelosa, descorrió el mosquitero y se sentó parsimoniosa en los pies de su cama. Desde allí la miró parpadeando, como si sus grandes pestañas le pesaran tanto que le cansaban los párpados. No dijo ni una palabra. Estrellita nunca hablaba, sólo las miraba. Leli le observó las manos cruzadas sobre la faldita blanca, los pies descalzos y rosas enredados en el velo del mosquitero y las mechas rubias y lacias sobre los hombros. Inmóvil, imperturbable, parecía un idolito dorado. Nunca se había fijado en ella. Se incorporó en la cama para mirarla mejor. Estrellita permaneció impasible, como si Leli no se hubiera movido o como si le diera absolutamente igual cualquier cosa que hiciera.

—Estrellita, dime, ¿tú has visto alguna vez al Duende?

—¿Qué duende?

—El del jardín.

—No. Yo estoy en los tejados.

—¿Y desde allí no ves al Duende?

—No. Desde allí sólo te veo a ti y veo a Eva.

—¿Siempre nos ves?

—Siempre.

Estrellita parecía un doctor javanés, de párpados pesados, flequillo lacio y labios muy arqueados. Ningún músculo de la cara le cambiaba de sitio y las manos cruzadas con solemnidad sobre la faldita blanca, inmóviles.

—Estrellita, yo me envenené primero. Luego le di la hoja a Eva y ella también se envenenó. ¿Por qué?

Estrellita la miró sin pestañear.

—Porque eran de la misma mata.

—¡Claro! Eso ya lo sé. Pero, ¿por qué se envenenó Eva?

—Porque tú quisiste matarla —contestó Estrellita impávida, mirando a su hermana—. ¿Te gustó matarla? —preguntó sin cambiar de voz ni de actitud.

—No... No me gustó... o tal vez sí...

Antes no se le había ocurrido que podía gustar o no gustar matar. Miró a Estrellita con admiración.

—¿Entonces, por qué la mataste?

—Porque quería que se muriera conmigo.

—¡Ah!

Entró Rutilio a llevarle una jarra de agua de limón, la colocó sobre la mesita de noche, se agachó a mirar a Leli y movió la cabeza con disgusto. Antes de salir murmuró unas palabras. Estrellita no se movió para mirarlo, ni para alcanzar un vaso de refresco.

—Rutilio no sabe nada —dijo Estrellita, que ese día no había subido a los tejados a mirar el jardín y que estaba allí, en la cama de Leli, esperando saber lo que otros no sabían.

—No, no sabe nada —confirmó Leli.

Apenas había salido Rutilio, cuando entró su madre alarmada.

—¡Estrellita!

Cogió a la niña de la mano y la sacó de la habitación. Nadie había entendido nada. Sólo Estrellita, porque ella miraba desde los tejados. En los días que siguieron, Estrellita vio desde los tejados la ruina que cayó sobre el jardín. Los plátanos, las jacarandas, las bugambilias y los helechos se cubrieron de polvo. También desde el tejado, Estrellita miraba las cabezas aburridas de Eva y Leli que se mecían en las hamacas sin hablarse. Estrellita sabía que Leli ya sabía que Eva no tenía ningún secreto y que por mentirosa no la frecuentaba. Eva todavía tenía la lengua llagada y trataba de ignorar a su hermana. Las dos se daban la espalda, mientras el jardín caía en ruinas.

Una tarde Estrellita supo que Eva había tomado una decisión: maliciosa, le sonreía a Leli desde su hamaca. Estrellita vio que por unos instantes el jardín volvía a ser para Leli como antes, radiante de aromas, pletórico de hojas. Pero Leli siguió inmóvil en su hamaca, y el polvo volvió a caer sobre las ramas. Estrellita, incrédula, se limpió los ojos y esperó. Esas dos no podían estar solas.

—¡Leli! ¡Lelinca! —dijo Eva.

Su hermana se volvió a su llamado, poseída por una emoción tan violenta que llegó a los tejados.

—Lelinca, tú no fuiste...

Estrellita oyó la frase de Eva desde los tejados y movió la cabeza con disgusto.

—No, yo no fui... —repitió Leli con su voz de tonta.

Sus palabras llegaron al tejado y Estrellita, con las manos cruzadas sobre la falda blanca, constató que Leli había olvidado que Eva no tenía ningún secreto.

—Fue el Duende, que estaba enojado conmigo —afirmó Eva con desvergüenza.

—¡Es cierto! ¡Es cierto! Él les puso el veneno —gritó Leli abriendo la boca como una completa tonta.

Alegre, se levantó de su hamaca. Estrellita oyó que para Leli se había levantado un canto de pájaros y que los cocos de oro se mecían entre las palmas verdes. Asqueada movió la cabeza. Ella, Estrellita, miró incrédula el esplendor de aquel amor desde su tejado, y sin descruzar las manos, parpadeó varias veces, disgustada. Su faldita blanca brillaba como un hongo sobre el tejado rojo. Una teja se levantó a su lado y la niña miró hacia allí sin sorpresa.

—Tú sabes que no fui yo. ¿Verdad?

—¡Claro que lo sé! Eva es una mentirosa y Leli es una matona. No les hagas caso —dijo Estrellita con voz segura y ya acostumbrada a los crímenes de su familia.

El Duende se quitó el gorro rojo, se limpió el sudor de la frente con el dorso de la mano y desde el espacio libre de la teja levantada, miró con alivio a su única amiga: Estrellita Garro.

El anillo

—Siempre fuimos pobres, señor, y siempre fuimos desgraciados, pero no tanto como ahora en que la congoja campea por mis cuartos y corrales. Ya sé que el mal se presenta en cualquier tiempo y que toma cualquier forma, pero nunca pensé que tomara la figura de un anillo. Cruzaba yo la Plaza de los Héroes, estaba oscureciendo y la boruca de los pájaros en los laureles empezaba a calmarse. Se me había hecho tarde. "Quién sabe qué estarán haciendo mis muchachos", me iba yo diciendo. Desde el alba me había venido para Cuernavaca. Tenía yo urgencia de llegar a mi casa, porque mi esposo, como es debido cuando una es mal casada, bebe, y cuando yo me ausento se dedica a golpear a mis muchachos. Con mis hijos ya no se mete, están grandes, señor, y Dios no lo quiera, pero podrían devolverle el golpe. En cambio con las niñas se desquita. Apenas salía yo de la calle que baja del mercado, cuando me cogió la lluvia. Llovía tanto, que se habían formado ríos en las banquetas. Iba yo empinada para guardar mi cara de la lluvia, cuando vi brillar a mi desgracia en medio del agua que corría entre las piedras. Parecía una serpientita de oro, bien entumida por la frescura del agua. A su lado se formaban remolinos chiquitos.

"¡Ándale, Camila, un anillo dorado!" y me agaché y lo cogí. No fue robo. La calle es la calle y lo que pertenece a la calle nos pertenece a todos. Estaba bien frío y no tenía ninguna piedra: era una alianza. Se secó en la palma de mi mano y no me pareció que extrañara ningún dedo, porque se me quedó quieto y se entibió luego. En el camino a mi casa me iba yo diciendo: "Se lo daré a Severina, mi hijita mayor." Somos tan pobres, que nunca hemos tenido ninguna alhaja y mi lujo, señor, antes de que nos desposeyeran de las tierras para hacer el mentado tiro al pichón en donde nosotros sembrábamos, fue comprarme unas chanclitas de charol con trabilla, para ir al entierro de mi niño. Usted debe acordarse, señor, de aquel día en que los pistoleros de Legorreta lo mataron a causa de las tierras. Ya entonces éramos pobres, pero desde ese día sin mis tierras y sin mi hijo mayor, hemos quedado verdaderamente en la desdicha. Por eso cualquier gustito nos da tantísimo gusto. Me encontré a mis muchachos sentados alrededor del comal.

—¡Anden, hijos! ¿Cómo pasaron el día?

—Aguardando su vuelta —me contestaron. Y vi que en todo el día no habían probado bocado.

—Enciendan la lumbre, vamos a cenar.

Los muchachos encendieron la lumbre y yo saqué el cilantro y el queso.

—¡Qué gustosos andaríamos con un pedacito de oro! —dije yo preparando la sorpresa—. ¡Qué suerte la de la mujer que puede decir que sí o que no, moviendo sus pendientes de oro!

—Sí, qué suerte... —dijeron mis muchachitos.

—¡Qué suerte la de la joven que puede señalar con su dedo para lucir un anillo! —dije.

Mis muchachos se echaron a reír y yo saqué el anillo y lo puse en el dedo de mi hija Severina. Y allí paró todo, señor, hasta que Adrián llegó al pueblo, para caracolear sus ojos delante de las muchachas. Adrián no trabaja más que dos o tres veces a la semana reparando las cercas de piedra. Los más de los días los pasaba en la puerta de El Capricho mirando cómo comprábamos la sal y las botellas de refrescos. Un día detuvo a mi hija Aurelia.

—¿Oye, niña, de qué está hecha tu hermanita Severina?

—Yo no sé... —le contestó la inocente.

—Oye, niña, ¿y para quién está hecha tu hermanita Severina?

—Yo no sé... —le contestó la inocente.

—Oye, niña, ¿y esa mano en la que lleva el anillo a quién se la regaló?

—Yo no sé... —le contestó la inocente.

—Mira, niña, dile a tu hermanita Severina que cuando compre la sal me deje que se la pague y que me deje mirar sus ojos.

—Sí, joven —le contestó la inocente. Y llegó a platicarle a su hermana lo que le había dicho Adrián.

La tarde del siete de mayo estaba terminando. Hacía mucho calor y el trabajo nos había dado sed a mi hija Severina y a mí.

—Anda, hija, ve a comprar unos refrescos.

Mi hija se fue y yo me quedé esperando su vuelta sentada en el patio de mi casa. En la espera me puse a mirar cómo el patio estaba roto y lleno de polvo. Ser pobre, señor, es irse quebrando como cualquier ladrillo muy pisado. Así somos los pobres, ni quien nos mire y todos nos pasan por encima. Ya usted mismo lo vio, señor, cuando mataron a mi hijito el mayor para quitarnos las tierras. ¿Qué pasó? Que el asesino Legorreta se hizo un palacio sobre mi terreno y ahora tiene sus reclinatorios de seda blanca en la iglesia del pueblo y los domingos cuando viene desde México la llena con sus pistoleros y sus familiares, y nosotros los descalzos mejor no entramos para no ver tanto desacato. Y de sufrir tanta injusticia, se nos juntan los años y nos barren el gusto y la alegría y se queda uno como un montón de tierra antes de que la tierra nos cobije. En esos pensamientos andaba yo, sentada en el patio de mi casa, ese siete de mayo. "¡Mírate, Camila, bien fregada! Mira a tus hijos. ¿Qué van a durar? ¡Nada! Antes de que lo sepan estarán aquí sentados, si es que no están muertos como mi difuntito asesinado, con la cabeza ardida por la pobreza, y los años colgándoles como piedras, contando los días en que no pasaron hambre"... Y me fui, señor, a caminar mi vida. Y vi que todos los caminos estaban llenos con las huellas de mis pies. ¡Cuánto se camina! ¡Cuánto se rodea! Y todo para nada o para encontrar una mañana a su hijito tirado en la milpa con la cabeza rota por los máuseres y la sangre saliéndole por la boca. No lloré, señor. Si el pobre empezara a llorar, sus lágrimas ahogarían al mundo, porque motivo para llanto son todos los días. Ya me dará Dios lugar para llorar, me estaba yo diciendo, cuando me vi que estaba en el corredor de mi casa esperando la vuelta de mi hijita Severina. La lumbre estaba apagada y los perros estaban ladrando como ladran en la noche, cuando las piedras cambian de lugar. Recordé que mis hijos se habían ido con su papá a la peregrinación del Día de la Cruz en Guerrero y que no iban a volver hasta el día nueve. Luego recordé que Severina había ido a El Capricho. "¿Dónde fue mi hija, que no ha vuelto?" Miré el cielo y vi cómo las estrellas iban a la carrera. Bajé mis ojos y me hallé con los de Severina, que me miraban tristes desde un pilar.

—Aquí tiene su refresco —me dijo con una voz en la que acababan de sembrar a la desdicha.

Me alcanzó la botella de refresco y fue entonces cuando vi que su mano estaba hinchada y que el anillo no lo llevaba.

—¿Dónde está tu anillo, hija?

—Acuéstese, mamá.

Se tendió en su camita con los ojos abiertos. Yo me tendí junto a ella. La noche pasó larga y mi hijita no volvió a usar la palabra en muchos días. Cuando Gabino llegó con los muchachos, Severina ya empezaba a secarse.

—¿Quién le hizo el mal? —preguntó Gabino y se arrinconó y no quiso beber alcohol en muchos días.

Pasó el tiempo y Severina seguía secándose. Sólo su mano seguía hinchada. Yo soy ignorante, señor, nunca fui a la escuela, pero me fui a Cuernavaca a buscar al doctor Adame, con domicilio en Aldana 17.

—Doctor, mi hija se está secando...

El doctor se vino conmigo al pueblo. Aquí guardo todavía sus recetas. Camila sacó unos papeles arrugados.

—¡Mamá! ¿Sabes quién le hinchó la mano a Severina? —me preguntó Aurelia.

—No, hija, ¿quién?

—Adrián, para quitarle el anillo.

¡Ah, el ingrato!, y en mis adentros veía que las recetas del doctor Adame no la podían aliviar. Entonces, una mañana, me fui a ver a Leonor, la tía del nombrado Adrián.

—Pasa, Camila.

Entré con precauciones: mirando para todos lados para ver si lo veía.

—Mira, Leonor, yo no sé quién es tu sobrino, ni qué lo trajo al pueblo pero quiero que me devuelva el anillo que le quitó a mi hija, pues de él se vale para hacerle el mal.

—¿Qué anillo?

—El anillo que yo le regalé a Severina. Adrián con sus propias manos se lo sacó en El Capricho y desde entonces ella está desconocida.

—No vengas a ofender, Camila. Adrián no es hijo de bruja.

—Leonor, dile que me devuelva el anillo por el bien de él y de toda su familia.

—¡Yo no puedo decirle nada! Ni me gusta que ofendan a mi sangre bajo mi techo.

Me fui de allí y toda la noche velé a mi niña. Ya sabe, señor, que lo único que la gente regala es el mal. Esa noche Severina empezó a hablar el idioma de los maleados. ¡Ay, Jesús bendito, no permitas que mi hija muera endemoniada! Y me puse a rezar una Magnífica. Mi comadre Gabriela, aquí presente, me dijo: "Vamos por Fulgencia, para que le saque el mal del pecho". Dejamos a la niña en compañía de su padre y sus hermanos y nos fuimos por Fulgencia. Luego, toda la noche Fulgencia curó a la niña, cubierta con una sábana.

—Después de que cante el primer gallo, le habré sacado el mal —dijo.

Y así fue señor, de repente Severina se sentó en la cama y gritó: "¡Ayúdeme, mamacita!" Y echó por la boca un animal tan grande como mi mano. El animal traía entre sus patas pedacitos de su corazón. Porque mi niña tenía al animal amarrado a su corazón... Entonces cantó el primer gallo.

—Mira —me dijo Fulgencia— ahora que te devuelvan el anillo, porque antes de los tres meses habrán crecido las crías.

Apenas amaneció, me fui a las cercas a buscar al ingrato. Allí lo esperé. Lo vi venir, no venía silbando, con un pie venía trayendo a golpecitos una piedra. Traía los ojos bajos y las manos en los bolsillos.

—Mira, Adrián el desconocido, no sabemos de dónde vienes, ni quiénes fueron tus padres y sin embargo te hemos recibido aquí con cortesía. Tú en cambio andas dañando a las jóvenes. Yo soy la madre de Severina y te pido que me devuelvas el anillo con el que le haces el mal.

—¿Qué anillo? —me dijo ladeando la cabeza. Y vi que sus ojos brillaban con gusto.

—El que le quitaste a mi hijita en El Capricho.

—¿Quién lo dijo? —y se ladeó el sombrero.

—Lo dijo Aurelia.

—¿Acaso lo ha dicho la propia Severina?

—¡Cómo lo ha de decir si está dañada!

—¡Humm...! Pues cuántas cosas se dicen en este pueblo. ¡Y quién lo dijera con tan bonitas mañanas!

—Entonces ¿no me lo vas a dar?

—¿Y quién dijo que lo tengo?

—Yo te voy a hacer el mal a ti y a toda tu familia —le prometí.

Lo dejé en las cercas y me volví a mi casa. Me encontré a Severina sentadita en el corral, al rayo del sol. Pasaron los días y la niña se empezó a mejorar. Yo andaba trabajando en el campo y Fulgencia venía para cuidarla.

—¿Ya te dieron el anillo?

—No.

—Las crías están creciendo.

Seis veces fui a ver al ingrato Adrián a rogarle que me devolviera el anillo. Y seis veces se recargó contra las cercas y me lo negó gustoso.

—Mamá, dice Adrián que aunque quisiera no podría devolver el anillo, porque lo machacó con una piedra y lo tiró a una barranca. Fue una noche que andaba borracho y no se acuerda de cuál barranca fue.

—Dile que me diga cuál barranca es para ir a buscarlo.

—No se acuerda... —me repitió mi hija Aurelia y se me quedó mirando con la primera tristeza de su vida. Me salí de mi casa y me fui a buscar a Adrián.

—Mira, desconocido, acuérdate de la barranca en la que tiraste el anillo.

—¿Qué barranca?

—En la que tiraste el anillo.

—¿Qué anillo?

—¿No te quieres acordar?

—De lo único que me quiero acordar es que de aquí a catorce días me caso con mi prima Inés.

—¿La hija de tu tía Leonor?

—Sí, con esa joven.

—Es muy nueva la noticia.

—Tan nueva de esta mañana...

—Antes me vas a dar el anillo de mi hija Severina. Los tres meses ya se están cumpliendo.

Adrián se me quedó mirando, como si me mirara de muy lejos, se recargó en la cerca y adelantó un pie.

—Eso sí que no se va a poder...

Y allí se quedó, mirando al suelo. Cuando llegué a mi casa, Severina se había tendido en su camita. Aurelia me dijo que no podía caminar. Mandé traer a Fulgencia. Al llegar nos contó que la boda de Inés y de Adrián era para un domingo y que ya habían invitado a las familias. Luego miró a Severina con mucha tristeza.

—Tu hija no tiene cura. Tres veces le sacaremos el mal y tres veces dejará crías. No cuentes más con ella.

Mi hija empezó a hablar el idioma desconocido y sus ojos se clavaron en el techo. Así estuvo varios días y varias noches. Fulgencia no podía sacarle el mal, hasta que llegara a su cabal tamaño. ¿Y quién nos dice, señor, que anoche se nos pone tan malísima? Fulgencia le sacó al segundo animal con pedazos muy grandes de su corazón. Apenas le quedó un pedazo chiquito de corazón, pero bastante grande para que el tercer animal se prenda de él. Esta mañana mi niña estaba como muerta y yo oí que repicaban las campanas.

—¿Qué es ese ruido, mamá?

—Campanas, hija...

—Se está casando Adrián —le dijo Aurelia.

Y yo, señor, me acordé del ingrato y del festín que estaba viviendo mientras mi hija moría.

—Ahora vengo —dije.

Y me fui cruzando el pueblo y llegué a casa de Leonor.

—Pasa, Camila.

Había mucha gente y muchas cazuelas de mole y botellas de refrescos. Entré mirando por todas partes, para ver si lo veía. Allí estaba con la boca risueña y los ojos serios. También estaba Inés, bien risueña, y allí estaban sus tíos y sus primos los Cadena, bien risueños.

—Adrián, Severina ya no es de este mundo. No sé si le quede un pie de tierra para retoñar. Dime en qué barranca tiraste el anillo que la está matando.

Adrián se sobresaltó y luego le vi el rencor en los ojos.

—Yo no conozco barrancas. Las plantas se secan por mucho sol y falta de riego. Y las muchachas por estar hechas para alguien y quedarse sin nadie...

Todos oímos el silbar de sus palabras enojadas.

—Severina se está secando, porque fue hecha para alguien que no fuiste tú. Por eso le has hecho el maleficio. ¡Hechicero de mujeres!

—Doña Camila, no es usted la que sabe para quién está hecha su hijita Severina.

Se echó para atrás y me miró con los ojos encendidos. No parecía el novio de este domingo: no le quedó la menor huella del gozo, ni el recuerdo de la risa.

—El mal está hecho. Ya es tarde para el remedio.

Así dijo el desconocido de Ometepec y se fue haciendo para atrás, mirándome con más enojo. Yo me fui hacia él, como si me llevaran sus ojos. "Se va a desaparecer", me fui diciendo, mientras caminaba hacia adelante y él avanzaba para atrás, cada vez más enojado. Así salimos hasta la calle, porque él me seguía llevando, con las llamas de sus ojos. "Va a mi casa a matar a Severina", le leí el pensamiento, señor, porque para allá se encaminaba, de espaldas, buscando el camino con sus talones. Le vi su camisa blanca, llameante, y luego, cuando torció la esquina de mi casa, se la vi bien roja. No sé cómo, señor, alcancé a darle en el corazón, antes de que acabara con mi hijita Severina...

Camila guardó silencio. El hombre de la comisaría la miró aburrido. La joven que tomaba las declaraciones en taquigrafía detuvo el lápiz. Sentados en unas sillas de tule, los deudos y la viuda de Adrián Cadena bajaron la cabeza. Inés tenía sangre en el pecho y los ojos secos.

Gabino movió la cabeza apoyando las palabras de su mujer.

—Firme aquí, señora, y despídase de su marido porque la vamos a encerrar.

—Yo no sé firmar.

Los deudos de Adrián Cadena se volvieron a la puerta por la que acababa de aparecer Severina. Venía pálida y con las trenzas desechas.

—¿Por qué lo mató, mamá...? Yo le rogué que no se casara con su prima Inés. Ahora el día que yo muera, me voy a topar con su enojo por haberlo separado de ella... Severina se tapó la cara con las manos y Camila no pudo decir nada.

La sorpresa la dejó muda mucho tiempo.

—¡Mamá, me dejó usted el camino solo...!

Severina miró a los presentes. Sus ojos cayeron sobre Inés, ésta se llevó la mano al pecho y sobre su vestido de linón rosa acarició la sangre seca de Adrián Cadena.

—Mucho lloró la noche en que Fulgencia te sacó a su niño. Después, de sentimiento quiso casarse conmigo. Era huérfano y yo era su prima. Era muy desconocido en sus amores y en sus maneras... —dijo Inés bajando los ojos, mientras su mano acariciaba la sangre de Adrián Cadena.

Al rato le entregaron la camisa rosa de su joven marido: cosido en el lugar del corazón había una alianza, como una serpientita de oro y en ella grabadas las palabras: "Adrián y Severina gloriosos".

Perfecto Luna

Tal vez serían las once y media de la noche, cuando Perfecto Luna pasó las últimas casas del pueblo. A esas horas ya todos dormían y nadie notó su paso. Todo gracias a Dios había sido muy simple: levantar las trancas de la puerta del almacén, husmear por la rendija y salir a la calle oscura. "Con tal de que no roben y que luego digan: miren al cabrón de Perfecto, se pasó a robar todo lo que había en la tienda." Pero ¿qué otra cosa podía haber hecho? ¡No quería entregar su vida a un caprichoso! Sobre todo después de haber visto que en el otro mundo no había sino chiflones de aire frío. Ahora no le quedaba sino huir, borrar sus huellas abandonadas en el pueblo y en los caminos, tirar su nombre y buscar otro. No dejar rastro de Perfecto Luna. Pero ¿qué nombre? No era tan fácil dejar de ser él mismo. Desde chico así lo nombraban y él había sido siempre Perfecto Luna, el albañil, el peón, el muchacho que servía para todo, porque así lo había enseñado su patrón. Ahora tenía que olvidarse de lo que sabía y volver a empezar para ser otro. Le dio tristeza de sí mismo: ¡tan servicial y tan alegre como había sido! Pero así es la vida: a cada uno su mala o buena suerte. Recordó los nombres de sus amigos. Crisóforo Flores: ni modo de llamarse así, era robar el ánima de su amigo y, sin embargo, tal vez tendría que hacerlo. Crisóforo andaba siempre tan confiado, tan alegre, tan quitado de penas. Andaba como él había andado antes; Domingo Ibáñez era arriesgado, porque ése tenía las noches tristes. Justo Montiel, tampoco, no fuera que le diera por matar a los amigos.

Se saltó de la vereda para agarrar a campo traviesa el rumbo de Actipan. Así, cuando todos lo buscaran por San Pedro, él andaría muy tranquilo por Acatepec. Le gustaba el mercado de Acatepec. Apenas llegara se iba a comprar su buen pañuelo de seda y comenzaría a buscar trabajo. Al fin, él para todo servía. Tardaría toda la noche en cruzar la huizachera, pero iba más seguro. ¿Quién iba a encontrar sus huellas entre aquellas matas? Apresuró el paso y se tropezó con una piedra. "¡Ora sí, Perfecto Luna, ya te desgraciaste un dedo!", se dijo en voz alta para espantar aquel silencio redondo que en ese momento lo rodeó. Era mejor no mirar, el campo se había vuelto enorme. Empezaba a suceder lo que sucedía todas las noches desde hacía cinco meses: el silencio crecía de tal manera que era inútil tratar de decir cualquier palabra; allí nunca, a través de todos los siglos, había caído un ruido. Acababa de decir: "Ora sí, Perfecto Luna, ya te desgraciaste un dedo" y no lo había dicho. Las palabras habían salido en silencio y se le habían quedado prendidas en la punta de la lengua. Tenía que irse lejos de Amate Redondo y lejos de Perfecto Luna, porque era a Perfecto Luna al que querían; por eso lo habían metido en aquellas noches redondas que duraban más que el día. Apretó el paso otra vez. Las capas de aire se separaron; su nariz quedó en el espacio vacío entre dos de ellas y casi no podía respirar. En cambio, a la altura de sus ojos y de sus cabellos el aire soplaba sin soplar, levantándole los pelos y enfriándoselos, hasta sentir que miles y miles de hielitos le perforaban la cabeza. ¿Cuándo acabaría de salir de esos lugares extraños? "Seré Crisóforo Flores, no andaré por estos parajes y volveré a gozar con mis amigos."

Adelante de él vio a un hombre que, agachado, buscaba algo entre los huizaches. Estaba muy inclinado sobre el suelo, tratando de ver en la oscuridad. Le dio gusto encontrarse con alguien en aquellas soledades. El hombre estaba allí, a dos pasos, impidiendo el camino. Por cortesía le dio las buenas noches.

—Buenas noches —contestó el desconocido sin abandonar su búsqueda.

—¿Busca algo? —dijo Perfecto Luna amablemente, pensando que así lo diría Crisóforo Flores.

—Sí —contestó el desconocido con voz quejumbrosa—. Y no lo hallo...

—¿Puedo ayudarlo, señor? —preguntó Perfecto Luna, sintiéndose cada vez más Crisóforo Flores.

—Si fuera tan amable... —respondió el otro con voz débil.

Perfecto Luna se agachó a buscar aquel objeto perdido. De seguro era dinero, sólo que el ladino no se lo quería decir, por temor a que lo robara. Apenas veía entre las sombras y las piedras. Miró con curiosidad las piernas del desconocido; le pareció que llevaba huaraches y una tilma roja. Parecía moverse con dificultad, como si estuviera ciego. Tentaleaba trabajosamente, agarrándose a las piedras y a las matas.

—¡Ay, señor! —dijo Perfecto Luna, sintiendo que de nuevo las palabras apenas le salían de la boca. El hombre no le hizo caso. Y siguió buscando, removiendo las piedras.

Perfecto Luna se sentó en el suelo descorazonado.

—¡Ay, señor, a mí me han pasado cosas! —continuó, olvidándose de ser Crisóforo Flores—. ¡Mire cómo me he quedado, en los puros huesos!

La confesión no conmovió al desconocido, ni lo hizo cambiar de actitud.

—¡Usted sabe que yo fui Perfecto Luna hasta esta noche!

—¡Caray, ya me canso de buscar y buscar! —se quejó el desconocido.

—Ahorita le ayudo —ofreció Perfecto acordándose que debía ser el alegre Crisóforo. Y con energía se entregó otra vez a la búsqueda. El desconocido estaba ahora lejos, apenas veía su bulto blanco y rojo buscando entre los huizaches. Se sintió tranquilo en su compañía. Pensó: "Ésta será la última noche desgraciada; desde mañana, cuando yo sea Crisóforo Flores, nadie nunca más se acordará del que fui".

—¡Señor! —gritó con optimismo y sintiéndose ya en el otro día—. ¿Usted cree en los muertos?

—¿En los muertos? —preguntó el otro sorprendido. Su voz le llegó desde muy abajo.

—Sí, señor, pero no en los muertos de cuerpo presente, sino en los otros...

—¿En los otros? —volvió a preguntar el desconocido deteniéndose en su búsqueda.

—Sí, en los otros —contestó con aplomo Perfecto, cada vez más Crisóforo Flores—. ¡Figúrese usted, yo fui Perfecto Luna y tuve que dejar de serlo, por causa de un difunto!

—¡Ah! —contestó el desconocido.

—¿Pasó usted por Amate Redondo? De seguro conoció a don Celso, el dueño del almacén. Yo le debo a él todo lo que fui. Él me enseñó a trabajar mientras fui Perfecto Luna. Andaba yo en los cinco años, cuando ya le hacía los mandados. Con él me crié, porque fui huérfano de nacimiento. "¡Ándale, Perfecto, mira cómo se cepilla la madera! ¡Aquí quédate, Perfecto! ¡Ya sabes cuánto cuesta un cuartillo de maíz, aquí lo marcas en la registradora!" Porque sólo don Celso tiene registradora en Amate Redondo. Es el único que lo ha trabajado, aunque digan que se roba los gramos en los kilos. Y así viví, trabajando, hasta que don Celso quiso hacer las mentadas accesorias.

Perfecto Luna guardó silencio. Recordó que hasta ese día había sido muy confiado. Don Celso le encargó que demoliera las casuchas que estaban detrás del almacén para construir unas viviendas como las de México. Se volvió otra vez con el azadón en la mano, tirando aquellos jacales. ¿Cuánto tiempo tardaría en hacer aquel trabajo? Vamos a decir un mes; y al cabo de ese mes todo quedó rasito y limpio. Hasta ese día también había sido alegre. ¿Qué le faltaba? Nada. Tenía buen trato y la estimación de sus amigos. Nadie le deseaba un mal. Fue un día cuatro de abril, cuando don Celso le dijo: "Abre las zanjas para echar los cimientos". Como a las doce del día, mientras ahondaba en la zanja, encontró al muerto. Era un muerto viejo porque no quedaban de él sino los puros huesos. Le pareció volver a verlo, relumbrando al sol, con los brazos puestos sobre las costillas. "Habrá tenido, de seguro, una muerte mala, porque no tiene cabeza. ¿Quién lo mataría? ¿Dónde andará su cabeza?"

—¡Fíjese, señor, le faltaba la cabeza, seguro alguien lo degolló!

El desconocido no dijo una palabra.

—Lo malo, señor, es que cuando yo fui Perfecto Luna me gustaba ser maldoso. "¡Perfecto!, me gritó la señora de don Celso, ven a comer." Puse mi cobija en el hoyo del difunto y me fui a comer. Me acuerdo que mientras echaban las tortillas, yo en mis adentros me andaba riendo.

—¿De qué te ríes? —me preguntaron.

—Sólo yo lo sé.

Y sólo yo lo sabía. Después de comer envolví los huesitos en mi cobija y me los llevé a mi cuarto. "¡Vas a ver, muerto cabrón!", le dije. Llegó el día en que me vi haciendo los adobes... y Perfecto se volvió a ver revolviendo el lodo con las hierbas secas y silbando.

—¡Miren a éste, qué gusto trae, ojalá y así trabajaran todos! —decía don Celso. Y era verdad, porque mientras fui Perfecto Luna cualquier cosa me gustaba y todo me ponía contento. Me acuerdo que estaba yo envolviendo mi cigarro de hoja, cuando se me vino la idea al pensamiento. Me fui hasta mi cuarto, saqué el hueso del dedo de un pie y lo enterré en un adobe que había yo puesto a secar al sol. "Ya que te hicieron el favor de enterrarte separado, yo te lo voy a hacer completo", le dije. Le puse una marca al adobe, para saber que allí estaba un pedazo de su tumba. Luego me traje una costilla y la metí en otro adobe con su señal. Y así hasta que me acabé los huesitos.

—Oiga, don Celso, ¿qué le pasa a un muerto despedazado?

—Pues se vuelve loco, muchacho, buscando sus pedacitos.

—¡Ja, ja, ja! —y me fui muy contento a ver mis tumbitas—. ¡Lo que es ser muchacho y ser alegre, señor! —dijo Perfecto Luna sentándose de nuevo en el suelo y buscando con los ojos al otro, que indiferente seguía por allí sin hacerle caso. Con tristeza pensó que a nadie le importaba que él, Perfecto Luna, hubiera sido alegre, y que por causa de su alegría tuviera que dejar de ser él mismo. Recordó cómo empezó a construir las viviendas: cuidadosamente repartió los adobes con los huesos en los muros de las viviendas; no quedó ni un lugar de la vecindad en donde no estuviera enterrado "el sin cabeza". Y él, gozoso, seguía abriendo ventanas, techando, haciendo puertas, mientras silbaba y se reía a solas.

—¡Mira, Perfecto, quedaron bonitas, ponles su lambrín azul!

—Yo eché el azul más vivo, señor, para alegrar el sepulcro encalado.

Y se volvió a reír a pesar suyo. "Ojalá y se vengan a vivir los Juárez, y que en la noche 'el sin cabeza' les jale las patas", pensaba. Cuando las viviendas estuvieron terminadas, don Celso le encargó que las cuidara, no fuera a ser que los mocosos se metieran y rayaran las paredes. Olía a nuevo: a cal y a mezcla. Las paredes y los ladrillos del suelo todavía estaban húmedos; en todos los cuartos había presencia de lo limpio, lo no tocado por el hombre. Perfecto Luna tomó sus camisas, su petate y su cobija y se instaló en uno de los cuartos. Estaba cansado; se quitó los huaraches, se tendió en su petate y por la ventana miró la noche. El cielo estaba tranquilo y claro y desde donde estaba veía dos estrellas brillantes. Entrecerró los ojos. "¡Quién le hubiera dicho que él solito iba a hacer todo aquel trabajo!" Abrió los ojos y miró regocijado su obra: recorrió el techo, las paredes, la puerta y llegó otra vez hasta la ventana. Abajo de ella, una saliente pequeña marcaba una de las tumbas del "sin cabeza". Se echó a reír y se le cuajó la risa. Los labios se le quedaron tiesos, y el cuarto se volvió tan oscuro que perdió la vista a la ventana. "¿Quién oscureció la noche?" Buscó a tientas la vela que había dejado junto al petate. Estiró el brazo y sintió que se le había hecho muy corto; en cambio el cuarto había crecido enormemente y la vela estaba lejos, fuera de su alcance. Se resignó a la oscuridad. Abrió mucho los ojos tratando de ver algo, pero la sombra se hacía cada vez más y más densa. "Creo que aquí espantan." Se quedó quieto. De pronto vio brillar la marca que él había puesto en el adobe. "¡Es el sin cabeza!" Su corazón empezó a golpear con tal fuerza que le pareció que iba dentro de un río muy crecido. Sintió que se quedaba sordo. No le quedaba sino esperar a que amaneciera. Pero la noche se alargó en muchas noches. Cuando rayó el día, vio que su petate estaba húmedo de sudor.

—¿Qué te pasa, Perfecto? Andas muy desencajado.

No supo qué contestar. Apenas si probó su café, pensando que tenía que oscurecer. Con tristeza se sentó en el patio de las accesorias a ver cómo pegaba el sol en los tejados.

—Ya se está acabando el día... —dijo con pesadumbre. Cambió su petate y sus tiliches al segundo cuarto. Volvió la noche y él se acostó sin querer mirar por la ventana.

"Ahora no voy a mirar la noche." Y apretó bien los ojos. Un ruido de alas recorría las paredes. Las alas giraban al tiempo que subían y bajaban por los muros. Pasaron sobre su frente y sobre su cuerpo. Se fue quedando helado. ¿Cuál sería el maldito hueso que hacía aquel ruido que no se oía? Y esa noche duró más que la anterior. Quería pensar cómo contentar al difunto pero las alas corrían a tal velocidad que no le permitían formular su pensamiento. Al amanecer, sus rodillas estaban adoloridas y apenas si pudo levantarse.

—Agarraste frío, Perfecto —le dijeron.

Y él no pudo contar lo que le había sucedido aquella noche inmensa con aquellas alas frías. Se puso al sol, pero las rodillas seguían duras y heladas. No tuvo tiempo de calentarse, porque ese día el sol duró muy poco. Le pareció que apenas acababa de cantar el gallo del amanecer, cuando oyó a las gallinas acomodarse en sus palos para dormir. Completamente desesperanzado trasladó su petate, su cobija y su vela al tercer cuarto.

—¡Muerto maldito, quédate sosiego y no me quites la paz, que yo nunca le hice daño a nadie!

Se enrolló en su tilma para no pasar los fríos y cerró los ojos para no ver las sombras que lo envolvían. De una esquina del cuarto se desprendió un remolino de viento; zumbaba con gran violencia y se le vino a pegar al oído izquierdo. Por allí entró a gran velocidad, aturdiéndolo.

"Dime, ingrato difunto, ¿qué quieres que haga por ti?", hubiera querido decir, pero las palabras se le quedaron embarradas en la lengua. Luego se la vendaron, como vendaron la pierna de Anselmo cuando le dieron de navajazos. Inmóvil, con la lengua ligada, sufrió aquel remolino que le acalambraba el cuerpo.

—Ya amaneció... —dijo con dificultad, cuando entró a la cocina a que le dieran café caliente.

—¿Qué te pasa, muchacho? ¿Por qué hablas así? Parece que tienes la lengua amarrada.

Y Perfecto Luna agachó la cabeza y pensó que también ese día se iba a acabar muy pronto.

—Don Celso, ¿me deja dormir con Alambritos?

—A poco, muchacho, ¿para qué lo quieres? ¿Te anda buscando el miedo?

Apenas acababa de agarrar a Alambritos, cuando ya había caído la noche. Amarró al perro con un mecate largo a la aldaba de la puerta del cuarto siguiente, y se tendió en el petate. ¡Se estaba quedando flaco y se le había muerto la risa! La oscuridad empezó a bajar del techo como una espesa nube negra que lo quería aplastar. "¿Qué quieres que haga por ti, difunto? No puedo deshacer las accesorias, para juntar de nuevo tus huesos." Acababa de pensar eso, cuando vio que Alambritos se venía arrastrando por el suelo, pegado al piso como una calcomanía, y se quedaba junto a él. Alambritos empezó a aullar desde su nueva forma aplastada y plana como una hojita de papel. "Es cierto que andas aquí", pensó Perfecto Luna. "¿Qué quieres? Yo te lo doy para que te vayas." En ese momento la capa de sombras cayó sobre él como una cobija pesada y lo dejó sin pensamiento. ¡Lo quería a él! Toda la noche estuvo allí debajo de aquella cobija negra.

—¡Mira, muchacho, tienes las narices aplastadas! —le dijeron al verlo salir del cuarto. Las piernas apenas le sostenían.

—Don Celso, ¿cuánto dura una noche?

—Lo mismo que todas las noches.

Ya los días apenas eran una raya de luz entre dos inmensas noches. No tenía tiempo ni de ponerse y quitarse los huaraches. La ropa se le empezó a hacer vieja en el cuerpo. ¡Qué esperanzas que pudiera ir a recortarse los bigotes o el pelo! ¡Si apenas amanecía, ahí estaba ya la noche! No tenía tiempo ni de comer y se fue quedando en los puros huesos. Recorrió la fila de cuartos hasta que los acabó y en todos halló la presencia del difunto, que lo quería sacar de su pellejo. Desde lejos, arrinconado en el patio de las accesorias, oía a Crisóforo tocar la armónica y cantar con los amigos. De seguro estaban en la cantina. Eso lo sumía más en la tristeza, pues era el anuncio de que la noche estaba ahí esperándolo.

—¿Qué te pasa, muchacho? Si sigues así, no vas a tardar en entregar tu alma.

—¡Don Celso, déjeme que duerma en el almacén!

Así "el sin cabeza" vagaría furioso por todos los cuartos, sin hallarlo, pues él estaría durmiendo entre los manojos de canela y los costales de maíz.

—Ándale, pero si es por miedo, allí no lo vas a perder.

Cambió su petate al almacén. Parecía que esa noche llegaba más tranquila. El almacén estaba animado: los clientes bebían su última copa de tequila; don Celso echaba sus cuentas; olía a alcohol y a especias. Se sintió aliviado. Dieron las diez y Crisóforo Flores, su amigo, se echó el último trago.

—Ahí te veo mañana, si amaneces, porque se te está poniendo cara de difunto... —y se fue muy tranquilo, con su sombrero ladeado.

Don Celso le dio las buenas noches. Perfecto Luna cerró las puertas del almacén, vio que estaban muy sebosas, luego echó la tranca transversal que iba de muro a muro, se tendió en el mostrador y dejó la lámpara de gasolina ardiendo. Con la luz "el sin cabeza" no se atrevería. Aspiró con deleite el olor de la manteca, revuelto con el del polvo de los frijoles, se sintió seguro y se estiró. En la trastienda se produjo un ruido. Buscó la vela y los cerillos, pero los tenía en la bolsa de su camisa de manta. El ruido aumentó. Era más prudente no ir a ver qué sucedía. Un ruido semejante acompañó al primero: algo caía, caía sin cesar, silbando dulcemente. Era como si dos costales de maíz dejaran escapar el grano por un agujero.

—¡Ora sí, el canijo está destripando los costales!

Los silbidos se multiplicaron. Todos los costales se vaciaban a gran velocidad. La trastienda se iba llenando de maíz, estaba seguro de eso. Con precaución miró hacía allí: la puerta colmada de granos se desbordaba y el maíz avanzaba por la tienda. Asombrado miró a su derredor. Estaba entre costales. Arriba de la puerta de salida había tableros cargados de sacos de ayate. En ese momento se abrió el primer costal y los granos cayeron sordos, en un chorro dorado, sobre el suelo. Luego se agujereó el segundo costal, luego el tercero, luego el cuarto, luego la tienda entera llovía maíz de todas sus paredes. El lugar del mostrador se fue estrechando. Vio que la puerta de la calle que antes había atrancado cuidadosamente estaba siendo bloqueada, pues los costales de arriba también estaban agujereados. Se levantó como pudo y a zancadas, enterrándose en el grano hasta los muslos, llegó a la puerta. Con dificultad levantó la tranca y logró, haciendo un esfuerzo, abrir una rendija, husmear la noche y salir a la calle.

—A estas horas, señor, estaría allí sepultado en el maíz, y "el maldito sin cabeza" me tendría cogido de los pelos para toda la eternidad. Pero me le fui. Y me le fui no solamente de Amate Redondo sino de Perfecto Luna, porque cuando lo busque ya no lo va a hallar. Ahora soy Crisóforo Flores. ¡Lo que es tener un poco de presencia de ánimo! ¿Verdad, señor? Por eso le preguntaba si creía usted en los muertos, porque antes del "sin cabeza" tampoco yo creía.

—¡Ah! —contestó el desconocido desde muy abajo. Y con dificultad se fue enderezando.

—Le voy a ayudar a buscar, ya que le conté la triste historia del que fue Perfecto Luna.

—¡Ya no! —contestó el desconocido de pie junto al narrador. Éste apenas tuvo tiempo para ver el rostro sin rostro de su nuevo amigo: el cuerpo del desconocido terminaba sobre los hombros.

—¡Se endemonió! —dijo don Celso al día siguiente—. Me soltó todo el maíz y murió en medio de la huizachera. ¡Caray! ¡Y parecía tan buen muchacho el tal Perfecto Luna!

El árbol

El sábado a las tres de la tarde salió Gabina. Era su día libre y no volvería sino hasta el domingo por la mañana. Marta la vio irse y, sola, se recogió en su habitación. Miró los frascos de perfume y las porcelanas intactas sobre el tocador. Su casa de alfombras y cortinajes espesos la aislaba de los ruidos y las luces callejeras; le pesó su silencio y lo sintió como abandono. Había camas intactas, algunas ventanas ya no se abrían nunca y a las únicas ceremonias a las que asistía eran ceremonias de adiós: entierros y casamientos. Un timbrazo en la puerta de entrada la sacó de sus cavilaciones. Cautelosa, cruzó la casa y se acercó a la puerta.

—¿Quién? —preguntó, antes de decidirse a abrir.

—Soy yo, Martita —dijo una voz infantil desde el otro lado de las maderas.

—¿Luisa...?

Marta abrió la puerta para dejar entrar a la india. El bulto sombrío y renegrido de la mujer se coló veloz hasta el salón; entró como una centella, esquivando los muebles y mirando de reojo a Marta. En la penumbra provocada por las sedas de las cortinas apenas se distinguía su cara angulosa. Se dejó caer en un sillón y esperó. Un olor nauseabundo escapaba de su persona. Marta miro sus pies renegridos, descalzos y gastados de tanto caminar.

—¿Qué sucede, Luisa? ¿Qué la trajo a México?

Luisa se irguió de un salto, se levantó las enaguas y mostró un moretón enorme en la ingle descarnada; después, convulsa, señaló su nariz amoratada y la oreja por la que escurría un hilo de sangre negra y a medio coagular.

—¡Julián!

—¿Julián?

—¡Sí!, Julián me pegó.

—¡Eso no es cierto, Julián es muy bueno! —y Marta recordó las palabras de Gabina: “Al hombre bueno le toca mujer perra”. Luisa era una perra, perseguía a su marido hasta volverlo loco. La india la miró a los ojos y cruzó los brazos sobre el pecho.

—¡Siempre me ha golpeado, Martita!... ¡Siempre!

Su voz chillaba como la de una rata. Marta tuvo la certeza de que calumniaba a su marido. Hacía muchos años que conocía a la pareja. La veía siempre que iba a su casa de campo, en el pueblo de Ometepec. Al conocerlos, pensó que Luisa era una mujer-niño; no fue sino mucho después cuando notó que sus risas y su conducta no sólo eran extrañas sino malvadas. Le perdió el afecto y no desaprovechó ninguna ocasión para tratarla con dureza. Le indignaba esa mujer que seguía a su marido con una tenacidad estúpida. No lo dejaba solo ni a sol ni a sombra; adonde él iba, iba ella, sonriente y maligna. A Julián todos lo querían; en cambio, nadie solicitaba la presencia de Luisa. Él la soportaba con resignación. La india se echó a reír y miró maliciosa a Marta, como si adivinara lo que estaba pensando.

—¡No se ría! —ordenó Marta con sequedad.

—Julián es malo, Martita, ¡muy malo!

—¡Cállese ya, no diga más tonterías!

Hubiera querido decirle que ella era odiosa y que si Julián le había pegado se lo merecía, pero se contuvo.

—¡Es malo, me hace llorar!

—Mire, Luisa, usted es de risa y de lágrima fácil. ¿Y sabe lo que le digo? Que si Julián le pegó se lo merece.

—No, no lo merezco. Él es malo, muy malo...

Insistía en acusarlo. Su miseria producía náuseas. Su olor se extendió por el salón, invadió los muebles, se deslizó por las sedas de las cortinas. "Basta con olerla para que esté uno castigado", había dicho Gabina, y era verdad. Marta la miró con asco. Luisa se levantó de un salto y, como era su costumbre, empezó a cubrirla de besos. Luego se detuvo y se volvió al sofá. Marta vio que le corrían unas lágrimas escuálidas por las mejillas, pero no sintió compasión alguna. La india se limpió las lágrimas con su dedo sucio, se cruzó de brazos como un monito, la miró desconfiada y agregó:

—Siempre me pega, siempre. Es malo, muy malo, Martita.

Las dos mujeres guardaron silencio y se miraron enemigas. Marta se volvió a un espejo para observar sus cabellos bien peinados. Estaba turbada por la repugnancia que le inspiraba la india. "¡Dios mío! ¿Cómo permites que el ser humano adopte semejantes actitudes y formas?" El espejo le devolvía la imagen de una señora vestida de negro y adornada con perlas rosadas. Sintió vergüenza frente a esa infeliz, aturdida por la desdicha, devorada por la miseria de los siglos. "¿Es posible que sea un ser humano?" Muchos de sus familiares y amigos sostenían que los indios estaban más cerca del animal que del hombre, y tenían razón. Sus náuseas aumentaron. ¿Por qué tenía que oír a esa mujer? Ya era tarde, estaba en su salón y no tenía valor para echarla a la calle. La sintió llorar a sus espaldas. Le daría algo de comer, ya que no podía darle afecto. No era posible dejarla sentada en el sofá con toda su miseria, su desamparo y su fealdad a cuestas.

—Luisa, ¿quiere comer?

—Usted no se moleste, Martita, que me dé algo Gabina.

—No está, es su día libre.

—Entonces no se moleste, Martita.

Sin oírla, Marta se dirigió a la cocina. Luisa la siguió, se sentó junto a la ventana y esperó. Con la luz de la tarde sobre la cara, su aspecto se volvía más horrible: tenía la cara como una fruta pisoteada; la sangre seca, revuelta con la sangre que le manaba del oído, le untaba las greñas negras. Su olor invadió las ollas de aluminio, el fregadero, las sillas azules, los rincones. Marta le sirvió un café caliente, unos pedazos de pollo y unos panes. Luego se acercó a la puerta para escapar al olor que empezaba a marearla. La miró con ira y la india se encogió en la silla y se echó a llorar.

—¡Dejé a mis hijos!...

—¡Perra! ¿Cómo se atreve a hablarme de sus hijos? ¡Pobres niños!, siempre llorando: "Mamá, deje a mi padre, quédese en la casa..." ¿Y usted qué hace apenas nacidos? Se larga a la calle a perseguir a Julián. No me diga que llora por ellos.

—Sí, Martita, por ellos lloro.

—Pues sus lágrimas no me conmueven. ¿Por qué persigue a Julián? El pobre hombre se queja de que usted no lo deja solo ni para hacer sus necesidades.

Marta guardó silencio y miró a la india con enojo. La otra sonrió con suavidad.

—Allá no es como acá, Martita, allá vamos a la barranca.

—¿Qué tiene que ver la barranca con lo que le estoy diciendo?

Marta golpeó el suelo con el pie; la astucia de la india la hacía enrojecer de ira.

—La barranca está muy oscura, Martita, muy oscura...

La voz de Luisa sonó extraña en la cocina radiante. Marta guardó silencio y la miró con atención. La mujer se echó a llorar y apartó el plato con brusquedad.

—Usted no sabe lo que es lo oscuro, Martita, acá hay mucha luz, pero allá está oscuro, muy oscuro... y lo oscuro es muy feo, Martita.

Parecía un animal acorralado. Marta sintió compasión por aquella criatura, pues lo único que ella era capaz de entender era el miedo.

—Sí, lo sé, Luisa. Póngase contenta, aquí hay mucha luz. Si quiere, quédese unos días conmigo. ¿A dónde va a ir? Nadie la quiere.

—Es cierto, Martita, nadie me quiere.

¿Quién podía querer a aquella mujer? Marta volvió a sentir la repugnancia de unos minutos antes. El olor invadía su casa, se le untaba a la nariz, volvía el aire pegajoso. Se fue a su cuarto a respirar el perfume encerrado en sus paredes. ¿Cómo decirle que se bañara? La casa entera se iba a contagiar de aquel olor de bilis, sangre y sudor viejos. Buscó en su armario y encontró algunas ropas muy usadas. Con ese pretexto le diría que se bañara y la vieja aceptaría gustosa la orden y el regalo. Volvió a la cocina y la encontró mirando el plato con fijeza.

—Luisa, ahora que acabe de comer, báñese. Tiene cara muy cansada.

Luisa se levantó de un salto y abrió los ojos. Se acercó a Marta y la cogió de la mano.

—¿Dónde, dónde, Martita?

—¿Dónde qué?

—¿Dónde me baño, Martita?

—Espere, no corre prisa, cuando acabe de comer... Y mire, póngase esta ropa limpia...

—Gracias, Martita, gracias, Dios se lo pague. Yo traje mi ropita, la guardé conmigo, me salí de mi casa y me hallé sola en la mitad del mundo... no tenía a dónde ir. Iba yo caminando, caminando, y de repente, en medio del campo, se me apareció Martita y me dije: me voy con ella, ¡es tan buena!... Y así llegué hasta acá, con la cara de Martita enfrente de mí, conduciendo mis pasos...

Mientras hablaba, desató una de las puntas de su rebozo y sacó unas ropas viejas y limpias. Las agitó delante de Marta:

—Mire, ya no les queda color.

Marta disimuló las prendas que traía en las manos y no supo qué contestar.

—Mejor me baño ahora, Martita, así no le doy asco.

Al decir esta palabra se quedó mirando a Marta: parecía avergonzada y parecía también que quería avergonzarla.

—¿Asco?... ¡Luisa, por Dios, no diga eso!

—Sí lo digo, Martita, lo digo porque es cierto. ¿Dónde me baño?

Marta enrojeció. La india se había dado cuenta de su repugnancia.

—¿Dónde, dónde? —insistía con malignidad.

Marta cedió a la voz imperativa de Luisa y, dominada por ella, la llevó hasta la puerta del baño amarillo.

—Le voy a enseñar cómo se maneja la ducha...

—¡Yo sé, Martita, yo sé! —repuso Luisa, empujándola fuera del cuarto.

—¿Cómo lo va a saber? En su pueblo no hay baños... Luisa cerró la puerta sin contestar.

—¡Vieja estúpida, se va a quemar! —gritó Marta con ira, mientras golpeaba la puerta con fuerza. Pero la india había echado la llave. Resignada, Marta se volvió a su habitación. Había que esperar a que la mujer saliera del baño: rompería todo y se quemaría. Era una salvaje que desconocía los adelantos modernos. Luisa tardó tanto en bañarse que Marta se quedó dormida en un sillón. Desde el sueño oyó que alguien hablaba por teléfono.

—Martita está dormida en una silla...

Se levantó sobresaltada y se dirigió a la habitación vecina, donde encontró a Luisa hablando por teléfono. Al verla, la mujer colgó la bocina y la miró sonriente. Llevaba el pelo suelto y húmedo y un vestido limpio. El olor se había disipado.

—¡Qué latosa es usted! ¿Por qué cogió el teléfono si no sabe usarlo?

—¡Sí sé, Martita, sí sé!

Marta no quiso contradecirla. ¿Cómo iba a saberlo si en Ometepec no había siquiera luz eléctrica? Estaba chiflada. Había escuchado el timbre y llevada por la curiosidad cogió el aparato: al oír una voz lejana se puso a charlar con ella como una loca y ahora allí estaba, mirándola muy contenta, con el pelo suelto y los ojos llenos de malicia.

—Voy a acabar de cenar, Martita.

Ya era de noche y Luisa había encendido las luces de toda la casa. Marta miró la hora: eran las ocho. Se dirigió a la cocina para prepararse algo de cenar y encontró a Luisa llorando sobre su plato.

—¡Es malo, Martita, malo! —volvió a insistir.

—¡Cállese ya, la que está endemoniada es usted! —contestó Marta con violencia.

—¿Endemoniada, Martita?

—Sí, endemoniada. ¿Por qué persigue a Julián?

—No lo persigo, lo cuido porque es cobarde.

—¿Cobarde? Ahora calúmnielo. Lo que debería hacer Julián es lo que le aconsejan sus hijos: irse lejos y dejarla.

—¿Irse lejos? ¿Dejarme?

Los ojillos de Luisa la miraron fugaces desde una esquina. Parecía asustada y ya no estaba dispuesta a la calumnia.

—Sí, dejarla, porque usted está endemoniada.

—¿Endemoniada? ¡Si sólo dos veces lo vi!

—¿A quién?

—¡Al "Malo", Martita!

Había visto dos veces al Demonio. Si le metía miedo con el "Malo", la muerte y el más allá, tal vez se portaría mejor.

—¡Ah, con que ya lo vio dos veces! Pues cuídese, el día que se muera, el demonio la va a perseguir como usted persigue a Julián.

Luisa la miró con rencor. Se agazapó en su silla y retiró el plato. Marta la observó con el rabillo del ojo y al ver su mal humor, colocó su cena en una bandeja y se dispuso a salir. Quería dejarla sola para que reflexionara. El miedo la haría cambiar de conducta.

—Lo que se debe en esta vida se paga en la otra. De manera que piense en lo que le digo y cuando vuelva a su casa pórtese bien.

Pensó que se iba a echar a reír y se apresuró a llegar a la puerta. Luisa guardó silencio y le lanzó una mirada oscura. Marta, para disipar la mala impresión, agregó antes de salir:

—¡Sea buena!

Y a pesar suyo se echó a reír. Con los indios siempre se reía. Eran como ella, les gustaba reírse y cuando llegaba a Ometepec, la recibía un coro de risas que ella compartía.

—Ande usted, Martita —contestó Luisa sombría.

Marta siguió riendo en su cuarto. ¡Pobre vieja, qué susto le había dado! Era fácil manejar a los indios: bastaba nombrar al demonio para hacer con ellos cualquier cosa. Terminó de cenar y no tuvo ganas de volver a la cocina. De pronto, le pareció que había algo extraño en la mujer: su olor se había disipado y en su lugar un aire pesado había dejado inmóviles a las cortinas y a los muebles. En realidad no sabía cómo había tenido ganas de reír. No podía decir en qué residía la extrañeza de Luisa. La recordó arrinconada en la cocina, mirándola con sus ojillos tenaces. Durante años la había considerado la tonta del pueblo; cuando la regañaba, se reía y luego la besaba con tal ardor que parecía una loca. Muchas veces había sentido que sus regaños la llenaban de ira y que sus besos, en apariencia infantiles, venían cargados de odio. "Los locos son malos, creen que todos los persiguen y por eso persiguen a todos y Luisa está loca, señora", le repetía Gabina, mientras le alcanzaba las sales del baño y las toallas perfumadas de romero. Y era verdad, Luisa tenía algo singular, sobre todo esa noche. Era como si todos sus años de desdicha empezaran a tomar forma y estuvieran encarnando en un ser de tinieblas. Marta se asustó de sus propios pensamientos y miró en derredor suyo para cerciorarse de que era el miedo lo que la hacía pensar extravagancias. El orden nítido de su cuarto la volvió a la tranquilidad. "Calumnia a su marido porque es muy desdichada; no me voy a dejar asustar por una simpleza."

Se interrumpió al oír unos pasos descalzos, apenas audibles, oprimiendo la alfombra del pasillo. Se quedó quieta. Luisa apareció en el marco de la puerta, pequeña y desmedrada, mostrando los dientes blanquísimos en una sonrisa ambigua.

—¡Martita!

—Sí, Luisa...

—La primera vez que vi al "Malo", fue antes...

—¿Antes de qué, Luisa?

—Pues antes de que matara yo a la mujer.

Se produjo un silencio largo y asombroso. ¿Luisa había matado a una mujer? ¿Dónde, cuándo? ¿Y lo decía con esa tranquilidad y esa voz de niña? Sintió que tenía que contestar algo, para evitar que siguiera observándola con sus ojos intensos, mientras que de sus labios colgaba la misma sonrisa fija.

—¿Usted mató a una mujer?

—Sí, Martita, maté a la mujer.

—¡Ah qué Luisa, qué cosas dice!

Quería simular que le parecía natural que hubiera matado a la mujer. La india seguía observándola y riéndose en silencio, sólo con la mueca de la risa, como si estuviera ocupada en oír algo que Marta no escuchaba.

—Martita, estoy oyendo sus pensamientos... —dijo con su mismo sonsonete infantil. Y avanzó veloz hasta ella y sin ruido se sentó a sus pies sobre la alfombra.

—El miedo es muy ruidoso, Martita —agregó. Y luego guardó silencio. Las dos mujeres supieron que estaban frente a frente, en una casa sola, aisladas del mundo por unos muros tapizados de seda y unas alfombras que apagaban cualquier ruido.

—La primera vez que vi al "Malo" fue antes de casarme con mi primer marido.

¡Había tenido otro marido! Marta descubrió que no sabía nada de la mujer que estaba sentada a sus pies.

—Cuando lo vi, estaba en el corral de mi casa. Era un charro que respiraba lumbre; no tenía botas sino cascos de caballo y al caminar sacaban lumbre. Llevaba en la mano un látigo y con él azotaba a las piedras y las piedras echaban lumbre. Eran las cuatro de la tarde y yo comencé a gritar: "¡Ahí está! ¡Ahí está!" "¿Quién ha de estar?", me contestaban mis padres, porque ellos no lo veían.

El "Malo" me oyó gritar y se me fue acercando, y sus ojos echaban lumbre. "¡Ahí está! ¡Ahí está!", gritaba yo. "¿Quién ha de estar?", me contestaban mis padres, porque ellos no lo veían. Y el "Malo" me comenzó a chicotear antes de que yo dijera su nombre... Luego me quedaron los temblores y el espanto. En ese tiempo llegó mi primer marido y me pidió, y mis padres me dieron, gratos, para ver si me aliviaba... Y nos vinimos a México...

Había vivido en México y Marta lo ignoraba. Luisa la miró con fijeza. Parecía muy consciente de su sorpresa y eso la regocijaba. Sentada en el suelo, agazapada como un animalito, fruncía los párpados, para ocultar las chispas de malicia que sus ojos dejaban escapar.

—Viví en México, aquí pues, en Tacubaya... y aquí tuve a mi criatura. Pero me hinché toda, Martita, y a los tres días de parida, mi marido me llevó al pueblo y me dejó en casa de mis padres. "No la sacaste hinchada, ¿por qué la devuelves así?", le dijeron. "¡Váyanse a la chingada!", les contestó, y se fue y nunca más lo vi. Pero eso no lo supieron mis padres. Al poco tiempo yo les dije: "Mire, papá, voy a buscar a mi marido". Y mi papá se soltó llorando. "¡Déjanos a la criatura!", me rogó. "¡Cómo no! ¿A poco cree que se la voy a quitar?" Y así fue que me vine otra vez a México y volví a vivir en Tacubaya y aquí estuve...

Luisa detuvo su relato para espiar a la otra. Marta no sabía cómo corresponder a su mirada, bajó los ojos y esperó. Luisa levantó el brazo flaco:

—¡Aquí viví!

Y señaló un lugar en el espacio, como si Tacubaya estuviera adentro de la habitación. Marta guardó silencio con turbación. Presentía que la india le hacía sus confidencias movida por un interés que ella no alcanzaba a adivinar. Tenía que impedir que continuara con su relato.

—Luisa, ya no me cuente más, es mejor olvidar...

—No, Martita, no hay que olvidar. ¡Aquí fue donde viví y aquí fue donde conocí a la mujer!

Hizo otra pausa, Marta no se sintió con fuerzas para decir nada; la voz de Luisa y el silencio de la casa la agobiaban. ¿Qué quería de ella? ¿Por qué la miraba así? ¡Era una zorra!

—¡Y aquí fue donde la maté!

Al decir esta frase, su voz y su rostro adquirieron sus rasgos infantiles. La mató y lo decía con ese aire inocente. Se arrepintió de haber sido suave en su trato con los indios: sentada a sus pies estaba la prueba de su error. La vieja repugnancia criolla hacia lo indígena se sublevó en ella con violencia. ¡No merecían sino latigazos! Miró a la india y se sintió segura, atrincherada en sus principios.

—¿Y por qué la mató?

—Porque andaba diciendo cosas...

—¿Qué cosas? —preguntó otra vez con dureza.

—Pues cosas... que andaba yo con su marido, y yo ni lo conocía... —al decir esto, sus ojitos se iluminaron: carecía como la mayoría de las mujeres del sentimiento de culpa. Ella era inocente frente a Julián, frente a la muerta y frente al marido de la muerta. Marta la miró con ira.

—¡Ni lo conocía...! Ni nunca lo vi y ella decía cosas... —afirmó rascándose la cabeza, para convencerse de la verdad de sus palabras; luego levantó el dedo índice:

—¡Mira, mujer, no andes hablando, no sea que halles el silencio en mi cuchillo! Así le dije, y no me hizo caso. ¿Cree, Martita, que no me entendió? Entonces la fui a buscar al mercado, a la hora en la que todas vamos a comprar. ¡Y estaba bonito! Lleno de cebollitas, de cilantro, de limas. Me puse a un ladito de las mujeres que venden las tortillas y como ellas están arrodilladas, la vi venir. La muy ingrata venía columpiando su canasta bien llena de fruta, y me dije en mis adentros: "Ya vas a callar, paloma...", y le enterré mi cuchillo.

Luisa dejó de hablar. Marta tuvo la certeza de que sus silencios eran premeditados. Asustada, respiró el aire pesado que las palabras de Luisa acumulaban sobre sus cabezas.

—¡Ay!, Luisa, ¿y cómo tuvo valor para hacer una cosa tan horrible? ¿Cómo se puede enterrar un cuchillo...?

—Pues en la barriga, Martita, ¿dónde más seguro y más blandito que la entraña?

Con un movimiento brusco, Luisa sacó un enorme cuchillo que llevaba oculto debajo de la blusa e hizo ademán de enterrarlo en una barriga imaginaria. Marta apenas tuvo tiempo para sofocar un grito de horror que quiso escaparse de su pecho. Muda, la vio despanzurrar a un ser inexistente. Había olvidado sus maneras infantiles y sus ojos brillaban alucinados.

—¡Así, así! —repetía Luisa jadeante, mientras seguía dando cuchilladas en el aire—. Y allí quedó y yo me fui corriendo...

—Se fue corriendo...

Y Marta la vio correr entre la gente del mercado, con el pelo encendido, los ojos crueles que tenía ahora y el cuchillo en la mano. Los demás le abrían paso, para salir después corriendo detrás de ella. "Matar debe ser un momento terrible, quizá tenga su grandeza", se dijo Marta.

—Y me salí del mercado y bajé la calle corriendo... Todavía llevaba yo el cuchillo en la mano, cuando me metí en la casa donde me agarraron. ¡Iba bien lleno de sangre!

—¿No se lo dejó clavado?

—No, Martita, se lo saqué porque era mío. ¡Y estaba bien lleno de sangre...! ¿Cree, Martita, que alcanzó a salpicarme...?

Con la punta de los dedos acarició la hoja del cuchillo, levantó los ojos y los fijó en los ojos de Marta. Se rascó la cabeza como para ahuyentar un pensamiento y volvió a acariciar el cuchillo, extraviada en sus recuerdos.

—Uno tiene harta sangre... somos fuentes, Martita, hermosas fuentes... Así quedó ella, como una fuente en la mañana del mercado... ¿Ve, Martita, una mañana, con su mercado y su hermosa fuente...? —su voz volvió a esconderse en el tono infantil. Sonrió afable.

—¿Y quién era ella?

Marta quería saber quién era aquella mujer que quedó tirada en la mañana en un mercado remoto, con su canasta volcada y sus frutas revueltas en la sangre; a su lado, los gritos de los vendedores y el olor del cilantro.

—¡Ah! Pues eso sí quién sabe...

—¿Cómo se llamaba?

—¡Pues eso sí quién sabe!

Luisa se dio cuenta de su interés y no quiso darle nada de su muerta. Celosa, la guardaba para ella y escondía su nombre y su cara. Marta se irritó.

—¿Cómo que quién sabe?

—Sí, Martita, quién sabe. Nada más era la mujer que decía cosas: por eso le enterré este cuchillo...

Luisa colocó el cuchillo a sus pies y lo miró con pasión. Marta vio que era inútil preguntar por la mujer y miró el arma reluciente que había entrado en la tersura del vientre de la desconocida.

—¿Con ese cuchillo?

—Sí, Martita, con éste. Me lo quitaron cuando me agarraron, sólo que luego, tanto y tanto les lloré, que me lo dieron junto con mi libertad.

Marta tuvo la impresión de que la india mentía. No era creíble que le hubieran devuelto el arma del crimen. La había querido asustar porque había defendido a Julián. Además de envidiosa, era ladina. Se sintió ridícula creyéndole sus cuentos. Se vio con los ojos de un tercero: dos viejas espiándose y asustándose en una habitación en la penumbra, y un cuchillo sobre la alfombra. Se echó a reír. Luisa era una embustera y la miró con mofa.

—¿Y la llevaron a la cárcel?

—¡Claro, Martita! Me encerraron, me privaron de mi libertad. Y allí fue a donde volví a ver al "Malo"...

Otra vez aparecía el "Malo": había una lógica en su historia, era verdad lo que contaba. Marta descubrió que ella había provocado sus confidencias diciéndole que estaba endemoniada. La había querido asustar y lo único que había logrado era abrir la puerta por la que escapaban sus demonios. Se volvió a preocupar.

—Sí, Martita, allí lo volví a ver. Estaba pintado en una pared, ¡así, de mi tamaño! Y estaba doble, como hombre y como mujer. Me dieron el trabajo de azotarlo y me dieron el látigo. Todos los días le daba yo, y le daba, hasta que me temblaba la mano. Y cuando acababa de azotarlo y que ya no podía yo ni moverme, alguna compañera me decía: "¡Ándale, Luisa, pégale otro ratito por mí!" Y yo volvía a azotarlo, pues un favor no se le niega a una recogida igual que yo. Cuando me dieron mi libertad, ya nunca volví a verlo.

—¿Nunca? ¡Qué bueno, Luisa! Estaría usted feliz de verse libre del demonio y de la cárcel.

—No, Martita, la vida con las recogidas no era mala: a las cuatro de la mañana nos levantábamos y nos poníamos a cantar; luego molíamos el nixtamal para los presos; después nos bañábamos. Por eso le dije que sí conocía el baño. ¿Ve, Martita, ve, cómo no le dije mentiras? Los baños de la prisión eran igualitos al suyo, sólo que no eran amarillos.

Hablaba ahora en voz baja, y las palabras "recogida" o "compañera", las decía con una ternura apasionada.

Sus ojos se habían llenado de nostalgia. Se quedó triste, a sus pies brillaba inútil el cuchillo. Miró a Marta con dulzura.

—El trabajo no se acababa nunca: limpiábamos los peroles en donde cocinaban la comida de los presos... lavábamos la ropa, las escaleras, los pasillos...

—¿Y cuánto tiempo estuvo allí, Luisa?

—¡Quién sabe! Se me llegó a olvidar la calle. Yo ya no me hallaba más que con las recogidas, mis compañeras. Allí hallé mi casa y no pasé ninguna pena. Me engreí tanto, que las noches y los días se me iban como agua. Si nos enfermábamos, había dos doctores, ¡dos, Martita!, y ellos nos cuidaban. Tanto tiempo me quedé, que yo ya no reconocía otra casa...

Miró a Marta con tristeza y guardó silencio. Ahora sus pausas eran involuntarias. Era extraño verla tan melancólica, evocando sus tiempos de presidiaria.

—Yo contestaba el teléfono. ¿Ve cómo no le dije mentiras, Martita?

—Es verdad, Luisa, no me dijo mentiras.

De pronto se animó y se echó a reír.

—En las noches había bailes en el corral. Los presos sacaban sus mandolinas y sus guitarras y bailábamos, bailábamos. ¡Yo antes nunca había bailado, Martita! La vida del pobre no es el baile, sino las caminatas sobre las piedras y el hambre. Mis compañeras me enseñaron los pasos; me subían las trenzas a la cabeza y me decían: "Para que te veas menos india". Y bailábamos y bailábamos...

Volvió a ensombrecerse y Marta se sintió turbada.

—Cuando me dijeron que me iban a dar mi libertad, yo no la quise agarrar. "¿Para qué, señor? ¿Dónde quiere usted que vaya?" Y allí me quedé. Pero volvieron a decirme que tenía yo que agarrar mi libertad. Una señora me dijo: "¡Agárrala, Luisa, agárrala!" Y aunque yo no la agarré me la dieron a fuerzas. "¿Y ahora qué hago, doctor? Ya no conozco la calle y no tengo ni un centavo." La calle son centavos, Martita, son centavos. El doctor me dio para mi pasaje y la señora que decía que agarrara yo mi libertad vino a esperarme a la puerta del mundo, y cuando me vi en la calle, me llevó al tren y me fui a casa de mis padres...

Su cara se ensombreció al decir esto. Se echó a llorar con desconsuelo. Se veía muy vieja, con el rostro surcado de arrugas y la piel seca por el sol y el polvo. Marta guardó silencio.

—¡Pero la desconocí, Martita! "¡Ay, Luisa, esta casa ya no es tu casa!" Y nada más me quedaba sentada pensando en mis compañeras y en lo que estarían haciendo...

Su voz se cortó con los sollozos.

—¿Pues cuánto tiempo estuvo allí, Luisa?

—¿Con las recogidas?... ¡Quién sabe! Pero fue mucho tiempo, ¿no le digo Martita, que ya no conocía yo ni calle ni mundo? Cuando llegué a casa de mis padres, mi criatura estaba así de grande.

Luisa levantó el brazo y dibujó en el aire una estatura de diez años. Se quedó suspensa, perdida en sus recuerdos: para ella la cárcel significaba sus años halagüeños. Hablaba de ella como otros hablan de sus palacios, su riqueza o su juventud perdida. Ahora que en sus recuerdos regresaba a su hogar, su rostro se había vuelto hostil. Dejó de llorar.

—¿Y qué le dijeron sus padres?

—¡Nada! "¿Cómo te va, hija?"

—No, ¿qué le dijeron de su temporada en la prisión?

Luisa se irguió de un salto, se puso en guardia y la miró con fijeza.

—¿De la recogida? ¡Nada!, nunca lo llegaron a saber. ¡Nunca lo supo nadie! Ellos creyeron que yo había vivido en Tacubaya con mi primer marido.

—¿Pero su marido no volvió al pueblo?

—¡No! Tuve la suerte de que lo matara uno de los presos que salió de la cárcel. Y nunca, nunca volvió al pueblo para contar nada. Hay cosas, Martita, que nadie debe saber. Nadie sabe que estuve en la cárcel: ni mis padres, que ya murieron, ni Julián. Cuando él me fue a pedir, nada le dije; yo pasaba por viuda, y viuda soy.

Se volvió otra vez un ovillo y miró a Marta. Las dos guardaron silencio. ¿Por qué le contaba su historia? Se miraron a los ojos, espiándose los pensamientos. El relojito de oro sobre la cómoda hacía un ruido rápido; el tiempo se hacía presente, se echaba sobre ellas con una velocidad desacostumbrada. Luisa se irguió un poco.

—Antes de salir de la cárcel, mis compañeras, que me querían harto, me dijeron: "Mira, Luisa, a nadie le digas nunca que mataste a la mujer. La gente es mala, muy mala". Así me dijeron. "Ya sabemos que vas a tener la tentación de contarlo. A uno lo obligan a confesar los pecados, los propios pecados. Tú tienes los tuyos y son nada más para ti; y tienes además los pecados de la mujer y juntos te van a pesar mucho." Ya sabe, Martita, que uno carga con los pecados de los muertos que uno mata. Por eso se ve a esos hombres que deben dos y tres muertes, bien doblados por el peso. "¡Pero no se lo digas a nadie, Luisa, ni le cuentes a nadie en dónde estuviste estos años!" Así me lo dijeron y así lo hice, Martita, a nadie más que a usted se lo he contado. "Pero mira, Luisa, me dijeron mis compañeras, si alguna vez sientes que los pecados te doblan las piernas y te vacían el estómago, vete al campo, lejos de la gente; busca un árbol frondoso, abrázate a él y dile todo lo que quieras. Pero sólo cuando ya no aguantes, Luisa, pues eso sólo se puede hacer una vez." Y así fue, Martita, pasó el tiempo y sólo yo sabía lo que era mi vida. Hasta que las piernas se me comenzaron a doblar y la comida ya no la aguantaba, pues mis pecados y los de la muerta, que eran más que los míos, se me sentaron en el estómago. Y un día le dije a Julián: "¡Voy a cortar leña!" Y me fui al monte y encontré un árbol frondoso y tal como me dijeron mis compañeras lo hice. Me abracé a él y le dije: "Mira, árbol, a ti vengo a confesar mis pecados, para que tú me hagas el beneficio de cargarlos". Y allí estuve, Martita y me tardé cuatro horas en decirle lo que fui...

Luisa, sin alientos, detuvo su relato y miró furtiva a Marta, que estaba muy pálida. ¿A dónde quería llegar la india? Sintió que el corazón le latía con fuerza, pero no se atrevió a llevarse la mano al pecho. Inmóvil esperaba el final del relato.

—Me volví a mi casa y tardé un tiempo en ir a ver el árbol y cuando llegué... —Luisa guardó silencio y miró a Marta—... lo hallé seco, Martita.

El silencio cayó entre las dos mujeres y la habitación se pobló de seres que cortaban el aire con menudos cuchillos de madera seca.

—¿Se secó? —murmuró Marta.

—Sí, Martita, se secó. Le eché encima mis pecados...

El árbol seco entró a la habitación; la noche entera se secaba dentro de las paredes y las cortinas disecadas. Marta miró el reloj: también él se secaba sobre la cómoda. Buscó en su memoria un gesto banal para dirigirlo a Luisa, que petrificada por sus propias palabras la miraba alucinada.

—Luisa, cuando le dije que estaba endemoniada, bromeaba, ¡tranquilícese! El pasado ya no existe. Nunca volvemos a ser lo que fuimos.

La india permaneció inmóvil, mirándola desde muy atrás de los años. Marta sintió miedo.

—No tenga miedo, Luisa, aquí estamos las dos muy contentas y lo que pasó, voló. Nunca se recupera...

—Se secó, Martita, se secó... —repitió Luisa.

—Ya me lo dijo, Luisa, ya no lo repita. ¡Váyase tranquila a dormir! Aquí estamos las dos seguras, lejos de todo...

—¡Qué sólitas estamos, Martita!...

—¿Por qué me dice eso, Luisa? —preguntó Marta con la voz vaciada por el miedo, consciente del silencio inmóvil de sus muebles y sus cortinas.

—Porque Gabina vuelve hasta mañana...

—Luisa, váyase a dormir... ya sabe dónde está su cuarto...

Marta quería estar sola, romper el hechizo. Luisa sonrió y recogió su cuchillo. Marta gritó:

—¡Déjelo!

—¿Por qué, Martita, si es mío?

Y con un gesto suave lo hizo desaparecer debajo de su camisa. Despacio, abandonó el cuarto de la patrona. La habitación quedó quieta. Marta esperó unos minutos: nada se movía en la casa. Se levantó y movió los frascos del tocador; dejó caer el cepillo del pelo. Pero el ruido no la consolaba del miedo: desde las sombras espiaban sus movimientos y se reían de ella, se estaba columpiando en el vacío. Empezó a desvestirse. Desde un túnel negro se reían de ella a grandes carcajadas inaudibles. Se metió en la cama: quería engañar a los enemigos, hacerlos creer que no tenía miedo. Y apagó la luz. ¿Por qué le había dicho a la mujer que estaba endemoniada? La había vuelto a su pasado. ¡Qué extraño que hubiese sido tan feliz en la cárcel! Allí había sido igual a los demás. ¿Qué estaría haciendo ahora? Hubiera querido espiarla. Estaba segura de que tampoco ella dormía. Ella también tenía miedo. Por miedo espiaba a Julián, temía que se le fuera; el campo no tiene puertas y no podía encerrarlo. Le asustaba la libertad suya y de los demás. ¡Vieja estúpida! Era igual a todos los indios. Ella no los quería y sólo aceptaba a los que la adulaban, como Gabina. A veces era amable con ellos por pereza, pero en el fondo de su corazón había una dureza irremediable. En la cárcel Luisa había encontrado a sus iguales y había aprendido a bailar. En el mundo, había vuelto a su lugar y sólo se había confiado a un árbol... "y se secó, Martita, se secó..." Le llegó la voz de Luisa repitiendo la misma frase adentro de un túnel infinito. Se encontró sudando frío y encendió la luz. Miró el embozo de su sábana con sus iniciales bordadas. Lamentó no tener una pistola: ¡la mataría como a una rata! "Si se asoma a la puerta, le diré: ya ve, Luisa, estoy rezando, y se pondrá a rezar conmigo." El crimen era un acto de soledad... Volvió a escuchar. No le llegaba ningún ruido; quizá la india ya se había dormido. ¿En dónde habría puesto su cuchillo? No se desprendía nunca de él. Era la llave que le había abierto la puerta de la igualdad, del baile y de la alegría. Era su talismán. El silencio la convenció de que la mujer dormía mientras ella cavilaba. Miró el reloj que marcaba las dos de la mañana. Anheló la proximidad de la mañana. En adelante sería más severa con los indios. De pronto las manecillas corrieron frenéticas y armaron un ruido ensordecedor. Dentro de aquel ruido, Marta oyó unos pasos descalzos oprimiendo la alfombra.

—¡Luisa!... ¡Luisa!... ¡Luisa!...

Nadie contestó a sus llamados y el teléfono estaba en la otra habitación. Los pasos se habían detenido a la mitad del pasillo. No le darían tiempo ni de llegar a la puerta para cerrarla con llave. Saltaría sobre ella como un gato salvaje.

—¡Luisa!... ¡Luisa!... ¡India maldita!

Volvió a escuchar los pasos descalzos y se cubrió la cara con las manos.

Gabina volvió a la casa de su patrona a las seis de la mañana. No fue sino hasta las ocho cuando notó que algo raro había ocurrido. En el cuarto halló a la señora Marta: hacía más de cinco horas que estaba muerta. La policía encontró a Luisa escondida en una casa vecina, con el cuchillo ensangrentado en la mano. La llevaron a la cárcel de Tacubaya.

—¡Ya no hay ninguna de mis compañeras! —dijo Luisa, después de revisar las celdas y los patios. Y se sentó a llorar con amargura. Había olvidado que entre su salida y su regreso había transcurrido más de un cuarto de siglo. Martita tenía razón: el pasado era irrecuperable.

Era Mercurio

A Ernesto Flores

Ahora estoy seguro de la primera vez que la vi. Es curioso, fue como verla y no verla. Ese día estaba preocupado, no en balde se toman decisiones para toda la vida. Cuando esto ocurre no sabemos si fuimos nosotros los que decidimos o si fue alguien quien decidió por nosotros. "¡Es una muchacha taan virtuosa!", me había dicho mi madre antes de salir de la casa. Sus palabras me molestaron. Oscurecía y las luces del Paseo de la Reforma se confundían con las luces del atardecer. El titular enorme de un diario: "QUE NO SE ACEPTE SU RENUNCIA", me hizo casi atropellar al mocoso vendedor de periódicos. "Estos políticos intervienen hasta en el momento en que voy a hablar con don Ignacio", me dije con ira, al mismo tiempo que esquivaba al mocoso, que me miró con ojos aterrados. Apenas salvado el obstáculo volví a escuchar las palabras pérfidas de mi madre: "No es bonita pero es taan virtuosa". Mi madre acentúa el énfasis de la frase en la palabra "tan", es inconfundible. Sus tanes ambiguos y enfáticos provocaron mi ira y mi distracción, no la renuncia de Carlos Madrazo.

"Todos nos casamos algún día, y Ema me adora", me dije a la altura del Caballito. Recordé cómo en el Jockey Club, en el cine, en su casa, siempre me miraba y me llevaba de la mano. Si alguna de sus amigas me sonreía, Ema me apretaba la mano y luego en el coche me reñía: "¡Yo tengo mi dignidad, a mí no me haces eso!" ¡Es una muchacha con mucha clase! Tal vez fue esta cualidad la que me ató a ella. ¿Por qué diría mi madre que no era bonita?, me pregunté ya en la Avenida Madero, rumbo al despacho de su padre. Nunca se me había ocurrido pensar que fuera ¡taan virtuosa! Bueno, uno no se casa con la más bonita sino con la que más lo quiere. "Es una manera de caminar la vida con seguridad", me había dicho don Ignacio. Sin embargo me molestaba que mi madre la encontrara fea.

Entré al edificio y cuando tomé el elevador, quise pensar en Ema, y ante mi asombro, no pude recordar de ella absolutamente nada: su voz, su cuerpo, su cara, se habían borrado de mi memoria totalmente. Sólo sentí sobre el casimir de mi traje el peso compacto de su cuerpo cuando me besa. Asombrado, alcé los ojos y miré el tablero luminoso que marca el número de los pisos. Un dos rojizo apareció para dar paso a un tres igualmente rojizo. Fue en esos instantes cuando me llegó su perfume, intenso y metálico. Bajé los ojos y miré a mi izquierda. ¡Qué raro!, me había parecido que en el elevador sólo íbamos el elevadorista y yo. Ahora resultaba que también iba ella. Miré su frente abombada, sus cabellos casi plateados, su nariz recta y sus ojos fijos en el tablero. Después miré el tablero, ya íbamos en el octavo piso. La volví a mirar. ¿En dónde había visto antes su traje plateado, su cuello largo y su boca pensativa?

—En el Museo Metropolitano de Nueva York —me dijo ella sin volver la cabeza y sin mover los labios.

En realidad no me lo dijo... aunque no estoy muy seguro. Más bien pienso que yo mismo lo recordé. Ella estaba de pie en las escalinatas de piedra, escrutando el cielo blanco, del cual caía una nieve pulverizada y blanquísima, que enriquecía sus cabellos de un halo centelleante y envolvía los muros y los troncos negros de los árboles del Central Park. "Es una mujer metálica", me dije aquella vez, contemplando su nariz helada y sus brazos cruzados. Su abrigo de pieles estaba constelado de escamas metálicas formadas por la nieve y toda ella relucía como una alhaja cincelada en platino, presidiendo el derrumbe de nieve...

De pronto, en el elevador, pensé que era absurdo recordarla porque yo no había estado nunca en el Museo Metropolitano, ni conocía tampoco Nueva York. "Debe ser gringa y la debo haber visto por aquí"..., me dije sonriendo conmigo mismo. Volví a mirarla. Ella seguía con los ojos fijos en el tablero, muy seria. Su piel relucía como una camelia o más bien como un guante blanco ajustado a una mano y a un brazo perfectos. La oí reír.

—No, no soy gringa... —me dijo o yo creí oír.

Vi ahora que su traje no era de plata sino de gabardina clara. Era el corte lo que lo hacía parecer plateado. La miré desde los cabellos hasta los pies. Era tan alta como yo y su hombro rozaba el mío. Llevaba los cabellos cortos y sus tobillos eran muy finos. Le miré la boca, no llevaba maquillaje. "¡Qué bonita!", pensé y me sentí muy desdichado. Una vena azul pálido subía por su cuello como un camino delicado y se perdía entre la oreja y los cabellos claros. "Ya he visto ese camino", me dije sintiendo que una delicia fría me soplaba en la nuca. Recordé el balcón, era estrecho, de piedra, y ella estaba allí. Me acerqué por detrás para besar la vena azul de su nuca que se confundía con el cielo que entraba apenas por la rendija abierta de la torre; antes de que mis labios alcanzaran su piel, ella se lanzó por el aire. Abajo estaban los pinos recamados de nieve y yo transido como un viudo joven, permanecí de pie, llorando sin lágrimas mi desdicha, que ahora en el elevador se volvió insoportable. Para no verla, volví a mirar los números del tablero que ahora marcaban 1715. No me alarmé, en México se descompone todo. El elevador iba tan de prisa como una flecha y en ese instante atravesaba el cielo igual a un cohete. Los números del tablero saltaron en desorden y luego se quedaron fijos en el número 14. El elevador se detuvo. También yo me detuve. Me volví a mi compañera que, imperturbable, seguía viendo el tablero.

—¡El catorce, joven...! —me dijo el elevadorista con voz impaciente. Su voz me expulsó del elevador. Me encontré en el pasillo de caucho encerado. Llamé en seguida el otro elevador, quería bajar y esperar, para saber quién era la desconocida. Las puertas del elevador contiguo se abrieron.

—¡Perdóneme, Javier!... ¿Ya se iba?... No pude llegar antes... —me dijo una voz jovial que me arrastró por el corredor: era don Ignacio.

Entramos a su oficina de muebles de cuero rojo. En una esquina un hule invadía con sus hojas aburridas el muro forrado de plástico grisáceo. En los sillones dos hombres gordos agitaron el periódico que casi me había hecho atropellar al vendedor de diarios.

—¡Qué escándalo están haciendo! —comentó don Ignacio.

Inmediatamente los tres hombres se enfrascaron en una charla animada de palabras gruesas, de cuentas y de vacas.

—¡Habrá que felicitar discretamente a Pancho!... —dijo uno de ellos haciendo con los dedos la señal de los pesos.

—Su campaña fue magnífica, no entiendo cómo ahora se le cuelan encabezados como éste —dijo uno de ellos señalando las enormes letras: "QUE NO SE ACEPTE SU RENUNCIA".

El hombre que hablaba era mi tío Ricardo y el otro era su socio don Joaquín. Ambos habían andado en la política y sus fortunas eran incalculables. "¡Qué suerte tuvo Ricardo, era tan listo para robar!", decía mi madre al hablar de su cuñado. No entiendo por qué en ese momento no reconocí a ninguno de los dos. Tal vez porque desde que avancé por el pasillo de caucho, conducido por mi futuro suegro, una enorme tristeza cayó sobre mis hombros. Acababa de perder algo precioso, algo irrecuperable... La conversación de los tres amigos, que la víspera me hubiera hecho saltar de júbilo, ahora me dejaba indiferente. Miré por los cristales del ventanal, el alto azul del cielo cubierto de tinieblas y hasta mí llegó una música que hacía girar las hojas de los árboles invisibles...

—¡Madrazo nos quería llevar a los tiempos del Trompudo!... —las palabras altisonantes del despacho golpearon los cristales como goterones de engrudo. Eran palabras que oía desde mi infancia: "Trompudo", "manada de indios", "me puso un cuatro", "con la mordida lo arreglé"... Ahora los tres hombres repetían una y otra vez ese lenguaje obtuso.

—No se preocupe, don Ignacio, eso corre por mi cuenta... —me oí diciendo de repente.

Don Ignacio pareció satisfecho. Ya no se hablaba de Madrazo, ahora se hablaba de las cuentas de la boda. Se discutía meticulosamente: adornos florales, música, bebidas, recepción, se hacía la lista de los invitados y los nombres de las gentes se revolvían con las marcas de los vinos.

—Cuando menos una copa de champagne —opinó mi tío Ricardo. Un silencio acogió su proposición. "Cuando menos una copa de champagne", repitió varias veces.

—Eso corre de mi cuenta —me oí diciendo otra vez.

Los tres hombres prosiguieron sus cálculos. Yo miré el periódico y el titular: "QUE NO SE ACEPTE SU RENUNCIA". ¿Y si yo renunciara a la boda habría la misma protesta? Me hundí en el sillón: me faltaba valor. En ese momento, mis mayores me mezclaron con un pasado suyo, que me resultó obsceno; los burdeles desfilaron uno detrás de otro y los nombres de mujeres olorosas a talco y a especias de cocina me siguieron hasta el pasillo de caucho. Una vez en la acera me despedí de prisa.

—Emita se va mañana a San Antonio a comprarse el *trousseau*... No ponga esa cara, va con su mamacita... —agregó don Ignacio mirándome con malicia.

Había olvidado a Ema y no me importaba lo más mínimo que fuera o no con su mamacita. Rehusé la invitación de don Ignacio y lo vi alejarse con sus amigos: iban a festejar mi boda y la renuncia de Madrazo. La última palabra que les escuché fue el nombre conocido de una prostituta.

Caminé la calle Madero y entré a Sanborns. Tomaría cualquier cosa y luego iría a un cine. No tenía ganas de estar al alcance del teléfono: quería evitar a Ema. "¡Ema es un nombre pesado!", me dije mientras comía unas enchiladas. Y a partir de ese instante, mi única intención fue renunciar a la boda. Pero ¿cómo lograrlo? Había ido demasiado lejos. Pagué la cuenta. Cuando atravesaba el departamento de perfumería volví a ver a la joven del elevador: llevaba un hermoso frasco de sales de baño, nítido y translúcido como ella.

Durante la proyección de la película estuve distraído. El mundo no era tan aparente como parecía, existía otro mundo imprevisto, que era el revés del mundo en el que yo vivía y en el cual sucedía el amor, la música, la belleza... Me pareció que ese otro mundo era inalcanzable para mí, carecía de la clave para penetrarlo.

Me iba a casar y nunca había pensado en que el amor fuera otra cosa que lo que Ema me ofrecía. ¿Qué me ofrecía? Una presencia terca y una fortuna...

A la salida del cine, un viento helado soplaba en la Avenida Juárez, todavía había papeleros vendiendo en grandes titulares la renuncia de Madrazo. Me pareció que el titular había envejecido mucho en pocas horas. Era mi renuncia la que debería de aparecer en esas hojas grises...

Esa noche dormí mal: viajé a lugares desconocidos en donde circulaban muertos tristes. Desperté dispuesto a romper con Ema, pero los días empezaron a pasar sin que yo diera un paso para lograr mis propósitos. Mi madre estaba satisfecha, todos estaban satisfechos y yo me dejaba llevar por los acontecimientos que se precipitaban con una velocidad peligrosa. Ema volvió de San Antonio y sus miradas significativas al enseñarme su "equipo" me desagradaron. ¿Cómo decirle mi decisión de renunciar a la boda? Mientras buscaba la ocasión, el mundo exterior continuaba su ritmo acostumbrado, salvo que las cosas, de pronto, tomaban sesgos inesperados: una mañana el cielo del zócalo se abrió en un hermoso túnel por el que desfilaron figuras luminosas e imprevistas, que en unos segundos se convirtieron en columnas de azogue. Después, al salir del Departamento Central, me crucé con la joven del elevador. Se me había vuelto costumbre encontrarla. La veía por todas partes: en el Paseo de la Reforma, en una calle solitaria de las Lomas; en las canchas de tenis, jugando con una precisión asombrosa, mientras yo perdía la pelota por seguir su juego matemático. ¿Quién era? Su silueta plateada se me había hecho familiar y si no hubiera estado tan agobiado por la proximidad de mi boda, la hubiera abordado, aunque ella no parecía dispuesta a permitir ningún acercamiento, ninguna familiaridad. Estaba seguro de que la desconocida no me había mirado nunca... a pesar de que siempre me dirigía la palabra y me recordaba sucesos remotos y dolorosos... Cuando la crucé en el Departamento Central, tomé la decisión de romper esa misma tarde con Ema.

—¡Madrazo es un tipo extraordinario! —afirmé en el salón de don Ignacio, envidiando su gesto libre y sintiéndome humillado por mi cobardía.

Don Ignacio me miró con cautela, las paredes color de rosa permanecieron idénticas a sí mismas y Ema se movió inquieta: cruzó la pierna y enseñó el liguero negro.

—¿Extraordinario? —preguntó don Ignacio con sorna.

—Nadie se atreve a renunciar a nada... —afirmé yo desfallecido de pánico. Mis palabras no obtuvieron respuesta. La familia de don Ignacio me miró en silencio. Era difícil para mí explicar que la famosa renuncia había quedado ligada con mi ignominiosa aceptación y que misteriosamente me venía al pensamiento una y otra vez.

¿Por qué no dije en ese momento que admiraba al político que había cometido un acto que yo era incapaz de realizar? Me despedí confuso y en dos días no volví a la casa de la calle de Montes Cárpatos.

Por la noche mi habitación se llenó de acordes de pianos y en el cielo se borraron los reflejos. Esa noche el suicidio reciente de un amigo me pareció comprensible: tampoco él había aceptado el fracaso... ¿Qué fracaso? No lo sabía.

La volví a encontrar en la cafetería del cine París. En esos días yo iba mucho al cine. Era una manera de escapar a Ema y a las continuas citas con ella que se habían vuelto tan aburridas como las citas de negocios. Esquivaba besarla y a ella no parecía importarle gran cosa: "Te tengo para siempre", me decía sin decirme nada. Asombrado miraba su boca engrasada de un carmín aladrillado. ¿Sería verdad? En el cine sucedían cosas que a mí no me sucedían jamás, por eso me refugiaba en sus salas oscuras.

Cuando la vi, bebía un *ice cream* de vainilla. Su traje era del color del helado, no tenía mangas, sino dos volantes casi geométricos que más bien parecían alas pequeñas y erguidas. Ocupé una mesa cercana a la suya y su perfume metálico llegó hasta mi lugar. No me miró. Se inclinó y mordisqueó la pajuela, después sorbió el líquido helado sin cambiar de expresión. Se levantó y salió del café. La alcancé bajo la marquesina.

—Señorita, ¿puedo acompañarla?

Ella miró el gas neón que venía de los cristales de la marquesina.

—¿Por qué no? —me dijo, aunque no sé si oí su voz o me la imaginé. La conduje a mi coche y se instaló junto a mí. No me miraba nunca. Estaba ocupada en mirar hacia el cielo a través del parabrisas. Me guió sin palabras hasta una callecita oscura de Coyoacán. Mientras manejaba le miré las piernas cruzadas: no llevaba medias y su piel relucía como la plata. Parecía no tener frío ni ocupar espacio. Estacioné el automóvil frente a una casa blanca y me volví a la desconocida, que permanecía impávida. La tomé en brazos y la sentí fría y líquida: como si abrazara a un río. Su boca fresquísima pareció entrar en la mía, disolverse y deshacerme en una sensación desconocida. Abrió los ojos y se escapó de mis brazos, la vi de pie, en medio de la noche, y la seguí. Avanzó con la rapidez de una serpiente hasta la puerta de entrada y la empujó. Hacía todo sin ruido y como si no encontrara resistencia en los objetos. Entré tras ella y me encontré en un vestíbulo pequeño del que partía una escalera blanca y lechosa que conducía al sótano. La joven se quitó los zapatos y bajó los escalones con presteza. Yo fui tras ella, admirando sus talones parecidos a la concha nácar y sus tobillos casi líquidos. Llegamos frente a una puerta pequeña, que ella abrió sin ruido y me hizo entrar en una habitación en donde había una cama de barrotes de madera oscura y un tapiz de pieles blancas. La colcha, las fundas de los almohadones, las cortinas y las porcelanas eran profundamente frías y blancas. Se recargó sobre la puerta cerrada y miró al techo con sus ojos clarísimos. Después, muy despacio, se bajó los tirantes del traje que formaban las alas que parecían nacer de sus hombros y descubrió su cuerpo desnudo en el que brillaban sus pechos como dos pequeños cúmulos de nieve. Quise acercarme, pero noté que ella continuaba descendiendo su traje, que cayó a sus pies. Quedó desnuda iluminando la habitación como una estrella radiante y mirando con sus ojos de estatua el techo bajísimo de su habitación. Di unos pasos y con la punta de los dedos acaricié el contorno del cuerpo misterioso; ella, sin mirarme, avanzó hasta la cama y se recostó sobre la colcha blanquísima. "Tú no crees en la belleza", quizás imaginé que me decía, mientras su cuerpo alargado y desnudo parecía convertirse en un río luminoso. Por una ventana alta cubierta de una cortina de muselina blanca entraba apenas el resplandor de las estrellas. El cuarto era subterráneo y el cuerpo tendido junto a mí era de plata. No era de este mundo. Estar con ella fue como entrar en la veta luminosa de una mina secreta, en donde los tesoros ocultos reaparecen en formas cada vez más preciosas. Por instantes tenía la sensación de no estar con nadie, aunque los placeres más inesperados me rodeaban. El cuerpo se escurría de entre mis brazos y reaparecía allí mismo, cada vez más brillante, cada vez más translúcido. Yo repetía: "Te amo", "te amo", pero las palabras no significaban lo que sentía por ella.

—No me verás mañana... ¿verdad?

Hice la tontería de jurarle que la vería todos los minutos de todos los días. No contestó, se enderezó en la cama como una hermosa fuente y señaló la luz que se filtraba por la ventanita pegada al techo de su cuarto. Después, saltó de la cama y se encaramó en un banquito que estaba abajo de la ventana, alzó los visillos blancos y miró abstraída las yerbas verdes que crecían en el suelo del jardín, que empezaba donde los cristales empezaban. Estábamos bajo tierra; arriba los verdes eran tiernos detrás de los cristales.

—Son las seis de la mañana —dijo aspirando la frescura de las yerbas.

Algo feroz me empujó de la cama. Me vestí de prisa y ya vestido me acerqué a la joven, que de pie en el taburete me miraba. Abracé sus rodillas cristalinas y me fui...

—A la noche vengo —dije mirándola desde la puerta, asombrosamente perfecta, asombrosamente impúdica.

Me recibieron los olores conocidos de mi casa y la voz de mi madre que en ese momento estaba desayunando. Sobre un sillón de su cuarto estaba un traje de terciopelo azul pavo. Aterrado, recordé que ese día me casaba.

—Pillo... ¿cómo estuvo la despedida de soltero?

A partir de ese instante el teléfono llamó sin cesar: siempre eran Ema y don Ignacio; querían cronometrar el tiempo y la salida para llegar juntos a San Jacinto. El atrio y las naves de la iglesia estaban atestadas de plumas y de faldas de raso. La boda olía a perfumes y a incienso y junto a mí, cubierta de una maraña de velos opacos, Ema parecía muy satisfecha, mientras el padre profería amenazas. "Esta noche la iré a ver", me repetía una y otra vez, mientras su cuerpo desnudo se paseaba líquido entre los altares. En la sacristía se acercó a mí y me besó en la boca mientras todos me daban la mano en señal de duelo. La vi desaparecer entre los invitados como una delgada columna de azogue...

En Acapulco no he visto absolutamente nada. Ema me cubre como una espesa capa de tierra, inconmovible a cualquier milagro. Sé que no voy a recuperarla, es el castigo por haber renunciado a la belleza... Nunca más hallaré la preciosa veta... porque ahora sé que ella era Mercurio...

Nuestras vidas son los ríos

A Sofía Garro

Allí estaba el general, mucho más alto que los demás, con la camisola militar abierta mostrando la garganta y una mecha de pelo cayéndole entre los ojos claros. Balanceaba los brazos al caminar, iba con desgano, iba aburrido y los miraba con risa. Se detuvo cuando le dijeron que lo hiciera. Indolente, apoyado sobre una pierna y en la mano un cigarrillo, miró al mundo como un gato antes de desperezarse y levantó un brazo para hacer una señal de adiós. Ese adiós que dan los hombres cuando van a dar una vueltecita por la plaza. Después estaba con las piernas flexionadas, cayendo despacio hacia atrás, junto a su tumba abierta. Luego sólo medio cuerpo, los ojos entrecerrados y la garganta goteando sangre. Después el brazo del teniente sosteniendo la pistola junto a la sien del general en el momento de darle el tiro de gracia. Y al final su cabeza dormida sobre la tierra, con un agujerito cerca de la frente por el que salía un hilo negro que se perdía en el suelo de tierra removida.

Al pie de las fotografías:

"El general Rueda Quijano se dirige indolente al paredón de fusilamiento."

—"General, ¿cuál es su última voluntad?"

—"Un cigarrillo."

"El general fuma sin perder la ceniza de su cigarrillo; luego, sonriente, levanta la mano y se despide: *Good bye!*"

"Una descarga cerrada corta su vida."

"El teniente da el tiro de gracia al ajusticiado."

"El general Rueda Quijano contaba veintisiete años de edad en el momento de su muerte."

En aquellos días las niñas ignoraban que tener veintisiete años era ser muy joven. Sin embargo, el general, alto y despreocupado, que caminaba con desgano hacia su muerte, las dejó transidas. Allí estaba diciendo adiós, sonriente, mostrando la hermosura de sus dientes y la pereza de su cuerpo ante el acto violento de morir. Muy cerca de sus ojos los fusiles y a sus espaldas un tiempo que los fotógrafos no habían registrado con sus cámaras, un tiempo sólo conocido de él. En los libros estaba la cabeza de Alejandro moribundo y en el periódico, la tierra de algún lugar de México, y caída sobre ella, la cabeza y la garganta del general moribundo. Había muerto la mañana de la víspera y las niñas contemplaban su muerte en la tarde quieta del día siguiente. Sus pasos, su indolencia, su hermosura, eran irrecuperables.

El periódico tirado sobre las losetas rojas del corredor estaba amarillento y seco; sus imágenes de tinta negra enseñaban cómo moría un general mexicano de veintisiete años. Las niñas examinaron sus botas de montar, su pantalón de gabardina, su camisola abierta, sus pasos largos, el ritmo de sus brazos y su mirada antes de morir. Examinaron también las caras serias de los soldados y luego la garganta poderosa y la cabeza del general tirada sobre la tierra removida. Se miraron. Las dos estaban echadas en el suelo, boca abajo, mirando la misma muerte del mismo general.

—Ya nunca se va a levantar —dijo Eva señalando la tierra del periódico.

—Nunca.

—Nunca. Nunca de los nuncas —insistió Eva.

Los soldados y el teniente habían cambiado de lugar y el general Rueda Quijano seguía inmóvil como una estatua rota sobre la tierra seca.

—Dijo *Good bye.*

—Es una clave —contestó Eva.

—¿Mágica?

—Sí, para que vengan los ángeles de las espadas a recibirlo.

Por la tarde quieta cruzaron las legiones naranjas de los ángeles armados. Los árboles sacudieron sus ramas y la casa sobrecogida por el estruendo se achicó ante la grandeza de su vuelo hasta volverse una piedrecita perdida en un gran llano. El paso del general al mundo de los guerreros produjo ese estrépito de espadas y luego ese silencio, esa nada, esa garganta rota, ese nunca, ese periódico seco, abierto sobre las losetas.

—El gobierno lo mató. Hay que tener mucho cuidado con el gobierno —explicó Eva abriendo mucho los ojos y mirando con fijeza a su hermana.

—¿Has visto al gobierno?

—Sí… lo vi una vez… Rutilio me dijo: el cabrón gobierno es muy matón…

—Él mató al general Rueda Quijano.

—Lo mató para siempre —Eva dijo estas palabras con voz grave.

—¿Para siempre?... Pero reencarnamos...

La rueda de las reencarnaciones, igual a la rueda de los caballitos, empezó a girar alegre y triste, como la música de *México, febrero 23* en el corredor de la casa. En un caballito naranja adornado de plumas blancas, pasó el general Rueda Quijano con la mano en alto; *Good bye,* les dijo y desapareció. Después, en el mismo caballito naranja, volvió a aparecer. "Ya volví", les dijo con su voz risueña y desapareció por segunda vez. Había vuelto a nacer.

—Pero no tenemos el mismo pelo, ni los mismos ojos, por eso el gobierno mata para siempre —dijo Eva con seriedad.

—Nunca se va a levantar.

En el periódico el general seguía tirado sobre la tierra seca. Su boca ligeramente abierta no volvería a decir *Good bye.* Su garganta inmóvil seguía fusilada en la hoja reseca de papel, y el pelo lo tenía quieto adentro de la tinta inmóvil. Los soldados silenciosos lo miraban; ninguna mañana, ninguna tarde, volverían a oír su voz, ni a mirar sus pasos, lo habían fusilado para siempre.

—Nunca de los nuncas —repitió Evita.

Puso la cara sobre el periódico y se quedó quieta. Leli la imitó. Quietas las dos sobre el general quieto. La casa estaba tan quieta como ellas, se diría que el gobierno la había fusilado. La tarde era una tarde de periódico, igual a la mañana de las fotografías. El ruido de unos pasos que arrugaban el papel seco de la tarde se acercó a ellas, pero sus rostros no se separaron del general fusilado.

—Niña Leli, su tío la invita a cenar.

Era Ceferino, el mozo de su tío Boni, el que traía el recado. Leli miró al general avanzando desdeñoso hacia su muerte.

—Venga, niña, su tío está muy triste —insistió Ceferino.

Desde la muerte de Hebe, su tío estaba siempre triste. Vivía solo, dando vueltas por el corredor de su casa, sin querer ver a nadie, ni siquiera a su hermano. Con la única persona que hablaba era con ella, por eso no podía rehusar su invitación. A Leli le pareció ver a Hebe meciéndose en el sillón, con el pelo rubio iluminado al sol de la tarde y repitiendo: "Me quiero ir de aquí", y un día se fue. ¿Adónde? ¡Quién sabe! Había tantos lugares adonde irse después de muerto, que era difícil adivinar en cuál de todos estaban Hebe y el general Rueda Quijano.

—Niña, la estoy esperando.

Leli apartó su rostro del periódico y miró por última vez al general, caminando a pasos largos hacia el paredón. Se levantó, sonrió, y también ella echó a andar a pasos largos, balanceando los brazos, indolente, igual al general.

—*Good bye!* —le dijo a su hermana con voz desdeñosa, y salió a la calle, seguida de Ceferino.

—El gobierno es muy matón.

—Sí, fusila a todos los mexicanos —contestó Ceferino, que caminaba junto a ella bajo los portales quietos.

—Yo también soy mexicano —dijo Leli, que en ese momento caminaba como el general mexicano, en el paisaje de los fusilados, a pasos largos, indiferente a la tristeza de perder la vida.

Ceferino la miró con burla.

—¿Mexicano?... Eres niña y tan güera. Tú eres española.

Le dolieron las palabras de Ceferino: no quería que fuera mexicano. Guardó silencio y respiró la tarde que subía hasta el cielo. A lo lejos, los cerros anaranjados y violetas se habían quedado quietos, sin iguanas, sin gavilanes, sin viento. El río corría sin agua, seco, como el periódico tirado en el corredor de su casa. Sobre las piedras resecas de la calle había cáscaras de cacahuates. Los balcones estaban cerrados y el quiosco silencioso de la plaza parecía un monumento funerario. Lo más importante de esta vida era que moríamos. Morían todas las personas que iban al mercado, y todas las que vivían dentro de las casas. También morían las señoras que les daban de comer a los cisnes, en Sidney. Ella las había visto retratadas en el periódico del domingo, llevaban unos sombreritos blancos y sonreían a pesar de su triste suerte. Había días como ése, en que la muerte tocaba con sus dedos delgaditos a las calles y a los árboles, para hacernos sentir que nada de lo que encerraba este mundo era nuestro. En la casa de su tío encontró a la misma pesadumbre que dejó la muerte de Hebe, a los mismos árboles copudos, a los mismos perros echados en el corredor, a los mismos venados corriendo en el jardín y al mismo perfume de cigarrillos Camel. Todo estaba igual, instantáneo y perdedizo, por eso no entendía que Ceferino no quisiera que fuera mexicano.

—Tío, ¿por qué somos españoles?

—Porque hablamos con la Z.

Por una letra no podía ser el general Rueda Quijano. Ceferino, sentado sobre el pretil, sonrió satisfecho. Sobre la mesita del corredor, junto a los cigarrillos y el cenicero, estaba el periódico con el general fusilado.

—Sólo tenía veintisiete años —dijo su tío mirando la imagen del general caído, y movió la cabeza con incredulidad.

Ceferino enrolló un cigarrillo de hoja y se dedicó a mirar los perfiles morados de las plantas. Leli, sentada en una silla alta, se quedó absorta mirando sus pies calzados de huaraches, que se columpiaban en el aire. Sus dedos eran de color de rosa y tan chicos como las plantas de los claveles antes de abrir, y un día no serían rosa y nadie nunca más los vería, ni siquiera ella misma. Se quedarían tirados como los pies del general fusilado, en el silencio irrevocable del periódico. Su tío y Ceferino guardaban silencio; también ellos pensaban en la desaparición de los dedos de sus pies y sus manos. La casa entera estaba silenciosa, adivinando su muerte. Al poco rato apareció Fili, caminando descalza, con la bandeja de refresco de agua de jamaica, la ginebra Bols y los limones. Dio las buenas tardes y se fue sin hacer ruido. Por la noche su tío y ella comerían solos, en la mesa enorme, de mantel almidonado y Fili serviría higos, nueces y natillas.

—Tío, ¿tú cuántos años tienes?

—Treinta y uno.

La cifra no le dijo nada; lo miró para ver cómo era un hombre de treinta y un años: tenía el pelo rubio y una camisa de seda blanca; olía como siempre a agua de Colonia, y sus ojos amarillos estaban tristes.

—¿Qué te dijo tu tío? —le preguntaban en su casa.

—Me leyó: *La vida es sueño*.

—Boni se va a suicidar —contestaba su padre y la miraba con los mismos ojos amarillos de su tío. También él llevaba siempre una camisa blanca y a veces decía muy asustado: "Estamos dejados de la mano de Dios".

Su tío se acercó al periódico y miró largo rato al general Rueda Quijano.

—Quería morir.

Se sirvió en un vaso un poco de ginebra Bols, le mezcló agua y le puso unas gotas de limón, bebió un trago, y pensativo se alejó por el corredor. Lo caminó muchas veces de arriba a abajo y de abajo a arriba, luego se acercó a la niña.

—¿Tú quieres morir?

Ella reflexionó largo rato antes de contestar. ¿Qué era morir?

—Si es de día en la muerte, sí quiero —contestó.

Su tío le levantó una mecha rubia y le acarició la frente.

—Siempre es de día en la muerte. Por eso yo quiero morir, pero la muerte me ha puesto a dar de vueltas por esta casa...

—Todos morimos, señor, ¿para qué impacientarnos? —preguntó Ceferino con voz pausada.

Pero el tío Boni estaba impaciente y tamborileó con los dedos sobre el periódico.

—Así hay que morir, en plena hermosura —dijo señalando al general Rueda Quijano.

No había consuelo: allí estaban sentados, esperando que bajara la noche y llegara la muerte. ¿Y luego? Luego no tenía respuesta, los perros tampoco la tenían y estaban quietos y echados, esperando también. Algunos venados se acercaron a la niña y, mansos, comieron los cigarrillos que ella les tendió, Leli miró el perfil inmóvil de Ceferino y las vueltas incesantes de su tío por el corredor desamparado, y sintió que estaría siempre así: mirando la desdicha, con los cigarrillos Camel en la mano abierta, ofreciéndoselos a los venados de hocicos taciturnos.

—El general se impacientó —dijo Ceferino.

Leli entendió la impaciencia del general Rueda Quijano. Ella haría lo mismo: iría de frente a quebrar sus días, andando al paredón, balanceando los brazos, sonriendo desdeñosa por anticipar el día, y luego les diría a "los otros": *Good bye* y abriría de un golpe al Siempre Día de la muerte, en donde vivían los ángeles anaranjados de espaldas relucientes.

—De grande voy a ser general mexicano.

Ceferino se volvió a mirarla disgustado, pero le dio pereza contestarle y después de unos instantes se volvió a mirar a los árboles.

—Serás tan guapo como el general Rueda Quijano —le contestó su tío aprobándola.

—Les dijo *Good bye*; les dijo vendidos —dijo Ceferino mirando a los venados, que espiaban desde atrás de los árboles.

—¿A quiénes? —preguntó ella.

—Al gobierno.

Y los tres volvieron a quedar tan quietos como el general muerto en el periódico. La tarde se hundió detrás de los muros del jardín. Los pasos de Boni siguieron girando entre las sombras. Un humo perfumado seguía las idas y venidas de su camisa blanca. Era inútil que girara, en el centro del círculo estaba Hebe, y él seguía fijo y hechizado, como el general adentro del periódico. La casa entera estaba adentro de aquel día del mes de abril, en el que Hebe dejó de mecerse en el sillón y de tender su pelo rubio para iluminar al sol. Las semanas y las fiestas se solidificaron en ese día de abril inamovible y el calor de las gardenias regadas por el suelo y el aire irrespirable de los salones cerrados, se volvieron permanentes.

La voz de Boni surgió misteriosa, como una evocación mágica desde un rincón del corredor:

Nuestras vidas son los ríos
que van a dar a la mar
que es el morir...

Las palabras de Manrique, dichas en voz alta, disolvieron la quietud que inmovilizaba la casa, e hicieron que de pronto la noche empezara a navegar por un cauce amplio y caudaloso. La voz melancólica que las decía entró también en un río que daba vueltas y revueltas por un paisaje triste, y poco a poco todo empezó a navegar con suavidad: Ceferino, sentado sobre el pretil del corredor, flotaba en la corriente amarilla de su río, avanzando despacio hacia un mar luminoso. La silla en la que Leli se sentaba entró en una corriente fría, y también ella se fue navegando con las manos extendidas, dándoles cigarrillos a los venados, que flotaban parejos, en dos riachuelos vecinos que a su vez corrían hacia el mar. Era fácil vivir deslizándose sin ruido hacia el morir. Un viento suave les acariciaba los cabellos, y los paisajes pasaban dulces junto a los ojos, inalcanzables en su hermosura intocada. La voz de Boni dibujaba salones y fiestas lejanas, la humedad de la sierra y árboles móviles de pájaros. Más tarde, cuando ya Boni había callado, el tiempo seguía fluyendo de un manantial secreto y los cielos y los patios de las casas seguían deslizándose como las lunas en las nubes. Se fueron a la mesa, y Fili y María avanzaron con las bandejas en alto, para que el agua de sus ríos no salpicara a las nueces y a las natillas. Sus trenzas negras volaban ligeras sobre sus espaldas y sus enaguas moradas flotaban como banderas sembradas en dos ríos. La noche entera avanzaba dentro de un río que llevaba estrellas, bocas, ramas, vientos y generales mexicanos fusilados.

Leli comió las natillas a sabiendas de que una brisa húmeda bañaba sus cabellos, y de que ella, sentada en la cabecera de la mesa almidonada, avanzaba hacia un mar azul bañado de soles amarillos.

—Tío, ¿los ríos de los generales tienen rápidos?

La imagen tirada en la violencia del periódico interrumpió de pronto la carrera hacia el mar. Era irreparable la pérdida de su hermosura e inútil su frente rota. Las piernas dobladas del general lo llevaban hacia atrás, sin fuerzas, como a pesar suyo, hacia un lugar extraño. La niña tuvo la impresión de que se iba solo, y de que no quería llegar a aquel lugar desconocido al que lo lanzaban con violencia las balas de los soldados. Las natillas se volvieron absurdas en la porcelana blanca. Ya no las apetecía. Depositó la cucharilla en el plato y esperó la respuesta de su tío que la miraba con sus ojos amarillos llenos de pena.

—Sí, tienen rápidos, por eso sólo duran veintisiete años.

—¿Y tu río?

Su tío desvió la vista y se quedó mirando un punto tan lejano como el que miraba el general antes de que le dieran el tiro de gracia.

—¿El mío?... El mío tiene muchas vueltas...

—¿Y el de Ceferino?

—Es muy largo y atraviesa muchos valles...

Leli pensó que el río de Ceferino era muy viejo y había visto muchas lluvias, muchos soles y muchas tristezas. ¿Cuánto tiempo hacía que Ceferino avanzaba adentro de sus huaraches, con su sombrero blanco sobre sus ojos negros, y su camisa rosa, húmeda por el agua de su río? ¡Quién sabe! Nadie se lo podía decir, ni siquiera Ceferino, porque seguramente había olvidado los paisajes por los que había navegado tantos años. Cruzó las manos sobre el mantel, despejó los ojos y abordó la pregunta con valentía.

—¿Y el mío?

Boni examinó largo rato su actitud seria, sus manos quietas y sus ojos valientes.

—El tuyo tiene rápidos. Es un río de general mexicano... Pero todos los ríos, el tuyo, el mío, el de Ceferino y el del general Rueda Quijano, van a dar al mismo mar.

Sus ojos amarillos se enfrentaron a los de la niña y sus labios le regalaron una sonrisa. El desconsuelo del periódico se disolvió en sus palabras, y Leli supo que allí en el mar todos éramos el mismo, y que nunca más el general Rueda Quijano iría solo, andando desdeñoso al paredón, mirado por los ojos serios de los soldados y las cámaras absurdas de los fotógrafos de prensa. El lugar al que lo habían llevado las balas de los máuseres era el mismo al que se dirigía su río de rápidos violentos: un mar azul de soles amarillos. Desde ese resplandor, el general la miraba acercarse.

Andamos huyendo Lola
(1980)

El niño perdido

Ya tardeaba y yo iba caminando bien asustado. "¡Caray!, mi casa está muy lejos", me dije y me acordé de mi santo papá dándome una de esas chicotizas en las que se regocijaba tanto. También me acordé de mi mamá, nomás mirando... "Yo no regreso, nunca me quisieron... tampoco me quiso mi señorita de quinto año, no apreciaba mis trabajos de geografía, ni siquiera los de Historia Patria. No le gustaba ¡ninguno!" En la mañana abandoné mi casa para siempre, vi su puerta pintada de azul y le dije: "Adiós, para siempre adiós..." Es triste decirlo, pero así sucedió y en vez de ir a la escuela agarré camino y me fui anda y anda por la ciudad. En Bucareli me encontré con muchos fugados iguales a mí y con disimulo les pregunté: "¿Qué hacen?" Ellos me miraron del lado y se rieron: "¿No lo ves?, andamos de periodistas", me contestaron y se pusieron a gritar *¡Extra!... ¡Extra!* Otros estaban comiendo unos tacos que me ganaron la vista y el estómago. "¿Andas huido?", me preguntó un grandote dándome un empujón. "La verdad sí, ando huido..." El grandote me miró de reojo "¿Qué te robaste?", me preguntó. "Yo nunca he robado nada", contesté. Y era la pura verdad. Me sabía muy bien el catecismo y los diez mandamientos y en el único con el que no estuve ni estoy de acuerdo es con ése de: "Honrarás a tu padre y a tu madre". La vida es injusta hasta en los diez mandamientos. Yo siempre honré a mis padres, quiero decir, que aguanté sus palizas y sus borracheras. ¿Pues qué no iba yo a las cantinas a buscar a mi papá? Pero ellos no me honraron a mí, de seguro porque falta el mandamiento de: "Honrarás a tus hijos". Se ve que ese mandamiento se le pasó a Nuestro Señor Jesucristo, y así se lo dije en confesión al señor cura, que se quedó mirando, mirando y luego me llamó aparte para consolarme y decirme que Dios siempre honra a sus hijos y que todos, hasta mis padres, somos hijos suyos. Yo moví la cabeza, no era justo que mis padres y yo tuviéramos el mismo rango y el señor cura me dijo: "No olvides nunca que los niños son los elegidos del Señor". Ya sabía yo, que yo era su elegido... pero tanto cintarazo me dio mi padre que acabé por aburrirme. De noche, arrinconado en mi catre yo le pedía:

"Seca su mano, Señor Jesucristo", y ¡nunca se la secó! Me gustaba imaginarlo con su mano seca como un palo, alzada con el cinturón y él nomás mirándola... pero Nuestro Señor no quiso hacerme el milagro y me fugué esa famosa mañana. Crucé muchas calles llenas de coches verdes, azules, colorados, amarillos, blancos, con sus defensas de plata reluciente y fue en Juárez donde me detuve, para ver pasar a una caravana de coches negros, con sus vidrios negros y hartos motociclistas con sirenas. "Ya se murió el presidente de la república y ahí lo llevan a enterrar." "¿Y las flores?... de seguro que a los presidentes los entierran sin flores y con sirenas", me dije y se lo comuniqué a un señor de chamarra, que me miró con desprecio. Quise explicarme: "Es que los presidentes no son como nosotros..." le dije. "Es un secretario que va a su Secretaría", me contestó y se dio de golpes en las canillas con su periódico. Ese fulano no tenía ganas de platicar conmigo y agarré y me largué de la Avenida Juárez, pues mientras más me alejara de mi casa más seguro me hallaba. Entré a unas calles en las que casi no había tiendas, sólo casas grandes con jardines y rejas. "¡Caray! ¿quién puede vivir en semejantes casas?", me pregunté. ¡Quién sabe! Mi papá decía que el gobierno y a lo mejor era verdad, pues el gobierno es todopoderoso y muy omnipotente. Mis padres nunca salieron de su dichoso barrio del Niño Perdido... y ahora que lo pienso me va bien el nombre y se han de estar acordando de mí, porque yo soy el niño perdido... Pero no como me decía mi papá: "¡Perdido!... ¡Sinvergüenza! ¡Ojalá y que nunca hubieras nacido!", y luego ¡zas! y ¡zas! y ¡zas!, zumbaban los cinturonazos y yo me encogía en el suelo y mis lágrimas me dolían al salir y al correr por mi cara. Sí, en mi casa estaba yo muy perseguido y me escondía en un rincón oscuro a pedirle a Nuestro Señor que le secara la mano a ese individuo, pero Dios dispuso de otro modo y ahora soy el designado por mi calle: el Niño Perdido. Ya pardeaba y tenía miedo de que me agarraran los granaderos o los azules. "Oye, tú, ¿qué andas haciendo por estos alrededores?", me dirían. La tierra sólo se abre cuando hay temblores fuertes y si cuando me hicieran la pregunta, no se veía uno de esos terremotos y me tragaba la tierra, estaba yo ¡perdido! De seguro que me hubieran llevado a una bartolina, de las que nos hablaba en la escuela mi señorita de quinto año, y que están ahí desde los remotos tiempos de don Porfirio. Muchas veces me pregunté por qué mi señorita le tiene tanto miedo, si según tengo entendido o tal vez me equivoco, don Porfirio ya está difunto. ¡Tuve mala suerte acordándome de don Porfirio! Se me figuraba que salía de cada casa grande o que iba siguiéndome en un coche, o si no era él, sería alguno de sus esbirros, como decía mi señorita, y me dio el escalofrío. Esa calle me daba desconfianza y comencé a sudar y a sudar y apreté el paso. Detuve a un niño que andaba jugando por ahí y apenas le pregunté: "Oye, mano, ¿cómo se llama esta calle?" Lo llamó una señora que estaba agarrada a unas rejas: "Lindo, ven aquí. ¡No me gusta que hables con pelados!" El niño alcanzó a decirme: "Es la colonia Anzures", y también alcanzó a sacarle la lengua a su mamá antes de obedecer su orden. A lo mejor me lo encuentro un día voceando la *Extra* en Bucareli... aunque yo no lo vendo, ni paso nunca por ahí, pues he sabido que hacen muchas redadas. ¡Quién me hubiera dicho que en esa misma calle curva sembrada de palmeras y de jacarandas iba yo a encontrar mi suerte! La vi venir, ¡eran dos! Una vestida de color de rosa y la otra de azul con cuello blanco de encajitos. Las dos eran güeras, sólo que una de ellas todavía iba a la escuela y la de rosa era su mamá. Así se me figuró y así resultó.

—Señora, lléveme a su casa... —le supliqué a la de rosa. La señora se me quedó mirando, se echó unas mechas güeras hacia atrás y luego comenzó a reírse. Me dirigí a su hija que tenía unos ojos grandes y muy compadecidos.

—Dígale a su mamacita que me lleve a su casa... no tengo casa, ando perdido y tengo mucho miedo. ¿No ve que ya está cayendo la noche?

La señora se agachó para divisarme bien y volvió a reírse con más ganas.

—¡Mira, pues estamos igual! Tampoco nosotras tenemos casa y también tenemos miedo —me dijo muy alegre. ¡No le creí! ¿Cómo una señora tan güera y tan elegante no iba a tener casa? Agaché los ojos y vi unas hojitas caídas en el suelo, que en medio de las sombras brillaban como moneditas de oro y escuché decir a la colegiala:

—Es verdad, no tenemos casa... y tenemos miedo...

—No nos crees. ¿Cómo te llamas? —preguntó la señora.

—Faustino Moreno Rosas —contesté y se me olvidó aquello que le decía a mi señorita: "para servir a usted". Pues ¿de qué le iba yo a servir a esa señora y a su hija? ¡De estorbo!

—Ando cansado, he caminado todo el santo día...

—También nosotras hemos venido a pie hasta acá —dijo la hija de la señora.

—No nos crees, Faustino. ¡Pues ven con nosotras para que veas que no te engañamos! —dijo la señora.

Me fui con ellas muy gustoso y los tres comenzamos a reírnos porque yo no les creía. Y mientras menos les creía más gusto nos daba y más nos reíamos. Nos detuvimos frente a una casa grande y nos abrió una criada. Entramos y cruzamos un patio muy suntuoso, no como el mío, y nos dirigimos a otra casa más chica que estaba en el fondo: "Vamos al estudio de Pablo", dijo la señora y abrió la puerta y entramos a un salón de billar muy grande, en el que también había una mesa de ping pong, igual a las que salen en la televisión. Subimos una escalerita y llegamos a una sala muy grande también, en donde había sillones de cuero y hartos libros. No estaba toda iluminada, sólo había una lámpara verde y el tal Pablo, un anciano, sin pelo y medio metido en una camisa a cuadros.

—¡Hombre!, Leli, ¿qué haces por aquí?... ¿y éste quién es? —dijo señalándome.

—Faustino. Un amigo que no me cree que no tengo casa. ¿Quieres explicárselo? —dijo la señora. El anciano se llevó las manos a la cabeza: "¡Vas a meterte en otro lío con este mocoso! ¡Claro que no tienes casa! Y no digas nada. Tú tienes la culpa. ¿De dónde sacaste a éste? ¡Nunca vas a entender! ¡Nunca!", y dio media vuelta y se dejó caer en un sillón.

Una cabeza como de mujer, se asomó por un sillón y dijo: "Es increíble que no entiendas. ¿No tienes ya bastantes problemas?" Era mujer, sólo que con los pelos rapados no se notaba bien, "¡Ha de haber tenido tiña, de seguro!", me dije, cuando la vi alzarse, metida en su vestido café con tirantes, y ¡bien descriada, bien fea!, y preferí mirar al suelo. Era verdad que la señora Leli no tenía casa y que iba allí a pedir posada. "Hemos pensado que si traes una cama al cuarto de criados podemos recibirte...", comenzó el anciano, pero la tiñosa interrumpió: "¡No, no, papá...!", y se me quedó mirando y de seguro leyó mis pensamientos y puso una vocecita muy cambiada: "¿Cómo se te ocurre ofrecerles el cuarto de criados?... habrá que pensar en otra habitación..." Y se arregló los tirantes y enseñó sus dientes, para que creyéramos que iba a ofrecernos un buen alojamiento. El anciano miró a su hija, agarró un vaso de licor y dijo: "Lo dejo en tus manos Artemisa... este problema me está volviendo loco". Nunca había yo oído que alguien se llamara ¡Artemisa! "No es nombre cristiano", dije para mí y me le quedé mirando, mirando, era bien chaparrita y usaba zapatos de hombre para acabarla de amolar. Me dio coraje que la señora Leli y la señorita Lucía no se dieran cuenta de que nunca iba a darles el hospedaje que pedían. "Ya está rete oscuro, mejor vámonos", dije varias veces y nos fuimos, dejando al anciano agarrado a su vaso, mientras que su hija nos llevaba hasta la puerta, mirando al suelo con mucha modestia: "¡Cómo lo siento! Llama mañana...", dijo.

La calle estaba muy oscura y nos fuimos caminando. La señora iba contenta: "¡Qué simpático es Pablo, da gusto encontrar amigos en estos momentos! ¡Lástima que no tuvieran lugar para nosotras!", iba diciendo. "¡De tener cuarto, tenían! Lo que no tuvieron fue voluntad", dije enojado. Lucía me agarró de un hombro.

—¿Tú crees Faustino que no tuvieron voluntad? —preguntó muy asustada.

Me vi en la obligación de repetir lo que ya había dicho. "¡Es bien mala esa Artemisa! Tiene mirada de muerto", le dije, pues me acordé de cómo miraba don Lupe, en el día que lo mataron enfrente de mi casa. La señora dijo: "Lucía, desde ahora no haremos nada sin consultarlo con Faustino". ¡Y así fue, tal como lo dijo! Ya noche llegamos al hotel en el que se hospedaban. Yo nunca había estado en un hotel y palabra ¡que me gustó! Aquellos fueron días gloriosos. Ese hotel estaba atrás de un parque donde estaban construyendo el edificio más alto de todo México. Al ir llegando, nada más vi muchos picos negros de hierro, pero ni me fijé en ellos por ver la puerta iluminada del hotel.

—Buenas noches. ¡Da gusto llegar! —dijo la señora a un hombre alto con pantalón de rayas grises y chaqueta negra, que me miró un poco feo... pero no me importó mucho.

El cuarto eran dos cuartos, uno más arriba y otro más abajo, separados por unas cortinas verdes. En el de abajo había sillones, un diván, según me explicó Lucía, y una televisión. En el de arriba estaba una cama muy blandita y un escritorio mejor que mi pupitre de la escuela. También había un baño y una cocina muy elegante y junto una mesa redonda.

—Tú vas a dormir en el diván —me dijo Lucía y encendió la televisión.

En eso oí a la señora: "Serafín... Serafín... ¿en dónde te has metido?", me puse alerta y miré a la señora, que andaba cerca de la cocina. De allí sacó a Serafín, un gatito güero, que les daba un aire de familia y que se sentó con nosotros a ver la televisión. Lucía agarró el teléfono y pidió comida, yo me quedé esperando a ver si era verdad y cuando llamaron a la puerta la señora me metió en el baño.

—Veo que tienen muy buen apetito ¡tres langostas y cuatro arroz con leche! —dijo un hombre, al que alcancé a ver por la rendija.

Cuando se fue, nos sentamos a la mesa y quedé muy satisfecho. Me gustó la carne a la tampiqueña, la langosta, la ensalada y el arroz con leche. Luego, nos echamos a ver la televisión, estábamos contentos, cuando vi aparecer mi retrato en la pantalla: "El niño perdido Faustino Moreno Rosas. Sus padres piden a las personas que lo vean, que den aviso al 5-89-000. Lleva una camiseta de color naranja y unos pantalones de mezclilla".

—¡Carajo!... dieron el número del estanquillo —dije, y sentí que se me cayó algo adentro, como esas cosas que se caen cuando hay terremotos.

—Te están buscando... —dijo Lucía.

—No salgas hasta que tengamos dinero para comprarte otra ropa —dijo la señora muy tranquila.

—¿Y si me encuentran?... —y me acordé del hombre del pantalón de rayas grises.

—¡Qué te van a encontrar! ¿Han encontrado a Serafín? —me preguntó la señora.

No pude ya ni ver la película, pero muy tarde me vi otra vez en la televisión. Esta vez también estaban mis padres y llorando los muy ¡payasos!

—¡Órale! Llorando, buscando la compasión. ¿Y cuándo me daban los cinturonazos? —dije.

Nos dormimos muy tarde, pero bien. Andábamos muy cansados.

Pasamos unos días muy buenos, comíamos bien y a nuestra hambre, veíamos la televisión y jugábamos con Serafín. Siempre digo: "Aquel que no haya conocido a Serafín, no sabe lo que es un gato". ¡Tan alegre, tan cortés, con su nariz igual a un botón de rosa y sus manitas enguantadas de blanco! En el convento las monjitas lo querían mucho y él jugaba en el jardín, hasta que lo espantó un tamaño perrazo, que se metió sin que lo notáramos y mientras que la madre Esperanza estaba enseñando el piano a las pobres huerfanitas que vivían allí. Después del perro, Serafín prefirió jugar en la capillita o en el piano, mientras nosotros bebíamos una tacita de manzanilla, para recogernos la bilis. Parece que siempre hay alguna bilis que recoger, y Serafín también bebía su tacita. Mejor no me acuerdo de él...

En el cuarto, me metía debajo de la cama cuando llegaban las criadas: "No se molesten, así está bien", les decía la señora si querían meter la barredora. Supe que ellas también andaban huidas y que no tenían casa ni dinero.

—¿Crees que la policía sabe que estamos aquí? —preguntaba Lucía mientras mirábamos la televisión.

—¡Claro que no! ¿No te acuerdas de que aquí hacíamos las juntas? A poco crees que el administrador Camargo no sabe quiénes somos. Di un nombre falso para cubrirlo, si la policía nos descubre —contestaba la señora muy tranquila.

—¿Camargo es el chaparrito o es el alto? —pregunté.

—El chaparrito —contestó la señora.

Era el alto el que me había mirado feo, pero yo estaba al alba con los dos y cuando salíamos al oscurecer para ir a la estación a vernos con la Colorada, yo pasaba haciéndome el disimulado, aunque poco vale hacerse el disimulado cuando uno se enfrenta a gente mala. ¡Caray!, la estación estaba bien lejos y nos íbamos anda y anda y anda... Nunca he visto a nadie tan alta y tan derecha como la Colorada. Ni tampoco he escuchado sueños más bonitos que sus sueños. ¡Palabra que me hubiera gustado soñarlos! Pero yo no tengo suerte con los sueños, en ellos siempre me persiguen y siempre me quedo como paralítico, tal como yo le pedía a Dios que dejara la mano de mi papá y me despierto sudando. En cambio, la Colorada soñaba con una viborita de plata que tomaba el sol en su tejado y a veces era un corderito y a veces una vaca, pero ¡eso sí! siempre de plata, siempre amable. Yo nomás escuchaba sus sueños y no me importaba que de repente me mirara y dijera:

—Y tú, caprichoso, ¿cuándo regresas a tu casa? Ya he visto a tus pobres padres en la televisión, llorando por ti.

—No me importa que los vea. No los ha visto borrachos y golpeándome.

—Ya me los puedo imaginar. Óyeme, Leli, qué malas costumbres tiene nuestro triste pueblo mexicano. ¿No te parece?

Y la Colorada nos invitaba chalupitas en una fonda frente a la estación. Ella se hospedaba en un hotel muy distinto, allí los pisos eran de mosaico y en los cuartos había camas de hierro con colchas azules. Aprendí muchas cosas y entre otras que a la Colorada la nombraban así en el Norte, porque a los diecisiete años la agarró la policía junto con unos amigos amotinados que andaban trabajando en los campos de algodón.

—¡Sí, mocoso, nos sublevamos! ¿Y cómo se vive mejor que sublevado? A ti te gusta decir que sí a todo, eres un buen chilango. Nosotros no somos así, a ver si aprendes a ser más hombrecito —me contestó, echándome encima sus ojos tan grandes como los de una artista de cine, sólo que verdaderos, pues ya se sabe que los de las artistas son falsos. Esa noche, la Colorada estaba pensando en que la señora no tenía dinero para pagar el hotel donde nos alojábamos.

—¡Caray! Te digo que nos jalemos para el Norte. Acá son tan tarugos que desprecian a la mujer que vale. Ya sabes que por allá es distinto. Allá nadie te agarra. ¿Pudieron la otra vez? Pues ahora es igualito.

Yo no sabía lo "de la otra vez" pero mucho me hubiera gustado que nos fuéramos al Norte. ¿Y qué tal si nos mudábamos al hotel en el que se alojaban los norteños?

—¡Mira, ya habló otra vez esta tarugada! Las tarugadas no hablan. ¿Quieres que estos chilangos nos agarren a ella y a todos sus amigos? —preguntó la Colorada dándome un manotazo.

—¿No te parece que esta tarugadita te puede poner los esbirros en tu espalda? —preguntó la Colorada.

¡Los esbirros!, y traté de mirar para ninguna parte. Cuando ya nos íbamos, la Colorada le dio dinero a la señora y le dijo:

—Ten, para que agarres un taxi, no sé, pero tengo un mal pálpito. Mañana, voy a buscar a ese vago, para ver si ya te vendió las cosas con el fin de que pagues el hotel y te mudes.

Sus palabras nos dejaron sobrecogidos y esa noche nos atrancamos en el cuarto del hotel. Antes de dormimos dijo la señora:

—Creo que la Colorada exagera un poco, pero sería bueno que se hubieran vendido las jarritas de plata... bueno, ¡vamos a rezar!

Encendió la luz, sacó de su bolsa *La Magnífica* y los tres la rezamos muchas veces.

—Así ya no nos pasa nada —dijo la señora.

Esa noche Serafín se pasó a mi diván y se acostó sobre mi pelo, en vez de acostarse sobre el de la señora Leli. Yo soñé que Serafín se había vuelto de oro y que revoloteaba entre las nubes y desperté muy satisfecho. "Glorifica mi alma el Señor y mi espíritu se llena de gozo", repetimos Lucía y yo toda la mañana y toda la tarde, mientras esperábamos que la Colorada nos dijera si ya se habían vendido las jarritas. ¡Dichosas jarritas! Nunca llegué a verlas, pero tengo entendido que eran muy plateadas, muy brillantes y con mucha agua fresca para la señora, Lucía, Serafín y yo. Comimos en el cuarto y jugamos con Serafín, que también saboreaba gustoso la langosta y para ese día, que no sabíamos que iba a ser tan señalado, le pedimos una enterita para él solo. Y Serafín se pasó jugando con las patas anaranjaditas de su langosta mucho rato y luego se subió corriendo a las cortinas y quién sabe por qué, cuando la noche comenzó a hacerse muy oscura Serafín dejó de jugar y se arrimó a nosotros, que nos fuimos quedando tristes y nada más mirábamos las patitas esparcidas de la langosta del gatito.

—Pide la cena... —dijo la señora y Lucía obedeció y agarró el teléfono.

—Dicen que la policía está abajo y que no nos suben cena... dicen que si intentamos fugarnos nos disparan —explicó Lucía cuando colgó el teléfono.

—¡Pobres diablos! —contestó la señora.

Cogió el teléfono y pidió un número. La oí decir:

"¡Oye tú, soy yo!... ¡no hables, me acaban de decir que abajo está la policía!... ¿cuál policía?... ¡yo qué sé!, ¡hay tantas!... No, no vamos a salir, pero ya sabes, avísale a quien ya sabes...", y colgó el teléfono muy tranquila.

—Ya vienen la Colorada y sus amigas —nos dijo.

—¡Mamá!, ¿le hablaste a ella?... —preguntó Lucía que se había puesto tan blanca que me asustó.

—¡No! Le hablé a la del tendajón para que le avise... estoy pensando que ella tiene razón: quieren quedarse con "los conejos".

Lucía corrió al armario y sacó dos abrigos de pieles y dijo: "Aquí están. ¿También nos van a quitar esto?"

La señora me llamó y me puso un abrigo encima del otro: "No, te quedan demasiado grandes... qué lástima... tengo una idea", y entonces me puso zapatos de tacón alto, pero tampoco le pareció: "Es inútil no tienes el tipo, no te van...", dijo y se dejó caer en el diván. Yo me quedé con los abrigos y los zapatos puestos: "¡Palabra que no es justo que agarren a una señora tan buena y a su hija tan seriecita y tan alegre!", me dije y luego pregunté: "¿Y también van a agarrar a Serafín?"

—¡También! —contestó la señora y comenzó a fumar con ansias.

—¡Pinche gobierno! —gritó Lucía.

—¿Pinche?... ¿pinche?... yo diría más bien ¡cabrón!, perdonando la palabra —dije, al recordar que mi papá así lo nombraba cuando estaba borracho y cuando no lo estaba. ¡En eso sí, él nunca varió de palabra! Serafín se puso contento cuando hablé mal del gobierno y vino a acomodarse junto a mí. Tenía yo ansias de ver a la Colorada, ¿qué íbamos a hacer si no llegaba? Pero no subió la Colorada. Una señorita llamó de abajo y dijo: "¡Subo ahora mismo!" Tocó tres veces en la puerta y abrió Lucía. Vi a una joven muy bella, muy bien vestida, con las mejillas muy encendidas. "Soy Alma... no me conoces, soy tu abogado, ningún hombre quiso venir. ¡Ya sabes qué valientes son nuestros hombrecitos! ¡A ver, quiero esos 'conejos'!" —dijo entrando.

Lucía me los quitó de encima y se los entregó. Me fijé que estaba tan blanca que a mí se me aflojaron las rodillas.

—¡No se asusten! Abajo está la policía pero también está la Colorada y está Ángeles, pero no la nombren. Hagan como si no la conocieran, ya saben que mañana lanza su candidatura para diputada. Con la Colorada sí pueden hablar. Bueno, hay que salir y evitar que vengan ellos a agarrarlas... —nos dijo y clavó sus ojos de muñeca en el suelo. ¡Estaba bien triste!, pero no acobardada.

La señora me llamó aparte:

—Ya oíste, Faustino, nos llevan presas. ¡Escúrrete! y si te detienen di que sólo pasaste aquí unos días. Di la verdad, con la verdad te salvas —me dijo la señora con mucha tristeza.

—¡Ni Dios mande que vaya yo a decir la verdad! ¿No ve que la acusarían de rapto de menor? Si algo me preguntan diré que vine de visita o que vine a... pedir limosna —dije con harta pena.

—Mientras nos llevan, tú te vas a tu casa —me ordenó la señora.

—¡Eso sí que no! Yo no las dejo, prefiero irme a la cárcel con ustedes... —contesté.

—Bueno... vamos. A ver si no te perjudica que tengan tus huellas en la policía —dijo la señora.

Almita abrió la puerta y salimos a entregarnos a la justicia. No vimos a ningún policía. Bajamos en el elevador y yo nomás miraba a Lucía, que iba ¡bien blanca!, y a mí se me volvieron a aflojar las rodillas. ¡Nunca pensé que acabaría yo preso en compañía suya! La señora llevaba abrazado a Serafín, que también iba a entregarse a la justicia. Apenas se abrió el elevador, una nube de hombrones nos cayó encima. Igualito que en las películas. Vi entre ellos al tal Camargo y a su amigo el alto. El tal Camargo apuntó a la señorita Alma:

—¡Esa mujer lleva un abrigo puesto y otro en el brazo! —gritó.

Dos hombres quisieron agarrar a Almita, pero ella se quedó como una estatua del Paseo de la Reforma y sin mirarlo les dijo:

—¡Sinvergüenzas! ¡Cobardes, estos abrigos son míos! —y se salió a la calle y se los pasó a la Colorada en un momento.

Los hombres, por mirarse asustados, no la miraron.

—¡Llévenla a ella también! —ordenó Camargo.

Los hombres creyeron que hablaba de la señora y a ella se dirigieron, pero la señora los esquivó:

—Sé caminar sola —dijo, y salió con Serafín.

Cuatro hombres agarraron a Lucía, que se dejó llevar con tamaños ojos abiertos. A mí nadie me miró y salí a la calle. ¡Qué despliegue de fuerzas!, hubieran dicho los periódicos. Había una fila de coches y dos carros de granaderos. ¡Caray! ¡Llevaron hasta granaderos para nuestra aprehensión! Enfrente, en lo oscuro del parque, estaban Almita, la Colorada y otra señora, de seguro la tal Ángeles, y cuando las miré, me hicieron señas de que me callara, de modo que sin decir una palabra me encontré adentro de un carro de granaderos en compañía de Serafín, Lucía y la señora. ¡Son grandes los dichosos carros de granaderos y tienen banquitas adentro, para que uno vaya cómodo! También iban junto a nosotros algunos granaderos con sus cascos puestos, que nada más nos miraban y nos miraban. Arrancó el carro y se fue quién sabe adónde. La señora iba bien seria y Serafín bien alerta, yo me junté a Lucía y le dije con mis ojos: "Nos llevan presos", y ella me contestó con los suyos: "Nos llevan." Me di cuenta de que es bien triste ir preso, no se puede decir ni una palabra y le pregunté a Lucía: "¿Y quién nos lleva presos?" Y ella me contestó: "El gobierno..." ¡Caray, qué gobierno tan cabrón!, hubiera dicho mi papá de hallarse allí con nosotros, pero Dios quiso que él no fuera a la cárcel: "De seguro que ya regresó a la televisión a hacer rodar sus lagrimitas", me dije. No daba bien en la televisión, tampoco mi mamá, pero con el motivo de mi fuga no salían de allí y se andaban haciendo los artistas. Iba yo a reírme, cuando vi la cara de uno de los granaderos, que me miraba bien fijo. Entonces, me puse serio y suspiré hondo y dije: "¡Qué mala suerte!", porque vi a la señora medio triste y ella contestó: "Bastante mala...", y ni Serafín ni Lucía dijeron nada. Cuando se detuvo el carro, abrieron las puertas de atrás y nos ordenaron con tamaño vozarrón: "¡Bajen!", y bajamos.

Estábamos en una calle bonita, frente a otro parque y allí se hallaban ya los otros carros de los granaderos y los coches de Camargo y de los policías de la Secreta. La Comisaría estaba bien iluminada con faroles, era grande y nosotros estábamos bastante destanteados. Enfrente, se agrupaban: Alma, la Colorada y Ángeles, y como iba a ser diputada, Ángeles se nos escondió entre los árboles para que los policías no la reconocieran. Almita vino corriendo, ya no traía los "conejos", venía a cuerpo.

—¡Entren!... ¡Entren! —nos ordenaron.

Entramos a un patio y de allí a unas oficinas con barandales de madera en donde había jueces y muchos acusados. El tal Camargo se abrió paso a codazos y todos nos miraron: "¿Y éste qué se trae?", dijeron los que ya estaban allí. Nos vimos en una sala, frente a una barandilla y hartos escribanos que escribían a máquina y que dejaron de escribir apenas nos vieron. Los granaderos se quedaron en el patio y el tal Camargo, en compañía del otro, del pantalón rayado, comenzó a gritar:

—¡Señor juez!... ¡Señor juez!... —pero el juez siguió agachado leyendo unos papeles, mientras que nosotros, empujados por Camargo, comparecimos ante él.

Me fijé muy bien en los de la Secreta, que también entraron y se pusieron muy arrimados a la pared, como haciendo que estaban y que no estaban. Almita se le encaró al tal Camargo:

—¡Cobarde! ¿Cuánto le pagan por hacer esto? —le dijo.

Camargo dio otro paso y se plantó mero frente al juez.

—¡Señor juez!, acuso a esta mujer de haberse inscrito en mi hotel bajo nombre falso y con fines delictivos —dijo con una voz tan fuerte que los otros acusados, así como sus familiares, se agolparon atrás de nosotros y la sala se llenó de gente que miraba a la señora Leli, que llevaba entre sus brazos a Serafín y que no decía ni una palabra.

—¡Miente! —gritó Almita.

Pero nadie podía callar al tal Camargo, que estaba bien colorado.

—¡Señor juez!, esta aventurera, esta mujer carente de escrúpulos, esta extranjera perniciosa, esta enemiga de México, ¡me ha engañado! Se ha inscrito en mi hotel bajo nombre supuesto y ha permanecido allí durante un mes durmiendo, comiendo y escondida para llevar a cabo sus fines criminales. ¡Exijo, en nombre de la ley, que quede detenida, así como su cómplice, que también lleva nombre supuesto y a quien también acuso de fraude y mala fe! —y Camargo extendió su brazo y señaló a Lucía, que apenas tuvo tiempo para oír tamañas palabras.

Pero el señor juez siguió mirando sus papeles, y la gente arremolinada junto a nosotros siguió mirándonos, mientras que los de la Secreta, se juntaron más a la pared.

—¡Señor juez!, yo soy una persona honrada que trae una queja contra una extranjera criminal, y usted no se digna escucharme —gritó Camargo.

Fue entonces cuando el juez, ya un anciano, levantó sus ojos y miró a Camargo y luego a la señorita que cargaba a Serafín y estaba ¡bien callada! Noté que el juez parpadeó muchas veces, cuando vio a la señora y que luego puso su pluma sobre sus papeles, y en eso, Camargo sacó un papel y gritó:

—¡Señor juez! aquí tiene usted la prueba fehaciente de la culpabilidad de esta aventurera. ¡Ha firmado con nombre supuesto en el registro del hotel! —y puso su papel en el escritorio del juez.

El juez apartó el papel de un manotazo, y Camargo gritó: "¡Pretende llamarse Inés Cuétara!"

Yo nomás temblaba y temblaba y miraba a la señora que no decía ni una palabra. Fue entonces cuando el juez le preguntó:

—¿Se llama usted Inés Cuétara? —y la miró con lástima.

—Pues, sí y no… verá usted señor juez: Inés es mi segundo nombre y Cuétara es mi tercer apellido —contestó ella, y todos la escuchamos con mucha atención.

—¡Ella misma confiesa su delito! —gritó Camargo.

Almita estaba muy encendida y dio un paso adelante y sus ojos de muñeca echaron chispas.

—¡Yo soy su abogado!

El juez apreció su belleza y le sonrió y le hizo una seña para que hablara después y en seguida le preguntó a la señora:

—¿Y por qué usa usted su segundo nombre y su tercer apellido?

—Pues… porque me da miedo usar mi primer nombre y mi primer apellido —dijo ella muy tranquila.

Camargo aprovechó la ocasión para volver a escandalizar: "¡Criminal! ¡Aventurera! ¡Enemiga de México!" Y ya cuando se calló la boca, el juez le preguntó a la señora:

—¿Y cuál es su primer nombre y su primer apellido?

—Leli… —y la señora se agachó y dijo muy bajito su primer apellido. Yo no alcancé a oírlo pero los borrachos y los otros acusados que estaban mirándonos dijeron: "Ah, con razón, con muchísima razón", y la miraron con tamaños ojos y luego miraron a Camargo, y unos le dijeron: "¡Esbirro!" y otros le dijeron: "¡Roto desgraciado!", y la señora se agachó y le preguntó al juez en voz muy bajita pero que alcancé a oír:

—¿Usted no tendría miedo si se llamara como yo?

—En efecto, señora, tendría miedo —confesó el juez y se quedó pensando.

Y Camargo comenzó de nuevo con sus gritos. Entonces, el juez se puso bien colorado y ordenó:

—Un poco más de respeto para la señora Leli. ¡Caramba! Que vengan los peritos. ¡Este individuo está borracho y está insultando a una señora en la misma cara de la justicia!

Camargo se echó para atrás, lo vi asustado, ¡bien asustado!, y quiso llamar a los de la Secreta que se apretujaron más contra la pared, pero no tuvieron tiempo de nada, porque tres peritos se acercaron a Camargo y le dijeron:

—¡Eche el aliento!

Y lo echó y ellos dijeron: "¡Borracho!" El juez les hizo una seña y agarraron al del pantalón rayado: "¡Eche el aliento!", y lo echó y dijeron: "¡Borracho!"

Y entonces todos los borrachos y sus esposas, que allí estaban, aplaudieron y comenzaron a gritar: "¡Ora sí, jijos, ya les llegó su hora!"

—Quedan detenidos por insultos a una señora, a su hija y a la autoridad. Además están briagos. Mañana se ventilará su caso —ordenó el juez.

Todos vimos cómo los agarraban los gendarmes y se los llevaban para adentro. "¡Este sólo es el primer round!", gritó Camargo y añadió: "¡La meteremos al bote!", pero ya no pudo decir nada más pues los gendarmes lo metieron.

—Retírese, señora. Una deuda de dos semanas en un hotel no es un asunto penal —dijo el juez.

—¿Podemos irnos? —preguntó la señora.

Almita la agarró del brazo: "¡Ándale, vámonos de aquí, rápido, que ellos tienen mucha gente detrás!", nos dijo.

Salimos, y los borrachos y sus esposas nos dieron la mano y nos echaron hasta la bendición. Cuando estábamos en el patio nos detuvieron dos granaderos y con voz compadecida nos preguntaron:

—¿Y adónde va usted esta noche? ¡Tan sola, con su hijita, su gatito y su mocito! Somos pobres pero si le sirve nuestra casa de cobijo, aunque sólo sea por esta noche, está a sus órdenes... y perdone, nosotros sólo somos unos mandados... y cumplimos...

—¡Vámonos! Yo tengo que entrar para levantar el acta. ¡Dense prisa! Enfrente están Ángeles y la Colorada de refuerzo. Ángeles tiene los abrigos, pero no la busquen, acuérdense de que mañana se lanza de diputada —nos dijo Almita, mientras nos iba sacando a la calle, y luego se volvió a meter.

Nos fuimos corriendo por calles frescas, con jardines y casas muy antiguas. "¡Insurgentes!... ¿Dónde está Insurgentes?", preguntaba la señora mientras íbamos a buen paso por esas calles empedradas, en las que casi nos caíamos en nuestra huida. Según tenía yo entendido, tanto la señora como Lucía no tenían familia, ¡eran solas en el mundo! Tal vez por eso les cayó la desgracia; eran como yo, que nadie daba la cara por sus vidas. Bueno, como yo no, ¿pues qué no andaban mis padres en la televisión asomando su cara bañada por las lágrimas? Cuando dimos con Insurgentes ya caminamos menos de prisa. Era muy tarde y casi no había coches, algunos taxis se paraban, pero no teníamos ni un centavo, ni lugar a donde ir y seguimos caminando y mirando para atrás para ver si nos seguían. "¡Vamos a tener que andar toda la noche!", nos dijo la señora. Ya andábamos muy lejos, cuando pasamos por una casa grande. "¿Y si le pedimos posada a tu madrina, nada más por esta noche?", preguntó la señora. "Hace años que no la veo, no nos abrirá", dijo Lucía. "Eso no importa, se ha de acordar de ti", y la señora se detuvo frente a la casa grande y comenzó a llamar al timbre y a gritar: "¡Tacha... Tachita!" Le contestó el silencio y siguió: "¡Tacha... ábrenos, sólo por esta noche!" Nos quedamos esperando. Vi cuando se abrió una ventana con rejas enlazadas, que daba derechito sobre la acera y una voz salió muy cerquita de nosotros:

—¡Hagan el favor de largarse! Aquí son desconocidas. La señora está durmiendo —era una voz de mujer muy rara, como de tartamuda, sentí que la voz me caía sobre el pelo y me asusté. "¿Quién es?", le pregunté a Lucía. "Debe de ser Justa, su criada, ya no me acuerdo", me dijo y luego comenzó a gritar:

—¡Madrinaaa!... ¡Madrina! ¿No se acuerda de mí?... ¡Soy Lucía!... ¡Madrinaaa!...

Y nos quedamos esperando, hasta que salió otra voz y dijo desde lo oscuro: "¡Cállate! No puedo abrir. ¡Cállate!, ni siquiera sé quién eres", y cerró la ventana.

—¡Ya lo sabía yo! —dijo Lucía.

Nos fuimos y seguimos caminando, "¡Cómo pesa Serafín!", dijo la señora cuando ya íbamos bien lejos de la casa de la madrina. La verdad es que yo nunca había andado tan noche en la calle y para qué negarlo, ¡tenía yo miedo! "A ver si no nos agarran los patrulleros", dijo la señora cuando vimos a un carro de patrulla con su antena bien alta, que pasó muy despacito echándonos su faro. "Eso sería salir de Guatemala para entrar a guatepeor. ¿No les parece?", nos preguntó. "Sí nos parece", le respondimos, y seguimos cruzando la ciudad oscura. "¿Adónde iremos?", preguntaba la señora. "Mejor nos hubiéramos ido con los granaderos, si nos iban a agarrar, pues ya nos tenían y si no nos iban a agarrar estaríamos cobijados", dije. "Es verdad... ¿y ahora adónde iremos?", volvió a preguntar la señora. De repente se acordó de un nombre: "¡Elíseo!" Lucía se animó y dijo: "Sí, Elíseo vive solo y es muy bueno", y nos encaminamos a la casa del tal Elíseo. Llegamos a las cuatro de la mañana. Pero no era casa, era un edificio muy alto y nos vimos en la necesidad de subir andando muchos pisos, por una escalera bien oscura. "¿Quién habrá inventado lo oscuro?", me decía yo, tropezándome con los escalones que no veía. De verdad que esa noche de nuestra detención fue muy larga y muy inmerecida. Ya no teníamos aire cuando un vozarrón preguntó de atrás de la puerta:

—¿Quién es?

—¡Soy yo, Leli, abre! —contestó la señora animada.

—¡Ah!... no te vayas, ahora mismo abro —gritó el vozarrón muy contento.

Me vi sentado en una salita con faroles rojos y negros adornados con hilitos de oro. También había unas mariposas clavadas con alfileres y metidas en un cuadro y el vozarrón gritaba sentado frente a nosotros.

—¡Pendeja! Te pasó todo por pendeja —y se echaba unas carcajadas tremendas.

Elíseo no era grandote, al contrario, era muy chiquito y gordito, lo único grande que tenía era la voz y sus palabras y sus carcajadas. Estaba muy animado y ni siquiera me miró, nomás miraba a la señora y cuando Lucía quería colocar una palabra la callaba: "¡Jodida! No hables". Sacó una botella de tequila y nos ofreció una copa, fue cuando yo comenzaba a beberla, cuando notó mi presencia.

—¡Ay Dios! ¿Y éste quién es? —preguntó muy asustado.

—Un amigo nuestro, se llama Faustino —dijo la señora.

—¿Faustino qué?... —preguntó Elíseo mirándome con sus ojos negros que me dejaron clavado como a una de sus mariposas.

—Nada más Faustino. No tiene padres, lo abandonaron —dijo la señora.

—¡No me gustas!... no, no me gustas, y me parece que te he visto en alguna parte. Sí, en alguna parte —dijo Elíseo sin quitarme la vista.

—¿Por qué no te gusta? ¡Es muy bueno! Y nunca lo has visto —le contestó la señora.

"¿Y si me hubiera visto en la televisión?", me dije, y hasta se me cayó encima mi primera copa de tequila. Elíseo, preguntando, preguntando, supo todo lo de nuestra detención y no me gustó cuando le dijo a la señora: "Eres divina. ¡Simplemente divina!"

—¡Acuéstense aquí! —nos ordenó cuando ya rayaba el día.

Y nos llevó a un cuarto que tenía una ventana a la calle. Elíseo la cerró bien cerrada y se volvió a mirarnos y ordenó: "¡Nunca me la vayan a abrir! Hay corrientes de aire y los vidrios se pueden estrellar". El cuarto era chico, tenía algunos libros viejos y de pasta roja, leí el título: *La comedia humana* de Honorato de Balzac. Resulta que todos eran del mismo libro. En la cama había un colchón quemado, que sacaba harta ceniza si nos movíamos. ¡Pero ni nos desvestimos! Nomás nos echamos a dormir. Temprano nos despertó el vozarrón.

—¡Anda tú, vago de esquina, prepara el café!

"¡Vago de esquina!", dije y fui a calentar el agua para luego echarle Nescafé. Elíseo dormía en otro cuarto más chiquito y me gritó que allí se lo llevara.

—Oye, tú no vas a quedarte en esta casa. Yo no soy pendejo como ella. ¡Tú te me largas! —me dijo bebiendo su Nescafé.

Se lo fui a decir a Lucía y miró para todas partes y me dijo con voz quedita: "Vamos a buscar al Pato". Elíseo llamó a la señora y se sentaron en la salita de los faroles rojos y negros con hilitos de oro. Yo nada más oía: "¡Pendeja! No sabes nada. ¡No supiste nada!" Al rato oí que le decía a la señora: "¡Chaplin! ¡Eres Chaplin!", y se reía, luego le dijo: "No sabes, ni sabrás nada".

—Y este Elíseo ¿quién es? —le pregunté en secreto a Lucía.

—Pues es un sabio... creo que descubre mariposas y piedras antiguas o algo así —me dijo ella también en secreto.

Estábamos sentados sobre el colchón quemado, aguantando los rayos del sol y con la ventana ¡bien cerrada!, tal y como lo quería Elíseo. Los dos teníamos sueño, pero el sabio no quería que durmiéramos. Serían las cuatro de la tarde cuando Lucía y yo fuimos a la salita, entonces vi que Elíseo estaba descalzo con su copa en la mano y hablando de puras tarugadas.

—Mamá, tenemos que ir a ver al abogado —le dijo Lucía, como lo habíamos convenido.

—¿A cuál abogado? —preguntó la señora, que por estar jugando con Serafín ni siquiera escuchaba a Elíseo.

Lucía se puso bien colorada y miró a su mamá con el mismo enojo que yo miraba a la mía.

—¿Ya se le olvidó, señora? Hoy le dieron cita para hacer declaraciones —dije yo echándole un capote a Lucía.

—¡Qué barbaridad! Se me olvidó completamente —contestó la señora que creyó lo que le decíamos.

—¡No vayas a volver a meter la pata! —dijo Elíseo cuando ya estábamos en la puerta.

Nos hallamos en la calle, en medio de un solazo que nos achicharraba: "¿Y en dónde vive ese abogado?, ¿y cómo se llama? ¡Mira que tener que caminar con este sol!", se quejó la señora que iba cargando a Serafín.

—¡Nada de abogado! Vamos a buscar al Pato —le respondió Lucía muy enojada.

Lo difícil era hallar un teléfono que no costara, pues no teníamos para la llamada. Entramos a muchas tiendas y nos negaron el favor. Fue una viejecita que tenía un tendajón la que nos dejó hablarle al Pato y hasta me regaló un pedazo de piloncillo. "Dice el Pato que esperemos en la esquina", nos comunicó Lucía y nos salimos a esperar. Llevaríamos un buen cuarto de hora cuando se detuvo un ¡tamaño cochecito! ¿Quién hubiera dicho que adentro iban cinco muchachos? Los estudiantes se bajaron para darnos paso y luego se volvieron a subir y al rato, me vi sentado en un café cerca del Paseo de la Reforma y en muy buena compañía. El Pato se retorció el bigote:

—No fue acertado ir a la casa de Elíseo —opinó.

En eso, vimos que unos individuos se acercaban a su cochecito y le pegaban un cartel de propaganda del PR1 y que otros nos tomaban fotos. "¡Ya me fregué! ¡Me van a ver mis papás!", me dije.

—¡Ahora vengo! —dijo el Pato.

Salió arreglándose el bigote y arrancó el cartel de su coche, mientras que los individuos le tomaban fotos desde atrás de un árbol. El Pato regresó a la mesa.

—¡Te retrataron, mano! —le dije.

—Espero haber salido tan bien como Pedro Infante —contestó.

¡Me cayó bien el Pato! Hablando vimos que comenzó a oscurecer y ni modo, había que regresar a la casa del Elíseo. "Pero, seño, ¿no sabe que anduvo en Chiapas y nos fue de... bueno, cómo nos fue?" Le dijeron a la señora a la que llamaban: seño.

—¡Dios mío!, y ¿cómo lo iba a saber si nunca he ido a Chiapas y hacía tres años que no veía a Elíseo? —contestó ella muy preocupada.

Y así contaron otras cositas y nosotros nos asustamos. "No se preocupen, para mañana les tendremos un lugar seguro. ¡Ojo con hoy!", nos prometieron los muchachos y nos citamos para el día siguiente. Nos despedimos a dos calles de la casa de Elíseo. Llegamos con miedo, aunque la seño se quería hacer la valiente. "¡Dios mío, no entiendo nada! ¿Qué ha sucedido?", iba diciendo la seño mientras subíamos la escalera. "¡Te lo dije, que te estuvieras quieta en la casa!", le contestó Lucía.

Hallamos a Elíseo con su copita de tequila en la mano, se animó mucho al vernos.

—¡Anden!, pasen, vienen muy sucios. ¡Báñense! Puse el calentador, así dormirán bien —nos dijo. La verdad no teníamos ni ganas de bañarnos, estábamos pensando en lo que nos dijo el Pato y nos quedamos sentados en la salita.

—¿Tú crees que si pido disculpas me perdonen? —preguntó la tonta de la seño.

—¿Después de tantas cabronadas como has hecho? Odias al gobierno y ahora ¿qué?... ¡La gran pendeja cree que la van a perdonar! —gritó Elíseo.

—¡Ya no le digas pendeja! —le contestó Lucía.

—¡Carajo! ¡Te repito que tu madre es una pendeja!... Bueno, ¿se van a bañar?

—Sí, vamos, Lucía, para que luego se bañe Faustino —dijo la señora.

"¿Para que luego se bañe Faustino?" ¡Caray!, todavía estoy esperando el dichoso baño. Apenas cerraron la puerta del cuarto de baño, Elíseo se me vino encima.

—¡Ah!, ya vas a ver. ¡Te vi en la televisión! ¡A mí no me haces pendejo y ahora mismo viene la policía a buscarte! —me dijo Elíseo y se soltó una carcajadota.

Abrí la puerta de salida y bajé la escalera oscura dándome de tropezones, Elíseo venía detrás de mí gritando: "¡Agárrenlo... Agárrenlo!", pero nadie, nadie, abrió sus puertas. Me encontré en la calle y corrí como flecha. ¡Bien que oí la sirena de los patrulleros que venían en mi busca!... pero no me vieron, me les hice chiquito. El Pato vivía en Tacubaya y hasta allá llegué a las tres de la mañana.

—¡Muy bien! Serás el chícharo del grupo —me dijo el Pato que a esa hora andaba medio adormilado. ¡Y así fue como entré a formar parte en las filas revolucionarias! Supe que al día siguiente la seño y Lucía se salieron de la casa de Elíseo. ¡Cómo no iban a salirse! Esa misma noche y mientras yo iba huyendo para refugiarme en la casa del Pato, por poquito y se mueren las dos. Estaban dormidas y tenían la ventana ¡bien cerrada! y la seño se despertó casi ahogada. Alguien olvidó cerrar la llave del gas de la estufa... Bueno, es que Elíseo y el tequila siempre van juntos, digo yo. Elíseo estaba encerrado en su cuartito adonde yo le llevé su Nescafé, con su ventana abierta para aspirar el perfume de los árboles del jardín de la casa de junto. Elíseo se acobardó y dijo que lo querían matar, pero se resistió a que se fueran de su casa, porque se reía con ellas. ¿Cómo dicen que la suerte del loco y del borracho es buena? ¡Que me lo digan a mí, que aguanté a mi papá! Los compañeros me dijeron que las dos lloraban mi suerte y estaban enojadas con el tal Elíseo, porque nomás les dijo cuando ellas terminaron su baño y me llamaron. "¿El mocoso ese?... no sé, por ahí andaba..." ¡Si será mentiroso!

Yo ya no las vi, era más prudente por aquello de que la seño todo lo dice sin darse cuenta. Se le figura que no se perjudica, y los compañeros por prudencia revolucionaria prefirieron que ella no supiera mi incorporación a las filas de la revolución, ¡como era yo muy menor y andaba fugado!

—¿Quieres que se lo digamos? —me preguntaron los compañeros.

Iba yo a decir que sí, pero me acordé de eso del clandestinaje que me había explicado esa mañana el Pato y con la cabeza dije un ¡no! que me dolió harto. ¡No importa!, trabajo mucho con los compañeros y cuando llegue el día del triunfo y de agitar las banderas, le diré:

—Seño, ¿se acuerda usted de Camargo, ese parásito burgués? —y nos reiremos los cuatro juntos, la seño, Lucía, Serafín y yo... ¿qué digo? Serafín hace ya mucho tiempo que cayó víctima de la lucha por el pueblo. ¡No importa! En el día del triunfo le haremos su muy hermoso monumento, alto, muy alto, con sus columnas de oro y arriba muy arriba él, Serafín, hecho en oro macizo, como el Ángel de la Independencia de los gatos, con sus alas abiertas... Así lo hemos decidido mis compañeros y yo.

Y mientras ese tiempo llega, ¡a las pintas compañeros! De noche y cuando los enemigos andan distraídos... Y que nadie diga que yo soy el Niño Perdido, porque de perdido, ¡nada!...

La primera vez que me vi…

La primera vez que me vi tuve una agradable sorpresa. Era un día caluroso, el sol empezaba a ocultarse, la lluvia se empeñaba en no aparecer y yo sin ella me pongo triste. Necesito del agua que baja cantando del cielo y produce hermosos charcos en los jardines y arroyuelos en las calles. La humedad refresca la piel y reverdece a las hojas amarilleadas por el calor y mi color preferido es el brillante verde. Yo sabía que los otros ya me habían visto. Por ejemplo: en el jardín, cuando lloviznaba y los ramos pequeños y morados de los heliotropos perfumaban de miel a la lluvia. El aire olía entonces a Viernes Santo y yo respiraba profundo y me sentía bendito.

Por aquellos días las señoras se enlutaban ese viernes de la Semana Santa y los señores se ponían cintitas negras en las solapas de sus levitas. Caminaban pausadamente, ellas barrían el césped con sus faldas de sedas crujientes y ellos charlaban en voz baja. Ahora suele decirse que aquellos tiempos eran otros tiempos, que eran tiempos mejores. Eso es un decir, no hay tiempos mejores ni peores, todos los tiempos son el mismo tiempo aunque las apariencias nos traten de engañar con su espejeo. También me habían visto sentado a la mesa, cuando todos comíamos en silencio y le dábamos gracias a Dios por el pan nuestro de cada día. Otros me vieron en los campos de batalla, pues me gusta el olor de la pólvora y algunos alcanzaron a verme por los caminos amarillos cercados de rocas y de montañas azules. Los coches rodaban sobre las piedras y el trote de los caballos no cesaba hasta detenerse en algún portón amigo que se abría para escondernos, pues íbamos huidos. Yo, en cambio, todavía no me había visto.

Fue en casa de los Valle, en donde buscamos refugio una tarde caliente y redonda, cuando tuve el honor de verme por primera vez. Me escondí en una habitación enorme, de muros blancos, muebles oscuros y cortinajes rojos, donde supe cómo era yo y no quedé descontento. Encima de una cómoda pesada estaba él, brillando como un lago profundo y peligroso. No olvidaré jamás a ese estanque preso sobre una pared. Me subí a un banquito de terciopelo rojo para olvidar al miedo y miré los frascos de cristal rojo, que me recordaron la sangre derramada de Rafaelito, vi las borlas blancas salpicadas de polvos olorosos que me dieron más sed y quise lanzarme al agua presa y quieta clavada sobre la pared. Confieso que la lujosa habitación era fresca, pero yo tenía sed y estaba muy cansado. "Un baño me vendrá bien", me dije. No pude bañarme, el agua color plata estaba congelada y en sus profundidades distinguí algunos cadáveres de color verde esmeralda y rostros desconocidos contemplándome con indiferencia, como si ése no fuera mi lugar. Supe que una bella figura que me miraba era yo mismo, pues repetía mis gestos con exactitud y cuando quise lanzarme en el pequeño lago, me lastimé la cabeza y nunca me sentí más cerca de mí mismo.

Ya dije que la primera vez que me vi era una tarde triste, una tarde de derrota y nada hay más triste que la amarga derrota. Yo no había tomado parte en las batallas, pero algunos amigos se habían juntado a los franceses y a esa hora ya estaban fusilados. Para decirlo bien y pronto: ¡había ganado Juárez! Estaba yo reflexionando en su victoria cuando entró Fili, la sirviente, a levantar la colcha blanca tejida con dibujos de conchas marinas. Yo conocía el mar, las amables caracolas, los rosados corales y las perlas multicolores. Es decir, lo mejor que produce y no es que me guste tanto el lujo, aunque sí lo aprecio. Fili no me vio, ya que corrí a esconderme detrás de las cortinas. La sabía ingrata y en ese momento su ingratitud no me enojó tanto, porque estaba yo satisfecho con mi indudable hermosura. Sin embargo no pude evitar decirme: "¡Caray, cuánta sangre derramada de balde!" La sangre no me disgusta, porque tiene un color muy escogido y cuando se coagula toma formas caprichosas como joyas reales. Siempre supe distinguir lo bello de lo feo, por eso supe en ese cuarto de los Valle que yo era supremamente ágil, gracioso y bello.

Me distraje de mi agradable descubrimiento para observar a Fili: llevaba las trenzas negras sobre la espalda, los pies descalzos y al caminar, mostraba las plantas rosadas como pétalos tiernos de claveles. ¿Por qué la parte más bella de sus pies debía quedar oculta cuando estaba quieta? Fili era muy joven, andaría en sus quince años y no estaba triste. Al contrario, la escuché canturrear:

Estaba yo sentado
al lado de mis padres
cuando viene la patrulla
tendiéndome los sables...

Todos sabían lo que le había sucedido a Rafael y todos habían llorado, menos la ingrata Fili. Rafael era el mejor peón de la finca de los Salgado, siempre alegre, siempre vistoso, siempre dispuesto y los sábados siempre borracho para festejar al domingo lúcido. Sólo la ingrata Fili continuaba cantando:

Adiós, madre mía,
mi teniente Flores
con la vida pagó
todos mis errores...

Rafael nunca pensó meterse de soldado, no le gustaba la milicia ni la pólvora, pero a nosotros, es decir, a los patrones, les gustaba la corte y todos amábamos a la emperatriz. ¿Y quién mejor que ella para ser amada? Nadie tan transparente como Carlota, con su traje blanco como de cisne, igual al de los cisnes que se paseaban en el lago para ofrecerle su retrato. Nunca vimos un peinado semejante al suyo, de seda japonesa de la más fina, ni manos tan melancólicas como sus manos, olorosas a nardo. Hace ya muchas, muchísimas semanas, digamos años, que la emperatriz ya no se pasea por las terrazas de balaustradas blancas y que no contempla los ahuehuetes de copas altas. Y allí sigue con su abanico quieto como una gran concha de mar, abierto en medio de la noche, reflejando a la luna que corre entre las nubes espumosas. Para mirarla hago correr las puertas de los biombos de oro que la ocultan y que ocultan a todos. Me gusta contemplar de cuando en cuando, lo que está oculto entre las luces cegadoras del tiempo redondo que nos envuelve y que nos cubre igual que una copa centelleante. Oigo decir por ahí, a los necios y a los miopes, que cualquier tiempo pasado fue mejor. Ya dije que yo no opino lo mismo, todos los tiempos son mejores porque son el mismo tiempo y yo, colocado en el centro, hago correr las puertas de los biombos de oro y los veo a todos. Lo único que no había visto era a mi persona y la primera vez que me vi, Fili, la olvidadiza ingrata, seguía cantando:

Adiós padre mío
adiós hermanitos
con la vida pago
todos mis delitos...

¿Cuáles fueron los delitos de Rafaelito? Escuchar las palabras zalameras y engañosas de Fili, que hablaba poco, pero bien. Él las escuchaba como si fueran la música de los pasos de la plata y cogió el camino que la voz de la pérfida Fili le indicó. Cuando los varones escuchan a las hembras cometen errores, lo tengo comprobado. ¿Qué acaso el propio emperador no se dejó equivocar por la voz de Carlota, cuando le dijo: "¡Acepta, acepta!"? Entonces, ¿cómo pedirle a Rafaelito que no se dejara equivocar por la voz de campanilla de Fili? Hablaré francamente: una noche oí que Fili le decía al muchacho: "¡Pásate con el emperador!" Rafael abrió sus ojos negros, ladeó la cabeza, se agachó y luego dijo: "¿Ésa es tu voluntad?" "¡Esa misma!", contestó Fili, que siempre fue mandona y mandona murió ya muy ancianita. Rafael golpeó el suelo con un pie y volvió a mirar a la joven: "Ni siquiera entiendo su idioma", respondió. Fili se dio la media vuelta y él la agarró por el hombro. Para no repetirme, diré que tres veces y en distintas ocasiones Fili le ordenó lo mismo y Rafael pasó a formar filas con el emperador. ¡Así fue, yo soy testigo ocular!

Cuando vinieron las horas tristes todos lloraron la muerte de Rafaelito el Traidor. Lo prendieron de noche, junto a un muro de adobe en donde se había parapetado y perdió el color y al rato también perdió la vida. Su sangre esplendorosa salpicó la tierra oscura y él se quedó con los ojos muy abiertos, buscando la mirada de la ingrata que fue su perdición.

Cuando lo supo doña Refugio, llamó a Fili:

—Fusilaron a Rafael —dijo, y se soltó llorando.

—¡Alabado sea Dios y alabado sea el emperador! —contestó Fili.

Ya íbamos de huida cuando lo supimos y la joven no lloró, nada más se quedó mirando a un fresno y al rato se subió al coche de doña Refugio. Ya en el último momento, yo salté a la berlina de don Santiago, pues deseaba correr su misma suerte. Andaban en peligro y yo estaba muy engreído con ellos, aunque yo fuera apolítico y patriota, pero hay que decir las cosas como fueron. La señora Refugio huyó una hora antes que nosotros. Íbamos rumbo a Guanajuato, pues allí había personas pudientes que nos iban a esconder: doña Oralia, doña Francisca y doña Esmeralda. ¡Buenas señoras y muy piadosas! Estábamos espantados, la muerte rondaba los caminos, acechaba en los árboles y hasta el canto de un pajarillo nos enfriaba las entrañas. No es vergüenza tener miedo. Es malo, porque confunde los sentidos y equivoca a las personas. "¡Allí están!", dice uno, y luego no hay nadie. O cuando menos nadie de sus días, pues uno suele toparse con algunos que se asoman desde atrás de los biombos de oro o con algunos que apenas van a colocarse allí, para confundirse con las luces cegadoras. No recuerdo en qué año fue la huida, las fechas son la misma fecha porque en todas andamos escapando de la muerte. Los días son diferentes, los hay bonitos y los hay feos. Para mí, el mejor día es el domingo. No en balde hay el Domingo de Ramos, que es la entrada triunfal por caminos sembrados de polvo de oro y estandartes de palmas de plata pura y luego hay el Domingo de Resurrección, dichoso domingo en el que todos estaremos vestidos con nuestras mejores galas, aunque antes hayan sido peores, para ese día brillarán como alhajas. Hasta ahora no hay ningún cristiano que repudie los ramos y tampoco ningún mortal que repudie la resurrección. Cuando yo resucite quiero encontrarme con un ramo en la mano y con mi cuerpo nuevecito. ¿Hay alguien que se moleste?

"¡No hay ninguno, señor!"

Así se lo dije al protestante de Nueva York, cuando nos vio de arriba para abajo y de abajo para arriba. Debo aclarar que la historia del protestante me ocurrió en otra ocasión, cuando ya los mexicanos se cruzaban el río Bravo y eran pepenados para la deportación. Hay muchos aconteceres y yo he andado en demasiados.

El protestante estaba muy callado y nada más nos miraba. "Nos está mirando la desdicha", me dije y clavé mis ojos en sus antiparras de arillos de oro, su camisa caqui y las pecas de sus manos. "¡Caray, no es fácil ser mexicano, arriesga uno ser traidor, ser escapado de la justicia, ser fusilado, ser bracero y ser deportado!", le dije quedito a la viuda.

Yo ya había cambiado de familia y andaba de ofrecido con una viuda pobre y con su hija huerfanita. Esa tarde, también era calurosa, nos hallábamos en Nueva York y para más señas en el piso catorce, donde está Deportación. Afuera había un chubasco, que no nos mojaba por estar cobijados. De ese lugar, sale uno esposado y bien escoltado, como sucede en México cuando van a fusilarlo a uno. Nos habían acarreado allí con mañas. Las mañas siempre abundaron, sólo que antes eran ilegales. La viuda se agarraba al San Miguel que llevaba colgado al cuello y la pobre huerfanita estaba muy engallada. Para más señas era un Viernes Santo sin heliotropos y las señoras no llevaban luto. Yo quería encontrar una postura digna de las circunstancias y para darme valor, recordé la primera vez que me vi. Entonces, escuché a la huerfanita:

—Usted no se va a llevar a mi mamá amarrada en el fondo de un avión...

Vi correr su llanto y miré con fijeza al protestante.

—Señor, ¿usted no sabe que yo formo parte de la bandera nacional?

El individuo me miró de soslayo, pues un ultraje a la bandera ¡es un ultraje!... y allí en Deportación, volví a vivir mi amistad con la viuda pobre y con Lucía, la huerfanita. Yo estaba impuesto a las casas ricas, como la de doña Refugio, la de don Ignacio, la de don Remigio o la de doña María, que en paz descansen todos, hace ya un buen tiempito en el Panteón Francés, en el que queda por la calzada de la Piedad.

¿Nadie se ha puesto a pensar en ese nombre de la calzada de la Piedad? Yo sí, y sirve mucho. Por eso, cuando supe de labios de la señorita Cecilia que la viuda y la huerfanita se habían ido al "otro lado" solas, buscándose la vida y espantadas, me presenté una noche en su cabaña junto al mar a visitarlas. ¡Qué cuadro!

Era un paisaje solo, apartado del mundo, con caminos bordeados de vallas de rosas blancas, el cielo alto y cruzado por gaviotas, atrás de las rosas se alzaban hileras de acacias que sembraban de pétalos perfumados los senderos que llevaban a la cabaña de madera. En mi búsqueda, me crucé con el silencio y con conejos de rabos cortos y orejas alertas, también hallé a un gato salvaje, que corrió a esconderse en una cochera en ruinas. Quise verlo de cerca y me fui derechito hasta el montón de maderas podridas cubiertas por la madreselva y desde allí descubrí los faros amarillos de sus ojos chisporroteantes. Juzgué prudente alejarme, cuando el animal me dio a entender: "La viuda y la huerfanita me alimentan". Ya andaba yo muy cerca de las hortensias gigantes que tapan la entrada de la cabaña. ¡Nunca creí que tales flores pudieran ser tan grandes ni de reflejos tan color de rosa! En alguna ocasión, cuando don Victoriano Huerta ordenaba sus fusilatas, lo vi caminar a zancadas por el salón de Palacio. Andaba enojado, arreglando las muertes de algunos disconformes y había junto a uno de los balcones un ramo grande de hortensias, que le habían mandado junto con una notita pidiendo gracia para el fusilado. Y digo fusilado, porque ya estaba muerto, aunque todavía no se había dicho y era secreto de Estado. Yo me dije: "¡Caray, tanta flor de tan buen porte en un lugar tan equivocado!" Don Victoriano llamó a un asistente: "¡Llévate esta pendejada!", le dijo. Y el asistente se llevó el ramo. Yo hubiera deseado que lo llevara a los llanos de Tacubaya para adornar la sangre fresquecita del ajusticiado, pero me parece que no fue así y por prudencia no indagué a dónde fue a parar el dicho ramo. En Palacio hay muchos espejos y me vi adentro de ellos, decir que me puse verde, es un decir. Aquel susto recordado no me apartó de la sorpresa que me llevé al ver los colores y el tamaño de las hortensias que tapaban la puerta de la cabaña de la viuda.

En ese lugar apartado del mundo había mucho silencio, demasiado silencio y no me gusta que no haya ningún ruido. Era de noche. Vi que estaba encendida la luz de la cocina, la puerta estaba abierta y en el quicio y sentada en el suelo, la viuda acompañada de la huerfanita, que iba descalza.

—Señora, ¿me regala usted un traguito de agua?

La viuda me dejó entrar a su cocina acompañado de la huerfanita. Ya habían cenado pues en el bote de la basura estaba tirada una lata vacía de frijoles. Me regresé a la puerta y me planté entre la viuda y las hortensias, "la pendejada", como dijo aquel que ya no es y que sigue siendo y que tan triste suerte halló entre los protestantes.

—Pues ¿qué pasó señora?

—Ya sabe usted, que la tinta es perversa —dijo la viuda.

Y así nos fuimos platicando todo. No me presentó sus quejas, quejarse encierra peligros. Pongamos por caso: se queja la mamá de un bracero difunto y corre la tinta y sale que murió apretujado en la cajuela de un camión de carga. ¿Quién se friega? La mamá del difunto, que si traidora a la Patria, que si embustera, que si estafadora. Por eso es más seguro velarlo con sus cuatro cirios comprados a escote, sus aves marías y esperar a que llegue el dichoso Domingo de Resurrección, para que a poderes iguales ajustemos las cuentas, porque en ese domingo no vale que si fuiste ladrón o no lo fuiste, o si fuiste policía, no valen las influencias ni las "mordidas", ni que tú dijiste o que yo dije. ¡Ese domingo todos parejos, los presidentes, los Niños Héroes y las viudas!

—¿Y cómo está allá? —preguntó la viuda.

—¿Allá?... pues como siempre, ya sabe, esperando...

Y así seguimos la plática. A un lado estaba el mar muy tranquilo, de olas chicas y poca espuma, pero retumbaba como las trompetas del juicio final. Es a ese muy famoso juicio al que estamos esperando y ya veremos a cómo nos toca. Entonces, "será el crujir de dientes", leí en alguna Escritura. No hay que desesperar, pues de que llega el juicio, ¡llega!

—Esto está muy solo —dije.

Me contestaron los grillos, las luciérnagas se apagaron y se encendieron muchas veces. Arriba corría la luna por el cielo y de repente vi que se detuvo a lo lejos, para iluminar la otra casa, la del loco, a quien yo todavía no había visto. Como si supiera que la luna lo estaba señalando, el loco abrió su puerta de alambrado verde y salió con su perro de pelambre vieja y orejas gachas. Lo vi venir andando adonde estábamos, cruzando el campo a través de un sendero abierto entre las rosas blancas. Traía pantalones con tirantes y no llevaba camisa. Se puso muy cerca de nosotros.

—Es un inocente —dijo la huerfanita con su voz de hilito y agachó su cuerpo de hebrita blanca.

El loco miraba para todas partes, como si buscara una palabra en medio de aquel silencio perturbador. Algunas veces vi situaciones parecidas en las películas y pensé que como andábamos fuera de México, tal vez sin fijarnos nos habíamos metido en una película de miedo y nos estaban fotografiando. Entonces, me arrimé a las hortensias y me tapé la cara, porque, hablando claro, no me gustan los detectives y es bien sabido que, en un lugar apartado, con una cabaña, muchas flores, el mar junto, la luna corriendo, el loco enfrente y el perro silencioso, siempre hay maleantes y los detectives andan cerca. De reojo miré a la huerfanita y me pareció que ya la había visto en una película del cine Gloria. ¡Famoso cine! Allí, en vida todavía de don Maximino y de don Manuel, dos hermanos y los dos con fuero, estaba yo con una familia muy caprichosa y el niño nada más quería ir todas las tardes a ver *Bambi*. ¡Para que luego digan que no hay diferencias! ¡Siempre las hubo, las hay y las habrá! Para no ir más lejos: ¿es igual *Bambi* que María Félix? ¿Es igual *María Candelaria* que *El Padrino*? Sólo los necios me dirán que sí, pues es sabido desde la infinidad de los tiempos, que en la variedad está el gusto. ¿O qué quieren?, ¿qué vivamos sin gusto? Aunque como se dice: "Hay de todo en la viña del Señor".

La situación era de peligro y tomé mis precauciones. Bajé la voz para darles el mensaje de la señorita Cecilia a la que en México nombran: Ceci. Ella fue la única que supo que iba yo a buscar a las Traidoras a la Patria y antes de salir de México me fui a su casa de las Lomas y esperé agarrado a las rejas de su jardín. Era de noche y yo andaba triste, el cielo estrellado me miraba y de cuando en cuando pasaba algún cochazo por la avenida silenciosa. ¡Caray!, ya dije que aprecio a la belleza. Entonces, ¿cómo no apreciar a la señorita Ceci? Se me presentó en un de repente, rutilante en medio de la noche, igual a la estrella de la mañana, me miró con sus ojos de gacela y su piel de durazno norteño y yo le dije:

—¡Palabra de honor, señorita Ceci, que si el difunto Doroteo Arango, conocido como Francisco Villa, la hubiera visto a usted, hubiera perdonado a su honorable familia y no hubiera hecho la Revolución!

La señorita Ceci movió su cuello de gaviota, dio una vuelta para no enseñar su risa, y su vestido azafranado de una tela como de papelillo y con una mariposa de oro prendida sobre el hombro, giró como una amapola al sol. Agarró su mariposa de oro y me la entregó.

—Lindo, se la das a Lucía la huerfanita, en mi nombre —y se alejó por su jardín umbroso, como se alejan las columnas de oro que aparecen en los sueños.

Encandilado, me quedé junto a las rejas mucho tiempo, pensando en que la belleza es traidora, pues aparece y desaparece sólo para deslumbrarnos, igual que la rutilante señorita Ceci. Para desgracia de la huerfanita y vergüenza mía, la mariposa de oro se me voló en el camino. Sé que las malas lenguas dirán que la llevé al empeño, el Altísimo y el señor Romero de Terreros saben que eso es un falso testimonio y que si se escapó la mariposa de oro, es que andaba muy engreída en el hombro de la señorita Ceci.

Esa primera noche, me despedí de la viuda y de su hijita y no dijimos nada más. Todavía a través de las persianas de sus ventanas vi la silueta de papel blanco y las mechas güeras de la huerfanita. "¡No va a durar!", me dije y recordé sus pies flaquitos como los pescados del lago de Chapala. Yo sabía que andaban huidas, pero con ellas no quise comentarlo. ¿Para qué recordarles que las habían acusado de traidoras? Además, según gentes muy cultivadas, todos los mexicanos somos traidores. Entonces, ¡no era tanta novedad! Cerraron su puerta entablada con una aldaba. La dicha puerta se abría de un empujón y en caso de peligro nadie las escucharía. Me fui a lo oscuro, a observar la situación y me arrimé a un árbol frondoso. Desde allí, vi cuando la viuda y la huerfanita apagaron su luz y sólo se me ocurrió cantarle a la muchachita:

> Cuando yo tenía mis padres
> me vestían de oro y de plata
> y ahora que ya no los tengo
> me visten de hoja de lata.

Siempre me dio tristeza esa canción y ante el recuerdo de la huerfanita no hallé mejores palabras que ésas. En la ciudad de México la había yo visto vestida con trajes de encaje blanco, como un monaguillo, y calzada con chapines blancos y ahora andaba descalza y amparada en esa cabaña junto al mar. Pensaba yo en esos detalles cuando me sobresaltó una linterna sorda que caminaba en lo oscuro encendiéndose y apagándose, como la de un ladrón que busca lo que no es suyo. Me eché a tierra, como lo hice en la batalla de Torreón, y esperé. La linterna rodeó a la cabaña y echó la luz por las ventanas cubiertas de alambrado verde.

"Las están espiando", me dije y me puse en guardia. La huerfanita pegó un grito y la viuda abrió la puerta y salió corriendo a buscar al enemigo. Con su camisón y su cabello delgadito parecía un fantasma. "¡Qué arriesgada, salir en circunstancias tan adversas!", me dije. El intruso se untó a un árbol vecino al que yo ocupaba y escuché su respiración agitada. El camisón blanco de la viuda flotaba y de repente, se me presentó el convento de Churubusco y las tropas de mi general Anaya a las que ni siquiera el fantasma que rondaba los patios de naranjos asustaba. ¡Mi General era muy hombre! y nunca se rindió hasta que le llegó el momento de rendirse. Al sentirme yo tan cerca del intruso le dije: "Si hubiera parque no estaría usted aquí". El hombre de la linterna no me oyó, porque se lo dije en la memoria, pero sintió la presencia mexicana, se volvió para todas partes y se fue corriendo por un sendero lleno de sombras negras. Corrí tras él, lo vi saltar unas trancas, ganar la carretera y subirse a un coche estacionado, que arrancó con los faros apagados.

Regresé a la cabaña oscura y me quedé pensando en lo que buscaba aquel intruso, pues las cosas no suceden de balde. Entonces, juzgué prudente echarle un vistazo a la casa del loco. "Hay muchos detectives que se hacen pasar por locos y éste debe de ser un 'oreja'", me dije con el corazón acongojado por la suerte de la viuda y de la huerfanita. Con cautela me arrimé a su casa. Allí estaba el loco platicando tristemente con su perro.

—Bumper, Bumper, ¿quién juega con la luz?

Estaba sentado en el escalón carcomido de la puerta de su cocina oscura y el perro llamado Bumper movía el rabo y pedía su cena. Era muy viejo, tenía hambre y nadie se ocupaba de su tristeza. ¡Qué desolación en aquella noche oscura y abandonada de la alegría!

—Bumper, Bumper, mira, una estrella, dos estrellas, tres estrellas. ¿Cuántas estrellas cayeron en el campo de Miss Judy?

El perro quería su cena y el loco no se la daba. Vivía solo, triste y abandonado a sus pensamientos, que nadie se ocupaba en conocer. Adentro de su cocina había ollas sin lavar, trapos rotos y platos con restos viejos de comida. El loco y el perro se pusieron a llorar en medio de aquella noche apartada del mundo y de sus placeres.

—Mami, mami, échame una estrella...

No cayó ninguna estrella y el loco continuó llorando. Así, supe que dondequiera hay desdichados. Me le acerqué y contemplé su soledad. Yo no podía socorrerlo, era yo un triste extranjero y él suponía que su dolor me era ajeno. "¡Caray, qué mal trato para un inocente!" El loco estaba vencido y en el mundo así pasó, pasa y pasará. El que gana ¡gana! y el que pierde ¡pierde! Ésta es la triste historia de los pueblos, cambiante, pero pareja. Nadie preguntaba por el loco del lugar apartado que lloraba por su madre, y yo le dije en voz muy fuerte.

—Señor, en México hay muchas estrellas errantes y con algo de suerte le puede tocar alguna. ¿Por qué no se va usted para allá?

El loco movió la cabeza. Yo soy muy compadecido, así me lo enseñaron en la doctrina y saqué un peso de plata del 0.720 de recuerdo de cuando había plata, lo tiré al aire jugando al "águila o sol" y cayó sol junto al perrito Bumper. El loco se precipitó a agarrarlo.

—¡Mami, mami, me echaste un sol! —gritó contento y se metió a su casa con su perro.

El hombre es fácil de engañar y se contenta con muy poco. Cuando vi que el desdichado se acostaba en su catre deshecho, con el 0.720 sobre su almohada y con su perro echado sobre sus pies, me alejé contento.

El intruso de la linterna había huido y sólo me quedaba reconocer el lugar apartado. Para no despertar sospechas, busqué el amparo de un hotel elegante a muchas leguas de la cabaña de la viuda, para pasar el resto de la noche. El hotel era grande, aunque no tanto como algunas casas del Pedregal, pues por allá somos caprichosos y de plano nos hacemos una recámara para cada día del año o de plano dormimos a campo raso o arrimados a la pared de una casa, aunque vengan las autoridades a asustar: "¡Órale, vago, malviviente, vámonos a la comisaría!"

Por la mañana salí a reconocer el terreno y me vi rodeado de casas blancas y campos verdes. Anduve y anduve y entre las acacias, las rosas blancas y las magnolias de hojas acharoladas. Las madreselvas se enredaban en los troncos de los árboles y los perfumes embriagadores me marearon. Tenía yo hambre y me encontré con un campo de fresas y me puse a comer algunas. Estaba yo disfrutando de su jugo, cuando vi a una señora que las andaba pizcando. Detrás de ella venía su marido, un polaco güero y colorado. "¡Pobre Lucía, no va a durar, tiene la sangre muy delgadita!", dijo el hombrón hablando de la huerfanita. "Al rato les llevaré su canastita de fresas", contestó su mujer con voz compadecida. Así, supe que les prestaban su cabaña y que algo de lástima les tenían. Esperé a que se alejaran y seguí mi camino, iba yo sucio de tierra y abatido.

Cuando llegué a la cabaña la encontré vacía. Se me saltó el corazón. "¡Ora sí, ya se las llevó el intruso!", me dije y salí a buscarlas. Recorrí los prados y me acerqué a las rocas que bajaban a la playa abandonada en donde sólo se alimentaban las gaviotas. La playa era larga, tendida hasta los confines de la tierra y no había nadie. Sólo el silencio. Las rosas blancas bajaban por las rocas hasta la arena y algunos lirios morados se asomaban entre ellas. El engañoso mar estaba quieto, no se movía ni para arriba, ni para abajo, ni para atrás, ni para adelante. Pensé que se trataba de un lago azul mezclado con mercurio.

—¿Tú crees que todo se va a arreglar?

Era la voz de la huerfanita, que venía desde los matorrales de rosas. Me agaché sobre las rocas y vi que se había bañado, pues tenía los cabellos y los pies mojados. Su voz sonaba rara en aquella soledad tan peligrosa, pues tanta belleza y tanta soledad daban escalofríos y desconfianza.

—¡Claro que se va a arreglar! El mar es muy bueno y todo está en que tengas voluntad para aliviarte. ¿Rezaste anoche? —preguntó la viuda.

Me quedé sobre las rocas escuchándolas. Así como yo las oía las podía escuchar cualquiera y miré al mar, hasta que su brillo me hizo cerrar los ojos. Es verdad que todo sucede en este mundo en un abrir y cerrar de ojos, porque cuando los abrí ya era de noche y en el agua sólo brillaba el camino de la luna que yo todavía no sé adónde conduce, pero que invita a pasear, como el muy conocido anillo de Saturno. "¡Qué aventureros los que llegaron a la luna!", me dije, con algo de envidia, pues qué más hubiera deseado yo que me invitaran. "A nosotros los mexicanos nunca nos toca lo bueno", me dije dolido. Andaba yo en esos pensamientos, cuando escuché un forcejeo que venía de la cabaña. "¡Órale! ¿Qué pasa?" Cuando llegué corriendo a la casa de la viuda, la puerta estaba abierta, la cocina encendida y sentada en una silla, la huerfanita. Me espanté.

—Niña, ¿dónde está tu mamá?

La huerfanita no respondió. Tenía los ojos muy abiertos y las manos colgantes. "¡Ya se murió!", pensé y volví a preguntarle por su mamá y volvió a no contestarme. Revisé la cabaña y no me quedó ninguna duda de que había pasado algo que yo no comprendía. Me fijé en el hilo del teléfono que estaba cortado con tijeras y por dentro tenía hebras de seda rojas y azules. También vi que las camas estaban hechas. Me acalambré de miedo y regresé junto a la huerfanita, que continuaba con los ojos espantados. Afuera la noche estaba muy cerrada y muy lejos divisé algo como los pantalones del loco y corrí a preguntarle lo sucedido, a su lado estaba Bumper.

—Yo no hablo si mi mami no me da el permiso —me dijo el loco con los ojos abultados por las lágrimas.

El Bumper comenzó a rodearme y a gruñir, para decirme algo que no entendí. Más bien dicho, que entendí tarde, eso del inglés siempre estorba, pues cuando Bumper me jaló por atrás y me di vuelta, vi que dos hombres con gabardina se llevaban a la huerfanita.

—Le repito que se vaya usted a México, ¡allá hay muchas estrellas errantes! —le grité de despedida y corrí y vi que en la cabaña no quedaban huellas de la viuda ni de Lucía, pues los desconocidos habían recogido todo. Corté por un sendero en sombras y alcancé a la huerfanita. En ese triste momento se soltó un chubasco, que deshojó a las rosas y dobló a las acacias. El agua me dio ánimos y alcancé a treparme al automóvil en el que habían metido a la huerfanita.

—Si mañana las busca el polaco, creerá que se fueron solas —dijo el que se puso al volante y más tarde encendió los faros ya en plena carretera.

La huerfanita iba atrás sentada en compañía de dos hombres con gabardina puesta, uno güero y el otro moreno y a éste, me pareció que ya lo había yo visto por Gobernación. ¡Sólo que uno ve tantas caras, que no supe si lo vi en tiempos de don Victoriano Huerta, del general Calles, de don Porfirio o de Ruiz Cortines! Antes, en los tiempos de Santa Anna, que tan mala fama tiene, no andaban tan diestros los pepenadores de mendigos. Quiero decir, que había más libertad para la limosna, aunque ahora haya más limosneros. Parece que según crece el progreso se achica la caridad. No estoy seguro si "contra progreso, caridad o al revés, si contra caridad, progreso". Yo estudié el catecismo mucho antes de la separación de la Iglesia y del Estado y desde entonces creo que ha habido algunos cambios, aunque todo siga igual, pero ¡peor! Lo único que sé, es que ahora el silabario ¡priva! Yo digo que el silabario no contiene todo, por ejemplo: los hombres de la gabardina no sabían que iba a llover, aunque la llevaran puesta, por aquello de esconder las pistolas. En cambio Bumper me avisó del chubasco y de la suerte de la huerfanita y de la viuda, sin que yo se lo pidiera y sólo para prevenir.

La lluvia barría el parabrisas y los hombres se pusieron descontentos ignorando mi alegría. Ya dije que me gusta el agua y en mi tierra hay veces en que me molesta la sequedad del aire. Por eso, uno de mis lugares preferidos es Chapala, aunque digan que sus aguas son traidoras. Allí me pasé unos días acompañando a unos comunistas que se habían ido a esconder, cuando ya la embajadora Kolontay se había ido de México. ¡Vanas son las glorias de este mundo! Vanas y huecas, porque detrás de los biombos de oro y en medio de la luz cegadora están los que se fueron y ya no son, pero que siguen siendo.

Atrás, custodiada y muy silenciosa, iba la huerfanita y aquella lluvia que me gustaba tanto, me dejó triste. Caía sobre el automóvil como un gran llanto y en el camino se formaban arroyos que ahogaban a los pétalos caídos de las rosas y de las acacias. La tierra se llenaba de perfumes de magnolia, esa tierra blanda que le daba tan buen gusto a las fresas de la polaca. Estaba muy oscuro y nosotros íbamos corriendo como si fuéramos ladrones. Yo no podía ver mi reflejo en los charcos que abundaban en la carretera y en los campos. No me importa correr, pero no para cometer tropelías, como era el caso. ¡Qué diferencia con aquella tarde en Guanajuato en que me vi por primera vez en la casa de los Valle! Entonces, andaba yo derrotado, pero ahora sin disparar un balazo, también andaba yo en la derrota y espantado al encontrarme así entre extranjeros. ¡Por qué el extranjero impone al más bragado!

A las cinco de la tarde del día siguiente nos hallábamos en Deportación y afuera seguía lloviendo. La oficina estaba seca y nosotros estábamos de pie frente a un mostrador. Mirándonos las espaldas y sentados en unas butacas como las que hay en los cines, había algunos compatriotas y otros desconocidos ya condenados a la deportación, como nosotros. Sólo que nosotros tres alegábamos con un manco, que se puso un garfio para disimular que no tenía mano. El tal manco nomás se reía del río de lágrimas de la huerfanita. Junto a él estaba otro individuo alto y flaco, con una uña muy larga en el dedo meñique, como se la dejan crecer algunos peluqueros en la ciudad de Tampico. La viuda no decía nada, ni siquiera cuando apareció el protestante con sus antiparras de oro y su camisa caqui. Era Viernes Santo y nadie andaba de luto. "Muy pronto llegará el Domingo de Resurrección", dije mirando al protestante y me acerqué a la viuda y murmuré en un momento dado:

—¡Verde es la esperanza amada y verde es el manto de la Virgen de Guadalupe, patrona de los desamparados!

La viuda se volvió a agarrar a san Miguel y fue en ese momento justo, cuando sentí que alguien nos estaba mirando y me volví, sólo para descubrir que sentada en una butaca de cine estaba una señora desconocida, grandota, güera y un poco calva de la cabeza y de los ojos. Llevaba medias moradas y un portafolio negro. Así, a la luz de la tarde que se filtraba por los vidrios empapados de las ventanas, daba miedo. Era de esas gentes que más vale ver de noche y si se puede, más vale no verlas nunca. Ahí estaba sentada, mirándonos con sus manos huesudas y su piel de cuero de lámpara apagada. Afuera seguía lloviendo y miré al agua que resbalaba con alegría, pues la vista de la señora de párpados de venitas rojas y ojos grandes como huevos azules, me enfrió la sangre. Calzaba botines grises y tenía las piernas cruzadas. Supe que odiaba a la viuda y a la huerfanita, que seguía llorando.

—No me conmueven sus lágrimas de cocodrilo —dijo el protestante.

"¡Ora sí, lágrimas de cocodrilo!", me dije y las lágrimas de la huerfanita crecieron y los compatriotas sentados en las butacas, comenzaron a llorar también por la triste suerte de Lucía. La viuda sacó un espejito de su bolso.

—¡No llores! Mira qué cara se te ha puesto —le dijo con severidad.

Comprendí que prefería que la esposaran y la metieran en el fondo del avión con los otros deportados, que mendigarle al protestante.

La huerfanita no obedeció a su madre y siguió llorando con lágrimas cada vez más grandes. Los compatriotas la acompañaron en su llanto, sólo que sus lágrimas eran más saladas porque eran lágrimas de hombre.

—¡Es la histeria latina! —dijo la señora de las medias moradas y los botines grises desde su butaca.

¡Caray!, eso sí que me dio coraje. Y aunque fuera la misma Muerte, no era todopoderosa y mucho me hubiera complacido verla del "otro lado", en mi tierra y en nuestra misma situación. Los compatriotas ni siquiera escucharon sus palabras y sus lágrimas continuaron corriendo junto con las de la huerfanita.

—Muchachita, obedece a tu mamá, mírate en el espejo —le dije esperanzado.

La huerfanita agarró el espejito y al mirarse lo inundó con sus lágrimas y con las de los compatriotas que lloraban por ella. Se vio borrada en aquel estanque chiquito que llevaba su madre guardado adentro de su bolso y la primera que se fue por ese lago, fue Lucía, después empujé a la viuda que ya se andaba ahogando y el último en salir de Deportación fui yo. Debo decir que actuamos con presteza. En seguida nos hallamos en el río Hudson y de allí pasamos a los lujosos espejos del Hotel Waldorf en el que sólo de pasada vimos que se celebraban cinco banquetes al mismo tiempo, después llegamos al espejo de una señora que se estaba depilando las cejas y ya de allí en adelante el viaje fue más rápido y sin tropiezos, y salimos con bien a la casa de doña Gabriela que preparaba su lección de español. Al vernos se levantó muy feliz.

—¡Qué alegría! ¡Qué alegría! Las pensé perdidas... —y abrazó a las dos y las besó. Debo aclarar que doña Gabriela nació un 29 de septiembre, que es un día muy señalado y no cualquiera nace en ese día. Por eso, como a la viuda y a la huerfanita, le falta un huesito de la mano, una señal que pocos tienen. Doña Gabriela nos llevó a su cocina, porque estábamos empapados. Me gustó su cocina, olía a especias y tenía una estufa de campana. Su mesa, colocada cerca de la puerta, estaba cubierta por un mantel a cuadros rojos y blancos. Todo relucía de limpio y después de tantos avatares, me volví a sentir yo mismo, allí, en la relumbrante cocina, asegurado contra los perversos que nos perseguían. Doña Gabriela preparó un café muy perfumado. Hablaba como siempre: cantando, con su deje de la mentada América Latina. Bebimos el café y comimos pan con jamón y me quedé muy quieto, pensando en la dicha de tener amigos. Luego me fui a echar un vistazo a su salón lleno de libros. ¡Caray!, de verdad que si tuviera tiempo me dedicaría a la lectura, pero siempre ando muy ocupado con mis compatriotas, que nunca dejaron, ni dejan, ni dejarán de meterse en camisa de once varas. Allí en el salón de doña Gabriela recordé que una de mis últimas lecturas fue la de don Ricardo Palma, que por cierto fotografiaba muy bien y que aunque nunca fue mexicano, llegó a ser muy nombrado.

Volví a la cocina y repetí el café de doña Gabriela, que despide un aroma muy especial, muy de café muy perfumado y los cuatro muy felices comenzamos a reír y nos fuimos al salón de los libros a esperar la llegada de don Haroldo, el marido de la señora, y a recordar al protestante con sus antiparras de arillos de oro. Temprano, llegó don Haroldo, muy alto con su bulto de libros bajo el brazo y su eterno gusto por la risa y se sentó a beber café, mientras escuchaba y decía:

—¡Es fabuloso! ¡Es fabuloso!

De repente me miró como asustado, como con sorpresa, tal vez porque estaba yo en el centro del salón mirándolos a todos y en mi actitud prominente, tal y como deseo que si alguna vez la justicia es justicia, me fabrique mi estatua, sólo que todavía no decido en qué plaza quiero que la pongan sobre un pedestal más alto que el de doña Josefa, la Corregidora. Yo no dije nada, preferí mirar las mejillas de doña Gabriela, llenas de soles muy chiquititos. Ella no dijo nada. En cambio la viuda y la huerfanita dijeron al mismo tiempo:

—¡Mira, Haroldo, es un compatriota! ¡El mejor de todos! Cuida a los descarriados y se ocupa de los que andan en la desgracia.

Me sentí halagado, no por vanidad, sino porque cuando lo cierto es reconocido, siempre se regocija uno por muy modesto que se sienta. Don Haroldo las miró y luego volvió a mirarme con bastante simpatía.

—¡Pero miren lo que nos trajo la lluvia! Es increíble, pues por aquí no hay jardines. ¡Qué verde más bonito tiene y qué chiquito es! —dijo mirándome y olvidando que desde su ventana se mira toda la anchura del río Hudson.

Me dio gusto no haber perdido mi hermoso color de hoja tierna. Siempre me gustaron las hojas de los mastuerzos y con ellas suelo compararme cuando no ando perseguido, ni en malos pasos, cosa que no siempre me sucede a pesar de mi buena voluntad para ser el mejor de los ciudadanos mexicanos. No deseo alabarme ni cantar mis glorias, pero yo me he paseado por todo México y conozco sus jardines, su historia patria, de la que he sido testigo ocular, como ya se los dije, sus estanques, sus lagos, sus desiertos, y sus muy altos montes, así como sus ríos y sus espejos. Los hay con guirnaldas de oro y los hay con el retrato del padre Pro, sobre sus tapas. Eso no quita que conozca también a sus pecados, a sus tiranos, a sus muy famosas torres, a sus próceres, a sus mercados, a la Cámara de Diputados, y a la bandera nacional, siempre gloriosa, y en la cual me integro los días 15 de septiembre, cuando la ondulan en el balcón del Palacio Nacional y repican las campanas de Dolores, que no es más que una. No digan que es vanidad, sé que soy muy glorioso, muy imperecedero y también muy compasivo, por eso me meto en donde no me llaman y me necesitan. Estaba yo pensando en mi brillante color y en mi vida impoluta, cuando escuché a la huerfanita.

—¡Haroldo, se llama Dimas! Se bajó de la cruz en el día de hoy, el Viernes Santo, hace casi dos mil años, para ayudar a los mexicanos.

Me halagaron las palabras de la huerfanita, pero no es verdad que yo soy aquel que estuvo en la cruz en el Viernes Santo, aunque me llame como él y en algo me le parezca y trate de emularlo. Pero, ¿cómo iba yo a contradecir a la huerfanita? Es malo quitarle la ilusión y la esperanza a un inocente y no sería yo el que lo hiciera y menos en el santísimo viernes, día tan señalado.

—¡Ah!... es un sapito mexicano. ¡Qué simpático, qué chiquito, qué verde, parece una hoja de tilo, hay que premiar su heroicidad, ejemplo de los hombres y gloria de los héroes más destacados! —dijo don Haroldo.

Se levantó, tiró su gorra al aire, se comió su tostada con mucha prisa y corrió a su cuarto de baño. Me llenó la bañera de agua fresca: "Debe de estar cansado", dijo. La huerfanita me puso en la palma de su mano, yo hice una pirueta más graciosa de la que hice la primera vez que me vi en la casa de los Valle; y me tiré un clavado ¡perfecto!... No supe hasta dónde llegué, pues amanecí en Durango, cerca de unos muchachos mineros, con la cara llena de tierra que se precipitaron a darme la bienvenida:

—¡Dimas, te estábamos esperando! Tú sabes, mano, que andamos muy revueltos y tenemos que escaparnos... Yo dije: "¡Ave María y que me perdone la señorita Ceci!"

El mentiroso

A Tomás Córdoba

El camión Flecha Roja iba muy aprisa cruzando campos verdes. Cuando se detuvo junto a unos árboles le dije a mi mamá: "Voy a hacer de las aguas", y ella dijo: "Ve".

Caminé el pasillo del camión y los pasajeros me vieron muy enojados, noté que se les torcía la boca. Por eso me fui lejos, no quería yo que vieran que iba a hacer mi necesidad. Busqué un árbol que me cubriera, pero ninguno me dio seguridad y me bajé a una hondonada desde la que ya no vi al Flecha Roja. Me quité mi sombrero nuevo y luego con mi pie puse tierra en el charquito. Yo, al igual que todos, uso huaraches, cuando me va bien y ya sé que nunca tendré el gozo de ponerme unos zapatos. En el camión sólo el chofer llevaba zapatos. ¡Bien que me fijé! Digo yo que ha de ser muy rico. Cuando busqué al Flecha Roja se había desaparecido. Si cosas más grandes como las ciudades se esfuman, ¡cuanto más un Flecha Roja! No quise asustarme, aunque algo me dijo que era peligroso estar solo en esa carretera y me quedé mirando la mañana fresquecita perdida en la mitad del campo y vi que la mañana era redonda. Si miraba de frente la veía curva y si daba la vuelta completa era redonda y encerrada entre montes. Fue entonces cuando me pareció que iba yo a espantarme, pero oí cantar a las chicharras y zumbar a las avispas y si no fuera por el pájaro ese, que cantó más alto, no me hubiera asustado. El pájaro me gritó:

—¡Tontototototó!

No me dio lugar a contestarle porque en seguida cantó:

—¡Solitotototó!

Y algo como la mano del muerto me agarró la garganta y el pájaro me avisó:

—¡Correteteteté!

Disimulé que escuché su aviso, me quedé quieto, luego di unos pasitos y de repente me eché a correr. Y corrí y corrí junto a campos verdes en donde no había ni señas de un Flecha Roja. Corriendo llegué a unas afueras de una ciudad de casas medio amarillas y medio anaranjadas y me dije: "Ando viendo el mundo". Pero me metí por una calle larga y me salí del mundo. "¡Ora sí, ya me salí del mundo!", y caminé con los ojos bajos por esa calle larga. Apenas me atrevía yo a ver las ventanas cerradas de sus casas. En seguida pasé junto a una iglesia con dos torres y como católico apostólico que siempre fui y que soy, me persigné, pero no salió nadie. Al ratito pasé junto a otra iglesia con una sola torre y me volví a persignar, pero no salió nadie. "Nadie vive aquí", me dije.

Por una esquina se asomó un perrito amarillo muy alegre que se me quedó mirando. "Ni un cristiano", dije, y agradecí la presencia del perrito, que era muy buena gente porque se vino corriendo junto a mí moviendo el rabo y detrás de él vinieron muchos perros, todos ¡bien pobres! Unos eran amarillos, otros grises, otros con manchitas blancas y otros muy negros. Todos me rodearon y saltaron de gusto. "Se salieron del mundo para librarse de las pedrizas", me dije y caminé con ellos, que me hacían ruedo. Llegamos a una plaza grande con una iglesia muy grande, me gustó el atrio y sus rejas abiertas y me metí allí con los perritos. "Es la parroquia", me dijo el perro amarillo. Los espanté con mi sombrero porque sé que los perros sólo entran a la iglesia el día de la bendición. Les estaba yo diciendo eso, cuando las campanas se echaron a vuelo, vi sus torres y no había campanero, me espanté y los perros se quedaron quietos. Me santigüé, y salí del atrio atronado por los campanazos sin campanero.

Llegué hasta otra plaza grande, amarilla, como de polvo de oro y con sus kioscos de encaje para los músicos. En la plaza hay prados marchitos y unos pilares de piedra o de azúcar quemada, no estoy seguro. Al fondo de la plaza hay otros dos atrios y otras dos iglesias con sus rejas despintadas. El muro de un atrio es de piedra, con pilares. "¡San Francisco!", me dijo el perrito amarillo. ¡Yo nunca he visto unos atrios tan grandes, en ellos caben todos los pueblos! Atrás del muro de pilares hay dos iglesias más, ¡caray, ya no puedo contarlas porque sólo sé contar hasta el cinco!, y avancé sigiloso. "En todo el mundo no hay un atrio tan grande como éste", pensé y me acordé de que no andaba yo en el mundo.

Me puse frente a la misma puerta de San Francisco, y era tan grande que ningún hombre la abriría jamás y me fui a la iglesia de junto: "Es la Capilla Real", me dijo el perrito, y rodeamos el muro pegaditos a él y nos fuimos deteniendo en las tumbas que están en el muro. Alcé los ojos para ver el final de los contrafuertes, pero no tenían fin... ¡Qué bonitas son las tumbas de los santos! Allí están todas, pero los santos andan sueltos.

La puerta de la Capilla Real estaba medio abierta, la empujé y dio un quejido, la empujé más y abrí una buena rendija y me metí.

Había una algarabía de pájaros, remolinos de pájaros y muchas, muchas cúpulas amarillas y un boscaje espeso de columnas blancas. No es una iglesia cualquiera, tiene muchas naves, yo alcancé a contar cinco, pero tiene más. Estaba yo quieto, en medio de los remolinos de pájaros y las columnas blancas cuando oí el quejido de una puertecita y por allí salió una viejecita con sus trenzas y su rebozo. Me quise esconder, pero no hay altares y los pájaros anidan arriba de las columnas. La viejecita se me acercó:

—¿En dónde ando, señora?...

—En Cholula, en la Capilla Real que tiene cuarenta y nueve cúpulas —me dijo.

—Ya vi muchas capillas —le dije.

—Aquí hay trescientas sesenta y cinco iglesias, aquí Dios tiene una casa para cada día del año —me dijo en secreto.

—¿Y tantísimo pájaro?... —le pregunté.

—Aquí viven estos pajaritos.

—Y usted... ¿quién es?

—Rita... —me contestó.

La vi que se iba caminando entre los remolinos de pájaros y yo me fui tras ella pensando que en su ciudad Dios es tan rico que les regaló una de sus casas a los pájaros. Todo eso me lo dijo santa Rita, que también vive allí y que me dio buen trato. Sólo hay un altarcito de madera, con una escalera muy chiquita y sus barandalitos de madera, está cerca de una pared y es tan chiquitito para que en él recen los pájaros. Santa Rita me llevó a la puerta por la que se apareció y supe que daba a la torre. "Sube para que veas desde arriba todas las casas de Dios", me dijo. Subimos a la azotea de la iglesia y vimos sus cuarenta y nueve cúpulas saliendo como huevos grandísimos en el techo y también el cielo muy azul, con unas plumitas de nubes, su aire fresco y muy azul y muchas, muchas torres y cúpulas de todas las iglesias que hay allí. Nos quedamos viendo esa mañana del otro mundo y luego santa Rita me acompañó a la puerta de la Capilla Real y volví a encontrarme en el atrio, donde hay una cruz tan grande como un árbol y echados a su sombra, los perritos que se pusieron contentos de volver a verme. Así fue como se me apareció y se me desapareció santa Rita, que vive sola en esa torre y sólo baja de ella para rezar con los pajaritos.

Me fui al atrio de San Francisco, donde está el panteón, con sus losas de piedra, sus cruces, sus guirnaldas y sus escrituras, todas de piedra buena, pues son las tumbas de los reyes magos y de otros reyes también muy esplendorosos. Todo estaba quieto, no había ni un ruido y me senté en una tumba a esperar. A los dos lados había tapias y cada una tenía una puerta chiquita con rejas y las dos estaban entreabiertas. Las dos puertas dan al cielo y la iglesia queda atrás sobre una loma. Estaba yo mirándolas, ¿y qué vi? A un niño como yo que se asomó por la puerta de la izquierda y me miró. Era igual a mí pero no era yo y cuando se esfumó, me levanté y caminé de puntitas hasta la puerta de rejas y me asomé y vi que abajo había una callecita y un montón de paja y sobre la paja estaba echado el otro niño y nos volvimos a mirar sin decirnos nada. Me retiré con mucho sigilo, me fui al atrio y quise abrir la puerta de la iglesia.

—Está quemada... —me dijo la voz del niño atrás de mí.

Me di un tiempito antes de hacerle frente y nomás me di la vuelta y le pregunté:

—¿Y tú quién eres? ¿Cómo te llamas?

—Facundo Cielo —me contestó.

Y se fue a la puerta principal de la iglesia y yo caminé detrás de él. Arriba de esa puerta hay un balcón con su barandal de piedra para que se asome Dios a vernos. Facundo Cielo empujó la puerta y se metió y yo hice lo mismo sólo para encontrarme en un cuarto de piedra ruinosa. De allí salimos a un patio chico de piedra y con bancas también de piedra. Ese patio está encerrado por muros muy altos y una escalera de piedra y abajo de la escalera hay montones de sillas viejas y de santos. Facundo agarró el brazo de un santo con la manga de su traje en grana y oro y con él apuntó para arriba. "Lo quemaron", me dijo.

—¿Quién lo quemó? —pregunté muy asustado.

—¡Quién sabe!... dicen que fue en los tiempos en los que Judas anduvo suelto en compañía de los judíos, pero ya se fue...

Me dijo y comenzó a subir la escalera y llegamos al balcón y divisamos el patio. De allí, Facundo Cielo agarró otra escalera más tortuosa, me dio miedo, pero seguí subiendo la escalera de la torre hasta que salimos a la azotea, que también daba al cielo. Facundo se trepó por la cúpula y yo con él y nos agarramos a una ventanita para ver cómo estaba la iglesia por dentro: toda blanca, con andamios y trapos con cal, los altares eran blancos, yo digo que los estarían enyesando, pero no había nadie. Me preguntaba yo quién haría el trabajo, cuando sentí que me miraban y me decían: "¡Intruso!", y levanté mis ojos al techo de la cúpula y allí vi a una guirnalda de angelitos de oro que me miraban muy enojados con sus ojos negros. Me bajé de un resbalón y casi me mato.

—Ya se enojaron los ángeles —le dije a Facundo.

Y regresamos a la escalera de la torre, llegamos al balcón de Dios, cogimos la otra escalera y bajamos al patio donde se halla el brazo del santo que quemó Judas. "A lo mejor me confundieron con el Judas", pensé, mientras nos encaminamos al atrio, donde están las tumbas de los reyes magos. Facundo Cielo se sentó sobre los escalones.

—¿No vienes conmigo? —le pregunté, consolado por su compañía.

—No puedo cruzar la calle —me dijo y se quedó sentado.

Yo me fui con los perritos que me estaban esperando y se pusieron muy contentos al verme. Caminamos sin gusto y nos topamos con otra iglesia cerrada. "Es Santa María Tonantzintla", me dijo el perrito amarillo, que es ¡bien bueno! Tan bueno, que hasta llegué a pensar que era mi ángel de la guarda. Entonces, me acordé de Facundo Cielo y de sus palabras: "Dios se enojó y dejó que Judas quemara esta casa suya, pero no le importa, al fin que le quedan muchas". Crucé el atrio y empujé la puerta y apenas entré en Santa María me quedé atarantado de tanto resplandor y de tantos colores como el arco iris. Miles de ángeles chiquitos me miraron desde las paredes cubiertas de columnitas con mujeres iguales a las flores, que también me miraron. Yo vi que unas iban a bailar y otras iban a volar, mientras que las otras se quedaron quietas. Todas llevaban guirnaldas de flores perfumadas y entre tanta flor menuda, tanta virgen vestida de rosa, de azul o de amarillo que comenzaron a reír al verme, perdí el miedo y supe que estaba en la gloria, en la casa de las once mil vírgenes, que dijeron contentas: "Mira a este indito"... "Mira qué chiquito", y revolotearon a mi alrededor y regresaron a sus columnitas. Los ángeles más chicos que ellas volaron como mariposas de oro y se quedaron quietos cuando oímos que echaban un cerrojo. "¡Ya estaría de Dios que me quedara yo entre las once mil vírgenes!", pensé. Pero una de ellas dio un volido y se puso a caminar frente a mí, ¡era muy chica!, apenas me alcanzaba a la mitad de la pantorrilla. La Virgen me llevó a otra puerta, le di las gracias y la crucé bien triste. Me hallé en un patio de piedra cerrado, atrás también había una escalera. En el centro del patio está una mesa de pino y a su alrededor y sentados en sillas de tule hay doce ancianitos. Sus sombreros de petate están en el suelo. Estaban pensativos y tristes y uno de ellos tenía el papel en la mano. Otro ancianito levantó un dedo y luego lo levantaron todos y el que tenía el papel apuntó algo: "¡Judas!" Yo no sé leer, ¿pero qué otra cosa podían apuntar los doce apóstoles que acababan de saber que entre ellos andaba Judas? No me gusta ver lo que no debo y me fui de puntitas y me hallé en una calle con cercas de nopales. En la esquina estaba Facundo Cielo, que al verme se escondió y yo enojado, me alejé de las Once Mil Vírgenes y de los Doce Apóstoles, que ahora ya son ancianitos o a lo mejor siempre lo fueron, eso no se lo he preguntado al señor cura.

Los perritos me llevaron a una colina con escaleras que la van rodeando y comenzamos a subir al "Santuario" hasta que llegamos al atrio y a sus terrazas, desde donde vi el Valle de los Olivos, muy brillante, con mucha luz azul, muy redondo. Desde allí sólo se ven las cúpulas y las torres de las casas de Dios y el sol está justo en el centro del cielo para que todo resplandezca. Rodeamos a la iglesia y dimos con la sacristía en donde Marta y María planchaban los vestidos de Dios y de los santos. Casi no alcancé a ver sus ribetes de oro, porque una de las dos hermanas medio se enojó y me bajé corriendo por las escaleras que rodean a la colina. Los perritos me siguieron sin ladrar y en eso comenzó a sonar el teponaztle para avisar de mi presencia. Cada golpe llenaba el valle y, para más seguridad, abandoné las escaleras y corté derecho entre las matas de la colina. Pero los golpazos del teponaztle no paraban y me metí por una puerta abierta en la ladera. Esa puerta era distinta y allí hay una silla vacía. Me metí y me hallé dentro del monte. ¡Caray!, yo no sabía que adentro de los montes hay pasillos muy largos, muy oscuros, de piedra mojada. No podía correr en lo oscuro y sólo a veces hallaba un foquito encendido. ¡Adivinar quién los puso! Ese pasillo oscuro se abre en muchos pasillos y unos suben y otros bajan. Me perdí adentro de la montaña y de repente me quedé quieto, porque me seguían los pasos de un gigante: ¡Pam! ¡Pam! ¡Pam! Apreté el paso, y los pasos también. Me espanté y corrí a riesgo de matarme contra las paredes de piedra mojada y los pasos corrieron detrás de mí, entonces me detuve y tamaña manaza cayó sobre mí y una voz de campana me dijo:

—¿Qué haces aquí?

No me atrevía a dar la vuelta para ver la cara de aquel enemigo y sólo le pregunté:

—¿Quién eres?

—¿Yo?... soy Hombre, soy cholulteca —contestó con su voz campanuda.

—¿Dónde ando? —le pregunté sin dejar de temblar.

—Adentro de la pirámide de los Antiguos —me contestó la voz.

—¿Los Antiguos?... ¿Y dónde andan los Antiguos? —le pregunté sin verlo.

—Los Antiguos ya se murieron —me dijo la voz.

—¿Y tú?... —le pregunté a la voz y a la mano que me tenía agarrado por el hombro.

—Yo la cuido. ¿Quieres verla? ¡Ven!

Me agarró de la mano y me llevó por unos pasillos oscuros que nunca terminan. Era el Hombre, y a ratitos sacaba una linterna y la alumbraba y a ratitos la escondía.

—Pinturas de los Antiguos —me dijo echando su linterna sobre una pared medio mojada en la que sólo alcancé a ver unas manchas como de sangre y comencé a temblar de nuevo.

—Están bonitas —dije, pero no vi nada, los ojos los tenía empañados.

El Hombre me sacó a una terraza en donde había día. La terraza es de piedra y vi que el Hombre llevaba una carabina.

—Mira las tumbas, las tumbas de los Antiguos —me dijo y se empinó sobre una tumba abierta llena de huesos y me los fue enseñando.

—¡El rey!... ¡La reina!... y su perrito —me dijo.

Y vi a los dos muertos sin carne, en puros huesos, acostados junto a un perrito también muerto, sin carne, en puros huesos. Me espanté y vi que los perritos me estaban esperando entre los matorrales, seguro que no deseaban que el Hombre los matara con su carabina. Yo pregunté:

—¿Y el niño?...

—¿Qué niño?... ¡Ah!, es verdad que falta —me dijo y me miró con sus ojos negros y se soltó una carcajada.

Noté sus intenciones de meterme en la tumba de los Antiguos y comencé a temblar más fuerte y el Hombre comenzó a reír más fuerte también. Entonces, volvió a sonar el teponaztle: "¡Óilo!", me dijo el Hombre pero yo me eché a correr por la ladera, seguido de los perritos, que también iban huyendo. Llegamos abajo, atrás del "Santuario", íbamos muy asustados porque habíamos visto al Hombre, al único que vive allí escondido adentro de la montaña. Nos hallamos en una calle con un edificio enfrente que no parecía iglesia. Su puerta estaba abierta y los perritos y yo entramos, ellos se quedaron entre unos montones de ropa blanca y yo anduve husmeando. Pasé frente a una cocina en la que había ollas muy enormes, más bien peroles, que me recordaron aquello del infierno. "No vaya a ser que el Hombre me haya empujado al mero infierno", pensé y crucé un cancel de vidrios y me topé con un patio cuadrado con corredores de barandales de hierro. En el centro había prados secos y una fuente seca. Sentado en una banca de hierro estaba ¡él! Lleva unos pantalones grises con rayitas, un chaleco blanco con hilos de plata, una corbata negra, una chaqueta negra y una maleta negra llena de papeles. No me miró, estaba viendo el día, muy aburrido, con la boca triste y los ojos colorados. En la banca de enfrente estaba otro señor, vestido de gris y con el pelo muy largo. El señor marcaba números de teléfono y hablaba muy ocupado: "¿Bueno?... ¿bueno?... ¿bueno?... sí, aquí la Agencia Universal de Regalos... sí, Feria de Chicago... digo, Chi-ca-go", hablaba mucho por teléfono, sólo que no había teléfono, o a lo mejor era invisible, así suele suceder fuera del mundo. Estaba yo pensando en el teléfono invisible cuando ¡él! me vio, saltó, agarró su maleta y vino corriendo. Es muy grande. Se puso frente a mí y gritó:

—¡Un niño pobre! —y abrió su maleta y sacó muchos papeles de colores y un lápiz. Se agachó y me preguntó con buena voz:

—Niñito, ¿qué quieres que te regale? ¿Un circo? ¿Un león? ¿Una plaza de toros? ¿Un árbol?

La verdad no supe qué escoger y nomás lo miré muy agradecido y ¡él! me dijo:

—¿Cómo te llamas, pequeño amigo mío?

—Carmelo... —le dije, porque así me llamo.

Y ¡él! se puso a escribir sus papeles de colores muy aprisa, luego levantó la cabeza, se pasó la mano por el pelo, miró a una nube y dijo:

—Carmelo... bonito nombre. ¡Carmelo, yo soy el Rey del Mundo! Mira, ése es mi secretario —y señaló al señor del teléfono. Yo dije: "¡Ah!" y entonces ¡él! me preguntó:

—Mira ese árbol. ¿De qué color es?

Yo vi al eucalipto que me señalaba, lleno de polvo y contesté:

—Pues es verde, señor Rey del Mundo.

—Por mi voluntad, por la voluntad del Rey del Mundo, es... ¡rosa! —ordenó.

Y el eucalipto se volvió todo de color de rosa: su tronco, sus ramas y sus hojas.

—Sí... es rosa —dije.

Y el Rey del Mundo se puso a escribir en sus papeles y me dio muchas tiritas azules, verdes, amarillas, violetas, rosas. Yo agarraba las tiras de papel sin dejar de ver al árbol rosa, pues la verdad nunca he visto a ningún árbol de ese color. El Rey del Mundo a cada tirita de papel que me daba me decía:

—Aquí tienes: un circo, un león, una carroza, un galgo, una plaza de toros, una bailarina, un cañón, un general, un arco iris, una estrella, una pelota, una lagartija mágica, un libro...

Y mientras me iba regalando tantas cosas, en el árbol de color de rosa aparecía colgada una jaulita de oro muy preciosa y yo seguía recibiendo tiritas de regalos y el árbol se seguía cubriendo de jaulitas de oro.

—Una guitarra, un patín del diablo, un mar, una bicicleta, una fábrica de dulces y un... ¡avión! Y ahora, Carmelo, huye, huye, no te vayan a robar tus tesoros —me dijo.

Guardé mis papelitos entre mi camisa y mi pecho y seguí el rumbo que apuntaba el brazo del Rey del Mundo, que no se parecía al brazo del santo, y me fui corriendo. Aquí traigo todos sus regalos. Allí vive el Rey del Mundo en compañía de Dios, de las Once Mil Vírgenes, de los Apóstoles y de todos los Santos. Corrí y llegué al fondo del patio y me hallé con otra puerta y la crucé y entré en una huerta con su hortaliza. Había coles, zanahorias, perejil, lechugas y vi que ya no me acompañaban los perritos y que se estaba poniendo el sol y los surcos con las coles estaban oscuros, pero doraditos. En la huerta sólo había un curita recogiendo lechugas. Sintió mi presencia, se enderezó y con las lechugas en las manos vino adonde yo estaba. No era cura, porque iba vestido de santo, con su túnica y su cordón amarrado a la cintura y me quedé muy lleno de respeto al verlo. El sol le hacía más grande su aureola de rayos de oro que iluminaba la huerta. El santo me dijo:

—Hijito, ¿qué haces en esta casa de orates?

Aunque creo que dijo de "orantes". Yo le dije: "Estuve con el Rey del Mundo. ¿Y tú quién eres?" Le hablé de tú, porque un santo nunca da miedo.

—El hermano José —me contestó.

Y así supe que me hallaba yo en la presencia de san José, el mismo que amparó a la Virgen y a Nuestro Señor Jesucristo y a mí, Carmelo Calzada. San José me dijo: "Te llevaré al Flecha Roja para que regreses a tu casa". Me cogió de la mano, me sacó de la casa de los orantes, porque oran mucho, y me llevó por la misma calle larga por la que me salí del mundo, hasta que llegamos a una parada del Flecha Roja. Antes no había ningún Flecha Roja, pero san José lo puso para que yo llegara a mi casa y ahora que llego, usted papá, nomás me grita y me mira enojado. Veo su enojo a la luz de la vela y mi mamá ya me dijo perverso y no me permiten acostarme en el petate. "¡Mentiroso! ¡Mentiroso!", me gritó usted papá, porque me salí del mundo y luego ordenó:

—¡Vete a ese rincón! ¡Híncate! Pon los brazos en cruz y pídele a Dios que te perdone tantísimas mentiras como has dicho esta triste noche en la que te esperamos sin esperanzas de volver a hallarte.

Y aquí estoy en el rincón, viendo mi sombra sobre la pared de adobe, con las rodillas y los brazos muy cansados, con mis tiritas de regalos tiradas en el suelo, oyendo cómo roncan mis padres, mientras yo estoy crucificado sólo porque vi las trescientas sesenta y cinco casas de Dios, vi a Marta y a María planchándole sus vestidos, vi a Santa Rita, a los remolinos de pájaros, a su altarcito para que recen, vi a las Once Mil Vírgenes todas chiquititas, cubiertas de flores sonrosadas, vi al Rey del Mundo que tuvo la atención de hacerme tantos regalos, vi al Hombre, escondido en el cerro con su carabina y que sólo sale para ver los huesos de los muertos Antiguos, que ahora me parece que él mismo los mató, vi a los Apóstoles y si no vi a Judas es porque ya se había huido y vi a san José... ¡Y aunque les pese, los vi y los vi y los vi!... Papá, no apague la vela. ¡Ya la apagó! Papá, no me diga mentiroso, porque los vi, los vi y los vi... por eso ahora estoy crucificado en este rincón oscuro...

Andamos huyendo Lola

Aube y Karin se sintieron dichosas. Habían abandonado el establo de Connecticut en el que vivieron los dos últimos años y ahora terminaban de instalarse en un estudio de muros blancos y alfombras verdes. Un verde césped que les recordaba el campo en sus mejores días. Estaban en Nueva York y Karin seguiría los antiguos pasos de su madre y se convertiría en una hermosa modelo. La ciudad ofrecía todas las oportunidades, no importaban los drogados y las prostitutas. ¡Habían empezado con suerte! En el periódico leyeron el aviso: "Viva un mes gratis en el mejor barrio". ¡Y era verdad! El estudio estaba situado a unos pasos de Park Avenue y dentro de una antigua casa de tabique remodelada en estudios pequeños y acogedores. El dueño, el loco de Soffer, regalaba un mes de alquiler y a pesar de ello el pequeño edificio permanecía vacío, como si alguien le hubiera lanzado un maleficio.

El estudio de Aube y Karin tenía dos ventanas a la calle y ellas veían caer la nieve no sin cierta melancolía, aunque ninguna de las dos era dada al pesimismo o a la tristeza. Triunfarían. Estaban convencidas. Sus enseres se reducían a algunos utensilios de cocina, una silla de mimbre y dos almohadones. Ellas dormían sobre la alfombra y siempre tenían el teléfono a la mano. Tenían muy poca ropa y esto desesperaba a Aube, que contemplaba con sus ojos azules de muñeca los ojos de muñeca de su hija Karin y maldecía a Al, su ex marido, que era incapaz de regalarle a su hija un guardarropa que le permitiera presentarse en las agencias de modelos a buscar trabajo.

—¡El muy imbécil sólo piensa en suicidarse! —sentenciaba Aube enfadada.

Por su parte, Karin frecuentaba la tienda de comestibles donde trabajaba su padre para hacerse de comida. Le irritaba la derrota de su padre. ¿Por qué si había sido tan listo para escapar de Alemania cuando empezó la persecución de los judíos no hacía algo ahora para librarlas de aquella miseria? El viejo Al Mayer se escudaba en el abandono en el que lo dejó Aube cuando escapó con su segundo marido ¡y no hacía nada!, salvo vender pepinillos y leer y releer los diarios. Karin contaba con recibir ayuda del círculo judío amigo de su padre. Ellos dirigían la alta costura. Pero habían rechazado a su madre y nunca le perdonarían su fuga con el extranjero. Tampoco se la perdonaría Karin. Cuando Aube cometió el error, Al Meyer estaba en la cúspide de su carrera, era el mejor vendedor y comprador de trajes de alta costura y Karin todavía recordaba el lujo en el que vivió.

Hacía ya dos semanas que habitaban el estudio y el edificio continuaba vacío y sin calefacción. Ese martes, muy temprano por la mañana, Karin escuchó que alguien subía trabajosamente la escalera. Le llegaron palabras entrecortadas: "¡Camina!... Lo que te han hecho". Llamó a su madre y ambas escucharon asustadas: "¡Bandidos!... sube, ¿quieres morirte en la escalera?" Y después: "¡Por favor, haz el último esfuerzo, no puedo mezclarme en esto!" Guardaron silencio; estaban demasiado solas en el edificio helado. Eran dos mujeres las que subían la escalera y una arrastraba a la otra, que se limitaba a lanzar quejidos débiles.

—¡Ya llegaron las prostitutas a este edificio! Estamos perdidas —suspiró Aube—. ¡El miserable de Soffer las engañó! ¡Judío hipócrita! —dijo Aube en el oído de su hija.

—Traen a una, está herida... —contestó Karin en voz baja y con el oído pegado a la puerta.

Oyeron abrir el estudio situado justamente frente a la escalera, esperaron unos minutos y en seguida escucharon que salía alguien y bajaba corriendo los escalones. Aube abrió, se inclinó sobre el barandal del pasillo y alcanzó a ver una cabeza rubia femenina que huía despavorida. Se volvió y vio que la puerta del estudio estaba completamente abierta. La desconocida olvidó cerrarla antes de huir. Reflexionó unos minutos y le comunicó a su hija lo ocurrido. Discutieron y ambas decidieron cruzar la puerta abierta y ver lo que sucedía en ese estudio.

—¿Hay alguien?... ¿Hay alguien? —preguntó Aube antes de cruzar la puerta abierta.

Nadie contestó. Entraron de puntillas al estrecho pasillo que llevaba al cuarto.

A un lado y abierta en un hueco estaba la pequeña cocina apagada y oscura. En el cuarto, en un rincón, había una cama y sobre ella yacía una niña cubierta con un enorme abrigo de visón. En la oscuridad helada del estudio la criatura parecía muerta. Karin levantó una punta del abrigo: la niña tendría catorce años, estaba lívida, llevaba una chaqueta de lana rosa y gris abierta y en el pecho izquierdo tenía una herida de más de diez centímetros, que sangraba en abundancia.

—Vamos a llamar a la policía... —dijo y retrocedió espantada.

—Espera, espera... en estos casos a lo último que se llama es a la policía —contestó su madre.

Aube corrió a su estudio, quitó una bombilla eléctrica y volvió para colocarla en una lámpara incrustada en el muro. Entonces se inclinó sobre la chica herida y examinó temblorosa la sangre.

—¡Karin!... ¡Karin!... Tiene puntos... Alguien la ha cosido —comentó asustada.

Era indudable que se hallaba frente a un crimen cometido por la mafia. Karin cubrió a la chica y Aube le tocó la frente: estaba helada.

—¡Trae todas las mantas! Está viva —le ordenó a su hija.

Karin fue a su estudio y volvió cargada con el edredón y dos mantas. Su madre tomó el pulso a la chica, la cubrió con esmero y trató de obtener una palabra: "¿Quién eres?... ¿Qué te sucedió?... ¿Te sientes muy mal?" La chica abrió unos ojos enormes y extraviados y volvió a cerrarlos sin decir una palabra. Karin y Aube se sintieron aterradas.

—¡Trae el cojín eléctrico!... Lo peor puede ser la pulmonía —opinó Aube.

Su hija volvió con el cojincillo eléctrico. Buscaron un enchufe; alargaron el cordón agregando el de su única lámpara y colocaron el cojincillo sobre los pies helados de la chica. Entonces vieron que llevaba zapatos franceses muy elegantes, aunque inútiles para la nieve que caía sobre la ciudad amontonándose sobre las aceras.

—La rubia que la subió era extranjera... ¡Tenía acento eslavo! —murmuró Aube en voz muy baja.

—¿Por qué huyó? —preguntó Karin aterrada.

Aube guardó silencio; se había puesto muy pálida; tenía miedo y calculaba sus acciones; contempló a su hija preocupada: inmiscuirse en aquello era peligroso, ¿valía la pena arriesgar a su hija? Pronunció las palabras terribles:

—Esto es una venganza soviética. La que huyó también era muy joven. ¿Por qué la trajo aquí? ¡Ese loco de Soffer!... Ese pobre imbécil. ¡Ese judío estúpido!... Voy a llamarlo.

En pocos minutos llegó el señor Soffer, un viejecillo de piel rosada, que avanzó por el estudio con pasitos breves y se inclinó sobre la desconocida.

—No sé quién es... —declaró.

—¿Cómo que no sabe? ¿Alquiló usted este estudio o no lo alquiló? —preguntó Aube cada vez más asustada.

—Señora Mayer, señora Mayer, no se excite. Alquilé este piso a una señora rubia muy elegante... Es extranjera. Cuando firmó el contrato llevaba un abrigo de visón de más de cuatro mil dólares.

—¿Como éste? —preguntó Karin levantando las mantas y el edredón que cubrían a la chica.

El señor Soffer se inclinó a observar la piel y movió afirmativamente la cabeza.

—Más o menos como éste. Ustedes saben que soy especialista en antigüedades, no en pieles. ¿Cuántas veces, señora Mayer, le he explicado que ya mi abuelo era el propietario de Soffer und Soffer en Viena? Ahora todo anda mal, miren a esta criatura... En Viena éramos todos muy felices, los archiduques nunca tenían dinero, sólo tenían amigas muy lindas, Karin, como tú y como esa pobre niña, y les hacían regalos. Una vez al año mi padre me decía: "¡Ponte elegante que vamos a visitar al emperador!" Y el emperador Francisco José nos recibía y pagaba las deudas de los jóvenes picaros que iban a la ópera... ¡Era muy noble el emperador Francisco José! En sus tiempos no sucedían estas cosas... ¡terribles!

El señor Soffer entrecerró sus ojos viejos para soñar con la corte y con la ópera y se hundió en un pozo de tristeza. Aube lo contempló indignada y Karin sonrió con desprecio.

—¡Sí, era muy noble su emperador! Pero esta chica se va a morir, entre otras cosas, de frío. ¿No se da cuenta de que aquí no hay calefacción? —gritó Aube.

—¡Calefacción!... Sí, sí, voy a buscar a Toma y ustedes por favor cuiden a esta niña. Tal vez aclaremos este horrible misterio —sentenció el señor Soffer.

Aube lo detuvo por una manga, se le acercó y le preguntó en voz muy baja:

—¿La extranjera rubia era rusa?

El señor Soffer se zafó de la mano de Aube, dio unos pasitos y movió la cabeza.

—Podría ser rusa... sí, podría ser rusa, aunque no de papeles. ¡Pobre señora, estaba muy aterrada! Sí, muy aterrada. Me pregunto: ¿Dónde estará ahora? ¿Y quién es esta niña que lleva puesto su abrigo? ¡Ah, esto no sucedía en el tiempo del emperador! Voy a buscar a Toma, se necesita calor...

Aube y Karin se miraron inútiles. Soffer, el viejo astuto, las engañaba. La desconocida yacía inmóvil y Aube decidió darle unos masajes en los pies, mientras Karin le frotaba las sienes y la nuca con alcohol.

—Mira... —gritó Aube retirando las manos de debajo del abrigo y de las mantas enrojecidas de sangre. La chica sangraba abundantemente por todas partes; era necesario llamar a la policía.

—Mami... mami... —repitió Karin aterrada, en aquel estudio vacío en el que se acumulaban sombras heladas y quiso correr a llamar a la policía. Una mujer alta, rubia y muy pálida le interceptó el paso; llevaba un abrigo de visón parecido al que cubría a la moribunda.

—Por favor, no llamen a la policía —exclamó. Se acercó al catre, se sentó en la orilla y acarició a la moribunda.

—Soy su madre —aclaró y guardó silencio.

—La puerta estaba abierta —dijeron Karin y Aube para explicar su presencia, y la desconocida les dio las gracias en voz baja.

—¡Hay que llevarla a un hospital! —urgió Aube, nerviosa ante la inmovilidad de la desconocida.

—La echaron esta mañana del hospital... La operaron ayer, despertó de la anestesia a las tres de la madrugada —contestó fijando sus ojos en los ojos de muñeca de Aube.

—¿La echaron?.. ¡No es posible! En América eso no es posible. ¡Es ilegal! ¿Comprende? Hay que demandarlos. Karin, llama a Ken; su hermano es fiscal de distrito. Esta chica se muere —ordenó Aube.

Karin corrió a su estudio para llamar a Ken; en el pasillo se cruzó con el señor Soffer y con Toma, el joven yugoslavo que servía de conserje en el edificio vecino y que estaba encargado de arreglar la calefacción en el suyo.

El señor Soffer entró a pasitos en el cuarto helado seguido por Toma, que miró con fijeza a la enferma.

—Querida, ¿qué sucede? Esta niña no está bien, apareció aquí y la señora Mayer está asustada. ¿Es su hija? —preguntó el señor Soffer a la desconocida, que continuaba inmóvil sentada en la orilla del catre. La mujer asintió con la cabeza y el señor Soffer se volvió a Toma para que arreglara la calefacción. Toma salió corriendo para volver con un martillo. Con decisión, clavó un clavo en el muro, sacó un crucifijo de su bolsillo y lo colgó.

—La cruz da calor, vida, aleja la pulmonía —le dijo a la enferma inclinándose sobre su oído.

Después se volvió a la madre: ¡había hecho todo mal! Él, Toma, y su hermano escaparon de su país y se internaron en un campo de refugiados en Italia; desde allí pidieron asilo político y ahora él era conserje y su hermano camarero. En cambio, ¿qué había hecho la señora? ¡Llegar directamente al país sin ninguna garantía! Toma se tocó la frente.

—¡Hay que pensar! Ahora lleve a su hija al hospital. ¿Tiene papeles? —preguntó.

La desconocida no contestó. Al señor Soffer no le sorprendían las tragedias, más bien lo asombraba la dicha. Reconoció para sí mismo que había remodelado aquella casa para dar refugio a los perseguidos y bajó la vista para recordar Viena y al emperador. La señora Mayer le había preguntado si su nueva inquilina era rusa y él se dedicó a observarla. "¡Claro, es rusa! La señora Mayer es muy inteligente", y decidió guardar silencio y no mencionar la nacionalidad del pasaporte absurdo que llevaba la señora Lelinca. Karin interrumpió sus pensamientos.

—Mami, te llaman por teléfono —anunció la jovencita con voz desconcertada.

Aube se dirigió a su estudio y permaneció escuchando en el teléfono una voz gangosa: "Usted no sabe quién es esa mujer. ¡Dígale que no persiga más a mi gobierno! Es una vieja prostituida y sobre ella pesan cargos muy graves. ¡Ah!, no lo sabe ¿verdad?" Aube escuchó las acusaciones e insultos proferidos por la voz gangosa que padecía un grotesco acento extranjero. Prometió no inmiscuirse en el asunto.

—Es algo político —afirmó Aube. Karin la escuchó en silencio y ambas regresaron al lado de la moribunda a esperar la llegada de Ken. Deliberaron con Soffer: debían llevar a la chica a un hospital.

—No tengo dinero —contestó la madre de la moribunda.

Ken llegó con rapidez acompañado de su amigo David. "Es algo político", les murmuró Aube.

—¡No importa! Vamos a demandar a ese hospital —dijeron los dos jóvenes.

Con presteza tomaron en brazos a la herida, la bajaron al automóvil de David y la llevaron a otro hospital. Los demás los siguieron. En el nuevo hospital no pudieron internar a la enferma: necesitaban la constancia del hospital donde la habían operado y los certificados médicos. Aube telefoneó a los doctores: "¡Tráigala aquí inmediatamente!", le ordenaron. Pero la madre rehusó el ofrecimiento.

—No quiero que la maten... —confesó en voz baja.

La chica permaneció en el servicio de emergencia hasta las siete de la noche, mientras los demás esperaron pacientes en los pasillos. "¡Estas cosas no deben suceder en América! Demandaremos al hospital."

—Cuando la madre salga del choque. ¡Mírenla!, tiene mucho miedo —dijo David.

Transportaron a la enferma nuevamente al estudio vacío y esperaron. Cuando la muchacha abrió los ojos le dijeron a coro:

—¡Bienvenida al club!

Aube preparó un buen caldo de gallina; se disponía a llevárselo a la enferma cuando escuchó ruidos en el piso de las extranjeras y se dirigió allí de prisa. Encontró a Ken y a David discutiendo con un desconocido alto, entrado en años y con el rostro marcado por aventuras más o menos dudosas.

—¡Esta chica no puede viajar! ¿No ve en qué estado se encuentra? —gritaba Ken.

El hombre se abrió el abrigo como si súbitamente se sintiera muy acalorado, enrojeció y miró al suelo. Aube avanzó amenazadora y le tendió la mano.

—¡Koblotsky!... Estoy aquí para trasladar a esta chica a su país. Debe tomar el avión esta noche.

—¡Es usted judío! ¿No le da vergüenza? ¡Un judío cometiendo este atropello! —gritó Aube.

—Lo sé... lo sé, pero trabajo para ellos... Señora Lelinca, ¡no vuelva usted jamás! ¡Jamás! —exclamó Koblotsky. Evitó ver a la madre de la enferma y miró en derredor suyo: pareció impresionado por la desnudez y el frío que reinaban en el estudio. Aube, Ken, David y Karin lo observaban en silencio, acusadores.

—¡Aquí no hay nada! No tiene usted dinero, ¿verdad, señora Lelinca? Tenga, por favor —dijo en voz baja, sacó su billetera y tendió los billetes que contenía: trescientos ochenta dólares.

—Es usted buen judío —dijo Aube arrebatando el dinero que tendía.

—Señora Lelinca, ¡no vuelva usted jamás! —repitió a la madre de la enferma, que permanecía en silencio, y Koblotsky bajó la escalera de prisa para enfrentarse a la noche que acumulaba nieve y ventiscas. En su casa lo esperaban su mujer y su hija Gloria y quiso llegar a ellas y comprobar que lo esperaban al lado de la chimenea. Debía olvidar a la chica lívida, tendida bajo unas mantas, abandonada en un estudio vacío en el que reinaban la miseria y el miedo y al que rondaba la muerte.

Aube le dio unas cucharadas de caldo a Lucía; ahora todos conocían su nombre; después todos se sentaron en el suelo y comieron aquel caldo "capaz de levantar a un muerto". Eran las doce de la noche y el día había sido largo y trágico.

Al día siguiente por la tarde llegó Karin acompañada de Lola. Los muros del estudio resplandecían de frío. No funcionaba la calefacción y Lucía se arropaba en las mantas y los abrigos de visón. Con el dinero de Koblotsky, Aube compró almohadas, una lámpara, algunos platos, un florero y unas flores que colocó sobre el alféizar de la ventana que daba a un patio interior. El patio tenía piso de mármol de color de rosa y en el centro una pequeña fuente que acumulaba nieve. Aube contempló consternada los huesos de Lucía pegados a la sábana y le dio en la boca cucharadas de caldo de gallina.

—¡Traje a Lola, porque es como tú: escapó de la cámara de gas! —anunció Karin con un gesto que quiso ser alegre.

Lola permaneció de pie; se dejó contemplar; estaba triste metida en su gabán de pobre. Agachó la cabeza y se sintió avergonzada. Hubiera deseado ser invisible para escapar de sus perseguidores. La señora Lelinca sintió compasión por aquella vieja fugitiva.

—Andamos huyendo, Lola... —le dijo para tranquilizarla.

Lola se quedó quieta, tenía frío y estaba muy cansada. Aceptó recostarse en la orilla de la cama de Lucía y a pesar del miedo se quedó dormida. Lola, como todos los perseguidos, no recordaba su pasado, no tenía futuro y en su memoria sólo quedaban imágenes confusas de sus perseguidores.

"¿Insiste usted en ayudar a esas mujeres?", preguntaba la voz gangosa en el teléfono de Aube. Ella y su hija eran seres libres, ¿qué podía sucederles? Era saludable pensar que eran invulnerables y Karin llevó su vieja televisión al cuarto de Lucía. Al oscurecer cenaban juntas y veían películas de "nostalgia". Casi siempre las acompañaba Ken. Su amigo David trataba de investigar quiénes eran aquellas dos extranjeras que no daban ninguna explicación sobre lo que les sucedía.

—Se mudó un hombre al estudio que está bajo el tuyo. Sus ventanas dan al patio y aproveché para echar una ojeada. El tipo es joven, se afeita la cabeza y usa un kimono japonés —anunció Aube muy preocupada.

—¡Un karateka! —exclamó Lucía con aire divertido.

—El karateka tiene muebles franceses, candiles de cristal y sillones forrados de raso —explicó Aube.

Llenas de curiosidad, las cuatro mujeres se asomaron a la ventana y vieron las luces del piso del nuevo inquilino reflejadas sobre la nieve del patio. El hombre tomó la costumbre de apostarse en la escalera y esperar la entrada de las mujeres.

—El karateka salió de la oscuridad y me invitó a su estudio. Va descalzo y lleva el kimono abierto. Parece un loco. ¡Yo huí! —anunció Karin casi sin alientos al volver de su diario recorrido por las agencias de modelos. Sus amigas la escucharon asustadas.

—¡El viejo zorro de Soffer con su afán de lucro nos ha puesto en peligro! Debe de ser un maniático sexual... ¡o un KGB! —exclamó Aube.

Opinó que la señora Lelinca debía estudiar su rostro de tártaro y ella debía llamar a Soffer. El viejecillo se presentó con su trote ligero, una sonrisa y una caja de bombones para Lucía.

—Debes ponerte bien. Eres muy bonita y con algo de suerte podrías debutar en Broadway —le dijo a la enferma y tarareó un vals de Strauss. Estaba contento. Lucía, acomodada entre almohadones, llevaba un maquillaje perfecto confeccionado por Karin.

Aube, metida en sus pantalones azules, su suéter azul, avanzó hacia el viejecillo mirándolo con sus ojos azules de muñeca indignada.

—Señor Soffer, ¿quién es el karateka? —preguntó mostrando sus dientes afilados de tigresa.

—Señora Mayer, señora Mayer, no sé de quién me habla usted. La encuentro siempre muy nerviosa.

—Nos ha puesto en peligro. ¿Por qué le alquiló el estudio a ese karateka? —insistió Aube.

El señor Soffer la miró con asombro y dejó de tararear a Strauss.

—El joven del piso de abajo pertenece a una familia muy rica de Boston. No es karateka.

—Soffer, usted es un judío vienés que llegó ya muy viejo a América. No sabe de lo que habla, siempre está soñando con Viena. El hombre de abajo ¡no es de Boston! —afirmó Aube.

—Señora Mayer, ese joven es de Boston —repitió Soffer con aire resignado.

Aube se acercó a él, se inclinó, miró a la señora Lelinca, a Lucía y a Karin y exclamó en voz muy baja.

—Ese hombre es ruso. Lleva la cabeza al rape, ¡típico de un cosaco! Señor Soffer, ese hombre es un miembro prominente de ¡la K... G... B...! —afirmó Aube.

—Señora Mayer, por favor... ese joven es de Boston —gimió Soffer y movió la cabeza con aire resignado. La señora Mayer estaba equivocada, pero era inútil tratar de sacarla de su error. Levantó sus viejos ojos fatigados y la escuchó decir:

—Debe echarlo a la calle. ¡Ahora mismo!

—¿Echarlo a la calle?... Señora Mayer, él es el único que me paga la renta con puntualidad.

¡Eran inútiles las palabras de Aube! ¡El viejo Soffer estaba decidido a que el karateka continuara en el edificio, espiando su paso al pie de la escalera y haciendo proposiciones indecorosas! Estarían alertas, el tipo era capaz de subir para hacerles algún daño. Por la noche, Aube y Karin escucharon pasos en la escalera y ambas salieron a enfrentarse con el personaje, que resultó ser un desconocido. ¿Quién le abrió la puerta de entrada? Desde que llegaron la señora Lelinca y su hija, ellas vivían en un continuo sobresalto. El hombre que subía era de mediana edad, traje oscuro y un portafolio negro también, bajo el brazo. Se diría nervioso y al descubrir a sus vecinas acodadas en el barandal del pasillo se sobresaltó.

—¿Quién le abrió la puerta? —preguntó Aube.

—Yo mismo, Alfred Green, abogado. Alquilé el piso con terraza —contestó el hombre con sequedad y continuó subiendo; pasó frente a la puerta de Lucía y siguió al otro piso. El abogado Green viviría justamente arriba de sus amigas y, si era cuidadoso, en verano podía instalar un pequeño jardín en la terraza.

—No me gusta el tipo. No vi que subieran ningún mueble; además ¿por qué llega tan tarde? —preguntó Aube.

La señora Lelinca juzgó conveniente la actitud de Aube y ambas espiaron las entradas y salidas del abogado, siempre solo, con su portafolio negro bajo el brazo, esquivando el saludo. Volvía muy temprano, se encerraba y no hacía ningún ruido. Aube decidió salir con la señora Lelinca a su encuentro e investigar por qué vivía allí. Estaba segura de que era amigo del karateka y su amiga estaba cercada por dos personajes sospechosos. Ambos vivían solos y ambos eran extravagantes. El de abajo y el de arriba.

—¡Buenas noches, señor Green! ¿Desea tomar un café con nosotras? Somos sus vecinas —dijeron Aube y la señora Lelinca saliendo al paso del abogado.

El hombre se detuvo indeciso, las contempló en silencio y adoptó un gesto severo.

—Estoy muy cansado y espero la llamada de Nety, mi esposa, que está en Florida y debe llegar en cualquier momento —contestó Green, les hizo una inclinación de cabeza, dio las "buenas noches" y subió a su piso.

—¡Es odioso!... No me gusta. Tal vez lo único que tiene a su favor es que es judío, ¡aunque los hay muy malvados! —aseguró Aube con aire pensativo. No deseaba asustar más a sus amigas y a la pobre Lola, que parecía ya tan aterrada.

Unos días después se mudaron al último piso dos hermanas negras y Aube las atrapó en la escalera y las puso al corriente del peligro del karateka, el egoísmo de Green y la enfermedad de la pobre Lucía. Las hermanas la escucharon con atención y durante mucho tiempo llamaron a la puerta de la señora Lelinca para ofrecerle platillos sazonados con salsas fuertes "muy buenos para fortalecer la sangre". Habían huido de su país, hablaban mal el inglés y la nieve las ponía tristes. A Aube la tranquilizaba su presencia.

La vida en el edificio del señor Soffer parecía haber alcanzado un equilibrio, y Aube, Karin y Ken pasaban veladas apacibles en el piso de Lucía y de su madre.

—La culpa la tiene tu marido; espero que no sepa que vives aquí... —escuchó decir Aube en el piso de Lucía una noche en la que entró de improviso en la casa de sus amigas. "He oído esa voz", se dijo, y encontró instalada en el borde de la cama de Lucía a una joven rubia. "La he visto en alguna parte", se dijo, y recordó el acento eslavo de la voz femenina que llevó a Lucía aquella mañana en la que ella, Aube, la encontró moribunda. "¡Su marido! ¡Nunca habló de él!", se dijo Aube, plantándose frente a las dos jóvenes.

—María —dijo la muchacha poniéndose de pie sorprendida por la aparición de Aube.

—¿Rusa? —preguntó la madre de Karin.

—No. Yugoslava —afirmó la joven ruborizándose quizás demasiado.

Aube notó que la chica era muy alta, que curiosamente guardaba un parecido con Lucía, que ambas estaban muy contentas y que ella había interrumpido un dialogo íntimo. Abandonó a las jóvenes y corrió en busca de Karin. Después de discutir lo que había escuchado, ambas decidieron llamar a Jacobo Rubinsky, un amigo de Ken que hablaba ruso. "¡Ven en seguida!", le ordenó Aube. Estaba disgustada. ¿Cómo era posible que Lucía le ocultara la existencia de su marido?

—Se debió de casar cuando era niña —contestó Karin.

El joven Rubinsky llegó sonriente, ¿qué deseaban? Aube expuso su plan: el chico debía hablar en ruso en un momento propicio y observar el efecto de sus palabras en aquella María... y también en sus amigas. Aube, Karin y Ken llamaron a la casa de la señora Lelinca y como de costumbre se instalaron en el suelo a ver la televisión. María les sonrió a todos. Después les ofreció cigarrillos. Media hora más tarde entró sonriente Rubinsky, que con inocencia saludó en ruso. María le contestó con naturalidad, después enrojeció y mantuvo una distancia fría con los amigos de la señora Lelinca. ¡No les dirigiría la palabra! ¡Se concentraría en la película de Gary Cooper! De pronto se puso de pie y exclamó:

—¡No es justo que Gary Cooper haya muerto antes de que hubiéramos nacido!

Lucía se echó a reír y los demás la contemplaron en silencio. Los vio tiritar de frío, pues Toma era incapaz de arreglar la calefacción y Soffer había olvidado el asunto. De pie, en medio de la habitación, la muchacha les lanzó una mirada olímpica.

—¡En mi país el termómetro baja cuarenta grados y no tenemos frío!

—¡La santa Rusia! ¡La santa Rusia! —le contestó Aube con voz irónica.

Para Aube, la presencia cotidiana de María resultaba inexplicable. ¿Por qué toleraban sus amigas a aquella soviética? A ella la intranquilizaba; estaba segura de que la joven había enviado al karateka. Ella también había dado la dirección al hombre de la voz gangosa que la llamaba por teléfono. Tal vez la señora Lelinca le tenía miedo a la muchacha, pues había sorprendido ciertas miradas inquietas en su amiga. "Que no sepa tu marido que vives aquí", dijo la soviética aquella primera noche y ella, Aube, en vez de esperar la respuesta de Lucía, se precipitó a entrar. Aube observaba a las dos extranjeras y una tarde quiso sorprender a la señora Lelinca.

—¿Cómo conociste a "Madame Stalin"? —le preguntó de repente

La señora Lelinca guardó silencio. Era difícil explicar su encuentro con la muchacha. Se ruborizó ante los ojos de mercurio de su amiga Aube.

—Tú guardas un secreto. ¡Sabes algo! —insistió Aube.

Era verdad que guardaba un secreto que por lo demás era público. Se preguntó si Aube ignoraba la acusación que pesaba sobre ella y de la cual nunca se libraría por carecer de poder político y guardó silencio frente a su amiga que había salvado la vida de su hija. Sintió una gran pena e inclinó la cabeza. ¡La habían marcado! Recordó aquella novela leída en su adolescencia y que le pareció entonces completamente irreal: *La letra escarlata*. También ella llevaba un signo infame marcado en la frente. ¿Cómo decírselo a Aube? La vida de su amiga era "normal". Se divorció tres veces, tuvo algunos amantes, fue una modelo exclusiva y ahora atravesaba por una mala racha. ¡Era normal! En cambio lo suyo entraba en la dimensión de lo "anormal". Vio salir a Aube y no le dijo nada.

El frío se volvió más intenso; congelaba la comida que ella le preparaba a su hija y tiritaban de noche bajo las mantas. El señor Soffer la había obligado a tocar los tubos conductores del calor para convencerla de que en su edificio había calefacción. Tal vez las privaba del calor para matarlas… pero mataría también a Aube y a Karin. ¡No, esa mañana vio el horno de su cocina encendido y con la puerta abierta para que su calor se esparciera por el cuarto!

—¡Hazlo mismo tú! —le gritó Lucía lívida por el frío.

Encendió el horno, abrió la puertecilla y escuchó pasos subiendo la escalera. Corrió a la mirilla: un hombre de piel lustrosa, cabellos envaselinados y abrigo oscuro con solapas de terciopelo apareció frente a ella y trató de espiar a través del cristal de su mirilla. Después se dirigió al estudio de Aube, se palpó la cintura, se arregló la corbata y se pasó una mano por los cabellos; dudó y llamó a la campanilla. Aube abrió.

—Señora Mayer, represento a las mejores casas de modas y tenemos la intención de lanzar a su hijita Karin. ¡Es ideal para modelo! —dijo el hombre al tiempo que se colaba en la casa de Aube.

"Ustedes dos desconfían de mí y son Karin y su madre las que van a venderlas", les había repetido María. La señora Lelinca se dejó caer en la mecedora; "la soviética", como llamaban a su amiga, tenía razón. Recordó que a esa hora el abogado Green estaba en su trabajo y que el karateka no se colocaba aún al pie de la escalera. Estaban solas; podía sucederles cualquier cosa y nadie acudiría. A los pocos instantes Karin vino a buscarla para que conociera a aquel extraño visitante. "Es uno de ellos; debe de haber otro muy cerca", se dijo la señora Lelinca y se dejó llevar al piso de Aube. El visitante le besó la mano y sonrió. "La hice salir de su agujero", se dijo satisfecho, y ocupó la silla de mimbre mientras ellas tres se sentaban en el suelo.

—Me decía la señora Mayer que usted es una experta en modas —dijo el hombre con voz suave.

—Me gusta la moda "Gatsby". ¡Es increíble la fuerza que puede tener un escritor! —contestó ella.

El hombre pareció contrariado. ¿Un escritor? ¿Qué quería decir aquella mujer? Él no estaba allí para hablar de escritores... sino de modas.

—¿Quién era el presidente de los Estados Unidos cuando se escribió *El gran Gatsby?* —preguntó la señora Lelinca.

—No lo recuerdo, señora —contestó el hombre con aire molesto.

—¡No se preocupe! Nadie lo recuerda, pero todos recordamos a "Gatsby" —afirmó ella.

Aube y Karin se miraron sorprendidas. Después una sospecha oscureció sus frentes claras y observaron al visitante que se revolvía incómodo en la silla de mimbre: iba demasiado bien peinado y sus maneras eran rebuscadas. El nombre de Scott Fitzgerald sonaba muy extraño frente a aquel hombre de mirada vidriosa. No sabían por qué aquel diálogo era peligroso y escuchaban hipnotizadas. La entrada de Ken rompió el maleficio e hizo que Karin, que permanecía sobre la alfombra, igual a un durazno caído sobre el césped, se pusiera de pie. La mirada de Ken no era acogedora y el visitante recogió algunas fotografías esparcidas en el suelo y se preparó a marchar.

—Karin tiene el tipo ideal para la moda de Scott Fitzgerald —dijo la señora Lelinca.

—Enviaré a mis fotógrafos —prometió el visitante.

Los cuatro lo vieron partir, se sintieron inquietos.

—No me gusta ese tipo... —dijo Ken.

A ninguno de los cuatro le gustaba, pero ellas guardaron silencio. Al cabo de un rato fue Aube la que habló:

—¿Por qué no te quejaste cuando echaron a Lucía del hospital? ¡Es un delito y lo soportaste!

Aube insistió en su pregunta y Ken y Karin miraron a la madre de Lucía boquiabiertos.

—No tengo dinero. Ellos tienen el poder y la gloria. Pueden comprar asesinos y testigos —confesó.

—¡Ellos! ¿Quiénes son ellos? —preguntó Ken.

—Dime ¿quién es "Madame Stalin"? —preguntó Aube.

La señora Lelinca no pudo contestar; ignoraba quién era María. La tarde en que la conoció nevaba como la tarde en que Karin trajo a Lola. El frío produce la nostalgia de las chimeneas y de las confidencias. También el frío les recuerda a los perseguidos que alguna vez tuvieron casa y en su memoria brotaban duelas brillantes, mesas puestas, conversaciones y personajes risueños que fueron ellos mismos antes de convertirse en pedigüeños de papeles y permisos para sobrevivir en aceras barridas por los cuatro vientos. ¡La Rosa de los Vientos era antes una forma parecida a un rehilete de oro y plata girando por el cielo de su adolescencia, alto, azul, techo y sendero de la gloria, sembrado de piedras luminosas como las migas de Hansel y Gretel! ¿Quién sembró las estrellas y por qué sólo brillan en la noche? Los desconocidos tienen respuestas variadas para las mil preguntas que se formulan los perseguidos, antes de que el sueño los sumerja en paisajes atroces o en fuentes inalcanzables. Alguna vez una desconocida le relató su vida en una hermosa isla y por la noche soñó con una mujer pintada por Gauguin. La mujer sostenía unas flores, le tendió una mano y la llevó al Edén en el que un sol inmenso yacía entre jacintos y amapolas. Entonces, ¿cómo rehusarse a hablar con los desconocidos?

Sí, nevaba la tarde en la que encontraron a María. Ella y su hija se hallaban en un salón de techo bajo esperando un permiso para permanecer en los Estados Unidos. Tenían miedo, casi tanto miedo como el que había sufrido Lola. Las rodeaban personajes tristes. Era un lugar oficial para "servir al público". El "público" estaba mudo, ya que carece del derecho a la palabra. Alguien sentado a su derecha le habló en ruso y ella se volvió para encontrar la cara rubia de María que acarició la manga de su abrigo de visón.

—¡Qué tragedia! Dos rusas, dos artistas, pidiendo la limosna de un visado —dijo la joven. Esa misma tarde tomaron un café en un local de color anaranjado. "¿Quiénes son?", se preguntaba María. "¿Quién es?", se preguntaban ellas. Recordaron las hortensias azules creciendo alrededor de los duraznos de su casa, la fragancia de la madreselva y la verde fortaleza de la hiedra que defendía los muros del jardín con la decisión de una coraza. La cafetería era un refugio pasajero. ¿En eso se había convertido el mundo?

—¿Te gustan las magnolias? —preguntó Lucía.

—En mi país crecen junto a los laureles —contestó la muchacha.

Las tres descubrieron en los árboles el hilo que une a todos los hombres en su afán de encontrar el Paraíso perdido que buscamos. Así empezó la amistad con María. ¡Una amistad entrañable fincada en la terrible soledad que las rodeaba a las tres! La ciudad transcurría junto a ellas con indiferencia, pero ellas se veían todos los días, se reían, iban al cine o velaban a Lucía. Cuando la enferma se sentía muy mal, la joven rusa estaba quieta junto a ella durante días y noches enteras. Jugaban a las cartas, escuchaban música y contemplaban la televisión.

—Me parece injusto que estés siempre encerrada con Lucía. ¡Vete al cine! ¿No tienes algún amigo? —le preguntó la señora Lelinca.

María permaneció con los brazos colgantes y la mirada fija. Era la imagen de la desolación. Hacía dos años que estaba en Nueva York y no tenía ningún amigo. ¡En dos años no había hablado con nadie! Sus únicas amigas eran ellas. "Despertamos desconfianza, ¿saben?", confesó con los ojos listos a las lágrimas. Esto no podía decírselo a Aube que esperaba su respuesta. Tampoco podía decirle que ellas y la "soviética" atravesaban el largo y ancho desierto de la impiedad, hermanadas en la desdicha. "¿Cómo puedo decirle que las tres estamos incomunicadas?", se preguntó. Aube supo que era inútil insistir.

—¿Quién envió a este "experto" en modas? —dijo en voz alta.

—Tal vez lo sabremos un día —afirmó Ken.

La sombra oscura dejó una estela de dudas y sospechas entre Aube y la señora Lelinca, que volvió a su piso para encontrar a María de charla con su hija.

—¡Fueron ellas! Ese hombre va a pagar la carrera de Karin. ¡Aube es un monstruo! —sentenció la rusa, de pie en la habitación.

—Tal vez fue el karateka... —opinó Lucía.

La "soviética" se echó a reír, batió palmas, besó a sus amigas y dio algunos pasos por el cuarto.

—¡Vamos, Lucía! Ese pobre "kapitalistik" sólo piensa en las mujeres. Hoy me invitó a pasar a su estudio: Miss, tengo bombones, whisky, ¿le doy miedo?, me dijo —y María continuó riendo.

—Es un producto de los países "kapitalistiks"; en mi país no existen estos locos... allí suceden otras cosas, pero no quiero hacer contrapropaganda. Tú lo sabes, ¿verdad? —le preguntó a la señora Lelinca.

Después de la visita del "experto en modas", Aube y Karin se sintieron en peligro. Ignoraban quiénes eran sus vecinas y observaron que la madre salía muy poco. Desde su ventana, Aube la veía avanzar por la calle volviendo la cabeza, como si temiera ser seguida por alguien, mientras iba a comprar los comestibles.

—¡Mira, Karin, mira! —urgió Aube desde la ventana, su puesto de observación.

Las dos vieron a su amiga charlando con dos desconocidos de bigote y abrigos de pelo de camello. Después se despidieron y la madre de Lucía pasó de largo frente al edificio y dio vuelta en Park Avenue. A los pocos minutos reapareció y se metió corriendo a la casa. Inmediatamente surgieron los dos desconocidos en la esquina y pasaron sonrientes frente a la escalera de piedra de la casa.

—¡Pobre! Cree que le perdieron la pista —comentó Aube.

La visita del "experto en modas" y la presencia de aquellos dos individuos de bigote en la acera, las convenció del peligro que significaba la amistad con Lucía y su madre. Aube se parecía a la señora Lelinca y Karin a Lucía y al oscurecer podían confundirlas; aunque Lucía estaba siempre en cama los hombres podrían pensar que se aliviaba si veían a Karin, y entonces... Aube le propuso a su amiga instalar un teléfono.

—¿Un teléfono?... ¡No, no, no! —protestó la señora Lelinca.

—Tiene razón. No desea escuchar las amenazas anónimas —le dijo Ken.

Ya que la señora Lelinca se rehusaba a escuchar las amenazas, era Aube la que debía sufrirlas. Quizás era mejor obedecer a la voz gangosa y dejar de frecuentarlas.

"¡Cuidado! ¡Este edificio ha sido violentado!", decía el cartel pegado al vidrio de la puerta de entrada. Aube y Karin lo leyeron al entrar y se miraron asustadas. El edificio estaba quieto y el frío subía por el cubo de la escalera. Ambas se refugiaron en el estudio de Lucía. Hacia las nueve de la noche llegó la "soviética". Era necesario saber quién colocó el cartel.

—Voy a recorrer el edificio. ¡Quiero saber lo que sucede! —afirmó la rusa.

—Te acompaño —dijo con aire decidido Lucía.

Aube, Karin y la señora Lelinca protestaron. ¿Cómo se iba a levantar? Lucía se enderezó en la cama y le pidió a la "soviética" su abrigo. Deseaba mostrar valor para impedir que el miedo invadiera a sus amigas y que la dejaran sola. María le echó el abrigo de visón sobre los hombros y le puso unas zapatillas y luego comentó risueña:

—¡Igual que aquella horrible mañana en el hospital! ¡Ese día sí tuve miedo! Imagina que te hubieras muerto en la calle... y yo de cómplice.

Aube, Karin y la señora Lelinca, paralizadas por el terror, permitieron la salida de las dos jóvenes. Lucía presentaba un aspecto lastimoso y se apoyaba en la rusa tratando de reír. Las dos espiaron la escalera silenciosa y después decidieron subir al piso siguiente. Lo hicieron muy despacio y se hallaron frente a la puerta del estudio del abogado Green. María apoyó el timbre.

—¿Quién llama? ¡Estoy armado! —contestó Green.

Las chicas se echaron a reír y dijeron quiénes eran. Entonces, con infinita precaución, el abogado Green abrió una rendija y al verlas las dejó pasar. Ambas tuvieron la impresión de entrar en el infierno. El estudio de Green hervía de calor; el abogado estaba en calzoncillos y sudaba copiosamente. Lucía lo miró con ira: ella estaba enferma y se congelaba; en cambio el fornido cincuentón se permitía andar en calzoncillos. Estaba claro que acaparaba todo el calor del edificio; prefería achicharrarse a compartir el aire caliente de las calderas.

—¡Me asfixio! ¡Me asfixio, chicas! El imbécil de Soffer me confesó que las llaves de la calefacción están equivocadas y todo el calor llega a mi cuarto. Tendrá que romper algunos techos para colocar bien los tubos y ahora ni siquiera puedo abrir la ventana Me moriré ahogado. ¡Anoche trataron de meterse! Miren...

Y el abogado Green les mostró los tubos adosados al muro exterior por los que habían trepado dos hombres amparados en las sombras. Los individuos circularon por la terraza en busca de encontrar la manera de llegar a la ventana inferior a la suya. Él gritó, quiso llamar a la policía pero el hilo de su teléfono estaba cortado. De pronto calló, pues se dio cuenta de que la ventana buscada por los desconocidos era la de Lucía. La muchacha trató de reír; quería disimular el disgusto que le produjo la confidencia hecha por el abogado. María podía asustarse y dejar de frecuentarla.

—Esperaré a que llegue Nety, mi mujer, para irme de este infierno —terminó el abogado, que no cesaba de sudar.

Agregó que las dos chicas de color vieron a los hombres caminando en la terraza y que antes, en la calle, unos desconocidos de aspecto equívoco trataron de interrogarlas con disimulo. Ahora, las hermanas estaban asustadas y quietas en su piso. Cuando terminó su relato se sintió aliviado y les ofreció un café, ya que no deseaba quedarse solo. Los tres bebieron el café y las chicas escucharon sus lamentaciones:

—¡Nety no piensa! ¡No llega nunca!

Las dos amigas recordaron a Aube: "Su mujer no existe; ha inventado ese cuento para disimular su vida disoluta". En efecto, el abogado Green tenía algo sospechoso: su piso estaba vacío, no había sino un catre de campaña abierto en un rincón. Se sentaron en el suelo asfixiados por el aire abrasador y las chicas bebieron el café en la misma taza, mientras que su anfitrión usaba el único vaso que poseía. ¡No tenía nada! Green confesó que era él quien había colocado el aviso de alarma en la puerta de entrada.

El domingo transcurrió silencioso y abandonado con el cartel que anunciaba la catástrofe colgado de la puerta. El karateka apareció al oscurecer al pie de la escalera.

—¡Mire! Ese cartel ¿no le da miedo? —le preguntó a María cuando ésta llegó al oscurecer.

—En mi país no tenemos miedo. ¡Quítese ese kimono! En los países "kapitalistiks" está de moda un falso budismo zen. ¡Es ridículo! —le dijo la soviética y subió corriendo la escalera.

Entró con las mejillas sonrosadas y la risa en los labios al estudio de Lucía en el que encontró a Karin y a su madre sentadas en el suelo y viendo una película de vampiros. Aube le dio la bienvenida; temía la soledad del edificio.

—¡Hay que reconocer que Bela Lugosi es más sexy que Raquel Welch! —exclamó entusiasmada María.

—El karateka es un vampiro... —dijo Karin.

—¿Ese pobre "kapitalistik"? ¡No, es bajo de estatura, demasiado musculoso!... Parece un campesino, ¡no tiene clase! —corrigió María chasqueando los dedos.

Nadie contaba con la cólera del señor Soffer. El viejecillo apareció el lunes con el rostro encendido por la cólera. ¿Cómo se había atrevido Green a colgar ese cartel infame en la puerta de su edificio? ¡Quería arruinarlo! ¡Era un mal judío! Él, Soffer, perdió todo en Viena y nunca colgó un cartel ofensivo.

—Llegué a América con mi mujer y un abrigo usado. Un hombre me detuvo en la calle y me ofreció una moneda: "La de la suerte", me dijo, y mi suerte cambió. Vendía periódicos en las esquinas, pero ése no era mi tesoro. ¡Mi tesoro era la música! Y vendí canciones. ¿Por qué Green no busca su tesoro? Yo doy "la moneda de la suerte"; por eso regalo un mes de alquiler, pero él no lo aprovechó: continúa quebrado, renegando. ¿Tengo yo la culpa, señora Lelinca? ¿Tengo yo la culpa, señora Mayer? —preguntó sofocado.

—No, señor Soffer. ¿Entonces Green está en la ruina? —preguntó Aube.

—¡Completamente arruinado! —confirmó Soffer, que llevaba en la mano el cartel puesto por Green.

—Tal vez busca un pretexto para no pagarme los meses que me debe —concluyó Soffer, resignado.

—¡Ah, el hipócrita! Llévelo ante un juez. ¡Demándelo! —opinó Aube.

El señor Soffer levantó los ojos en los que brillaba una chispa de malicia, sonrió y movió la cabeza con resignación.

—No puedo, señora Mayer...

—Entonces no se queje. ¡Déjelo que siga asustándonos los fines de semana! ¡Qué sábado hemos pasado! ¿Verdad? —le preguntó a su amiga, que hizo un signo afirmativo.

—Señora Mayer, si demando a Green, tendría que demandar a todos ustedes...

Aube hizo un aspaviento, se llevó las manos a la cabeza y se mesó los rizos abundantes y dorados en los que brillaban muchas canas.

—¿Demandarme a mí? ¿A una pobre mujer que lucha para reconstruir su vida? ¡Siempre supe que usted era duro, hipócrita, interesado! Un viejo rico contra cuatro pobres mujeres. ¡Tomaré medidas, Soffer!

El señor Soffer guardó silencio y Aube se prometió llamar a Ken para que éste le pidiera explicaciones a aquel viejo judío que pensaba demandarla.

Cuando se fue el señor Soffer, Aube se lamentó de su violencia. Quería preguntarle qué sucedía atrás de aquella especie de telón blanco que colgaba desde hacía unos días sobre la enorme ventana del piso situado en el sótano. ¡Ahora ya era tarde!

—¿Por qué habrán colocado ese telón? —le preguntó a la señora Lelinca.

—No tengo la menor idea.

Aube recomendó investigar lo que sucedía en aquel piso. Ella no había visto entrar a nadie ni veía ningún movimiento; simplemente había aparecido aquel telón que ocultaba algo.

Dos días después se levantó el telón y apareció en todo su esplendor el escaparate de una *boutique* que mostraba una multitud de mariposas hechas en todos los metales, esmaltes y piedras aparentemente preciosas. Las mariposas estaban colocadas sobre terciopelos claros y arbolillos dorados y la *boutique* llevaba el asombroso nombre de Butterfly, que resplandecía sobre el escaparate abierto a las miradas. Una puertecilla escondida bajo los escalones de piedra de la entrada daba paso a la preciosa tienda.

Las vecinas bajaron alborozadas y una campanilla sonora anunció su entrada a Butterfly. La tienda semejaba un pequeño salón francés, amueblado con sillones pequeños tapizados en colores pastel. Detrás de una vitrina baja de cristales repleta de joyas estaba la dueña: Madame Schloss. Su traje negro y sus maneras perfectas recibieron con orgullo a sus vecinas. Lucía quiso bajar: el nombre Mariposa le traería suerte. Se quedó deslumbrada, mientras que Karin examinó con nostalgia los collares largos de cuentas fabricadas en leche cuajada, vainilla y fresa. Madame Schloss ofreció a sus vecinas una copa de champagne y a Lucía dos rosas amarillas de porcelana. Explicó que también ella había huido de Alemania y ahora, a los sesenta años, resplandecía como una flor marchita conservada en un florero de cristal colocado en un salón de lujo. Junto a ella, su hija Judy parecía una vieja triste.

Se diría que la hija había heredado el sufrimiento o el disgusto de la madre y apenas lograba sonreír.

Por la tarde las vecinas contemplaron desde la calle la inauguración de Butterfly. Una docena de matronas enjoyadas tomaban té, pastelillos y martinis.

—¡Vieja estúpida! Al, mi marido, fue el mejor comprador de modas. ¡Nunca le perdonaré esta ofensa! ¡Soy capaz de escupirla a la cara! —exclamó Aube en el piso de la señora Lelinca.

Aube llevó al estudio de su amiga unos álbumes que mostraban sus pasados esplendores: allí aparecía joven, rubia, al lado de Christian Dior, en salones, en bares y en piscinas de lujo. ¡Y todo se había perdido! ¿Cómo? Aube guardó silencio sobre el origen de su tenebroso fracaso.

—¡Pobre de Al! ¿Sabes que odia a Ken? Hace mal, se equivoca, no se da cuenta de que Ken es el único muchacho en Nueva York que todavía no es homosexual... —terminó Aube con aire pensativo.

A Lucía y a su madre les dio pena el fracaso de Aube. Las dos sabían que Al vendía pepinillos en una salchichonería. Aube se abrazó las rodillas; estaba muy disgustada con su marido, o su ex marido.

—Ahora el idiota sólo vende pepinillos... bueno y se ocupa de "la otra"... —dijo como para sí misma.

—¿Quién es "la otra"? —preguntó Lucía.

—Elizabeth, nuestra otra hija. ¡Es insoportable! —contestó Aube.

En ese instante y como si alguien la hubiera llamado, entró una joven de pantalones estrechísimos, botas muy altas, cabellos largos y rizados y un maquillaje estrafalario que agrandaba sus ojos enormes desmesuradamente. Al verla, Aube y Karin se pusieron de pie.

—¡Elizabeth! —gritaron.

—¿Qué hay, gente? —dijo la recién llegada.

Después giró en redondo sobre sus enormes tacones, miró con espanto a todos los presentes, se tapó la boca con la mano y exclamó con voz de sibila:

—¡Tengo miedo! En este edificio hay malas vibraciones. ¡Muy malas! Al entrar, ¡brrrr!, sentí pavor. Alguien malvado se esconde en un piso.

—¡Elizabeth, no empieces con tus disparates! —gritó Aube enrojeciendo.

—¡Mami, mami!, créeme, hay malas vibraciones. Las sentí desde la escalera. Alguien demoniaco ha subido por ella. ¡Brrrr!

Karin cogió a su hermana por el brazo y la sacó de allí. Aube siguió a sus hijas, y la señora Lelinca, su hija y María se miraron asustadas.

—Ya les dije que estas mujeres son muy peligrosas. ¿Han visto a esa *hippie*? Está drogada a muerte y la madre la esconde y la consiente —dijo María.

El miedo de Elizabeth le llegó a la pobre Lola, que huyó a refugiarse en el pequeño rincón de la cocina. Las otras guardaron silencio. De pronto unos arañazos se escucharon en la puerta de entrada y María se levantó a abrir con gesto decidido. Era Elizabeth, esta vez con un dedo sellándole los labios.

—¡Callen! Mi madre, esa pobre mujer, no debe saber que estoy aquí. ¿Tienen miedo? ¿No sienten que se acerca una presencia perversa? —preguntó fijando sus pupilas dilatadas en María.

"La soviética" le indicó un lugar en el suelo y Elizabeth obedeció con docilidad, inclinó la cabeza e hizo dibujos imaginarios sobre la alfombra verde.

—Mi pobre madre es una imbécil; también lo es su hija Karin. ¡No sienten que ha llegado el mal! ¡Oh, perdón!, no me planché el cabello, era inútil, está nevando y la humedad me lo ensortija —dijo con voz lastimera, levantó los ojos y se quedó muy quieta. Su mirada sembró el terror entre sus oyentes. Se puso de pie al cabo de un rato y anunció:

—Me voy. ¡Brrrr! Estén alertas —y salió corriendo.

—Los malditos chinos siembran demasiadas amapolas. ¡Quieren que seamos como ellos: amarillos y enanos! —exclamó María.

Sus oyentes guardaron silencio. Súbitamente la velada se había vuelto muy triste.

—María, ¿estás segura de que son los chinos? Hay quien asegura que son los soviéticos —dijo Aube entrando de improviso, ya que Elizabeth había dejado la puerta abierta.

—Y hay quien asegura que son los judíos —replicó María poniéndose de pie de un salto.

No hubo discusión. "La soviética" se retiró temprano y Lucía y su madre temieron que no regresara nunca. ¿Cómo buscarla? Ellas desconocían su domicilio; sólo guardaban un número de teléfono cuyas letras correspondían a un barrio elegante.

"El mal" anunciado por Elizabeth se desvaneció con la luz de la mañana. Vinieron unos días apacibles; a pesar de que Madame Schloss acaparaba la barredora común a todos los vecinos, no hubo riñas. El sábado Aube decidió marcharse al campo. "No te despidas de ellas", le ordenó a Karin. Continuaba irritada por las palabras de María. El abogado Green salió a buscar otro alojamiento y la *boutique* se cerró como todos los fines de semana. Llegó el domingo y la señora Lelinca y su hija se hallaron solas en el edificio abandonado.

Al oscurecer alguien llamó con energía a la puerta de su piso y la señora Lelinca abrió de un golpe para encontrarse frente a una mujer de enorme estatura, gruesa y de gesto violento. La desconocida le propinó un empellón y dando voces se introdujo en el cuarto de baño.

—¡Me han inundado mi piso! ¡El agua corre por todas partes! —exclamó la desconocida, mientras revisaba la bañadera, el lavabo y la taza de servicio. Después se introdujo en la cocina y en la habitación buscando rendijas imaginarias. Al final cogió a la madre de Lucía por la muñeca y la arrastró con ella por la escalera para que comprobara los desperfectos producidos en su casa. Ellas no tenían la menor idea sobre la existencia de aquella mujer huracanada.

—¡Llámame Gail! —ordenó a la señora Lelinca cuando la arrastraba por la escalera.

Gail abrió la puerta situada abajo de la suya e hizo entrar a su visitante forzada. El piso estaba vacío y seco. Sobre la alfombra verde sólo había una botella de whisky, dos vasos y un jarrón chino con un ramillete de plumas de pavo real. Gail se dejó caer al suelo y le ordenó a su visitante que hiciera lo mismo.

—¡Los hombres son unos cerdos! Me enfadé con mi marido y me mudé aquí. ¿Hice mal? —preguntó Gail.

—No, no lo creo...

Gail sirvió dos vasos de whisky y explicó que era diseñadora de zapatos, maldijo al gobierno, a los impuestos, a la China de Mao, a los Rosenberg y nuevamente a su marido. Su conversación era demasiado incoherente para ser sincera. "¿Qué desea esta gorda?", se preguntó la señora Lelinca y le pidió que le mostrara los desperfectos producidos por el agua que caía de su casa. Gail le dio un manotazo:

—¡No te preocupes! Estoy dispuesta a ahogarme —dijo echándose a reír.

Con la mayor naturalidad explicó que su marido vivía en una mansión en Park Avenue. "¿Qué es el lujo?" Ella prefería la libertad. ¿No estaba ya un poco vieja para tener amantes? A ella no le impresionaba que los jóvenes hubieran condenado a muerte a los mayores de treinta años. Se enderezó y miró con fijeza a su interlocutora.

—¡A muerte! —repitió con voz sombría.

La visitante creyó percibir una amenaza, pero ¿por qué partía de aquella mujer obesa? Observó a su vecina y estuvo segura de que fingía la borrachera. Volvió desconcertada a su piso y evitó comentar lo de Gail con Lucía.

Fue Aube la que notó que entre Gail y el karateka se había entablado una íntima amistad y que ambos pasaban las noches juntos organizando grandes borracheras. Por su parte, Madame Schloss contemplaba desde la ventana de la trastienda cómo Gail acumulaba botellas vacías en el patio.

—No me gusta esta mujer. Es muy basta. Es una judía sefaradí y usted sabe que estas personas son de clase y de cultura muy bajas —explicó Madame Schloss a la señora Lelinca.

Madame Schloss se había convertido en una especie de conserje de lujo. Desde el punto estratégico de su *boutique* observaba las salidas, entradas y movimientos de los inquilinos del señor Soffer. Sabía que el abogado Green se encerraba en su estudio para contemplar a través de su ventana cerrada la fuente del patio a la que la nieve acumulada había convertido en una flor de formas caprichosas, parecidas a un pequeño iceberg. Sabía la hora exacta en la que Karin le llevaba comida a Ken, que no trabajaba y compadecía al señor Al Mayer, el padre de la chica. También Madame Schloss descubrió que las dos hermanas negras tenían a un primo cuyos discos batían todos los récords y se cuidaba de confiárselo a Aube, que se hubiera lanzado sobre las muchachas para conseguir que Karin empezara su esperada carrera de modelo. También se enteró de la situación insegura de la señora Lelinca y de la precaria salud de Lucía y, discreta, trataba de provocar las confidencias de la madre cuando ésta volvía de las compras y Madame Schloss la invitaba a fumar un cigarrillo en su *boutique*.

—Madame Lelinca, su niña necesita mejor alimentación —opinaba contemplando la escasez de víveres en el bolso de compras.

Su interlocutora no cedía y hablaba de su nostalgia por Europa. Así, evitaba mencionar el pánico que padecía en Nueva York. La propietaria de la tienda la miraba pensativa: hacía unos días que había recibido a una cliente que compró dos mariposas y que habló con un afecto extraño de su vecina.

—Usted sabe que en este edificio vive alguien muy ilustre, ¿verdad?

Así empezó su charla aquella desconocida cubierta por un abrigo a cuadros azules y verdes, guantes gruesos de lana y botines grises. Madame Schloss observó su rostro pálido y sin maquillaje, su estatura enorme, su cabello rubio muy escaso y evitó la respuesta. La desconocida continuó:

—Es una gran amiga mía; me gustaría visitarla, pero ella no desea ser vista en la desgracia. Dígame ¿cómo está la Vikinga?

—¿La Vikinga? —preguntó Madame Schloss muy sorprendida.

—Así llamo a Lucía. La primera vez que llegué a su casa no esperaba tener suerte; mi amiga siempre fue solitaria: odiaba las visitas. En lo alto de la escalera del jardín estaba la Vikinga, me examinó y dijo que me anunciaría con su madre. Yo me dije: "He pasado la primera guardia", y le sonreí a aquella chica tan alta, tan fuerte y tan rubia.

Madame Schloss se quedó boquiabierta: Lucía era muy delgada, muy indefensa, muy pálida; seguramente la cliente estaba equivocada.

—¡No! ¡No! Lucía es la Vikinga. Tal vez la enfermedad la ha devorado —dijo y recogió el paquete preciosamente envuelto y sonrió.

—Algún día vendré a visitarlas. Sé que van a necesitarme. No les diga que vine y pregunté por ellas, se sentirían muy humilladas.

La campanilla de la puerta anunció su salida. Madame Schloss quedó muy impresionada y decidió guardar silencio. Deseaba provocar las confidencias de la señora Lelinca, pero ésta se empeñaba en su reserva.

A Aube le disgustaba "la soviética" y le molestaba que la señora Lelinca entrara a la *boutique.* ¿Acaso su dueña no la había ofendido mortalmente el día de la inauguración? "No son leales", le dijo a Karin, y ambas procuraron alejarse de sus dos amigas. Los sábados por la mañana se iban al campo y cerraban ostentosamente la puerta de su estudio sin despedirse de Lucía y de su madre, y su nueva actitud provocó una depresión en las extranjeras. Los fines de semana se convirtieron en una pesadilla. Las dos escuchaban el silencio terrible que pesaba sobre el edificio apagado; sólo las ventanas del karateka reflejaban su luz rosada sobre la nieve del patio.

—Estamos solas en el edificio —anunció la señora Lelinca.

La soledad les cayó encima como una losa. No vieron la televisión; cenaron y se metieron en la cama. Lola apenas probó bocado; también ella tenía miedo y echaba de menos a María. No podían dormir; la voz de Elizabeth anunciando que había entrado "el mal" en el edificio las desvelaba, produciéndoles oleadas de pánico. No lograban explicarse aquel miedo repentino y, sin embargo, cualquiera podía entrar, romper la cerradura y... Era mejor no pensar en nada y trataron de dormir. La señora Lelinca dormía, cuando su hija le murmuró al oído:

—¿Oyes?... ¿Oyes?...

La mujer se enderezó en la cama y escuchó: en medio de las sombras se elevaban del patio unos quejidos sofocados. ¿Quién se quejaba? Lola y Lucía también escuchaban aterradas.

—No está Aube y no tenemos teléfono —dijo Lucía en un susurro.

—¡No te muevas! Puede ser una emboscada —ordenó la madre.

Desatendiendo la orden, Lucía se dirigió a la ventana, la levantó con suavidad y miró al interior del patio. Sobre la nieve vio reflejada la luz de las ventanas del karateka y hasta ella llegó la voz borracha de Gail confundida con los golpes y con los quejidos. De pronto se apagaron las ventanas y sólo se escucharon estertores.

Lucía levantó los ojos en busca de la ventana del abogado Green y vio que estaba apagada.

La señora Lelinca encendió bajo las mantas un cigarrillo y trató de fumar. Ella y su hija respiraban con dificultad y esperaban. No sabían lo que esperaban y ambas se hundieron en un terrible vértigo. ¡Estaban atrapadas! Trataron de olvidar a Gail. Su presencia había producido el desorden y hasta Madame Schloss había perdido la sonrisa. "¡Esa Gail es una indeseable!", exclamaba la dueña de la *boutique*, que a esa hora se encontraría segura en su casa de Long Island. La voz de Gail sonó terrible y llegó a la ventana —se diría la voz de un hombre—; en seguida se produjo nuevamente el silencio.

—¡Ya murió!... Hay que esperar —dijo Lucía en voz muy baja.

—¿Quién murió? —preguntó temblorosa su madre.

—No lo sé...

Por la mañana pensaron que habían sufrido una pesadilla colectiva; quizás el karateka y Gail habían bebido demasiado. La señora Lelinca no deseaba salir a comprar el periódico, aunque lo deseaba ardientemente y, decidida, bajó las escaleras muy de prisa. Antes de alcanzar los escalones de piedra situados en la calle, vio a través del vidrio ovalado de la puerta de entrada una enorme ambulancia estacionada frente al edificio. Algunos hombres con chaquetillas verdes esperaban en la portezuela trasera del vehículo. Un hombre mayor, vestido con elegancia, subió con ellos y luego se cerró la portezuela y la ambulancia partió con la sirena en marcha. La señora Lelinca permaneció inmóvil sobre la acera cubierta de nieve. La sobresaltó la presencia del señor Soffer, que cerca de ella también vio cómo se alejaba la ambulancia. El viejecillo pareció no reconocerla; se diría que estaba borracho. Sus gestos eran vacilantes y su rostro estaba mortalmente pálido. Se llevó una mano a la frente y se la manchó de sangre.

—Ese joven... no vea por las ventanas. Los muebles están destrozados y las paredes cubiertas de sangre —le dijo el señor Soffer en voz muy baja.

La mujer quiso huir, pero el señor Soffer la detuvo:

—No diga nada a nadie. Sobre todo a la señora Mayer o a Green; son malos judíos y tratarán de arruinarme. Voy a esperar la llegada de los detectives...

Y el señor Soffer se sentó sobre un escalón de piedra. Tambaleante, la señora Lelinca se fue a comprar el periódico. Al volver ya no estaba el señor Soffer sentado en los escalones de entrada.

El domingo transcurrió muy quieto; la señora Lelinca no le dijo nada a Lucía. El piso de Gail estaba silencioso y al oscurecer nadie encendió la luz. Se diría que también la mujer había muerto. Por la noche se presentaron Aube y Karin a ver la televisión. El aire del campo les había dado buen color. Nadie diría que hacía apenas unas horas que habían asesinado al karateka. En cuanto a Gail, continuaba desaparecida. Aube y Karin parecían ignorar lo ocurrido y no preguntaron absolutamente nada.

El invierno era muy crudo; el viento del Norte soplaba con violencia y Aube desde su ventana observaba las raras salidas de la madre de Lucía. "Se diría que teme algo", comentaba con Karin. De pronto reapareció Gail enfundada en un enorme abrigo y, sin proponérselo, Aube se dijo: "Es un hombre". Y se sintió invadida por el miedo. Gail la atrapó en la escalera y Aube vio su piel áspera de poros muy abiertos y sus cabellos cortos y toscos. Trató de subir con rapidez a su piso, pero Gail se empeñó en subir con ella. Se instaló en la silla de mimbre y empezó su charla desordenada:

—Tú no frecuentas a esas dos ¿verdad? —preguntó refiriéndose a Lucía y a su madre.

—Apenas... sólo cuando las encuentro en la escalera —mintió Aube.

—¡Mejor! ¡Mucho mejor! ¡Impostoras! Inventaron la enfermedad de la hija para cubrirse —dijo Gail mirando con fijeza a Aube. Se diría que trataba de hipnotizarla.

—¡Eso no!... —protestó Aube.

Pensaba agregar: "Yo soy testigo de que Lucía estuvo moribunda", pero algo en la mirada de Gail la hizo callar. "No sé quiénes son", se dijo preocupada y agregó para sí misma: "Tampoco sé quién es esta mujer", y se resignó a escuchar las palabras desordenadas de su interlocutora. Nueva York había cambiado, el triunfo era diferente y se llegaba a él por caminos desconocidos. Alguien había colocado en los puntos estratégicos a personajes peligrosos y con ellos debía enfrentarse. Tal vez Lucía y su madre no se habían dado cuenta de este acto de prestidigitación y por eso eran personas "marginadas", como se les llamaba ahora. Aube se asustó, "También Karin y yo entramos en ese orden", y decidió sonreírle a Gail a pesar del temor que le infundía. "¡Ya no cuenta el glamour!", se dijo con tristeza, y recordó que ella, Aube, había triunfado sólo por su belleza y la gracia de sus movimientos, pero ese tiempo había terminado. "Consultaré con Ken", se prometió y se dejó llevar al piso de Gail para beber una copa.

Por la mirilla de la puerta la señora Lelinca vio bajar a Aube y a Karin acompañadas de Gail, que no le había vuelto a dirigir la palabra desde la noche en que inventó la inundación de su casa.

—¡Hay que lanzar a tu chica de modelo! ¿Sabes que soy diseñadora de trajes? —gritó Gail en la escalera.

Recordó a María: "Estas mujeres te van a vender". La duda se instaló en su pecho y aprendió otra vez a sentirse sola. No volvería a llamar a Aube; esperaría a que ella lo hiciera. Esa misma noche reapareció María. Llevaba un nuevo corte de pelo tipo "Gatsby" y un regalo para Lucía: *La vida de Nijinsky*. La joven preguntó con voz teatral:

—¿Y qué hace la vieja prostituta?

Se refería a Aube y la señora Lelinca guardó silencio.

—¿Han visto a la nueva? —preguntó María.

La madre y la hija se miraron sorprendidas, ¿quién era la nueva? "La soviética" explicó con ademanes exagerados que una joven rubia se había instalado en el piso situado junto a la puerta de entrada al edificio.

—La acompaña un negro con sombrero de visón. ¡Un chulo! El negro me hizo un guiño. Creo que me voy a ir temprano. No me gustó ese personaje.

María escuchó música de Rachmaninoff en el tocadiscos que Lucía compró en una casa de empeños de la tercera avenida y unas lágrimas ardientes rodaron por sus mejillas sonrosadas. Cuando se fue, encontró a Aube y a Karin en la escalera.

—¿Volviste? —le preguntó Aube con el disgusto reflejado en el rostro.

Del piso de la nueva inquilina y del negro partía una música estridente acompañada de gritos y de voces. Las tres se miraron inquietas.

—¿Vieron a la nueva y al negro que la acompaña? —preguntó María.

—Esta calle estaba limpia... ¿Será posible que el imbécil de Soffer nos haya metido a la mafia? —preguntó Aube en voz baja. "¿Por qué Gail no me dijo nada? Ella vive al lado...", pensó, y miró casi con afecto a "Madame Stalin". De repente ella, Aube, se sintió muy sola, muy perdida en ese Nueva York que le resultaba tan desconocido.

—¡Ven mañana, María!

Por la noche se escucharon gritos en la escalera, carreras, risas, algunos negros llamaron a la puerta del piso de Lucía y preguntaron por "las chicas". La señora Lelinca vio que también llamaban a la puerta de Aube y ésta se presentó muy temprano a visitarla. Era necesario actuar con rapidez: llamar a Soffer y presentar una queja en la comisaría firmada por todos los inquilinos para echar del edificio al negro y a su amiga.

—Son el pez piloto de la mafia —aseguró Aube, mordiéndose las uñas, gesto desconocido en ella. Al mediodía se presentó el señor Soffer y escuchó las quejas.

—Señora Mayer, señora Mayer, la señorita Linda es secretaria de una compañía importante. Me trajo sus credenciales. Trabaja en el Club Bananas —replicó el señor Soffer con calma.

—¿El Club Bananas?... ¿Sabe lo que es? ¡El peor antro de la ciudad! Usted, Soffer, es un pobre judío vienés que debió quedarse en Viena —gritó Aube.

—Sí, señora Mayer, debí quedarme en Viena. ¡Allí fui tan feliz!... ¡Ah!, pero la dicha no podía durar, no tengo suerte —y el señor Soffer tarareó un vals mientras su inquilina le hablaba de la mafia y las demás escuchaban.

—Está bien, haremos el escrito que usted pide, aunque yo no he visto a ese negro y pueden acusarme de racista. ¡Usted lo sabe! —se quejó el señor Soffer en voz muy queda.

Por la noche las mujeres, acompañadas de Ken y de María, subieron a pedir consejo al abogado Green. Éste las recibió en calzoncillos, sudando copiosamente; estaba indignado y al escuchar el nombre del club en el que trabajaba la inquilina decidió demandar al señor Soffer por haber puesto en tan grave peligro a todos los inquilinos.

—Es un imbécil. Habrán notado que el joven bostoniano ha desertado... Lo mejor que puedo hacer es mudarme mañana. ¡Sí, mañana llega Nety, mi mujer!

Las mujeres y Ken guardaron silencio. Todos habían notado la ausencia del karateka y todos sabían el peligro que encerraba decir la verdad y prefirieron continuar con el tema del chulo de sombrero de visón que se había colado en el edificio. Green se limpió las gafas empañadas por el horrible calor encerrado en su estudio e insistió en que él se lavaba las manos. Lo único prudente era mudarse. ¿Mudarse?

¿Con qué dinero? En todas partes exigían fianzas, rentas adelantadas y contratos complicados y costosos. Era mejor presentar la queja común en la comisaría.

—¡Esto es mafia! ¡Mafia! —repitió María asustada.

Era alarmante que "la soviética" tuviera miedo, y la madre de Lucía se dejó caer al suelo y observó a sus amigos, que deliberaban. "Me mudo mañana", escuchó repetir al abogado Green.

Mientras se llevaban a cabo estas deliberaciones, un camión de mudanzas se detuvo frente al edificio y sus hombres descargaron tres colchones enormes, una televisión y muchos bolsos sucios. Con ellos también llegaron dos mujeres: una muy pequeña, de nariz pronunciada, cabellos en desorden, ropas andrajosas y mirada furtiva. La vieja llevaba en brazos a un perrito sucio y parecido a ella. Su acompañante era una joven de nariz recortada por la cirugía estética y aire satisfecho. La joven sonreía y balanceaba un maletín de Aerolíneas Argentinas. Ellas, el perrito y los colchones se instalaron en el piso intermedio entre el de Lucía y Aube.

Los ladridos del perro llamaron la atención de Aube y de Lucía y el grupo se detuvo frente a la puerta del piso en el que introdujeron los colchones. ¿Por qué estaba allí dentro ese perro? La puerta se abrió y la joven de nariz recortada gritó:

—¡Pero mirá, mamá, mirá a estas imbéciles! Se diría que nunca han visto a una persona —y cerró de golpe, dejando boquiabiertas a sus vecinas.

¡Qué horror! ¿Qué nueva locura había hecho el señor Soffer? En el estudio de Aube las vecinas se miraron asustadas. María señaló una rendija abierta sobre la estufa, para servir de tiro, y Karin se trepó a atisbar, ya que la rendija comunicaba con el estudio de las nuevas inquilinas. Ken hizo una señal para que se guardara silencio, mientras que Karin trataba de escuchar lo que se decía en el piso vecino.

—Hablan del Seguro del Desempleo... —murmuró Karin, que sólo había entendido esas palabras.

En adelante, todos hablaron en voz muy baja en los dos estudios: el de Aube y el de la señora Lelinca. Las nuevas inquilinas se alumbraban con una lámpara pequeña de luz rojiza y entraban y salían como si les perteneciera el edificio. Aube vio a la vieja andrajosa llamar con disimulo al piso de Linda y del negro y colarse dentro con aire furtivo. ¡Y el imbécil de Soffer todavía no presentaba la queja en la comisaría! Apenas la estaba redactando...

El abogado Green no mintió. Una mañana subió la escalera la "inexistente" Nety. Todos salieron a contemplarla: era rubia, entrada en años, tostada por el sol y muy sonriente.

—¡Parece que este edificio es infernal! —comentó riendo antes de entrar al piso suyo acompañada de su marido.

—¡Infernal! —contestaron a coro Aube, Karin, Lucía y su madre, procurando no elevar la voz para evitar que las escucharan Linda y el negro, al que todavía no habían visto. Sólo lo conocían por sus escándalos nocturnos y los alaridos de Linda.

La madre de Lucía hizo una visita a la *boutique* Butterfly. Allí encontró a Linda comprándose una mariposa. Parecía muy tímida y atemorizada. Era muy rubia y con aire inocente y la señora

Lelinca la observó con incredulidad. ¿Cómo era posible que aquella jovencita fuera una prostituta y perteneciera a la mafia? Tal vez sus amigas se habían equivocado. Madame Schloss la trataba con afecto, y cuando la joven abandonó la tienda la madre de Lucía le pidió su opinión a la propietaria.

—¡Pobre chica! Es muy bonita... La mafia le ha entregado a los hombres de color el manejo de la prostitución... —dijo Madame Schloss con aire melancólico.

—¿Son mañosos?

—Espero que no lo sean. Esas brujas de Aube y su hija odian a esta pobre chica porque es muy guapa —contestó la propietaria.

—¿Y el negro con sombrero de visón?

—¿Joe?... Parece una buena persona...

Tranquilizada, la señora Lelinca entró al edificio sólo para comprobar que Aube tenía razón. Un negro gigantesco y medio desnudo mantenía al señor Soffer contra la pared, mientras que con la otra mano tiraba de una punta de la corbata a fin de cerrar el nudo y estrangularlo.

—¡Judío cochino! No vas a prohibirme que duerma con Linda, ni que me visiten mis hermanos. Y no se te ocurra cobrarme el alquiler... —decía en voz baja.

—¡Suelte al señor Soffer! —gritó la madre de Lucía.

El negro se volvió a ella y el señor Soffer aprovechó la ocasión para escapar. El negro se enfrentó a la señora Lelinca.

—Amo a Linda. Y este judío racista trata de impedírmelo. Soy Joe... ¿Usted es la madre de la chica enferma? —preguntó con voz suave.

La mujer se quedó estupefacta. Joe llevaba una bata de baño de color marrón, muy corta y abierta, que le desnudaba las piernas, la barriga y el pecho. "¿Quién le dijo que Lucía está enferma?", se repitió la mujer aterrada por el gigante. La noche anterior, aquel Joe había organizado un pandemónium en el edificio y Aube había llamado con urgencia al señor Soffer, que ahora había huido. La señora Lelinca subió la escalera, mientras Joe la observaba sonriendo.

Aube empezaba a desesperar: Karin no encontraba trabajo y su vida miserable se reducía a comer los escasos víveres que le enviaba Al y a refugiarse en el estudio de sus amigas. Gail parecía ignorarla y eso le agradaba. Desde que Linda y Joe se instalaron tan cerca de ella, el miedo que le producía aquella mujer hombruna había aumentado. Le debía varios cientos de dólares a Soffer y la perspectiva de volver al establo de Connecticut la deprimía. Ya no prestaba atención a las llamadas anónimas que recibía para amenazarla si continuaba frecuentando a la señora Lelinca. Después de todo, ella y su hija eran también víctimas. ¿De quién o de qué? No lo sabía, pero continuaban compartiendo las comidas y la televisión. Aube esperaba siempre alguna carta. ¡Era necesario que alguna agencia de modelos contestara! En el buzón descubrió una tarjeta colocada sobre el número del piso de las nuevas inquilinas: Fedra Bucci Basso Bass. "¡Qué nombre!", se dijo. Por la noche se lo comunicó a sus amigas.

—Los tres nombres son falsos y muy parecidos. Esa mujer es peligrosa. ¡Espionaje! —afirmó María.

—¿Y a quién espía? —preguntó Aube asustada.

—¡A nosotras! Es amiga de Joe, la vi entrar en su casa. ¡Cuidado! ¡Mucho cuidado! —afirmó "la soviética".

María convenció a sus amigas de llamar inmediatamente al señor Soffer y el viejecillo suplicó que lo esperaran en la puerta al día siguiente. Aube y Karin esperaron y el señor Soffer llegó puntual al mediodía. Las deliberaciones se llevaron en el estudio de la señora Lelinca. ¿Quién era la nueva inquilina? Soffer se miró las manos regordetas y sonrosadas.

—Trabaja en la Oficina Federal del Seguro del Desempleo —contestó.

Todos, hasta Ken que había acudido a aquella cita importante, se quedaron boquiabiertos. ¡Y él estaba sin trabajo!

—No es guapa, pero no es mala —afirmó el señor Soffer.

—¿Ha visto los andrajos que subió? Si trabajara tendría muebles, ropa —contestó Aube.

—No todas las mujeres son guapas y coquetas como usted, señora Mayer —dijo Soffer.

Ken sacó de su bolsillo la queja escrita contra Linda y Joe y obligó al viejecillo a firmarla. Después la firmaron Aube y Karin. "La soviética" le hizo una seña a la señora Lelinca indicándole que no firmara y ésta enrojeció y se negó a estampar su firma.

—¿Por qué? ¿Por qué?... ¡Firma! —exigió Lucía. La deslealtad de su madre para con sus amigas la cubrió de vergüenza.

—Tengo miedo...

En unos minutos Karin recogió las firmas de las dos hermanas de color, del abogado Green y de Nety; después bajó a ver a Gail y encontró un papel clavado en su puerta anunciando que se había ido de viaje. "La vi esta mañana...", se dijo Karin asustada. Subió para llamar en la puerta de Fedra.

—¡No contés conmigo para discriminar a nadie! —le gritó Fedra Bucci Basso Bass. Y cerró de golpe.

El señor Soffer, acompañado de Ken, salió rumbo a la comisaría. Antes entraron a la *boutique* Butterfly y Madame Schloss estampó su firma. A partir de ese día, la vida se volvió insoportable: todos desconfiaban de todos y se hacían la misma pregunta: "¿Quién trajo a Joe?" Por las noches, las escaleras se llenaban de gritos y carreras. Blancos y negros drogados llamaban a las puertas y las mujeres temían reunirse, por miedo de alcanzar su puerta y hallarse frente a algún drogado. Aube colocó varios cerrojos y la señora Lelinca una cadena, que amaneció rota una mañana. Fue esa mañana cuando alguien llamó a su puerta. Al abrir, la señora Lelinca se encontró frente a Joe, enorme, envuelto en su bata marrón, casi desnudo.

—¿Quiere fumar? Sé que tiene problemas y esto ayuda —le dijo tendiéndole un cigarrillo malhecho y con tufo a mariguana.

Ella se quedó atontada, pues Joe, sin esperar respuesta, se introdujo en su piso y observó con curiosidad a Lucía, que todavía estaba acostada. La falta de maquillaje la mostraba pálida y con cercos oscuros alrededor de los ojos. Al verlo, la chica se enderezó en la cama.

—¡Fuma! —le ordenó Joe tendiéndole el cigarrillo.

—No. Muchas gracias —contestó Lucía, mientras su madre de pie veía a Joe acomodarse en la mecedora y lanzar miradas hacia todas partes, como si temiera que alguien estuviera oculto. Sólo Lola se había metido debajo de la cama y escuchaba. Joe se puso inquieto y, con rapidez, se tiró al suelo y descubrió a la desdichada.

—¡Joe, tú sabías que tenían a alguien escondido! ¡Oh! Joe... Joe, siempre te dije que tenías algo en los sesos. Nunca fuiste tonto, Joe. ¡Lástima que te escapaste del colegio!... ¡Lástima! Doctor Joe, abogado Joe, te dirían ahora, pero tú, Joe, hiciste tu voluntad y ahora no puedes ayudar a esta pobre señora. ¡Pobre dama! ¡Huy!... ¡Qué pena! —dijo Joe y volvió a insistir en que la señora Lelinca fumara.

—¡Es mariguana! —le reprochó la mujer retirando la enorme mano de Joe que se empeñaba en acercarle el cigarrillo a la boca.

—¡Eso mismo! ¡Ma-ri-gua-na! Joe, no golpees a la señora. Joe, no la obligues a fumar. ¡Hey! ¡Hey! Joe, recuerda que ella no firmó la queja contra ti, como lo hicieron esos cerdos. ¿Verdad, Joe, que tú puedes ayudarla? Sí, sí puedes. Tus hermanos se ocuparán de ella. También de la chica enferma, ¿verdad? —dijo el negro y continuó dando chupadas al cigarrillo y observando con el rabillo del ojo a las dos mujeres aterradas.

—No le dicen nada a Joe. Pero Joe hablará con sus hermanos. Si alguien las ataca, llamen a Joe. ¿Entendido? Joe podría ir a la comisaría a denunciar lo que piensan hacerles, pero Joe no puede ir a la comisaría. ¡El FBI no lo quiere! ¡Lástima, Joe! Has estado dos veces en presidio. ¡Dos veces! Joe, no mientas: has entrado once veces en la cárcel... once —repitió Joe en voz baja.

—¿Once veces? ¿Por qué? —preguntó Lucía.

Joe se columpió alegremente en la mecedora, se echó hacia atrás y soltó una carcajada. Su voz y su risa eran bajas y apagadas. Se llevó la mano a la cabeza y fijó sus ojos redondos en la chica.

—Esto no se lo vas a decir a las cerdas amigas tuyas. ¡Joe nunca estuvo en la cárcel!... Joe sí estuvo en la cárcel... Los cochinos judíos y los cochinos blancos quieren que Joe se muera, que no trabaje en su comercio, que no viva con Linda, que no vea a sus hermanos. ¿Tú quieres eso? —le preguntó a Lucía.

—¡No, no! Yo quiero que seas muy feliz... Pero ¿por qué estuviste once veces en la cárcel? —insistió la tonta de Lucía.

Joe se puso de pie de un salto, su bata marrón de baño se abrió y enseñó su barriga, le dio una patada a la mecedora y se volvió a la señora Lelinca con aire contrito:

—Dile a tu hija que no pregunte nada a Joe. ¡No puede ir a la comisaría a denunciar lo que les van a hacer! ¡No puede! Ha estado once veces en la cárcel y tú lo sabes... sí lo sabes: la palabra de un convicto no sirve, hermana. ¡No sirve! ¿Puedo llamarte hermana?

—Sí, llámame hermana. Dime, ¿quién va a hacernos algo... y cuándo? —preguntó la señora Lelinca con las rodillas flojas por el miedo que le provocó la confidencia de Joe.

Joe volvió a sacudirse de risa. Movió la cabeza y la miró con curiosidad.

—¿No lo sabes?... ¡Hey! ¡Hey, Joe! No lo digas. Entonces es un secreto. ¡Un secreto! Pero puedes llamarme cuando me necesites —terminó.

Con una majestad estudiada, Joe se dirigió a la puerta. Antes de salir se volvió a la madre de Lucía, se llevó un dedo a los labios y dijo con voz autoritaria:

—¡Silencio! ¡Joe no es un soplón! No, no es un soplón. ¿Verdad, Joe? No digan nada a nadie —y bajó las escaleras silbando.

La señora Lelinca y su hija permanecieron mudas. No comieron y Lola se rehusó a salir de su escondite. ¿Joe había venido a amenazarlas? Era un astuto. Se había dado cuenta de que por miedo no habían firmado la queja. ¡No, tal vez por agradecimiento quería prevenirlas de algún peligro! Lo peor era que no podían consultar con nadie. En el maldito edificio todos se enteraban de todo aun antes de que sucediera. "¡Joe no es un soplón!", había dicho el negro, y si se enteraba de que ellas se habían confiado en alguien, entonces sí que les sucedería lo peor. El miedo se instaló en su estudio y el menor ruido las sobresaltaba. ¿Cuándo terminaría ese infierno? Tal vez lo más prudente era mudarse. Leyeron los anuncios de los pisos vacíos que estaban en el periódico. Eran carísimos. Ellas sobrevivían de una miserable pensión que siempre llegaba con retraso, a veces se perdía y apenas alcanzaba para pagar el alquiler de Soffer en abonos, para alimentarse de comida enlatada, la más barata. Inmóviles vieron avanzar el día y oscurecer.

Aube vio entrar a Joe en la casa de Lucía. "¡Las traidoras, por eso se negaron a firmar la queja!" Ahora, la ira de la mafia caería sobre ella y sobre Karin, dos mujeres indefensas. "Lo merezco. No sé quiénes son esas mujeres." Recordó la voz gangosa: "Usted ignora quién es esa vieja prostituta...", y Aube perdió el apetito. Tampoco comió Karin. Temerosas de que Fedra Bucci Basso Bass escuchara su conversación, guardaron silencio. No contaban con nadie: la Schloss era demasiado rica y amiga de Al; además, cerraba su tienda temprano y se retiraba a su casa de lujo. ¡Era odiosa! El abogado Green se encerraba muy temprano con Nety y ambos permanecían muy quietos. ¡Tenían miedo! Sobre todo desde que tuvieron la ocurrencia de firmar la queja. ¿Y la policía? ¡No hizo ningún caso! "Ahora Joe me va a demandar y esa lista de la Lelinca le servirá de testigo", se dijo Aube furiosa. Joe había ido a ofrecerle dinero, por eso estaba callada. Era "una rata hambrienta": había aceptado el dinero y firmaría la queja de Joe. Llamó al señor Soffer.

—Señora Mayer, señora Mayer, tenga paciencia, ya contestará la policía... No, no, la señora Lelinca no le hará ningún daño. ¡Señora Mayer, es viernes, estoy muy cansado; iré a visitarla el lunes! No sé por qué tuve la mala idea de invertir mis ahorros, el dinero ganado con mi música en ese maldito edificio... ¡Me están matando, señora Mayer! —gritó el señor Soffer y con mucha cortesía colgó el teléfono.

¿Y la rata andrajosa de la Bucci Basso Bass qué pensaba? También ella era amiga de Joe. Aube encogió las piernas, apoyó la cabeza sobre las rodillas y pensó que iba a llorar. Su hija Elizabeth tenía razón: "el mal" había entrado en el edificio. Pero ¿quién era el "mal"? ¡Todos! La Lelinca, su hija, las hermanas de color, Green, Gail, Nety, Linda, Joe, la Schloss. ¿De dónde había salido aquella chusma? ¡Y la última en entrar, la Bucci Basso Bass, era la peor! Había pasado el día espiando a la señora Lelinca y ésta no había dado señales de vida, ni siquiera salió a comprar nada a la tienda de comestibles. ¡Se escondía después de su traición! Oscureció y

Aube y Karin echaron los cerrojos y se tendieron en la alfombra sin cenar. No pudieron dormir; espiaban los ruidos y las carreras que subían por la escalera.

El sábado por la mañana la señora Lelinca llamó a la puerta de Aube. Ésta guardó silencio y no abrió. "Se fueron al campo", se dijo la mujer con desconsuelo, y después de salir a comprar leche y pan se refugió en su estudio. El día transcurrió lento y cargado de amenazas. Nadie se movió en el edificio. La Bucci Basso Bass estaba encerrada con sus colchones y su perro. Hacía dos días que Mina, su hija, había salido con una maleta en la mano y el maletín de Aerolíneas Argentinas en la otra. Después nadie la había vuelto a ver. Lola se sentía muy deprimida, sin ganas de comer ni de moverse; tendida en la cama, con la barbilla apoyada sobre las manos simulaba dormir, pero al menor ruido abría los ojos y se estremecía, ¡Estaba tan cansada de huir y de esconderse que a veces se le ocurría que morirse era lo mejor que podía ocurrirle! Lucía trató de terminar *La vida de Nijinsky*, pero la tragedia del bailarín ruso la hizo llorar tanto que abandonó el libro y, abatida, continuó columpiándose en la mecedora.

—Andamos huyendo Lola... ¿Para qué? —le preguntó a aquella pobre desvalida.

Los agradables fantasmas de su infancia: golosinas, juegos y jardines, le parecieron banales, abolidos. Ese mundo ya no existía. "Ahora nadie baila", se dijo, y se miró las manos pálidas, delgadas, quietas sobre su bata azul. También ella estaba muy cansada; ni siquiera se pasó el cepillo por los cabellos. Karin no vino a maquillarla y su rostro demacrado se rehusó a reflejarse en el espejo. Le contagió la depresión a su madre, que simulaba hacer algo en la pequeña cocina; si tenían suerte vendría "Madame Stalin" a visitarlas y sonrió al recordar los motes que Aube le puso a María. No tuvieron suerte y a las diez de la noche se recogieron en la cama. Las despertó un tiroteo. Lucía corrió a la ventana, para encontrarse con la luz rojiza que salía de la ventana de la Bucci Basso Bass. En medio de los reflejos extraños, la muchacha vio a la mujer andrajosa sentada encima de sus tres colchones. Tenía la cabeza entre las manos y era la imagen misma de la desesperación. "Se diría que le han disparado a ella", se dijo Lucía muy preocupada, y en voz muy baja llamó a su madre, que yacía inmóvil y paralizada de terror.

—¡Ven! Mira a la pobre Bucci Basso Bass...

Su madre no se movió. Era necesario que amaneciera.

Aube despertó asustada. "Nos han disparado", le dijo a Karin que, sentada sobre la alfombra, temblaba como una hoja.

Ella había escuchado el tiroteo nutrido justamente bajo su oído. "Mami, los disparos vienen de abajo." No encendieron la luz, alargaron la mano y vieron las manecillas verdes y luminosas del reloj despertador que marcaban las cinco y catorce minutos de la madrugada. Después de los tiros se produjo un silencio, luego una carrera, como si alguien hubiera salido huyendo. Y luego otra vez el silencio. Después de un rato llegó un automóvil y escucharon pasos, voces bajas y movimientos. Luego ¡nada! A las seis y media de la mañana Aube se arrastró a la cocina y sin hacer ruido preparó un café que ambas bebieron en el suelo. "Baby, no tengas miedo... no tiembles", suplicó Aube, y esperaron a que rayara el día.

Hacia las diez de la mañana la señora Lelinca llamó a la puerta de Aube, que se precipitó a abrirle.

—¿Fueron disparos o lo soñamos? —le preguntó a su amiga, que estaba lívida como un fantasma.

—Fueron disparos... abajo —contestó Aube, apuntando con su dedo delicado hacia el piso.

Las dos permanecieron en silencio. Karin dormía sobre la alfombra y Lucía en la cama, al lado de Lola. Deliberaron unos minutos y la señora Lelinca subió a consultar con el abogado Green. Aube la esperaría. La madre de Lucía encontró en el estudio del señor Green a la andrajosa Bucci Basso Bass, que, contrita y con aire servil, le preparaba un té a Nety mientras que su marido paseaba nervioso por la habitación desnuda.

—Esto es un infierno... el negro disparó sobre Linda —dijo Nety, con el rostro cambiado.

Nety ya no sonreía; estaba despeinada, sin maquillaje y apenas pudo sostener la taza que la Bucci Basso Bass le tendió con aire demasiado solícito.

—Calma, calma, en seguida vino la ambulancia por esa chica... Y, querida, parece que no fue Joe. Escuché decir que fue un amigo suyo al que se le disparó la pistola. ¡Son tan peligrosas las armas de fuego! —suspiró la Bucci Basso Bass.

—Fue un error presentar esa queja... ¡La culpa la tienen ese par de estúpidas! —comentó el abogado deteniéndose frente a su mujer.

—¡Y claro que fue un error! Joe es un niño, pero sus amigos pueden tomar el caso como discriminación racial. Este asunto, Nety, es muy delicado, muy delicado. El pobre Joe lloró como un niño... bueno, eso me dijeron, ¡yo qué sé! —dijo la Bucci Basso Bass y miró a la señora Lelinca con aire de humildad; se diría que quería decir: "Perdone usted, señora, que esté yo aquí".

La madre de Lucía no supo qué decir. La presencia de aquella mujer untuosa y vestida con harapos la dejó desconcertada. Sólo se le ocurrió decir:

—Abogado Green, quizás sería más prudente mudarse...

—¡Sí! Yo pienso mudarme mañana —afirmó Green golpeándose las manos.

—Señora, es más prudente que no les comunique a sus amigas lo que ha escuchado aquí. ¡Son tan impetuosas! Y ahora, abogado, me retiro.

La Bucci Basso Bass salió sin hacer ruido. La señora Lelinca estuvo unos segundos, sólo para escuchar decir a Nety:

—¡Pobre mujer, es una samaritana! Vino a preguntar si no necesitábamos ayuda.

Antes de salir, la madre de Lucía vio a Nety deshacerse en lágrimas. Estaba próxima a un colapso nervioso. Bajó preocupada. No sabía si decirle a Aube lo que había visto y se detuvo unos instantes antes de llamar a la puerta de su amiga. Entonces escuchó unos pasos; se volvió para descubrir que la Bucci Basso Bass se deslizaba por la escalera como una serpiente. ¿De manera que la mujer no había bajado directamente a su estudio? ¡No! La mujer subió al piso superior para saber cuánto tiempo permanecía ella con el abogado. Traía una sonrisa satisfecha. ¡Había salido inmediatamente! La Bucci Basso Bass abrió su puerta y se introdujo de prisa. La madre de Lucía escuchó los gruñidos de su perro y llamó a la casa de Aube.

—¿Qué dijo Green? —preguntó ansiosa.

—Parece que alguien, que no fue Joe, disparó sobre Linda... Nety está llorando. Aube, ¿no crees que deberíamos mudarnos?... ¡Claro que no tenemos dinero para hacerlo!...

Las dos bebieron un café y guardaron silencio: no podían hacer absolutamente nada; le debían dinero a Soffer y nunca tendrían lo suficiente para mudarse. Karin continuaba dormida sobre la alfombra y Lucía estaba sola en el estudio.

A pesar del tiroteo el señor Soffer no se presentó ese domingo y sus inquilinos permanecieron agobiados y solitarios; quizás la policía vendría a interrogarlos, ¡pero no vino nadie! Al oscurecer, alguien arañó la puerta de la señora Lelinca. Ésta vio por la mirilla la cara alargada y sucia de la Bucci Basso Bass. Asustada, la dejó pasar. La mujer entró con la vista baja y se precipitó a instalarse en la mecedora. Llevaba a su perrito en brazos y lo llamaba: Jefe.

—¡Qué desgracia! Mire, somos los honrados los que pagamos los platos rotos. Mire a su hijita, qué pálida que está. ¿No has dormido, niña? —le preguntó a Lucía que la miraba con los ojos muy abiertos.

—Dormí muy bien... —contestó la chica.

—¡No me digas que no escuchaste lo sucedido en esta madrugada!

—No, ¿qué sucedió? —preguntó Lucía.

—¡Nada! Nada, criatura. Verdaderamente son ustedes dos inocentes; qué diferencia con esas dos amigas suyas —exclamó la visitante.

La madre y la hija vieron sus uñas largas y sucias. Fedra se introducía un dedo en la oreja, hurgaba, limpiaba la sustancia amarillenta sobre su traje y hablaba en voz baja. ¿No sabían que Mina estaba en Río de Janeiro? De allí iría a Buenos Aires, siguiendo la ruta de su novio, un marino joven, guapo y "prepotente". También ella había tenido un amor pasajero con uno de los oficiales del navío. El recuerdo la dejó pensativa, acarició a Jefe y sin levantar la vista comentó:

—Señora, qué pena que me da usted. ¡Todos la engañan! Usted cree en el pillo de Gabriel y, mientras, él proclama a los cuatro vientos que usted ¡es una comunista desaforada! ¡Tal como lo oye: desaforada!

Fedra Bucci Basso Bass se puso de pie y salió de prisa, no sin antes prevenir: "En seguida vuelvo". En efecto, volvió con unas fotografías muy grandes y a colores en las que aparecían ella y Mina vestidas de gala y cubiertas de joyas. A su lado estaban unos marinos ¡y Gabriel! La madre de Lucía contempló la figura canosa y frívola de aquel oligarca y cayó en la cuenta de cuál Gabriel le hablaba la Bucci Basso Bass. ¿Cómo era posible que aquel elegante fuera amigo de esta andrajosa? ¿Y por qué la andrajosa de uñas sucias vivía en ese estudio sólo con tres colchones y un perrito viejo? No encontró palabras, no se atrevió a preguntar por aquellas joyas y aquellos trajes que Fedra y Mina lucían en las fotos. Ante su sorpresa, Fedra se echó a reír.

—Hay que defenderse. Tengo tres pisos en Nueva York. Yo no trabajo, tengo mi tarjetita del Seguro del Desempleo que afirma que trabajo allí, pero no es verdad. Sucede que sé mover la bolita. ¿Comprende? En Nueva York he aprendido a defenderme, por eso le digo que son ustedes dos inocentes. Yo tengo automóvil, casa en el campo y un grupo leal de amigos, como Gabriel. Cuando necesite consejo, pídamelo. Por ejemplo, tomé este estudio por un mes. Es gratuito y esto me provee de una nueva dirección para cobrar el seguro del desempleo. Y después me marcho. Es necesario saber tratar al yanqui ¡y ustedes no lo saben!

Lucía y su madre no entendieron nada y Fedra se dio cuenta y volvió a reír.

—Veo que no han comprendido el mecanismo. Miren, tengo mi "tarjeta verde" y un puesto en la Oficina del Desempleo, pero no trabajo. Allí estoy inscrita bajo el nombre de mi marido, ¡ese canalla que me partió la vida! Mi trabajo me permite asignarme tres o cuatro seguros, por eso tengo tres pisos, aunque ésos no figuran, ésos pertenecen a Mina. Yo tengo alquilados cuatro pisos con éste y me presento en todos para cobrar el seguro. Si me conviene, me quedo aquí solamente un mes y el vejete Soffer no me va a arrancar ¡ni un clavo! La Ley me permite quedarme ¡cuatro meses!, y si peleo puedo quedarme el tiempo que quiera. Además exporto automóviles a la Argentina. Allá hay gran escasez de vehículos ¡y acá sobran! Se les envía sin matrícula, naturalmente, y a cargo de amistades...

Fedra Bucci Basso Bass calló para observar el efecto de sus palabras: la sorpresa reflejada en los rostros de sus oyentes la hizo callar para sobar el pelo raído de Jefe. Después, con voz untosa agregó:

—Por eso me atreví a venir... quise ayudarlas a descubrir Nueva York. Se lo tengo dicho a Gabriel. "¡Mirá, sos un egoísta con tus amigas, debemos ayudarlas!", pero él anda enredado con esa piba y no se ocupa de nada. Ya saben que su mujer también anda con otro en Córdoba ¡y el hombre se divierte! ¡Qué vida! Pasaré a verlas cuando no estén ésas. Las pobres me miran como si yo fuera la Jacqueline Onassis. Me voy; que tengo que llamar a Mina a Río de Janeiro.

Fedra se puso de pie, acarició a Jefe y se dirigió a la puerta. Antes de despedirse les recomendó silencio.

—No digan nada a ésas. Y mire usted, qué desgracia tan grande ha ocurrido dentro de los muros de este mismito edificio. ¡Pobre Joe!

Aube la vio salir de la casa de la señora Lelinca, y Fedra no se inmutó ni le dio las "buenas noches".

—Vi a la Bucci Basso Bass salir de la casa de Lucía —le anunció Aube a Karin temblando de ira.

—¡A ese par de imbéciles todos se les cuelan! Un día se llevarán un disgusto —sentenció Karin.

Ellas en su estudio y Lucía y su madre en el suyo esperaron la aparición de María. Pero "la soviética" no se presentó. ¡Era extraño, muy extraño! Las cuatro ignoraban que unos detectives habían interrogado a María antes de llegar a los escalones de piedra del edificio. "Sí, había visto a Linda, pero no era amiga suya. Sus amigas eran la señora Lelinca y Aube." Los policías la escucharon con aire severo.

—¿De qué se trata? —preguntó María.

—De prostitutas y de chulos. Una está agonizando: ¡se llama Linda! —le contestaron.

María guardó silencio y se alejó despacio, aunque sintió la furiosa necesidad de correr.

El lunes, antes de ir a la compra, la señora Lelinca fue a visitar a Madame Schloss. La campanilla de la puerta de entrada a la *boutique* retumbó sonora. La visitante se quedó muy quieta: las vitrinas estaban en desorden, los collares arrojados al suelo, los arbolillos dorados rotos y las mariposas pisoteadas. En la *boutique* no había nadie.

—¡Madame Schloss! —llamó la visitante.

—Querida, querida...

La voz de la propietaria venía de algún rincón y era casi un susurro. La madre de Lucía repitió: "Madame Schloss" y ésta volvió a repetir: "Querida, querida" desde un lugar invisible. La soledad de la *boutique* tenía algo atroz, algo fantasmal y los oídos de la señora Lelinca se llenaron de zumbidos peligrosos. Casi a tientas, a pesar de ser las once de la mañana, buscó a la propietaria. La encontró en la trastienda, dividida por unas cortinas de terciopelo de color durazno. Allí estaba, derribada, con una mano chorreando sangre, los cabellos en desorden y el traje desgarrado. Casi sin darse cuenta de lo que hacía, la ayudó a levantarse y la llevó hasta un sillón francés. Ella se dejó caer en otro.

—Querida... entraron tres chicos negros, me torcieron las muñecas, creo que robaron... Me prohibieron dar parte a la policía y se fueron...

Madame Schloss hablaba en voz baja y sus ojos imploraban ayuda y silencio. Su aspecto era terrible; se diría que un genio del mal había penetrado en aquel recinto silencioso para destruir el orden perfecto que reinaba.

—Madame Schloss, ¿puede usted darme agua con azúcar? Creo que voy a desmayarme —dijo la señora Lelinca y se desvaneció en el sillón. La invadieron perfumes exquisitos y aire helado. El rostro lleno de golpes de la propietaria se inclinaba sobre el suyo y su mano sostenía un frasco de Chanel número cinco. Las dos mujeres quedaron frente a frente; ninguna de las dos podía hablar. Al cabo de un rato la visitante preguntó si su amiga estaba enterada de lo sucedido a Linda. ¡No! La dueña de la *boutique* ignoraba el tiroteo. Entonces ¿quién la había atacado?

—La queja... —murmuró Madame Schloss en un suspiro.

¿Sería prudente avisar a la policía? ¡No, podían matarlas a las dos!

—Un brandy, un brandy —dijo la propietaria y su sangre manchó la botella y las copas.

Sobre la alfombra de color durazno la sangre formaba figuritas oscuras y la señora contempló su muñeca herida con asombro.

—¡Ah!, recuerdo que traían una navaja abierta... voy a lavarme —y la señora Schloss se introdujo en la trastienda, mientras que su amiga quedaba vigilando.

Tardó en reaparecer. Traía la muñeca atada con un pañuelo, los cabellos alisados y se cubría con un abrigo. Madame Schloss se esforzó en sonreír: no deseaba asustar a su vecina; Judy, su hija, estaba en California y temía quedarse sola.

—Querida, pensé que es mejor callar. Pensaremos sobre el asunto y luego podremos decidir.

Su visitante aceptó sus palabras con docilidad, bebió el brandy y trató de no ensuciarse los labios con la sangre que se cuajaba con rapidez en la copa. No quería abandonar a su vecina; charlaría de banalidades para olvidar lo que había sucedido en Butterfly. ¿La señora había visto *La dama de las camelias* que se proyectaba en un cine de la orilla Este?

—Sí, querida, la vi anoche. Garbo era sublime... Esa Europa ya no existe, querida...

—Yo no pude ir. Siempre estoy con Lucía. Le prometí llevarla, quiere ver a Garbo. ¿Sabe? nunca la ha visto. Era mi actriz favorita; la recuerdo nebulosa, hecha de brumas...

—Sí, querida, estaba hecha con materiales translúcidos. ¡Qué diferencia con los jóvenes modernos! ¡Qué toscos, qué feos, qué sucios... y qué asesinos! Querida, cuando veo a un joven ¡huyo! Y mire, ellos vinieron a buscarme... Cuando menos podían bañarse.

—¿Estuvo usted en Viena? —preguntó la visitante.

—Sí, pero, ¡helas!, prefería Berlín. Es mi ciudad natal. El año pasado, después de tantos años de ausencia, volví. Caminé por el *Tiergarten*... Es otra ciudad, pero reconozco que las berlinesas continúan siendo las mujeres más elegantes de Europa, bueno, de Alemania. Nunca pensé en irme, pero llegó ese monstruo... —y Frau Schloss bebió su brandy a sorbitos.

Desde la calle, a través del cristal de la vitrina, tres jóvenes negros las contemplaban; reían y las señalaban; las mujeres les producían regocijo. Los divertían. Las dos mujeres los vieron con el rabillo del ojo, asustadas ante sus gestos impunemente burlones.

La señora Lelinca opinó que Madame Schloss debía cerrar la tienda y marcharse a su casa en taxi. Por la tarde discutirían el asunto. Cerraron Butterfly y cuando el vehículo que llevaba a su amiga se alejó, la señora Lelinca subió a su piso y se tendió en la cama. ¡Se mudaría! Estaba decidida. El disgusto y el brandy la sumieron en un sueño profundo. Despertó al oscurecer y encontró a Lucía acompañada de Aube y de Karin.

—¡Qué extraño! ¡La Schloss no abrió Butterfly! Tiene miedo. ¿Cómo se enteró de lo de Linda si ayer fue domingo? Esa mujer es sospechosa —dijo Aube.

La señora Lelinca guardó silencio. Las palabras de Aube la devolvieron a la cotidiana pesadilla.

Era inútil buscar piso, durante más de una semana la señora Lelinca leyó los avisos, visitó los departamentos vacíos y sumó y volvió a sumar los gastos necesarios para efectuar la mudanza. ¡Nunca tendría esa enorme suma de dinero! Tampoco consiguió trabajo: carecía del permiso y si la sorprendían ejerciendo cualquier menester la echarían de los Estados Unidos. Descorazonada, se detenía a veces en la *boutique* de Madame Schloss.

—Hace mucho frío... —decía al entrar.

—Sí, el invierno ha sido crudo. ¿Sabe usted que el abogado Green y Nety se mudaron ayer? —le anunció una tarde la propietaria de Butterfly.

No supo qué decir. Era difícil explicarle a la señora Schloss que la presencia del abogado encima de su piso la consolaba, la hacía sentirse menos sola, menos aterrada. “No podré mirar su ventana apagada; me moriría de miedo”, se dijo, y simuló indiferencia. Además la dueña de la *boutique* había cambiado con ella. No quería imaginar mezquindades, pero de alguna manera, después del asalto sufrido, la Schloss la recibía con marcada frialdad. Ahora ya no le ofrecía cigarrillos ni brandy. Observó los gestos de su interlocutora, su rostro serio y su muñeca vendada. ¿Qué escondía Madame Schloss? La campanilla de la puerta de entrada la hizo volverse para ver entrar a Joe, envuelto en su bata de baño de color marrón. Una sonrisa de bienvenida iluminó el rostro de la propietaria.

—¡Joe! ¿Cómo va Linda? —preguntó.

El recién llegado se dejó caer en un sillón, dio un suspiro demasiado hondo y miró a la madre de Lucía con ojos afligidos.

—Un poquito mejor. Joe la ayudó hoy a sentarse en la cama. También le llevó las muletas. ¡Pobre Joe! Ahora tiene una novia a la que le falta una pierna, bueno, la mitad de una pierna... Joe nunca perdonará a sus hermanos malos. ¿Tiene razón Joe? —le preguntó a la madre de Lucía que ignoraba que a Linda le habían amputado una pierna.

—Sí... tiene razón. Aunque pensándolo bien, Joe, es mejor perdonar —contestó la visitante midiendo sus palabras.

—¡No! Joe nunca se los va a perdonar. ¿Verdad, señora Schloss? El amor de Joe es grande, tan grande como el edificio de las Naciones Unidas. ¡Las Naciones Unidas somos nosotros tres! —dijo Joe dándose un golpe en la frente y se echó a reír con su risa baja, que le sacudía la barriga desnuda.

Su presencia resultaba un tanto estrafalaria en aquel salón de sedas y terciopelos, pero Madame Schloss parecía no darse cuenta y, sonriente, se dirigió a él para preguntarle:

—¿Qué vas a llevarle hoy a la enfermita?

Joe movió la cabeza, se observó los pies descalzos, se volvió a la madre de Lucía, miró los escaparates y luego se puso de pie y anunció con solemnidad:

—¡Una rosa! Una rosa es una rosa, ¿verdad, Joe? Sí, ¡una rosa!

—¡Siempre le llevas lo mismo! Mira, ¿por qué no una pulsera, un broche, unos guantes o un bolso? —replicó la dueña mostrando los objetos que nombraba.

—¡No! A Joe le gustan las rosas. Joe está contento hoy, se fue el abogado, se fue. ¿No estás contenta, mami? —le preguntó a la señora Lelinca. Ésta hizo un signo afirmativo y dejó la *boutique* mientras la Schloss envolvía una rosa de porcelana en papel de seda.

Una vez en su piso se dejó caer en la mecedora; no entendía a la Schloss ni a Joe ni a Aube, que también buscaba un sitio al que mudarse. Lucía y Lola estaban sombrías. No ignoraban que Nety y Green se habían ido. Esa misma mañana, Fedra llamó a Lucía para dejarle la llave de su piso y rogarle que cuando llamara un hombre de la telefónica tuviera la bondad de abrir la puerta de su vivienda, pues necesitaba con urgencia otro aparato.

—Mira, niña, si se rompe este teléfono quedaría incomunicada. Estoy sola, nuestro amigo Green se mudó y este edificio ya no ofrece ninguna seguridad.

Fedra Bucci Basso Bass dejó las llaves de su piso en manos de Lucía y salió a hacer unas diligencias. Cuando el hombre de la telefónica se presentó, llamó a la puerta de la señora Lelinca y su hija abrió el piso de Fedra y lo acompañó durante su trabajo. El hombre parecía asombrado ante los harapos apiñados en el suelo, los tres colchones y el perrito viejo que gruñía con insistencia.

—No entiendo por qué son necesarios dos teléfonos en este cuarto —dijo.

—Tampoco yo lo entiendo —le contestó la chica mientras le firmaba la nota.

Ambos tenían la impresión de hallarse en la choza de una mendiga y sonrieron. ¡En verdad que la mujer era una maniática! Lucía no dijo que tenía miedo; esas cosas era mejor callarlas, y se sintió muy sola pensando que el abogado Green y Nety habían huido de aquel infierno. Contempló a su madre sentada en la mecedora; iba a decirle que la Bucci Basso Bass había ordenado un segundo teléfono para hacerla reír, pero no tuvo tiempo, pues inmediatamente llamaron a la puerta: era Joe con la rosa envuelta por Madame Schloss en una mano, que sostenía en alto.

—¡Hermana! Esta rosa es para tu niña —dijo, tendiéndole el regalo a la chica.

Con familiaridad ocupó la mecedora; parecía preocupado: se reía solo y movía la cabeza mientras ellas esperaban que dijera algo.

—¡No me gusta esa mujer de botines grises! No me gusta. ¿Es cierto, hermana, que es muy amiga tuya? Eso le ha dicho a Joe, a la Schloss ¡y a ésas! —exclamó Joe señalando con un signo de cabeza hacia el lugar donde se hallaba la vivienda de Aube.

Las dos mujeres se miraron; ignoraban quién era la mujer de los botines grises. Joe imaginaba cosas. ¿No le creían? Joe movió la cabeza con gesto resignado. ¡Sus hermanas eran tontas!

—Vendrá a visitarlas. ¡Ah! sí, vendrá, vendrá, lo sabemos todos. Nos lo ha dicho en la calle —afirmó Joe en voz muy baja.

La madre y la hija tuvieron la impresión de que Joe decía la verdad y deseaba prevenirlas de algo. Pero ¿quién era aquella mujer de botines grises? Ninguna amiga suya usaba ese tipo de zapatos. ¿Era joven? Joe se echó a reír a carcajadas.

—¿Joven?... Hermana, es una vieja blanca muy fea. ¡Dios mío que si es fea! A Joe le dan miedo sus ojos grandes como huevos. ¡Claro que a Joe le gustan los huevos con tocino, pero no le gustan los ojos de huevo de la vieja bolsa que usa esos botines! ¿Entienden? Esa vieja huele a... esa clase de gente enemiga de Joe. ¡Joven!... ¡Dios mío! Deben tener mucho cuidado. ¡Ah sí!, mucho cuidado —y Joe se puso serio.

—Hablaré de ustedes con mi hermano Chuky. ¡Él tiene poder! Mucho poder, allá arriba. No quiero decir en el último piso, allí sólo vive Dios, pero Chuky tiene poder un poco más abajo y puede cerrarle los ojos o la boca a esa cerda. ¡No, no lo crean, eso no lo hace Chuky, pero puede ayudar a mis hermanas! Él dice que hay un lugar en el sol para todos. ¡Tiene razón! Habrá un lugar en el sol para ustedes si esa vieja bolsa nos da tiempo...

¡Tiempo, tiempo, tiempo, eso es lo que necesitamos! Tengan cuidado. ¡Joe las cuida!

Fumó con tranquilidad un cigarrillo de mariguana y se lamentó: "¡Ah, si Joe no fuera un convicto!" Se puso de pie, adoptó la posición de un boxeador y dio muchos puñetazos en el aire.

—¿Ven? Así es Joe. ¿Verdad, Joe, que eres un campeón? ¡Eso! Un campeón.

Se ajustó un poco la bata abierta que mostraba su enorme barriga, sonrió y se marchó. Esta vez no bajó la escalera silbando. Iba alerta, mirando para todas partes, como si temiera la presencia de algún enemigo.

Karin estaba cansada de presentarse en las agencias de modelos. Nadie la aceptaba. Al volver a su casa se contemplaba en el espejo: era sonrosada, rubia y había logrado perder ocho kilos. ¿Qué sucedía con ella? Estaba descorazonada. Tampoco le gustaba el edificio; sólo quedaban en él ella, su madre, Lucía, la señora Lelinca, la egoísta Schloss y aquella horrible Fedra Bucci Basso Bass. El cartel colocado en la puerta de Gail continuaba anunciando: "Estoy en el campo". Era mentira: Karin había visto su figura enorme colándose de rondón en el edificio. Linda continuaba en el hospital, y en cuanto a Joe, entreabría su puerta cuando la sentía llegar y la observaba con los ojos muy abiertos. Le daba miedo subir la escalera solitaria; al oscurecer, en el momento de su llegada, la hallaba silenciosa, con sombras heladas esperándola. La noche había caído cuando Karin llegó a su casa. Enfrente de la puerta de Lucía estaba sentada una mujer en el suelo, con las piernas abiertas, rodeada de papeles colocados a su alrededor. La mujer los revisaba con esmero, llevaba medias de lana color violeta y usaba unos botines grises. "Es la vieja que habló con mi madre y yo creí que la había imaginado", se dijo.

—¡Hey, *baby*! Espero a tus amigas. ¿Salieron? Mientras llegan reviso mis impuestos, ¡ya sabes que hay que pagarlos! —exclamó la mujer levantando los ojos para observar a Karin, que, asustada, sólo veía sus botines grises.

—¿Salieron tus amigas? —insistió la mujer.

—Sí, esta mañana —contestó Karin.

—Soy May. ¿Puedes invitarme a tu casa? Antes llamé y nadie contestó —le confió May rascándose la cabeza cubierta por unos escasos pelos rubios.

—No tengo la llave. Volveré cuando mami haya regresado.

Y Karin bajó corriendo la escalera, salió a la calle, se refugió en una cafetería y desde allí llamó a su madre por teléfono. "¿Por qué llamas?" "¡Ésa está ahí fuera y ellas están aquí conmigo!", contestó Aube en voz baja y colgó el aparato.

May escuchó el timbre del teléfono, pero no pudo escuchar la respuesta de Aube. "No desea abrir, volveré otro día", se dijo, recogió sus papeles y abandonó el edificio. Desde la ventana Aube la vio partir y se volvió intrigada a sus amigas. ¿Quién era aquella mujer siniestra?

—Cuando la conocí me dijo que era periodista. Ahora no sé quién es ni por qué me busca de esta manera tan extraña...

Elizabeth llegó al día siguiente acompañada de Petrouchka. Era un vagabundo, dormía en Central Park y podía servirles de compañero.

—Es un desplazado. ¿Puede quedarse? —preguntó la hermana a Karin.

—Sí, sí puede —contestó Lucía.

Petrouchka, a pesar de su miseria, se sintió herido en su vanidad masculina y bajó los ojos. Tenía hambre, estaba demasiado pobre y el piso de la señora Lelinca le pareció un paraíso. Permaneció de pie escuchando a Elizabeth, su protectora.

—¡Brrr! Este edificio me da miedo. ¡Aquí ha entrado el "mal"! Por favor no le digan a mi madre que vine —suplicó la muchacha con sus enormes ojos muy abiertos.

Lola se retiró a la cocina. No le gustó el recién llegado, tenía la nariz roja, se diría que era un borracho. Cuando Elizabeth abandonó la casa, la señora Lelinca se dirigió a Lola con enfado.

—¡Lola! Odio la discolería. Ven aquí a darle la bienvenida a Petrouchka. Esto parece el banquete de los mendigos: todos piensan que su ración puede disminuir —dijo la madre de Lucía, y al servir la cena la repartió en cuatro raciones iguales.

Petrouchka se acostó sobre la alfombra, muy cerca de la puerta de entrada; estaba tan cansado que ni siquiera necesitó una almohada, pues en unos minutos se quedó dormido.

Madame Schloss veía rondar a May, la mujer de los botines grises, pero se rehusó a mezclarse en aquel asunto tan poco claro y guardó silencio frente a la señora Lelinca. Por su parte, Aube espiaba a la mujer desde su ventana; le preocupaba el espionaje de May. "¡Debes mudarte!", le aconsejó a su amiga, y se ofreció a ayudarla en la búsqueda de otro piso. "¿Con qué dinero?", contestó la madre de Lucía. "Lo pensaré. Siempre encuentro la salida en los callejones sin salida", afirmó Aube.

—¡Tengo la solución! —gritó Aube unos días después.

¡La solución era Koblotsky! ¿Acaso no la ayudó cuando Lucía estaba moribunda? En la guía telefónica encontraron la dirección y la señora Lelinca le pidió una cita por teléfono. Al oscurecer lo encontró en una cafetería anónima. Junto a la lamparilla forrada de percal a cuadros rojos y blancos, el rostro de Koblotsky resultaba siniestro. Las cejas eran agresivas y las marcas de la piel sopladas por el viento caliente del infierno. ¡Aube estaba loca y ahora ya era tarde! Koblotsky se inclinó sobre ella, le tomó una mano y preguntó:

—¿Su niña? ¿Cómo está su niña, señora Lelinca?

La madre de Lucía sintió un sobre entre su mano y la del hombre y se apresuró a recogerlo; sabía que adentro había dinero.

—¿Mi niña? ¡Mucho mejor! ¡Gracias, señor Koblotsky! Se despidieron en la acera y la señora Lelinca lo vio perderse en la neblina de la calle. En el sobre había setecientos dólares. ¡Podía mudarse! No se lo diría ni siquiera a Aube. "El silencio es el secreto de la vida. ¿Acaso las plantas no crecían en el mayor silencio?" Empacarían con calma y sin que nadie se diera cuenta. Primero guardarían lo más inútil y al final lo más visible. Estaban terminando una maleta cuando alguien llamó a la puerta de entrada. De prisa, la metieron debajo de una cama y Lola y Petrouchka se escondieron también bajo la cama, tratando de no tocarse. La señora Lelinca se enfrentó con Fedra Bucci Basso Bass.

—Vengo sólo unos minutos, señora. ¡Esas dos mujeres me dan asco! ¿No las ha visto de charla con May? Pero si siempre están juntas. ¡Mirá, criatura, que tu madre es inocente! ¡Esa May no me gusta nada! Pretende ser amiga ¡y amenaza si una no le dice lo que hacés! Yo soy una mujer simple y no entiendo tanta hipocresía. ¿No pensás mudarte? ¡Qué error!

—¿Usted conoce a esa May? —preguntó Lucía.

—¡Y claro que la conozco! ¿Quién no la conoce? Te digo, niña, que nos aborda a todos y cena en la casa de esas dos a las que tanta confianza les tenés. ¿Qué me decís? —y Fedra Bucci Basso Bass miró con insistencia al suelo.

¿Aube y Karin amigas de May? Lucía y su madre sintieron miedo. No podían confiar en nadie ¡y el maldito edificio estaba tan solo!

—¿Y qué quiere esa May? Casi no la conocemos —preguntó Lucía.

—¡No me digás eso! La conocés muy bien, niñita; ella nos lo ha contado. La vida es un carnaval, a veces nos vestimos de mendigas y a veces de vikingas. ¡Mirá que vestirse de vikinga es original! Yo soy una persona simple y mi carnaval también es simple, no me disfrazo de amiga cuando soy enemiga, como la Aube. Mirá que es falsa esa judía. Bueno, entre ellos siempre se entienden. La May también es una hebrea.

La señora Lelinca apenas escuchaba a Fedra; estaba inquieta: Jefe, el viejo perro, husmeaba debajo de la cama y gruñía. Se inclinó para tomarlo en brazos y Jefe se volvió contra ella con una ferocidad inesperada.

—¡Deje, señora! Él sólo me obedece a mí. Está ciego, ¡pero qué olfato! —comentó Fedra y se inclinó a su vez a recoger a Jefe y de paso miró bajo la cama. Sonrió satisfecha: escondidos y asustados descubrió a Lola, a Petrouchka y la maleta a medio hacer.

—Me retiro, señora; este pobre viejecito tiene hambre —dijo con voz melosa al tiempo que acariciaba la cabeza de Jefe.

La señora Lelinca vio que era verdad que los ojos secos de Jefe estaban ciegos y llenos de legañas y que el animal temblaba en los brazos de su dueña.

—Tiene miedo... —dijo en voz alta.

—Cieguecito desarrolla más el olfato y el oído. Hay que educar a los animalitos para que les sean útiles a sus dueños. ¡Qué querés, son como las personas, y tendrían la tentación de traicionarnos! Mi Jefe no me traicionará jamás. ¡Mina me ayudó a educarlo!

Cuando la Bucci Basso Bass abandonó el estudio Lucía y su madre sintieron una náusea desconocida. Aquella mujer había cegado al perro. Se asomaron por la ventana y vieron a la Bucci Basso Bass golpeando a Jefe con un látigo. El animalito no se quejaba. La luz rojiza daba reflejos demoniacos a los cabellos erizados de la mujer. La señora Lelinca se precipitó a llamar a la puerta de su vecina. Ésta tardó en abrir; Jefe temblaba a su lado.

—No tengo café. ¿Puede invitarme una taza? —preguntó mientras trataba de investigar por qué Jefe recibía los golpes en silencio.

—Mire, ¡hasta dos tazas! —respondió la mujer y se lanzó a la pequeña cocina a prepararlo.

Jefe continuaba de pie, temblando entre las sombras rojizas de la habitación. Un objeto oscuro y pequeño yacía en el suelo; la señora Lelinca lo levantó: era un bozal de hierro todavía húmedo por la saliva de Jefe. Dejó el bozal en el sitio en que él se hallaba. "Llamaré a la Sociedad Protectora de Animales", se dijo, y trató de no mirar al desdichado Jefe. ¿Quién era aquella mujer diabólica? Sonriente, la mujer le acercó la taza de café.

Al día siguiente Lucía y su madre espiaron los movimientos de su vecina; no hacía sino llamar por teléfono.

Desde la caseta de teléfonos de la esquina la señora Lelinca llamó a la Sociedad Protectora de Animales. No dio su nombre; se limitó a decir: "Una vecina", y volvió a su casa.

—Vendrán en seguida —le anunció a Lucía.

Desayunaron y esperaron la liberación de Jefe. Estaban nerviosas; la Bucci Basso Bass debía estar en casa cuando llegaran los salvadores del perrito. Escucharon atentas los movimientos de la vieja y escucharon que sólo hablaba por teléfono una y otra vez. Olvidaron hacer las maletas; querían presenciar la liberación de Jefe. Al oscurecer, nadie se había presentado a reclamarlo y la Bucci Basso Bass continuaba haciendo llamadas por teléfono.

—¿A quién llama? —se preguntaron intrigadas.

Por la noche, decidieron arreglar las maletas; después empezarían con los baúles.

Aube estaba indignada con la señora Lelinca: la había visto llamar a la puerta de Fedra y había escuchado cuando le pedía café. En cambio ella evitaba encontrarse con May, la vieja de los botines grises, que le prometía encontrar una plaza de modelo para Karin. Aunque a decir verdad no confiaba mucho en su promesa. Recordaba al untuoso director de modas que llegó a su casa a ofrecerle trabajo a la "preciosa Karin". ¿Qué había sido de él? Nunca más lo habían visto. La seguridad de que alguien deseaba hacer daño a Lucía y a su madre apaciguaba la ira de Aube. "¡Pobres, no me tienen confianza; yo haría lo mismo!", decía Aube, acurrucada sobre su alfombra.

Hacia las doce de la mañana y cuando ya Lucía y su madre estaban seguras de la inutilidad de su llamada a la Sociedad de Animales, dos jóvenes llamaron a la casa de la Bucci Basso Bass. La mujer abrió la puerta.

—¿Qué decís? ¿La Sociedad Protectora de Animales? ¡Cuánta perfidia! Adoro a mi perrito, quieren dejarme sola. ¿Quién puede ser tan malo? Soy una miserable extranjera ¡y seré siempre una discriminada! ¿Y podés decirme qué culpa tengo yo por no haber nacido rubia?...

La escucharon decir Lucía y su madre. La mujer sollozaba y repetía: "Mi Jefecito".

—Señora, no llore. No queremos discriminarla, no somos tan malos; hace tres días una voz extranjera denunció el caso y dijo simplemente: "Soy una vecina..." —explicaron los jóvenes.

—Podés decir lo que querás, pero aunque sea morenita gozo de derechos y no podés entrar en mi casa. No dudo que una vecina, aquí todas somos mujeres, haya querido perjudicarme... —y continuó sollozando.

Después de unos minutos, los jóvenes pidieron disculpas y se fueron. "¡Qué imbéciles!" Y Lucía y su madre se miraron asustadas: sólo ellas tenían acento extranjero. La escucharon hacer llamadas por teléfono y por la noche golpear a Jefe sin piedad.

—Si no me voy de aquí, voy a volverme loca —anunció la madre de Lucía.

Sacaron los baúles y empezaron a echar en ellos lo que había. ¡Ya no les importaba el orden! Lola y Petrouchka las miraban hacer, inmovilizados por el miedo: ¿adónde irían? No durmieron, pasaron la noche rompiendo papeles y tratando de cerrar los baúles repletos. Por la tarde, la señora Lelinca salió a buscar alojamiento. Al volver a su casa, le salió al paso Karin.

—¡La Bucci Basso Bass se mudó hace una hora! —le anunció la chica.

La mujer dejó su puerta abierta y adentro montones de basura y dos teléfonos colocados en el suelo. Karin y la madre de Lucía se miraron asustadas. La joven decidió avisarle al señor Soffer.

—Su inquilina desapareció hace un rato... ¿No le pagó nada?... ¡Ay, no tiene usted suerte!... —la escuchó decir la señora Lelinca y corrió a buscar a Lucía para evitar que Karin y Aube entraran a su casa y vieran los baúles preparados. Era mejor hacer los comentarios en la casa de Aube.

Con incredulidad, Aube examinó los montones de latas vacías de comida, bolsas cargadas de basura, periódicos y trapos sucios abandonados por la Bucci Basso Bass en su huida. Su amiga, la señora Lelinca, también estaba estupefacta: "¿Y esta mujer es amiga de Gabriel?", se preguntó una y otra vez. Le confesó a Aube que Fedra le había mostrado fotografías suyas y de su hija vestidas de gala y en compañía de personajes importantes.

—¡No! ¡Lo soñaste! —exclamó Aube.

—¿Por qué no, mami? ¡La vieja puede ser mafia! —contestó su hija con cinismo.

La palabra las dejó mudas: ¡mafia! Era la palabra de moda. Abajo estaba Joe y ahora las cuatro estaban solas en el edificio. No querían confesarse que tenían miedo; el silencio anunciaba tempestades; se miraron y las cuatro desearon un whisky, que no había, y se conformaron con espinacas congeladas, que Aube preparó con mantequilla. Lo peor era que las cuatro se tenían desconfianza: "Come con May", se decía la señora Lelinca observando a Aube. "¡Lo sabía! Hace tres noches que estuvo en la casa de la Bucci", pensaba Aube. No durmieron.

El señor Soffer evitó hablar con la señora Lelinca; entró con la cabeza baja y se dirigió directamente al piso de Aube. Allí, deliberó en voz baja con la madre y con la hija.

—¡Hay que decírselo a Lucía! —afirmó Karin una y otra vez.

—¿Quieres verte envuelta en un lío? ¡Es un delito federal! —le ordenó su madre.

El señor Soffer estaba desolado; se sentía culpable frente a la chica enferma. Pero, ¿por qué había cometido aquella locura? Inclinó la cabeza ruborizado.

—Karin, es mejor esperar. No le digas nada a Miss Lucía, veremos qué se puede hacer —dijo el viejecillo y rehusó el té que Aube le sirvió. En ocasiones semejantes no deseaba nada; prefería refugiarse en sus tiempos felices y olvidar la confusión que lo rodeaba y lo hacía desdichado. Debía salir de puntillas para que Joe no escuchara sus pasos y saliera a amenazarlo. También, para que no saliera a darle la bienvenida Miss Lucía, siempre tan optimista. Aube lo acompañó hasta la calle y Karin aprovechó quedarse sola para correr a llamar a la puerta de su amiga, que también se hallaba sin su madre.

—No puedo entrar... sólo vengo a decirte que le debes a la compañía de teléfonos veintisiete mil dólares —dijo Karin con voz precipitada.

—¿Yo? ¿Yo? Tú estás loca. ¡No tengo teléfono! —gritó Lucía.

—Uno de los teléfonos de la Bucci Basso Bass está a tu nombre. El operador de la compañía dijo que tú abriste la puerta y firmaste la nota y la cuenta de las llamadas internacionales asciende a veintisiete mil dólares. ¡Es un delito federal! Si no pagas la cuenta irás... Soffer y mami están asustados. No querían decirte nada.

Lucía entró a su casa dando traspiés. ¡Había caído en una trampa! ¿Por qué aceptó abrir la puerta de la Bucci Basso Bass? ¿Por qué le hizo el favor a aquella mujer siniestra? ¡Tenían que encontrarla! Llamar a la policía y denunciarla... Era inútil, ella había firmado la nota. ¿Quién le puso la celada? ¡Buscaría a la Bucci Basso Bass hasta debajo de la tierra! Escuchó cuando su madre abría la puerta y se precipitó a su encuentro.

—¡Imagínate! La Bucci Basso Bass bajó de un automóvil elegante y entró a visitar a Madame Schloss. Casi no puedo creerlo —declaró la señora Lelinca con aire sorprendido.

—¿La Bucci Basso Bass? —repitió Lucía y se sintió perdida.

—¡La misma! Cómo se atreve a venir si le debe dos meses de renta al señor Soffer y...

—¡No me hables de Soffer! ¡Viejo hipócrita!... Sabe que fue ella —y Lucía, sollozando, le contó a su madre la trampa del teléfono. La señora Lelinca la escuchó aterrada; después también ella se echó a llorar: "Buscaré a un abogado...", repitió varias veces, pero sabía que era inútil. ¿Acaso la Bucci Basso Bass no estaba de visita en Butterfly? ¿Quién era esa mujer? Y a ellas ¿quién las perseguía de esa manera y con tal perfección? ¡Estaban perdidas! "En América puedes matar a quien te dé la gana y no te pasa nada. ¡Ah!, pero si robas tres dólares te meten a la cárcel", repetía María. ¡María también las había abandonado! ¿Desde cuándo no venía? Desde aquel domingo, que ahora les pareció paradisiaco, en el que a Linda la llevaron al hospital para amputarle una pierna. ¡Y su hija debía veintisiete mil dólares! No escuchó cuando llamaron a la puerta; fue Lucía la que abrió y dejó pasar a Joe. El negro contempló los baúles preparados y se dejó caer en la mecedora.

—¡Viejo Joe!, no te pongas triste, tus hermanas quieren escapar. Mira, ya hicieron sus baúles. Tienen buenos motivos, Joe. ¡Muy buenos! Hey, Joe, ¿tú crees que pueden guardar un secreto? Sí, sí pueden. Dime, viejo Joe, ¿tú crees que tienen cojones?... ¡Ah, Joe!, no contestas, sabes que les faltan cojones. ¡Lástima! Las dos hermanas han llorado, viejo Joe; tu hermanita menor está temblando. ¡Hey, Joe! ¿Tú no temblarías si debieras veintisiete mil dólares? ¡Seguro! ¡Seguro que llorarías, Joe! La vieja Schloss está indignada. Joe la escuchó. Niño Joe, eres muy inteligente, lástima que no quisiste ir al colegio. No te gustaba restar. Te gustaba ¡sumar! ¿Ves, Joe? La chica es inocente y terminará en la cárcel como tú... ¿Y su madre? ¡Chist! Joe no dirá lo que le van a hacer a su madre. También Joe es inocente... ¡No mientas, Joe! Bueno, es igual, tus hermanitas no tienen cojones...

—¡Sí los tenemos! —gritó Lucía.

Joe la miró con el rabillo del ojo, sacó un cigarro de mariguana, lo fumó con delicia, se meció un largo rato y volvió a mirar a las dos con el rabillo del ojo.

—¡O. K., Miss! Hoy a las doce de la noche vendrá un camión a recoger sus baúles. ¡No lo digan a nadie!... La vieja de los botines grises es amiga de la vieja del perrito. ¡Pobre perrito! Joe la engañó, le dijo que era amigo suyo. ¡Tonterías! Joe quería saber para qué estaba aquí la vieja del perrito... ¡Joe, qué inteligente eres, cuántos amigos tienes! ¡Cuántos hermanos! Un mal hermano disparó sobre Linda... ¡No importa! Tienes tiempo, Joe, tiempo. A las doce de la noche vienen tus hermanos buenos ¡y estos baúles y estas maletas desaparecen! —Joe se echó a reír a carcajadas.

Lucía y su madre lo contemplaron admiradas. ¡Era un ser mágico, con su barriga desnuda y su bata de baño de color marrón!

—Joe, ¿y tus hermanas? El tiburón de botines grises hace círculos y, ¡guau!, se las traga. No lo permitas, Joe. ¿Tus hermanos no pueden llevárselas cuando saquen los baúles? ¡Eso, Joe! Eso mismo. Tus hermanas deben estar muy calladas. ¡Ésas se van a Connecticut! Tienen miedo. El tiburón de los botines grises las asusta y se va hoy en la tarde. ¡Son dos gallinas! Tus hermanos se llevarán a tus hermanas y a los dos que tienen escondidos... ¿Adónde, viejo Joe? ¡Shut! Es un secreto, Joe. ¿Y los dos que tienen escondidos? Ya dijimos, Joe, que se escaparán con ellas... ¡Ja, ja, ja! —la risa de Joe parecía que no iba a terminar nunca.

Cuando Joe dejó de reír se puso de pie, se ajustó la bata abierta y salió con paso majestuoso. Las dos mujeres lo oyeron silbar en la escalera *Pretty Baby*. Tenía ritmo, mucho ritmo. A ellas sólo les quedaba Joe. El mundo entero se había esfumado; estaban absolutamente solas; excepto aquella enorme mole negra que cantaba *Pretty Baby* y reía a grandes carcajadas, lo demás había dejado de existir. A las cinco de la tarde llamó Aube a la puerta. Estaba pálida y no trató de entrar.

—Querida, voy a Connecticut, te dejo el teléfono de allá por si me necesitas... Volvemos mañana por la tarde. Ya sé que Karin te dijo lo del teléfono. El imbécil de Soffer está deshecho. Va a buscar un abogado... ¡Si pudieras irte!... Me olvidaba, una mujer con botines grises te busca...

Aube dio la media vuelta y bajó corriendo la escalera. La señora Lelinca y su hija se quedaron solas en el edificio. Ambas se sentaron sobre los baúles. Bueno, abajo estaba Joe...

—Vamos a tomar un baño bien caliente —ordenó la señora Lelinca.

Después del baño prepararon un maletín de mano. Lola y Petrouchka se negaron a bañarse. ¿Para qué? Era el final del mes de abril y el frío continuaba igual a sí mismo: blanco y nevado. Cayó la noche y los cuatro contemplaron el estudio, las dos camas, la mecedora, la mesa vieja, las dos ollas de cocina, algunos platos y tazas, el tocadiscos de tercera mano y un florero. En el centro estaban los baúles y las maletas esperando a los hermanos de Joe. También ellas los esperaban. "¡Mafia!", había dicho María. No tenían teléfono para llamarla y despedirse de ella. ¡Ellas, que debían veintisiete mil dólares a la compañía de teléfonos!

—Tomaremos un café.

La señora Lelinca preparó el café; su hija parecía una sonámbula. Debían hacer tiempo. Nada hay más difícil que "hacer tiempo". ¿Cómo se hace "tiempo"? Tal vez andando hacia atrás. No, ésa no era manera de "hacer tiempo". Sólo Dios era capaz de aquella hazaña imposible. Algún imbécil inventó esa frase estúpida: "hacer tiempo". ¿Y quién era y qué se proponía la mujer de los botines grises? A la señora Lelinca nunca le gustó su cara lívida. Tampoco supo nunca su empeño en visitar su casa cuatro años atrás. Recordó que le enviaba ramilletes de flores y recados humildes. "¿Puedes invitarme a tu casa a tomar un té?" Ella siempre la evitó. Sus ojos saltones le daban miedo. "¡Es un áspid!", se dijo, y vio que la noche no avanzaba.

—Lucía, péinate. Acabo de oír que dieron las once y media —dijo la señora Lelinca.

La llamada del timbre de entrada la sobresaltó. "¡Son ellos!", le dijo a Lucía, y levantó la mirilla de la puerta. Una cara lívida estaba del otro lado con los ojos parecidos a dos huevos. Abrió de un golpe; debía impedir que la mujer sospechara que tenía miedo o que viera los baúles listos.

—¡May!... qué milagro. ¿Qué te trae por aquí? Perdona que no te haga entrar, Lucía está dormida.

—¡Pero, chica!... Hay que celebrar nuestro reencuentro. Vamos a tomar un café —dijo May con su misma voz servil.

"Debo evitar que vea la llegada de los negros", se dijo la señora Lelinca. Cerró la puerta y bajó con May. En la entrada del edificio estaba Joe. "Buenas noches", le dijo al pasar junto a él, pero el negro no se dignó contestar su saludo. Arriba, Lucía, Petrouchka y Lola pensaron que iban a morir de miedo. ¿Por qué había llegado esa mujer a esa hora? ¿Adónde se llevó a su madre? ¡Nunca volverá!, se dijo Lucía, y sus amigos guardaron silencio.

En la calle, la señora Lelinca no vio a ningún negro. "No han llegado todavía", pensó, aliviada.

—¡Chica, ayer supe que vivías aquí! También supe que la Vikinga está muy enferma. ¡Qué horror! —exclamó May, mientras conducía a su amiga por Park Avenue. "La vieja de los botines grises vive en Park Avenue", le había dicho Joe a la señora Lelinca. ¡No, ella no iría a la casa de aquella mujer siniestra!

—Chica, si no pudimos entrar a tu casa, vamos a la mía —la escuchó decir.

—Prefiero un bar —y la señora Lelinca torció hacia la avenida Lexington y continuó caminando sin escuchar las protestas de May hasta la Segunda Avenida. La neblina borraba las aceras llenas de papeles desgarrados. Las luces brillaban apenas y no se veía ningún bar abierto. La señora Lelinca temblaba de miedo.

"¿Habrán llegado los negros?... ¿Qué hará Lucía?" Entraron a un bar sombrío en el que sólo había algunos borrachos y ocuparon una mesa apartada y sucia.

—¡Un vodka! —ordenó la señora Lelinca.

—Una Coca-Cola —pidió May.

Atrás de la barra había un enorme reloj que marcaba las doce y veinte minutos. "Ahora deben de estar cargando los baúles", se dijo la madre de Lucía, con alivio. Miró a May y sorprendió en sus ojos huevones una mirada pantanosa y horrible. "¡Joe es traidor!", se dijo la madre de Lucía, "y yo soy una estúpida. ¡Van a raptar a Lucía!" Debió de tomar una expresión extraña, pues el barman se acercó para preguntarle: "¿Puedo servirle en algo?" Iba a contestar: "¡Auxilio!", pero temió que la acusaran de loca y dijo simplemente:

—En nada, gracias.

El hombre volvió a la barra y desde allí vigiló a las dos mujeres. "La vieja calva está amenazando a esa señora", le confió a un cliente borracho. Después se acercó varias veces a la mesa; deseaba escuchar algo de la conversación y grabarse bien el rostro de May, por si sucedía cualquier cosa. La señora Lelinca no escuchaba a su interlocutora: miraba el reloj y se repetía: "Los negros ya deben de haberse llevado los baúles". Sorprendida vio que eran las dos de la mañana; debía volver a su casa; iban a cerrar el bar. Temía el regreso. "¡Joe es un traidor! ¡Él le avisó a ésta!" Caminó de prisa acompañada de May y pronto se encontró en la esquina de Park Avenue y de su casa. Se volvió a May.

—Gracias por acompañarme. Vete a tu casa, es muy tarde...

—Vendré mañana temprano a visitar a Lucía —la escuchó decir.

La señora Lelinca dio vuelta a la esquina y no vio a nadie. "¡Ya se fueron!", pensó aliviada y rehízo el camino; quería saber si May se había quedado espiando en Park Avenue. Desde la esquina vio alejarse a buen paso a su enemiga y volvió corriendo. Encontró la puerta de entrada abierta, subió la escalera y vio que también la puerta de su piso estaba abierta de par en par. Adentro, sentada en la mecedora, estaba Lucía, muy pálida; Petrouchka y Lola la contemplaban en silencio.

—¡Vamos, vamos! Iremos a cualquier hotel. ¡Ahora mismo! —gritó la señora Lelinca.

—¿Por qué tardaste tanto?... Los negros se llevaron los baúles... ¡Huyeron al ver que no volvías! —le reclamó Lucía con lágrimas en los ojos y contenta de verla, pues estaba segura de que May jamás la dejaría volver. ¡Ahora ya nada importaba! Lo necesario era escapar. Bajaron corriendo las escaleras abandonadas; la puerta de Joe se abrió y apareció el gigante: las atrapó y las metió en su piso.

—Joe está furioso. ¿Por qué te fuiste con la cerda de botines grises? ¡No, Joe no está contento! Dime, Joe, ¿cuánto tiempo se ha perdido? ¡Tres horas, Joe! ¡Tres horas! ¡Hey, Joe, tus hermanos están furiosos con tus hermanitas! Míralas, tienen miedo, pero Joe también tiene miedo. Te queda poco tiempo, Joe. ¡Muy poco tiempo! Tú nunca te enfadas, ¿verdad, Joe? ¿Viste los botines?... ¡Hey!, Joe, llama a tus hermanos. ¡Llámalos antes de que estén totalmente borrachos! Sí, Joe, tus hermanitas esperarán aquí. Debes ir a la caseta de teléfonos, es más prudente, ¿verdad, Joe?

Lucía y su madre lo escucharon hablar; mientras lo hacía se puso un gran sombrero de visón adornado de escudos esmaltados y de mariposas de la *boutique* de Madame Schloss. Después se echó un abrigo enorme con puños y cuello de visón, les hizo un gesto y salió con paso majestuoso. Desde afuera cerró con llave la puerta de su piso. "¡Es un traidor!", se repitió la señora Lelinca, pero no podía hacer nada; estaba en sus manos. No tuvo valor para mirar a su hija, a Lola y a Petrouchka. Un rato después se escuchó la cerradura, se abrió la puerta y aparecieron cuatro negros jóvenes. La señora Lelinca reconoció a tres de ellos: los había visto gesticular burlones tras el cristal del escaparate de Madame Schloss en la mañana en que asaltaron la *boutique.* ¡Era muy tarde para decir nada! Afuera estaba un automóvil con el motor en marcha; los cuatro negros cogieron a los cuatro que esperaban, los sacaron a la calle y los metieron al coche. Todo se hizo sin ruido y en un abrir y cerrar de ojos. Joe se inclinó sobre el cristal de la ventanilla del auto y sonrió burlón.

—Joe les dice adiós, hermanas —se quitó el sombrero de visón e hizo una profunda reverencia.

La señora Lelinca apenas tuvo tiempo para ver a aquel gigante inclinado sobre la acera, con el sombrero en la mano. La *limousine* partió con velocidad y lo último que alcanzó a ver la señora fueron las mariposas esmaltadas de Madame Schloss prendidas en el sombrero de visón.

Por la mañana, May encontró abierta la puerta del piso de Lucía. Entró precipitadamente y llamó a las mujeres por su nombre, pero no obtuvo respuesta. Miró en derredor suyo y sólo encontró unas tazas con sobras de café y en el suelo unas blusas usadas. El clóset estaba vacío y en el cuarto de baño quedaban algunos jabones a medio usar. Su abandono era una acusación. May salió pensativa, llamó a las puertas vecinas, olvidó que ella misma había organizado la desbandada de los inquilinos. Sólo quedaba el bueno de Joe. "Estos estúpidos son muy útiles", se dijo. Bajó la escalera y llamó repetidas veces al piso de Joe, que se empeñaba en no contestar. Casi sin darse cuenta, May sonrió al ver el papel colocado sobre la puerta de Gail: "Estoy en el campo". En ese momento Joe entreabrió, la miró y sus ojos crecieron desmesuradamente. May empujó la puerta y entró con decisión.

—¡Joe, esas mujeres huyeron!... ¿O las tienes tú? —preguntó endulzando la voz.

Joe se dejó caer sentado sobre la orilla de su cama, se rascó la cabeza y se puso a gimotear.

—¡Lady!... ¡Lady!... Yo la vi anoche cuando se llevaba a la madre y pensé... ¿Qué pensaste, Joe? ¡Contesta, Joe! ¿Qué pensaste? ¡Ah!, ya sé lo que pensó Joe: la lady se llevó a esa extranjera criminal que se coló en mi país. ¡Sí, eso pensó Joe!... y Joe se durmió. ¡Hey, Joe!, detrás de la lady vendrá la policía a recoger a la hija. Y vino ¿verdad, lady? Joe soñó que todo salió bien, ¡muy bien!...

—¡Muy bien! Joe, ¿adónde están? ¡No mientas, Joe! —dijo May mirándolo con sus ojos de huevo que a Joe le producían temor.

—Lady, no le diga a Joe que su sueño no resultó verdadero... no le diga a Joe que esas dos cerdas escaparon... ¡Oh, Dios! ¡Apiádate de Joe! ¿Qué va a hacer Joe?...

—¡Nada! —dijo May, en cuyos ojos habían aparecido muchas venitas rojas y salió dando un portazo.

Por la tarde, Aube y Karin regresaron del campo. Estaban deprimidas y temían entrar al edificio. Al ver abierta la puerta del piso de Lucía se precipitaron a entrar ¡No había nadie! El silencio contestó sus gritos.

—¡Las han matado! —dijo Karin con voz sombría.

—¡Karin!... Karin, nunca me perdonaré mi cobardía...

El señor Soffer, al escuchar en el teléfono la noticia dada por Aube, sintió recibir un golpe bajo y lo peor era que él mismo se lo había propinado con su cobardía. De pronto se sintió muy viejo y se metió en la cama. El señor Soffer tuvo miedo. "Esa Bucci Basso Bass es maligna, dañina", se repitió. ¿Por qué le alquiló el piso? La respuesta era simple: su edificio estaba vacío y aquella mujer tan fea le dio pena. ¡Sí, la Bucci Basso Bass tan andrajosa, parecía una de esas personas perseguidas y él, Soffer, no se dio cuenta de que pertenecía al otro bando: al de los perseguidores! La experiencia le había enseñado que el mundo nuevo, el mundo que a él lo atemorizaba, estaba dividido en dos grupos: los perseguidos y los perseguidores. ¿Quién hubiera creído que la señora Lelinca con su abrigo de visón de más de cuatro mil dólares y su hija alegre y de bellas maneras eran las perseguidas? La otra, en cambio, con sus harapos y sus ojos bajos tenía el aire de un animal acorralado. La señora Mayer tenía razón: ¡era un viejo judío imbécil! Recordó las uñas sucias de la Bucci Basso Bass. "Me engañó su disfraz." ¡Tomaré represalias!, se prometió. ¿Y cómo tomarlas si a la entrada vivía Joe, el negro que deseaba estrangularlo? En la puerta de al lado estaba el cartel de la otra o del otro: "Estoy en el campo". Él, Soffer, había visto a Gail en Park Avenue vestida de hombre y acompañada de una vieja de botines grises. Se veía mejor vestida con traje de hombre de negocios. Cuando se vestía de mujer, el carmín de los labios era demasiado rojo y lucía demasiado basta. Esa misma tarde llamó al señor Wayley, el padre del joven al que la tonta de la señora Mayer llamaba el karateka. El señor Wayley le informó que su hijo había abandonado el hospital y estaba en Boston recuperándose de las heridas y del terror que le produjo Gail, súbitamente convertida en un monstruo homicida. El joven Wayley no comprendía la fuerza hercúlea de aquella mujer extraña, que de pronto ya no era mujer. No pensaba volver a Nueva York en mucho tiempo. ¿Podría el señor Soffer encargarse de enviar los restos de los muebles de su hijo a un almacén? Soffer prometió hacerlo. ¿Cuántos días hacía que prometió cumplir ese deber penoso al señor Wayley? ¡Casi dos semanas!, y todavía no empezaba esa tarea. "¡Cuánta confusión!" Era mejor quedarse en cama y evitar ir al edificio en el que invirtió sus ahorros para ayudar a los perseguidos.

—Tienes una carta —le dijo su mujer.

El señor Soffer había desmejorado mucho; leyó la carta con temor y sonrió al llegar a la firma: "Sus dos amigas L. L." La carta venía de Canadá. Dos días después recibió una segunda misiva acompañada de un cheque por ciento treinta dólares, el importe de la deuda dejada por la señora Lelinca. Entonces decidió ir al edificio para visitar a la pobre señora Mayer. Toma le salió al encuentro; estaba pálido.

—Yo mismo vi cuando cuatro negros se las llevaron en una *limousine*. En la acera se quedó el negro Joe... —le confió el yugoslavo en voz baja.

—¿Joe? ¿Joe?... es O. K., no te preocupes —contesto Soffer; risueño y tranquilo entró en su edificio y subió al piso de la pobre señora Mayer.

—¡Vamos a mudarnos! Estamos muy solas, tenemos mucho miedo —le gritó Karin.

—¡Nunca me perdonaré ese viaje al campo!... —agregó Aube.

—Señora Mayer, señora Mayer, deje usted de preocuparse... —alcanzó a decir.

—¡Judío imbécil! Nunca debió abandonar Viena. ¡Le repito que merecía usted a Hitler!

—Sí, señora Mayer. Y ahora quiero preguntarle: ¿desea atestiguar que fue la Bucci Basso Bass la que usurpó el nombre de Miss Lucía? Señora Mayer, en su país no pueden suceder estas cosas. ¿No es así, señora Mayer? Nuestro emperador Francisco José nunca hubiera permitido este atropello.

El señor Soffer no mencionó las cartas de Canadá. Miró al suelo, se ruborizó, tarareó un vals y pidió un café ¡vienés!

—Si es usted capaz de prepararlo, señora Mayer...

Karin no prestó atención a las palabras del viejo loco Soffer. Continuó leyendo los anuncios de pisos en un diario y sus ojos cayeron sobre una verdadera ganga: "Viva un mes gratis en el mejor barrio".

—¡Mami!... ¡Mami, hay un piso!... ¡Ah!, señor Soffer, es usted otra vez...

La corona de Fredegunda

Lola andaba de puntillas, callaba, se limpiaba con esmero y esperaba… Tenía más miedo que en Nueva York y también más que cuando escapó de la cámara de gas. De su memoria habían desaparecido los árboles, las huertas y los prados de su infancia. Guardaba un vago recuerdo verde que le humedecía los ojos también verdes. Ahora sólo le quedaba mirar de vez en vez al cielo, cuando no había vecinos indiscretos en las ventanas de las casas de enfrente. Lola no se quejaba de su triste sino; miraba a las estrellas que señalaban rutas abiertas en los azules del gran cielo y a las cuales llegaría alguna vez purificada por el sufrimiento. Para Lola, el sufrimiento era natural, y las estrellas, seres felices corriendo por los campos violetas en los cuales vivían protegidas por el gran sol, ahora tan lejano y al que ella casi había olvidado. Lola temía quedarse ciega, pasaba los días encerrada en el armario, para no ser descubierta por los hosteleros de turno. Leli echaba el pestillo para evitar que la fondera descubriera su presencia o la de Petrouchka adentro de los muros de su fonda. Petrouchka se tendía debajo de la cama y se hacía el muerto, mirando el revés del colchón y los resortes oxidados del tambor. Desde ese lugar oscuro, Petrouchka reflexionaba sobre las cosas de este mundo polvoriento que le había tocado en suerte. Debajo de las camas siempre había polvo y a veces Petrouchka lloraba. Su llanto no era silencioso. ¡No! Lloraba con grandes hipos como lloran los hombres humillados. Se miraba las manos y los pies antes blancos y ahora grises de polvo; su traje estaba sucio y él olvidaba lavarse. ¿Para qué le servían sus músculos largos, sus ojos amarillos y sus cabellos rubios si debía vivir escondido debajo de una cama como cualquier cobarde? Los momentos peores eran cuando entraban los fonderos a barrer el cuarto y entonces él debía hacerse muy pequeño y ponerse de pie en un lado del armario en el que apenas había lugar para Lola. Lucía y Leli temblaban; la oscuridad, la falta de aire, el calor y la tensión nerviosa los hacía reñir a gritos o llegar a las manos. Y ellas temían esas riñas.

—No llores, Petrouchka… ni riñas con Lola —suplicaba Lucía.

Y los tres, abatidos, esperaban la vuelta de Leli, que salía en busca de comida. Estaban hambrientos, el termómetro subía a cuarenta y dos grados y se deshidrataban... Leli fingía seguridad en ella misma cuando bajaba la escalera negra y cruzaba el portal vigilado por Marichu y por Fe, la fondera.

—¡Mírala, va a buscar comida para la tísica! —decían despectivas.

Arriba, en el "cuarto de paso", en esos espacios de espera quieta, los tres amaban soñar con ángeles de alas de oro que algún día los llevarían a un prado azul sembrado de margaritas blancas. El prado celeste era ondulante e inmenso, más grande que todos los mares juntos, incluyendo el Mar Rojo y el Mar Negro, que en ese prado aparecían como una amapola y un pequeño cuervo. Juntos los tres, añoraban el instante en que un diminuto personaje inesperadamente bello les hiciera un signo con algún reflejo, les tendiera su mano, perfecta como un nardo, y los hiciera cruzar el dintel de la Gran Puerta de Oro... ¡La Gran Puerta de Oro no era la puerta de ningún hostal o fonda! La Gran Puerta de Oro no estaba hecha para que la cruzaran los fonderos. Ellos permanecerían en sus pasillos ahumados aspirando para siempre los perfumes del puchero. No podrían moverse de su lugar tenebroso, ignoraban la existencia de la Gran Puerta de Oro y sólo se ocupaban en vigilar las entradas y salidas de sus huéspedes.

—¿Cuántas duchas ha tomado Antón? —preguntó Fausto tirándose de los pantalones amplios que dibujaban sus nalgas anchas y su cintura estrecha.

—En lo que va del mes, dos duchas —contestó Fe, su mujer, envuelta en un batín azul de fibra transparente que desnudaba sus brazos gordos y sus piernas cortas.

La mujer entrecerró sus ojos pequeños: "¡Antón!"... y escondió el número de duchas que había tomado el muchacho. Así lo convinieron ambos, cuando ella entró a la habitación estrecha del chico a la hora de la siesta de Fausto. "¡Quita pa'llá!", dijo Fe, cuando Antón sudoroso le echó mano a las nalgas gruesas. "¡Quita pa'llá!" era la frase que empleaba Fe con todos sus huéspedes en su primera visita. Algunos preferían a alguna de sus dos hijas, que también rondaban las puertas grises a la hora de la siesta. Por la noche se reunían todos en el comedor, un cuarto grande, con los muros tapizados de papel color azul eléctrico con ramilletes de rosas y dibujos dorados. Los huéspedes, sentados alrededor de cinco mesas de cocina cubiertas con hules verdes, miraban la televisión encendida. La vida social de la fonda se volvía solemne cuando entraba al comedor el huésped vestido de blanco y bigote erguido negro. Fe y sus hijas, Rosarillo y María, se colocaban en sillas bajas para cubrir la espalda del personaje, que miraba con tranquilidad la televisión, colocada en la esquina más insigne del cuarto y en la cual, antes, hubiera estado una imagen de bulto del Cristo Redentor. Eso sucedía ¡antes!, cuando estaban frustrados, andaban en alpargatas y eran "pueblo". Hacía ya mucho tiempo que eran clase media, tenían ahorros, casa en el campo y las hijas una brillante carrera de dactilógrafas. Ellas nunca estuvieron degradadas, nunca pertenecieron al "pueblo".

El huésped vestido de blanco y bigote negro no se volvía a mirar a Fe o a sus hijas Rosarillo y María, que le guardaban las espaldas. De vez en vez levantaba una mano y la tendía hacia atrás, pidiendo algo. Fe y sus hijas le alcanzaban el mechero o el cenicero deseado, mientras que Fausto se escarbaba los dientes con un palillo.

—Aquí sólo tenemos a huéspedes de calidad. Digo ¡calidad!, no digo señoritos —le explicó Fausto a Leli, la única noche en que ella y su hija asistieron a la función televisiva y sólo para no levantar sospechas sobre la presencia de Lola y de Petrouchka en su habitación.

El personaje vestido de blanco le ofreció un cigarrillo a Lucía y el gesto no pasó desapercibido.

—Esta fresca no vuelve a ver la televisión —dictaron Fe, María y Rosarillo.

—¡Se quedan en "el cuarto de paso"! —sentenció Fe.

"El cuarto de paso" era en el que habían alojado a Lucía y a su madre mientras estaban en observación. El cuarto estaba situado al principio del largo pasillo tenebroso, su puerta era de vidrio espeso y gozaba de un balcón situado sobre la esquina de la calle, en la que había una terminal de autobuses. Era lo que se llama "un cuarto bañado de sol" y en él no entraba sólo el ruido atronador de la calle, sino que también el sol ardiente del verano. La cama de hierro estaba colocada frente al balcón y el sol caía sobre las cabezas de los huéspedes como plomo derretido. El cuarto era largo y estrecho, sus duelas carcomidas despedían el polvo almacenado durante cincuenta años y algunos insectos entraban y salían en el armario empotrado en el muro y donde Lola y Petrouchka pasaban largas horas. Las huéspedes carecían de llave y se limitaban a echar el pestillo para guardar alguna intimidad.

Fe golpeaba el vidrio espeso de la puerta a cada instante. Su figura chata y gorda se dibujaba como una mancha amenazadora y Leli cerraba la puerta del armario y recomendaba silencio a Lola: "Silencio. Andamos huyendo Lola...", le decía en voz muy baja. Lola nunca abría la boca; el ruidoso era Petrouchka.

—¡Hijas mías, qué calor tenéis aquí! Esperad a que se marche el huésped que os dije y os daré su habitación —exclamaba Fe delante de las dos mujeres casi desvanecidas de asfixia.

Ellas callaban. Temían que el loco de Petrouchka diera de puñetazos sobre la puerta del mundo oscuro en el que estaba condenado y entonces... estarían perdidos los cuatro.

El cuarto vecino al "cuarto de paso" estaba vacío y en penumbra. Ahí reinaba cierta frescura, no daba el sol y había tres catres de hierro. Lucía se asomaba por su puerta abierta y contemplaba aquel paraíso deshabitado. "¿Por qué no nos darán esta habitación?"... Su deseo era un imposible; en el cuarto inmediato dormía el huésped de bigote negro y pantalón blanco y su puerta daba justo frente a la puerta del cuarto de Fe y de Fausto.

Por su parte, Antón se paseaba en camiseta por el pasillo y al entrar al baño daba un gran portazo. Espiaba a Lucía y cuando ésta iba a comprar el pan se precipitaba a seguirla. Su actitud llenó de inquietud a los esposos, que recordaron vagamente que al llegar las huéspedes habían hablado de la librería. Cuando Fausto entró a barrer el "cuarto de paso" preguntó:

—Doña Leli, usted es amiga de los de la librería... ¿o no es así?

Leli contestó con vaguedad "¿Amiga?... No. Creo que ahí escuché decir que ustedes alquilaban habitaciones..." Recordó que sobre el muro cercano a la cocina, donde se hallaba el teléfono y escrito sobre una hoja sucia estaba el número telefónico de la librería.

—¿Los huéspedes son estudiantes? —preguntó.

—No. Son empleados de prisiones —contestó Fausto mirándola de reojo.

¡Prisiones! Y Leli recordó también que todavía no le devolvían sus documentos de identidad. Los reclamó con calma. Fausto se rascó la cabeza, él era un pobre hombre, un iletrado, un hombre del pueblo y no estaba acostumbrado a los visados extranjeros que había en el pasaporte de Lucía. Los estaba estudiando: "¿Me comprende, doña Leli?" Dijo el hombre que no podía entregar los documentos porque su mujer se los había llevado para hacer una pequeña investigación sobre sus huéspedes.

Por la mañana temprano, cuando Fe cruzó el portal se detuvo a mostrar los documentos a la Marichu.

—Iré a la librería y luego a ver al comisario; quiero saber si son legales —dijo Fe.

Y cruzó de prisa la calle hirviente. Pronto sabía por qué aquellas dos mujeres se ocultaban en su fonda. "¡Pájaras!", se dijo. El calor era sofocante; se iría a su casa de campo en el pueblo, pero antes debía echar de su fonda a aquel par de intrusas que parecían morirse de hambre.

Encontró la librería llena de estudiantes de cabellos y barbas crecidas, pero no se detuvo a charlar con ellos; subió directamente al despacho de uno de los directores. Encontró al hombre sentado frente a su escritorio lleno de rollos de papel.

—¡Mire lo que ha mandado a casa! —exclamó Fe dejando caer sobre el escritorio los documentos de Leli y de Lucía.

El hombre se remangó las mangas de la camisa gris, se ajustó las gafas de arillos metálicos y examinó con atención los documentos. Luego, levantó la vista y miró a Fe.

—¡Muy bien! Son dos infelices... ¿Y los otros dos?... ¿La Lola y el Petrouchka? —preguntó con aire inquisitivo.

—¡Ésos no han entrado en casa! —contestó enfáticamente la mujer y agregó—: Me deben seis mil pesetas. ¿Quién me va a pagar?

—¡Seis mil pesetas!... ¿Les das de comer? —preguntó Palencia mirando a Fe con curiosidad.

¡No! No estaba loca. Desde el momento en que aparecieron en su fonda les leyó el hambre en los ojos afiebrados y les anunció que les daría el "cuarto de paso" pero sin comida. Las seis mil pesetas era una manera de hablar, pues en pocos días le deberían esa cantidad.

—¡Justo! Ojo con la comida. La chica está famélica y puede robar algo, una Coca-Cola por ejemplo —explicó Palencia rascándose la cabeza con el lápiz.

—La vieja escribe algo... En cuanto a la hija, habla de usted, Palencia, como si fuera...: bueno, ya sabe, y que esto no llegue a oídos de su mujer —le confió Fe inclinándose sobre el escritorio.

—¡A mí no me metáis en vuestras marranadas! —gritó Palencia irguiéndose sobre las puntas de los pies. Después examinó nuevamente los documentos; parecían estar en orden: "Solamente en el consulado pueden saber si este pasaporte de Lucía está en regla", terminó el hombre y se dejó caer en su sillón.

Fe abandonó la librería sin confiarle a Palencia su nueva decisión: ir a ese consulado del que habló el hombre. Debía tomar el metro y dos autobuses... ¡no importaba! Ella era una trabajadora que no estaba dispuesta a dejarse engañar por aquel par de aventureras.

Le impresionó la elegancia de las oficinas consulares tapizadas en rojo y adornadas con grandes ramilletes de flores. Una señorita sentada frente a un escritorio lleno de teléfonos le preguntó:

—¿Qué desea usted?

—Perdone... perdone usted... sólo quiero saber quiénes son estas señoras. Creo que una está enferma y, como la tengo en casa, me preocupa —contestó Fe mostrando los documentos.

La chica los tomó con presteza y se volvió asombrada a mirarla. "¡Ah, las conoce!", se dijo Fe. La joven se puso de pie, cruzó el salón y antes de introducirse por una puerta situada al fondo, se volvió y le dijo: "Un momentito, por favor".

Fe se sintió aliviada. Había hecho bien en dirigirse allí; la señorita parecía amable y esperó...

Escuchó la música suave que envolvía los muros y aspiró el perfume que surgía de las alfombras. "¡Vaya lujo! ¡Menudos señoritos! ¿Cuándo tendremos los pobres algo de justicia?... ¡Menudos sinvergüenzas!", se repitió varias veces, la vuelta de la joven interrumpió sus cavilaciones.

—En seguida van a recibirla —anunció.

Dos horas después se encontró frente a un joven sentado ante un deslumbrante escritorio. Detrás de él flameaba una bandera extranjera. El joven funcionario estaba vestido de negro y jugaba con los documentos.

—¿Qué desea usted? —le preguntó con voz aguda.

—Sólo quisiera saber si esas dos señoras son lo que dicen ser... —contestó incómoda.

—Ignoro lo que dicen ser —contestó el funcionario al mismo tiempo que le ofrecía asiento.

Fe se dejó caer en un sillón mullido. Se sentía aturdida frente a aquel personaje tan importante que esperaba con calma su respuesta. Debía ser cauta, muy cauta:

—Bueno... ellas dicen... ¡que lo odian a usted!, y que si no comen es por culpa suya. Dicen que... bueno... ¡tonterías! Estoy segura de que el señor ni siquiera las conoce.

—Al contrario, las conocemos muy bien. Se trata de la señora Leli y de su hijita Lucía. ¿Y usted por qué está en posesión de sus documentos?

—Están en casa. ¡Y son tan raras!... no comen. Parece que andan con enemigos de España, un tal Petrouchka, ruso, y una tal Lola, que nadie sabe de dónde han salido. Nosotros somos trabajadores y no quisiéramos vernos envueltos en un lío... Por ejemplo: una bomba, un asesinato. Imagine usted, si el ruso viene aquí a matarle o la tía esa, la Lola… ¿Qué haríamos nosotros, pobres obreros?

Ante sus palabras, el funcionario se sobresaltó, inclinó la cabeza y dijo como para sí mismo:

—¡Ajá!… Entonces siguen en lo mismo…

—¡Eso, señor, en lo mismo! —afirmó Fe.

El funcionario se levantó y ella continuó sentada.

—Señora, aquí tiene usted los documentos. Devuélvalos a sus dueñas y sólo en el caso de que esas personas preparen algún atentado, diríjase a nosotros para prevenirlo. ¡Ah! Déjeme tomar nota; los personajes indeseables se llaman Petrouchka y ella Lola, ¿no es así? Y dígame ¿son compatriotas nuestros?… ¡Ah no, ya me dijo usted que él es eslavo y ella seguramente también, aunque lleve un nombre tan castizo!, como dicen ustedes los españoles.

Y el elegante funcionario se echó a reír con discreción.

Fe y Fausto tomaron la decisión de redoblar la vigilancia ejercida sobre sus huéspedes y dar con los otros dos extranjeros asesinos.

Esa misma tarde, alguien llamó por teléfono a Leli, y los esposos escucharon la conversación desde la cocina. Leli se citó con el desconocido y decidieron estar alertas para ver la pinta del tal Petrouchka.

—Llamó Diego, el amigo de Palencia. Viene a las siete y nos espera en la acera de enfrente —le anunció Leli a Lucía.

Y ambas recordaron a Diego, al que sólo habían visto una tarde en la oficina de Palencia y parecía muy acongojado. Esa tarde le mostraba un libro precioso al librero, pero éste lo rechazó con ademán impertinente. El gesto trágico de Diego, vestido con un traje amarillo huevo, las impresionó. Antes de abandonar la oficina, el desconocido le dio una palmadita a Lucía, que sollozaba de hambre, y le regaló una palabra: “¡Ánimo!”

Al salir de la librería lo encontraron en la esquina: “Podemos tomar algo por ahí”, dijo con voz crispada. Y los tres caminaron la calle torcida en busca del café más barato. El sol de la tarde caía sobre sus cabezas con furia y las fachadas de las casas se abultaban amenazadoras. Se diría que deseaban derrumbarse para sepultarlos y que de sus escombros subiría al cielo una enorme torre de polvo. El calor agrandaba los ruidos y la voz del desconocido les llegaba poderosa a pesar de su visible derrota. Entraron en el café más destartalado y en el que se apiñaban hombres en mangas de camisa y mujeres vestidas en color lila. El lila era el color preferido de aquel verano. La multitud comía bocadillos, bebía vino y tiraba al suelo los palillos, las colillas y las servilletas de papel.

—¡Comen como ogros! —declaró Lucía con voz acusadora.

Diego, el hombre vestido de amarillo, los miró con sus ojos inmóviles y confirmó:

—En efecto, sólo piensan en comer.

Pidieron un café al que debían alargar lo más posible para procurarse un rato de conversación. Se reconocían en la desdicha y en el hambre que los secaba a grandes pasos. Durante tres horas los observó el camarero. Le daban pena y no se atrevió a echarlos a la hornaza de la calle. De pronto Diego hizo algo inesperado: se echó la mano al bolsillo de la americana y sacó una moneda de oro que colocó sobre la mesa. La moneda tenía el borde ligeramente irregular y en medio del ruido del café oscurecido por el humo que hacía llorar los ojos, brilló como un sol minúsculo iluminando las tinieblas acumuladas en el local. Leli y Lucía cerraron los ojos ante su fulgor cegador.

—De Isabel la Católica —dijo Diego con simplicidad.

Lucía tocó la joya hecha de fuego frío y se extasió ante su perfección. Diego se echó la mano al bolsillo de la americana y sacó un anillo con una esmeralda, pulida como una arboleda, que lanzó reflejos verdes bajo el sol colocado sobre la mesa.

—De Felipe el Hermoso —anunció.

El extraño personaje explicó con frialdad las perfecciones de los dos objetos maravillosos. Leli lo contempló con asombro. ¿Cómo había obtenido esas joyas jamás vistas? Además, valían una fortuna.

—Eso mismo digo yo —respondió Diego sin cambiar de tono de voz.

Las mujeres no entendieron la miseria de aquel hombre que carecía de dinero para pagarles el café modesto y que llevaba encima aquella inmensa riqueza. Diego sacó entonces un anillo egipcio hecho en oro en forma de una serpiente pequeñísima El oro era tan viejo que parecía cristalizado y podía romperse al tacto. La minúscula serpiente quedó junto a la arboleda verde y bajo el sol llameante.

—¿Y cómo tienes estas maravillas? ¡Son de museo! —exclamó Lucía.

—¿Que cómo las tengo? Pues así, teniéndolas —contestó Diego con simpleza.

Era peligroso circular por las calles con aquellos tesoros en los bolsillos... y Lucía y Leli contemplaron con asombro al personaje.

—¿De dónde eres? —le preguntó Lucía.

Diego levantó la cabeza cuidadosamente peinada, miró a un punto lejano y respondió:

—De León... del Reino de León.

Y los tres guardaron silencio. Al cabo de un rato Lucía le preguntó: "¿No temes a un carterista?"

—¡Qué va! Yo soy más rápido que cualquiera de esos pillos.

Leli observó sus ojos dibujados en forma de triángulos pequeños y su rostro enjuto que no mostraba ninguna emoción. Su voz era precisa y daba explicaciones también precisas sobre las joyas desplegadas en la mesa. Algunos jóvenes con barbas se acercaron a echar un vistazo. "¡Cuidado!", advirtió Leli.

—No os preocupéis por mí, no llamo la atención. ¿Qué soy? Un individuo que camina por las calles de Madrid —dijo sin cambiar el tono de su voz. Tenía calor y se quitó la americana para quedar en mangas de una camisa también de color amarillo huevo...

Se detuvieron en medio de la calle caliente para decirse adiós y Lucía le confió que iban a mudarse a la fonda que les recomendó Palencia y su grave secreto: Lola y Petrouchka. Él, Diego, ¿no podría encontrar algún sitio en el que pudieran vivir los cuatro sin temor? La vida había sido muy cruel con sus dos amigos y ella temía que nunca recuperaran la alegría o que hicieran algo... Diego apoyó el rostro sobre la mano; tenían un problema muy grave: ¡en ningún lugar aceptarían a dos extranjeros desprovistos de papeles y sobre todo de dinero! "¡El dinero lo hace todo, chica!" Sí, el caso era difícil, muy difícil... Leli recordó vagamente que antes ella había ayudado a los extranjeros y que César, su marido, acostumbraba reprochárselo... Le asombró aquel nombre: César... ¡Pero si nunca tuvo a ningún marido! En verdad que el calor era peligroso: confundía los nombres y los tiempos; miró al hombre vestido de amarillo y sin saber por qué le preguntó:

—¿Y entre tus tesoros no tienes alguna corona?

—Es posible... ya veremos —contestó el nuevo amigo y se alejó con rapidez.

Ahora debía encontrarlo a las siete de la noche bajo el sol insolente y el terrible bochorno callejero. Lucía espiaba su llegada desde el balcón del "cuarto de paso" y se retiró de su puesto de observación casi desmayada. Petrouchka le acarició la frente; el hambre afilaba el rostro de Lucía y sus ojos se habían vuelto enormes. Leli se dijo: "Se va a morir... ¿por qué?", y no halló la respuesta. Del fondo oscuro de su memoria surgió una voz desconocida: "¿Y ahora qué, mis queridas Leli y Lucía?... ¿Han visto que soy el más fuerte?" Jamás había escuchado esa voz... ¿Jamás? Y recordó una lluvia, unos árboles, unas rejas, un cuarto enorme lleno de espejos y en el centro a una enana gordísima, que de pronto huyó con velocidad, dando alaridos. Había mucha, mucha sangre en esa habitación llena de espejos y sobre un lecho de cabeceras de mimbre japonés había una joven rubia asesinada... Sus trenzas de oro rozaban el suelo... Y en el espejo se reflejaba un ser blancuzco...

—¡Lucía! —gritó Leli.

Y luego se pasó la mano por la frente; necesitaba escapar de aquel embudo negro por el que circulaban fantasmas... Se cubrió los ojos para ahuyentar la pesadilla, pues de pronto recordó que la joven asesinada cuyas trenzas rozaban el suelo era ella misma... Pero ¿alguna vez fue joven? Se tocó los cabellos rubios y canos y se dijo: "Espero que haya muerto; así se salvará Lucía...", y recordó también que los demonios eran inmortales...

—¡Ahí está Diego! Yo sé que él va a salvarnos —exclamó Lucía señalando la acera de enfrente por la que paseaba nervioso el hombre con el traje amarillo. A su vez, desde el balcón del comedor, Fe le dio un codazo a Fausto: "Mira, mira al ruso ese, al Pedruska...".

Leli se encontró en la calle caminando junto a Diego. Lucía vigilaba que los fonderos no entraran a la habitación y descubrieran a Lola y a Petrouchka. La calle hervía y ambos sabían que ninguno de los dos había comido y buscaban un café barato para beber un Fanta. Sin proponérselo llegaron a la Plaza de España y ocuparon una banca pública. Sus vecinos, unas mujeres gordas y algunos hombres derribados por el calor, apenas los miraron.

—A propósito, me hablaste de una corona —dijo Diego echando mano al bolsillo muy abultado de su americana y sacando una corona goda de oro macizo incrustada de rubíes enormes. La corona, bajo la luz, alcanzó proporciones inesperadamente bellas. Diego la contempló con despego y se la tendió a Leli.

—Es la corona de Fredegunda... naturalmente está bañada en sangre, pero tú sabes que la sangre ennoblece al oro. En fin, esta corona puede sentarte bien, eres la única goda que tenemos en España... —y al decir esto se la colocó sobre la cabeza. Enseguida la retiró.

—¡No! Le harían falta dos trenzas rubias... ¡Lástima!... ¡Lástima! —y colocó la corona sobre la piedra de la banca.

Los vecinos lo miraron hacer y comentaron: "¡Bah! Una corona de esas que venden en la Plaza Mayor en la Noche Vieja...", y sonrieron con desdén. "Gente de teatro...", agregó una mujer que los observaba con burleta.

—¿Y por qué tienes esta corona? —preguntó Leli acariciando sus picos de oro macizo, mientras se repetía a sí misma: "Dos trenzas rubias...", y olvidaba la sangre que corría en el fondo de su oscura memoria.

—Creí que estabas interesada en una corona y traje ésta... —contestó Diego y con gesto disgustado la recogió y la guardó en su bolsillo. Leli lanzó una mirada a sus vecinos y le recomendó a su amigo tomar precauciones.

—No son necesarias. La gente no cree en las verdades o en las joyas; piensan siempre que son falsas o son payasadas —dijo él con aire de enfado.

Ambos guardaron silencio unos minutos. Leli se preguntaba qué harían Petrouchka, Lola y Lucía. Petrouchka aguantaba mal las hambres y desde por la mañana estaba muy violento; si estallaba alguna riña entrarían al cuarto Fausto y Fe y los cuatro terminarían en la calle o en alguna comisaría... Apenas escuchaba la conversación de Diego: "El emirato duró relativamente poco tiempo...", hablaba de Abderramán con tal precisión, que se hubiera dicho que lo conoció íntimamente.

Los vecinos empezaron a retirarse; un polvo blancuzco se levantó a su paso para cubrir las copas de los árboles y las veredas destrozadas por los hombres que buscaban alguna frescura en la noche ardiente... Diego hablaba ahora de los califas... No lejos de allí, en el "cuarto de paso", también caía el polvo blancuzco que disolvía a la ciudad en un vapor reseco y que llenaba de sed a los tres personajes que esperaban el regreso de Leli provista de algún manjar milagroso para aliviar el hambre. Por el balcón abierto entraban los ruidos infernales de los autobuses y en el estruendo era difícil encontrar el camino abierto a los sueños. Solamente Lola continuaba imaginando rutas trazadas en el cielo oculto por el vapor caliente de la noche. "Este ruido es el batir de las alas de la multitud de ángeles que viene a visitarnos", le dijo a Lucía, que permaneció en silencio tratando de imaginar el final de la desdicha. ¿Cómo era el final de la desdicha?... Era un clavel hinchado de humedad y de frescura esparciendo fragancias desde el lugar en el que había caído. "El lugar en el que había caído", se repitió Lucía y no supo encontrar el lugar exacto. Necesitaba descubrirlo, era la señal de la dicha y creyó hallarlo blanquísimo, entre la nieve de un bosque de Canadá. ¡No! No estaba ahí... miró a Petrouchka y decidió que el clavel blanco yacía entre las nieves de Siberia y que un misterioso trineo marcaba la ruta para llegar a él. Petrouchka la miró burlón; no era la estela de un trineo la que la llevaría al encuentro del misterioso clavel, que anunciaba el final de la desdicha... Lucía sentada en el alféizar del balcón continuó la búsqueda del lugar donde termina la desdicha. Sobre una repisa de madera sucia se encendió un pequeño resplandor de tono verde agua, con la forma de un clavel antes de abrirse, y Lucía gritó: "¡La rue du Bac!" La Virgen Milagrosa lanzó algunos destellos y Lola se volvió a Lucía, ¿acaso no era la multitud de ángeles prevista por ella la que enviaba la señal de la Virgen? A Petrouchka le indignó la tontería de las mujeres y estalló en cólera y ésta llegó hasta la Plaza de España, en donde el hombre vestido de color amarillo huevo hablaba ahora del primer Borbón de España...

—Lo siento, debo volver, esos fonderos no me inspiran confianza —exclamó Leli.

—¡Gentuza! Son gentuza, espero que llegue la Revolución y barra con ellos. ¡Parásitos! Actúan sólo movidos por el resentimiento de clase... Para ellos los señoritos, aunque no tengan dinero, son los señoritos y se ensañan —contestó Diego con voz crispada y ambos echaron a andar de prisa.

Diego observó el rostro afligido de su amiga y agregó:

—No hay que preocuparse demasiado... Te consideran una señora y tratarán de hacerte males, pero no llegarán hasta el fin. Bueno, ya se verá, ya se verá...

Encontraron el portón cerrado. Era inútil llamar: la Marichu no bajaría jamás a abrirlo. Leli se sintió perdida; nunca entraría y por la calle sólo circulaban gamberros. "Vendrá alguien...", opinó Diego, y apenas dijo estas palabras apareció Antón acompañado de otro de los huéspedes.

—El cabrón de arriba siempre nos deja fuera. ¡No tiene vergüenza! En cuanto a sus tres putas es mejor no comentarlas —exclamó el joven rojo de ira y, acto seguido, dio vuelta a la esquina, levantó la cabeza en dirección a los balcones de la fonda y empezó a dar voces: "¡Eh!, ¡abran la puerta!"

En dos minutos apareció Fe acompañada de Rosarillo y de María y al ver a Leli reculó y desapareció por el enorme zaguán oscuro, seguida por sus hijas y los huéspedes. Después de unos minutos, la madre de Lucía subió la escalera gigantesca y entró a la fonda, que se hallaba a oscuras. Llamó con los nudillos al vidrio del "cuarto de paso" y abrió Lucía. De sus manos y piernas chorreaba sangre.

—¡Mira! ¡Mira lo que me hizo Petrouchka! El muy malvado se peleó con Lola y cuando intervine me pegó a mí... —mostró las corvas por las que chorreaba sangre a causa de los puntapiés que le había propinado el furioso Petrouchka.

—¿Los oyeron? —preguntó Leli sintiéndose desfallecer.

—No lo sé... Lola gritaba como loca, pero la tele estaba encendida... —dijo Lucía.

Empapó la única toalla en el chorro de agua del lavabo y se limpió la sangre. Leli se dejó caer en el escalón de la ventana y evitó mirar a Petrouchka. Lola, por su parte, para no provocar más a aquel neurótico, se encerró en el armario, en "su eterna noche". Leli se repitió: "Nada me salvará de mis perseguidores". No le daban trabajo. Había recorrido todas las oficinas y siempre encontraba alguna cara conocida o a alguien que pertenecía al clan en el que, antes, ella había vivido. "Nos han condenado a morirnos de hambre", y tuvo la impresión de que aquel balcón se asomaba al infierno...

Era fiesta, el día del Apóstol Santiago, y por las rendijas de la puerta del "cuarto de paso" entraron olores a merluza frita, a empanadillas y a manjares. Lucía sollozó de hambre y Petrouchka se acercó a ella para consolarla. Los ojos de Lola llenaron los muros de tristeza; también ella era muy golosa y el olor a comida agudizó su pena. ¡Siempre había sido desdichada! Por su parte, Petrouchka recordó las pocas semanas en las que trabajó en una *Delicatessen* de Nueva York y los aromas que escapaban de la cocina de Fausto le trajeron a la memoria los olvidados jamones, las salchichas, los pollos asados y la leche, pero pronto lo echaron a la calle a pasar hambres. El terror cercó el "cuarto de paso". ¿Cómo se muere de hambre?, pensaron sus cuatro habitantes y recordaron las palabras de Diego: "Os puede dar un síncope cardiaco. Este calor os ha deshidratado, hay que beber agua, mucha agua..." Del grifo del lavabo escapaba un agua amarillenta y tibia con sabor a cloro. ¿Dónde estaban las fuentes, los riachuelos y los ríos? ¡En ninguna parte! Sólo quedaba el calor infernal y los demonios comiendo en la cocina.

Se quedaron quietos para ahorrar energías; sudaban con resignación en una especie de desmayo colectivo y hasta ellos llegaban las voces hartas de comida de los patronos y los huéspedes.

—¡Y ese par de anémicas no tiene nada que comer!... ¡Es el turno de los trabajadores! —gritó Rosarillo.

—No son cristianos... —dijo Lucía.

—¡Qué novedad! —contestó su madre.

El día fue largo. El día más largo en la vida de Lola, que se rehusó a salir del armario, pensando: "Si esto pudiera terminar..." Escuchó decir a Leli y a Lucía: "Lola se está volviendo loca..." Al oscurecer, la Virgen Milagrosa brilló con un fulgor extraño y los habitantes del "cuarto de paso" cayeron en un sueño profundo, lleno de cascadas, *muguet*, prados tiernos, cervatillos y miosotis. Presidiendo los paisajes hallaron a la *Dame* à *la Licorne*. Nunca conocerían el secreto de aquella misteriosa dama de cofias preciosas; sólo sabrían que aquella noche los invitó a pasear por sus diminutos dominios intocados y en donde un viento oloroso a lirios les refrescó los rostros.

Al día siguiente por la tarde, Leli decidió buscar a Palencia. La calle creció ante ella: "Nunca llegaré...", se dijo, pero el hambre que reinaba en "el cuarto de paso" la hizo avanzar hasta encontrarse frente a aquel hombrecillo poderoso.

—¡Ah!, eres tú, no tengo tiempo. Estoy ocupadísimo. También yo pasé días de hambre pero busqué trabajo —dijo sin levantar la vista de sus rollos de papel.

—Estabas de refugiado en París y te dieron trabajo...

—¡No me hables de Francia! ¿Quieres?... ¿Y tu hija cómo está? Me preocupa. A tu edad no importa pasar hambres. Lo malo es tu hija, ¿qué vas a hacer? El talón que nos diste por tres mil pesetas no tiene fondos en el banco y eso es un delito.

Leli lo miró aterrada.

—¿Puedes esperar? La pensión se extravía en el banco y...

—No me digas cuentos. Tampoco hables con ligereza de ese banco; además las pensiones no se extravían... —contestó con acritud Palencia.

—Eres un burgués. ¿Para qué combates a la burguesía si perteneces a ella? —preguntó Leli. Palencia se puso de pie de un salto:

—¿Qué dices? ¿Yo un burgués cuando he entregado mi vida a la lucha? ¡Ahora mismo trabajo aquí y en el Ministerio! Eso no lo comprendes, siempre viviste como un parásito...

Leli salió huyendo y una vez en el "cuarto de paso" relató lo ocurrido a Petrouchka y a Lucía. Ésta apoyó la barbilla en las manos y comentó:

—¡Y estamos condenadas a muerte por burguesas!

El librero se quedó preocupado; tal vez había sido torpe y cuando al día siguiente se presentó Fe a pedirle instrucciones, Palencia la recibió con voces destempladas.

—¡Si vuelves aquí con tus intrigas mezquinas no te pagaré lo que te deben!

Fe se mordió los labios; "menos mal que existe el otro señor", se dijo, y anunció en voz alta:

—Pobres mujeres, me preocupan... temo lo peor; anoche la madre se desmayó en la escalera. Menos mal que estaba con el ruso y que le dio a beber agua...

—¿Cuál ruso? ¿Cómo sabes que es un ruso?... ¿Y es un ruso blanco? —preguntó Palencia sobresaltado.

—¡Claro que es un ruso blanco! Todas las tardes va con ella a la Plaza de España —afirmó la mujer poniéndose en jarras.

—Ya nos ocuparemos nosotros de ese ruso —exclamó Palencia y le hizo señas de que se marchara, aunque le preocupó la historia del ruso: "Esta gente del pueblo es muy astuta, ¡y la Leli es capaz de todo!... Hablaré con ella", se dijo cuando ya Fe había salido de su despacho. "Necesito dejar todo arreglado antes de salir de vacaciones", había dicho la mujer desde la puerta, con sus labios arrugados y sueltos, que irritaban a Palencia.

Fe buscó un teléfono; le costó trabajo encontrarlo pues todos estaban rotos. La caminata y el calor la aturdieron y cuando logró comunicarse con el funcionario, se sintió estúpida: "Ahora, ahora, es cuando ella y el ruso planean el atentado", dijo sin pensarlo más. "¡Ajá! ¿Y la niña está involucrada?", preguntó la voz extranjera. "¡Las dos!", afirmó Fe para solucionar el problema de una vez. "Señora, dígale a la niña que hable con sus autoridades, que somos nosotros; quizás si prometemos ayudarla logremos detener la catástrofe..." Fe prometió hablar con Lucía y seguir informando...

¿Cómo podría convencer a la chica? Encontró a Fausto en el comedor, a horcajadas sobre una silla colocada frente al televisor encendido y cabeceando. Ante su mujer, el hombre despertó sobresaltado y ambos deliberaron sobre la manera de abordar a Lucía.

—¡Toma! Con el pretexto de devolverles sus documentos. ¡Este par de chaladas han olvidado pedirlos!

Sin hacer ruido, Fe se acercó al "cuarto de paso" y Leli y Lucía vieron su figura achatada a través del vidrio grueso. Fe llamó con los nudillos:

—¿Cómo se siente tu madre? —preguntó con voz melosa.

Lucía abrió y la mujer la miró con afecto: "Habéis olvidado vuestros documentos. Es natural, ¡tenéis tantos problemas!", y arrastró a Lucía por el pasillo oscuro. La chica se dejó llevar hasta la cocina mientras que Fe le hablaba con afecto: "Te digo que esto no puede continuar así... Tú tienes un país y tus autoridades deben ayudarte. ¿O me equivoco? Recurre a ellas, a lo mejor te ayudan, sois dos mujeres solas y tu pobre madre es una ancianita muy enferma..."

—¿Una ancianita? —preguntó Lucía asustada.

—Así llamamos en España a las personas que han cumplido ochenta años —contestó Fe sintiendo que había dado en el blanco.

—¡Ochenta años!… ¡Qué barbaridad! Lo que sucede es que está muy cansada… —y Lucía pareció derrumbarse.

—¡Anda, boba! Llama a esos señores de tu país —dijo Fe tomándole las manos.

Fingió buscar un número en la guía telefónica, lo marcó y le tendió el aparato a la chica: "Di que te ayuden", ordenó.

Lucía no tuvo dificultad para hablar con el funcionario y Fe escuchó boquiabierta el diálogo cordial. La chica explicó que carecían de dinero para comer y pagar la fonda… "Si pudiera enviarlo hoy mismo… sí, esta tarde", suplicó Lucía y luego gritó agradecida: "¡Gracias, muchas gracias! Ahora le paso a la dueña de la fonda". Y la chica le pasó el aparato a Fe, que simuló cierto embarazo, mientras escuchaba las instrucciones del funcionario: "Siga usted a la madre…"; en seguida preguntó: "¿Cuándo cree usted que será la próxima reunión con ese terrorista?" Fe enrojeció de temor; la chica podía escuchar a través del aparato: "Hoy mismo, a más tardar al oscurecer…", contestó. "Enviaremos el dinero hoy mismo, pero es absolutamente necesario echarle el guante a ese individuo y que usted eche a la calle a esas dos mujeres", ordenó la voz extranjera. Lucía abrazó con efusión a la mujer y Fausto salió del comedor.

—¿Qué, se os arreglan las cosas? ¡Me alegro! —dijo sonriendo y subiéndose los pantalones.

Lucía corrió al "cuarto de paso"; su madre la escuchó con escepticismo y ambas se sentaron en el balcón a esperar. Fausto y Fe, asomados a la ventana del comedor, esperaban la llegada del ruso para dar la voz de alarma, mientras imaginaban la suma de dinero que iban a recibir de un momento a otro. El calor aumentaba a medida que la noche descendía y el matrimonio no se apartaba del balcón. Tampoco Lucía y su madre se apartaban del suyo. "¿Podremos aguantar la noche sin comer?", se preguntaron hasta las once y, entonces, se dejaron caer sobre la cama. Fe llamó al vidrio de la puerta con los nudillos y Lucía se precipitó a salir a su encuentro.

—¡Ese bicho nos ha engañado! ¡No envió el dinero! ¡Ladrón!… ¡Embustero!… ¿Y esa gentuza tiene el poder? Dime ¿qué tus compatriotas son africanos? —gritó Fe.

Lucía no pudo decir nada. En la cocina Rosarillo y María lavaban los trastos en la lavadora automática y escuchaban a su madre. María salió al encuentro de las dos y Lucía apenas pudo distinguirla entre las sombras del pasillo.

—¿Qué?… ¿No me conoces? —preguntó María.

—¡Soy tan miope!... —contestó la extranjera.

—Yo también lo soy, pero mira, llevo lentillas blandas. Son carísimas, dieciocho mil pesetas, me las pagó la Seguridad Social —explicó María orgullosamente y barrió con la mirada a aquella paria que carecía de país y de Seguridad Social.

Fe tomó una decisión para el día siguiente: hablar con el funcionario y echar a la calle a las dos mujeres; no podía retrasar su viaje al campo.

El funcionario la recibió en su oficina perfumada. En efecto, era profundamente irregular que "esas dos personas" se hubieran instalado en su fonda a sabiendas de que carecían del dinero para pagarla. Ellos pagarían la deuda esa misma tarde, a condición de que Fe las echara inmediatamente a la calle. Y... ¿qué sucedía con el ruso?

—No se presentó ayer y no sabemos dónde buscarlo, señor. En general, llega a las siete de la noche —aseguró Fe con voz respetuosa.

El funcionario juzgó conveniente esperar su llegada y después actuar, si Fe le informaba por teléfono de la presencia del extranjero. Así, ¡todo saldría perfecto! La mujer asintió de buen grado y ambos se despidieron con cordialidad.

Fe volvió desganada a su fonda: el huésped de pantalón blanco y bigote negro se marchaba de vacaciones a Almería esa misma tarde. No lo vería durante todo el mes... Llamó al "cuarto de paso":

—Hijas mías, los chicos se marchan, se marchan... —anunció con voz melancólica y al decir "los chicos" se endulzó la lengua y la mirada se le volvió vaga. "Los chicos" se marchaban y ella también. ¿Para qué iba a quedarse? Lucía asomó la cabeza.

—¿Se marchan?... Entonces, ¿nos podrá dar un cuarto más fresco? —preguntó.

—¡Eso, eso!... tal como lo prometí —le aseguró Fe y le urgió a hacer el equipaje para facilitar el cambio de habitación. "¡Cómo no! ¡Te marchas a la calle, bonita!", se dijo divertida.

¿Cómo pasar a Lola y a Petrouchka de una habitación a la otra sin que los notaran? Petrouchka se tumbó en el suelo, casi no existía, ¡estaba tan flaco! Lola sintió que sus ojos verdes de lechuza, como los de la diosa Minerva, se volvían líquidos por el miedo, pero no lloró. Nunca lo hacía. El cansancio, el calor y los ruidos de la calle les impedían descolgar la poca ropa y meterla en las cajas de cartón que les servían de maletas. Encontraron algunas fotografías de una señora rubia y de una jovencita con ojos de gacela. Ambas figuras estaban sobre muebles cubiertos de raso color oro. Lucía y Leli miraron con curiosidad sus rostros despreocupados; los libreros y las porcelanas minúsculas e irreales grabadas dentro de las fotografías; entonces les llegó un vago perfume de nardos y de rosas amarillas y supieron que aquellas figuritas, fijas en las cartulinas de colores, habían sido ellas mismas... "Ellas, antes de que les ocurriera la catástrofe de ser enemigas... ¿de quién? ¡De la inteligencia! Los grandes cerebros las habían juzgado y condenado y ahora estaban demasiado débiles para guardar las ropas... perdieron la esperanza puesta en 'las autoridades' de Lucía. No enviarían nunca el dinero, jamás las ayudarían, la Inteligencia odia a la Caridad tonta y corruptora..."

Por la tarde, Fe y Fausto rodeados de sus dos hijas esperaron la llegada del mensajero del funcionario: "¿Será posible que este cabrón te haya engañado otra vez?", preguntó el marido y observó el silencio obstinado de sus hijas y de su mujer. "Sólo un carbonero se caga así en su palabra dada", añadió Fausto, y nervioso masticó su palillo de dientes y se levantó los pantalones. "Esta noche tú te vas al campo, las niñas y yo arreglaremos este asunto", concluyó.

—¡Eso sí que no! Me marcho cuando todo esté arreglado —afirmó su mujer.

A las seis y media de la tarde, las cajas de cartón estaban listas y Lucía y su madre esperaban a que Fe ordenara la mudanza. Habían hecho un plan con Lola y con Petrouchka: ambos permanecerían quietos en el armario y apenas hubieran sacado las cajas y el matrimonio se hubiera ido a la cocina, Lucía daría dos golpes en el muro y ellos se deslizarían a la nueva habitación. La espera los tenía agobiados.

—¡Mira!... ¡Mira, ahí está Diego! —exclamó Lucía señalando la calle.

En la acera de enfrente, con los ojos levantados hacia el balcón, estaba el amigo del traje amarillo huevo. Tras él estaba también un hombrón de barriga prominente, cubierto por una camisa con dibujos de palmeras. "Ése anda por aquí desde las tres de la tarde...", dijo Lucía.

—Ese tipo no es español... —comentó Leli.

Y alcanzó la calle de prisa. Diego vino a su encuentro y ambos tomaron el camino de la Plaza de España. Detrás caminaba con descaro el hombre de la camisa con dibujos de palmeras.

—El tío ese es un espía... ¡Vaya infeliz! La burguesía utiliza a ese tipo de individuos, le son muy útiles, pues odian a las personas libres —comentó Diego sin volver la cabeza y sin cambiar el tono de la voz.

Leli explicó la conducta irregular del funcionario que prometió pagar la deuda de la fonda.

—¡Tonterías! La fondera y él están de acuerdo para fastidiaros. Deben de tener algún plan. Las bestias de la fonda actúan como si estuvieran apoyadas por alguien… ¡es igual! —terminó Diego.

Llegaron a la Plaza de España y ocuparon la banca acostumbrada. El hombre con la camisa de dibujos de palmeras se sentó en una banca frente a ellos y los observó con descaro.

—Valdría la pena llamar a un guardia… aunque es mejor no hacerlo. Los parásitos como esos venteros merecen un castigo ejemplar. Espero que la revolución barra con esa chusma —aseguró Diego fumando y mirando al hombre de la camisa con dibujos de palmeras, con los ojos ligeramente entrecerrados.

—¡Ja! Ese pobre espía se toma por el dueño del mundo. Deben de pagarle bien para fastidiar a dos mujeres solas. No sé, no sé, qué haría yo con tipos como él. ¿Cuál es el sitio ideal para ese tío? —preguntó súbitamente interesado en su propia pregunta.

—¡La cárcel! —contestó Leli.

—Sí, sí, la cárcel, pero ¿y si escapa o le pagan la fianza?

—Entonces un tiro en la nuca —contestó ella con ferocidad.

—Es demasiado. Una buena cárcel es suficiente —opinó Diego y agregó—: Es un ser antisocial, hay que separarlo de sus semejantes. Ese individuo ha roto la conexión entre el hombre y la naturaleza…

Diego se quitó la americana y lanzó lejos su cigarrillo, después sacó de entre los pliegues de la prenda un cetro real hecho en oro macizo e incrustado con piedras preciosas.

—¡Esto significaba el poder!… ¡Ja!, y todavía lo significa. Mira el salto que ha dado nuestro buen espía. ¡Ja!, ése sí que piensa robarlo —agregó y dejó el cetro real sobre la banca.

El hombre de la camisa con dibujos de palmeras los miró a ellos y luego al cetro, con los ojos agrandados por la sorpresa.

—Me dijiste que la mujeruca esa se marcha esta noche ¿verdad? —preguntó repentinamente interesado en el viaje de Fe.

—Sí, hoy por la noche —contestó ella agobiada por el calor y la debilidad.

Diego se puso de pie, recogió el cetro real y ambos echaron a andar rumbo a la fonda seguidos por el hombre de la camisa estrafalaria. Al llegar al portal, Diego se volvió al hombre que los seguía y éste se detuvo sin saber qué decir.

—¡Pase, hombre, pase! Me parece que lo esperan arriba. ¿No es usted la persona que va a pagar el hospedaje de la señora y de su hija? —le preguntó con seguridad.

El hombre se sorprendió y volvió la mirada a la americana que escondía el cetro real y, sin decir una palabra, echó a andar escaleras arriba, seguido por Diego y por Leli, que atontada ante la docilidad del desconocido se repitió: "Va a pagar... va a pagar..."

Fe abrió la puerta, estaba malhumorada, y al ver a Diego retrocedió.

—Señora, este buen hombre viene a pagar la deuda de mis amigas —afirmó Diego.

La mujer pareció tranquilizarse y los guió hacia el comedor contoneando las nalgas y pensando en el hombre del traje amarillo que había caído solo en la trampa. Encontraron a Fausto cabeceando, frente al televisor, sentado a horcajadas sobre su silla predilecta.

—Ya te decía yo que todo te saldría a pedir de boca —exclamó al ver a Diego y después de oír que el otro desconocido venía a pagar la cuenta de Leli y de Lucía. Rosarillo y María asomaron la cabeza y escucharon la buena nueva. Diego las invitó a entrar y envió a Leli a buscar a Lucía.

En el "cuarto de paso" Lola, Lucía y Petrouchka estaban abatidos y escucharon sin ánimos la noticia de la presencia de Diego y del hombre enviado por el funcionario, dentro de la fonda.

La madre y la hija salieron al pasillo para dirigirse al comedor. Desde la puerta vieron a Fausto y a su familia inclinados alrededor de una de las mesas cubiertas con un hule verde.

—¡Firme aquí, buen hombre! —ordenó Diego.

Fausto balbuceó algunas palabras mientras estampaba su firma en un papel al que miraban todos, abstraídos en el misterio de arreglar las cuentas. Un aire solemne envolvía al grupo y a la habitación. Leli notó que la bujía eléctrica estaba encendida y las cortinas del balcón corridas con esmero. A eso se debía que faltara luz en el pasillo. El hombre de la camisa con dibujos de palmeras tendió un raquítico manojo de billetes y, en ese momento, Diego se volvió a ellas y con un ademán imperioso les ordenó salir del comedor. Ambas obedecieron: era indecoroso presenciar el pago de su deuda; era más digno esperar en el pasillo oscuro. A los pocos segundos salió Diego y, en ese mismo instante, un muro creció con velocidad y cerró la puerta que daba acceso al comedor. Ambas contemplaron perplejas aquel hecho insólito.

—¡Vamos, recoged vuestras cosas y traed a vuestros amigos! —ordenó Diego con impaciencia.

Las dos corrieron casi a tientas al "cuarto de paso" y escucharon a Diego entrar y salir a todas las habitaciones sin olvidar la cocina y el baño. Después las llamó a la puerta y ambas salieron al pasillo iluminado por una bujía eléctrica acompañadas de Lola y de Petrouchka.

—¡Hombre!, este Petrouchka es un ruso muy simpático. ¡Ánimo, hombre, te veo muy decaído! Y tú, Lola, no pongas esa cara de misterio que aquí jamás ha sucedido nada. ¡Jamás! —exclamó Diego y alcanzó la puerta de salida de la fonda.

Al pisar la primera grada de la escalera, los cuatro amigos vieron crecer un muro que tapió la puerta de entrada de la fonda. No existía ninguna diferencia de color ni de consistencia entre el muro que antes circundaba la puerta desaparecida y el muro que ahora la cubría. Se hubiera dicho que allí nunca existió puerta alguna. Una vez en la calle, Leli levantó la vista y se encontró con que ya no existía el piso en donde unos minutos antes estaba la fonda de Fe y de Fausto. Sus balcones se habían esfumado y la vieja fachada del palacio no echaba de menos el lugar en el que alguna vez se hospedaron ellos y algunos empleados de prisiones, que en esos momentos viajaban hacia el mar. ¿Qué ha sucedido?

—Dijimos en la Plaza de España que a estos chupasangre había que encerrarlos en cárceles de las que no pudieran escapar. Antes era común emparedar a los bribones... Es una lástima haber perdido tan excelente costumbre —explicó Diego, que avanzaba por la calle con las cajas de cartón a cuestas.

—¿Y si lo descubren? —preguntó Leli.

—¡Hombre, algún día lo descubrirán! Por ahora no hay peligro: Bellas Artes ha declarado monumento nacional a este palacio y pasará mucho tiempo antes de que se autorice el derribo...

La noche caliente bajó sobre la ciudad y sobre sus viejos edificios. Lucía iba muy cansada y tenía mucha hambre...

—Si pudiéramos comer algo antes de buscar otro alojamiento... —suspiró.

Diego se detuvo en seco, miró para todas partes y de pronto, con un gesto inspirado, ordenó:

—Ahí se come bastante bien... un poco primitivamente, pero en fin...

Y Diego indicó una tasca a la que entraron todos casi sin alientos. El olor a cordero y a pollo asado condimentado con hierbas salvajes, el perfume del vino y la vista del agua clara, los dejó atontados. Se dejaron caer sobre unos montones de pieles de vaca y de ovejas cuidadosamente colocados y aspiraron el aire fresco y los perfumes culinarios. La tasca era muy amplia, tenía la forma caprichosa de una tienda de campaña y había hasta ropajes colgados de sus muros de cuero; se sintieron aliviados en su enorme fatiga... ¡Qué bien se estaba allí! Lucía abrió mucho los ojos y señaló un objeto brillante abandonado sobre las pieles blancas de las ovejas y al cual las llamas encendidas de unas antorchas le sacaban reflejos prodigiosos.

—¡Miren! —gritó la chica.

—La corona de Fredegunda... —exclamó Leli con asombro.

—¡Ah!, sí... su corona. Siempre que va de cacería la deja en cualquier sitio. Así es Fredegunda, una mujer muy natural, muy fácil de conducir cuando no se enfada. Ella sí que no ha cortado los lazos con la naturaleza —comentó Diego sin inmutarse.

Lucía cogió la corona pesada y, embelesada, la contempló largo rato, luego miró las paredes de cuero de la tienda y abrió una rendija para contemplar el bosque perfumado de lilas salvajes... afuera las fogatas estaban casi apagadas y los centinelas dormitaban... Diego les sirvió vino y repartió trozos de cordero asado. Lola y Petrouchka olvidaron el miedo y la miseria de la fonda, comieron y extasiados contemplaron a Lucía.

—¡Hombre!, no te va mal la corona de Fredegunda... conviene que te dejes crecer dos trenzas largas... —comentó Diego, al ver a la chica con la joya colocada sobre la cabeza...

Las cabezas bien pensantes

Nadie ha sufrido en este mundo como ha sufrido Lola. Quizás sólo la reina María Antonieta, a la que nunca conocí, pero a la que nunca olvido. La comparación es válida: dos bellezas, dos juguetonas martirizadas. En verdad no encuentro otro ejemplo mejor en la Historia a pesar de que la Historia está llena de mártires, pero no eran coquetas. Lola no es rubia como la reina; Lola es morena. Tampoco tiene palacios, escalinatas, bailes ni trajes de seda. Lola sólo tiene un gabán viejo. Pero Lola como María Antonieta ama el campo y ama correr sobre los prados; eso las vuelve parecidas y el sufrimiento las iguala.

Para darle alguna esperanza y privarla del miedo, alquilé un estudio amueblado en un edificio elegante... sólo por unos días. Es necesario abrir una bahía en la tormenta de tinieblas que cruzamos. Los muebles del estudio están forrados con sarga de color ladrillo, tienen patas de hierro negro y no son muy acogedores. Sin embargo, después de los hostales de duelas astilladas la limpieza que nos rodea ¡nos deslumbra! El lujo es la limpieza. En el ascensor encontramos a libertadores de pueblos, a generales extranjeros y a algunos artistas. Claro que ninguno sabe que aquí mismo vive Lola.

Lola nunca se queja. Calla y me mira con sus enormes ojos de Minerva. Una Minerva melancólica, pasada de moda. Una Minerva pateada hasta hacerla vomitar sangre. Es la suerte que corren las Minervas en nuestros ilustres días ilustrados. Olimpia está enterrada bajo siete capas de tierra que tratan inútilmente de remover los ingleses, ¡siempre originales! Atenas son unas cuantas columnas. Las cabezas de Minerva están encerradas en vitrinas internacionales, aisladas, para que el pueblo las contemple, pero que no sufra el contagio. Minerva, por su parte, siempre fue lista y lleva un casco para proteger su cabeza de "las cabezas bien pensantes". Minerva nunca sale en los periódicos y los venteros la detestan. Por eso, cuando descubren a los ojos de Lola los ojos de Minerva dentro de los muros sucios de sus ventas, ¡la patean! Lola lo acepta, sabe que su presencia como la de Minerva es siempre clandestina.

Petrouchka también ha recibido muchos golpes y se ha convertido en un cobarde: no se baña, no se peina y sus cabellos rubios están apelmazados. Tiene mucho miedo y al menor ruido en el pasillo trata de meterse en el armario. En este estudio el armario es muy pequeño y Petrouchka debe encogerse y no respirar si entra algún criado. Sin embargo, Petrouchka es un loco y sufre de ataques de furia y entonces hace un ruido espantoso y todas sus anteriores precauciones resultan ¡vanas! Lola se esconde detrás de la puerta de baño. Tenemos un cuarto de baño para nosotros cuatro y estamos agradablemente sorprendidos. Lola es muy lista y guarda un silencio absoluto; se parece mucho a Minerva, la Diosa de la Razón, de la que sólo hallamos huellas en las odas y en Lola. En el estudio se goza de silencio, otro lujo olvidado. Las duelas brillan y casi podemos vernos reflejados en ellas, pero los cuatro sabemos que esto no es permanente, es sólo por unos días. ¿Y después? No hay "después" ni hay "antes" para las personas marginadas, como se dice ahora. En nuestros días las Minervas son siempre "personas desplazadas", otro término muy a la moda.

La pulcritud de Lola es impecable. Yo la admiro, ¡tan pobre y tan cuidada! He notado que las arrugas de su hermoso rostro se han suavizado en el estudio y que sus pies y sus manos brillan. Ahora me está mirando Lola, me mira Minerva. La veo y descubro que tiene una aureola de color verde lunar y que también lleva una corona, lo que indica que ha ganado un lugar en el cielo y la gloria infortunada de una reina en esta tierra. ¿Quién más infortunada que una reina marginada? ¿Quién más infortunada que María Antonieta? Y ¿quién más traicionada que la diosa Minerva? ¡Su existencia es ilegal! Nadie le dará documentos de identificación, ni trabajo, ni trato de persona. Los descalzonados que tomaron tu nombre, Minerva, inventaron la ilegalidad de tu persona. También te encerraron como una antigualla en las vitrinas ¡y de allí no saldrás jamás! Al menos eso opinan "las cabezas bien pensantes".

—Lola, la Libertad exige que no tengas libertad. Lo sabes porque conoces los tres tiempos que forman un solo tiempo. Me recuerdas también a Cleopatra, ¡otra infortunada! También tú la recuerdas y eso te sostiene y no reniegas de tus ojos y por ello cada vez que te descubren te dan una paliza ¡y nos echan! No podemos ir a la comisaría, aunque es el tiempo de los comisarios, porque tú, Lola, no existes. Así lo decretaron "las cabezas bien pensantes" que vigilan con celo la libertad de los pueblos. Además las aureolas y las coronas han sido decretadas enemigas públicas de los Derechos del Hombre. La dificultad reside en que para gozar de los Derechos hay que ser Hombre. Y ser Hombre es algo así como ser diputado por lo menos y como no eres diputado, Lola, no tienes ningún derecho.

En cambio los demás gozan del legítimo derecho de insultarte, patearte, echarte a la calle o llevarte a cualquier comisaría. "Las cabezas bien pensantes" han legalizado el insulto, las patizas y las comisarías para las Minervas. ¡Así es la vida, Lola, incomprensible! Sobre todo si recuerdas cuántas leyes y cuánta justicia se ha inventado en tu nombre, ¡Minerva! Pero la vida no se parece a la vida de la que hablan "las cabezas bien pensantes", una vida ¡Justa y Justiciera! Por eso "las cabezas bien pensantes" gozan de todos los Derechos del Hombre y tienen muchísimo más poder que todas las cámaras de diputados juntas. ¡Son la Quinta Columna del Poder! Así lo anuncian en los kioscos de los diarios. Tu vida misma, Lola, es un delito.

"Lo que no existe en el Juicio no existe en ninguna parte", reza algún código y como tú no existes, Lola, en ese juicio, pues no existes, aunque el juicio exista. Te confieso, Lola, que ignoro cuál es el juicio. Pero ¿cómo escapar al juicio omnipotente de "las cabezas bien pensantes"? Lo ignoro, Lola... ¿y si hubieras escapado ya por esa rendija verde que atraviesa a la noche y te hubieras alejado para siempre de este juicio, para llegar al otro juicio que no es popular y al que nadie solicita? Es el juicio de los marginados...

¡Lola!, me parece que ahora me miras desde un rincón flotante envuelto en vapores luminosos. Te veo con claridad, tienes dos alas verdes de mariposa y estás sentada a los pies de una Virgen. ¡Es la de los Dolores, tu patrona! Eso de Lola confunde. Tu aureola brilla como un sol lunar y en tu corona relampaguean todas las hojas tiernas de los jardines por los que no corriste. Te veo radiante. Para ti, para nosotros, terminaron "las cabezas bien pensantes" justas y justicieras, así como sus muy famosos Derechos del Hombre. Para nosotros ya no corre la tinta, ese líquido inventado para dibujar mariposas, vuelos de cigüeñas y ojos de gacelas. Sin embargo, "las cabezas bien pensantes" la convirtieron en "tinta funcional" y un día pidieron por escrito el Decreto de Muerte para las mariposas. En seguida se organizaron los pelotones de fusilamiento y las mariposas fueron llevadas al amanecer a los paredones de ejecución o a las tapias de los cementerios municipales para ser fusiladas, no sin antes haber cavado sus propias fosas. Así, castigaron a esas ladronas de polen que arruinaban la economía del Estado.

Un poco más tarde notaron que los ojos de las gacelas eran prejuicios populares, por aquello "del Mal de Ojo". Y pidieron un decreto para su exterminio. Se prepararon los rifles Winchester.

"¡Apuntar a los ojos!", escribieron "las cabezas bien pensantes", y los tiradores apuntaron. En seguida se organizó un Congreso Internacional para hacer el recuento del éxito obtenido en la operación para cegar a las gacelas y el prejuicio "del Mal de Ojo" quedó extirpado en el mundo occidental.

"Las cabezas bien pensantes", siempre alertas, se preocuparon con las cigüeñas. ¿Cómo es posible que esos bichos de patas y pico largo pretendan traer a los niños envueltos en un pañal? "Las cigüeñas son las enemigas del Coito." "Hay que salvar al pene. El hombre occidental está frustrado desde su más tierna infancia", gritaron. Surgió entonces la controversia entre el clítoris y el pene, pero ambos contrincantes exigieron el Decreto de Muerte a las cigüeñas. ¿Acaso no hacen caca y estropean los campanarios y las cornisas propiedad del Estado? ¡Las muy ladronas, engañan a los niños y no pagan alquiler! Equipos de expertos efectuaron las redadas de las cigüeñas con gran éxito y los fusilamientos en masa se llevaron a cabo en secreto, para no alarmar a los niños engañados por esas embusteras, que durante tantos años gozaron de una publicidad inmerecida. "Los Medios de Comunicación han estado en manos equivocadas", dijeron "las cabezas bien pensantes" y, para desmitificar a las cigüeñas, pidieron el derribo de los campanarios y de las cornisas. Ahora, Lola, las fachadas planas de los edificios impedirán el regreso de esas aves embusteras, que tantos daños provocaron en los niños.

El mundo es muy hermoso, Lola. Lo recuerdo, lo recordamos todos ahora que hemos escapado a sus Decretos. Desde aquí arriba, Lola, contemplamos sus brillantes lagunas, sus bosques, quedan pocos que se hayan escapado al incendio, sus mares espumosos, sus volcanes festivos que regalan increíbles fuegos de artificio y sus pocos ríos que todavía no han logrado ser "apresados". Tú, radiante Lola, nunca más andarás avergonzada por tu viejo gabán, con tus ojos de Minerva bajos, ante las miradas de sospecha de los otros. Ya nunca padecerás el miedo. Estás libre de los golpes y de las comisarías. Has dejado de ser "Lola la Indeseable" para convertirte en Lola la Deseada, Minerva resplandeciente y María Antonieta la Muy Amada Reina...

Andábamos huyendo, Lola, de la tinta funcional, entre otras cosas. ¿Lo recuerdas, Lola? Abajo, los kioscos continúan abiertos a pesar de ser las once de la noche. Aquí no hay hora ni hay relojes. Tampoco existen los Decretos ni las guillotinas de las imprentas. Dormiremos sobre las nubes que forman inesperados jardines. Petrouchka juega con las llaves de san Pedro y no permitirá jamás que entre una "cabeza bien pensante". ¡Los pillastres son muy inteligentes! Petrouchka se revuelca alegre y grita, después de tantos años de silencio... ese silencio, Lola, que sólo conocen las Minervas, las Reinas y las Personas Marginadas. Abajo quedaron los venteros leyendo los Decretos y la Justicia Multinacional. También quedaron los multinacionales que gozan de documentos y de pasaportes múltiples, tan respetados por "las cabezas bien pensantes". ¿Recuerdas a los multinacionales? Acostumbraban ocupar las mesas de los bares y los restoranes elegantes. Iban vestidos de mendigos, ¡qué digo!, de dandys modernos. Llevaban los bolsillos repletos de billetes y de documentos de identidad, ¡todos legales! Los multinacionales son todopoderosos y ante ellos se inclinan "las cabezas bien pensantes", los venteros y las Maritornes. Lucía les tenía miedo, escapaba nerviosa cuando pasábamos cerca de ellos. Y los multinacionales bebían su café o su whisky y nos sonreían con amabilidad.

—¡Qué mala suerte, nos han saludado! Prepárate para alguna desdicha —acostumbraba decir Lucía. Y nos mudábamos de hostal para que perdieran nuestras huellas. Todavía ahora escucho su voz aterrada. Es malo ser tan cobarde como Petrouchka. ¿Cuándo perderán ese miedo? Escúchala, Lola.

—¡Calla, mamá! No hables y trata de que también calle Petrouchka. Acaba de llegar al estudio vecino una "cabeza bien pensante". Escuché cuando descolgó el teléfono para quejarse en la Administración. Dice que hacemos mucho ruido, que violamos los Derechos del Hombre, que él es un Hombre que piensa...

—¡Apaga la luz, Lucía! ¡Apágala! Si suben nos haremos los dormidos.

Petrouchka ha huido a encerrarse en el armario. Ya no saldrá de allí en toda la noche. Y Lola, la desdichada Lola, huyó al baño. En su huida dejó caer un vaso y el ruido fue, como gritó "la cabeza bien pensante", como una bomba atómica. "La cabeza" va a llamar a la policía, siempre lo hacen estas "cabezas", me parece que necesita protección, por aquello de las radiaciones...

—Lola, Lola, has producido una explosión... ¡Y andamos huyendo, Lola!

Claro que no sabemos de quién huimos, Lola, ni por qué huimos, pero en este tiempo de los Derechos del Hombre y de los Decretos es necesario huir y huir sin tregua, Lola, lo sabes...

Sobre las duelas brilla tu corona verde; la recogeré temprano, antes de salir a buscar un hostal. Las "cabezas bien pensantes" no suelen hospedarse en los lugares regenteados por sus admiradores...

Debo olvidar…

Debo olvidar que encontré estas páginas escondidas entre las tablas sueltas del armario… después de todo la habitación es enorme y en los días que corren es un lujo gozar de espacio. No me molesta la suciedad de los muros, ni las duelas rotas. Tampoco me importan las manchas de humedad que hay en el techo, ni el agua de la lluvia que se cuela a raudales. Me gusta ver llover y las goteras perfuman de frescura el cuarto; quizás sólo me asusta el silencio y el ruido de las persianas rotas a las que sacude el viento. Pienso que el viento se escucha demasiado cuando la soledad es absoluta… Será mejor no mirar por las ventanas que dan a la terraza, aunque a pesar mío, mis ojos no se apartan de ellas y trato de adivinar quién me observa desde las sombras a través de las persianas rotas… Sé que hay alguien y trato de leer estas páginas sin que ese alguien vea lo que leo. ¡Alguien!, la palabra me inquieta, sé que alguien tiene la vista fija en mis espaldas…

—Allí mismo en la esquina, hay una pensión. Los dueños son una pareja joven y estará usted muy feliz —me aconsejó la cigarrera.

La cigarrera se llama Carmenchu: es una mujer gorda, vivaz, cordial, que siempre me observó con simpatía o quizás con lástima.

—¡Eh!, no fume tanto, a su edad no conviene. ¿Tiene usted dificultades en la pensión? —agregó con voz bondadosa.

Afirmé con un gesto y su actitud amable me movió a confiarle mi secreto.

—Tengo un gato muy viejo, siempre lo escondo y el pobre ha sufrido mucho… la hostelera lo descubrió ¡y me ha echado!

—Vaya allí, estará como en su propia casa.

Carmenchu me regaló unas cerillas y sonrió. Nos enredamos en una larga charla y me dijo que ha viajado mucho, “tal vez por eso es más generosa”, me dije mientras la escuchaba.

—Conozco el mundo y cuando la gente de arriba cae, se queda más sola que la soledad misma. Estoy segura de que usted no cuenta con ningún amigo y que si le sucediera algo nadie se preocuparía en preguntar por usted. Simplemente nadie notaría su ausencia, ¿o no es así? —me preguntó en tono confidencial.

—Así es... —respondí, pues la cigarrera había adivinado mi situación.

—Múdese con ese matrimonio, la gente sola siempre está en peligro —agregó.

Y antes de ayer por la mañana llegué a este hostal, del que nunca sospeché su existencia a pesar de pasar frente a él casi todos los días. Tal vez porque está situado en la última planta de un edificio de ocho pisos en el que únicamente hay comercios. En el portal de entrada hay escaparates con pelucas, muñecas y trajes festivos. No hay ningún anuncio, ningún signo que diga que el hostal está en el último piso. Me sobresalté al ver que la puerta de entrada al hostal carece de cerrojo y permanece abierta de día y de noche. Yo estoy en la primera habitación cuya puerta da a un pasillo que al fondo se bifurca en dos pasillos y sobre los cuales se abren puertas pintadas de color mostaza. Los cuartos de servicio están uno en un rincón del pasillo de la izquierda y el otro en el extremo del pasillo de la derecha. Allí termina o, más bien dicho, no termina el pasillo, pero se interrumpe el paso: unas cortinas sucias ocultan esa parte de la casa. No me he atrevido a ver lo que hay detrás de esos trapos viejos. Para llegar a los cuartos de servicio necesito caminar hasta la bifurcación, iluminada por un foquillo azul, que por las noches proyecta sombras grises e inquietantes. Los cuartos de servicio están bastante aseados, pero esto no impide que me sienta aterrado entre sus muros de mosaicos y la bañadera quizás demasiado honda... Cuando llego a la bifurcación debo escoger entre el baño de la izquierda o el de la derecha; siempre dudo, quizás me asusta el ruido de mis pasos sobre las duelas resecas que crujen con estruendo aunque avance de puntillas. He notado que al llegar al foquillo azul las voces que se escuchan detrás de las puertas pintadas de color mostaza ¡callan! y el silencio que produce mi presencia me acongoja. Ayer por la mañana observé a Jacinto, el dueño del hostal, mientras regaba sus tiestos viejos distribuidos malamente sobre la terraza de losetas rojas y partidas. Jacinto lleva flequillo, camina contoneándose y con esmero, tiende sobre las cuerdas verdes las sábanas lavadas. Se diría que sus labios están carcomidos, no sonríe nunca y su mirada furtiva abarca todo, hasta mis gestos detrás de las persianas rotas. Al verlo, salté a la terraza por la ventana, pero Jacinto huyó por una puertecilla de vidrios situada a la izquierda, junto a una ventana igual a las mías, pero cuyas persianas están intactas y herméticamente cerradas. Debe pertenecer a la habitación de otro huésped a quien nunca he visto. La puertecilla de vidrios comunica con el pasillo de la izquierda y está colocada en un rincón que forma un ángulo recto con el muro desteñido que cierra a la terraza. Sobre ese muro también hay una ventana con las maderas cerradas. Quizás ahí no vive nadie. Ignoro dónde viven los huéspedes que vi ayer por la mañana; todos eran jóvenes, salvo uno, pequeño, viejo y envuelto en un gabán raído. Los demás usan chaquetones verdes con capuchas ribeteadas de peluche gris. Todos llevan cabello largo, pisan fuerte y tienen miradas desafiantes y seguras. Tuve la impresión de que mi presencia les divertía.

—¡Hola, viejo!... ¿cómo va la vida? Por la mañana me pareció que usted sólo era un bulto —me dijo un huésped al que encontré en el ascensor. Como tenía acento extranjero, le pregunté por cortesía:

—¿Le gusta Madrid?

—Pintoresco, pintoresco... ¡qué escándalo que arman por dos policías muertos! En mi país morían treinta o cuarenta al día... ¡Qué boludos que son estos gallegos! —contestó.

Su mirada era extraña, se diría que trataba de dormirme o de dormirse él, y el gesto de sus manos era blando, indolente como su voz. Me sentí aliviado cuando alcancé la calle y me separé del personaje de manos pálidas. Supe que su voz quedó vibrando dentro de las paredes del ascensor y en vano me pregunté el motivo de su ira también perezosa.

Conté las pesetas, me alcanzaba para comprar un bocadillo de carne y un café y me instalé en un bar vecino, para hacer tiempo. Siempre estoy haciendo tiempo... La carne era para mi gato, yo comería el pan y bebería el café caliente. Pensé en Miguelín, mi gato, al que dejé encerrado en el armario para que nadie descubriera su presencia en el hostal. Estaría muy calladito esperándome en la oscuridad de su calabozo. ¡Pobre Miguelín, siempre en el calabozo esperando mi regreso! "¿Cuántas palizas ha recibido?", me pregunté y no pude contarlas. Una vez lo encontré vomitando sangre, medio muerto. En otra ocasión lo quemaron con cigarrillos y en el último trataron de rebanarle un ojo, pero supo defenderse y el navajazo lo tenía de la sien a la oreja. Dicen que los animales se parecen a sus dueños. ¡Me parece injusto que Miguelín sufra mi suerte apaleada!

Volví tarde al hostal y encontré la puerta de hierro y de cristales cerrada. Eché mano a la llave que me dio Jacinto y me fui directamente al ascensor. De un recoveco salió el conserje:

—¿Adónde va usted? —me gritó el hombre.

—Al hostal...

—¡Su nombre! —pidió el conserje, mientras consultaba una lista escrita a máquina que mantenía en la mano. Le di mi nombre y el conserje no lo encontró entre la lista de nombres de los huéspedes.

—Al entrar entregué mi carnet... —dije.

El conserje se rascó la cabeza y pareció reflexionar.

—Mañana es sábado, mi día libre, pero trate de que su nombre figure en la lista —me ordenó.

Mientras hablábamos entró un hombre joven, de abrigo oscuro, tez muy pálida y mirada acuosa, que llamó al ascensor y esperó a que yo lo acompañara, pero lo dejé ir solo.

—¿Vive aquí? —le pregunté al conserje.

—Sí, desde hace tres o cuatro años. No es español, sale muy poco y se recoge temprano. ¡Cuidado con él! Es el que manda arriba, la Repa lo quiere demasiado. No entiendo cómo Jacinto lo consiente...

Me explicó que la Repa era la dueña del hostal: "¡Una loba! A usted no lo atacará porque ya es viejo... ella quiere chicos jóvenes. ¡Y él también! Mire, hay algo arriba que no me gusta y cuando cae alguien como usted se marcha en seguida ¡y no regresa nunca! Se ve que huyen asustados. No sé, no sé, además todos los que viven ahí son extranjeros. Ya sabe usted cómo está Madrid..."

Eso me dijo anoche el conserje nocturno; hoy no está, es sábado y en el edificio no hay nadie. Los comercios y los talleres están cerrados y en el hostal sólo estoy yo y alguien que me mira... no se escucha ningún ruido, los huéspedes deben hallarse en los cafés, la puerta de entrada sigue abierta y yo encontré estas páginas manuscritas...

Diciembre 19. Alejandro me pagó siete mil quinientas pesetas por el trabajo. Pensábamos regresar a pie, pero llovía tanto y teníamos tanta hambre, que no resistimos la tentación de comer. ¡Qué locura hicimos! "A todo se acostumbra uno menos a no comer", decía alguien y nosotras casi nos hemos acostumbrado; eso sí, bebemos agua en abundancia. El gasto fue estúpido y ahora sólo pagaremos la mitad del mes y no podremos marcharnos de este lugar tenebroso. Somos unas necias. Jacinto aceptó el pago de dos semanas atrasadas y sonrió con sus labios disecados. Se acercó Repa, pisando fuerte con sus zuecos: "¿No aceptas que te has bañado siete veces?", dijo arrebatándole la nota a su marido. "Sí, lo acepto...", dije y volvió a sorprenderme que llame baño a esas gotas de agua helada que caen de la ducha y nos dejan enjabonadas. La comida inesperada nos dejó soñolientas; además teníamos mucho frío. Queríamos dormir, pero antes les dimos de comer a los gatos que nos esperaban hambrientos dentro del armario. ¡Pobres de Petrouchka y de Lola, siempre en el calabozo oscuro, para que no los descubran! Han recibido ya tantas palizas... Nos dormimos. La comida da sueño y el hambre da debilidad y sueño... Alejandro nos prometió que no pasaríamos la Nochebuena en ayunas; dijo que llamáramos el jueves y que Felipe me pagaría el otro trabajo. El jueves es el día 21 y la vida nos sonríe: es la primera vez que tenemos trabajo. ¡Se acabaron las hambres! Lucía quedó en llamar a Flor, la sudamericana melancólica que nos observaba en el despacho de Alejandro. Me avergonzaba la suciedad de mi gabardina mojada por la lluvia. Alejandro, tan rubio e impecable en su tricot blanco, procuraba no mirarme; sabía que me sentía avergonzada. Creo que hicimos mal en prolongar la visita, pero su despacho estaba caldeado y en la calle la lluvia y el viento de la sierra nos helaban los huesos. Nos hemos convertido en dos sombras harapientas... ¡Y no hay esperanzas! Un tribunal invisible nos ha condenado...

Diciembre 20. En la taberna que está en la callejuela a espaldas del hostal cenamos patatas con ajo y un café. Continúa lloviendo. La terraza es siniestra, sus balaustradas sucias, sus tiestos con plantas viejas y las ropas tendidas le dan un aire de abandono total. Si no fuera por el débil reflejo de luz que pasa sobre el muro pequeño construido a la derecha para dividir a la terraza de la guarida de Jacinto y de Repa, se diría que nos hallamos en un paraje abandonado... En esa guarida hay siempre mucha fruta y Jacinto y Reparadora dan mordiscos a las manzanas cuando nos acercamos a pedir disculpas por nuestro retraso en el pago de la habitación. No me gusta esta pareja. Ella es enorme; da la impresión de ser capaz de una brutalidad excesiva; su piel cetrina cubierta de cicatrices y su cabello cortado casi al rape la convierten en un ser agresivo; he visto el placer morboso con que lava los calzoncillos manchados de sus huéspedes, y sus manos rojizas por el agua fría recuerdan crímenes... me digo que quizás sólo imagino tonterías; sin embargo la agudez estentórea y descarada de su voz confirma el terror que inspira el paso de esta mujer por los pasillos. Jacinto es pequeño, redondo, lleva flequillo, calza zapatos blancos de tenista para evitar el ruido y sus labios y dientes parecen apolillados. No sé por qué nos vigilan y les disgusta que hablemos con los huéspedes. "¿Pero no lo sabés? Nos han dicho que la policía las vigila", nos dijo Mario la otra noche y luego guardó silencio. Mario es un huésped con el que hemos hecho amistad a espaldas de los propietarios del hostal. Lo encontramos en el ascensor, pues al principio creíamos que nosotras éramos las únicas clientes de la pareja, y nos invitó a tomar una bebida caliente en su habitación. Aceptamos y fuimos a su cuarto de puntillas; lo encontramos pulsando una guitarra.

—¿Te gusta la música?

Mario entrecerró los ojos y luego los abrió para contemplarse en el espejo de su armario. Al cabo de un rato de silencio contestó con voz suave:

—Soy compositor...

De una manera curiosa, Mario inspira confianza y le hicimos confidencias que él tomó con afecto. De pronto se cubrió el rostro con sus manos intensamente pálidas: "No puedo escuchar, esa gente es monstruosa...", dijo. Lo hemos visto en la calle, camina como un autómata, lleva la mirada vaga y se diría que de un momento al otro va a caer dormido. Cuando sabe que Lucía no ha comido nada le invita un bocadillo y esto siempre es un gran consuelo. La otra tarde apoyó los codos en la mesa del café y se cubrió el rostro con las manos: "Yo soy muy loco, muy loco... no quiero volver a golpear a nadie. Golpear me vuelve más loco", dijo con voz muy suave y tuve que mirar sus manos pálidas. Es imposible no vérselas, pues siempre está jugando con la enorme cadena de níquel de su reloj pulsera. A pesar de su extrañeza, nos consuela saber que vive aquí, que contamos con un aliado en esta ciudad en la que somos absolutamente nadie. "Pero ¿y no tiene un solo amigo?", pregunta Mario sorprendido y agrega: "Yo en su caso me hubiera vuelto ¡loco!"

El mismo día en que nos instalamos en la fonda, Repa llamó a Lucía a la terraza: "Mira, te voy a presentar a un caballero", le dijo, y llamó a Richti, un huésped al que tomamos por un visitante. Richti apareció metido en su gabán negro, que hace resaltar la palidez de su rostro y el brillo lívido de sus ojos claros bajo la maraña de sus cejas negras, y habló de música. También él es compositor, pero odia a los músicos. En la terraza declaró que Mozart era homosexual y que Beethoven odiaba a su sobrino porque el pobre chico se defendía cuando su tío trataba de violarlo. Lucía trató de protestar y Repa, que lavaba los calzoncillos sucios de sus huéspedes, intervenía en la conversación: "¡Como lo oyes, guapa!" La risa de Richti es teatral y mientras ríe nos observa con malicia. El pobre está amargado porque trabaja de relojero en vez de dirigir una sinfónica. A veces lo escuchamos dar algún do de pecho espectacular y luego calla. Siempre que salimos a la calle lo encontramos, va solo, y parece un desdichado.

Descubrimos a otro huésped: un peruano que lleva chaquetón verde, botas de tacón alto, cabello largo y que pasea por el pasillo siempre carraspeando. Al igual que Mario, posee una guitarra, pero el peruano no es compositor: es cantante a pesar de su voz afónica. El peruano está muy pálido, tiene ojeras y tirita. "¿De qué?", le dije. "¡De frío!", contestó con su voz rota y huyó de la terraza. Siempre nos evita.

A los demás huéspedes no los distingo o quizás no los he visto; salen de noche y vuelven al amanecer y al pasar frente a mi puerta, la primera del pasillo que conduce al interior del hostal, la empujan con fuerza, como si trataran de romper el frágil pestillo corredizo. Al oscurecer se escuchan guitarras eléctricas y Richti entona el principio de un aria; llama por teléfono y grita: "¡Palo a la gallegada!" Pasea por el hostal como si fuera el propietario, arma un bullicio teatral y luego cae el silencio. "Pero ¿no sabés que Richti es el amante de la Repa?... Pero si lo adora. ¡Pobre hombre!... ¡Y claro que no paga!", nos confió Mario. Al decir esto se estremeció de horror, como si algún día él estuviera destinado a ser el sustituto de Richti en la cama de Repa. Yo escucho y apenas entiendo a esta gente tan baja, que parecen caricaturas de seres humanos... Me pregunto: "¿Por qué serán músicos si ignoran hasta lo que significa la palabra ninfa?" "¿Ninfa? ¿Podés decirme su significado?", preguntó Mario con aire molesto.

Diciembre 21. Llamé a Alejandro. Me dijo que todavía no habla con Felipe para que me pague el trabajo. ¡Qué catástrofe! La Gloria está muy alta y los mortales nos morimos de hambre. Tenía razón Carmenchu, la cigarrera, cuando me recomendó este hostal: "Los que caen nunca se levantan. Están condenados a desaparecer y nadie preguntará por ellos". El pueblo es sabio; me pregunto de dónde sacan ese olfato que huele la derrota y nunca se equivoca. Nos quedan trescientas pesetas. ¿Pasaremos la Nochebuena sin cenar? Se acerca la fiesta y se aleja mi pasado poblado de pastorcillos, Belenes, esferas rojas y perfume a cera ardida mezclado con las ramas de un pino. Nos quedan algunos trozos de pollo para los gatos. El pobre Petrouchka parece que se ha vuelto loco: corre por la habitación y se esconde en los rincones más oscuros. Lola, como siempre, me mira con ojos resignados. Su piel está sucia; Lola envejece; he visto su cara arrugada por el sufrimiento y sus ojitos llenos de legañas...

Diciembre 22. Alejandro no estaba en su oficina. Se acerca Nochebuena... *Scrooge is an old man; he lives in London*... ¿Quién es Scrooge? Sea el que sea ya no cree en los fantasmas. Para olvidar el miedo nos fuimos a la iglesia. Consuela aquello de "los últimos en la tierra serán los primeros en el cielo". Además se reza por los hambrientos y por los que padecen frío... también por los extranjeros. ¿Cómo no agradecerle a Dios que nos abra las puertas azules de la otra Gloria? Allí encontraremos al Padre luminoso que nos hace tanta falta. Jacinto no nos permitió bañamos. En la iglesia encontramos a Mario, inclinado, rezando, a pesar de que pertenece a una hermandad yogui y de que ha aprendido a hipnotizarse frente al espejo, según nos dijo en el bar al que nos invitó después de la misa. Lo vimos colocarse frente al espejo y contemplarse con suma atención. Él va a cenar la Nochebuena con unos amigos. "¿Y ustedes?", preguntó. "En el hostal", contestamos a coro. La suciedad de mi gabardina me avergüenza; atrae las miradas; el abrigo alguna vez lujoso de Lucía está lleno de polvo y el zorro del cuello ¡grasiento! Ahora trato de ignorar la terraza sombría. En este cuarto no sólo llueve agua, también polvo... Por el pasillo circulan pasos y voces extranjeras. Mario nos dijo que no conocía a Richti y en la calle los hemos visto juntos, leyendo el mismo diario... Debo reclamarle a Repa mi carnet; lo hago todos los días, pero la mujer lo olvida. "Un carnet o un pasaporte limpio vale varios miles de dólares...", nos dijo hoy Mario mientras se miraba en el espejo manchado del café...

—¿Limpio?... ¿Qué quieres decir? —le pregunté.

Mario jugueteó largo rato con la cadena de níquel de su reloj pulsera; sus ojos se dirigieron al espejo en busca de sí mismo.

—¡Limpio! Sin antecedentes... —aclaró.

Diciembre 23. Sábado. Es inútil llamar a Alejandro; ayunaremos la Nochebuena y la Navidad; quizás el martes Felipe me pague el trabajo. Compré dos bollos grandes de pan y un litro de leche para estos tres días... Lucía no quiso resignarse y llamó a la melancólica Flor, la chica sudamericana que estaba en el despacho de Alejandro. Tenía la esperanza de que la invitara a cenar mañana. "Es una noche familiar. Cenaré con mi esposo...", dijo Flor, y Lucía volvió desconsolada al cuarto. Las tiendas están rebosantes de turrones, vinos, mazapanes, nueces, avellanas, frutas cristalizadas y clientes atareados en llevarse las golosinas. En el hostal todos hablan a gritos de la cena de mañana, pero nosotras no podemos hablar con nadie; Repa y Jacinto nos echarían a la calle. José y Emanuel, los hijos de los hosteleros, gritan por el pasillo: "¿Y cuándo se degüella al maldito cerdo?.. ¡Maldito! ¡Maldito, que sangre mucho!"... Es mejor no escucharlos y continuar en silencio encerradas en este cuarto sombrío... Es tarde; han salido todos;

el conserje no viene hoy, pero no debemos tener miedo, aunque alguien fisgue a través de las persianas rotas. Jacinto me prohibió colgar las colchas para cubrir las ventanas: "¡Par de cínicas! ¿Por qué os escondéis?", me gritó la otra tarde y por la noche no colgué las colchas...

Diciembre 24. Si yo fuera niña estaría en mi casa oliendo las ramas perfumadas de un pino cubierto de esferas rojas y doradas... La mesa estaría puesta; de la cocina llegarían vapores de manjares; no habría miedo ni hambre. Merezco lo que me sucede por haber desobedecido a mis padres... Fuimos a la iglesia y encontramos a Mario. "Trajeron los restos mortales del terrorista; le hicieron honras fúnebres y los policías están rabiosos...", nos dijo. Nosotras no compramos los diarios ni vemos la televisión. "Gobierno de hipócritas, lo mató la policía", añadió Mario. Volvimos al hostal abandonado por todos. Estamos solas y trato de imaginar a mis amigos sentados alrededor de ricas mesas... "¡Qué raro que celebren la fiesta si detestan a Cristo!", pienso. Lola, Petrouchka y Lucía están inmóviles; tal vez el hambre los deja demasiado tristes. En el hostal crujen las maderas resecas; tenemos miedo; la puerta de entrada está abierta y cualquier cosa puede sucedernos. "Si desaparecen nadie preguntará por ustedes", nos dijo Mario a la salida de la iglesia... El silencio es aterrador. Ahora deben de ser las doce pasadas y alguien ríe a carcajadas en el pasillo de muros grises alumbrado por el foquillo azul... También alguien empuja la puerta del cuarto; trata de asustarnos y es más prudente no salir a ver la cara de ese "alguien". ¿Podremos dormir?... Si fuera niña estaría en mi casa... Nunca imaginé una Nochebuena como ésta ¡y en Madrid! Mi padre me diría indignado: "¡Chica, salte de ahí inmediatamente!", a pesar de que él era muy patriota; pero mi padre nunca sabrá cómo me tratan en su bien amado país; hace ya tiempo que está muerto... Asturias era verde, perfumada a manzana, cuando yo era niña... Ahora no existen los paisajes, sólo los muros sucios de este cuarto...

Diciembre 25. Despertamos tarde y no sé para qué despertamos... No nos movimos del cuarto, bebimos unos tragos de leche y comimos unos trozos de pan. Al oscurecer despertaron los huéspedes; deben de ser muchos. Richti ensayó su voz. "¡Canta, canta, que todos vamos a salir y te quedas dueño del hostal!", gritó una voz desconocida. Casi todas las voces pertenecen a cuerpos "invisibles". ¿Quién se atreve a salir para verles la cara? Permanecimos en la cama para defendemos del frío. El viento sopla fuerte a estas alturas; barre la terraza oscura y las persianas rotas hacen ruido.

Noche larga, muy larga; me parece que sufrí alucinaciones: mi familia entera se presentó en un luminoso cruce de caminos. "Vinimos a visitarte, no estás sola, dile a tu hija que no llore..." Vi sus cutis solares, sus perlas, sus ojos de gacela; sus miradas azules, sus *jacquets*, sus trajes escotados, las escalinatas de sus casas, las fuentes de sus patios. Mi prima Tina Sciandra se inclinó sobre mí y me ofreció con sus manos enguantadas *Los tres mosqueteros*. Tina, perfecta como una camelia, sonrió con sus labios delicados: "La bala de la calumnia...", dijo. Mi tía Dolores Carrión, con sus trenzas rubias, reía bajo el durazno perfumado de su jardín, y su padre, mi tío Juan, cruzó la Plaza España con sus guantes grises en la mano: "La suerte de la fea la bonita la desea", me repitió con sus ojos rubios. Mi tía Carmela, su hija, estaba en traje de gala color melocotón, tierno como su piel. Sentada cerca de una consola negra, bajo la luz de una lámpara, jugaba con sus perlas. Su hermana, mi tía Edelmira, salió de misa, se detuvo en el atrio de la iglesia a pleno sol, con la mantilla negra y los ojos de esmeralda: "No estés triste, todo pasa..." Celia, su hija, tan alta y tan delgada como las demás, columpió su melena negra, muy corta: "Come confites, confites, confites...", y me tendió dulces de color de rosa. Mi abuelo, sentado en una banca del jardín con el cabello y la barba blanquísima, sus ojos parecidos a hojas tiernas: "¡Abate Dios a los humildes!", comentó y continuó fumando su cigarrillo negro. Mi abuela Francisca, afilada como una joya en su mañanita de encajes, con su mirada trágica y sus párpados pesados: "Le avisaré a tu madre..." y cerró el libro de pastas rojas y letras de oro que guarda la Historia de Francia, y supe que todos estaban muertos, hasta Tina, a pesar de sus veinte años. Las lágrimas vertidas por ella formaron un puente pequeño y translúcido, tendido para nosotros, los cuatro olvidados del hostal de muros sucios y noche profundamente oscura. "¡Lucía, Lucia, mi familia me invita a pasar la Nochebuena!", grité... "Aquí están todos, debemos cruzar el puente..."

Diciembre 26. Lucía me escuchó hablar, no la consoló la invitación para cruzar el puente; está muy pálida, tiene hambre y llamó a Alejandro. No lo encontró. Nos quedan tres duros para utilizar el teléfono. El día es largo y la mirada de la Repa, aterradora. Por la noche Mario golpeó con los nudillos a la puerta, la señal convenida para ir a su cuarto. Dudamos; podía ser una trampa urdida por Jacinto y por la Repa para acusarnos de prostitutas. Al final decidimos acudir con la esperanza de alcanzar un bocado. Entramos de puntillas y sin hacer ningún ruido. Mario preparó en un infiernillo de alcohol una sopa Knorr. Habíamos dado unas cuantas cucharadas cuando golpearon a la puerta con furia. Mario perdió el color y abrió la puerta de un golpe. En el dintel apareció Jacinto, metido en un pijama sucio, con los ojos muertos invadidos de una cólera ciega:

—¿Has puesto una pensión para los huéspedes? ¡Te marchas esta misma noche!... En cuanto a vosotras, par de cínicas... —gritó mirándonos con un odio repentino.

Mario se precipitó al pasillo, cogió a Jacinto por un brazo y ambos se alejaron enredados en una discusión. Los escuchamos correr los cerrojos de la puerta situada junto a la puerta de entrada, y entrar a la guarida de la pareja. Lucía escondió el plato de plástico debajo de la cama:

—Esto va contra nosotras... —dijo, temblorosa. Esperamos un rato largo, mirándonos aterradas. Cuando Mario reapareció, se tomó la cabeza entre las manos:

—¡Pero si son más de las doce de la noche!... ¿Pero cómo nos escuchó Jacinto?... Yo no puedo vivir así. Le pregunté a Jacinto: ¿insinúas algo malo sobre las señoras? Les ofrecí una sopa caliente porque hace tres días que no prueban bocado...

Escuché a Mario y lo contemplé derrumbado sobre una silla.

—Me echarán a la calle. Esta gentuza mientras más caída te ve más te patea —le dije.

Me puse de pie; era necesario abandonar la habitación de Mario. Lucía me imitó y volvimos a tientas a nuestro cuarto. El terror de Mario era contagioso.

—Están preparando algo... algo... —repitió Lucía.

Diciembre 27. ¡Es miércoles! Lucía está postrada. Me parece que se muere; un paro cardiaco y todo ha terminado. Fui al bar de la callejuela a llamar a Alejandro: "Llama mañana, no he podido hablar con Felipe". ¡Mañana! ¿Aguantará Lucía a mañana? Volví al hostal. Repa me dio un empellón: "El que no come, cae...", dijo echándose a reír. Su risa forzada atraviesa los muros y rompe los oídos. Eran cerca de las dos de la tarde y recordé al misterioso Rafael. No sabemos quién es ni lo que piensa; lo encontramos una noche en la que mirábamos los libros de un escaparate.

—¿Lectoras?... ¡Vaya, vaya, vaya! —exclamó colocándose cerca de Lucía.

A partir de ese momento entablamos una amistad con él, como todas las amistades que hemos hecho aquí: Rafael sabe quiénes somos y nosotras ignoramos quién es él. Nos invitó cafés algunas veces y en cierta ocasión nos trajo bolsas con comestibles que impidieron que falleciéramos de hambre. Una noche en la que soplaba un viento helado que atravesaba mi gabardina sucia, nos confesó que "sus amigos no le perdonaban que nos frecuentara". ¿Quiénes son sus amigos? Lo ignoramos. Esa misma noche me dijo: "Una mujer de tu edad sólo puede aspirar a cuidar los excusados de Barajas". La solución para mi vida me pareció fantástica: "Sería como el descenso a los infiernos", dije. Unos días después, el mismo Rafael nos ofreció dos billetes de segunda clase para irnos a Portugal. Desde entonces no lo hemos visto. Hoy al ver a Lucía tendida en la cama y lívida como una muerta decidí llamarlo. No se sorprendió y nos citamos a las cinco de la tarde en el cafetín. Logré vestir a Lucía y puntuales llegamos al lugar de la cita. Encontramos a Rafael con su misma barba rubia y sus mejillas rosadas.

—Préstame mil pesetas... ¡hace cuatro días que no como! —le espetó Lucía.

Rafael sonrió, sacó su billetera y entregó un billete, mientras comentaba con voz satisfecha:

—Os encuentro mejor, muchísimo mejor; ya os dije que no teníais nada que hacer en España. Veo que empezáis a daros cuenta...

No pudimos decir nada, pues apareció Mario visiblemente agitado, apoyó las manos en la mesa, saludó y me dijo con familiaridad:

—Voy a salir, volveré temprano al hostal y llamaré en su cuarto.

Después se retiró con la misma velocidad con la que había aparecido. Su marcha dejó una estela de agua de colonia. Dos minutos después Rafael lo imitó y nosotras fuimos a una tienda de comestibles en donde Lucía devoró, temblorosa, algunos bocadillos. Aquel que no haya padecido hambre no podrá entenderla jamás... es una especie de vértigo. Volvimos al hostal a encerrarnos en el cuarto. Hacia las once de la noche escuchamos los pasos de Mario seguidos por los zuecos de la Repa. La mujer patrulló los pasillos oscuros del hostal hasta el amanecer. Estaba claro que no deseaba que habláramos con el muchacho. No dormimos.

—Preparan algo —repitió Lucía.

Diciembre 28. Viernes. Llamé a Alejandro y éste me anunció que Felipe nos recibirá en su despacho esta misma noche. "Felipe irá únicamente para verte", me dijo Alejandro con voz acusadora. Al oscurecer salimos a llamar por teléfono para estar seguras de la cita con Felipe y volvimos gozosas al hostal. Fue entonces cuando empezó el terror: el hostal estaba a oscuras y en silencio; un aire pesado lo envolvía; entramos al cuarto cuya puerta estaba abierta y encontramos el armario también con las puertas abiertas, nuestras cosas tiradas en el suelo y Petrouchka dando vueltas como un loco. Alguien había arrancado una manta de la cama: "¿Qué pasó, qué pasó?", dijimos en voz baja y salimos corriendo, no sin antes cerrar la puerta de nuestra habitación con llave. ¡No podíamos perder la cita con Felipe! En los pasillos no había nadie. Tampoco se escuchaban las guitarras de los músicos y la sombra helada del foquillo azul nos congeló la sangre.

—¡Os marcháis ahora mismo! ¡Par de mierdas! ¡Lo que habéis hecho! —nos dijo Jacinto surgiendo de las sombras de la puerta entreabierta de su guarida. Estaba lívido.

—Después, ahora no tengo tiempo —dije tratando de guardar la calma.

—Yo sí tengo tiempo para ahorcar a vuestros gatos —contestó Jacinto con el labio superior recogido sobre los dientes carcomidos.

—¡Cuidado! Lo llevaré a la policía —contesté.

Lucía huyó al ascensor. Miré al individuo con ira y agregué: "Vuelvo en seguida".

Corrimos por la avenida José Antonio. Era urgente alcanzar a Felipe, cobrar y echarse a buscar otro alojamiento. "Lola, Petrouchka... Petrouchka, Lola...", repetíamos...

El despacho de Felipe es acogedor, posee calefacción, sus muros están tapizados de libros. Es increíble que todavía existan lugares así y personas como Felipe. Bajo la benignidad de sus ojos claros Lucía se echó a llorar:

—Van a matar a mis gatos... —repitió sollozando.

Quizás el refinamiento del despacho y de su ocupante le facilitó las lágrimas. Habíamos olvidado que existía el azul purísimo, el aire perfumado, los libros y las voces mesuradas. "Cervantes era un genio", me dije convencida al recordar a la Repa y al ventero y traté de guardar la sangre fría en aquel santuario del que habíamos sido expulsadas hacía ya varios años. Quise hablar del pasado como si existiera todavía, pero un joven me llevó a otro despacho para firmar un recibo por siete mil setecientas pesetas. "Debo cuatro mil doscientas pesetas en el hostal...", me repetí desconsolada. Volví al despacho azul y vi que Lucía continuaba llorando. "¡Hace mal!... Muy mal. A nadie le importan sus lágrimas ni el asesinato de Lola y de Petrouchka", me dije contrariada. Lucía tenía el aire de una joven actriz derrotada: con los cabellos en desorden, el zorro grasiento y el paño del abrigo cubierto de polvo. El carmín de los labios brillaba esplendoroso sobre la palidez intensa de su piel.

—No llores, ya se producirá algún milagro —dije molesta.

—¡Eso, eso, un milagro! —exclamó Felipe con aire de animación.

Felipe tenía prisa. Todos tienen prisa, todos están muy ocupados, han perdido el lujo de gastar el tiempo charlando con mendigos ¡y molestamos! Era un lujo real que ya no se practica, aunque quizás el mendigo pueda ser Jesucristo, como aprendí en la escuela teresiana. Me puse de pie. Lucía continuó sentada; quería charlar un rato de lo que fuera; la belleza del despacho la inmovilizaba.

—Os haré un milagro, voy a concentrarme, volved al hostal y venid a visitarme cuando queráis, después del diez de enero, pues mañana me voy de vacaciones —nos dijo Felipe en la puerta.

Siete mil pesetas son un capital, pero son las fiestas y la ciudad está llena. Es imposible encontrar alojamiento. ¡Las fiestas convertidas en lágrimas y sombras! Las calles están llenas de gente ¡y nosotras debemos encontrar a alguien! Llamar a alguien para que nos ayude... Buscamos un teléfono, pero todos están rotos y en las cafeterías no permiten llamar si no hay consumición. Entramos a un cafetín lleno hasta los topes de clientes comiendo langostinos y tirando al suelo los restos. Conseguimos una mesa de peltre blanco y le permitieron a Lucía utilizar el teléfono. ¡Qué fatiga! Lucía volvió a la mesa:

—Dice que no puede echarnos, ni puede matar a los gatitos... —había envejecido veinte años.

Volvimos al hostal y en la puerta del ascensor nos esperaba Richti. En el pasillo Richti nos detuvo en una charla prolongada. De pie en la oscuridad, habló de Puccini, acusándolo de disoluto. La Repa pasó junto a nosotros varias veces atronando los muros con sus zuecos. Nos asustó su rabia. Richti sonrió y dijo en voz baja:

—Las españolas son brutales, digo sexualmente brutales —y miró hacia el rincón por el que había desaparecido la Repa. Luego se inclinó y dijo en voz aún más baja:

—El suicidio es una fuerza incontenible que viene desde muy adentro. ¡Es inevitable! Conocí a una chica joven venida a menos, como tú y como usted, y una noche se tiró por la ventana... Mirá, como esa terraza que resulta ideal para suicidarse... ¡El impulso es irresistible!... —y nos señaló con el dedo índice, plano como una espátula temible en las tinieblas del pasillo.

Lucía y yo guardamos silencio. ¿Qué quería decir aquel sudamericano de ojos claros, cejas enmarañadas, voz monótona y gabán oscuro? Sorprendidas, lo vimos soltar una carcajada tan falsa como la de un mal actor en un teatro pueblerino. Apareció la Repa.

—¡Te marchas de casa ahora mismo! —me gritó.

La vi acercarse como una fiera enorme, mientras que Richti huía por el pasillo hasta alcanzar su cuarto situado en el pasillo de la izquierda. Entonces apareció Jacinto metido en su pijama amarillento.

—¡Cínicas!... ¡Desvergonzadas!... ¡Fuera! ¡Fuera de mi casa!

—Son las fiestas, no hay habitaciones —contesté.

—¡Mario!... ¡Mario!... —gritó Jacinto.

Se abrió una puerta y por el pasillo oscuro vimos avanzar a Mario, con sus *jeans* lavados, el cabello esponjado y una sonrisa equívoca en los labios.

—Y... ¿qué sucede, Jacinto? —preguntó con voz suave.

—Dile a esta mierda lo que ha hecho —le ordenó el ventero.

—Y mirá, che, tú me llamaste y entramos a su cuarto, abrimos el armario y encontramos a su gato durmiendo sobre una manta. Y ¿qué querés, che?, la manta estaba llena de meados —dijo Mario y se recostó sobre el muro.

—¡Mierdera! —me espetó Jacinto.

—No entiendo... no entiendo... —me dijo Lucía en inglés.

—¡Mierdera! Sea un poco más educada y no hable en otro idioma —chilló Jacinto.

Nos dimos la vuelta.

—Mi mujer se encargará de vosotras. ¡Ya veréis la paliza que os da! —anunció el hombre contoneando las nalgas.

Entramos a la habitación; si Repa venía a golpearnos...

—¡Bravo! ¡Bravísimo! Jacinto, te felicito, estuviste ¡sublime! ¡Sublime! —gritó Richti hinchando la voz.

Escuchamos aplausos. Los huéspedes estaban excitados: las carcajadas rodaban por los pasillos, las puertas se abrían y se cerraban, escuchamos algunos acordes de guitarra, se diría que se preparaban a lincharnos. Apagamos la luz; era más prudente permanecer a oscuras; tal vez las sombras nos salvarían de la paliza. Después, todo volvió al silencio, tenso, prolongado... El miedo nos mantenía con los ojos abiertos y el oído alerta. La noche se convirtió en una lámina dura, quieta, inamovible y el frío entró por las persianas rotas. Tal vez serían las dos de la mañana cuando escuchamos... Me da miedo escribir lo que escuchamos, pero tengo la esperanza de que si algo sucede alguien lo encuentre... ¡Dios mío!... Dos hombres de pasos pesados arrastraban a un tercero que se resistía a avanzar por el pasillo. Su voz estaba rota; se diría que lo habían golpeado. La furia de sus compañeros hizo temblar las paredes. Lo llevaron al último cuarto del pasillo de la izquierda, cuya ventana de maderas cerradas da sobre el muro que cierra a la terraza. "¡No entran aquí! ¡No, no entran!", exclamó una voz y estalló una lucha sorda, terrible. Los muebles saltaban con estrepito mientras golpeaban a alguien y alguien se quejaba, se defendía de los golpes brutales, que se escuchaban sordos en el silencio del hostal oscuro y quieto. "Están matando a alguien", dije en voz muy baja, y Lucía y yo nos quedamos paralizadas de terror escuchando que las voces y los golpes continuaban.

—No es fácil matar a alguien... —dije en voz aún más baja.

—Siguen... siguen... —murmuró Lucía en un susurro.

Unos pasos pesados se acercaron por el pasillo y se dirigieron a la entrada del hostal; después hubo un silencio. A los pocos instantes los pasos regresaron a la habitación situada en el pasillo de la izquierda. Después salieron otros pasos y alguien cerró una puerta y volvió el silencio.

—¿Y la Repa y Jacinto no escuchan nada? —preguntó Lucía tiritando de miedo.

En ese momento, con mucho sigilo, se abrió la puerta blindada de la guarida de la pareja y ésta se deslizó, tal vez descalza a lo largo del pasillo oscuro. Ambos permanecieron un tiempo enorme en el cuarto donde se efectuó la lucha y luego volvieron a su guarida.

—Diremos que no escuchamos nada... si nos preguntan —le aconsejé a Lucía. ¡No es posible ser testigo de lo sucedido! Por las rendijas de la puerta entró un olor extraño. A las siete de la mañana y todavía noche cerrada se abrió sin ningún sigilo la puerta de la guarida de la pareja y salió Jacinto. Sus pisadas se apagan, pues lleva zapatos de tenista. Lo oímos trajinar, lavar, barrer, ayudado por uno de sus huéspedes. El silencio aumentaba el volumen del diálogo llevado en voz baja:

—Si vienen, tú estás limpio. No viste nada... —aseguró Jacinto.

—Bien, che, bien —contestó la voz de Mario, nuestro antiguo aliado.

Jacinto husmeó por la terraza y nosotras fingimos dormir. Hacia las nueve de la mañana Jacinto dio voces fingiendo sorpresa:

—¡Vaya curda que os habéis puesto! ¡Vaya curda! ¡Coño!... habéis roto una silla. Esto no puede seguir así... —y el hombre continuó chillando y fingiendo enfado.

Lucía temblaba como una hoja y me ordenó:

—¡Sal y ve quiénes están y en dónde fue el crimen!

Al abrir la puerta de mi habitación, ésta rechinó con furia, como de costumbre. "Sabemos cuando salen o entran porque su puerta es la única que rechina", nos había dicho Mario. Avancé fingiendo indiferencia hacia la bifurcación del pasillo y al llegar allí miré hacia la izquierda. Allí estaban Jacinto y Mario y otros a los que nunca había visto; al descubrirme trataron de ocultar con sus cuerpos una mesa de baquelita con las patas de níquel arrancadas, sillas rotas, cubos de plástico azul llenos de agua roja y trapos empapados en sangre... Torcí hacia la derecha para dirigirme al cuarto de servicio situado al fondo del pasillo, cerca de unas cortinas sucias, y quise imaginar que no había visto nada. Allí permanecí mucho tiempo, en espera de que me volviera el color. La sangre me produce vértigos... La imagen que me devolvió el espejo colocado sobre el lavabo era penosa y el brillo blanco de los mosaicos me daba reflejos lívidos alrededor de los labios, también terriblemente blancos. Me arrepentí de haber obedecido la orden de Lucía. No sé cuánto tiempo estuve en ese baño inhóspito... Al salir se me ocurrió mirar detrás de las cortinas sucias que cuelgan al final del pasillo y vi que éste continuaba y que sobre sus muros se abrían puertas condenadas. Quise refugiarme nuevamente en el baño pero lo juzgué imprudente y avancé hacia el lugar del crimen. Al llegar allí ya no estaban los huéspedes, ni los muebles rotos, ni los cubos con agua roja, ni los trapos mojados en sangre. Un hombre con el cabello casi al rape y una gran herida en la frente salió del cuarto de Richti. El hombre se cubría con una bata de baño roja iba descalzo y al verme empezó a dar pasos en redondo; le di los buenos días y torcí hacia el pasillo central, en el que hallé a un huésped que había abandonado el hostal para volver a su país, según nos dijo Mario, que apenas lo conocía. La Repa le había dicho lo del viaje de aquel hombre, que ahora estaba en el pasillo. El hombre me miró con frialdad y yo juzgué conveniente saludarlo con afabilidad:

—¿Qué haces? ¡Qué gusto verte! Pensé que te habías ido de España —le dije tendiéndole la mano.

—Alquilé un piso, che, así uno es más independiente... ¿sabés? —contestó escrutándome con sus ojos azules cubiertos por cejas rubias y espesas.

El hombre era altísimo, corpulento; se había afeitado la barba y sólo se dejó el bigote, largo como el de un chino. Llevaba el mismo chaquetón verde, forrado de piel. El hombre pensó que debía explicar su temprana presencia en el hostal.

—Sabés, vine a buscar mi correo... —me dijo.

Mientras hablábamos se abrió una puerta y surgió Mario, que se acercó a nosotros con pasos lentos; el hombre, al verlo, le echó un brazo al cuello:

—¡Pibe!... Tenemos que hablar.

Mario permaneció mudo y juzgué conveniente esconderme en mi cuarto. Era mejor no ver nada... Encontré a Lucía aterrada y le expliqué lo que había visto y oído.

—Hoy es sábado... sábado...

Los sábados no viene el conserje y el edificio permanece vacío; si habían matado a alguien era la noche ideal para sacar el cuerpo... Permanecimos quietas mientras afuera Jacinto, Repa y sus huéspedes se afanaban en poner orden. Los escuchamos barrer, clavar, lavar...

—¡Qué trabajadores están!... ¿Saben que en Moscú hay cuarenta y cinco grados bajo cero? Nada, que si mean se quedan clavados al suelo —gritó una voz desconocida.

La Repa no contestó; estaba atareada en el cuarto del crimen. Al oscurecer, vimos que habían colocado una persiana verde sobre las maderas cerradas de la ventana que da a la terraza. Además colocaron una tabla para condenarla... Nadie podría ver lo que ocultaba aquella habitación. Si salíamos podían decir que íbamos a denunciarlos y el terror nos paralizó. "Iré a llamar a Tomás", anunció Lucía, y en vano traté de detenerla. Oscureció y al ver que no volvía salí a buscarla. La encontré en la avenida José Antonio charlando con un viejo parroquiano del cafetín que frecuentamos. El viejo iba acompañado de su amiga, una mujer siempre vestida de verde y provista de una sonrisa acogedora. Lucía les había confiado parte del secreto y ellos nos apuraron a llamar a la policía.

—¡Es un disparate! Fue sólo una riña de homosexuales —dije para cubrir la indiscreción de Lucía.

—¡Eso, una riña de homosexuales! —contestó el viejo parroquiano.

Me asombró la facilidad dichosa con la que el viejo aceptó mi explicación. Pero ¿acaso no era amigo de los huéspedes del hostal? Lo encontré varias veces charlando con ellos, especialmente con un viejo pequeño, de gabán raído y tez pálida, que se hospeda aquí, aunque jamás lo he visto en el pasillo ni en el ascensor. El viejo tiene algo de "víctima". "No puede mudarse", me dijo en una ocasión el parroquiano, amigo de la mujer vestida de verde.

—¿Por qué? —pregunté aquella noche.

La mujer de verde cambió de conversación. Ahora, en José Antonio, me dio una palmada y me regaló una sonrisa:

—Regresad tranquilas. No mostréis miedo. ¡Ningún miedo! —nos dijo.

Volvimos asustadas al hostal... No me gustó esa pareja. Me pareció extraño que Lucía los hubiera encontrado ¡tan a punto! Y ¿para qué? Sólo para escuchar lo que nos sucedía... Es la víspera de Noche Vieja y tenemos sábado y domingo sin conserje. La ciudad hierve de gente y es inútil buscar alojamiento en otro hostal. Además no tenemos dinero para mudarnos. ¡Si tuviéramos algún amigo! Pero no hay nadie, ¡absolutamente nadie! Caminamos entre una multitud inexistente preparándose para celebrar la fiesta. "¡Se nos fue el día!... ¡Se nos fue el día!" Pensamos en quedarnos en la calle, pero Lola y Petrouchka nos esperaban encerrados en el armario y tuvimos que volver. Tomamos el ascensor con la sensación extraña de entrar en una carroza fúnebre de tercera clase. El edificio está completamente quieto y la puerta del hostal abierta, como de costumbre. Entramos al pasillo de duelas astilladas; al final, brillaba demoniaco el foquillo azul que reparte sombras grises en los muros. La puerta blindada de la guarida de la Repa y Jacinto estaba cerrada. ¿Adónde se han ido todos? Quizás están atrincherados detrás de sus puertas. Al entrar a nuestra habitación tuvimos la certeza de que había sucedido algo y corrimos al armario para sacar a los gatos. Ambos aullaron de dolor. Casi no hay luz; la bujía eléctrica que cuelga del cordón es de muy baja potencia. Examinamos a Lola y encontramos que tiene la pancita cubierta de pinchazos ¡y quemada! Petrouchka no puede tenerse en pie, le quemaron las patas y tiene un ojo hinchado.

—Hay que irse ahora mismo, ahora mismo... —dijimos.

Los metimos en sus sacos de viaje desgarrados y buscamos alfileres de seguridad para cerrar los desgarrones. Lola y Petrouchka ya están en sus sacos. Voy a ver quién anda por la casa oscura... He vuelto, no encontré a nadie, la puerta de la Repa continúa cerrada y el teléfono tiene el candado puesto; imposible llamar para pedir auxilio. También fui al cuarto de servicio situado en el pasillo de la izquierda; frente a él está la puerta del cuarto del crimen herméticamente cerrada. Hay un silencio absoluto. ¡Todos han salido!... ¿O todos están escondidos?

—¡Vámonos!, deja el equipaje —ordené.

¿Y mi carnet?... ¿Cómo vamos a irnos sin los documentos de identidad? Nadie nos recibirá en ningún lugar. "Los carnets y los pasaportes valen muchos miles de dólares cuando están limpios", dijo Mario. Muchas veces se los pedí a la Repa: "No sé, no sé, ahí los tengo. ¡Por Dios qué prisa! ¿Podéis pagar?", contestaba la mujer alejándose y golpeando las duelas con sus zuecos.

—Nos iremos sin los carnets —dije.

Cogimos los sacos con los gatos y salimos al pasillo oscuro, cruzamos la puerta abierta y llegamos frente a los ascensores. Fue inútil llamarlos: no funcionan. Una flecha encendida indica que en algún piso han dejado abiertas las puertas. Bajar ocho pisos a pie es imposible; sabemos que alguien nos espera en las sombras de la escalera. "¡Se nos fue el día!"...

Volvimos a la habitación. Quisiera que Lucía no temblara tanto; me asusta verla ¡tan pálida! Es necesario salir de aquí, todo está demasiado quieto, ahora he visto claro: hay un pequeño muro en la terraza que separa a ésta de la guarida de la Repa y alguien acaba de saltar esa barda y avanza por la terraza... es Jacinto, es el homosexual... Sí, es él, veo sus zapatos blancos brillar en la oscuridad. Se desliza hacia acá para mirar por las persianas rotas. Esconderé estas notas... fingiré que busco algo en el armario; si logramos salir de aquí me las llevaré... si no...

He vuelto a releer estas páginas manuscritas. La escritura es irregular, están escritas de prisa sobre las hojas arrancadas de un cuaderno. Su lectura me ha asustado... no sé por qué las he leído. "Nadie preguntará por usted", me dijo la cigarrera y yo contesté: "¡Nadie!" Esa mujer es el cebo para atrapar a los derrotados. Si presentara estas hojas o contara lo que he visto nadie me creería; la gente sólo le cree a los victoriosos: "¡Vaya viejo loco! ¡Mira, mira, qué historia ha inventado!", me dirían. Así que debo callar y ¡debo olvidar! La memoria de los vencidos es peligrosa para los vencedores... Sí, debo olvidar que leí estas páginas: "Esas mujeres nunca existieron", me dirían. ¿Nunca?... Yo sé que estuvieron aquí, en esta misma habitación, pero eso no le interesa a nadie... ¡Debo olvidar! Y cuando escape de aquí ¡debo callar! "La palabra es plata y el silencio es oro", eso lo aprendí de niño... Sólo pueden hablar los vencedores, que nunca callan pues han ganado la palabra; yo soy un viejo cesante, nunca existí y debo olvidar hasta que ahora tengo miedo... Se me ocurre algo: ¿cuántos son los vencedores y cuántos somos los vencidos?... ¡Dios mío!... Hay alguien que me observa desde la terraza a través de las persianas rotas. Fingiré, le echaré un vistazo a Miguelín y guardaré las hojas donde las hallé. ¡No pude guardarlas! Miguelín está aterrado y nadie se mueve en el hostal... ¿Y mi carnet? ¡Mi carnet!, ésa es la única prueba de que existo, allí está mi número... digo, mi nombre, bueno, mi número es más importante porque nos cuentan... ese número prueba que existí... pero no estoy inscrito en el hostal, la policía ignora mi paradero, puedo desaparecer sin dejar ninguna huella... Meteré estas páginas con mucho disimulo en donde las hallé; si escapo me las llevo, si no escapo... Es Jacinto el que está detrás de las persianas, he visto sus zapatos blancos... Pero a nadie le importa lo que vea este viejo cesante. Silbo *La violetera* y me dirijo nuevamente al armario... ¡debo olvidar!... ¡debo olvidar que alguna vez existí!... porque en realidad no existí nunca...

Lléveme usted señorito
no vale más que un real
lléveme usted señorito
lléveme usted señorito
pa'lucirme en el ojal...

Las cuatro moscas

Las persianas de hierro estaban rotas y un desconocido las espiaba por las noches desde la terraza. Temían desvestirse en el cuarto destartalado del hostal oscuro y silencioso. Lola buscaba con sus ojos cristalinos la figura furtiva del hombre que fisgaba. El miedo la volvía loca: deseaba correr, encontrar un refugio seguro, y de puntillas se dirigía al enorme armario y se encerraba allí. Prefería la oscuridad a ser vista por el hombre sin cara que espiaba desde las sombras heladas de la terraza. Petrouchka por el contrario avanzaba a pasos lentos hasta situarse junto a la ventana y miraba con fijeza a la sombra invisible y peligrosa colocada detrás de la persiana rota. Cuando descubría el brillo sombrío de los ojos fisgones entre las ranuras de la persiana, huía despavorido en busca de algún rincón, pero ningún rincón era capaz de ocultarlo. Las rendijas de la persiana rota permitían abarcar desde la terraza toda la habitación.

La señora Lelinca colgó su viejo abrigo sobre la cortinilla transparente de la ventana y por la noche salió a la terraza y miró el interior del cuarto. El abrigo servía de poco: evitaba algún ángulo de la habitación, sus dos camas de hierro, su lavabo y su armario de madera rayada. Era preferible desvestirse a oscuras.

—¡Oiga! Esto no puede seguir así. Pronto se va a tener que largar de mi casa —gritó Jacinto, el dueño del hostal, que con un cubo de agua en la mano regaba los geranios viejos esparcidos en tiestos pequeños sobre las losetas rotas de la terraza.

A Jacinto le irritaban sus huéspedes. No debían estar allí, eran incompatibles con su hostal; se acercó a la ventana y lanzó el agua del cubo al interior de la habitación. "¿Por quién se toman?" Repa, su mujer, lo contempló complacida desde el lavadero y le dijo: "Vamos, Jacinto, que la culpa es tuya por haberlas recibido". La señora Lelinca contempló el charco oscuro formado en las duelas sucias y tranquila se acercó a la ventana.

—¿Qué es lo que no puede seguir así, Jacinto? —preguntó, iracunda.

—¡Esto! Que cuelgue usted sus ropas en las cortinas de mi ventana —contestó el hombre.

La señora Lelinca lo vio alejarse y tender, sobre las cuerdas verdes que cruzaban la terraza, sábanas y calzoncillos. El hombre parecía satisfecho, tan satisfecho que le produjo miedo.

—Ahora mismo quito el abrigo... pero ¿sabe usted? Lo colgué porque hay alguien que fisga por la noche... —explicó.

—¡Aquí nadie fisga! Eso se lo ha inventado usted y esto no puede seguir así —contestó el hombre pasándose la mano húmeda sobre el flequillo que le cubría la frente.

Petrouchka y Lola escucharon en silencio, ocultos debajo de las camas. Siempre estaban en peligro y las nuevas leyes contra los extranjeros los tenían paralizados de terror. ¿Cómo podían justificar sus entradas económicas si no tenían ninguna? Los dos vivían de lo que buenamente les daba la señora Lelinca. Eran dos parásitos, no trabajaban, eran refugiados, carecían de permanencia pues no tenían papeles y nadie tenía poder suficiente para darles un pasaporte. Consternados escucharon las amenazas de Jacinto. El hostal era malo, muy malo, el más barato de Madrid; tenía algo sombrío, algo peligroso y sin embargo gozaban del cuarto más grande que existía en la ciudad, aunque fuera sucio y sus muros resultaban tenebrosos. "No está el horno para bollos", había aprendido Petrouchka y lo repetía constantemente para justificar su pasividad que a veces resultaba cobardía.

Al matrimonio no le gustaban aquellas dos mujeres; no eran seguras. Repa amaba a sus huéspedes masculinos y Jacinto también los amaba con la misma pasión que amaba sus geranios. Debía evitar que las dos mujeres hablaran con sus huéspedes. Sus huéspedes eran muy especiales y Jacinto, provisto de un libro, vigilaba la bifurcación de los pasillos y dominaba las puertas de las habitaciones y las de los excusados. ¡Las zorras eran capaces de meterse en una habitación o en el cuarto de baño para hacer cualquier porquería o entablar amistad con algún huésped! La vigilancia de Jacinto tranquilizaba a Repa.

La señora Lelinca y Lucía estaban inermes. Si las echaban a la calle ¿adónde irían? Las leyes nuevas habían alertado a los posaderos y les sería imposible ocultar la presencia clandestina de Lola y de Petrouchka. Además, carecían de dinero para transportar la maleta y la caja de libros a otro hostal cualquiera. Guardaron silencio y trataron de calmar a sus amigos.

La señora Lelinca descolgó el abrigo, resignada a ser vista por el hombre que fisgaba en la noche. Quizás su gesto calmaría a Jacinto. El hombre contempló con disgusto la docilidad de su huésped. "Si cree que va a arreglar algo...", se dijo y abandonó la terraza para sentarse en el banquillo con un libro en la mano y vigilar todas las puertas.

Por la noche, Lucía apagó la bujía amarillenta y en silencio se metieron en las camas heladas. ¡Hacía frío, mucho frío, y el cuarto rezumaba humedad! Lola y Petrouchka eran friolentos, estaban nerviosos y lloraban. A pesar de ser ya muy mayores se comportaban como niños y reñían por la menor cosa.

Los días en el hostal eran amargos, se diría que siempre era el mismo día, se diría que alguien había abolido los domingos, las fechas y las fiestas y que ya no quedaba espacio para ningún sueño. El tiempo de soñar había terminado. La memoria había escapado a la memoria: quedaba sólo una hoja en blanco mojada por las lágrimas de los cuatro. También quedaba un miedo permanente ante la continua vigilancia de Jacinto y de Repa. Por la noche, en la oscuridad, quedaba la presencia de los ojos que fisgaban y la repetición de las mismas sombras.

—Amanecerá algún día... —aseguró la señora Lelinca en voz baja, en medio de la noche oscura.

"Sí, amanecerá algún día", repitió, y le llegaron los perfumes del Portal de los Varilleros. Allí había puestos de cintas de colores, trozos de sedas columpiándose a la luz de las farolas de petróleo, pañuelos tendidos como palomas con las alas abiertas, borlas pequeñas de peluche de color albaricoque para ponerse polvos rosa sobre las mejillas. Ella no podía usarlas, no había llegado el tiempo de cubrirse las pecas con polvos aromáticos. Sólo podía admirar las maravillas que ofrecía el Portal de los Varilleros. Por ahí paseaban las hermanas Ifigenia y Amparo, con sus lunares dibujados en forma de media luna sobre la mejilla izquierda y las mangas de sus trajes abiertos como abanicos. Las hermanas paseaban al atardecer por el Portal de los Varilleros en busca de esencia de vainilla, pañuelos y chalinas de gasa para atárselas en sus cabezas de rizos negros. Ambas eran menudas y delgadas; sus dientes blanquísimos se mostraban golosos ante las maravillas desplegadas; ignorantes de los jóvenes de pantalón y camisa blanca que las perseguían.

"Algún día seremos grandes", aseguraba Evita, atontada por la belleza de Ifigenia y de Amparo. Sí, y algún día fueron grandes y no pasearon por el Portal de los Varilleros... ¡La vida es inesperada! Ahora, "amanecerá algún día..." y una noche muy lejana, que resultó ser esa misma noche oscura en el hostal de Jacinto y de Repa, Lelinca entró a la jabonería en la que sólo había pilas enormes de jabones de color ámbar, que dejaban la ropa tan blanca como las propias nubes. En lo alto de la pila más alta de jabones estaba la criatura. Era una muñeca enorme, de celuloide, rosada, desnuda, con la boquita entreabierta. La muñeca sostenía en cada mano un ramillete de flores. En la derecha tenía amapolas rojas hechas en papelillo transparente y rizado y, en la izquierda, margaritas de terciopelo blanco, con los centros amarillos como soles. Lelinca contempló la figura angelical que presidía la jabonería. Don Tomás, el jabonero, metido en una camisa blanca, la observó con curiosidad y ella se dejó contemplar por aquel hombre enormemente gordo, que se impacientó ante su terquedad de permanecer en su jabonería admirando la muñeca que sostenía los gloriosos ramilletes.

—¿Qué quieres, niña?

Lelinca contempló a aquel ser privilegiado que parecía ser el propietario de la diosa colocada sobre la pila más alta de jabones.

—Quiero esa muñeca —balbuceó.

Don Tomás se hinchó de ira, su piel tomó el color de una berenjena, se irguió y la miró indignado.

—Esa muñeca es mía. ¿Por qué la quieres?

—Me gusta, me gusta mucho y quiero llevármela a mi casa...

Don Tomás se pasó la lengua por sus labios gruesos y su color berenjena se oscureció aún más.

—Así son los gachupines, todo se lo quieren llevar a su casa. ¡Pues no se va a poder! ¡Es mía! La tengo yo para regalo de mis ojos. ¡Y mi dinero me costó!

—¿Y si le pido dinero a mi papá y se la compro?

—¡Así son los gachupines, creen que todo se compra! Esta muñeca es mía, no se vende. ¡No tiene precio, es mía!

Lelinca permaneció en la jabonería mucho rato contemplando a la diosa adornada de margaritas y de amapolas. Era una pena ser gachupín; si no lo fuera, don Tomás le regalaría la muñeca. Volvió triste a su casa y notó que sus padres y sus hermanos no se parecían a don Tomás, ni a Ifigenia, ni a Amparo. Todos tenían el pelo rubio y vivían muy solos en su casa llena de libros con estampas de dioses casi tan perfectos como la muñeca de la jabonería.

—¿Qué te sucede? Pareces muy preocupada —le dijo su padre, que no hablaba como don Tomás.

Lelinca fijó los ojos en el plato de avena con leche y explicó su descubrimiento en la jabonería. Si su padre quisiera hablar con don Tomás... aunque era inútil, era gachupín. Su padre movió la cabeza: "No se trata de ser gachupín, no confundas; don Tomás ama esa muñeca", le contestó. Su padre no entendía nada. ¿No se había dado cuenta de que no era mexicano? Lo miró con curiosidad; con razón Evita cuando hablaba de sus padres decía: "Estos señores no entienden nada". Guardó silencio y contempló la avena que se cuajaba en su plato.

—Si tanto deseas esa muñeca te compraré una igual —oyó decir a su padre.

—¿Igual? ¡Imposible! No hay otra igual —contestó Lelinca.

Su padre se echó a reír y su madre dijo: "Esta pobre chica es tonta. Hay miles de muñecas de celuloide". Evita puso los codos sobre la mesa y se sostuvo la barbilla entre las manos. "¿Ves? Tengo razón", le dijo a su hermana. Evita sí entendió que su hermana sólo podía amar a la muñeca de don Tomás.

Don Tomás se acostumbró a su visita diaria a la jabonería. Ahora ya no iba sola; la acompañaba Evita, que, con asombro, contemplaba a la muñeca adornada con margaritas y amapolas.

—¿Cuántas flores tendrá en cada mano? —preguntó Evita.

Era muy difícil contarlas pues su número cambiaba de acuerdo con los días; de eso estaban muy seguras. Una tarde, don Tomás les proporcionó un banquito para que pudieran admirar a la pequeña diosa, sentadas oliendo a jabones y en un silencio recogido. No hablaban para que don Tomás olvidara que eran gachupinas; evitaban cualquier peligro que les impidiera entrar al santuario. Una tarde exclamaron:

—¡Qué limpia está! En ella nunca se ha parado una mosca.

Don Tomás se acarició las mejillas lampiñas y las miró con malicia.

—¿Las moscas? No se atreverían jamás. La mosca que se acerque a ella se muere en el mismo instante. Por eso, niñas, eviten convertirse en moscas volanderas y molestas —les advirtió con severidad.

Se quedaron preocupadas. Había que evitar convertirse en mosca... aunque las moscas poseían dos alas muy pequeñas, estriadas y transparentes, hechas con el papel más fino que soñó el maestro del papel de seda. Con esas alas dibujadas con la tinta más exquisita podían volar y posarse en la boquita abierta de la criatura inaccesible o acariciarle las mejillas casi tan rojas como las amapolas. Para las moscas no existían las alturas ni la pila de jabones amarillos sobre la que descansaba la diosa con los brazos gordezuelos extendidos.

—Pídele a Dios que nos convierta en moscas por un día —le pidió Lelinca a su hermana.

Evita caminó a la calle observando los matices de las piedras, sin atreverse a levantar los ojos por temor de ver el cielo y encontrarse con la cara de Dios. ¡En verdad que su hermana era caprichosa! Y sobre todo: ¡terca!, como decía su padre, que a veces, muy pocas veces, llevaba la razón en algo. Escuchó repetir a Lelinca: "¡Pídele a Dios que nos convierta en moscas por un día!"

—Se lo pediré, pero moriremos en el mismo instante —contestó Evita, que debía morir para satisfacer el capricho de su hermana.

Entraron al Portal de los Varilleros pidiéndole a Dios que las convirtiera en moscas, pero a esa hora las moscas se habían ido a dormir y Dios había olvidado su forma y su tamaño. Y el milagro no les fue concedido. Caminaron entre los vendedores de ungüentos, de cintas y sedas, sin mirarlos. Tampoco aspiraron los perfumes de las lociones de los barberos ambulantes, ni el de las aguas de violeta que vendía Trinidad, sentado bajo su toldo blanco y rodeado de farolas de petróleo.

—¿Qué preferirías: ser mosca o ser reina? —preguntó Evita cuando pasaron cerca de Ifigenia y de Amparo, que con sus gasas de color malva atadas a las cabezas parecían dos reinas paseando entre sus súbditos. Lelinca las miró con despego y contestó decidida:

—Preferiría ser mosca.

—¡Hum!, no entiendes, yo te hablaba de la reina Victoria de España o de Isabel la Católica —contestó Evita para enfatizar la gravedad de su pregunta.

Lelinca pensó que las dos reinas, la viva y la muerta, eran españolas, y que don Tomás nunca les permitiría acercarse a la muñeca que sostenía las amapolas y las margaritas. ¿De qué les serviría ser reinas?

—Preferiría ser mosca —dijo con terquedad.

En su casa cenaron en silencio. Sus padres no les preguntaron nada y sus hermanos estaban ocupados con Churruca, con Moctezuma, con don Nicolás Bravo y con Pinocho. Durmieron preocupadas y a la tarde siguiente volvieron a entrar de puntillas en la jabonería.

—Ya sé que andan pidiendo milagros malignos —les dijo don Tomás y no les ofreció el banquito para que se sentaran a contemplar a la diosa.

Ambas enrojecieron. ¿Cómo se había enterado don Tomás? La única que había escuchado sus plegarias era Tefa, que las encontró arrodilladas sobre sus camas: "Te rogamos, Señor, humildemente, que nos hagas el milagro de convertimos en dos moscas". Tefa se enfadó y sopló en los quinqués. "Ya no saben ni lo que piden, perversas; ojalá que Dios no las escuche", les dijo muy disgustada. Se sintieron culpables frente a don Tomás, que ahora conocía sus malas intenciones.

—No se preocupen, algún día se les hará el milagro. Todo se alcanza cuando en verdad se desea y se pone el corazón en la plegaria —les dijo don Tomás mirándolas de reojo.

¿Y ahora en dónde estaba don Tomás? Lelinca lo ignoraba. Tampoco sabía adonde se había ido su casa con sus padres, con sus hermanos y con sus libros. Estaba segura de hallarla en el lugar más inesperado. Pensó que tal vez se hallaba entre las páginas de un libro, como aquellas rosas disecadas que su madre ponía en los libros de Heine o de Novalis. Con esas rosas disecadas señalaba sus pasajes predilectos. ¡Ah!, debía de estar entre las páginas de *El paraíso perdido*, el libro que leía su madre en los días de la muerte de su padre, pero ¿en dónde hallar el libro? Necesitaba recorrer el mundo entero, revisar todas las librerías de viejo y era difícil salir del cuarto oscuro por el que circulaban corrientes de aire frío, lejos, muy lejos de ese libro, de sus padres y de la puerta estrecha de la jabonería. Oyó decir: "Amanecerá algún día..." No supo si ella, Lucía, Lola y Petrouchka estaban dormidos, cuando un olor penetrante a jabón inundó el cuarto. Oyó saltar a Lola con alegría y Petrouchka, que se cobijaba en el armario, abrió las puertas a patadas y anunció que estaba listo. En el muro del fondo se hizo una raya de luz que fue ensanchándose hasta convertirse en la puerta de la jabonería, el templo de la diosa con ramilletes de amapolas y de margaritas. Un calor suave y dorado entró por aquella puertecita. Lola estaba harta de tiritar de frío y corrió por los aires hacia la puerta abierta en el muro. Petrouchka la siguió, haciendo zigzags, y Lelinca vio aparecer a don Tomás con la muñeca en una mano. La diosa de celuloide brillaba como un ángel celestial y sus ramilletes desparramaban aromas delicados. Don Tomás se la tendió con una sonrisa milagrosa.

—Vengan, vengan mis moscas. Han ganado a la reina de las flores. ¡Pobres moscas!, han esperado tantos años y han sufrido tantos fríos...

Había algo extraño: don Tomás ya no hablaba como mexicano. Sorprendida, Lelinca buscó a Lucía, pero ésta, con sus alas minúsculas, hechas con el papel de seda más fino producido en la China, volaba hacia la puerta en la que brillaban los jabones de don Tomás convertidos en placas de oro. Sí, amanecía y ambas moscas, Lelinca y Lucía, entraron en el reino de oro del jabón al que ya habían entrado sus amigos Lola y Petrouchka. Los cuatro se posaron sobre las mejillas rosadas de la diosa, que nunca dejó de sonreír. ¡Eran las primeras moscas que tocaban su rostro!

Por la mañana, Jacinto y la Repa recogieron sus ropas ya muy usadas. Repa guardó los zapatos en una caja de cartón.

—¡Hay que quemar todas estas porquerías! —dijo la Repa.

—¡Quémalas tú! Yo debo hacer otras cosas, ya lo sabes; los chicos nos ayudarán en todo, como siempre... Necesito descansar un rato, después de la noche que he pasado —dijo Jacinto.

Las moscas escucharon sus voces, que cruzaron la puerta de oro cerrada para siempre. Sabían que jamás, jamás volverían a dormir en esas camas de hierro... Petrouchka saltaba entre las pilas del jabón de oro y Lola estaba quieta. La frase "Andamos huyendo Lola..." nunca más la volvería a escuchar.

Una mujer sin cocina

Era un veintiocho de junio y la tarde aplastaba a la ciudad con su aire sofocante; la inminencia del calor terrible como un incendio seco y sin llamas, amenazaba a Lelinca, sensible a los vapores hirvientes que escapaban de los automóviles y de las fachadas de las casas. No tenía ningún lugar adonde ir, nadie la conocía y ella no conocía a nadie. Había aprendido a ser fantasma recorriendo avenidas y cuartos amueblados. Vagamente recordaba que alguna vez había existido. Recordaba con precisión a sus padres y trataba de alcanzarlos y llegar a los jardines en donde jugaba y en los que existían fuentes alborozadas, jacarandas tendidas como sombrillas moradas y tulipanes rojos.

Por las noches la cocina brillaba con el fogón encendido y las criadas movían platos, abrían alacenas olorosas a frijol, a maíz, a chocolate y al milagro de "los peces y de los panes", como les contaba Tefa mientras calentaba las tortillas. Ellas, sentadas a la mesa enorme, escuchaban sus relatos de hechos históricos, y las vísperas de las fiestas contemplaban ansiosas los trajes de estreno.

Sí, eran trajes nuevos para recibir a los reyes magos, al Niño Dios, al cura Hidalgo, al general Zaragoza, a la Virgen de la Covadonga, a Aquiles Serdán y a la Virgen de Guadalupe. Su traje preferido era el traje color verde agua que le regaló su tío Boni para la Nochebuena. Ahora lo había extraviado y era necesario encontrarlo para ponérselo al día siguiente: veintinueve de junio, fecha de San Pedro y San Pablo. "¡Sobre esta piedra edificaré mi Iglesia!", había dicho Jesús mirando a Pedro. ¡Pobre Pedro, era una piedra! Siempre sintió pena por él, aunque le daba escalofríos que hubiera negado a Jesucristo tres veces, antes de que cantara el gallo. Ese gallo era distinto a todos los gallos del mundo: estaba destinado a anunciar la traición de Pedro que tenía miedo aquella noche terrible.

"Saulo, Saulo, ¿por qué me persigues?", le preguntó Jesús a Pablo en un camino polvoriento. Saulo, ante la luz que se levantó en la orilla del sendero, se espantó y vio a Jesús hecho de reflejos y con la cara muy afligida. Así se lo contó su padre muchas veces y ante el misterio del polvo, del camino y de las palabras de reproche de Jesús, ella se quedó anonadada. También en su familia había otro Saulo que no era centurión romano sino general villista: Saulo Navarro, y era muy alto y muy rubio y combatió hasta morir a los veintiséis años por el Apóstol Madero. La bandera de su Brigada Independencia estaba en el castillo de Chapultepec, en el que antes vivió la emperatriz Carlota. Su fotografía colgaba en la habitación de su madre, muy elegante y muy afeitado. Saulo era el preferido de su abuelo, que hablaba de él con voz pausada y con luces verdes en los ojos que iluminaban sus barbas blancas: "¡Abate Dios a los humildes, mis hijos se murieron para que subieran 'éstos'!", exclamaba sentado en una banca del jardín de su tía Amalia.

—Tú te pareces a él, Leona, eres rebelde como lo fue Saulo —agregaba su abuelo y le acariciaba la cabeza.

Sí, su abuelo la llamaba "Leona", y a ella le gustaba parecerse a Saulo, el centurión villista, y pasaba largo rato contemplando su fotografía y la perfección de su uniforme de general norteño. Sabía que lo hirieron en Torreón y que eso no impidió que combatiera en Zacatecas... Ahora, en la ciudad amenazada por los grandes calores, recordó su hermoso rostro y su cuerpo alto, hecho para morir muy joven. ¡Muy joven! Su recuerdo la hizo olvidar que debía encontrar su traje verde agua para ir a la iglesia al día siguiente a visitar a los dos santos altos y de barba blanca como su abuelo. Uno, Pablo, se parecía mucho a su tío Saulo el día que murió a los veintiséis años. Iba a serle muy difícil encontrar el traje verde agua, pues se había perdido y no encontraba su casa.

—No salgan a la calle sin permiso, la calle está llena de peligros —les repetía su madre, pero ella y Evita desobedecieron.

—Si alguien se te acerca en la calle y te ofrece un globo o dulces, ¡corre! —le advirtieron sus padres muchas veces, pero ella los desobedeció y ahora andaba perdida.

Recordó aquel domingo en la avenida Jalisco. Iba caminando con su hermana Evita por en medio de la calzada sembrada de árboles, en donde paseaban las señoras de cabellos cortos acompañadas de perritos blancos llamados Lulús. En su casa las criadas cantaban:

Las pelonas de Orizaba
cuando al novio ven pasar
mamacita voy a misa
y se van a vacilar...

Evita y ella se habían ido a "vacilar". Les gustaba que nadie las entendiera y hablaban un idioma desconocido para todos, salvo para ellas. De esa manera podían admirar los trajes de las señoras o reír de los otros niños que jugaban con aros y lloraban cuando caían y se raspaban las rodillas. Ese domingo Lelinca llevaba su bolsa de canicas en la mano. Eva llevaba la suya y ambas eran ricas. Las dos pasaban muchas horas descifrando los colores, las manchas como océanos pequeños y multicolores y las rayas oscuras como las de los tigres que encerraban aquellas esferas pequeñas, que rodaban por la tierra buscándose las unas a las otras. "¡Chiras!", exclamaba Evita con orgullo. Eva jugaba demasiado bien. ¡Tenía el golpe maestro! Como lo tenía Leonardo en su Gioconda colgada en el estudio de su padre o Goya con sus tristes fusilamientos y el hombre de la camisa amarilla que buscaba salida del cuadro o Blake con su ángel con una azucena en la mano, casi borrado, que estaba encima de su cama, colocado por su padre para que velara por ella de noche. Sí, Eva era como esos personajes importantes que figuraban en las conversaciones de la mesa y que colgaban de los muros de su casa: "¡Tenía el golpe maestro!"

Las canicas hacían un ruido armonioso: ¡clic! ¡clic! ¡clic! Y la mañana fresca, recién barrida por la lluvia nocturna que había hermoseado la avenida y los árboles parecía una calzada nueva y sin estrenar. Pasaron frente a la casa del general Obregón. ¡Era un hombre importante y enemigo de su abuelo y de su tío Saulo! Su casa tenía columnas blancas, pero a ellas les gustaba más la casa de Turquesa, con sus terrazas de color rosado, sus rejas negras y sus pavos reales que gritaban con voces agudas por las tardes. Les gustaba mirar a aquellos pavos de crestas pequeñas y multicolores y colas gigantescas dibujadas con pinceles mojados en oro. Eran los mil ojos de Buda. También ellos, como Leonardo, Goya o Blake tenían ¡el golpe maestro! Desde la terraza la mamá de Turquesa las llamaba:

—¡Vengan, güeritas, pasen a ver a los pavos reales!

La señora estaba en bata, siempre en bata, algunas veces rosa con encajes color crema y otras veces azul con encajes blancos. Turquesa estaba en su jardín muy aburrida. Les intrigaba su pelo negro y sus mejillas rosadas; era tímida y tenía dos nanas de mandiles blancos. Ellas huían cuando las invitaban a pasar a ver a los pavos reales, pues era peligroso hablar con los desconocidos o con las desconocidas que les ofrecían globos, dulces o pavos reales. Ese domingo bañado por la lluvia nocturna, la mamá de Turquesa no estaba en la terraza y delante de las columnas blancas de la casa del general Obregón tampoco había nadie.

De pronto sintieron que alguien las seguía y Eva se lo dijo en su idioma secreto: "Viene atrás de nosotras. No te vuelvas".

Ella, Lelinca, se volvió. Sí, detrás de ellas venía un hombre de traje negro, muy alto, muy temible, que le obsequió una sonrisa. "Te dije que no lo vieras. ¡Pero eres tan curiosa, que te acusaré con mi papá!", le dijo Eva con mucho enfado. Lelinca no contestó pues el hombre le paralizó la lengua y no pudo decirle a su hermana que estaba aterrada. "¡Vamos más de prisa!", ordenó Evita haciendo sonar a sus canicas para que su ruido ahuyentara al hombre vestido de negro. Apretaron el paso y el hombre las alcanzó. Su mano gordezuela cayó sobre el hombro de Lelinca.

—Niña linda, ¿quieres un globo? —le preguntó con voz aflautada.

Lelinca se paralizó. Evita levantó la vista y se encontró con los ojos azules del hombre vestido de negro.

—No, señor. No queremos un globo —dijo riendo.

—¿Quieren dulces? Yo quiero mucho a las niñas rubias. Parecen huerfanitas de cuento.

Lelinca escapó de la mano pequeña y gordezuela del hombre y echó a correr seguida de Eva. "¡Huerfanitas!", pensaron asustadas por la palabra. No había nada más triste en el mundo que ser huérfanas y cuando Antonio el mozo las amenazaba con quedarse huérfanas si eran malas, las dos se echaban a llorar y se portaban muy bien. El hombre vestido de negro volvió a alcanzarlas.

—¿No quieren venir conmigo a Chapultepec? Las llevaré a dar una vuelta en lancha...

Se echaron a correr y el hombre corrió tras ellas hasta alcanzarlas y detenerlas con sus manos gordezuelas.

—¡Vengan! ¡Vengan!, pasearemos en una lancha y llevaremos globos, dulces y pasteles. Luego las traigo a su casa.

Lelinca vio que Eva estaba tan blanca como un papel y que temblaba. Entonces, se dio cuenta de que la avenida Jalisco estaba abandonada: no había nadie. Las señoras que paseaban a sus perritos Lulús, se habían metido a sus casas. Los jinetes que iban a correr al Bosque de Chapultepec ya habían llegado a su destino y las puertas y las ventanas de las casas estaban cerradas. ¡No había nadie! El mundo se había quedado vacío. "¿Adónde se fue toda la gente?", se preguntaron con las lenguas frías de miedo. Sólo quedaba el hombre vestido de negro que las miraba inclinado sobre ellas y sonreía con una sonrisa que nunca habían visto. Lelinca quiso encontrar a alguien o algo y miró al suelo para escapar de la mirada del hombre vestido de negro. Sus ojos encontraron grava roja y algunas hojas pisoteadas por los cascos de los caballos de los jinetes. Las bancas estaban vacías. En el mundo no quedaba nadie, ni una hormiga, ni un caballo, ni un perro, sólo el hombre vestido de negro que las sujetaba por los hombros.

En su casa su padre estaría bebiendo café muy caliente, como a él le gustaba, y su madre estaría leyendo a Mutt y Jeff. Le gustaban mucho esos dos amigos que salían dibujados y en colores en el periódico de los domingos. Siempre les sucedían aventuras. Ellas por desobedientes se habían quedado en un mundo vacío. "La desobediencia siempre es castigada", recordó. Nunca pudo imaginar que el castigo fuera tan tremendo y ante aquella soledad se quedó sorda. Eva le dijo algo que no pudo escuchar. La vio que se echaba a correr y ella la siguió en la carrera. Sus pasos atronadores llegaron hasta el cielo cuando pasaron frente a la iglesia blanca de la Sagrada Familia. En la carrera repitió: Sa-gra-da Fa-mi-lia y vio que sus padres y su casa se convertían en un puntito, cuando escuchó la carrera del hombre vestido de negro que corría tras ellas. "¡Corre!... ¡Corre!", le ordenaba Evita y siguieron corriendo hasta el parque Orizaba, en donde tampoco había nadie. La fuente silenciosa estaba quieta, sin niños y sin nanas, y ellas continuaron corriendo... Lelinca se preguntó cuánto habían corrido. La iglesia estaba cerrada hacía ya tiempo, por eso no entraron y tuvieron que seguir corriendo. La culpa la tenían los generales enemigos de su abuelo: Calles y Obregón, que cerraron las iglesias. ¿Cuánto habían corrido? No pudo saberlo, pues ahora continuaba corriendo sola para escapar del hombre vestido de negro y estaba muy cansada. Además hacía calor y la ciudad había cambiado ¡tanto! que era una ciudad desconocida y en donde nadie la conocía, sólo el hombre vestido de negro.

Caminó despacio, pues ya no le quedaba aire. Pasaron muchas gentes cerca de ella, pero no podía preguntarles dónde estaba su casa. ¡Se había perdido! Pasó frente a una panadería de entrada estrecha y mostrador con tapa de mármol y recordó a una prima gorda que en el Colegio Teresiano era siempre la primera, hasta que Evita le quitó la Banda Azul de Honor, porque sabía más que ella. Su prima Anapurna se disgustó tanto, que al salir a la calle se dio un tope con el tronco de un árbol y se rompió la nariz, de la que salió un gran chorro de sangre.

—¿Ya ves? ¡Eso te pasa por envidiosa! —le dijeron las ayas.

Anapurna no dijo nada y de su nariz continuaron brotando dos mocos incontenibles de sangre, que mancharon con enormes dibujos rojos su uniforme blanco. Enfadada, miró con sus dientes de conejo a sus dos primas. Evita caminaba muy contenta con su Banda Azul de Honor cruzada sobre el pecho. Lelinca sabía que

Anapurna continuaba enojada, pues aquella noche escuchó decir a su tío Boni: "Se encontró con el árbol que castiga a la envidia y la envidia no se cura". Desde esa tarde, todos supieron que Anapurna estaba muy enferma. Al oscurecer y mientras Evita lucía la Banda Azul de Honor, su tía, la madre de Anapurna, no tocó el piano. Siempre lo tocaba y sus notas melancólicas volaban sobre las tapias cubiertas de heliotropos y llegaban hasta la casa de Lelinca, en donde el huele de noche empezaba a abrir sus flores misteriosas y a esparcir su aroma intenso hasta invadir de sueño a las habitaciones. Entonces, también se dormían las golondrinas que en lo alto del enorme portón de su casa habían formado un nido con bolitas negras de lodo.

> Volverán las oscuras golondrinas
> de tu balcón sus nidos a colgar
> pero aquellas que aprendieron
> nuestros nombres, ésas, ¡no volverán!...

les decía su padre mirando el nido donde vivían las visitadoras golondrinas que se habían instalado en su casa.

Ahora, ella debía volver a su casa. Un calendario sin dibujos de colores, hecho solamente de hojas enormes y amarillentas marcaba: veintiocho de junio... "Mañana es veintinueve. Día de San Pedro y San Pablo", se repitió y supo que era muy urgente llegar a su casa, saludar a sus padres y buscar su traje verde agua. Lelinca no había olvidado los nombres de los que vivían en aquella casa, no era como las golondrinas, que se instalaban y luego se iban para no volver. Se preguntó cómo habría llegado Evita después de esa terrible carrera y también se preguntó por qué el hombre vestido de negro les había ofrecido dulces, globos y un paseo en lancha por el bosque de Chapultepec. "Ese hombre es muy peligroso", se dijo y caminó despacio, haciéndose la disimulada, porque sabía que el hombre andaba en su busca. Por eso se escondía en cualquier lugar y su nombre, Lelinca, la asustaba. "Habrá muchas Lelincas en el mundo, pero sólo una Lelinca que soy yo y a la que busca el hombre vestido de negro", se confesó aterrada. Volvió a pensar en Anapurna, iría a su casa y le pediría un bizcocho, pues el olor de la panadería le dio apetito.

Recordó a Anapurna de pie en la puerta de su casa, vecina de la suya, con las piernas rojizas, de rodillas gordas y un lazo enorme prendido sobre la cabeza. El lazo en forma de mariposa era azul, como la banda de honor que le había quitado Evita. Anapurna tenía dos globos rojos en la mano y estaba quieta, como si se preparara a que le tomaran una fotografía. Su traje era de organdí y sus zapatos eran de charol negro. Anapurna la miró con sus dientes de conejo y sus ojos con un pliegue en la esquina, como los ojos de los chinos que lavaban la ropa. Evita y ella le mostraron sus canicas y Anapurna se negó a admirarlas. Estaba orgullosa de su lazo azul y enorme prendido en la cabeza. Cada domingo llevaba un lazo de color diferente, a veces rosa, a veces verde o blanco. Ese domingo lo llevaba azul. Evita la miró burlona, Lelinca sabía que su padre le había regalado a su hermana una monedita de oro y con ella se compraron dulces y canicas.

La Madre Superiora del Colegio Teresiano estaba muy risueña. Se llamaba Sor Dolores y siempre estaba adentro de la Dirección. Ella, Lelinca, nunca había podido entrar en ese salón, lo veía desde afuera, de pie, en el patio de baldosas blancas, en donde crecían naranjos recortados y redondos que daban naranjas verdaderas. En el patio había columnas blancas y un olor muy suave a azahares. Narcisa, su nana, era de Toluca, y le contó que los azahares eran las flores de las novias de los hombres y de "las esposas de Cristo". Se lo dijo en la cocina, mientras echaba tortillas y ella escuchaba sus palabras maravillosas. Desde el patio embaldosado de blanco, Lelinca miraba la puerta abierta que llevaba a aquel salón encerado y en penumbra y, desde allí, divisaba a la otra puerta abierta al fondo del salón encerado y donde estaba siempre Sor Dolores con su hermosa cofia y envuelta en perfumes de cirios hechos de miel de abeja, según le explicaron.

Lelinca nunca había entrado allí, porque después de dos años de ir al colegio, apenas había aprendido las letras, por eso se resignaba a atisbar desde el patio el misterio de la madre superiora. La tarde en que Anapurna se rompió la nariz contra el tronco del árbol que castiga a la envidia, Evita entró al santuario de Sor Dolores.

—¡Quiero entrar yo también! —le dijo Lelinca.

Evita la cogió de la mano y entraron juntas al salón encerado. Junto a un muro estaba el Sagrado Corazón de Jesús, en medio de un paisaje inmenso de cirios ardiendo. Era un mar de llamas que parpadeaban desparramando el perfume juntado por las trabajadoras abejas, que sacaban la esencia de las rosas, de los jacintos, de los heliotropos, de los nardos, de los claveles, de los azahares, de las violetas y luego, con mucho gusto y fina voluntad, se lo llevaban a Sor Dolores para que ardiera en el salón encerado. Le hubiera gustado ser abeja afanosa para darles gusto a sus padres. "Tú eres como la cigarra, sólo te gusta cantar. ¿Y cuando llegue el invierno qué vas a hacer?", le preguntaban muy preocupados. Lelinca guardaba silencio, recordaba las palabras de su padre: "Dios provee". Pero su padre la miraba con los bosques minúsculos que había adentro de sus ojos y su madre cortaba con los dientes el hilo del bordado, pensando en que ya era hora de ir a leer su libro y dejarse de preocupaciones y de cigarras y de hormigas. "¿Por qué estará bordando o leyendo en vez de hacer arroz con leche?", se preguntaba Lelinca.

Evita y ella disputaban por el cazo en el que su madre hacía el arroz con leche. "Será para la que se porte mejor", decía su madre, mientras ellas esperaban sentadas en la cocina, el lugar donde sucedía lo maravilloso, a que el postre terminara de hacerse para buscar las cascarillas de limón parecidas a serpientitas verdes y que les gustaban más que la canela.

—¡Vaya tontería! En casa hay arroz con leche todos los días —comentaba Anapurna sonriendo con sus dientes de conejo.

Evita y ella miraban el hociquito de Anapurna y pensaban que debía gustarle mucho la lechuga, pero ignoraban sus gustos, pues Anapurna con su nombre imponente era un grave misterio y de lo único que estaban seguras era de que Anapurna amaba a la Banda Azul de Honor por sobre todas las cosas... Seguramente ese veintiocho de junio habría arroz con leche en la casa de Anapurna. ¿Cómo asegurarse de eso? La última vez que estuvo en su casa, Anapurna ofreció darle un postre de natillas si lavaba los trastos acumulados en su cocina. Lelinca aceptó no tanto por las natillas sino porque le gustaban mucho las cocinas. En ellas sucedía lo mejor del mundo: los postres, los hechos históricos, las hadas, los enanos y las brujas que salían de las bocas de las criadas. Era curioso que las criadas siempre le daban la espalda, hablaban sin mirarla, mientras producían rabanitos, lechuga, orégano y chalupitas. Sus trenzas negras se mecían al compás de sus palabras misteriosas. Lelinca columpiaba los pies en la silla de tule y esperaba a los dragones, a los nahuales, a las cenizas y a las lenguas de fuego, anuncio del fin del mundo. Las criadas eran adivinas y pitonisas y estaban en su casa para avisar de los peligros y que ésta no cayera en el pozo de todos ignorado. Eran muy amables y de espaldas le enseñaban el camino de las rosas que conducían al infierno y el camino de las espinas que llevaba al cielo. Lo sabían todo, porque estaban allí desde mucho antes de la llegada de los españoles. ¡Por eso Lelinca las obedecía! A veces, cuando se portaba mal, de sus labios brotaban palabras terribles: "¡Por respondona se te va a secar la lengua!" Y Lelinca procuraba guardar un silencio absoluto.

—¿Te comió la lengua un gato o estás tramando alguna trastada? —le decía su padre.

Ella no sabía si hablar y arriesgarse a tener la lengua seca o continuar en silencio. Ahora no sabía si buscar la casa de Anapurna o no buscarla. Lo de menos eran las pilas de platos sucios y el cambio del arroz con leche por las natillas. Lo malo era que la cocina de Anapurna no era una cocina. Estaba deshabitada y más bien parecía un cuarto de baño sin jabones perfumados y sin sales, ya que los mosaicos blancos estaban engrasados. Lo verdaderamente terrible era que Anapurna le había confiado, mostrando sus dientes de conejo, que era prima hermana del hombre vestido de negro. Lelinca lo ignoraba y Anapurna la miró con sus ojos de chino de lavandería y le dijo:

—Mira, mira lo que me regaló mi primo hermano, el señor vestido de negro —y le mostró un rincón donde guardaba muchos globos rojos desinflados, que más bien parecían bolsitas viejas y empolvadas.

No iría. Era más prudente no acercarse a la casa de Anapurna, que continuaba enfadada con ella y con Evita por la Banda Azul de Honor. Caminaría por las avenidas llenas de ruidos de automóviles, para que ni Anapurna ni su primo hermano, el enlutado, escucharan sus pasos y con algo de suerte encontraría su propia casa y entonces, con palabras alegres, contaría sus aventuras y sus padres se reirían contentos al verla y escucharla. Su traje verde agua debía de estar colgado en el armario y aunque no había cultos, porque a los generales Calles y Obregón les disgustaba Jesucristo y la misa, se pondría su traje verde agua para festejar a San Pedro y a San Pablo y recordar a su tío Saulo Navarro, el más guapo de los centuriones villistas, según lo tenía comprobado en las fotografías. También su abuelo exclamaría: "¡Abate Dios a los humildes, hasta que apareció la Leona!" Y ella de un zarpazo cogería su traje verde agua.

De pronto apagaron las tiendas y sólo quedaron árboles escasos en las calles y ella, Lelinca, todavía no encontraba su casa. El calor había marchitado sus cabellos y los guardias la observaban con recelo. Estuvo segura de que no le dirían nada al señor vestido de negro, pero era más prudente alejarse. ¿Adónde? Se le cerraban los ojos de sueño. "¿Por qué habré desobedecido ese domingo?", se preguntó en medio de la ciudad aplastada por el calor, pero no lloró pues era inútil, además ni siquiera tenía pañuelo. Se encontró frente a dos viejos, él, flaco, con una calva verdosa, y ella, gorda, con la frente estrecha y las manos tan rojas que se diría que se las bañaba en sangre. La pareja le llegaba al hombro, pero no eran enanos.

—Íbamos a cerrar el portón —le dijeron con voces severas y levantaron los ojos para mostrar su indignación.

Lelinca miró a sus bienhechores y supo que ambos estaban enfadados por su retraso, pues ella dormía en el quinto piso y ellos no podían cerrar la puerta hasta su llegada. No sólo estaban enfadados, sino coléricos, que era mucho peor. La calva en forma de huevo de Pascual echaba chispas verdes y la frente de Atanasia se había juntado con las cejas negras. Sus voces estentóreas le indicaron que andaba lejísimos de su casa y quiso decírselos, pero sus bienhechores no escuchaban razones, se limitaban a contemplarla con una ira roja que crecía como una marea.

—¡Me cago en Dios! —gritó Pascual.

—Esperando, esperando a que le dé la gana llegar —comentó Atanasia.

—¡Hala! ¡Quítese los zapatos, ya sabe que no puede hacer ruido en la escalera! —gritó Pascual agitando el puño amenazador muy cerca del rostro de Lelinca.

—¿Nadie preguntó por mí? —dijo ella en voz baja, con la esperanza de que sus padres la hubieran encontrado y la llevaran a su casa y con miedo de que el señor vestido de negro y Anapurna hubieran encontrado su escondite.

—¡Vamos! ¡Ahora resulta que la busca la policía! —contestó Atanasia echándose a reír.

—¡Le dije que suba! —ordenó Pascual.

No eran amables y sus voces parecían la de Anapurna. "Deben de ser sus primos hermanos, ha tenido tantos maridos...", se dijo Lelinca asustada y les dio las "buenas noches".

Los cinco pisos eran en realidad demasiados pisos. Lelinca calculó que eran quinientos y empezó a subir con calma, para no fatigarse antes de llegar a su destino. "Vístete despacio que estoy de prisa", decía su padre. Por eso ella subía despacio porque tenía mucha prisa en llegar. Las escaleras estaban absolutamente oscuras y los escalones se diluían como sombras, se diría que se habían vuelto líquidos. A medida que subía, las sombras se volvían más y más densas y el silencio se convertía en un silencio en el que nunca se había producido un ruido. Era extraño, pero Lelinca no tenía miedo. Mientras más subía, el hombre vestido de negro que le ofreció globos y paseos en lancha en el bosque de Chapultepec, se quedaba más abajo, buscándola en la cocina parecida a un baño, acompañado de Anapurna, que también la buscaba con sus ojillos de chino de lavandería. Era natural que estuvieran juntos y que conversaran, ella los escuchó de improviso: "No hagas caso, que daremos con ella aunque se meta debajo de la tierra", le decía Anapurna a su primo hermano, el señor vestido de negro. Las voces se cortaron y volvió el silencio pacificador. La oscuridad era muy fresca, se diría que estaba hecha de granizos negros. En la escalera había sucedido una tempestad de sombras y ella pudo respirar el aire delicioso, desprovisto de cualquier olor. Siguió subiendo y se quedó triste al recordar que no tenía cocina y pensó en *La cocina de los ángeles*. Le gustaba el título, pero le disgustaba el cuadro. La cocina de los ángeles no podía ser como la habían pintado. Faltaban muchas cosas como Tefa, Narcisa, la vainilla de la que surgen hermosísimas mujeres y duendes pequeños, y sobraban sombras. De pronto se encontró frente a la puerta y supo que algo muy grave sucedía. Era tan grave, que antes de empujar la puerta perdió la memoria y su mente quedó en blanco. Se sintió aliviada al saber que había olvidado todo y con solemnidad empujó la puerta y entró en la habitación prohibida. Se encontró en una habitación cuadrada, vacía. Sus muros eran tan blancos como los telones blancos que ponen los fotógrafos cuando encienden los reflectores para tomar el retrato para el pasaporte. Lelinca se encontró en el mismo centro del cuarto, frente a un muro blanquísimo y de pronto, de pie, formando un grupo familiar, enlutado y elegante, se halló frente a sus cuatro tías que la miraban con fijeza. Las cuatro estaban de pie, de frente, inmóviles, con trajes complicados y peinados perfectos. Fijó la vista en el hermoso rostro de su tía Consuelo y volvió a descubrir sus enormes ojos aterciopelados, el óvalo pálido y de pómulos altos, sus cabellos negros y lisos partidos por una raya en medio y recogidos en la nuca. Su tía Consuelo la miraba y leía en ella todos los libros que ambas habían leído juntas. Recordó que era su madrina, pues ella misma le dijo: "Te llevé a la pila bautismal". Miró entonces a su tía Lidia de cabellos miel, tan parecida a una Greta Garbo de luto, muy delgada y muy alta, con la nariz de aletas exquisitas y párpados sonámbulos que también estaban fijos en los ojos de Lelinca, contándole todas las películas que vieron juntas en el cine Regis. *Lo que el viento se llevó*, le dijeron los ojos de su tía Lidia. Se encontró, después, frente a su tía Amalia, su piel de piñón, su boca delicada hecha con pincel y los ojos dibujados con tinta sepia que la miraban con severidad, como si le recordaran su vanidad en la piscina azul de su casa en la que se bañaba con sus primas. La frente amplia de su tía Amalia encerraba jardines misteriosos y advertencias severas: "No subas tan alto en el columpio, no eres invencible". Por último, se enfrentó con su tía Margarita. Llevaba el cabello ligeramente ahuecado y recogido en la nuca. Su tía Margarita tenía los pómulos quietos y los ojos tranquilos. La miraba con cierto reproche, como la miraba cuando no terminaba las rosas del bordado que le dejaba de tarea. "Entre tú y tu primo Poncho no fueron capaces de terminar la rosa y fueron a tirar piedras." Lelinca pensó que era una antigua fotografía de familia tamaño natural, pero algo le dijo que estaba equivocada: las sedas negras y los encajes negros de sus tías brillaban sobre el muro blanco, así como brillaron los matices de sus hermosos cutis blanquísimos o piñones. Se dio cuenta de que eran muy hermosas y no dijo nada. También ellas guardaron un silencio terrible. Fue entonces cuando entró su madre, caminando muy despacio hasta colocarse, en el centro de la fotografía, que no era una fotografía. Su madre no estaba de luto. Traía un traje de color miel pálida y los cabellos rubios recogidos en una trenza que caía sobre su espalda. La frente era tan tersa y tan pálida como un campo de nardos. Se colocó sin ruido y sin palabras entre sus cuatro hermanas y la miró con ojos llenos de un reproche infinito, mientras que los ojos de sus tías se volvieron severos. Lelinca no pudo decir nada. Su madre la miró durante mucho tiempo y ella no recordaba nada, sólo sabía que estaba frente a ella y frente a sus cuatro hermanas. Después de muchos años, su madre avanzó un poco, giró frente a ella y se dirigió hacia la izquierda, esparciendo una enorme tristeza, antes de abandonar la habitación blanca, mientras que sus cuatro tías continuaron mirándola. Le pareció normal que su madre hubiera atravesado la pared blanca, pero una vez que se fue, Lelinca sintió que alguien le clavó una espada en la garganta. No pudo gritar de dolor y sólo vio cómo sus cuatro tías se desvanecían con velocidad y las cuatro a un tiempo. Quedó sola en la habitación cuadrada, presa de aquel dolor terrible y cayó fulminada. ¡Mamá!, gritó con una fuerza que nunca hubiera imaginado y corrió al muro por el cual su madre se había ido, lo cruzó sin dificultad y se encontró en la vieja cocina de su casa. Le llegaron los olores familiares a vainilla, a orégano, a chocolate y a carbones encendidos y vio la lumbre y el fogón y a Tefa, con sus trenzas negras meciéndose sobre sus espaldas al tiempo que le hablaba.

—¡Son más de las cinco de la tarde y hasta ahora llegas! ¿Sabes que tus padres estaban muy enojados?

Lelinca movió las manos para ayudarse a explicarle a Tefa lo que le sucedió aquel domingo.

—Tus padres han llorado mucho por tu culpa. Eres ingrata, eres mala, eres desobediente, sembraste la desdicha en tu familia...

La voz de Tefa trajo a Evita, que la miró con reproche durante un largo rato.

—¡Traidora! ¡Traidora! Me dejaste sola en la carrera. ¿Adónde fuiste? —le dijo a gritos.

—Me perdí y te anduve buscando. Me encontré con Anapurna...

Evita se rió, siempre le daba risa el nombre de Anapurna y los lazos de colores que le ponían los domingos sobre la cabeza. "Se encontró con Anapurna...", y se sentó a escuchar en una silla de tule, quería saber todas sus aventuras, pero Lelinca no pudo decir nada, porque sólo le había sucedido correr y quería escuchar la voz de su hermana, que de pronto olvidó la comicidad de la cara, los lazos y el nombre de ¡Anapurna! para ponerse seria y triste.

—No hemos comido. Te hemos estado esperando —dijo, y columpió los pies.

Lelinca guardó silencio, recordó a su madre y a sus tías y también recordó su traje verde agua, al que buscaría inmediatamente, pues ya estaba casi terminando el día de San Pedro y San Pablo, si es que no se equivocaba.

—Sí, hoy es San Pedro y San Pablo. ¿Sabes que San Pedro tiene las llaves de la Gloria?... parece que has olvidado todo —dijo Evita mirándola con curiosidad.

En efecto, Lelinca había olvidado que San Pedro es el portero del cielo y estuvo segura de que Evita la acusaría de hereje y de que San Pedro no le abriría a ella las gloriosas Puertas de la Gloria.

—¡No! A ti no te las va a abrir porque hoy se las abrió a mi mamá y tú no viniste —le dijo Evita, que todavía le leía el pensamiento.

—¡No es verdad! ¡Hoy no le abrió las Puertas de la Gloria a mi mamá! —gritó Lelinca aterrada.

—¡Cómo de que no se las abrió hoy, ingrata! —le contestó Tefa de espaldas.

—¡Confiesa! ¡Confiesa que creíste que te iban a dar globos y un paseo en lancha y por eso nos dejaste! —exigió Evita.

—¡No confieso lo que no es verdad! ¿Dónde está mi mamá?

—En la Gloria —sentenció Tefa.

Lelinca no lloró. Permaneció quieta sentada junto al viejo fogón en donde ardían los carbones, perfumando la cocina de bosques y resinas incendiadas. Su humo tenue produjo que de los ojos de Evita brotaran dos lágrimas minúsculas. Lelinca siguió quieta, bajó la vista y se encontró con su faldita negra. ¿También ella estaba de luto como sus tías? ¡Sí, también! Y también lo estaba Tefa y también Evita.

—Sólo quedamos nosotras tres —dijo Evita.

Lelinca la miró con atención: su hermana tenía el rostro arrugado y sus cabellos rubios estaban casi blancos; entonces, confundida, no supo si era Evita o era ella misma, pues notó que tampoco sus pies alcanzaban el suelo y que llevaba calcetines negros.

—¡Tefa!... ¡Tefa!... —gritó.

Tefa dio la vuelta y enseñó su rostro de india vieja, tan vieja que estaba surcado por arrugas profundas.

—No llores, niña, no llores —dijo y se enjugó una lágrima muy triste.

Lelinca contempló los carbones encendidos y vio que los muros de la cocina se achicaron. Se estrecharon tanto, que sólo quedó lugar para una brasa de carbón encendida que brillaba en medio de la oscuridad más completa.

—No llores, niña, no llores. Vamos a cortar ramas de pirú, te haré una limpia y luego trataremos de irnos con todos —le aseguró la voz de Tefa.

El carbón encendido se movió de lugar y Lelinca supo que estaba en la mano de Tefa y que la criada no permitiría que se apagara hasta que le hubiera hecho la limpia con las ramas de pirú.

—Desobedeciste a tus padres. Te fuiste corriendo ese domingo. Anduviste en parajes lejanos, abandonada de tus padres y contaminada por extraños, por eso me quedé yo a esperarte en la cocina. Así se lo prometí a tu santa madre, cuando iba a despuntar el día de San Pedro y San Pablo. Pensaste sólo en vanidades... Primero iremos al Camposanto, para que les rindas cuentas a tus padres, que durante tantos años te estuvieron esperando y derramaron lágrimas de pena. Después, iremos a buscar las ramas de pirú y luego, limpia, llamaremos humildemente a las Puertas de Oro y Plata de la Gloria. Si no te permiten entrar, volveremos aquí, a esta cocina oscura, en donde te expliqué los dos caminos, el de las rosas y el de las espinas y que tú no quisiste escuchar y sembraste la desdicha en tu familia...

Dijo la voz de Tefa, que va guiando a Lelinca entre las sombras...

La dama y la turquesa

Dionisia tenía miedo. Era difícil decírselo a Vallecas, su amistad con aquel hombre de mirada astuta era reciente. Se preguntó si Vallecas era real o un error de la nueva dimensión en la que vivía. El hombre con cuerpo en forma de guitarra ocupaba un sillón incoloro. El cuarto era grande, con muebles pardos, una mesilla con quemaduras de cigarro y rincones manchados. De los muros colgaban cuadros homicidas: manchas rojizas y manos y narices fragmentadas. Los cuadros eran de Vallecas. Dionisia se sostuvo el brazo lastimado por la golpiza y se quedó quieta. La voz de Vallecas tenía un soplo asesino, podía destruir la habitación harapienta y Dionisia comprendió que debía callar.

Atrás de Vallecas estaba la ventana de vidrios sucios enmarcados en madera pintada de verde espinaca. El televisor daba grandes voces y un aire espeso envolvía el cuarto. Dionisia se preguntó por qué estaba ahí y echó una mirada a la puerta de salida provista de una enorme mirilla enrejada. No debía confesar que tenía miedo. Paula, la compañera de Vallecas, estiró las piernas y miró a Rosana su hija, vestida como ella, con un traje fabricado con tela de pantalones vaqueros.

—Mirá, Ignacio, que todo esto es ¡una mierda! ¡Una grandísima mierda! —sentenció Paula.

—¡Joder! Claro que es una mierda —contestó Ignacio Vallecas.

—¡Y qué podés esperar sino la mierda! —clamó Rosana con voz de gallina joven.

La palabra "mierda" amenazó con inundar el cuarto iracundo. Dionisia quiso saber cómo había llegado allí y trató de recordar. Un gato muy pequeño de color ámbar cruzó las sombras de la habitación: "Tengo hambre...", lo escuchó decir. Vallecas le dio un puntapié.

—Rosana, quita a este gato de mierda —ordenó Vallecas.

—No jodan, ya se marchó —contestó Rosana desde su lugar en el suelo.

—¡Cuidá que no enmierde la mesa! —gritó Paula.

Sobre la mesa puesta cerca de la entrada había restos de comida, platos sucios, trozos de huesos enormes y una olla con potaje frío. Para buscar al gato, Dionisia preguntó por el cuarto de baño. No sirvió su pretexto, Vallecas le hizo una señal a Paula y ésta la condujo por un pasillo astroso hasta una puerta gris manchada de grasa. Dionisia se encontró en un cuarto de baño de paredes sucias, taza de servicio rota, trozos de jabón y bragas usadas por el suelo. Allí no estaba el gato y Paula echó el pestillo desde afuera. Creyó que nunca iba a salir de ese baño. A sus voces acudió Rosana. Volvieron juntas al cuarto donde chillaba el televisor. Debía irse de ese espacio oscuro habitado por esos tres personajes peligrosos. Se sostuvo el brazo lastimado y quiso decir algo, pero no pudo.

—¡Ah! Ahora la policía te está rompiendo la cara a golpes. ¡Cabrón! —gritó excitado Vallecas, mirando la cara de un desconocido que apareció unos segundos en la pequeña pantalla.

La habitación se sacudió y en sus muros aparecieron salpicaduras de sangre. "¡Vaya mierda!", dijeron a coro los tres personajes. Dionisia ignoraba quién era aquella "mierda".

—Este cabrón quiso sacarnos de una iglesia cuando hacíamos "una sentada". ¡Se lo llevaron los guardias! ¡Hijo de puta! —explicó Vallecas.

—¿Te pegó? —preguntó Dionisia al recordar lo que acababa de sucederle a ella.

—¿A mí? ¿A un artista? ¡Qué va! ¡No me tocó! —dijo Vallecas indignado.

La cólera de Vallecas era temible y se sintió en peligro encerrada en aquellos muros privados de luz.

—¡Joder! Te has puesto pálida —exclamó Paula echándose a reír.

—¿Por qué te pones pálida? Tú eres una mierda. ¿Qué temes? Sólo eres una pordiosera patética con un abrigo de pieles que debes vender inmediatamente. No eres nadie. ¡Nadie! —gritó Vallecas.

Dionisia se preguntó por qué la rodeaban aquellos tres desconocidos y recordó... Sí, recordó, recuperó su memoria translúcida. Aquella memoria que había perdido para siempre y que surgió como un pequeño resplandor que fue creciendo para mostrarle trozos de su irrecuperable pasado.

La palabra "iglesia" produjo el chispazo repentino y su primer recuerdo fue el de la catedral iluminada por el alabastro que cubría sus ventanas. Frente a ella estaban los fieles salpicados de polvo de granizo, brillando dentro de un aire líquido. La reina estaba muy cerca de ella y su traje y su toca despedían reverberaciones azules. Tenía las manos enlazadas como dos nenúfares. La iglesia ondulaba en luz atravesada por pequeñas ráfagas de nieve. Los rostros, las joyas, los trajes y los muros estaban bañados por la misma luz cambiante salpicada de copos movedizos. Al terminar la música que ella no escuchó, la reina y su cortejo abandonaron la iglesia, sólo ella permaneció bajo las naves de la catedral de Ravena. Por sus muros centelleantes avanzaban las figuras azules de los reyes, luciendo túnicas de agua y de granizo, mecidas por la luz del fondo de un océano azul muy pálido. No existían los olores y la música eran vibraciones ondulantes en las cúpulas y las columnatas. Sólo había una grave frescura y la luz descomponiéndose en azules. Quiso permanecer en aquella memoria, pero la iglesia se apagó con lentitud y volvió a las tinieblas... Alguien la llevó a un palacio con techos en forma de cebolla de oro, en donde la misma luz bañaba a los rostros que la contemplaban. "¡Qué hermosa es!", decían los labios sorprendidos. Asistía a los salones iluminados por corrientes de luces, bajo las cuales giraban las parejas, levantando nubes de nieve. El polvo de la nieve se prendía en los trajes y en las cabelleras. Los torbellinos congelados permanecían intactos, cuando ya sólo los lacayos de diamante apagaban las luces. Recordó el río y sus paseos por los muelles cubiertos de brumas ligeras hechas de cenizas transparentes. Era más feliz en el dormitorio, frente al espejo de profundidades imprevistas, que reflejaban las sedas azules de los muros y el dosel dispuesto a derribarse sobre la alfombra de cristal. Allí estaba quieta, admirando los cortinajes que ocultaban o mostraban a los cielos y a las cúpulas descompuestas en millares de puntos luminosos. Los espejos reflejaban rostros y flores de venas nutridas de reflejos. Un hombre rubio contemplaba desde una ventana la tempestad de luces que lanzaba la nieve y que a él lo convertía en estatua. Cerca una joven acuática, sus sienes eran lunas pequeñas y su bata olas cambiantes. Dionisia recuperaba trozos de su perdida memoria en esa habitación de muros sucios y personajes irreales y opacos... Sí, alguna vez viajó al extranjero y los árboles, los tejados, las calles y los ríos también eran azules y lunares. Nadie podía imaginar la variedad del sol convertido en millares de rayos y la increíble luminosidad de la luna repartida en formas nevadas por los cielos múltiples. Dentro de esa perdida memoria los ángeles flotaban en las catedrales, las vírgenes abandonaban sus altares para avanzar con paso leve por avenidas de luz abiertas en el espacio cerrado de las naves. Los mendigos eran de cristal y sus manos tendidas lanzaban luces que iluminaban los pórticos de los palacios y las encrucijadas de las calles... Sí, su memoria perdida era azul, sembrada de torbellinos de nieve, de ventiscas, de astillas de cristal y espirales de granizo. Tal vez existían memorias de colores diferentes. Había memorias verdes como madreselvas y memorias rojas como los trajes de los cardenales. También había memorias amarillas como los girasoles o las túnicas de los monjes budistas. Ella los había visto y sus figuras alargadas guardaban en el centro a una mandarina congelada bajo un torrente de jacintos... Dionisia no estaba muy segura de cómo eran las memorias de los otros, sólo estaba segura de cómo había sido la suya antes de perderla para siempre.

Miró el cuarto iracundo y supo que guardó su memoria mientras fue ella misma. Después sucedió la catástrofe y olvidó. Vagamente recordó el tiempo de cristal, el tiempo celeste: "Si se acaba la luz se acaba el tiempo", se dijo y trató de hallar refugio en el recuerdo de aquella luz perdida, para escapar a la palabra "mierda". Mientras pudiera recordar un trozo de la luz perdida, existiría. Acudió a su memoria Nueva York, en donde estuvo un tiempo: "¡Es magnífica!", exclamaban al verla. Ella se dejaba contemplar por los nuevos personajes parecidos a torres de mercurio. Se puso triste al encontrarse frente a una copa de Benvenuto Cellini. La copa estaba sola en un salón. Era una catedral pequeña guardada por una serpiente de escamas amenazadoras y lengua aguda. Le hubiera gustado quedarse allí y pensó que había tenido mala suerte. Si Cellini la hubiera conocido no andaría perdida y sin memoria escuchando la palabra "mierda". Estaría sola, como la minúscula catedral encerrada en un salón y guardada por la serpiente de lengua de hielo.

Fue la mujer de Curro Móstoles, una mujer inesperada en su vida, la que la arrancó de su memoria. "¡Es demasiado ostentosa! ¡Demasiado grande, me van a creer muy rica!", exclamó y le ordenó al joyero partirla en varias piezas. El joyero obedeció la orden y de pronto Dionisia se encontró fuera de ella misma, sola y extraña en una calle de Madrid. Salió de la joyería a ciegas, privada de la luz y caminó entre personas gruesas, de carne porosa y cabello hirsuto. No sabía qué hacer, pues nunca se había hallado fuera de la turquesa en la que nació y vivió tantos años luz. El aire caliente amenazó derribarla. Rondó la joyería para espiar a la señora Móstoles, ya que cuando pronunció su sentencia ella dormitaba y no alcanzó a verle el rostro. Hablaría con ella para convencerla de dejarla entrar en su antiguo yo, aunque el espacio fuera mucho más pequeño. Entró a la joyería y le sorprendió que el joyero no la examinara con su lente y exclamara: "¡Es magnífica!"

—¿Qué quiere esta mujer? —preguntó el joyero a sus empleados.

—¿Dónde vive la señora Móstoles? —preguntó Dionisia en voz baja para olvidar los alaridos del joyero.

—La señora Móstoles es una gran artista y no puedo satisfacer su insolencia —contestó el joyero.

¡Era una artista! Recordó a Cellini y se sintió aliviada. La señora le permitiría vivir en uno de los trozos de la turquesa cortada que fuera su memoria, su país y su casa. Los artistas amaban a la luz y recordó Ravena en donde la reina avanzaba para siempre entre reflejos. El joyero la observó alarmado, sus ojos despedían tinieblas.

—Esta mujer es muy extraña... ¡qué pálida!... sus cabellos son rubios azules. ¡Márchese! —ordenó.

Dionisia permaneció quieta y pidió nuevamente la dirección de la señora Móstoles. "¡Llamen a la policía!", escuchó decir al joyero. Sonó un campanillazo terrible y entró un guardia.

—Guardia, esta mujer entró aquí a preguntar por la señora Móstoles —explicó el joyero.

El guardia se volvió a mirarla y observó sus cabellos pálidos, su piel aún más pálida, sus sandalias, su traje azul, su abrigo de pieles lujosas y se quedó perplejo.

—¿Qué más ha hecho? —preguntó.

—¿Le parece poco? Ha entrado aquí, es una ladrona —gritó el joyero.

—Quiero saber dónde vive la señora Móstoles. Ella se quedó con mi casa y la rompió en muchos trozos —repuso Dionisia con voz clara.

—¿Ha escuchado usted, guardia? Esta extranjera acusa a la señora Móstoles de ser ladrona.

—Si esa señora le ha roto su casa, dígale dónde puede encontrarla —razonó el guardia.

Dionisia escuchó que el gobierno protegía a los turistas y perseguía a los nacionales. El guardia cambió de color, Dionisia nunca había visto caras rojas.

—¡Vamos, señora, salga usted de aquí, que se va a armar un lío! —le urgió el guardia.

Salieron juntos de la joyería y entraron a un café en busca de una guía de teléfonos. "Es natural, usted no entiende el español, aguarde, aguarde...", dijo el guardia, mientras marcaba un número y luego preguntaba por la artista. Dionisia lo vio agitarse.

—Señora, ¡por Dios!, no se ponga usted así... No, no la busca la policía, la busca una extranjera...

La artista no aceptaba que la llamara un guardia, ¡era el colmo! La discusión duró unos minutos y al final la señora Móstoles aceptó concederle una entrevista a esa mujer, no sin advertir que daría cuenta a Seguridad.

—Vaya usted a esta dirección a las cuatro de la tarde —le dijo el guardia y le tendió un papel.

Dionisia caminó muchas horas entre cuerpos compactos que avanzaban hacia ella dispuestos a derribarla. Por la tarde subió al piso de la señora Móstoles. Una mujer la hizo pasar a un cuarto con mesas de vidrio y muebles pintados de blanco. Cuando apareció la señora Móstoles, Dionisia supo que la habían engañado. ¡Esa mujer no era artista! Su carne era opaca, sus cabellos amarillos y quemados. Defraudada, le explicó de prisa a aquella mujer regordeta que necesitaba verla porque había comprado la turquesa.

—¡Naturalmente que la compré! ¡No he robado nada! —gritó con voz estridente.

Dionisia guardó silencio, la Móstoles no comprendería jamás que había roto su casa y su memoria. Entró la mujer que abrió la puerta.

—Ya están aquí, señora —anunció.

La señora Móstoles se llevó una mano al rostro y cerró los ojos, en sus párpados había colocado una grasa que intentaba ser plateada. Dionisia sintió miedo al ver sus uñas sanguinolentas. Fue entonces cuando entraron Paula y Vallecas, dos personajes amenazadores fabricados en lana cruda. Los vio acomodarse junto a la dueña de la casa.

—De manera que te llamó la policía —dijo Vallecas.

—¡Mirá que es el colmo! ¡Eso no ocurre más que en este país de mierda! —comentó Paula.

—La señora se interesa en la turquesa que compré —dijo la Móstoles.

—¿Qué clase de mierda es ésta? ¿Es que no existe libertad para comprar una joya? —preguntó Vallecas.

—Querida, usted desconoce que la libertad es sagrada —afirmó Paula señalando a Dionisia con el dedo.

Los recién llegados le volvieron la espalda. Dionisia escuchó que hablaban de la Caja de Ahorros, el valor del dólar y la libertad. También hablaron de Seguridad, en donde Curro tenía amigos y presentaría una queja.

—¿Qué derecho tiene usted para preguntar sobre la turquesa que compró Marichu? —le preguntó Vallecas volviéndose a ella con brusquedad.

—Verá usted, la turquesa es mi memoria, es mi patria…

—¡Déjese de macanas! ¡Hable claro! ¿Cuál es su patria? —interrumpió Paula.

—La turquesa. Y también es yo… comprenderán que nadie puede vivir privado de su yo, de su casa, de su…

Vallecas hizo un gesto grosero y Marichu Móstoles se enjugó una lágrima que trazó un camino oscuro en la capa de pintura que cubría su rostro. Vallecas se encaró a Dionisia:

—¡Déjese de coñerías!

Paula intervino: una patria es algo definido y ella había molestado a una artista, llamado a la policía, se trataba de un miserable chantaje.

—Sólo en un país tan mierda como éste existen ataques tan brutales a la intimidad como el que usted ha cometido —concluyó Paula.

La señora Móstoles movió la cabeza y sus pendientes de diamantes lanzaron rayos azules en la opacidad del cuarto. Dionisia se puso de pie, se acercó a la artista y sin rozar su mejilla tomó entre sus dedos un pendiente:

—¡Son diamantes! —exclamó.

Dionisia miró a las profundidades de la piedra, sí, era un diamante. Adentro, estaba un joven tan pequeño como ella, que la miró con intensidad, sacó su espada, la cruzó sobre su pecho, en señal de un grave peligro. Después la envainó nuevamente y se llevó un dedo a los labios en señal de silencio. "¡Son magníficos!", escuchó decir a Paula. La señora Móstoles permaneció inmóvil. Dionisia volvió a su asiento y miró asustada a los tres personajes.

—¡Mierda! Esta mujer es cleptómana, cuidado Marichu —advirtió Paula.

Salió con Vallecas y con Paula. "No te preocupés querida, investigaremos quién es esta pájara", escuchó decir a la compañera de Ignacio Vallecas. La pareja la llevó a un restaurante rodeado de espejos que repetían con ligeras variantes a sus nuevos amigos y la repetición la paralizó de terror. Al terminar la cena la llevaron a su casa y allí conoció a Rosana. Los juzgó temibles y decidió obedecerlos. Escuchó decir que también Vallecas era artista. Los cuadros homicidas los había pintado él en su "época de París". El nombre de la ciudad la sobresaltó y como estrellas errantes pasaron veloces algunas imágenes de la visita del zar Nicolás II. En ese instante supo que el mundo estaba, entonces, encerrado en la perfección de un granizo.

—¡Qué guapo era el zar! —exclamó al vislumbrar en su memoria los destellos azules de su rostro.

—¡Pero mirá, qué dice esta mujer! ¡Pero si está loca! —gritó Paula.

Vallecas se puso alerta y le dio un codazo a su compañera. El diálogo se volvió difícil. Vallecas despedía un olor putrefacto que venía de sus cuadros.

—¡París! ¡Vaya mierda! ¡Los francesitos son perfectamente asesinables! Nos llamaban metecos... —exclamó Paula con la mirada opaca.

Dionisia tuvo la certeza de que la mujer era ciega. La luz no podía penetrar a través de las tinieblas endurecidas de sus pupilas. Paula podía hacerla pedazos, como el joyero había hecho pedazos su memoria, y calló. Más tarde no pudo recordar lo que les dijo. Temió haber recordado el lago congelado en el que patinaba con una hermosa dama, pero evitó decir que vivía adentro de la turquesa. No supo si explicó que dentro de la turquesa existían estanques en los que se mecían las raíces de los lirios como se mecen al viento los cabellos de los niños. A sus acompañantes no les interesaba la luz, ni las partículas de las que están hechas las aguas de los lagos, ni el viento protector. Creyó haber guardado silencio y sin embargo Vallecas le dijo:

—Escribe esas fantasías, tal vez ganes algún dinero, supongo que no tienes una peseta.

Le regaló papel y un bolígrafo y le ordenó llevarle lo que hubiera escrito. Después se volvió a Paula.

—¿No piensas que los cabellos rubios con tonos azules son horribles?

—¡Qué me decís! Una persona así es totalmente asesinable —contestó Paula.

La llevaron al hostal Don Carlos que estaba muy cerca de su casa. El hostal se encontraba en un cuarto piso. De una oficina defendida por canceles de vidrio salió un hombre en mangas de camisa, que consultó con doña Inmaculada, la propietaria, si podía recibir a la extranjera. Inmaculada dio el permiso y el hombre pidió: "Documentación". Dionisia confesó que carecía de ella. "Vaya usted a la comisaría", le dijo el hombre en mangas de camisa.

Dionisia volvió a la calle, buscó la oficina de policía y, una vez allí, evitó hablar de la turquesa.

Los escribanos la escucharon con impaciencia y uno de ellos la interrumpió.

—Para sintetizar, usted es apátrida o perdió sus documentos. ¿No es así?

—Así es... apátrida.

Le extendieron un permiso para dormir en el hostal e hicieron comentarios sobre la extrañeza del color de sus cabellos y de su piel. Debía legalizar su situación y volver a la comisaría. A partir de esa noche, Dionisia acudió con regularidad. Los empleados la miraban perplejos: su caso era complicado, pues no podía probar que había nacido en ningún país.

En el hostal Don Carlos le concedieron una habitación gris, cuya ventana daba a un patio interior. Los muros encerraban un calor parecido al aliento de un dragón indignado, que abrasaba las paredes, el piso y el techo. Al amanecer la despertaba el ruido ensordecedor de millares de cacerolas, cubiertos y platos. El estruendo y el calor la obligaban a dejar la cama y a dirigirse a un salón en el que reinaba la oscuridad. Varios huéspedes parecidos a Vallecas ocupaban sillones de cuero negro y Dionisia escuchaba sus comentarios: "¡Qué cabellos más llamativos!"... "¿De dónde sale este personaje?" Una mujer corta de estatura y rostro inmóvil, doña Inmaculada, repetía:

—¿No piensa presentarse hoy en la comisaría?

Salió y volvió al cuarto ardiente inundado de ruidos de cacerolas y se preguntó nuevamente: "¿Qué hago aquí?"... "¿Qué sucedió?" Asfixiada por el calor empezó a olvidar a la turquesa. Hasta entonces, nunca había sido desdichada. Ahora tenía hambre y evitaba pasar frente al salón. "La tía come pan como una rata", escuchó decir a doña Inmaculada. Vallecas tenía razón: vendería su memoria olvidada. Trató de recordar lo que no recordaba. Cerró los ojos y se produjeron algunos chispazos de su vida dentro de la turquesa: la velocidad con la que se consumían los cirios delante del icono de tapas de oro. Pero el icono, los cirios y los reflejos azules se desvanecieron y sólo apareció la figura inmóvil de doña Inmaculada. Llevó su recuerdo de cirios a Vallecas, pues tenía hambre.

En el cuarto de los Vallecas supo que el rumor de su estancia en la ciudad se había esparcido y que "los peruanos" estaban indignados. ¿Quiénes eran "los peruanos"? La palabra le sonó siniestra.

—¡Y mirá! Los artistas —contestó Paula.

Vallecas le ordenó callar a su compañera y continuó comiendo un trozo de carne marrón prendido a un enorme hueso. En la olla de potaje flotaban zanahorias y Paula le ofreció a Dionisia una naranja.

—Tú escribe. Ya hemos hablado con Aluche, un editor —dijo Vallecas.

—¡Muy eminente! Le tira más bofetadas a su mujer... y siempre está ¡borracho! —afirmó Rosana.

En los ojos de Vallecas se formaron borrascas y Dionisia quiso irse en seguida; siempre que iba allí le dolía la cabeza. "Me la van a romper como me han roto la memoria", se dijo asustada. Esa tarde le dijeron que Marichu estaba dispuesta a venderle la turquesa en el mismo precio en el que la adquirió. ¡Le daba la oportunidad de volver a su casa!

Llena de entusiasmo ante la noticia escribió durante muchos días lo que no recordaba y al atardecer paseaba por las calles asfixiantes, en donde el aire estaba quieto, las plazas inmóviles y los palacios en ruinas. La luz había abandonado a la ciudad. Entraba a los hoteles en los que había criados muertos esperando la aparición de algún personaje y, en los muebles de sedas desvaídas de los vestíbulos, sólo encontraba a personajes iguales a los Vallecas. La intrigaba el uniforme infame de aquellos personajes y de pronto supo la verdad: había caído en una ciudad penitenciaria, poblada de convictos. Volvió al hostal Don Carlos para escribir su descubrimiento, pero se sintió calcinada. Recordó vagamente un barco blanco flotando en olas blancas. Aquellos blancos estaban matizados de azules fríos y surgían de su memoria como burbujas e invocó a las burbujas, ellas debían ayudarla.

Durante varios días le llevó su memoria perdida a Vallecas. Una tarde, un hombre de tez oscura la alcanzó en la escalera y ella creyó que iba a golpearla.

—Debe usted mudarse de este hostal. No es bienvenida, le dieron el cuarto que está encima de la cocina. Yo también soy huésped y sé que allí pusieron antes a dos huéspedes extranjeros y...

—Me iré cuando haya pagado la cuenta —contestó asustada.

—Soy egipcio, en realidad no debería meterme en esto, pero la he observado y son injustos...

Dionisia se detuvo en los escalones sombríos. "Son injustos...", había dicho el desconocido, y recordó a "los peruanos". ¿Quiénes eran injustos? Vivía a oscuras, rodeada de desconocidos. Salió con el egipcio y éste la acompañó hasta la puerta de los Vallecas. Dionisia vio que en la mente del hombre se dibujaba el rostro de Inmaculada.

—Dígame... —le suplicó.

—Quieren acusarla de vagabundaje. Es decir, de algo más sucio, algo peor, muy castigado para las extranjeras. ¡No hable con ningún cliente! Usted no tiene un solo amigo —afirmó mirando al interior del edificio en el que vivía Vallecas.

Quiso preguntar algo, pero no se atrevió a decir una sola palabra. El miedo la paralizó y supo que podía romperse en mil pedazos. El egipcio bajó la cabeza y Dionisia lo vio alejarse. Quiso llamarlo y pedirle auxilio, pero era "un cliente". Se volvió para ver si alguien la seguía y por primera vez sintió que iba a evaporarse, a convertirse en nada.

Cuando le entregó las hojas escritas a Vallecas, le confió sus temores sin nombrar al egipcio.

—Inmaculada es magnífica —dijo Paula.

—¿Cómo puedes fiarte de habladurías? ¡Nadie puede acusarte de nada, porque no eres nadie! Simplemente una mendiga patética. ¿Por qué no vendes el abrigo de pieles? —dijo Vallecas.

Lo obsesionaba el abrigo con que había salido de la turquesa. ¡No podía venderlo! Olvidaría completamente su perdida memoria. Siempre estuvo envuelta en aquellas pieles que la protegían del frío de las profundidades congeladas de la piedra preciosa. Todas las habitaciones de las turquesas lo tenían. En cambio los habitantes de las esmeraldas poseían túnicas de sedas espesas cuajadas de hojas de oro, para celebrar los fastos de la primavera. Escuchó decir a Rosana.

—Sólo una estarleta de los años cuarenta puede vestirse como ella.

—Le encuentro parecido con una nevera. ¡Muy aséptica! Yo prefiero a una mujer que huela a axila —dijo Vallecas.

Unos días después, Vallecas le pagó cien pesetas por las hojas escritas y le repitió que seguía sin noticias de Aluche, el editor. Descorazonada, paseó por la ciudad, en busca de los escaparates de las joyerías. Encontró piedras preciosas y las escrutó con intensidad. En un aderezo de rubíes, las damas agitaron los brazos, como el coro griego que anuncia la tragedia, ordenándole que abandonara la ciudad. Después, las damas de túnicas esplendorosas y coronas de llamas se cubrieron el rostro y permanecieron inmóviles. Continuó su paseo por las calles oscuras y se encontró con una fila de convictos que avanzaban con dificultad hacia la entrada de un edificio que lucía sobre su portada a un cartelón hecho con colores sucios que decía: "Diódora... Diódora", al pie de la figura enorme y grotesca de una mujer con los pechos desnudos y en medio de ellos una cruz negra en forma de aspas de molino. La mujer tenía los cabellos rubios azules. Se acercó a un convicto de la fila.

—¿Qué es esto?

—La obra cumbre de Azuara. Trata de una nazi que se finge cleptómana de joyas y tortura a los artistas. En esta obra Azuara juega con el tiempo de una manera magistral. Yo la he visto ya diez veces. ¿Usted no la ha visto?

Dionisia contempló al hombre que se rascaba las barbas mientras sus ojos febriles brillaban de entusiasmo. No, ella no había visto aquella cosa, vio al hombre avanzar penosamente en la fila y se repitió "Diódora... Diódora...", y tuvo la certeza de que Vallecas le ocultaba algo.

Su vida en el hostal Don Carlos empeoró. "Usted no come nada", le decía la criada que limpiaba el cuarto ardiente, mientras ella escribía sin descanso para ganar el dinero necesario y liquidar la cuenta que doña Inmaculada le presentaba diariamente.

En la casa de Vallecas había revistas con mujeres desnudas y calcetines a rayas. "¿Por qué los llevan?", preguntó.

—¡Mirá, es erótico! ¡Mierda, no te enterás de nada! —le contestó Paula.

Vallecas hojeaba los papeles escritos por ella.

—Si no pagas el hostal terminarás en la cárcel... —dijo con voz casual.

—Todo está planeado. ¡Es diabólico! ¿No ves que esta pobre es una loca? —gritó Paula.

—¡Qué coños dices tú! —dijo él, iracundo.

Dionisia alcanzó la puerta y huyó. La calle estaba oscura, anochecía más temprano y el calor bajaba. Se sintió bien entre las sombras, deseaba ser invisible como cuando habitaba la turquesa, ahora ella empezaba a romperse en trozos. La amenazaba un peligro y estaba indefensa. Descubrió otro cartelón con una mujer de cabellos rubios azules, llevaba botas negras, dos clavos enormes en las manos y estaba desnuda. "Arranca los ojos Dorotea", anunciaban las letras al pie de la mujer pintarrajeada. Una fila enorme de personajes igualmente sombríos avanzaban a una gran puerta iluminada. El hombre que había visto a "Diódora... Diódora" la reconoció.

—Es la obra cumbre de Azuara. Trata de una puta nazi que ciega a los artistas. Persigue a uno que conoce su pasado y mientras lo encuentra va cegando a todos aquellos que pudieron haberla conocido. ¡Azuara juega con el tiempo, es magnífico!

Dionisia se alejó de aquella Dorotea que le recordaba a Inmaculada. No podía escapar de ella, necesitaba que Aluche comprara sus memorias olvidadas.

—La llamó a usted don Curro Móstoles —le anunció una tarde doña Inmaculada.

Curro Móstoles era el marido de Marichu Móstoles. "Me devolverá la turquesa...", se dijo. Un automóvil negro vino a buscarla. Era el coche de Curro. El chofer la depositó en la puerta de un restaurante. Se encontró en un bar pequeño invadido de desconocidos. Un hombre encaramado en un banquillo saltó al suelo.

—¡Eres tú! Cómo has cambiado, no te hubiera reconocido nunca... —le dijo, tendiéndole la mano.

Dionisia nunca había visto a aquel personaje adornado de un enorme bigote. Un criado los condujo a una mesa elegante. La comida era olorosa y Móstoles comió con apetito. Por su parte, Dionisia no pudo comer pues no recordaba al personaje que le hablaba con familiaridad. Mencionó su traje blanco de encajes, su salón de cortinajes amarillos y de pronto la miró con fijeza: quería saber algo que nunca entendió:

—¿Por qué llevabas siempre un guante blanco en la mano izquierda? —le preguntó.

En la oscura memoria de Dionisia apareció vagamente una casa, un jardín, unos árboles, pero no apareció Móstoles. El hombre insistió: "Estuve varias veces, me llevó Robert y tú siempre llevabas ese guante..."

—Has cambiado muchísimo. Te vestías como una niña que va a hacer su primera comunión... y tus cabellos no tenían ese tinte azul... —afirmó mirándola con desconfianza.

A su vez, Dionisia deseaba saber de quién hablaba aquel hombre. La palabra "Robert" hizo que en su memoria se dibujara una mancha clara y alargada que se movía en un salón amarillo con reflejos azules. "Ludmila", se dijo. Ludmila resbaló en escena y se rompió un dedo, durante la convalecencia llevaba puesto un guante y ella no podía ver nada. Fue entonces cuando aparecieron los hombres que se llevaron las consolas en las que brillaban rosas congeladas y los espejos escarchados. A ella la guardaron y apareció en la joyería en la que la cortaron en trozos. ¡Móstoles era el culpable de su desdicha! "¿Por qué me confunde con Ludmila?" No la confundía y pensó que sólo deseaba asustarla como lo hacía Vallecas. Ambos personajes estaban fabricados con materiales groseros y ninguna luz iluminaba sus rostros opacos. "¿Dónde estará Ludmila?", se preguntó, tratando de olvidar que se hallaba bajo la mirada astuta del hombre de bigote erguido.

—Marichu ya no quiere la turquesa. ¡No soporta que nadie sufra!... le han salido pupas y se ha marchado de Madrid.

Dionisia sintió renacer la esperanza, Móstoles deseaba devolverle la turquesa. En voz baja le explicó a su amigo que necesitaba salir del hostal, una criada le alquilaba un cuarto en General Ricardos.

—¿Qué dices? ¡Te has vuelto loca! Es un barrio para la plebe. No puedes vivir entre gentuza —afirmó Curro.

Esa misma tarde, Móstoles decidió su destino. La mudó del hostal a un piso amueblado. El administrador, un hombre alto con tipo de moro y barba rala, sonrió satisfecho y le hizo una caravana, se llamaba don Inocente y el edificio La Flor Intacta.

—¡No tengo dinero! —exclamó Dionisia al enterarse de que debía pagar el mes por adelantado. Curro Móstoles hizo un gesto desdeñoso y don Inocente no prestó atención a sus protestas. En unos minutos Curro firmó un cheque y obtuvo para ella el piso compuesto por un dormitorio, un baño, una cocinilla, un salón y una terraza. El piso estaba al lado del despacho del administrador.

—Así, tendrá usted más seguridad —le dijo acariciándose la barba.

Media hora después le prestó una máquina de escribir y sonrió satisfecho de su magnanimidad. Dionisia sintió que la bañaba el rocío que cae por las mañanas sobre los jardines antiguos. Escribió toda la noche, pues repentinamente su memoria perdida la llevó a un cementerio con ángeles de nieve, cruces de hielo, arcángeles de luz, cipreses de plata con vetas oxidadas, guirnaldas de flores eternamente pálidas y el cielo movedizo hecho de banderolas con todos los matices del azul, atravesados por corrientes de mercurio. Sí, era una tarde única, envuelta en lágrimas iguales a diminutos arco iris. Recordó el revuelo al paso del cortejo y el instante en el que los arcángeles bajaron sus espadas, y cerraron los ojos en señal de duelo. Ella iba en la mano del amante de la dama difunta. Cuando abandonaron el cementerio, los ángeles volvieron a sus lugares, los arcángeles levantaron sus espadas y el cielo giró vertiginosamente. Se alejó en un carruaje de las tapias que encerraban a ese mundo más azul, más perfecto, en el que las cruces lanzaban rayos de luz para despedir a los mortales. La dama no quedó bajo tierra, flotaba detrás de los cristales del balcón de su amante y el joven se levantó para contemplar su rostro. Esa noche nevó y el rostro de la dama quedó dibujado con delicadeza en todos los cristales del balcón.

Móstoles se presentó a recoger las hojas que había escrito y Dionisia tuvo la impresión de haberse equivocado nuevamente. La fuerza brutal que despedía aquel hombre bajo de estatura le produjo miedo. Cenaron en una tasca oscura en la que el olor a jamón era demasiado intenso.

—¿Has visto las obras de Azuara? Es un plagiario y pronto pasará de moda —afirmó Móstoles.

A Dionisia no le interesaba Azuara, ignoraba quién era, a ella le interesaba la cara que estaba al otro lado de la mesa limpiándose el bigote.

Se despidieron cerca de los pisos de La Flor Intacta y Curro, antes de alejarse, le colocó un billete en la mano. Entró desconcertada a su departamento y tuvo la certeza de que alguien lo había visitado durante su ausencia. No pudo conciliar el sueño, la imagen gigantesca de don Inocente se proyectaba en todos los rincones. Encima de su cama pendía un candil de plomo y vidrio, Dionisia descubrió que los alambres que lo suspendían estaban rotos y que alguien los había sustituido por hilos endebles que amenazaban romperse de un momento a otro. Se fue a la terraza y las estrellas parpadearon: existía una trampa en aquel piso. Era urgente recuperar a la turquesa y huir de aquella gente obtusa. Para aliviar el miedo, trató de recordar algo y pasarlo al papel, se encontró en una galería formada por toldos blancos, avanzando de prisa en la mano de un hombre en traje de ceremonia religiosa. El hombre no iba a ninguna ceremonia, avanzaba solo bajo aquella empalizada cubierta de telas blancas y casi no pisaba tierra. De hecho, ella no veía el suelo. Solamente vio a un grupo de mujeres de cofias blancas abiertas como las de palomas en vuelo. Las mujeres avanzaban hacia él con reverencia, cada una llevaba en la mano un cirio provisto de una llama azul. Reinaba un grave silencio a juzgar por la quietud de los toldos. Las cofias blancas cayeron de rodillas y la mano surcada de venas azules hizo signos sobre las alas abiertas de las cofias. Las llamas azules formaron un círculo cuyo reflejo llegó a las profundidades de los estanques congelados en los que ella se encontraba, ¡y la cegaron!

Por la mañana entró una sirviente desmedrada que la miró con lástima, como si quisiera decirle algo, pero tras ella apareció la figura enorme de don Inocente.

—La lámpara se va a caer… —dijo Dionisia.

—¡Imaginaciones! La gente que escribe inventa atrocidades —contestó don Inocente.

Guardó silencio, era más prudente no contradecir a aquel gigante. El administrador le ordenó ir a la comisaría para obtener el permiso de vivir en su piso.

Salió con rapidez y regresó con el papel deseado.

—Es muy indulgente la policía española —comentó don Inocente chasqueando la lengua.

Por la noche, Móstoles repitió lo mismo: “Es muy indulgente la policía española”. Comió con apetito y después de guardarse las hojas escritas por Dionisia comentó que sus memorias eran imposibles de vender: “A nadie le interesa la vida de una mujer que vive dentro de una turquesa”, dijo.

Encontró estropeada la cerradura de la puerta de entrada y el miedo la inmovilizó. Podía estallar en multitud de añicos. Debía escapar de aquel círculo de personajes que carecían de pensamiento, no eran reales, pertenecían a otra dimensión. Miró en su derredor y se sintió atrapada. No existía nadie a quien comunicarle sus temores. Estaba absolutamente sola.

Don Inocente se ofreció para guardarle su abrigo de cibelina, ya que la cerradura de su piso estaba rota. Entró a la habitación de dormir y recogió las pieles, que estarían más seguras en su despacho. Dionisia lo vio irse con su abrigo y olvidó lo que estaba escribiendo. Trataba de un lago con junquillos. ¿Qué había sucedido después? No logró recordarlo. Se quedó junto a la ventana: "Nunca pude comprarle un abrigo así a Marichu. El mejor que le compré es un 'Black Diamond'", le había dicho Curro unos días atrás. La interrumpió la sirviente desmedrada, que dejó la puerta abierta.

—Por favor, no me haga hablar la señorita... No, no quiero hablar. Quieren volverla loca... —trabajaba con rapidez y miraba hacia la puerta abierta.

—Me han prohibido que la cierre... —dijo.

Cuando la mujer se marchó, corrió hacia la ventana en busca de algún camino que pudiera sacarla de aquella soledad imprevista formada por paredes opacas y multitudes extrañas. ¿En dónde estaba la turquesa y las manos que la habían llevado? ¿En dónde sus amigos que la observaban desde afuera? ¿En dónde las ciudades, las terrazas, los jardines, las montañas y los lagos? Todo había desaparecido para dar paso a un mundo tenebroso, poblado por seres ciegos a la luz y formas amenazadoras. También su lenguaje era temible y peligroso. Se dio cuenta de que sus palabras eran bichos inmundos que brotaban de sus labios y recordó su tiempo mudo, sumergido en los estanques congelados hasta los que no llegaban ni las palabras ni los ruidos.

—Escribes con lentitud, no llegas al meollo. ¡Oye!, una apátrida no puede ir como vas tú, de azul. ¿Qué te ha dicho la policía? —le preguntó Móstoles y notó que estaba muy interesado en la policía.

—Están buscando la forma de darme algún permiso... —contestó desganada.

Se dio cuenta de que todos la interrogaban y sintió un infinito cansancio. Tuvo la impresión de que en sus preguntas le ponían trampas. En cambio ella no le preguntaba nada ni a Curro ni a Vallecas ni a don Inocente.

Una noche, encontró rota la máquina de escribir. Pensó que el personaje que frecuentaba en su ausencia su piso podía sorprenderla en sueños y decidió no dormir. Por la mañana acudió a la comisaría a renovar su permiso. Se preguntó si sería prudente decir que alguien le había roto la máquina que no era suya y decidió hacerlo. Los hombres que la atendían se miraron entre sí e hicieron un aparte. Después volvieron a ella.

—¿Usted es la extranjera que vive en La Flor Intacta?... Curioso, muy curioso, don Inocente ha pedido protección policiaca. Usted lo ha amenazado.

Quiso pedir explicaciones, pero los ojos que la miraban encerraban una grave preocupación. Al final, le extendieron el permiso y la dejaron ir. Al llegar a la esquina del edificio de La Flor Intacta, un hombre le salió al paso y le tomó una fotografía. El hombre huyó. Dentro del piso desolado, sintió que era inútil escribir sus memorias olvidadas. ¡Nunca recuperaría a la turquesa! Se sentó a esperar: "Llegará la luz, llegará el diamante, llegará el granizo...", se repitió durante muchos días.

Curro Móstoles se presentó un atardecer. Dionisia se quejó de lo que había hecho don Inocente en la comisaría y Móstoles gritó indignado:

—¡Es un hombre incapaz de hacer algo semejante! ¡Tú te lo has inventado!

Dionisia le explicó con calma lo que te había sucedido: la lámpara con los cables rotos, la cerradura estropeada, la máquina de escribir destrozada y la confidencia de la sirviente: "Quieren volverla loca". Curro se atusó el bigote y salió a reclamarle a don Inocente. Volvió al cabo de un rato.

—¡Esa criada es una sierpe! Está comprada por la policía —aseguró Móstoles, que parecía muy disgustado. Antes de marcharse le explicó que ella era una malagradecida.

Dionisia permaneció junto a la ventana muchos días. Una noche entró don Inocente, se acarició la barba y le anunció:

—Mañana se terminan sus días aquí. Mañana debe pagar el próximo mes, aquí se paga por adelantado.

"Si fuera verdad que mañana se terminan mis días aquí...", se dijo Dionisia esperanzada, y cuando salió el administrador permaneció junto a la ventana hasta que escuchó el timbre del teléfono. Era Curro, la invitaba a comer a la tasca. Durante la cena le anunció que salía de gira artística por varias semanas. Al final agregó:

—Tus memorias no sirven de nada.

—¿Y con qué voy a pagarle a don Inocente? —preguntó asustada.

—¡Yo qué sé! Soy un trabajador, no soy un burgués. ¡Vende tu cibelina! Conozco a una francesa que compra ropa para el teatro, tal vez le interese.

Aceptó el trato y volvió a su piso. Se dio cuenta entonces de que la sirviente a la que Curro había llamado "sierpe" nunca volvió a hacer la limpieza. El cansancio le impidió dormir. Muy temprano, antes de marcharse para el extranjero, la llamó Curro. La francesa aceptaba darle siete mil pesetas por las pieles, él enviaría a un empleado a buscar la prenda. Con ese dinero podía encontrar un alojamiento más barato y él, Curro, la buscaría a su regreso. Dionisia permaneció quieta. Escuchó que llovía y vio algunos relámpagos a través de la ventana. ¡Había caído la noche! Sonó el teléfono, era el administrador que la llamaba desde su despacho para ordenarle que se presentara allí inmediatamente. Obedeció la orden.

—He cortado el agua, la luz y el teléfono de su piso. Usted debió haber pagado ayer el dinero adelantado.

—Voy a vender el abrigo para pagar este día que le debo. ¡Démelo! —contestó ella.

El hombre abandonó su escritorio y avanzó hacia ella como una enorme mole. La golpeó y la sacó a empellones del despacho. Aterrada, huyó a la calle. Caminó al azar por las calles oscuras barridas por la lluvia. No tenía adónde ir y el brazo que había recibido los golpes le dolía como si fuera a desprenderse de su cuerpo. Móstoles ya iba camino al extranjero, la noche era muy oscura y la lluvia amenazaba disolverla. ¿Qué quedaría de ella? Un pequeño humo azul disuelto en la tormenta. Recordó a Vallecas y a Paula. "Es diabólico", había dicho ella. Sintió que escondidos tras los árboles estaban "los peruanos" y corrió a ver a Paula. Se encontró sentada en la habitación manchada y no se atrevió a decir que el administrador la había golpeado. Iba a hacerlo cuando Vallecas gritó. "¡Cabrón! ¡Tendrás la cara bañada en sangre!" Su cólera le produjo pánico y recordó que Móstoles le había repetido una y otra vez que Vallecas y Paula se golpeaban con brutalidad. Sin embargo, cuando apagaron el televisor, Vallecas se encaró a Dionisia y ésta mostró los golpes recibidos. Vallecas la escuchó con aire severo. ¿Y ellos qué podían hacer?

—Pedirle a don Inocente que me devuelva el abrigo para dárselo al empleado de Móstoles —dijo ella.

—¡Vamos, vas entrando en razón! Debes vender ese abrigo de mierda, sólo una putita con sueños de grandeza es capaz de echarse encima esa mierda —dijo Vallecas antes de marcar el teléfono de don Inocente.

Dionisia lo escuchó hablar en términos cordiales con su agresor. Don Inocente devolvería la prenda y esperaría cuarenta y ocho horas por el pago de los tres días de alquiler. Vallecas se mostró satisfecho.

—Mañana mismo entregas el abrigo al enviado de Curro, él te dará el dinero y asunto arreglado.

Su voz era tajante y Dionisia comprendió que debía retirarse. Volvió a la calle y trató de recordar cómo vivía antes de salir de la turquesa, pero sus recuerdos se escurrieron como agua entre las sombras de su memoria. En el piso privado de electricidad no pudo dormir. Tenía sed y de los grifos no salió una sola gota de agua. En esa noche larga e inolvidable le hubiera gustado saber llorar, tal vez hubiera tenido algún alivio, pero sus ojos permanecieron secos, mientras el miedo se volvía más espeso entre las sombras del piso solitario. Muy temprano, el administrador la hizo firmar un recibo y le devolvió el abrigo.

—Le quedan treinta y seis horas para pagarme —le dijo divertido.

—Dionisia se sentó a esperar la llegada del empleado de Móstoles, no entendía su tardanza y el día transcurrió eterno. Al oscurecer sonó el teléfono, era él, que pedía excusas por no haber llamado más temprano.

—Tengo mucho trabajo. Trataré de ir por la noche o mañana... —dijo la voz del empleado de Curro.

—¿Puede decirle a don Inocente que me devuelva el agua y la luz? Estoy a oscuras —le pidió.

—¡Ese hombre es una bestia! Trataré de calmarlo... no lo provoque, ha dicho que es capaz de arrojarla por la ventana. La llamaré —le dijo la voz, y cortó la comunicación.

Dionisia esperó en vano durante un largo rato, después calculó con velocidad: la cerradura estaba rota, la noche muy avanzada, no contaba con nadie y si don Inocente lo deseaba, podía golpearla, tirarla por la ventana y no le sucedería absolutamente ¡nada! "Debo escapar", se dijo. Se echó el abrigo, escuchó el silencio, salió con sigilo y bajó por la puerta de servicio.

En la calle continuaba lloviendo. Caminó sin rumbo escuchando el ruido de sus pasos, la gente se cobijaba detrás de las ventanas iluminadas de sus casas. Tuvo miedo, en verdad que el mundo era redondo y solitario. Caminaría toda la noche... de pronto vio las espaldas de un hombre metido en un impermeable blanco. El hombre iba de prisa y decidió seguirlo, era el primer cuerpo luminoso que encontraba en esa ciudad extraña. Su silueta tenía algo familiar y estuvo segura de que ignoraba que ella lo seguía. El hombre tomó calles pequeñas, llevaba un rumbo bien definido. "Tiene adónde ir", se dijo contemplando la decisión del hombre para doblar las esquinas y avanzar por las aceras. Se encontró en una plaza enorme cerrada por arcadas de piedra y con piso de baldosas que brillaban bajo la lluvia. La plaza estaba abandonada, le pareció llegar a un lugar conocido. El hombre del impermeable blanco pisaba las baldosas evitando colocar el pie sobre las junturas de las piedras. Lo vio detenerse, dudar unos instantes, y luego se volvió a mirarla. Dionisia descubrió su rostro claro, de ojos estrellados y grises como los de un niño.

—Usted me sigue porque tiene miedo —le dijo.

Dionisia iba a preguntarle: "¿Cómo lo supo?", pero no dijo nada. Se llevó la mano a los cabellos empapados y agachó la cabeza, pues se sintió muy miserable. El desconocido levantó una mano, se diría que le hacía signos a la lluvia, bajó los ojos y agregó:

—Lo comprendo. Al salir de la joyería tomó usted la puerta equivocada.

Lo miró estupefacta, ¿qué quería decir con eso de: "la puerta equivocada"? El desconocido le tomó el brazo, le levantó la manga del abrigo y le mostró las huellas azules dejadas por los golpes de don Inocente. Después, le señaló una marca morada en una sien y la miró con pena.

—¿Por qué ni siquiera intentó quejarse? Aun "allí" hay sitios en donde se presentan quejas. Y usted no lo hizo. Tiene demasiado miedo —y fijó sus ojos en ella con atención.

—¿Miedo?... ¿Miedo?... —preguntó ella limpiándose la lluvia que le bañaba el rostro y viendo cómo la misma lluvia resbalaba sobre la cara del desconocido.

—¡Mucho miedo! Esos personajes no existen. ¡Aquí no existen! —afirmó el desconocido observándola con sus ojos estrellados de niño.

—¿Quién es usted? —le preguntó Dionisia.

—Eso no tiene importancia —contestó él riendo.

Dionisia insistió:

—¿Quién es usted?

—Si lo desea, llámeme... García —contestó con voz risueña.

—¡Don García!

—Es igual. Vaya a buscarlos. ¡Ahora mismo! ¡Vaya! —le ordenó risueño.

Dionisia sintió que debía obedecerlo. Su voz vibró en medio de la lluvia y onduló las arcadas de piedra, sus ojos abrieron puertas invisibles a una dimensión luminosa. ¿A quién le tenía miedo? "¡A Vallecas!" No supo si ella lo pensó o fue el joven del impermeable blanco el que pronunció el nombre temible. Don García le hizo un gesto de adiós, como si fuese el propio dios Mercurio que se prepara para elevarse por los cielos y caminó de prisa hasta llegar a una estatua situada en el centro de la plaza. Allí lo perdió de vista, confundido con el brillo de las baldosas lavadas por la lluvia. Bajo las arcadas de piedra húmedas por el agua, el nombre de Ignacio Vallecas le resultó un sucio disparate. Iría a verlo para decirle que no le tenía miedo y observaría su mirada astuta. Abandonó la plaza por una callejuela estrecha en la que corrían arroyuelos formados por la lluvia y se fue caminando hasta la puerta del edificio de Vallecas.

Encontró el portal abierto y lo cruzó con una extraña sensación de alivio. Se dio cuenta de que el vestíbulo era muy amplio y que a un lado se abría una puerta iluminada. Subió los escalones de mármol que llevaban al segundo vestíbulo, en donde se hallaba el ascensor. El ascensor le pareció una litera mágica que subía entre rejas labradas que antes no había visto. Descendió en el quinto piso y avanzó por el pasillo amplio hasta llegar a la puerta de mirilla enrejada a la que antes había llegado tantas veces. Llamó a la campanilla muchas veces y ésta permaneció muda. Adentro reinaba también el silencio. "Me han visto y no quieren abrir", se dijo. Insistió en sus llamadas inútilmente. "Siempre hay una puerta que cruzar", pensó y recordó a don García: "Tomó usted la puerta equivocada". Miró en su derredor: no existían los olores, ni los ruidos y los muros estaban iluminados. Se habían disipado las tinieblas. Decidió abandonar a Vallecas que se negaba a abrirle ahora que le había perdido el miedo. Tomó el ascensor y encontró el portal cerrado. "Han echado la llave y siempre existe una puerta a la que hay que cruzar", se repitió.

—¡Señorita! ¿Busca usted a alguien? —dijeron a sus espaldas.

Se volvió. De pie, junto a la puerta abierta de uno de los muros, estaba una mujer muy pequeña, de cabellos blancos y traje negro. Dionisia corrió a ella.

—Subí al piso de los señores Vallecas y nadie contestó. ¿Salieron?

La anciana no la entendió. Atrás de la puerta iluminada estaba su vivienda, en la que había una mesa de planchar y sentado junto a ella un anciano apacible. La luz era amistosa en ese cuarto.

—¡Antonio, ven aquí! Me parece que esta señorita se ha equivocado —llamó la anciana.

Acudió su marido y escuchó atento que "la señorita buscaba a los señores Vallecas".

—¿Vallecas? —preguntó el anciano.

—Sí, Vallecas. He venido a visitarlos muchas veces...

—Aquí no vive nadie con ese nombre —contestó el viejo Antonio.

—Es un artista, un pintor... —insistió Dionisia.

Discutieron y los viejos subieron con ella al quinto piso. Dionisia exclamó triunfante:

—¡Esa puerta! Ayer noche estuve aquí con ellos —y señaló la puerta de mirilla enrejada.

—Hija, no puede ser, usted está equivocada...

No los escuchó y tiró de la campanilla silenciosa. Los viejos la contemplaron incrédulos y Antonio le hizo una seña a su mujer, que buscó entre los pliegues de su falda un arillo del que colgaban muchas llaves. Escogió una y la introdujo en la cerradura de la puerta sorda.

—Vamos, vamos a ver a quién visitó usted anoche.

La puerta cedió con facilidad y entraron al piso de Vallecas, pero no era el piso de Vallecas. Las duelas estaban enceradas, los vidrios del ventanal de fondo brillaban barridos por la lluvia y los muebles estaban tapizados de cretonas amables. De los muros colgaban medallones con personajes del siglo XlX y sobre la mesa colocada cerca de la entrada, no estaba la olla en la que hervían los huesos del potaje, sino un caldero de cobre conteniendo unas espigas de trigo. Un silencio absoluto reinaba en el departamento. Dionisia permaneció quieta.

—¿Ve usted que no la hemos engañado? La señora está en Londres desde el año pasado. Fue a trabajar allá y debe volver en estos días. Nosotros le limpiamos el piso —le dijeron los viejos.

Desconcertada, quiso convencerse y se introdujo por el pasillo. "Por aquí se va al cuarto de baño", dijo en voz alta. El pasillo estaba encerado y sobre sus muros había libreros. La puerta del baño ya no era gris, la empujó y entró para encontrarse con un cuarto de baño en el que había repisas de cristal, frascos de sales, jabones intactos, tiestos con plantas frescas y toalleros ordenados. Se volvió y exclamó.

—¡Me equivoqué de puerta!

—Nada de eso. Usted ha venido directamente a este piso y a esta puerta —le contestaron los viejos. En el ascensor, Dionisia trataba de entender lo sucedido, mientras que los viejos buscaban explicaciones para aquel "fenómeno" que había sucedido allí. La chica había estado en ese piso...

—Sí, estuve muchas veces —afirmó Dionisia.

—Subiré mañana mismo... no quiero que la señora encuentre ratas en su casa... ¡Vaya bichos! Se cuelan cuando una menos lo piensa —dijo la mujer de Antonio, que buscaba una solución al "fenómeno".

—Llamaré a Sanidad, hemos matado a tres ratas muy gordas esta mañana y se ve que han dejado crías. —Y el viejo Antonio movió la cabeza, estaba muy preocupado.

—¡No eran ratas! Yo no visito a ratas... eran otra cosa —contestó Dionisia pensativa.

—¡Que le digo a la señorita que se cuelan por cualquier rendija, viven en las alcantarillas y uno no tiene defensa contra ellas! —afirmó Antonio con energía.

La despidieron en el portal y la invitaron a volver para hablar de lo que le había sucedido.

—Son muy astutos esos bichos —insistió Antonio.

Dionisia sabía que no había estado con ratas sino con algo que no podía definir. ¡No!, las ratas tenían dientes feroces y ojos amables y aquellos seres tenían dientes careados y miradas feroces. ¡Eran otra cosa! Además, Antonio y su mujer nunca los habían visto... Volvió a la lluvia y recordó la tasca a la que la llevaba Móstoles. Iría a buscarla, preguntaría por aquel hombre de bigote erguido y estatura chata.

La puerta de la tasca brillaba como un horno encendido. Entró en su luz acogedora y ocupó un banco oloroso todavía a bosque. Quería observar a los clientes que bebían vino apoyados en la barra. Un camarero con mandilón blanco se acercó a ella.

—¿No ha venido el señor Móstoles? —le preguntó al camarero.

El joven repitió: "Móstoles... Móstoles...", negó con la cabeza y fue a conferenciar con los otros camareros. La pregunta corrió de boca en boca y los clientes se volvieron a contemplarla con aire divertido.

—Don Curro Móstoles es un artista que cena aquí todas las noches. He venido con él muchas veces...

Sus palabras produjeron un silencio y el jefe de los camareros se acercó solícito:

—¿Habla usted español? Porque debo decirle que usted no ha venido aquí nunca, ni tampoco ese señor Móstoles. Está confundida, hay tantas fondas en Madrid...

—¡Eso mismo! —dijeron a coro los clientes y los camareros.

Dionisia insistió en que cenaba allí con Móstoles e hizo su descripción física. El coro de hombres se echó a reír.

—¡Que no, mujer! ¡Que no ha venido usted aquí con ese fantoche!

Era inútil insistir. El jefe de camareros le invitó un vino y le explicó que a las extranjeras cualquier chulo les toma el pelo.

—¿La tasca se llama El Majuelo? —preguntó ella con voz terca.

—¡Así se llama! —afirmó el hombre.

—Entonces, sí vine aquí con Móstoles...

El jefe de camareros se alejó moviendo la cabeza con aire resignado.

—Cuando a una sueca se le mete algo en la cabeza no hay quien se lo saque —le dijo a la clientela.

Dionisia terminó el vino y al irse se encontró rodeada por los camareros y los clientes.

—¡Cuidado con ese chulo! ¡Cuidado con ese Móstoles! ¡Madrid está lleno de maleantes...! —Le recomendaron a voces y la vieron marcharse en medio de la lluvia.

—El chulo irá por ese abrigo. ¿Lo habéis visto? Vale una millonada...

En la calle sólo existía la lluvia. Escuchó su música cayendo sobre las aceras y las copas de los árboles y tomó la decisión más grave: ir en busca de don Inocente. Ya no le tenía ningún temor, sólo deseaba saber lo que había sucedido con Vallecas y Móstoles y recordó a don García: "¡Vaya a buscarlos ahora mismo!" Protegida por su sonrisa acogedora, entró al edificio de La Flor Intacta y un joven le salió al paso.

—¿A qué piso va usted? —le preguntó.

—¡Al mío! —contestó ella.

El joven se ajustó el cuello del uniforme y la miró con curiosidad. ¿Cuál era su piso?, pues todos los departamentos estaban tomados desde hacía muchos meses. Dionisia le rogó que la acompañara, ella misma se lo mostraría. El empleado aceptó sonriente. "Con las extranjeras, hay que ser muy amable, siempre se confunden", pensó. Se encontraron en el pasillo en el que estaba el despacho del administrador. Dionisia se dirigió sin vacilar a la puerta contigua.

—¡Aquí vivo! —exclamó.

—Perdone, señorita, pero aquí vive el capitán Winston, un inglés retirado, que volvió a Madrid hace dos horas, pues estaba en Baleares —explicó el joven.

Ante el asombro del empleado, Dionisia insistió en entrar a su piso. Para convencerla, el joven llamó a la puerta y en el dintel apareció un hombre viejo metido en una bata de seda gruesa.

—¿Qué sucede, old chap? —preguntó el capitán.

El viejo capitán escuchó las pretensiones de Dionisia sin inmutarse e invitó a ambos a pasar a su piso. Dionisia encontró un departamento diferente: las alfombras brillaban bajo las luces del candil, en los muros había libreros empotrados y los lomos de los libros lucían títulos ingleses. Un perfume a tabaco dulce invadía la habitación. Dionisia se quedó estupefacta y tuvo que reconocer que estaba equivocada: su piso no era su piso. Sin embargo...

—Hace un rato don Inocente quiso arrojarme por esa terraza —dijo mostrando la puerta de cristales que llevaba a la terraza cubierta de plantas trepadoras y de tiestos bañados por la lluvia.

El capitán inglés se interesó en las palabras de Dionisia y el empleado preguntó quién era don Inocente.

—¡El administrador! —afirmó ella.

El empleado la miró como si estuviera frente a una loca y empezó a sudar, lanzando miradas de disculpa por el atrevimiento de hallarse allí en compañía de aquella mujer de mente extraviada. El capitán les ofreció asiento, se dirigió a la visitante y le explicó con buenas maneras.

—Estos pisos son muy selectos. No tienen administrador, el dueño es un viejo amigo mío, el capitán Molina, está retirado del Ejército como yo, y él mismo cuida de sus pisos.

El empleado afirmó con la cabeza y los dos hombres cruzaron miradas ante el silencio de la mujer. Con gentileza el viejo capitán tomó a Dionisia de la mano y la llevó al pasillo para mostrarle la puerta del despacho del capitán Molina. El empleado abrió la puerta y los tres se encontraron en un despacho apacible, de cuyos muros colgaban mapas antiguos de España. Sobre el escritorio limpio de papeles había un elefante de marfil con la trompa levantada y tres monos en actitud de: "Ver, oír y callar", la divisa del capitán Molina. Fascinada, Dionisia contempló las figuras minúsculas de los tres animales que la miraban con fijeza y pensó que iba convertirse en nada. El capitán Winston observó la orden que le daban los tres monos a la visitante y la sacó del despacho con presteza.

—¡Un whisky! —ofreció con voz cavernosa.

Volvieron a su piso. El capitán Winston quería escuchar a la intrusa, pues tenía la absoluta certeza de que su visitante había sufrido una alucinación importante. Dionisia parecía perpleja, quizás demasiado perpleja.

—¿Usted cree que está loca? —le preguntó el empleado al capitán en voz muy baja.

—¡Nada de eso! Estamos frente a algo muy importante —afirmó el capitán Winston.

Dionisia aceptó el vaso de whisky, pero no lo bebió. Le explicó al viejo capitán inglés que en su país nadie lo bebía y cuando Winston le preguntó cuál era su país recordó que debía contestar:

—¡Apátrida!

—Eso significa un país inalcanzable —dijo Winston.

—Sí, inalcanzable —contestó ella recordando a la turquesa en manos de la señora Móstoles.

Se acomodó en el sillón mullido y miró en derredor suyo; ya no tenía miedo, ahora la invadía un sentimiento nuevo, una tristeza desconocida, le sucedía algo que no podía entender y la amabilidad del capitán no le proporcionaba consuelo, como tampoco la aliviaba la belleza tranquila de su estudio. ¿Por qué estaba allí?, ¿qué hacía frente a aquel inglés retirado y aquel español joven? No lo sabía. ¿Por qué se habían desvanecido Vallecas, Paula, Rosana y Móstoles? Tampoco existía don Inocente. Sería inútil buscar a doña Inmaculada o a Marichu Móstoles y recordó el terror que repandían aquellos personajes y, al hacerlo, el miedo volvió a apoderarse de ella. Podían reaparecer en cualquier instante... Le confió sus temores a Winston, que la escuchó con atención y afirmó.

—Sí, pueden reaparecer en cualquier instante.

Dionisia se cubrió el rostro con las manos, no quería ser testigo de aquel "instante" que podía reproducirse de un momento a otro.

—No, no... —dijo en voz baja.

—Querida, la antimateria existe. Se han hecho muchas pruebas y los institutos científicos tendrían un interés enorme en estudiar su caso. Su experiencia es valiosísima —le dijo Winston.

Recordó a don García y a su impermeable blanco. "Usted salió de la joyería por la puerta equivocada". Su rostro claro había barrido a las tinieblas que la envolvían pero ¿dónde encontrarlo? "Usted tiene demasiado miedo", le había dicho también y su sonrisa mostró sus dientes blancos ligeramente montados sobre el labio inferior. Este detalle le daba un aire infantil y confiado. "Vaya a buscarlos", le ordenó y sus ojos grises de niño se llenaron de luz. Había obedecido y ahora se enfrentaba a invisibles fantasmas. Los seres atroces habían perdido cuerpo, pero estaban ahí, esperando en las tinieblas... Las ratas, los chulos y ahora la "antimateria" la acechaban. El capitán Winston repitió la palabra: ¡antimateria!

—¿Y una vez que usted ha visitado la antimateria puede volver a visitarla? —preguntó aterrada.

—¡Naturalmente! La frontera entre materia y antimateria no está delimitada, basta un gesto, una imprevista palabra, una frontera de luz para...

Dionisia se puso de pie, no quiso escuchar, el aderezo de rubíes le había ordenado abandonar la ciudad en la que corría un grave peligro. ¡Huiría esa misma noche! El capitán trató de detenerla, pero ella salió corriendo. La noche lluviosa la aceptó y Dionisia anduvo sin rumbo por calles armoniosas en las que brillaban las piedras de los edificios antiguos. Los palacios apagados se erguían en medio de la lluvia como signos benéficos. Se encontró en una avenida iluminada y la caminó despacio, era un alivio el agua que caía del cielo para limpiarla del miedo. La avenida estaba vacía, sólo escuchaba sus pasos chapoteando en el agua que reflejaba las luces y abría espacios inhabitados. Delante de ella caminaba un impermeable blanco por el que resbalaban las gotas de la lluvia como piedras preciosas. Dionisia supo que era don García y caminó tras él sin hacer ningún esfuerzo. Era como si alguien la llevara sin pisar tierra. El impermeable blanco atravesaba la noche con presteza, como el presentimiento del alba y sus señales apuntaban a espacios intocados. Lo vio detenerse frente a una vitrina iluminada y ella se detuvo.

—Usted se ha metido en el revés de las cosas, por eso es una apátrida... —le dijo dándole la espalda.

—Fui en su busca y no existen... unos viejos pensaron que eran ratas, creo que fui al lugar de los microbios...

Don García se volvió a verla, tenía los ojos graves y la sonrisa alegre, levantó la vista y afirmó:

—¡Llámelos como prefiera!

Don García se inclinó para examinar las joyas que estaban tras el vidrio del escaparate y estuvo un largo rato observando a las piedras preciosas con sus ojos grises y estrellados de niño. Se diría que calculaba sus gestos y sus decisiones, pues no deseaba equivocarse. Se enderezó y dijo pensativo:

—No hay ninguna turquesa deshabitada. ¿Le gustaría un topacio?

—Sí...

—Ahora todo depende de usted. No vuelva nunca a equivocarse de puerta si alguna vez sale usted sola de esta joyería.

Dionisia vio el rostro de don García al otro lado del cristal del escaparate. Sonreía bañado en una luz dorada, que sembraba de hojas otoñales y pétalos disecados a la lluvia que caía sobre la calle. Don García se inclinó sonriendo e hizo un gesto amenazador con el dedo índice:

—¡No puedo hacer más por usted! ¡Cuidado!

Le hizo una señal de adiós. Lo vio alejarse en torbellinos de lluvia dorada, metido en su impermeable blanco con reflejos de bronce que le recordaron las joyas de un español lujoso en algún lugar lejano. Dionisia se acomodó su túnica de color humo y se tendió a dormir en el fondo del valle tibio y silencioso abanicado por ramas de olivos, que le había regalado don García. Su memoria había cambiado de color y olvidó las ventiscas, la nieve, los granizos y el azul, ahora todo estaba envuelto en reflejos de bronce, iguales al impermeable que llevaba don García, que de pronto desapareció entre las ráfagas doradas de la lluvia...

El accidente y otros cuentos inéditos (1997)

Invitación al campo

Desde que el ministro entró a su salón a las siete de la mañana, a recogerla para la jira campestre, Inés supo que no era un hombre común y que el paseo tenía un objeto preciso, aunque secreto. La presencia inmaculada del visitante provocó la rebeldía de Ágata, que de pronto apareció en medio del salón arrastrando un gran trozo de carne cruda. El animal parecía querer desafiar el orden implacable que traía consigo el recién llegado. Inés corrió detrás del gato, que insolente saltó encima de la consola de los cristales amenazando romperlos.

—Perdone... nunca se porta así —dijo ella avergonzada.

—Lo sé, señora, es mi presencia la que lo enoja —contestó el ministro con una voz extrañamente hermosa.

Inés lo miró convencida. Era verdad. Era la presencia extraña la que había enojado a Ágata, que de costumbre se paseaba entre sus frascos de perfume aspirando el aroma de las cremas y polvos con deleite. Ágata siempre tan delicada, ahora se conducía indecente delante de un extraño. Miró a su huésped y vio que efectivamente había algo en él que no era común. Pero, ¿qué era lo que no era común en el visitante? Ágata escapó de la consola y su dueña no tuvo tiempo de contestarse a sí misma, se quedó inútil delante del hombre que la miraba intacto desde el centro del salón amarillo.

—¡Cuando usted guste, señora! —dijo con aquella extraña voz, que hizo vibrar a los espejos.

Salieron. El mercedes del ministro los esperaba solemne frente a la reja. Ahora el paisaje amarillo corría junto a ellos y apenas si habían cruzado palabra. El ministro ocupaba el lado izquierdo del automóvil y muy quieto miraba de perfil, como miran los pájaros, la inmensidad del valle que se reproducía en la copa amarilla del cielo. Al mismo tiempo la observaba, mientras parecía contar con exactitud los escasos árboles diseminados en el valle. Inés, nerviosa, sacó un cigarrillo y él con precisión subió el vidrio de la portezuela y se lo encendió. Ambos se miraron, observándose, por encima de la minúscula flama blanca. Acababan de conocerse y Ágata parecía estar en desacuerdo con el encuentro. En realidad, la invitación a la jira campestre se debía a la insistencia de Julio, un amigo común, que ahora, discreto, no había asistido al paseo. Julio pensaba que al conocerse terminaría la enemistad entre el ministro e Inés. Pero, ¿qué podía importarle a él la crítica banal de una señora? Mientras encendía el cigarrillo y lo miraba a los ojos, supo que el ministro no sólo estaba por encima de las enemistades, sino que casi se atrevería a jurarlo, por encima de las amistades.

Fumaba, observando el perfil de su acompañante. "Es un ser aparte y sus intereses son distintos a los nuestros", se dijo, y al decir *nuestros* ella se colocó en medio del común de los mortales y a su nuevo amigo en una dimensión diferente. Lo miró de reojo: una melancolía extraña se desprendía de las líneas finas y agudas del hombre que iba sentado a su izquierda. La piel oscura se aferraba a la delicadeza de los huesos finamente tallados, y la nariz, apenas aguileña, le daba un parecido con los pájaros. La certera puntería de la mirada estaba en desacuerdo con la exquisitez de los rasgos.

—¿Usted no fuma?—preguntó por decir algo.

—No, señora —contestó inclinándose ante ella.

En verdad era un personaje poco común. No podía explicarse en qué residía su extrañeza, tal vez en la voluntad de poder absoluto que se desprendía de él, en oposición con la apatía de ciertos gestos como los de sus manos que revelaban a un escéptico. El resultado de esta contradicción era la nostalgia extraordinaria que se desprendía de su rostro, y que se volvía contagiosa. De pronto se sintió invadida por una tristeza aguda que le hizo olvidar sus consideraciones sobre el extraño que la acompañaba. Abstraída, se dejó llevar por el paisaje y olvidó el lugar y la compañía en que se hallaba. Su memoria se diluyó en la luz de la mañana, y ella y su acompañante se convirtieron en minúsculas sombras reflejadas en una luminosa pantalla china. Su vida se escabulló por una misteriosa rendija abierta en el tiempo de la mañana y no le quedó ninguno de sus gestos anteriores al viaje. Volvió los ojos: lo único real era el perfil de su acompañante, al que había visto en los frisos mayas. El corte casi al rape de sus tupidos cabellos blancos, contrastaba con la fragilidad de los párpados. "Es un mandarín", se dijo, y se sintió desordenada junto al orden matemático del personaje. Se arregló los cabellos.

—El pelo rubio se ve bien en desorden —comentó el ministro, con su voz grave que brotó de su pecho delgado, poderosa de resonancias.

—¿Le gusta la música? —preguntó Inés, quizás asociándola con la voz de su reciente amigo.

—Siempre que trabajo la necesito, señora —dijo el mandarín con su misma hermosa voz.

Había algo muy poderoso muy antiguo en la voz que le hablaba. Quiso recordar dónde la había escuchado antes y se encontró en el jardín de su casa de niña, con un libro de tapas rojas y letras de oro. Al abrirlo, de sus páginas se desprendió una música melodiosa que le impidió la lectura y la dejó absorta frente al dragón que hipnotizaba al caballo, montado por un príncipe de ojos rasgados. Atrás, muy atrás, perdido en el infinito espacio de la página, una torre, que ella llamó campanario...

—Ese campanario me recuerda al caballo de la procesión de mi pueblo.

Inés se volvió sobresaltada. El ministro sonreía apenas, señalando con su sonrisa un campanario pequeño y lejanísimo, que se dibujaba blanco en la luz infinita de la mañana.

—El caballo es blanco, señora. Todo el año lo cuidan, lo alimentan con trigo fino y lo hacen dormir en yerba tierna. Las jóvenes vírgenes lo bañan y lo peinan y el día de la fiesta lo adornan con borlas azules y en sus crines colocan cascabeles de oro. Cuando sale el caballo a la procesión, todos la olvidan para seguir el ritmo de sus pasos y la música de sus crines —dijo sonriendo.

Inés tuvo la impresión de que le hablaba del cuento que encerraba el libro rojo, que ella no leyó por admirar las imágenes.

—Una vez me tocó condenarlo a presidio. ¡Era demasiado hermoso y distraía la fe del pueblo! El juicio se lo hicimos al pie del campanario, cuando ya estaba engalanado para la fiesta —el ministro se inclinó ante ella y susurró—: en la política, señora, se condena a la belleza cuando ésta interfiere con el poder. Así, tuve el apoyo del sacerdote y los votos de los feligreses que necesitaba para mi candidatura de diputado.

El campanario desapareció cuando el ministro terminó de hablar. El paisaje se deslizaba como una interminable sucesión de reflejos. Avanzaban por una corriente que los llevaba sin esfuerzo. Al final del viaje se descorrería la cortina de luz por la que viajaban y hallarían un milagro inesperado. El poder era justamente cruzar las fronteras que nos limitan, y el nuevo amigo de Inés era la concentración extraña del poder absoluto. Con esta convicción, Inés se volvió a mirar al hermoso mandarín que viajaba junto a ella y descubrió en su rostro una imperceptible ironía, como si acabara de leer sus tontos pensamientos. "¿Para qué me habrá invitado?", se preguntó sobresaltada. Él se inclinó ante ella.

—¿Es usted curiosa, señora?

—Sí... —aceptó Inés.

—Lo único que vale la pena ver es lo que está adelante del tiempo —contestó desplegando una sonrisa inmaculada.

Inés no supo qué contestar. Se volvió a mirar hacia atrás y se encontró con la comitiva de coches oficiales que los seguían. A través del vidrio ahumado el cortejo se volvía fantasmal. Le pareció absurdo que los escoltaran. Miró hacia adelante y dio con la grosera nuca del chofer. Antes no había reparado en él. Todo el tiempo había creído que en el mercedes sólo iban ella y el ministro. Tal vez esta impresión se debiera al poder invasor de su nuevo amigo, que con sólo estar oscurecía todas las presencias. Observó que los cabellos del chofer eran más largos que lo usual y que caían gruesos sobre el cuello negro del chaquetín.

—¿Se puede hablar de cualquier cosa? —preguntó ella haciendo alusión a la presencia del chofer.

—Sí, señora. En este paraje sólo estamos usted y yo.

Inés no tenía nada que decir y prefirió mirar al sol, que ahora se había vuelto muy pálido. Los pinos de la sierra helaban el aire que golpeaba los vidrios del mercedes. El ministro se volvió a ella y le subió el cuello del abrigo de pieles blancas. Después volvió a su quietud de friso maya. Inés sintió que su gesto había sido puramente cortés, y que en realidad le producía horror cualquier contacto extraño. Le tocó el hombro con la punta de los dedos.

—Abríguese —le aconsejó con voz suave.

El ministro la miró con frialdad, como si su gesto hubiera amenazado el orden secreto en que él se movía. Después, se ajustó las solapas de su abrigo de viaje de un gris metálico y brillante.

Los pinos empezaron a escasear y el viento de las altas cumbres sopló con violencia sobre las rocas blancas. Cada minuto acusaba al silencioso personaje: era más que un político, y su poder lo ejercía más allá de los límites conocidos. Desde su ámbito desconocido usaba una fuerza antiquísima que la lanzaba a su más olvidada infancia. La voluntad y los pensamientos de Inés cayeron rotos ante la omnipotente imagen y no se atrevió a mirarlo más.

El auto desembocó en un valle de luces blanquecinas. Entre las rocas crecían algunas hierbas pálidas y secas. El viento levantaba arenas pequeñísimas, que al reflejarse en la luz daban al aire una consistencia quebradiza.

Al final del camino, cerrándolo, un enorme grupo de automóviles dispuesto en forma de abanico, esperaba. El mercedes aminoró la marcha. A medida que fueron acercándose, Inés vio delante de los cofres, cuyos remates niquelados brillaban como cuchillos, a un grupo de hombres vestidos de oscuro, que de pie frente a los automóviles esperaban también. Los hombres llevaban gafas negras. Se detuvieron frente a ellos. El ministro no pareció inmutarse ante los extraños, que presurosos rodearon al vehículo. Uno de ellos abrió la portezuela y el ministro bajó. Se estableció un diálogo, que Inés no logró descifrar. Vio, en cambio, que su presencia los perturbaba, como si ella perteneciera a un orden distinto, pues la miraban con fijeza. El ministro permanecía impasible y se movía con soltura, como si supiera de antemano lo que ellos le decían. Miraba en torno suyo, sin hacer caso de sus palabras. La comitiva personal del ministro descendió de sus automóviles y se mezcló con el grupo que los había estado esperando. De pronto el ministro avanzó grácil hasta la portezuela abierta del mercedes y le tendió la mano invitándola a bajar.

—¿No baja, señora?

Inés obedeció a la invitación. Una vez en tierra se sintió insegura. De cerca los hombres tenían un extraño color tierra y sus mejillas y sus bocas parecían barro rajado. Sus corbatas de colorines contrastaban con sus pelos resecos cubiertos de polvo y sus nucas marchitas. No podía verles los ojos a través de los vidrios ahumados. Eran gordos y se movían con torpeza. Dos de ellos extendieron el brazo para señalar un camino invisible e Inés vio que de sus palmas rojizas iba a brotar sangre. Con una mirada el ministro le indicó que se colocara a su lado y ambos echaron a andar. Los hombres se detuvieron al borde del camino y abrieron un mapa marcado con algunas cruces.

—Aquí es —dijeron dos de ellos desdoblando el mapa.

El ministro sin hacer caso de su indicación, contempló el paisaje blancuzco, que se extendía como un enorme mar. Parecía abstraído y actuaba como si estuviera absolutamente solo, ignorando la presencia de los extraños que esperaban sus palabras con actitud ansiosa. Inés siguió la dirección de su mirada y encontró una antigua fachada gris. La casa era enorme, estaba en ruinas y sus ventanas vacías mostraban los vestigios de un incendio. El ministro pareció pensativo.

—Veo que ya no hay nada que hacer —dijo con su hermosa e imperturbable voz.

El hombre al que llamaban "Señor Gobernador" se acercó nervioso al ministro con intenciones de decirle algo, pero sólo produjo el ruido hueco de unos dientes de porcelana al entrechocar unos con otros adentro de su boca vacía. Inmediatamente, el gobernador hizo un gesto de sorpresa al ver a unas figuras descalzas y vestidas de blanco que se acercaban al grupo. Los hombres de gafas negras formaron un semicírculo amenazador, mientras el ministro permanecía impasible. Las figuras vestidas de blanco se acercaron cada vez más e Inés se dio cuenta de que eran más de un centenar. Tenían rajaduras en la piel y de ellas brotaban hilos de sangre a medio coagular; las mechas negras les caían lacias sobre los rostros exangües. Las ropas blancas eran garras y de sus bocas entreabiertas no salía una sola palabra.

—Haré lo que pueda por ustedes... lo haré —repitió el ministro con voz clara y sin perder la sangre fría.

Después, acompañado por Inés, se alejó rápidamente de la orilla del camino y ambos subieron al mercedes. El automóvil partió raudo. El paraje estaba absolutamente quieto y no soplaba ningún viento. Inés no sabía si iba de ida o de regreso y si estaba dormida o despierta. En el valle sin viento se quedaron los hombres vestidos de oscuro y los hombres vestidos de blanco. El ministro se volvió hacia ella.

—Ya vamos a llegar —anunció con una sonrisa apenas esbozada.

Su voz estableció un tiempo preciso e Inés pareció olvidar lo que acababa de suceder, sin embargo lo seguía recordando, aunque ahora carecía del orden exacto de la visión y sólo rescataba imágenes fragmentadas, gestos sueltos y la extraña sensación de haber visitado un paraje prohibido. El mercedes entró a la boca de un valle frío, igual al que acababan de cruzar. Inés miró el rostro exquisito de su amigo y no halló ningún rastro que indicara que volvían al lugar del que acababan de partir. El terreno era ondulado y las hierbas se mecían al compás de un viento helado. Estaba segura de que era el mismo valle y de que sólo la luz había cambiado. Al final del camino, cerrándolo, un grupo de automóviles dispuesto en forma de abanico, esperaba. El mercedes aminoró la marcha. A medida que fueron acercándose, Inés vio delante de los cofres cuyos remates niquelados brillaban como cuchillos, a un grupo de hombres vestidos de oscuro, que de pie frente a los automóviles, esperaba también. Los hombres llevaban gafas negras. El mercedes se detuvo suavemente frente a ellos. El ministro no pareció inmutarse ante la presencia de los extraños, que presurosos rodearon el vehículo. Uno de ellos abrió la portezuela y el ministro bajó a tierra. Su figura enfundada de gris se recortaba ligera en medio de las figuras obtusas de los extraños. Se estableció un diálogo, que Inés no logró descifrar. Vio, en cambio, que su presencia los perturbaba, como si ella perteneciera a un orden diferente o fuera un testigo inoportuno, pues miraban hacia ella con fijeza, a través de sus gafas negras. El ministro permanecía impasible y se movía entre ellos con soltura, como si supiera de antemano lo que ellos le decían. Miraba en torno suyo, sin hacer caso de sus palabras. La comitiva personal del ministro descendió de sus automóviles y se mezcló con el grupo que aguardaba. De pronto el ministro avanzó grácil hasta la portezuela abierta del mercedes y le tendió la mano.

—¿No baja, señora?

Inés obedeció a la invitación. Una vez en tierra se sintió insegura; detrás de cada par de gafas negras, adivinaba miradas indecentes. Miró las corbatas brillantes y los pelos llenos de vaselina de los hombres que esperaban. Parecían ávidos y groseros dentro de sus cuerpos redondos por la grasa fácil. Los bultos de las pistolas les deformaban los talles.

—Es por aquí —dijeron dos de los hombres señalando la orilla del camino. En sus dedos gordos y negros brillaban verdes las esmeraldas y cristalinos los diamantes de los anillos con los que se adornaban.

El ministro contempló el paisaje ondulado, que se extendía como el mar. Parecía abstraído mientras los otros esperaban sus palabras con ansiedad. Inés siguió la dirección de su mirada y encontró una hermosa fachada gris. La casa lejana era enorme y sus ventanas estaban cuidadosamente cerradas. El ministro pareció pensativo.

—¿Y eso? —preguntó señalando con su sonrisa la fachada lejana.

—Es la antigua hacienda de los Lechuga —contestó el hombre al cual llamaban "señor gobernador" y que se relamía los labios resecos de color barro entre los cuales brillaba la perfección de porcelana de unos dientes postizos.

—¿Y ahora quiénes son los dueños? —preguntó el ministro sin cambiar de actitud.

—Los Lechuga... —contestó el gobernador con la voz incómoda. Después se echó a reír como para facilitar el diálogo.

—¿Son ésas las tierras que se van a tomar? —preguntó el ministro sin mirar a nadie en particular.

—¿Las de los Lechuga? No, hermanito, esas tierras son inafectables —contestó el gobernador con voz hueca.

—Son éstas —dijeron los hombres al mismo tiempo que abrían un mapa, que colocaron delante del ministro. Éste, impenetrable, se inclinó a estudiarlo.

—¿Es necesario tomar todo el ejido? —preguntó con voz indiferente.

—Apenas alcanza para los fines dispuestos —contestó nervioso el gobernador, haciendo castañetear los dientes. De pronto se detuvo en su explicación y con desagrado miró hacia unos grupos de indios vestidos de blanco, que se acercaban encabezados por una anciana descalza.

—Señor, somos pobres. Si estos rateros nos quitan las tierras correrá otra vez nuestra preciosa sangre —dijo la anciana, con una voz de niña, encarándose con el ministro.

El grupo de hombres con gafas negras se abrió en un semicírculo amenazador.

—¡Cállate vieja! ¿No sabes que estás delante de la más alta autoridad? —amenazó uno haciendo ademán de querer golpear a la india.

—¡Asesino! ¿Por qué no le quitas las tierras a los Lechuga o al mentado Feldmann? —preguntó la anciana a la cara de quien la amenazaba.

Las palabras de la vieja desencadenaron un coro de protestas y los indios trataron de avanzar. El ministro levantó la mano en señal de paz. Su gesto calmó unos instantes el motín que amenazaba producirse. Pero las voces airadas volvieron a levantarse más sombrías.

—¡Asesinos! ¡Correrá otra vez nuestra preciosa sangre!

—¿Qué dicen? ¿Nos acusan de asesinos? —preguntó airado el gobernador.

—¡Sí! ¿No mataste a los de Santa María para robarles sus tierras? —contestaron los de blanco.

El ministro levantó la mano en señal de paz.

—Haré lo que pueda por ustedes. Para eso vine aquí.

La voz del ministro pareció calmar a los airados. En ese instante, con un gesto, dispersó a los pistoleros y alejó al gobernador. De mala gana, los hombres de gafas negras se refugiaron cerca de los automóviles. Se hizo un silencio, que rompió la vieja para presentar las quejas comunes. Su voz enumeraba penas como una larga letanía. La cara descompuesta por la ira contrastaba con la voz lastimosa. Los demás la escuchaban con ojos centelleantes.

—¿Quién de ustedes tiene la vara de la sabiduría?

Un joven de pelo lacio avanzó hasta el ministro.

—La tuvo mi difunto padre y ahora la tengo yo.

Los demás aprobaron. De todos los recodos del paisaje avanzaban los indios envueltos en sus trajes en garras de color blanco.

—Forma una comisión y ven a mi despacho. Allí arreglaremos que no los despojen de sus tierras —su voz sonó sin convicción, como si de antemano supiera lo inútil de sus gestos y de sus palabras.

Los campesinos se calmaron y guardaron silencio. Su cólera se esfumó en la hermosa luz de la mañana. Con ojos ávidos siguieron los gestos delicados y las palabras comunes que el ministro les regalaba. Les hablaba de cualquier cosa sin énfasis, con una indiferencia completa; de cuando en cuando subrayaba las frases con una sonrisa. El diálogo se volvió una charla apacible. A lo lejos, los hombres del gobernador lo miraban ceñudos.

Cuando el mercedes arrancó, las manos de los hombres del campo ondularon el aire en señal de adiós. El ministro cedió el paso al automóvil del gobernador que encabezó la comitiva. Inés tuvo la impresión de que se hallaba muy abatido.

—¿De veras va usted a impedir que les quiten sus tierras? —preguntó ella, escrutando el rostro impenetrable de su amigo.

—Señora, yo no soy brujo. No puedo cambiar los hechos ni sus consecuencias.

No, en verdad no era un brujo. Tal vez sólo un personaje que vivía fuera del tiempo. Inés tuvo la certeza de que podía ir por el tiempo a voluntad y de que su permanencia en el paisaje era anterior a la memoria de la historia. Tal vez sólo era el necesario testigo, el libro secreto en donde se inscribían los acontecimientos; volver sus páginas sería encontrar a través de los siglos el mismo hecho repetido. Por eso su cansancio. La carretera se había vuelto una carretera cualquiera. Como si de pronto el poder del hombre que viajaba junto a ella se hubiera extinguido. Llegaron a la ciudad de provincia que los esperaba. Visitaron el Palacio de Gobierno, en donde el ministro revisó casi sin ver los mapas que parecía conocer de memoria. Las palabras pomposas del gobernador caían como guirnaldas fúnebres sobre los hombros del ministro, que ignoraba la presencia de su huésped. Después los condujeron a un hotel de grandes ventanales en donde aguardaba un banquete. El ministro ocupó su lugar y presidió las bromas abigarradas de elogios y los platillos desparramados de grasa. Nada existía para él, ni la grosería de sus acompañantes ni la mayonesa pasada de la langosta.

A las cinco de la tarde terminó el banquete con la tristeza que producen las digestiones pesadas. Los diputados, el gobernador, el secretario general y el director de las prisiones tenían las caras caídas y la piel como tepalcates sucios. Sólo él permanecía intacto como un granizo. Una última fotografía en las escaleras del hotel de lujo y después la despedida junto a la portezuela abierta del mercedes. El camino de regreso estaba oscuro. Por las montañas descendían sombras que se posaban en los valles. Desde un rincón, el ministro miraba la oscuridad y el automóvil se impregnó de nostalgia. Atravesaban grandes extensiones en donde no quedaban vestigios de que hubiera vivido nadie. La vida era eso: una gran extensión oscura en donde era igual avanzar hacia atrás o hacia adelante; los gestos se sucedían sin eco y de ellos no quedaban trazas. Era un ir corriendo en un espacio vacío hacia ninguna parte. Allí se borraban el Sur y el Norte como simples convenciones banales y, sin embargo, la nostalgia persistía como una capa de humedad de la que no se podía escapar. Viajaron en silencio, cada uno sumergido en sus propios pensamientos. Era difícil que Inés pensara, la presencia de su reciente amigo le vaciaba la cabeza y la dejaba en una orilla límite desde donde podía alcanzar una realidad distinta. De pronto cruzaron un pueblo apenas iluminado. El ministro ordenó al chofer que se detuvieran en algún sitio donde tomar una bebida caliente. Entraron seguidos de sus acompañantes a un tendajón en donde al mismo tiempo que se vendían especies, caramelos y quesos olorosos, se servían bebidas alcohólicas y café caliente. El piso era de tierra y el pequeño mostrador grasiento estaba pintado de un color canario. Los ayudantes del ministro solícitos ordenaron los cafés, mientras su superior y su amiga se quedaban en una esquina casi oscura del estrecho tendajón. De pronto apareció cerca del mostrador una niña. Estaba descalza y sus faldas azules desgarradas; no había nada insólito en ella a excepción de sus revueltos cabellos rubios. El ministro avanzó hasta ella sonriente y le tocó los cabellos extraños para un pueblo de indios.

—¡Es rubia! —dijo dirigiendo una mirada a Inés, quien se acercó a la criatura. La niña permaneció con los ojos bajos.

—¿Cómo te llamas? —preguntó el ministro e Inés tuvo la impresión de que sabía su nombre.

—Inés... —dijo la niña levantando la cara y mostrando las pecas que invadían su naricilla.

Un coro de exclamaciones de los ayudantes del ministro acogió la respuesta de la niña.

—Todas las que llevan tu nombre son rubias —dijo sonriendo a su invitada.

El incidente era curioso, pero parecía carecer de importancia. Sin embargo Inés se quedó preocupada. Una vez en el coche, quiso saber por qué aquella niña perdida en el pueblo de indios era rubia y por qué se llamaba Inés.

—No me gustó el gobernador. Es un hombre muy ávido —dijo Inés recordando la cara oscura y la boca grosera del hombre de los dientes falsos.

—Así parece ser, señora —asentó el ministro con su voz musical.

—¿Le va a permitir que se quede con esas tierras? —preguntó ella.

—Antes le pregunté si era curiosa, señora —contestó él desde su rincón oscuro.

—Le dije que sí lo era —respondió ella desconcertada.

—Entonces, usted no es buena deductora —aseguró él sonriendo.

Inés no supo qué contestar. Su acompañante le producía la sensación de dejarle la cabeza en blanco.

Reanudaron la marcha y el mercedes entró en un valle frío. A Inés le pareció que era el mismo que habían cruzado ya dos veces durante la mañana, sólo que ahora las sombras lo hacían parecer como un tercero. Iba a preguntar algo, cuando vio que al final del camino, cerrándolo, había un grupo de automóviles, dispuesto en forma de abanico. El mercedes no aminoró la marcha, e Inés vio, delante de los cofres, cuyos remates niquelados brillaban como cuchillos con la luz de los faros del mercedes, a un grupo de hombres que de pie, delante de los automóviles, esperaban. El ministro no pareció inmutarse cuando el mercedes pasó sobre ellos como un bólido. Detrás, su comitiva hizo otro tanto. Inés aceptaba sin una pregunta todo lo que viniera de parte del ministro; sin embargo, esta vez miró con extrañeza a la figura preciosa que sonreía en la oscuridad. Sintió que en ese instante entraba a un miedo más allá de todo control. El ministro se inclinó solícito y ella guardó silencio aterrada. Entonces, él subió con cuidado el cuello de pieles blancas con el que se envolvía.

—La noche está muy fría.

Inés no contestó. Esta vez la hermosa voz no logró ahuyentarle el miedo. Al contrario, pensó que detrás del engaño de su música se encerraba un poder mortal y procuró mirar la noche para olvidar las visiones absurdas que creía haber visto ya dos veces durante el mismo paseo.

—Además de fría, la noche brilla como un juego de espejos —agregó la voz seductora.

—Sí, como un juego de espejos —repitió ella sintiendo que detrás de la palabra espejo se encerraba un misterio.

El ministro se inclinó ante ella, que guardaba silencio aterrada.

—En mi pueblo, señora, tuve que encerrar en la cárcel a José Isabel Reyes. Usted no sabe por qué lo hice, no me juzgue mal. Era un hombre muy peligroso, podía reflejar a voluntad el futuro. Usted le llama videncia, ¿verdad? Pero no es exactamente eso. José Isabel Reyes no se conformaba con ver el futuro, sino que lo desplegaba a voluntad delante de los ojos de los otros. Así, les quitaba la fe a todos. Nadie creía en los hechos porque José Isabel les enseñaba en hechos las consecuencias de los mismos. Él sabía que yo era el que lo iba a apresar. Yo no. Una noche llegó hasta mi casa y platicamos, después venía todas las noches y, en efecto, el tiempo son imágenes, que se proyectan en espacios sucesivos, como un juego de espejos... El todo está en colocarse en el ángulo favorable. Por eso, José Isabel Reyes era peligroso.

Inés guardó silencio. El ministro tenía una manera peculiar de pronunciar el nombre de José Isabel Reyes: era como si se lo presentara delante y ella se sintiera avergonzada delante de una presencia indiscreta. La voz del ministro tenía además el don de hacerle olvidar todo lo que sabía sobre ella misma y recordarle todo lo que ignoraba sobre sí misma. Por ejemplo, ahora su voz había borrado el extraño paisaje que habían cruzado tres veces. No sabía por qué siempre estaban allí los mismos hombres, y no se le ocurría preguntárselo. Esta última vez habían pasado sobre ellos sin inmutarse. Iba a preguntar, cuando vio que habían llegado a la ciudad. Casi sin sentirlo se encontró frente a su casa. El mercedes se detuvo y detrás se detuvo la comitiva. El ministro bajó y la ayudó a salir del vehículo. Una vez en la luz de los arbotantes, se volvió hacia el chofer.

—José Isabel, baje los dulces de la señora —ordenó con voz tranquila.

El chofer sacó del automóvil los paquetes de camotes, los quesos y las frutas olorosas, que el ministro le había obsequiado durante el viaje.

Inés vio cómo el viejo mandarín se inclinaba ante ella. Lo último que le oyó decir la dejó pensativa.

—Lea usted los periódicos del 7 de mayo.

Faltaban todavía cinco meses para que llegara mayo. Ahora el día con su escalofriante noticia estaba sobre la bandeja de su desayuno: En Tlacopa, en un motín de campesinos hallaron la muerte el gobernador y sus amigos...

Inés llamó al ministro por teléfono. Su voz melodiosa parecía la misma.

—Hoy andamos juntos usted y yo en los altos de Tlacopa, señora. ¿No recuerda que la invité a una gira campestre?

—¿Y José Isabel Reyes, señor ministro?

—No me lo tome a mal, señora, tuve que encarcelarlo por ser un hombre muy peligroso.

Luna de miel

Subieron en el mismo avión. Durante el viaje ocuparon lugares muy lejanos uno del otro, e ignoraron a la joven pareja de recién casados que atraía las miradas de todos los demás pasajeros.

Ella, Eva, se empeñó en mirar por la ventanilla las nubes que viajaban muy abajo de ella. Iba absorta, ocupada en pensamientos oscuros. Él, Vicente —el ceño fruncido y los brazos cruzados—, parecía sombrío y ausente.

En el campo aéreo de Puerto Vallarta se cruzaron varias veces sin dirigirse la palabra, cada uno preocupado en reconocer el lugar y en recuperar su equipaje. Eran dos desconocidos. La pareja de recién casados, por el contrario, no se separaba un segundo. Al llegar al hotel, cada uno recibió la llave de su cuarto y se dejaron guiar por dos mozos diferentes. La pareja llegó al mismo hotel.

Eva no examinó su habitación. Apenas hubo desaparecido el mozo que llevaba su maleta, la mujer se acercó al espejo y contempló asombrada su fatiga. Luego se dejó caer sobre la cama. Así estuvo un tiempo, mirando el techo con obstinación. No se inmutó cuando la perilla de la cerradura giró con suavidad, como si alguien quisiera entrar sin ser notado. La puerta se abrió con sigilo y Vicente entró furtivo, cerrándola tras de sí. Se quedó recargado sobre la puerta, conteniendo el aliento, y desde allí contempló a Eva en silencio. Luego, cabizbajo, se dirigió al balcón a mirar el mar que jugaba con la luz del atardecer.

La tarde marina entraba tibia por el balcón abierto. Concentrado, con las manos en los bolsillos del pantalón, miró los reflejos de las olas.

Eva, sentada en el borde de la cama, contempló con ojos graves las espaldas cubiertas por la camisa blanca que le oscurecían la tarde.

Permanecieron en silencio. De pronto él hizo un gesto inesperado, sacó la mano del bolsillo del pantalón, se la llevó a los labios y tiró un beso por la ventana. Alarmada, Eva se puso de pie y avanzó rápido hasta el centro de la habitación de techos altos y paredes blancas.

—¿Qué haces?

Él se volvió tranquilo y la miró risueño.

—Mi amor, no se encele cuando le tire besos al azul.

Se miraron reconociéndose y luego él se sentó abatido en el borde de la cama; se cogió la cabeza entre las manos.

—Estas semanas serán el espejo de lo que pudo ser la vida.

Eva, sentada en el otro borde de la cama, permaneció quieta. Miró en su derredor: las paredes blancas irradiaban una luz extraña, como si la sal del mar las hubiera convertido en un material salino y luminoso. Por el balcón entraba la brisa ondulando las cortinas blancas y ligeras.

—Vicente, si tú te vas, yo me muero —afirmó convencida de que acababa de tener una revelación.

Vicente se volvió a mirarla.

—¿Irme de mi vida?

Se acercó a ella y le pasó una mano sobre los cabellos todavía despeinados por el viaje. La levantó para abrazarla y los dos se besaron. El cuarto quedó en silencio, habitado por la extraña presencia del amor, suspendido en un tiempo misterioso y eterno.

Tarde en la noche, Eva, peinada y alhajada con esmero, salió sola de su habitación. Atravesó los pasillos silenciosos del hotel y entró al comedor vacío y apagado. Un mozo apareció a sus espaldas.

—Sólo en el bar puede comer algo, señora.

Silencioso, el hombre le mostró el camino. Eva se detuvo frente a la puerta del bar iluminado por velas simuladas. Después —decidida— entró. Los turistas en mangas de camisa y enrojecidos por el sol la vieron pasar con entusiasmo. Escogió una mesa apartada y con disimulo buscó a alguien. Sus ojos cayeron sobre la joven pareja que había hecho el viaje con ella en el avión. Los observó con nostalgia: se miraban y él, de cuando en cuando, le hacía caricias disimuladas. Eva bajó la vista y luego buscó a Vicente.

Lo descubrió sentado en un taburete alto, con un codo sobre el mostrador y en la actitud abandonada de quien no se sabe observado. Tenía un vaso de whisky en la mano y junto a él a una desconocida de pelo rubio y piel tostada, que le hablaba mostrando los dientes iluminados por la risa. Vicente, distraído, contestaba algo a la intrusa. Eva vio cómo, de pronto, la desconocida metió un dedo en el vaso de whisky de Vicente y luego escribió algo en la madera del mostrador. Vicente la miró, mitad asombrado mitad divertido. Eva supo que había escrito el número del cuarto que habitaba en el hotel, porque inmediatamente hizo con los dedos un dos y un tres. Vicente se echó a reír y luego, preocupado, se volvió a mirar alrededor. Descubrió a Eva, inmóvil, mirándolo a pesar suyo; al verla, agachó la cabeza y fumó concentrado un cigarrillo. Eva se apresuró a salir y tensa atravesó el bar oscuro, seguida por las miradas ávidas de los turistas. Uno de ellos, Andrés, joven y de gesto apático, llamó a un camarero.

—¿Quién es?

—No lo sé, llegó hoy en la tarde.

Vicente la vio irse y bebió el whisky de un trago: parecía furioso consigo mismo.

Eva caminó por los pasillos del hotel. Tenía prisa por refugiarse en su cuarto. Se encontró con la joven pareja, que frente a la puerta de su cuarto se besaba. Se detuvo un instante y los miró con tristeza. Al entrar a su cuarto, cerró la puerta con doble llave y echó ésta en su bolso. Se desnudó con movimientos secos y precisos y se tendió en la cama con los ojos abiertos. Oyó cuando alguien hizo girar en vano la perilla de la puerta. Luego llamaron con los nudillos de la mano. Insistieron largo rato; ella se sentó en la cama y fumó un cigarrillo. Los ojos se le llenaron de lágrimas. Dejaron de llamar. A través del humo y de las lágrimas contempló el balcón lejano y escuchó la voz de un hombre cantando una canción de amor. Se acercó al balcón: abajo, en el jardín, la mujer rubia se paseaba sola entre los helechos.

Dudó y luego fue a la puerta y la abrió. Se asomó al pasillo largo, poblado de puertas iguales a la suya: estaba vacío y silencioso. Descorazonada la cerró, y se volvió a encontrar sola en su cuarto. Se dejó caer de bruces sobre la cama y lloró largo rato. Se quedó dormida. Alguien entró y la mano de Vicente le acarició los cabellos, y con la punta de los dedos le acarició el perfil dormido. La habitación estaba muy oscura y Eva no supo si soñó con Vicente. Porque la palabra amor que él repetía junto a su rostro, variaba las imágenes, transfiguraba la realidad y la proyectaba a un mundo diferente.

Se despertó sola, con la luz del sol inundando su cuarto. La mañana marina entraba por el balcón radiante. El cuarto existía solo, fuera del mundo, como un reino diferente. Se acercó a la ventana a contemplar el jardín, la playa y el mar que no dejaba de mecerse nunca.

Más tarde, sola también, se dirigió a la playa. Los bañistas se enderezaron para mirarla. Impávida se tendió al sol. Desde atrás de sus gafas oscuras lo buscó. Lo descubrió a lo lejos, tirado boca abajo. Condenado a la separación, parecía abatido: un círculo de soledad lo envolvía. Trató de no mirarlo. Al poco rato apareció la mujer rubia seguida de un niño indígena, que cargaba un bolso de lona rayada. La desconocida lucía un cuerpo acostumbrado al mar, a las olas y al yodo. Caminó con libertad buscando a alguien; cuando descubrió a Vicente, se dirigió hacia él. Se tendió en la estera que el niño sacó de la bolsa de lona y permaneció quieta, mientras el niño le untaba las espaldas con un aceite lechoso. Eva la miraba fascinada. Vicente siguió solo, ensimismado, contemplando la arena muy cerca de su rostro.

—El señor le ruega que tenga la bondad de aceptar... —dijo la voz de un mozo tendiéndole un coco abierto del cual surgían dos popotes blancos.

Eva se volvió sobresaltada y se encontró con la cara morena y sonriente del mozo, que sostenía el coco con respeto.

—Gracias... muchas gracias... —dijo confusa.

A unos cuantos pasos de ella, Andrés estaba ahora tendido en la arena y, con displicencia, le indicaba que aceptara el coco abierto. Mortificada, lo miró sin saber qué decir. Junto a Andrés, la joven pareja estaba echada al sol, él le acariciaba los cabellos junto a la sien, mientras ella se dejaba mirar, asombrada de su propia dicha. La felicidad de la pareja dejó sombría a Eva. Andrés se volvió a mirar a los jóvenes y se dio cuenta de lo que pensaba Eva. Iba a decirle algo, cuando ésta se levantó y corrió al mar. Se arrojó al agua y nadó con decisión: quería huir de la compañía indeseada del mundo, quería olvidar al joven sonriente, a la pareja feliz y a la rubia aceitada. No sabía si Vicente nadaba a sus espaldas. El mar se abría delante de ella como un inmenso abanico azul. Le pareció que la llamaban, que su nombre llenaba el mar y el cielo. Detuvo las brazadas y miró en derredor suyo: se había alejado mucho y a lo lejos la playa relucía como una engañosa cinta de oro. Con desaliento emprendió el regreso.

Al llegar a la costa atravesó la arena ardiente y se cruzó con la pareja que iba a lanzarse al agua; todos los bañistas los seguían con la mirada, envidiosos de su dicha. Eva llegó a su lugar. Alguien había escrito sobre la arena un nombre, muy cerca de su toalla; asombrada leyó: Andrés Corona. Levantó su toalla y se alejó. Vicente, alerta, recién salido del agua, la miraba. A sus pies, se encontraba la rubia.

Se fue sola, sin corresponder a la mirada de Vicente. No se dirigió al hotel, no quería encontrárselo. Sola camino por los vericuetos del pueblo y comió en una fonda. La aturdió la música de unos mariachis y la alegría ramplona de unos comensales de clase media.

Después de comer caminó un rato desorientada; se encontró con un autobús y sin pensarlo subió en él. Los pasajeros de sombreros blancos, huaraches y ojos negros la miraron curiosos. La carretera tortuosa se abría paso entre montañas ásperas; parecía que no iba a ninguna parte. Al poco rato se detuvo en un pueblo inesperado, lleno de piedras y de pirámides de frutas. Caminó sin rumbo, seguida por las miradas curiosas de los habitantes hasta que se volvió a encontrar en la misma plaza desbaratada y frente al mismo autobús que ahora iba de regreso a Puerto Vallarta. Se subió en él y se acurrucó en un asiento.

—Me intrigan las señoras que huyen —dijo una voz cerca de ella.

Sobresaltada, se volvió. Era el joven de la playa. Lo vio con asombro. Era curiosa su actitud: ahora parecía no tener ningún interés en ella. Le había hablado sin mirarla, parecía indiferente a todo.

—Curioso, las mujeres corren para alcanzar lo que desean y luego huyen —comentó el joven con amargura.

Eva no contestó.

—Las asusta el amor, por eso lo destruyen —dijo profético.

Se volvió de pronto a ella y la miró con fijeza.

—¿En dónde abandonó a su amante, señora? —Eva, ofendida, levantó la cabeza.

—No tengo amante.

—La palabra también la aterra. ¡Ah, la hipócrita!

—Me parece que es usted muy atrevido.

—Pues si no tiene amante peor para usted. Se hará muy fea.

Eva se volvió a mirar el paisaje. Estaba indignada. Llegaron a Puerto Vallarta. Se levantó de su asiento y trató de pasar junto al joven sin rozarlo. Éste se puso de pie y, cortés, le abrió paso entre los pasajeros. Bajó antes que ella y le tendió la mano. Eva dudó antes de aceptar su apoyo.

—No se intimide, no me interesan las mujeres que se avergüenzan de la palabra amante.

Sin mirarlo, ganó la calle y se dirigió a su hotel. Andrés la miró alejarse, hizo un gesto y echó a andar detrás de ella.

Atardecía cuando Eva abrió la puerta de su cuarto. Acurrucado en un sillón Vicente la esperaba. Al verla se levantó.

—¿De dónde vienes? —le preguntó en voz baja.

—No sé... fui a dar una vuelta...

—Eva, es absurdo que te desaparezcas así, vinimos a estar juntos y pasamos todo el día solos...

—Así es...

—Eva, dentro de unos días estaremos siempre solos...

La mujer no contestó. Se sentó en el suelo junto al balcón, frente al mar tendido. Vicente se sentó junto a ella con aire manso. Con la punta de los dedos le acarició los pies pulidos metidos en las correas de las sandalias. Ella bajó los ojos.

—Pensé que te habías ido para siempre —dijo él en voz muy baja.

Ella lo miró humilde acariciarle las puntas de los pies.

—¿Y qué quiere?

—¿Quién? —preguntó Vicente.

—La rubia.

—No lo sé... —contestó él con honradez.

—Quiere destruir lo que no tiene. Siempre hace lo mismo, frente a todos los Vicentes y las Evas; conozco a ese tipo de mujer —dijo ella súbitamente furiosa.

—No pienses en ella, no existe —murmuró él, pasándole un brazo sobre los hombros y atrayéndola hacia sí.

Eva buscó un cigarrillo en su bolso, no podía evitar la ira.

—¿Pensarías en un hombre que me buscara como ella te busca a ti?

Vicente la miró a los ojos.

—Tú no lo permitirías. Tú eres mi amor.

La tomó en sus brazos y la besó.

—Cuantos siglos sin verte, amor mío... —suspiró Vicente. Detrás de ellos, el sol que caía vertical sobre el mar.

Llegaron casi al mismo tiempo al restaurante. En la entrada pasaron cerca el uno del otro sin dirigirse la palabra. Como si nunca se hubieran visto. El comedor estaba iluminado y lleno de comensales elegantes. Eva ocupó la mesa a donde la condujo un camarero. Unos minutos después, hizo su aparición Vicente. Entró concentrado en su cigarrillo, casi colérico por no poder cenar en la misma mesa que Eva. Pidió una mesa cerca de la que ocupaba Eva.

—¡Vicente! ¡Qué milagro! ¿Qué haces aquí?

Vicente se detuvo en seco. Desde una mesa vecina, lo llamaban Clara y Alberto sonriendo. Alberto se puso de pie para ir al encuentro de Vicente, que visiblemente desconcertado no sabía hacia dónde dirigirse ni qué hacer ante la súbita aparición de sus amigos. Clara esperaba sonriente. Eva, que observaba la escena, sintió palidecer: ¡Todo era absurdo y humillante! Andrés Corona, desde otra mesa, contemplaba lo que sucedía con un gesto de entendimiento, como si a él no se le escapara el secreto que ignoraban los demás comensales.

Vicente se dejó llevar a la mesa de sus amigos.

—¿Qué haces aquí tan solo? —preguntó Clara.

—¿Tan solo?... no lo sé... —contestó Vicente sorprendido mientras buscaba con los ojos bajos la mirada de su amante. ¿Cómo tomaría la presencia de esos dos idiotas? Cogió su servilleta con ira y vio a Eva ocupada en revisar el menú.

—Te hacíamos preparando tu viaje a Milán —dijo Alberto.

—Sí... necesitaba unos días de descanso antes de irme por tanto tiempo... —dijo Vicente casi a pesar suyo.

Eva no entendía la lista del menú, pero se refugiaba en su lectura para olvidarse de que Vicente estaba acompañado de aquella pareja y de que en adelante todo se volvería más insoportable. Sintió que se le llenaban los ojos de lágrimas. ¿Por qué había aceptado aquel viaje? De pronto unas manos le cubrieron los ojos. Se quedó quieta por la sorpresa.

—¿Se da?

Reconoció la voz indiferente del joven y guardó silencio. Las manos le dejaron libres los ojos. Frente a ella estaba Andrés Corona. Con tranquilidad el joven ocupó una silla frente a ella.

—No me guarde rencor por querer sacarla de un momento de pánico —le dijo mirándola con fijeza. Ella no supo qué contestar, tampoco se atrevió a decirle que se levantara.

—La sociedad es idiota, porque las mujeres son cobardes. ¡A mí me consta! —aseguró él examinando el menú, para evitar mirar los ojos de Eva que amenazaban con llenarse de lágrimas.

—¿Unos camaroncitos a la plancha, señor? —preguntó solícito el camarero y esperó la respuesta de Vicente que no llegó, porque éste, ocupado en mirar las espaldas de Andrés, no lo había oído. Sus amigos lo miraron asombrados. El camarero repitió la pregunta.

—¿Unos camaroncitos a la plancha, señor?

—Vicente, regresa —y Clara le pasó la mano frente a los ojos para sacarlo de su estupefacción.

—¿Qué pides? —preguntó Alberto.

—Lo mismo que ustedes y ¡un whisky doble! —contestó amenazante.

En la otra mesa Andrés ordenó:

—Un whisky doble para la señora, uno simple para mí y dos órdenes de camarones a la plancha.

Eva lo miró con agradecimiento.

—Lo que menos le importa ahora es lo que va a comer, pero coma —agregó Andrés con su mismo tono indiferente.

—¿Y usted quién es? —preguntó ella, dándose cuenta de que estaba con un desconocido.

Andrés la miró divertido.

—Le escribí mi nombre en la arena; sabía que era usted una náufraga.

Eva sonrió.

—¿Y qué hace? —preguntó tímida.

Andrés abrió los ojos como si la pregunta lo colocara en un dilema, dudó unos segundos y luego con aire serio se inclinó ante ella para confiarle un grave secreto.

—Lo mismo que usted: tonterías —susurró.

Su confidencia provocó en Eva una tranquilidad que era lo que Andrés buscaba.

—Los que hacemos tonterías nos necesitamos, porque nos quedamos muy solos.

Indiferente, bebió su whisky y le ordenó que ella hiciera lo mismo con el suyo. Ella lo obedeció.

Vicente, por su parte, bebió su whisky de un golpe. Sus amigos lo miraron sorprendidos. Clara le puso una mano cariñosa sobre la mano que Vicente había abandonado sobre el mantel.

—¿Qué te pasa?... ¿Malas noticias de tu casa?...

Vicente la miró sombrío.

—Lo que a mí me pasa, Clarita, tú no lo entenderías.

—¡No seas trágico! —exclamó tratando de sonreírle.

—No soy trágico, la vida del hombre es trágica —respondió Vicente sin mirarla.

—¿Y para qué estamos las mujeres sino para hacerles compañía? —dijo mimosa mirando a su marido.

—Tal vez las tragedias se deban a nuestra cobardía —aseguró Vicente mirando hacia la mesa de Eva.

—Debías haber venido a Puerto Vallarta con Emilia —dijo Clara mirándolo con malicia.

Vicente guardó silencio, luego, con esfuerzo, dijo:

—Necesitaba unos días de soledad... antes del viaje...

—¿Por cuánto tiempo te vas? —preguntó Alberto tratando de sacarlo de un momento penoso.

—Por dos años... —dijo Vicente en voz baja.

Eva comía desganada mientras Andrés arrancaba displicente pétalos del ramito de flores que adornaba la mesa y con ellos escribía algo sobre el mantel juntándolos con esmero, Eva se inclinó a leer el letrero multicolor: "Andrés invita a Eva a bailar."

—Eva no acepta —contestó ella cuando hubo leído el mensaje.

—¿Para qué habló? Las palabras son absurdas cuando no corresponden a los hechos.

Lo miró sorprendida. Andrés, tranquilo, arrancó más pétalos, y escribió: "Aceptará". La miró serio y se dio vuelta para mirar hacia el grupo de Vicente.

—¿Qué quiere decir?—dijo ella sobresaltada.

—Nada. Que los tontos y las tontas necesitan compañía.

Bebieron el café y Andrés la invitó a salir. Juntos atravesaron el comedor ante los ojos atónitos de Vicente, que los vio alejarse con desesperación, sin poder intervenir. Al salir, vio cómo él se inclinaba sobre ella y se quedó mirando el comedor, que súbitamente se quedó vacío. Sus amigos y los turistas perdieron realidad: eran sólo unos personajes groseros e inexistentes.

—¿Qué hacemos? —preguntó Clara displicente.

—No lo sé... ¿aquí qué se hace, Vicente? —preguntó Alberto tratando de sacar a éste de su ensimismamiento.

—¿Aquí? Lo que en todas partes, dormir.

—No seas aburrido, vamos a dar una vuelta.

—Lo siento, me voy a dormir —contestó Vicente con violencia, alejándose de sus amigos.

—¿Lo viste? —preguntó Alberto.

—Está loco —dijo Clara.

—Sí, anda loco... —comentó el marido con ironía.

Poseído por la ira, salió del restaurante. Quería encontrar a Eva. Recorrió las calles oscuras del pueblo y visitó todos los bares y cabarets. Al final, en un cabaret oscuro, la descubrió bailando con el intruso; parecía bebida, se dejaba abrazar inerte por el desconocido. Vicente la miró incrédulo y abandonó el lugar, abatido.

Andrés le miró la mano que llevaba entre la suya.

—¿Casada?

Eva hizo una señal afirmativa.

—¿Casado? —preguntó Andrés.

—¿Quién? —dijo Eva sobresaltada.

—Su amante.

Eva se repuso con rapidez.

—No tengo amante.

—¡Tonta! —murmuró Andrés, sintiendo pena por ella—. Yo sólo quiero ayudarla.

Vicente salió a las callejuelas oscuras. De lejos vio venir a Clara y a Alberto y los esquivó ocultándose en una esquina. Llegó muy tarde al hotel. De puntillas, con el rostro descompuesto, fue a llamar al cuarto de ella. Nadie contestó. Hizo girar la perilla y entró: el cuarto estaba vacío. Se agazapó en un sillón y con lágrimas en los ojos esperó a oscuras. De pronto oyó venir unas voces y pasos. Apresurado se colocó cerca de la puerta; en guardia, si el individuo entraba, lo mataría. Esperó tenso. Eva se detuvo del otro lado de la puerta.

—Mil gracias, Andrés.

Se produjo un silencio.

—Si me necesita, estoy en el 27. Y no sea cobarde...

—Gracias...

Andrés, del otro lado de la puerta, oyó con melancolía a Eva que, seria, hacía girar su cerradura.

—Soy un tonto... —dijo Andrés mirándola.

Vicente vio aparecer la figura de Eva y de un golpe cerró la puerta, al mismo tiempo que la tomaba por los hombros. Con su cuerpo cubrió la puerta cerrada y abrazó a su amante.

—Vicente... —suspiró Eva con alivio.

Vicente la arrastró cerca del balcón para contemplar su rostro a la luz de la luna. La miró con intensidad.

—¿Qué quiere ese intruso?

—Nada... no quiere nada... le di lástima... se ha dado cuenta de algo... es muy bueno...

—¡Soy un pobre diablo! Debería matarlo u obligarte a ti a que huyeras conmigo... pero no te atreves, me amarras, me conviertes en un idiota. Me deberías permitir quererte... a la luz del sol, no sólo aquí...

Eva miró a la luna radiante.

—Mi amor... mi amor... cuántos años sin verte —murmuró acariciándolo.

Vicente la besó en silencio, y el cuarto entero se transformó en un hermoso cuarto inundado por la luz lunar, que los volvía casi fantasmales.

—Te quiero así a la luz de la luna —dijo ella.

—Te quiero para este mundo y para el otro —dijo él.

Al otro día, Andrés solitario y cabizbajo, esperaba en la playa. Los turistas de siempre se tostaban al sol. Lejos de él Clara y Alberto, echados bocabajo, descansaban con aire aburrido.

—Acapulco es más animado —dijo ella. Pero su marido no contestó, ocupado en hacer dibujitos en la arena.

—¿No te parece?...

—Sí... —contestó él.

—Qué raro está Vicente, ¿verdad? —insistió Clara.

—Sí, no sé qué hace aquí solo.

Desde un lugar alejado, la rubia esperaba la llegada de Vicente. De pronto apareció éste, al ver a Clara y a Alberto quiso deshacer el camino andado, pero Clara lo llamó enérgica. Se sentó con ellos y alerta recorrió con la vista a los bañantes. El descubrimiento de Andrés lo violentó. Impotente bajó la cabeza. Cuando Eva apareció cautelosa, detrás de sus gafas negras, Vicente se resignó a ver cómo Andrés se levantaba a recibirla, y cómo ella después de verlo en compañía de sus amigos aceptaba la compañía.

—¡Voy al agua! —exclamó Vicente y se lanzó al mar con ira.

Como Eva, en la víspera, ahora él se alejó de la playa nadando iracundo. Le gustaría no volver. La rubia se lanzó al agua detrás de él.

Eva, impotente, contempló desde lejos la escena y se sintió mal. Andrés notó su malestar.

—Admiro su cobardía, la vuelve casi valiente —dijo Andrés, que se había dado cuenta de todo.

—Vámonos —suplicó Eva, mirando cómo el cuerpo de Vicente seguido de la rubia se alejaba más y más de la playa. Cuando estuvo vestida, subió dócil en el mismo automóvil de Andrés y ambos se alejaron a toda velocidad. Corrieron largo rato en silencio.

—¿Qué le da más miedo, señora, perder su posición o perder su amor? —preguntó Andrés sin volverse a mirarla. Eva guardó silencio. Iba abatida y la inesperada pregunta de Andrés la dejó perpleja.

Más tarde, sentados debajo de unas palmeras, tomaron un whisky en silencio. Andrés la miraba con seriedad. Ella, indiferente, se dejaba mirar.

—¡Lástima que esta vez me haya dado por ser quijote! —suspiró burlándose de sí mismo.

Eva le regaló una sonrisa: parecía tan cínico; era uno de esos jóvenes que no están a gusto en ninguna parte y dedican su tiempo a hacer y decir majaderías.

—¿Sólo esta vez? —preguntó ella enternecida.

—Sí. Con las otras soy distinto, pero usted parece tan sorprendida de sí misma, que me obliga a decirle que no es tan grave lo que hace, a pesar de su edad. ¿Cuántos años es usted mayor que yo? —preguntó Andrés volviendo a su aire indiferente.

—¿Yo? —exclamó ofendida Eva—. ¡Ni uno solo!

—¿También se quita la edad? Es usted de cajón —y Andrés se echó a reír a grandes carcajadas.

Eva se sintió ofendida.

—Si tuviera usted la edad que pretende, estaría más segura de lo que hace. Los jóvenes somos más valientes —dijo Andrés con seriedad.

Eva prefirió no contestar. Pensó que Andrés se propasaba. Digna se volvió a mirar el mar. Pero algo había de cierto en lo que el joven le decía.

De regreso al hotel corrieron a gran velocidad. Andrés parecía preocupado.

—¿Es el primero? —preguntó sin mirarla.

—El primero ¿qué? —preguntó ella a su vez.

—¿El primer amante? —contestó él seguro de sus palabras.

—Ya me he cansado de repetirle que no tengo amante.

En la tarde, al entrar al comedor, Eva buscó en vano a Vicente. Andrés desde su mesa la saludó muy serio. Los amigos de Vicente entraron y ocuparon su lugar. Eva no podía pasar bocado: aterrada miraba la mesa vacía de la rubia. Estaría comiendo con Vicente en cualquier parte. Comió sola.

Con un camarero, Andrés le pidió permiso para tomar el café en su mesa. Se acercó negligente.

—A usted hay que verla de cerca, de lejos se vuelve muy peligrosa.

Ella lo miró angustiada.

—Pobre del que no la tenga siempre a la mano —dijo aparentando indiferencia.

—¿Deveras? —preguntó ella con esperanza.

—Deveras. De lejos parece muy joven, muy inexperta y muy desesperada. De cerca se le conoce mejor: dura y terca —sentenció Andrés, bebiendo su café con parsimonia.

Eva bebió el café de prisa. No podía soportar el lugar vacío de Vicente y la ausencia de la rubia. Tenía ganas de llorar.

—Voy a mi cuarto —dijo tratando de sonreír.

—El mío es el 27, no lo olvide —recomendó Andrés mitad en serio, mitad en broma. La vio irse preocupada. Luego pidió un cognac doble.

Eva entró abatida a su cuarto. Esperaba hallar en él a Vicente, pero su cuarto estaba tan vacío como el comedor. Sintió que le zumbaban los oídos, se acercó al balcón a escrutar el jardín y la playa. No halló huellas ni de Vicente ni de la rubia. Abatida esperó toda la tarde. Al anochecer, trató varias veces de ir hasta la habitación de Vicente, pero el miedo la hizo volver sobre sus pasos. Se encerró en su cuarto, enorme, que le resultó insoportable.

—¿Qué hago aquí? —se dijo en voz alta y se dejó caer en un sillón. Con los ojos cerrados escuchó la música que venía desde el jardín. Allí los huéspedes bebían, iluminados por una hermosa luna. Había dejado la puerta entreabierta, para que Vicente no tuviera ninguna dificultad, pero se empeñaba en no venir. No oyó cuando alguien la empujó con suavidad. Después volvieron a entornarla y llamaron con suavidad. Eva se levantó de un salto y abrió llena de esperanzas.

—Nada más soy yo —dijo Andrés cabizbajo.

Después de cenar, la llevó a un lugar típico en donde se tocaba una música alegre. En el lugar no había sino turistas. Tampoco estaban allí Vicente ni la rubia.

—Andrés, perdone, me quiero ir al hotel.

—Ahora la llevo y luego voy a tirarme con el coche a una barranca —le dijo muy serio.

—¿Por qué? —preguntó ella asustada.

—Antes eran los caballos los amigos del hombre, ahora son los coches —dijo él, violento, mientras pagaba lo que habían consumido.

El automóvil llegó como un bólido hasta la puerta del hotel. Eva se bajó intimidada.

—Andrés... muchas gracias...

—¡Soy un estúpido!

Y arrancó su coche que partió derrapando. Eva lo vio irse y luego se precipitó en su cuarto. Tenía la convicción de que Vicente la esperaba detrás de la puerta, escondido en la noche. Avanzó a tientas, esperando el abrazo de Vicente que no se produjo. Se tiró en la cama sin esperanzas. Luego, se enderezó y decidida salió de su habitación. Cruzó los pasillos con cautela y llegó frente a la puerta del cuarto de Vicente. Dio vuelta a la perilla. La puerta estaba cerrada. Dudó unos momentos y llamó. Vicente apareció en la puerta. Eva entró en su habitación.

—¿Dónde has estado? —preguntó rencorosa.

—Esperándote —respondió él con calma.

—¿Escondido aquí? —gritó casi histérica.

—Sí, para no estorbar tus planes. ¿O quieres que le dé de bofetadas a tu amigo?

—¡Escondido con tu amiga! ¿Y para eso comprometes a una casada? ¿Para irte con la primer turista roja que te encuentras? —gritó Eva golpeándole el pecho con los puños.

—Eres injusta... Soporto todo con tal de saberte cerca. ¡Ya sé que el mundo se opone a que yo exista, pero existo! —contestó con ira.

Eva se dejó caer en el suelo, y se tapó la cara con las manos.

—Te lo dije, que no había lugar para nosotros dos, Vicente. En el mundo entero no hay lugar para Eva y Vicente —sollozó Eva.

Él se puso en cuclillas junto a ella y la tomó en sus brazos.

—Mi amor, no hay más mundo que este cuarto —y la abrazó contra sí, como si la abrazara para siempre.

—Me pides que te vea vivir desde las sombras y lo hago —gimió él—. Tal vez un día te decidas a venir conmigo para siempre; yo estaré aquí en lo oscuro, esperándote.

Y la abrazó aún más, como si temiera que se le escapara.

—Entonces júrame que no te vas a ir —le pidió Eva.

Vicente no contestó, se limitó a besarla.

Por la mañana, Andrés esperaba en la playa. Apenas la vio llegar se precipitó a su encuentro. Cerca de allí, la rubia y Clara y Alberto se doraban al sol. Andrés estaba sin afeitar.

—¿No se afeitó? —preguntó Eva divertida.

—No, me voy a dejar barba, para ocultar mi fracaso —dijo dando una patada a la arena.

Eva se echó a reír.

—¿Qué fracaso? No me diga que es un rebelde sin causa.

—¿Le parece? Yo diría que soy un rebelde con causa. ¡Todo es una porquería! Empezando por usted. Y ahora óigame: ¡Váyase con él! No disimule más.

Y Andrés le señaló con la mirada a Vicente, que colérico la miraba de lejos.

—No puedo —dijo Eva después de unos minutos de silencio.

—¿Por qué? —preguntó Andrés.

—No se puede...

Vicente se alejó de la playa y desapareció.

—Se arrepentirá... —dijo Andrés cabizbajo.

Estuvieron largo rato silenciosos.

—Yo me voy... —dijo Andrés de pronto.

—¿A dónde? —preguntó Eva aterrada.

—A México...

—¿Por qué?

Andrés la miró y despacio escribió sobre la arena: "La amo." Cuando ella lo hubo leído lo borró con rapidez.

—¡Qué estupidez! ¿Verdad? —comentó Andrés tratando de ser superior.

Eva quiso encontrar a Vicente. No podría soportar estar sola en Puerto Vallarta sabiendo que la rubia y Clara y Alberto estaban allí.

—Comeremos juntos —dijo Andrés.

Por la tarde se despidieron melancólicos. Eva buscaba a Vicente en su cuarto. Desesperada se fue a la habitación de él. Lo encontró sumido en la tristeza más negra.

—Vámonos de aquí… —pidió ella.

—Es inútil, mientras no nos vayamos de verdad —dijo él abatido.

—Vámonos a un lugar en donde nadie nos conozca —suplicó Eva.

—Estamos atrapados —y Vicente golpeó el muro con el puño—. Siempre habrá intrusos e intrusas. El amor los atrae. Me gustaría encerrarte en un lugar en donde nadie te viera.

Se abrazaron y esperaron la noche. No querían salir. No querían enfrentarse con el mundo que los separaba. Alberto vino a llamar a la puerta de su amigo. Llamó con desfachatez. Eva se escondió en el pecho de su amante: aterrada ante la voz de Alberto que llamaba a su amigo con energía.

A la mañana siguiente, Eva desde el balcón vio a Andrés atravesar el jardín llevando su maleta. Iba derecho, sin volver la cabeza.

Días después, luego de dar un paseo juntos, Eva y Vicente se encontraron una noche en la habitación de ella.

—Estoy nerviosa… tengo miedo. Tengo un presentimiento…

—¡Pues vente conmigo, que se caiga el mundo en pedazos! —suplicó Vicente angustiado.

Eva se abrazó a él y escondió la cara en su pecho.

—¡Abrázame, mi vida!…

Por la mañana se fueron a un pueblo vecino a ver un espectáculo que les había recomendado el hotelero: unos caballos que bailaban. Pero los dos estaban tristes y se miraban de lejos sin hacer caso del bullicio que había a su alrededor. Por la noche, de vuelta en el autobús, los dos iban taciturnos, sentados en asientos lejanos. La noche era negra y el peso de la separación cayó irremediable sobre ellos. Eva pegó el rostro al vidrio de la ventanilla y escrutó las sombras. Vio cómo de pronto se soltó una tormenta furiosa y cómo la sierra se iluminaba con relámpagos violentos. Se tapó la cara sobrecogida por el espanto y se soltó llorando. Vicente, al verla, se levantó de su asiento y se vino junto a ella, la abrazó y la guardó contra su pecho.

—¿Qué pasa, mi amor? —murmuró en voz muy baja.

—No sé, tengo miedo… —dijo ella entre sollozos.

Los pasajeros los miraron con curiosidad. ¿Cómo dos desconocidos se besaban de pronto en medio de un viaje? Pero Vicente, sin hacer caso de la expectación, seguía guardando a Eva contra su pecho. Al llegar al hotel, Vicente la llevaba contra sí, protegiéndola de su terror. En la administración pidió sólo la llave de su cuarto. Los mozos los miraron asustados. Vicente, siempre llevando a Eva, se dirigió a su cuarto. El administrador llamó a su mozo y le dijo algo al oído. El mozo hizo una cara de inteligencia y salió rumbo al cuarto de Vicente.

En la habitación de Vicente, éste le secaba el cabello mojado por la tormenta a Eva y le besaba los párpados.

Afuera, el mozo apenas se atrevió a llamar. Vicente abrió la puerta.

—Tengo un recado para la señora.

—¿Qué señora? —preguntó Vicente hosco.

Eva al oír la conversación se acercó a la puerta. Miró a Vicente y luego al criado y salió al pasillo.

—¡Espérame! —le ordenó a Vicente.

El mozo en silencio la condujo hasta su habitación y le abrió la puerta. Eva asombrada entró, con los ojos espantados. De espaldas, sentado en un sillón, con un periódico desplegado estaba Ignacio, su marido. Levantó los ojos y la miró con frialdad.

—¿Por qué te fuiste de Puerto Vallarta?

—No lo sé... —contestó ella tratando de esconder el terror.

—¿Viste el escándalo de Villa del Este? —preguntó Ignacio tendiéndole el periódico.

—No, no lo vi.

—El esposo mató a la princesa Ricci, lo engañaba con su socio. Los dos se habían refugiado de incógnito en un hotel, ¡de luna de miel! ¿Qué te parece?

Eva contempló aterrada la fotografía de una mujer con los cabellos negros, luciendo un traje de baile blanco.

—¿Qué te parece? —repitió Ignacio.

—Nada...

—Estoy furioso con Vicente, mira que irse a Ciudad Juárez en vísperas de arreglar este negocio... ¿Sabes que no le ha puesto ni una letra a Emilia? Está muy inquieta, hablándome todos los días...

Llamaron a la puerta. Eva se precipitó a abrir. Era Vicente. Se detuvo al ver el rostro demudado de Eva.

—¡Ignacio! ¿Qué tomas?... A mí por favor tráigame un whisky doble —le ordenó Eva a Vicente.

—¡Igual! —contestó Ignacio.

—Dos whiskys dobles —ordenó Eva mirando a Vicente con los ojos llenos de lágrimas. Vicente paralizado la miraba también por última vez.

—Es curioso, pero la mujer del periódico se parece a ti. ¿Qué haces?... —preguntó Ignacio impaciente.

Eva cerró la puerta muy despacio.

—¿Verdad que se te parece?

Desde afuera Vicente, petrificado, miraba la puerta cerrada con ojos incrédulos.

El accidente

El salón estaba en desorden: había vasos esparcidos sobre las consolas, ceniceros rebosantes de colillas y botellas vacías. Victoria, echada sobre un diván, escuchaba jazz mientras bebía una taza de café caliente. Miró el reloj, que marcaba las nueve de la mañana. En ese momento se oyó el timbre de la puerta de entrada. El llamado era discreto. La joven se levantó de un salto y trató de esconder algunos vasos y botellas vacías.

—¡Ya voy!... —dijo sofocada, pensando que podría ser algún pariente inoportuno.

Cuando abrió la puerta no encontró a nadie. Asombrada, miró el espacioso pasillo desierto y la puerta cerrada del ascensor. La flecha verde encendida le indicó que su visitante bajaba en ese momento. Alzó los hombros y cerró la puerta.

—¡Mejor! —dijo en voz alta.

Al cerrar, su pie descalzo tropezó con un papel. Se encontró con la hoja arrancada de una libreta de mala calidad, en la cual habían escrito a lápiz unas palabras. No entendió el mensaje:

Que está en la Agencia Pegassi.

Perpleja, volvió a leer varias veces el texto incomprensible. La grosería de la escritura la asustó. Salió corriendo para tratar de alcanzar al mensajero. Esperó unos minutos frente al ascensor y al llegar al amplio y lujoso hall de entrada, se quedó un momento indecisa al encontrar la mirada hostil del portero, que vio de arriba a abajo los shorts viejos y la camisa de hombre que vestía. Con dignidad se dirigió entonces hasta la gran entrada de cristales y miró la calle desierta y elegante. En ese instante, un automóvil negro arrancó y pasó frente al edificio. Su único ocupante, un hombre de pelo y cejas negras, pasó frente a ella sin mirarla. La joven se dirigió impulsiva al portero.

—¿Quién es el tipo del coche negro?

Narciso la miró con sorna.

—Es el señor del 32, se mudó aquí hace unos días.

Victoria guardó silencio. Luego, se encaró otra vez con el portero.

—¿Quién vino a preguntar por mí?

—Yo qué sé, vienen tantos a verla.

—Le pregunto quién vino hace unos instantes —dijo con dignidad.

—Nadie. Además yo no estoy aquí para cuidar quién sube y baja a verla a usted.

Ofendida, Victoria dio media vuelta. De regreso en su departamento, volvió a leer la nota. No sabía qué era la Agencia Pegassi. Buscó en el directorio de teléfonos y casi dio un grito de terror cuando leyó:

Agencia Pegassi. Inhumaciones. Capillas ardientes.

Apuntó en el mismo papel la dirección y el teléfono de la agencia y entró a vestirse con precipitación. Al salir se cruzó con la criada Tomasa, que volvía del mercado.

—Ahora vuelvo, voy a una agencia funeraria —le dijo al pasar. La criada no pudo contestar. Cuando regresara la señora, la pondría al corriente de lo que hacía la niña en su ausencia.

En el ascensor, se encontró con el hombre del auto negro. El hombre pareció ignorarla, pero Victoria notó sus bigotes y cejas tan espesas y negras que se dirían postizas. Le dio gusto cuando salió al hall.

A bordo de su automóvil, cruzó la ciudad y llegó a Tacubaya. Allí no tardó en hallar la calle marcada en el directorio. Era una calle pobre y populosa. La agencia era modesta y el letrero que la anunciaba grande y pomposo. Estacionó su coche y bajó decidida. Entró a la agencia a una sala de techos bajos y muros decorados con paños grises y violetas. En la habitación se hallaba un escritorio y, detrás de él, un hombre viejo que la observaba. Victoria quiso volver a su casa, pero el viejo, que miraba la hoja de papel que llevaba en la mano, se levantó y se dirigió a ella.

—¿Usted es la señorita Victoria Iturbe?

Sorprendida, miró asustada al hombre y luego al cuarto forrado de trapos sombríos y se quedó sin habla. El hombre se acercó más a ella y le quitó el papel que llevaba en la mano.

—Es terrible, señorita. Llega usted tarde, el sepelio acaba de efectuarse.

—¿Qué?... —preguntó Victoria no sabiendo qué decir.

—Tratamos de localizarla desde ayer... le dejamos varios recados... pero usted no se presentó. ¿Tal vez no quería comprometerse? Así lo entendimos, una joven bien mezclada con hombre pobre...

—¿De qué me habla?
El viejo enano la miró con ironía.
—De su amigo, el bailarín Jimmy Dorsky.
Victoria retrocedió espantada.
—¿Jimmy?... ¿Jimmy Dorsky?... ¿Qué le pasó?...
—Un accidente automovilístico... falleció casi instantáneamente.
El viejo calló para observarla.
—Pero si yo estuve con él antier... sábado...
No se atrevió a decir más. Un hombre joven entró en ese momento y observó la escena con atención. Victoria se volvió al desconocido. El viejo guardó silencio y regresó a su escritorio. El recién llegado sacó un papel de uno de sus bolsillos y se acercó al viejo. El papel era idéntico al que ella había recibido y tenía algo escrito a lápiz. El viejo pareció desconcertarse.
—¿Qué significa esto? —preguntó el joven disgustado.
—¿Quién es usted? —preguntó el enano poniéndose en guardia.
—El doctor Juan Valladares.
—¡Ah!... Llega usted tarde doctor, el sepelio de su amigo ya se efectuó.
—¿Qué amigo?...
—Jimmy Dorsky —contestó el viejo haciéndose el sorprendido.
El doctor pareció petrificarse. Abrió la boca y luego asombrado miró a la joven y al viejo.
—¿Jimmy Dorsky?... estuve con él el sábado hasta muy tarde...
—Tengo entendido que usted fue el que dio el certificado médico —apenas había pronunciado estas palabras, el viejo pareció arrepentirse.
—¿Yo? —gritó Valladares.
—Tal vez me equivoque... nadie vino al entierro... es una pena... nosotros les avisamos a dos señoritas, cuyos nombres hallamos entre los papeles del occiso.
—Dígame, por qué dijo que yo di el certificado médico...
El viejo se acercó a un archivero y buscó con parsimonia. De cuando en cuando les echaba miradas furtivas.
—Está todo en orden: el certificado médico, la autopsia, el permiso de inhumación, todo en regla.
—¿Quién firma el certificado? —preguntó el doctor con ira.
—La firma es ininteligible... —dijo el enano sonriente.
—¡Déjeme ver el certificado! —exigió el médico.

—No es necesario, doctor... —dijo malévolo el viejo, haciéndole un guiño que indicaba complicidad.

La joven miró al doctor con reproche, y éste salió sin despedirse.

La joven preguntó al enano:

—¿Está seguro de que él fue quien dio el certificado?

—Aquí está su firma, en una hoja de su recetario.

—¿Dónde ocurrió el accidente? —preguntó Victoria.

—En la calzada de Tacubaya esquina con Juan de la Barrera. A las dos de la mañana del sábado.

—¿En dónde fue el entierro? —preguntó nuevamente.

—En el panteón Jardín.

Hacia allí se dirigió. Un viejecito encargado de la administración le informó que, en efecto, el sepelio se había efectuado esa mañana, y tal vez porque el joven era extranjero nadie había ido a su entierro. Victoria le pidió ver el expediente, allí figuraba una dispensa de autopsia firmada por un doctor Andrade, que prestaba sus servicios en el Hospital Juárez. El certificado de defunción había sido otorgado por el doctor Juan Valladares. Victoria se quedó perpleja. Luego se dirigió a la tumba. Recorrió el panteón solitario y silencioso. Sobre una colina descubrió la tumba recién abierta de Jimmy Dorsky. Dos hombres altos de trajes claros estaban allí. Parecían extranjeros y al verla se retiraron respetuosos. Victoria se arrodilló y rezó unos minutos. Luego se alejó de prisa. Quería ir a la delegación de Tacubaya. Algo le decía que la muerte de Jimmy no era tan accidental como parecía.

El médico, por su parte, al salir de la Agencia Pegassi se dirigió de prisa a la casa donde había vivido su amigo. Para él tampoco la muerte de Jimmy estaba clara y lo dicho por el viejo, de que él había firmado el certificado, lo comprometía gravemente. Lo recibió doña Jesús, la dueña de la casa que le alquilaba un cuarto a Jimmy.

—¡Ay, doctor, qué desgracia tan grande! Tan buenos amigos que fueron ustedes —dijo al verlo llegar.

—¿Cuándo lo supo usted?

—Me avisaron anoche... pero yo no pude ir, estoy tan vieja. Hoy en la mañana vinieron dos amigos suyos, y cuando les di la noticia, casi no lo pudieron creer.

—¿Qué amigos, cómo eran?

La dueña de la casa describió a dos extranjeros altos de trajes claros y maneras respetuosas.

—De aquí se fueron al panteón para ver sí alcanzaban el entierro.

—¿Usted ya los conocía, doña Jesús?

—No. Nunca habían venido. Creo que eran de su tierra.

Juan le pidió entonces a la señora que lo dejara entrar a la habitación de Jimmy para recoger unos libros que le había prestado. La señora lo dejó pasar, pero se negó a acompañarlo; no quería ver el cuarto de Jimmy, todo era muy reciente todavía. Juan entró solo. La habitación estaba intacta. Se diría que Jimmy iba a aparecer de un momento a otro, con sus ojos claros chispeantes y su risa abierta. Juan revisó el ropero, la escasa ropa de Jimmy estaba colgada en desorden y los calcetines desemparejados, revueltos con los zapatos. Sobre la mesita, unos libros y un casco vacío de Coca Cola. La cama estaba revuelta, tal vez Jimmy había hecho una siesta antes de salir. No encontró nada que le llamara la atención. Recogió sus libros y al salir vio tirada en el suelo una cajetilla de cigarrillos vacía. Su color y su papel eran desusados y Juan se inclinó a recogerla. Pensó que eso hacían en las películas de misterio y que casi siempre esos trucos daban resultado. Regresó hasta la mesa y vio que el cenicero estaba repleto de colillas: o Jimmy ese día se encontraba nervioso y había fumado mucho o alguien había venido a visitarlo. Las colillas también eran de cigarrillos que él no conocía.

—¿Vino alguien a visitarlo el sábado? —le preguntó a doña Jesús.

—No... nadie. Tampoco llamó por teléfono, cosa rara en él; pasó el día solo, encerrado en su cuarto. Salió hasta las tres.

Se despidió de la señora y prometió volver a visitarla alguna vez. Tenía que actuar con velocidad, antes de que la joven que se había encontrado en la agencia llamara a la policía. Se dirigió a la esquina en la cual el viejo le dijo que había ocurrido el accidente. Estacionó su coche y descubrió un garage en una de las esquinas del crucero. El garage era la única fuente de información posible. Entró tratando de disimular sus nervios. Un mecánico salió a atenderlo.

—¿El garage está abierto de noche? —preguntó.

—Sí, señor —contestó el mecánico.

—¿Usted qué sabe del accidente que ocurrió aquí el sábado por la noche?

—Yo fui testigo señor. Estaba aquí adentro cuando oí el frenazo y el grito. Cuando salí sólo alcancé a ver el coche negro que huía. No pude tomar las placas. El joven quedó tirado allá sobre el camellón. Se había salido del jeep, que quedó acá cerca. Enseguida llegó su amigo que venía detrás en su coche...

—¿Qué amigo? —preguntó Juan Valladares.

—Un médico que iba con él y que llamó a varias ambulancias. La primera que llegó se llevó al joven... le salía mucha sangre por las orejas. Después yo fui con el doctor a la delegación a declarar lo que vi.

—¿El herido fue a la delegación?

—No, señor, se lo llevó la ambulancia privada a una clínica privada. El doctor dio la responsiva médica. Ya sabe usted que las Cruces se tardan siempre, y el joven estaba muy mal...

Juan pareció reflexionar. Miró en donde había caído su amigo y el lugar en donde había sido encontrado el jeep. El impacto debió ser fuertísimo, pues el vehículo de Jimmy estaba bastante retirado del camellón.

—El jeep debió quedar destrozado —comentó.

—Hasta eso que no, ni parecía que hubiera chocado. Seguro con la pura frenada el joven salió disparado y el jeep rodó hasta acá.

El encargado del garage salió a interrumpir la conversación. Juan se excusó, el muerto era un gran amigo suyo.

—¿Murió? —preguntó el mecánico.

—Sí... —contestó sombrío Juan.

Volvió a su automóvil desconcertado. No sabía adónde dirigirse. La cercanía del doctor que había tomado su nombre en el lugar del accidente y su decisión de llevar a Jimmy a una clínica privada le parecieron indicios seguros de que con Jimmy se había cometido un crimen. El propio mecánico decía que el jeep estaba casi intacto y muy retirado del cuerpo. "Tal vez atropellaron a Jimmy adrede con el coche negro. ¿Pero cómo?" Se sintió oprimido. Pensó con tristeza en sus explosiones de ira y de risa, que ahora se habían apagado para siempre. Los ojos acusadores de la joven de la Agencia Pegassi eran un anuncio de lo que podía ocurrirle si no se precipitaba a demostrar que él era inocente en aquel accidente que cada vez le parecía menos accidente. ¿Quién sería la joven? Jimmy nunca le había hablado de ella. Pero Jimmy tenía suerte con las mujeres bonitas.

Victoria entró decidida a la delegación de Tacubaya. En efecto, el sábado había habido un accidente en la esquina de la Calzada de Tacubaya y Juan de la Barrera: dos jóvenes, uno tripulando un jeep y el otro un volkswagen gris, salían de una fiesta para dirigirse a la casa de una amiga, cuando salió un tercer coche negro, manejado por un desconocido y provocó el accidente en el cual resultó herido Jimmy Dorsky. El amigo de éste, el doctor Juan Valladares, llamó a varias ambulancias y escogió la primera que llegó para que su amigo recibiera inmediata atención médica. Victoria leyó la responsiva médica firmada por Valladares. Un mecánico de un garage había presenciado el accidente. Victoria apuntó el número de placas del volkswagen del doctor: M-23-17, el nombre de la clínica adonde había sido trasladado el herido, la dirección de Valladares y la dirección de la casa de donde salieron juntos para ir a la casa de una tal Celia.

—Era pariente mío —dijo la joven al empleado de la delegación para justificar su interés.

Al salir, Victoria vio en el fondo del patio de la delegación el jeep de Jimmy Dorsky. Se acercó a examinarlo; el jeep estaba intacto.

Juan Valladares, por su lado, se dirigió a un puesto de tabaco y mostró la cajetilla encontrada en el cuarto de su amigo. La cigarrera, una vieja envuelta en un tápalo azul y muy maquillada, no la conocía.

—Es una marca que no se importa a México —dijo suficiente.

—¿Está usted segura? —preguntó Valladares.

—Sí, señor. Y si no me lo cree no me lo pregunte —dijo enojada.

Juan volvió a examinar la cajetilla con atención: sólo sabía que las letras indicaban algo en griego.

—¿Y cómo está esta cajetilla aquí? —insistió.

La mujer guardó silencio, no le gustaban los inoportunos.

A esa misma hora, Victoria llegó a la clínica SANTAELLA. El olor a algodón y medicinas le produjo náuseas. El hombre de blanco de la administración la hizo esperar unos minutos antes de atenderla.

—Señorita, le aseguro que se equivoca, aquí no recibimos a ningún herido de ese nombre el sábado por la noche —le dijo, impacientándose con su terquedad.

—Pues de aquí salió una ambulancia a recogerlo.

—Le repito que no salió ninguna ambulancia y que no tuvimos conocimiento de ese caso —contestó severo el empleado.

Después, para tranquilizarla, le mostró el libro de registro del sábado y del domingo, ya que el accidente había ocurrido a las dos de la mañana del domingo. Victoria tuvo que batirse en retirada. Ahora sí estaba convencida de que la muerte de Jimmy encerraba un grave misterio: un crimen. Sin vacilar, se dirigió al Edificio Condesa, en donde vivía la mujer que había dado la fiesta, a la cual habían asistido Jimmy y Valladares. Las construcciones blancuzcas, de ventanas desteñidas, le parecieron siniestras. Estacionó su auto y se informó en dónde vivía la señora Cándano. Atravesó uno de los patios de cemento y tomó una escalera que crujía bajo sus pasos. Llegó al tercer piso. En el descanso de la escalera había tres puertas despintadas; escogió la 9-A, que era la que aparecía en el acta de la delegación. Llamó. Al cabo de unos minutos, una voz femenina preguntó desde el otro lado de la puerta.

—¿Quién?... ¿Quién llama?...

—Yo... una amiga de Jimmy.

Una mujer, que Victoria no pudo distinguir al principio, abrió la puerta y la hizo entrar a un pasillo de duelas rotas y sin encerar, que rechinaban bajo sus pasos. La mujer la condujo a una sala de pisos sucios y muebles destartalados. En las ventanas no había cortinas y los divanes estaban cubiertos por una jerga verdosa y deshilachada. En las paredes había carteles con programas de teatro en varios idiomas, y algunos recortes de periódicos, que Victoria no alcanzó a leer. El aire era reseco y olía a nicotina vieja. Sobre las mesas despintadas había ceniceros rebosantes de colillas y vasos usados. Un tocadiscos abierto y varios discos en desorden y fuera de sus sobres estaban esparcidos por el suelo.

Victoria miró a la dueña de aquella casa: toda ella era verdosa como sus muebles. Llevaba un *sweater* negro y de su pecho colgaba una cadena gruesa de plata, que sostenía en la mitad de su pecho la cabeza de un demonio africano.

—Soy Victoria Iturbe, fui discípula de Jimmy Dorsky... ¿usted es la señora Cándano?

La mujer fumó nerviosa un cigarrillo.

—Sí, señorita...

—Jimmy está muerto —dijo Victoria a boca de jarro.

La mujer abrió los ojos febriles, casi de tísica, dio una larga chupada a su cigarrillo y balbuceó.

—¿Muerto?... si estuvo aquí el sábado... Entonces ¿eso quería decir el papel que me trajeron esta mañana?... Se lo di a un amigo de Jimmy, un doctor que trajo aquí el sábado...

—¿Usted se lo dio? ¿No le llevaron el papel a él? —preguntó Victoria.

—No, señorita. El doctor vino esta mañana a buscar un recetario que extravió, pensó que podía haberlo perdido aquí, en la fiesta. Yo estaba tan alterada con la nota de la Agencia Pegassi y él se ofreció a ir en mi lugar. Luego no he sabido nada más.

—¿No le avisó la muerte de Jimmy?... ¿Sabe que él mismo dio el certificado de defunción, el sábado por la noche?

La señora Cándano abrió la boca.

—No es posible... Yo quería mucho a Jimmy... ¡tan guapo, tan alegre!

—Valladares estaba con Jimmy en el momento en que ocurrió el accidente —dijo Victoria.

—Jimmy y él salieron juntos de aquí...

—¿A qué horas se fueron, señora?...

—A las dos de la mañana —dijo la mujer a punto de desmayarse.

—El accidente ocurrió a esa misma hora...

El timbre de la puerta interrumpió el diálogo. Victoria se ofreció a ir a abrir la puerta, la señora Cándano parecía próxima a tener una crisis. La joven atravesó la casa y al abrir se encontró con Juan Valladares que, espantado, retrocedió al verla.

—Pase, doctor.

El médico obedeció sumiso. En la sala se halló frente a la señora Cándano, que lo miró con ojos mortecinos.

—¿Por qué no me avisó que se trataba de Jimmy? —le reprochó.

—Fui a hacer unas diligencias, señora. A mí me han involucrado en este asunto. Y lo peor es que no tengo coartada, porque efectivamente salí con Jimmy y de aquí me fui a mi casa. Nadie me vio llegar. Vivo solo, soy soltero.

—No podían verlo si estaba usted con Jimmy. Dígame adonde lo llevó. Ya fui a la clínica SANTAELLA y Jimmy no llegó allí nunca.

El doctor dio un salto y la miró aterrado.

—¿No lo llevaron allí?... Entonces no hay duda de que lo asesinaron —exclamó el doctor con voz grave.

—Usted salió con él —dijo la señora Cándano enderezándose acusadora.

—Jimmy insistió en que lo esperara. Quería que fuéramos a la casa de Celia, pero una vez en la calle cambió de idea. Era muy caprichoso. ¿No se acuerdan?...

—Celia vive en Tacubaya —dijo la señora Cándano mirándolo con fijeza.

Victoria también lo miraba con ojos terribles. Se sintió perdido.

—Y yo perdí mi recetario médico... por eso vine esta mañana, pensé que lo había olvidado aquí... —dijo aplastado por las sospechas que pesaban sobre él.

—¡Qué casualidad! —gritó triunfante Victoria.

—Señorita, llame usted a la policía —gritó la señora Cándano.

Juan Valladares detuvo a la joven con violencia, cuando ésta se dirigía al teléfono.

—¡Suélteme! —dijo Victoria con voz firme.

—¡Quieta o usted también va a morir! —contestó Juan sacudiéndola por los hombros.

La señora Cándano dio un alarido pidiendo socorro. Juan aventó a la joven y buscó corriendo la salida. Victoria lo siguió y casi lo alcanzó en las escaleras. En la calle lo vio abordar un volkswagen gris. La joven subió a su coche americano y salió corriendo en su persecución. El volkswagen tomó el rumbo del Bosque de Chapultepec para salir rumbo a la Calzada de Madereros. Victoria le dio alcance cerca de la salida a Toluca. Allí atravesó su automóvil, mucho más poderoso que el de Juan Valladares. Éste, vencido, se apoyó en el volante y esperó.

—Haga lo que quiera, señorita.

Victoria abrió su bolso y sacó las notas que había tomado en la delegación. Ante su sorpresa las placas del auto de Juan no coincidían con las del volkswagen que se había presentado con el doctor en la delegación. Victoria se asomó a la ventanilla y gritó:

—¿Cambió las placas, verdad?... ¡Bandido!

—¿Qué placas? No sé de qué me habla.

Victoria bajó de su automóvil y amenazadora avanzó hasta él. Le tiró el papel a la cara. Juan lo recogió sobresaltado y lo leyó.

—Señorita, mi coche es un volkswagen 63 y el de la delegación es del 61.

—¿Cómo? —Victoria le arrebató el papel.

—En efecto... —dijo la joven después de unos segundos.

—Créame, señorita, soy inocente, se han valido de mi nombre para cubrirse del crimen de Jimmy. También yo he hecho investigaciones esta mañana. ¿Tengo cara de asesino? —preguntó honesto.

Juan bajó de su coche y la miró de frente.

—Es usted tan valiente que debe ayudarme a salir de este lío. Comprenda que no puedo presentarme a la policía, me arrestarán enseguida y eso es lo que quieren los asesinos.

Victoria reflexionó: el hombre le pareció sincero. Lo examinó de arriba a abajo: era muy joven y bien parecido. Llevaba zapatos blancos de médico y tenía las manos impecables de los doctores.

—Bueno... ¿qué quiere que haga? —preguntó con recelo.

—No sé... vamos a algún lugar en donde podamos hablar tranquilos... no he comido.

—Tampoco yo. Vaya usted adelante y cuidado con que trate de escapar —ordenó Victoria.

Juan volvió a su coche y emprendió el camino de regreso a la ciudad. Por el retrovisor, miraba siempre al coche de su enemiga siguiéndolo muy de cerca. Ahora el médico no corría, iba a una velocidad más que moderada. A pesar suyo, sonrió al ver la decisión de la joven de no permitir que él escapara. Era una aliada poderosa. Se detuvo frente a un restaurante de la colonia Juárez. Ocuparon una mesa apartada y pidieron un sándwich. Ninguno de los dos tenía gran apetito. Juan la miró con atención.

—¿Quería mucho a Jimmy? —le preguntó a boca de jarro.

—Sí. Era mi profesor de tap, pero además era mi amigo muy querido. El sábado después de la clase me pidió que le ayudara a enviar a su madre unos paquetes de comida. Su madre vive en Praga —dijo la joven pensativa.

—A mí también me hablaba mucho de ella, es viuda y vive sola —dijo Valladares melancólico.

—Tengo los paquetes en la cajuela de mi coche —agregó Victoria.

Comieron en silencio observándose mutuamente.

—Lo primero que debemos saber es quién es el verdadero dueño del volkswagen gris que fue a la delegación —dijo Juan. De pronto pareció acordarse de algo y sacó del bolsillo de su americana la cajetilla de cigarrillos que había encontrado en la habitación de Jimmy. Se la mostró a Victoria.

—Estaba en su cuarto. En México no hay de estos cigarros. Son griegos.

—Sólo en las películas encuentran al criminal por una cajetilla de cigarros —dijo Victoria pedante.

—Pero para averiguar lo de las placas hay que ir a la policía —dijo Juan preocupado.

De pronto se levantó de un salto y corrió al teléfono.

—¡Voy a llamar a la Cándano! —dijo.

Consultó el directorio y marcó el número.

—¿Es usted? Le advierto que ya di sus generales a la policía. No tardarán en encontrarlo —dijo la voz exaltada de la mujer desde el otro lado del hilo.

Juan se acercó a Victoria deprimido.

—Estas artistas que se dedican al arte después de dos divorcios son unas histéricas, es mejor que salgamos de aquí. La actriz ya llamó a la policía.

Pagaron de prisa y decidieron irse en el coche de ella. Primero que nada irían a ver a Didier, un columnista de crímenes amigo de Juan. Tal vez él podría conseguir la identidad del hombre poseedor de las placas M-23-17.

Victoria admiró las maneras desenvueltas de Didier y su manera de beber el whisky. El departamento del periodista, vecino al restaurante donde habían comido, estaba lleno de recortes de periódicos y papeles. Los divanes eran amplios y estaban cubiertos de cojines. Didier escuchó la historia y en unos cuantos minutos obtuvo a través de un misterioso amigo, al cual llamó por teléfono, el nombre del propietario del vehículo y su dirección.

—El hombre se llama Ulises A. Kasatakis. Las placas son del Estado de México. El tipo es pasante de medicina y vive en la calle de Ámsterdam 80.

Didier se levantó a servirse otro vaso de whisky. Desde allí lanzó una mirada a Victoria, que lo miraba admirativa.

—¿Kasatakis es un nombre griego? —preguntó la joven.

—Sí, señorita Iturbe —contestó Didier mirándole las piernas.

Juan se puso de pie para despedirse, se dirigió a Didier, pero éste seguía absorbido en la contemplación de Victoria.

—Tenga cuidado, niña. Usted no sabe quién era en realidad su amiguito Jimmy —advirtió el periodista.

—¿Que no sé quién era Jimmy?... Jimmy era... —a Victoria se le nublaron los ojos.

—Era muy generoso... y muy bien parecido... —agregó Juan mirando a Victoria preocupado.

—Tú, Juan, andas corriendo un grave riesgo. A ver si no te enjaulan...

Juan Valladares palideció. Él y Victoria habían omitido decirle al periodista que su nombre aparecía al pie del certificado de defunción. Salieron de prisa con los datos escritos en la libreta de Juan.

—¡Es un griego! —gritó Victoria apenas se vieron en su automóvil.

—Sí. Me pregunto por qué nunca me habló de ningún amigo suyo de esa nacionalidad. ¿Y a usted?

—A mí tampoco —contestó Victoria preocupada.

—Creo que debemos ir al consulado. Allí deben tener datos sobre él. Debe hacer ya mucho tiempo que vive en México.

En un estanquillo pidieron un directorio para encontrar la dirección del consulado. Mientras Victoria buscaba afanosa, Juan observó sus manos delicadas y la gracia de su cuello inclinado sobre el libro abierto. Sintió el impulso de acariciarle la punta de los cabellos, que le caían sobre la nuca. La joven levantó los ojos sorprendidos.

—¿Lo quería mucho?...

—Sí. Pero a Jimmy había que quererlo desde lejos, casi como a un habitante de otro planeta que estaba entre nosotros de paso.

Había algo inapresable en él... Era un fugitivo... —dijo pensativa. Y volvió a buscar la dirección—. ¡Aquí está! —gritó.

Se sorprendió al encontrar que el consulado estaba situado en una calle casi a espaldas del edificio donde vivía.

Juan la miraba de cuando en cuando, mientras guiaba el auto de la joven a través de la ciudad.

—¿Y él la quería mucho? —preguntó tímido.

—¿Jimmy?... Él quería a todo el mundo. Era un entusiasta. Un día interrumpió la clase para besarme y decirme: creo que no voy a volver, eres demasiado bonita, no quisiera suicidarme por ti cuanto tenga que irme. Luego se echó a reír. A los pocos días me dijo que para consolarse de no poder amarme se había comprado un jeep. Salimos a dar una vuelta y me habló de Praga. Nunca más volvió a besarme, hasta el sábado... Antes de irse me dijo: Vicky, nunca olvidaré que fuiste mi alumna más querida... y se fue. ¡Sus ojos estaban tan tristes! Tal vez tuvo el presentimiento de que iba a morir. ¿Se acuerda que sus ojos eran el reflejo de la verdadera alegría o de la verdadera pena?...

Se hallaron en una callecita sombreada por árboles esbeltos. El consulado era una mansión. Estacionaron el coche.

—Un día iremos a Praga y le diremos a su madre cómo lo quisimos, ¿verdad? —preguntó Victoria a Juan tomándolo de la mano.

—¡Claro que iremos! —gritó Juan sorprendido de la propuesta.

El zaguán del consulado estaba abierto y dejaba ver el interior de un jardín lleno de follaje. A la izquierda divisaron las primeras gradas de una escalinata que conducía a la residencia. Al fondo del jardín, perdido entre los árboles, un pabellón de muros claros y grandes ventanales parecía ser la habitación de los criados o las oficinas. Al entrar ellos, se soltó una llovizna que amenazaba convertirse en tormenta. Llegaron hasta la escalinata sin encontrar a nadie que los detuviera o guiara y avanzaron sin titubear hasta el pabellón del fondo del jardín. La puerta de cristales pulidos los hizo mirarse sorprendidos. Se encontraron en una oficina de pisos encerados y en presencia de un hombre viejo, que estaba sentado ante un escritorio situado detrás de una barandilla de madera de barrotes torneados. La oficina era amplia y lujosa. Detrás de la barandilla, en el fondo de la habitación, una escalera en forma de caracol, también de madera, conducía al piso superior. El hombre del escritorio los miró con curiosidad.

—¿En qué puedo servirlos? —dijo amable.

—Queremos hablar con el cónsul —pidió la joven.

El hombre los miró atento, sacó un cigarrillo y lo encendió. Victoria y Juan vieron en sus manos una cajetilla anaranjada, como la que el doctor había hallado en el cuarto de Jimmy.

—No traigo tabaco... —dijo Juan buscándose en los bolsillos. El funcionario le tendió uno de los suyos.

—Pruebe un cigarrillo griego —dijo galante.

—Es perfecto, ni muy suave ni muy fuerte. ¿Aquí no se consiguen? —preguntó Juan aspirando el perfume del tabaco griego.

—No. Nos los envían de Grecia para el uso del personal de la embajada y del consulado —dijo el hombre sonriente satisfecho.

Se produjo un silencio. Victoria miró al hombre, que parecía tranquilo.

—¿Qué asunto los trae? El cónsul no está ahora —dijo el hombre al cabo de unos segundos.

—Lo esperaremos —contestó Victoria tomando asiento en una banca colocada frente a la barandilla. Juan la imitó.

El hombre pareció sobresaltarse.

—Vengan mañana, de las nueve a las dos, que son las horas de oficina —dijo severo.

—¿Y entonces por qué está abierta ahora? Nuestro asunto es muy urgente —contestó con insolencia Victoria.

—No está abierta —contestó el funcionario sorprendido de la audacia de la muchacha.

Pasaron algunos minutos, el hombre los miraba mitad con sorpresa mitad con enojo. De pronto se decidió a hablar.

—¿Puedo saber qué es lo que desean?

—Queremos datos sobre un tal Ulises A. Kasatakis —dijo la joven tranquila.

El hombre palideció, se mordió los labios y no contestó. Fuera se escuchó un trueno, luego otros más. La tormenta vespertina arreciaba de segundo en segundo. Los ventanales se cubrieron de una cortina de agua, que impedía ver el jardín. El fragor de la tormenta impidió que los jóvenes escucharan la voz del hombre, cuando éste llamó a Victoria. La muchacha vio que el hombre se ponía de pie.

—Pase usted, señorita —dijo abriendo el cancel de la barandilla. Victoria se puso de pie desconcertada. Se volvió a ver a Juan, que imitó su gesto.

—Solamente usted, señorita —agregó el funcionario.

La joven se acercó a él. El hombre era de una estatura y una corpulencia desusadas.

—Espérame —dijo Victoria tuteando a su nuevo amigo, que de pie, no sabía qué hacer.

Avanzó con el hombre hasta la escalera de caracol. Subieron a una oficina más elegante que la primera. Sus techos eran bajos y las paredes estaban forradas de una madera oscura. El hombre ocupó un escritorio espacioso y le ofreció a la joven un asiento frente a él. La miró con ojos penetrantes y le dijo:

—Señorita, yo soy el cónsul.

Victoria se sobresaltó al oír la confesión. Miró en torno suyo y vio que la puerta que conducía a la escalera había sido cerrada por alguien que ella no había visto. Estaba sola con aquel hombrón que la miraba atentamente. Pensó que había caído en una trampa tendida por Juan Valladares.

—Kasatakis está complicado en el crimen de Jimmy Dorsky.

El cónsul evitó mirarla. Encendió otro cigarrillo, estaba visiblemente turbado. Se puso de pie y abrió un archivero. Permaneció algunos minutos en silencio.

—¿Dijo usted Kasatakis?... No lo tenemos registrado.

—Está mezclado en el crimen de Jimmy Dorsky, si usted no puede ayudarnos iremos a la policía.

Se produjo un silencio entre los dos. Victoria tuvo la seguridad de que el hombre buscaba una salida.

—¿Cuál es su nombre? ¿Y cuál es el nombre del joven que la acompaña? —preguntó el cónsul, que continuaba buscando en el archivero.

—Victoria Iturbe y Juan Valladares.

—¿Juan Valladares? —preguntó el cónsul casi a pesar suyo.

—Él y yo estamos investigando este crimen. Kasatakis dio el certificado de autopsia y dos funcionarios griegos fueron esta mañana al entierro de Jimmy...

—¿Qué dice usted?... ¿Qué dos funcionarios griegos fueron al entierro de ese joven?...

—Sí, yo los vi.

—¿Puede usted describírmelos? —dijo el cónsul visiblemente preocupado.

—¡Claro! Uno era rubio, el otro era castaño y los dos eran altos y llevaban trajes claros. Recuerdo hasta el color de sus ojos.

—En el consulado no existe nadie de esas señas... sería mejor para usted y para su amigo retirarse de este asunto.

—¿Retirarme? Jimmy Dorsky era mi amigo. Esta mañana los griegos fueron a buscar a Jimmy a su casa. La dueña no los dejó pasar, ya sabía que había muerto.

El cónsul se acercó a su escritorio y la miró con fijeza.

—La presencia de esos dos individuos es una amenaza para usted. Es mejor que abandone este asunto. Después de todo su amigo ya está muerto y enterrado. Créame que lo mejor que puede hacer es olvidar esto.

Victoria miró hacia la puerta cerrada. El hombre movió un botón desde su escritorio y la puerta se abrió sin hacer ruido. Detrás de la puerta esperaba Juan Valladares visiblemente descompuesto. Bajaron la escalera de prisa. Querían abandonar aquel recinto que les parecía peligroso. Al salir al jardín la lluvia les azotó los rostros y las ropas. Estaba oscureciendo. Corrieron hasta el zaguán, en el momento en que un hombre alto, de cejas y bigotes increíblemente negros lo cruzaba, para dirigirse al pabellón del cual ellos acababan de salir.

—¡Es él! —dijo Victoria apenas salieron a la calle.

—¿Quién? —preguntó Juan.

—El hombre que se mudó hace unos días al piso que está encima del mío.

Encontraron la cajuela del coche abierta. Alguien se había robado los paquetes de comida que Jimmy le había encomendado para su madre.

—¡Fue el vecino! —gritó Victoria, empezándose a aterrar por primera vez.

Juan tomó el volante. Era peligroso que Victoria condujera en el estado de nervios en que se hallaba. Para tranquilizarla, encendió la radio del auto y buscó alguna música alegre. La música terminó y dio principio la voz del locutor anunciando a Didier, el columnista del aire. Los jóvenes se miraron.

—¿Qué pasó con Jimmy Dorsky? Sus amigos Juan Valladares y Victoria Iturbe se preocupan por la muerte no muy clara del bailarín checoslovaco, ocurrida el domingo al amanecer en un crucero céntrico de la ciudad. Las circunstancias de la muerte de Dorsky son bastante extrañas y sus amigos se preguntan si fue crimen o accidente.

Juan apagó la radio y miró a Victoria, que escuchaba al columnista con una atención desmedida. Le dio unas palmaditas en la mejilla. Victoria se volvió a ver a su amigo, le agradeció los cariños.

—Vamos a ver al griego que tomó mi nombre —dijo Juan.

El número 80 de la calle de Ámsterdam pertenecía a un edificio amarillento de los años treinta. Su arquitectura pesada de ventanas cómicas y vidrios sucios, le daban un aspecto de vejez prematura. El zaguán era estrechísimo y oscuro. Entraron tratando de no tropezar con los mosaicos levantados del piso. Un foco eléctrico alumbraba las paredes cubiertas de grasa. A la izquierda una escalera de barandales niquelados y peldaños rotos, los esperaba. La oscuridad del cubo de la escalera casi los hizo retroceder. Los descansos eran pasillos largos y estrechos, en los cuales había varias puertas cada una con un número, que indicaba los distintos departamentos. Revisaron los números sin encontrar el que buscaban y tomaron el segundo tramo de la escalera. Se cruzaron con un joven alto, que bajaba de prisa. El desconocido tropezó con Victoria.

—Perdone, señor, ¿cuál es el departamento del señor Kasatakis? —preguntó la joven observando que su interlocutor llevaba una maleta. El desconocido se detuvo desconcertado. Trató de mirarlos detenidamente como si no quisiera que sus caras se le borraran o como si ya los hubiera visto antes.

—No sé, no creo que viva aquí ninguna persona de ese nombre.

Bajó corriendo las escaleras.

—Creo que es él —murmuró Victoria al oído de Juan.

El número que buscaban lo hallaron en el tercer piso. La puerta marcada con el número 30 era igual a las demás. Victoria se santiguó antes de llamar y Juan cruzó los dedos en la espalda. Al cabo de un rato una voz de mujer preguntó:

—¿Eres tú?

—Sí, yo... —contestó Juan en voz baja.

Oyeron correr cerrojos y apareció ante ellos una mujer que parecía ser Ana Magnani. Se miraron sorprendidos. El parecido de la mujer con la actriz italiana era sorprendente. La mujer se retiró las mechas negras que le caían sobre los ojos y los miró asustada. Juan la hizo a un lado y entró sin pedir permiso, aprovechando la sorpresa de la mujer. Victoria entró tras él. La propietaria se quedó en la puerta.

—Cierre, señora Andrade Kasatakis —dijo Juan con voz segura.

—No entiendo cómo se atreven a entrar así en la casa de una señora.

La mujer tenía acento extranjero. Los jóvenes vieron que la puerta era muy vieja y estaba despintada, pero la habían provisto de cerrojos nuevos. La salita en la que se encontraban era de paredes sucias, que en un tiempo fueron grises y tuvieron triángulos plateados, que el tiempo había vuelto gris acero. Sobre una mesita de madera de chapa rota había dos platos con restos de pan y queso. Dos vasos manchados de vino los acompañaban. El resto del mobiliario era igualmente astroso. Las lámparas de pantalla de seda anaranjada estaban deshilachadas. Todo era tan anacrónico como su dueña, que aparecía en varios retratos colgados de las paredes, con el pelo suelto, los hombros desnudos y una gasa cubriéndole la garganta. La mujer se acercó a ellos.

—Buscamos al señor Ulises Andrade Kasatakis —dijo Juan.

—No lo conozco. Yo soy la señora Teotoracopulus.

—¿Es un nombre extranjero? —preguntó Victoria sintiéndose en peligro.

—Griego —contestó la señora con aplomo.

Los amigos guardaron silencio.

—¿Ahora quieren decirme quiénes son ustedes?

Juan iba a decir algo cuando Victoria le hizo una señal, para mostrarle un diploma de judo a nombre de Ulises A. Kasatakis, que colgaba de la pared. Juan se volvió a mirarlo. La vieja notó que los dos habían descubierto el diploma y se derrumbó en una silla.

—Es un recuerdo de Ulises... usted me lo recuerda... cuídese joven, hay tantos peligros...

Juan se acercó solícito a la mujer.

—¿Se siente mal, señora? —le tomó el pulso y se lo halló muy agitado.

—Se me pasará... —dijo la mujer casi desfallecida.

—¿Y Ulises dónde está ahora? —preguntó Victoria mirando con dureza a la mujer.

—¡Ah!, si yo lo pudiera saber... desapareció... se fue... —la mujer se quedó con la mirada perdida.

La señora Teotoracopulus pareció caer en un sopor extraño. Sus ojos extraviados se cruzaron con los de los jóvenes, como si no los reconociera. Juan la miró con miedo.

—Vámonos —susurró al oído de Victoria.

Desde la puerta le dieron las buenas noches. La vieja no pareció darse cuenta de nada. Apenas la puerta se hubo cerrado, la señora Teotoracopulus se levantó de un salto y corrió con ligereza a echar los cerrojos. Después levantó el puño amenazador y dijo con odio.

—¡Ya verán! ¡Ya verán, malditos!

Juan y Victoria no vieron al hombre de la maleta, que escondido en el quicio de una puerta del pasillo espiaba su salida. Apenas bajaron ellos la escalera, el hombre se deslizó hasta la puerta, esperó unos segundos y llamó. La señora Teotoracopulus no contestó. El hombre pegó los labios a la cerradura y dijo:

—Soy yo...

La puerta se abrió para dejarlo pasar.

—Todos son griegos —dijo Victoria al subir al automóvil.

—¿Qué te pareció esta Medea?... Por un momento casi me convenció de su enfermedad, pero enseguida vi su peligrosidad. Es una madre loba. Por eso quise que saliéramos enseguida, estaba mirando el cuchillo sobre la mesita. Para defender a su Ulises, es capaz de todo. Sabe que su niño está en peligro.

Les faltaba recuperar los papeles de la Agencia Pegassi. Querían que un experto revisara las firmas, antes de que el viejo destruyera los papeles. A esa hora la calle estaba quieta y oscura. La pobreza del barrio la volvía más sórdida. La puerta de la agencia alumbrada por las letras: POMPAS FÚNEBRES en neón azul aparecía achaparrada por el reflejo. Adentro, el señor Pegassi, detrás de su escritorio, revisaba las cuentas. Desde afuera Victoria y Juan lo espiaron un rato para cerciorarse de que el viejo estaba solo. Cuando entraron, Juan abrió la puerta de un puntapié. Quería amedrentarlo desde el principio, tal como sucedía en las películas de gángsters. El viejo lo miró aterrado y Juan se acercó a él y sin una palabra lo cogió por el cuello, como si fuera a estrangularlo.

—¡Dígame quién le dio mi nombre!

El viejo lo miró aterrado. No podía hablar, lanzó algunos gruñidos. Victoria abrió el archivero y buscó con presteza la letra D. Inmediatamente encontró el nombre Dorsky.

—¡Dígame dónde está el certificado de defunción de Jimmy Dorsky! —dijo Juan con voz amenazante, apretando la garganta del viejo.

—¡Aquí está! —gritó Victoria agitando un manojo de papeles.

Juan soltó al viejo, arrojándolo contra su silla.

—¡Miserable!

Cuando llegaron a la puerta el viejo se levantó corriendo y los detuvo.

—¡Por favor, no me dejen solo, me matarán! Soy inocente.

—Olvide que lo visitamos si no quiere morir dos veces —le dijo Juan dándole un empellón que lo hizo rodar hasta la pared. Desde el suelo el viejo les lanzó una última mirada de súplica.

Corrieron al automóvil y desaparecieron. Ahora era necesario revisar los papeles robados al viejo y reflexionar sobre lo que deberían hacer. Decidieron ir a la casa de Victoria, no había ningún lugar más seguro, para hablar de las cosas graves que iban a tratar. Al llegar al hall iluminado de su edificio, vieron a dos individuos elegantemente vestidos, que esperaban el ascensor. Junto a ellos, había un baúl muy grande también. Victoria se dirigió al portero.

—¿Nadie me llamó? —preguntó sin quitar la vista de los dos hombres que en ese momento introducían el baúl en el ascensor.

—Sí... la llamaron todo el día.

—¿Adónde van esos señores? —preguntó cuando vio que se cerraban las puertas del ascensor.

—Al 32. Al piso del señor Konstantin.

A Victoria se le aflojaron las piernas. Juan permaneció impasible.

Al llegar a su casa Tomasa la recibió con reproches.

—Todo el día la estuvo llamando un hombre, niña. Se lo diré a su mamá cuando llegue de Sinaloa.

—¡Cállate y no me pongas más nerviosa! —dijo Victoria con violencia.

Tomasa se fue a la cocina. Era evidente que la niña no quería su presencia. Apenas desapareció los jóvenes se lanzaron a examinar los papeles robados en la agencia. Encontraron un recibo firmado por Pegassi, comprobando el pago del entierro de Jimmy Dorsky. El recibo venía a nombre de Juan Valladares. El mismo clip sostenía el certificado de defunción expedido por Juan Valladares y una dispensa de autopsia firmada por el doctor Ulises Andrade. Los sorprendió un telegrama proveniente de la ciudad de Los Ángeles:

Autorizo a la Agencia Pegassi a efectuar el sepelio de mi hijo Jimmy Dorsky. Ana Dorsky.

—Si vamos a la policía con este telegrama podemos comprobar que la madre de Jimmy vive en Checoslovaquia y que el telegrama es para ocultar un delito —dijo Victoria triunfante.

—No podemos probarlo porque robaron los paquetes de comida con la dirección de la madre de Jimmy —dijo Juan abatido.

—De todos modos el telegrama encierra la clave. La policía debe interrogar a Pegassi.

—Primero necesitamos las pruebas contra él.

Guardaron silencio. Era evidente que se trataba de un enredo que ellos eran incapaces de descifrar.

—¿Qué llevarían esos hombres en el baúl? —preguntó Juan dando un salto.

Victoria pensó un rato y luego decidió.

—¡Hay que entrar allí!

Discutieron largo rato la manera de introducirse en la casa de Konstantin. Era casi imposible pero decidieron intentarlo.

—¡Tomasa, vete a dormir! —ordenó la joven con voz seria.

La criada levantó los hombros y miró con enojo a la joven. Salió sin dar las buenas noches. Los dos oyeron cuando dio un portazo al salir por la puerta de servicio. Después ellos tomaron el elevador y llegaron al hall casi abrazados. Narciso los vio pasar con ojos de reproche. Salieron abrazados a la calle y buscaron la cabina de teléfonos situada a tres cuadras de allí. Juan llamaría. Victoria prefirió entrar con su amigo, le daba miedo quedarse sola en la calle. Juan marcó el número del edificio de Victoria y esperó a que Narciso contestara. Victoria se acercó al rostro de Juan tratando de oír lo que sucedía en el teléfono y el joven se volvió y la besó casi sin saber por qué. En ese momento se escuchó la voz de Narciso. Juan, turbado, pasó un brazo alrededor del talle de Victoria.

—¿Quién habla?... —volvió a repetir la voz de Narciso.

—Quiero hablar con el señor Konstantin —dijo volviéndose para besar de nuevo a Victoria, que permanecía muy quieta y muy abrazada a él.

—No contesta —dijo la voz de Narciso.

—¿Cómo?, no es posible. Acaban de llegar dos amigos míos con un baúl que yo mismo envié —dijo Juan volviendo a besar a la chica que ahora había recargado la cabeza en su hombro.

—Esos señores hace ya rato que se fueron.

—Insista —ordenó Juan volviendo a besar a la joven.

—No hay nadie —contestó Narciso colgando el aparato.

Se quedaron largo rato en la cabina. Parecía que acababan de descubrir que besarse era algo muy dulce y olvidaban el resto. Desde atrás de un árbol, un hombre los observaba. Se escondió en lo oscuro cuando los vio avanzar por la acera cogidos de la mano. Se detenían a menudo para besarse. Al llegar cerca del edificio, Juan se cruzó de acera y permaneció allí observando el interior del hall. Victoria entró muy derecha y pasó junto a Narciso sin mirarlo. Sabía que Juan la espiaba desde afuera. Se dirigió al elevador y esperó un rato. De pronto se golpeó la frente con la mano y volvió al mostrador desde el cual Narciso la observaba.

—Se me olvidó la llave otra vez, Narciso —le dijo con voz melosa.

—No puedo dejar el conmutador.

—¿Me va a dejar en la calle? No sea malo, venga a abrirme.

Al cabo de algunos minutos de discusión Narciso aceptó prestarle la llave maestra.

—¡Bájela enseguida! —dijo enojado.

Victoria corrió al elevador y desapareció. En ese momento entró Juan y se dirigió al portero.

—¿No se fijó si traía mi maletín?

El hombre no contestó, se limitó a mirarlo con desprecio. Ofendido, Juan se dirigió al elevador.

—Ya que va para arriba, dígale a la señorita que me baje la llave maestra.

Encontró a Victoria en la puerta de su departamento. Subieron en silencio hasta el piso de Konstantin. Juan arrebató la llave de la mano de Victoria y seguro se dirigió a la puerta blanca marcada con el número 32. Introdujo la llave y dio la vuelta con sigilo. La puerta cedió.

Abajo, en el gran hall iluminado, apareció el hombre que había seguido a la pareja desde la cabina de teléfono. Entró seguro, pasó junto a Narciso, con el sombrero calado hasta los ojos y se dirigió al elevador. El portero lo siguió hasta allí. El desconocido lo miró con desprecio.

—¿A dónde va?

—Al tercero.

Narciso no tuvo tiempo de agregar una palabra, pues el hombre desapareció detrás de las puertas automáticas del ascensor.

Juan entró con cautela en el hall apagado del piso extraño. Victoria lo siguió. El vestíbulo y el salón de Konstantin estaban a oscuras y casi vacíos. Sólo los iluminaba la luz de la noche que se filtraba por las amplias ventanas desnudas de cortina. Juan se detuvo unos instantes. Casi a la entrada del salón, abierto contra la pared, se hallaba el baúl que habían subido los dos hombres, hacía más o menos una hora. Juan se acercó y vio que estaba vacío. Victoria le hizo señas indicándole que la luz de la cocina estaba encendida. Se acercaron con sigilo hasta allí y con infinita precaución empujaron la puerta de resortes y miraron al interior. No había nadie. En la mesa había tres lugares y varias cacerolas y botellas de vino medio vacías. Los platos estaban sucios y las migas de pan esparcidas sobre la mesa sin mantel. Era claro que acababan de cenar tres personas. Los ceniceros estaban rebosantes de colillas. Juan se acercó y encontró el cabo de una colilla que todavía ardía. Se miraron asustados y corrieron a esconderse en la terraza que servía de lavadero y secador de ropa. En ese instante se escucharon unos pasos de hombre que entraron a la cocina. El hombre puso a calentar agua para hacer más café. Otro hombre más estaba con él.

—No se inquiete, lo sacaremos en el baúl. Es la única manera de que no nos descubran.

Los hombres salieron de la cocina. Juan y Victoria oyeron cuando apagaron el botón de la luz.

—Un cadáver... —suspiró Victoria.

Juan le tapó la boca con la mano. Los dos estaban temblorosos. Esperaron un rato, tenían que salir del piso y de su escondite, el lugar era una ratonera. Juan avanzó por la cocina oscura, desde allí entreabriendo la puerta inspeccionó el salón que permanecía oscuro y silencioso. Le hizo una señal a Victoria y ésta llegó junto a él. Una vez en el salón buscaron la puerta de salida. Cuando alguien hizo ruido en el interior de la casa, los dos corrieron a esconderse detrás del baúl abierto, que los esperaba en una esquina, cercana a la puerta de salida. Dos hombres entraron al salón: Konstantin y Kasatakis, los dos venían en mangas de camisa y fumaban sin sospechar que alguien los espiaba. Konstantin se dirigió al teléfono.

—Esos imbéciles complicaron todo... no creo que quepan los dos en el baúl —dijo mientras marcaba un número.

—Sería mejor echar dos viajes —dijo Andrade Kasatakis.

—Me volvería sospechoso... el portero ese me mira con desconfianza. No sé si la mocosa le haya dicho algo.

Kasatakis se paseó nervioso, fumando.

—No contestan. El camión ya debe haber salido para acá. No debe tardar —dijo Konstantin colgando el aparato.

—Estoy seguro de que Valladares y la mocosa están espiando por alguna ventana.

—Fue un error complicarlos, se han vuelto locos... a lo mejor van a llamar a la policía.

—Nunca pensamos que Valladares y ella se conocían —contestó Kasatakis.

—Ponga el radio, a estas horas pasan las noticias —ordenó Konstantin.

Ulises A. Kasatakis encendió un transistor que estaba colocado en el suelo. El locutor anunció: "¿Qué noticias hay sobre la muerte de Jimmy Dorsky? El presunto asesino, el doctor Juan Valladares, no se ha presentado a la policía. Hasta ahora ha sido imposible su aprehensión, ya que dicho individuo ha desaparecido de su domicilio desde hora temprana..."

—¡Pobre Juan! —dijo otra voz desde la puerta que comunicaba el salón con el interior de la casa.

Juan y Victoria se miraron horrorizados y miraron por la rendija del baúl abierto. Victoria lanzó un alarido:

—¡Jimmy!...

Los tres hombres se lanzaron sobre el baúl y Juan y Victoria se enfrentaron con Konstantin, Kasatakis y Jimmy Dorsky. Este último en mangas de camisa y con el pelo rubio sobre la frente los miró agobiado.

—¡Ustedes!...

—Nos descubrieron... —dijo Konstantin dejando caer los brazos.

Kasatakis reaccionó con violencia, y sujetó a Juan por las solapas amenazando golpearlo.

—¡Yo me encargo de ustedes! ¡No van a fastidiar la vida de Jimmy y la mía por imbéciles!

Jimmy intervino separando a los dos hombres.

—Deja, no saben nada —dijo violento. Después se quedó mirando a sus amigos, que lo miraban boquiabiertos. Parecía muy abatido.

—¿Saben lo que han hecho? Han asesinado a Jimmy —dijo Konstantin.

—No entiendo, no entiendo nada... —murmuró Juan Valladares.

Jimmy sacó un cigarrillo y lo encendió con tristeza, luego dio unas palmadas en la espalda de Juan y a Victoria le levantó con un dedo la punta de la nariz.

—Claro que no entienden nada... Les diré lo que sucede. Mi padre era un diplomático checo. Murió asesinado en una purga. Yo estaba en Nueva York cuando sucedió eso y nunca volví a mi país. Mi madre vive en Praga. Hace poco mis compatriotas me buscaron para que hiciera un trabajo, que debería haber cometido entre este domingo y el lunes. Si me rehusaba, no sólo moría yo, sino que moría también mi madre. El cónsul de Grecia fue un gran amigo de mi padre, le pedí auxilio y decidió salvarme, pero para salvarme había que matarme. Hicimos el plan. Konstantin se mudó aquí para que yo pudiera visitarlo sin despertar sospechas, ya que tú, Vicky, vives en este edificio. Había que actuar rápidamente. No teníamos un médico cómplice. Y yo, Juan, robé tu recetario en casa de la Cándano. A Pegassi le pagamos una buena suma para enterrar un ataúd con un costal de arena adentro. Kasatakis, que es pasante de medicina, contrató a una ambulancia privada, y me llenó de tinta roja por si había algún testigo. Nunca llamó a las Cruces. Luego me metieron en un baúl y me trajeron aquí. Así entró Kasatakis hoy. Para hacer pública mi muerte decidimos avisar a dos mujeres que no se conocían entre sí... lo que no sabemos es cómo fuiste tú, Juan, a la agencia en lugar de la Cándano.

—Fui a su casa a ver si había extraviado allí mi recetario y ella me pidió que fuera a ver qué significaba la nota que acababa de recibir.

—¡Ah!... Allí está el error —Jimmy se echó a reír. Después agregó—: No te debía haber llevado a esa fiesta ni presentarte a la mujer. Pero no encontré otra manera de quitarte el recetario. Tampoco calculé que mi muerte les afectaría tanto... ahora no tengo más que corresponder a su lealtad y entregarme a la policía...

Kasatakis se precipitó a contestar por Juan:

—¡Estás loco! Son nuestras vidas Jimmy, las que están de por medio y la de tu madre. A estos dos los vamos a dejar maniatados hasta mañana que hayamos cruzado la frontera. Con los nuevos pasaportes nadie podrá localizarnos.

—Sí, ustedes dos escapan por el momento, ¿pero la señora Dorsky? En cuanto el escándalo estalle ella morirá —dijo Konstantin.

—Nosotros no diremos nada. Hagan lo que tenían que hacer —dijo Juan conmovido.

Victoria abrazó a Jimmy.

—Huye Jimmy. No diremos nada. Juan reconocerá el certificado. Buscaremos la manera de apagar este escándalo. Nos ayudará el cónsul.

Jimmy no pareció convencido. Abrazó a Vicky y le dijo mirándola con afecto:

—Ustedes hicieron todo tan bien que será difícil sacar del lío a Juan sin que las autoridades tomen cartas en el asunto. Entonces mis enemigos se enterarán de que me burlé de ellos. Este pasaporte ya es inútil... —dijo con tristeza sacando un pasaporte del bolsillo de su pantalón.

Desde afuera del balcón se irguió la figura del hombre que había seguido a la pareja, y que evidentemente había escuchado la conversación. Abrió la puerta de cristales y se introdujo en el salón pistola en mano. Todos levantaron los brazos y lo miraron aterrados.

—Oí todo. Muy interesante. Usted es Jimmy Dorsky. Usted es el cónsul de Grecia. Usted es Andrade Kasatakis. Usted, la señorita Iturbe y usted Juan Valladares, ¿no es así? —dijo satisfecho.

Todos asintieron.

—El caso está resuelto para la policía y para satisfacción de la señora Cándano, que delató el caso —al decir esto el hombre cogió el pasaporte que Jimmy sostenía en la mano, guardó su pistola y lo examinó.

—Permítame ver su pasaporte. ¿De manera que debe usted salir hoy hacia la frontera? —dijo con tranquilidad.

Jimmy no supo qué contestar. Los demás también guardaron silencio.

—Pues que tenga usted un feliz viaje y un buen recuerdo de México, señor Dorsky —dijo el policía devolviendo el pasaporte a Jimmy, que lo miraba boquiabierto.

El timbre llamó tres veces.

—Vienen por el baúl —dijo Konstantin con timidez.

—El caso está cerrado: Jimmy Dorsky murió en un accidente, no hay delito que perseguir —agregó el policía.

A esa misma hora, en otra casa situada en una barriada distante, los dos hombres altos, que habían ido a visitar la tumba de Jimmy Dorsky esa mañana, conferenciaban con otros dos hombres. Los cuatro estaban sentados alrededor de una mesa, en donde había un radio y varios ceniceros llenos de colillas.

—El caso de Jimmy Dorsky está cerrado. No hay duda de que murió en crimen o en accidente. ¡Lástima, pudimos hacer de él un agente, tenía todas las cualidades! —dijo uno de los hombres.

—Podlik acaba de llegar a México. Es pintor, ha vivido mucho tiempo en Nueva York y también tiene familia en Praga. Habrá que ir a buscarlo mañana mismo —dijo otro de los hombres, satisfecho de su hallazgo.

La vida empieza a las tres
(1997)

La vida empieza a las tres

El mar chispeante y negro salpicaba de sal los costados del barco. Llovía y una tristeza hecha de adioses mudos envolvía al muelle y a los pasajeros que subían con rapidez por la escalerilla blanca. En la oscuridad del puerto del Norte se confundían las gabardinas con los abrigos de pieles de algunas viajeras. El ir y venir de los cargadores era un juego de sombras húmedas.

Valeria avanzó junto a su marido, llevaba en brazos a Saladino y al subir la escalerilla se repitió: *Nada de esto es cierto. Yo no me voy.* El muelle y el mar se cubrieron de una tristeza insoportable. No era posible que dentro de unos minutos el barco la alejara de todo lo que amaba para devolverla a la soledad inhóspita que gozaba junto a Mario, su marido. La llevaba a una ciudad desconocida, cuyas calles se abrían desiertas en su imaginación. Miró a Mario y pensó que era mejor tirarse en la grieta oscura abierta entre el muelle y el barco que aceptar el final de polvo junto a él, siempre tan extraño a ella. Un grupo de oficiales rubios esperaban en la entrada del navío y Valeria los reconoció, aunque no supo dónde los había visto antes. Sonrientes le indicaron el camino a su camarote. Sorprendida, avanzó por los pasillos alfombrados, con Saladino en brazos y sin decirle nada a Mario. Era mejor guardar el secreto. Su camarote estaba en el principio de un pasillo, casi frente a una especie de vestíbulo, en donde había otros oficiales a quienes también reconoció. ¡No quiero irme!, se dijo mientras sonreía a las miradas de bienvenida de sus conocidos.

En la mesita de su camarote había un ramo de rosas amarillas. Los edredones y las almohadas brillaron acogedores bajo la luz de las lamparillas distribuidas sobre los muebles. Se acercó a la claraboya y miró el círculo lluvioso y sin estrellas. Saladino inspeccionó su nueva habitación y cuando Valeria indicó la cama escogida para él, se tendió para dormitar un rato. Ambos se parecían en las variantes del pelo, que iban del cobre claro al rubio pálido. Mario lo miró con disgusto.

—¡Quítalo de ahí! —ordenó.

Valeria se tendió junto a él y le permitió que se acostara sobre sus cabellos. ¡Era una pena que Saladino no fuera su marido! ¿Qué tengo que ver con ese extraño? Preguntó mirando a Mario y su tristeza se volvió irreparable. Habían pasado nueve años desde su matrimonio; los primeros meses fueron agitados, las riñas estallaban sin cesar, después, optó por un silencio explosivo. Su matrimonio era un error, estaba suspendida en el vacío y Mario no quería escuchar la palabra divorcio, a pesar de que la presencia de Valeria le produjera una especie de alergia. Hacía unos meses que Valeria se había enamorado como una estúpida de Fernando y unas cuantas semanas atrás se habían despedido. Cerró los ojos para escuchar la sirena del adiós y el barco empezó a moverse para llevarla al día que la aguardaba.

—¿No piensas vestirte para la cena? —le preguntó Mario.

Escogió un traje blanco y escotado, se miró en el espejo y esperó a que Mario terminara de hacerse la corbata del *smoking*.

En el comedor semicircular reinaba el orden acostumbrado de manteles, ramilletes de flores y luces impecables. Las mesas distribuidas con estrategia permitían a todos los viajeros disfrutar del espectáculo de la cena servida en fuentes de plata por criados silenciosos. Su mesa se encontraba casi vecina a la del Capitán y de sus más altos oficiales. Todos le hicieron un leve movimiento de cabeza a manera de saludo. Fascinada clavó sus ojos en los del Capitán, que miraban sin mirar desde sus aguas violeta. *Fernando, tienes ojos de marino*, le había dicho a su amante, pero estaba equivocada. Fernando no tenía ojos de marino, acostumbrados a mirar por encima de las personas y los diarios sucesos, para escrutar los cielos en busca de estrellas y vientos invisibles. ¿Por qué le habría dicho eso? Fernando sólo miraba a las personas con indiferencia, desde su infinito tedio. Valeria cruzó varias veces su mirada con la del Capitán pero no estuvo segura si en realidad miraba a ella o a la orquesta situada a sus espaldas.

—Tendremos problemas con Saladino, pero, ¡tú siempre tienes que ganar! —dijo Mario.

Valeria calló. ¡Era un fastidio que con Mario siempre se tratara de ganar o de perder! Deseaba tener la última palabra en todo y cuando no lo lograba sentía que había perdido ¿perdido qué? ¡Pobre Saladino, es tan dulce!, se dijo y apartó bocadillos de pescado, que el joven camarero le preparó en un pequeño plato envuelto en una servilleta. Abandonó el comedor para llevarle la cena a Saladino.

Se reunió un poco más tarde con Mario en el salón de baile. Su marido coqueteaba con una hermosa italiana de nombre Pía.

Curiosamente guardaba cierto parecido con él, se sintió una intrusa y se volvió al grupo de italianos jóvenes que rodeaban a Pía. Discutían de la guerra y del pacto germano-soviético. No quiso tomar parte de la discusión, en la que ambos bandos hablaban de Polonia. Esa guerra tan compleja era la culpable de que ella se encontrara en ese barco repleto de gente de América que regresaba asustada a sus países, dejando atrás sus puestos o sus simples vacaciones con el miedo reflejado en cada gesto. Los italianos reían indolentes ante las embestidas de Mario que se acaloraba en defensa de las democracias.

Valeria supo el momento en que la orquesta se colocó en el estrado y escuchó los primeros compases de la música. Sabía también lo que iba a suceder y levantó la vista para encontrarse con los ojos y el brazo del Capitán invitándola al primer vals. Giró mecida por la música y por un poder extraño, que la condujo a un ámbito desconocido bajo las luces de las arañas de cristal cortado.

—Su corazón va más de prisa que el vals —le dijo el Capitán.

Levantó la vista y lo vio sonreír. La frase era una alianza secreta y quiso recostar la cabeza sobre el pecho amplio y azul marino que la llevaba. Ráfagas de viento y de sal la salpicaron y vio cuando ambos se sumergieron en las aguas del vals hasta llegar a la catedral que ella había visitado en Friburgo. Bajo las aguas volvió a ver los sepulcros de piedra de los caballeros, con la cruz de la espada descansando sobre el pecho. Entre ellos se hallaba el Capitán, que se levantó y la tomó de la mano: *Estoy soñando*, se dijo y volvió los ojos al hermoso rostro que flotaba junto a ella bajo las luces del salón.

—No sueña, Valeria.

—¿Sabe mi nombre?

—Lo vi desde antes de que subiera usted al barco —contestó conduciéndola al lugar que ocupaba con Mario.

Le hizo una reverencia y desapareció seguido de sus oficiales. Cuando Dinello, uno de los jóvenes italianos la invitó a bailar, no la sorprendió su conversación conocida. Permaneció ajena al joven, mecida por el vals y sintió un dolor agudo por no hallarse cerca del rostro con el que hacía unos instantes había descendido a la catedral de Friburgo. Muy cerca, Mario bailaba con Pía y supo que su marido estaba fuera de su vida. ¡Para siempre!

Durmió en sueños apacibles atravesando paisajes submarinos, seguida por Saladino que a su vez soñaba echado sobre sus cabellos. Por la mañana se presentó un oficial.

—Señora, no pueden viajar gatos en los camarotes.

Era la rutina y Valeria lo esperaba.

—Saladino es diferente —dijo repitiendo una lección.

Ahora debía visitar el lugar reservado a los animales. Metida en su abrigo de pelo de camello cruzó las cubiertas barridas por el viento, guiada por el oficial. Llegaron a la bodega donde fueron recibidos por ladridos de perros.

—No. Saladino es muy chico. No puede venir aquí.

El oficial la miró con amabilidad.

—No existe ninguna posibilidad de accidente.

¿Por qué la separaban siempre de lo que amaba? Sintió que iba a ponerse a llorar bajo la mirada atónita del oficial. ¡Si supiera lo desdichada que soy! Pensó y tuvo la seguridad de que el oficial lo sabía, pues se inclinó para decirle.

—Guarde a su gatito, pero que no haga tonterías en el camarote.

Y con solemnidad la condujo por el barco que navegaba en un mar azul muy pálido, rizado por el viento.

Encontró a Mario afeitándose.

—¡Se queda Saladino! —anunció.

Mario le lanzó una mirada de tedio: en un momento de tanta gravedad para la historia, ella sólo se preocupaba por un gato y molestaba a todo el mundo, especialmente a él, que debía soportarla. ¡Era una verdadera histérica! *Los gatos forman parte de la historia* se dijo y recordó a Egipto. Le hartaba que Mario invocara al hombre y a la historia bajo cualquier pretexto. Saladino no podía impedir el pacto germano-soviético que había trastornado los planes de Mario. Su marido se proclamaba izquierdista y hablaba de la libertad con vehemencia aunque a ella no le permitiera la libertad de irse con Fernando o de tener un gato.

Disgustada salió a la cubierta. Allí también se hablaba de la invasión de Polonia por alemanes y rusos, de la humanidad y de la inevitable guerra. ¿Por qué tan inevitable? La guerra se había localizado en Polonia, era una garantía de la tan deseada paz para el resto del mundo. ¿Acaso Rusia y Alemania no eran los dos enemigos frontales? Su complicidad ponía a salvo a los demás. Bebió el consomé y observó a los pasajeros, que parecían todos el mismo.

—¡Ojalá que no hundan este barco! —exclamó un joven de pantalón blanco y americana azul marina.

Era un sudamericano de piel morena y dispuesto siempre a reír en los momentos más graves. ¡Ojalá que lo hundan! se dijo Valeria. Así, ella no llegaría a la casa donde la esperaba la familia de Mario. En esa casa siempre tenía sed. Se diría que las miradas de piedra de su suegra y de sus hijos aspiraban toda la humedad del aire. Valeria amaba el agua, el viento, las tormentas de nieve, los bosques oscuros y el Mar del Norte. Se fue a la piscina y nadó unos minutos, después pidió un *whisky*, no era tan mala la idea de emborracharse.

—Con hielo y sin agua —le dijo el joven barman con una mirada cómplice.

Le hubiera gustado que apareciera el Capitán, pero no era factible. ¿Y el chico del bar cómo supo que tomaba el *whisky* sin agua? No vio al Capitán, pero su presencia invisible era más poderosa que su presencia física e imponía un orden severo e inviolable. Recordó su mentón tostado por el sol y sus dientes raramente perfectos. *Su corazón va más de prisa que el vals* y su corazón se acordó con la música. Hubiera deseado no dejar de girar jamás en esa música, su copa giraba entre sus dedos, bebió el *whisky* de un trago.

Saladino necesitaba aire fresco y lo sacó a dar un paseo por cubierta. El gatito huyó a través de las escaleras y salones sin quererla oírla. Corrió tras él seguida por dos oficiales hasta que logró atraparlo debajo de un piano.

—¡Qué espectáculo tan lamentable! —comentó Mario, mientras se vestía para ir a la comida.

—¿Y tú cómo te atreves a salir a cubierta si eres mucho más feo que él? Por eso tienes que cubrirte como lo haces ahora. ¿No sabes que el animal más feo es el hombre? —le preguntó furiosa.

—¡Desbarras! Eres una loca aburrida —contestó Mario.

—Sí. ¡Eso crees! Pero el hombre es inferior al animal y el animal es inferior a la flor. El orden es al revés de lo que piensas.

—¡Vístete!

Ocuparon su mesa en silencio y Valeria fijó la vista en las flores que la adornaban. No deseaba ver a ninguna persona, ni siquiera al Capitán. El ramillete brillaba sobre la blancura del mantel. Así era la vida: una larga gestación y luego la explosión de la fugitiva belleza. Valeria había notado que la gente bella no siempre lo era. *Hoy estaba muy bella fulana* decía la gente y Valeria llegó a la conclusión de que la belleza no era permanente en las personas, sino una misteriosa visita, que volvía cuando sus últimas huellas empezaban a borrarse. Levantó los ojos y se encontró con el Capitán, sólo para descubrir que se parecía asombrosamente a Saladino.

—¡No veas así! Te pones y me pones en ridículo —le ordenó Mario.

Apartó los ojos con rapidez para observar el ir y venir de los camareros llevando las fuentes de plata sin el menor tropiezo.

Parecen bailarines... ¡y yo qué desdichada soy! Se dijo.

Por la tarde acodada a la barandilla de cubierta se repitió: ¡Qué desdichada soy! y contempló la estela abandonada por el barco sobre la inmensidad del mar redondo, limitado por un cielo redondo y también azul. Era como estar en el interior luminoso de un zafiro que cambiaba de luces de acuerdo con la vuelta del sol.

—¿Has visto la puesta de sol en Venecia? —le preguntó Dinello acodándose a su lado.

Valeria afirmó con un signo de cabeza y ambos guardaron silencio para escuchar el ir y venir de las olas. Mario se hallaba con Pía en el bar, acompañado de todos los italianos, sólo Dinello había venido a hacerle compañía. Era extraño que apenas se hubieran conocido la víspera. ¿La víspera? Se preguntó sobresaltada y se volvió a mirar al romano que navegaba junto a ella desde hacía ya tantos años. Dinello encendió dos cigarrillos y le tendió uno con gesto amistoso. El cigarrillo encendido era una señal repetida en mitad del océano y ambos quisieron recordar lo que significaba en aquel barco súbitamente vacío. Se miraron con asombro y él revolvió los cabellos de Valeria agitados por el viento, y ambos se ensimismaron en la estela dejada por el barco.

En el camarote las rosas estaban otra vez intactas y llenas de rocío. Se colocó una en medio del escote antes de subir al comedor, era el aviso de que había recibido el mensaje. No sabía cuál mensaje, pero lo había recibido. Ya sabía que esa noche el Capitán no la sacaría a bailar. Según el rito.

En el salón de baile los italianos rehuían el tema de la guerra, al que Mario se aferraba.

—¿Y qué? —exclamó Dinello riendo y echando la cabeza hacia atrás para mostrar su garganta antigua y poderosa como la de una estatua romana.

Si corrían en automóviles de lujo, también podrían correr en tanques. Los italianos sonrieron. Hacía ya muchos siglos que se movían en el lujo y luego en el desastre. Miraban la vida sin sobresalto, indolentes al triunfo e indolentes a la derrota. ¿Acaso la vida no era una aventura ya prevista?

—¡Valeria! Tú estás con nosotros ¿verdad? —le preguntaron.

—Sí. Estoy con ustedes.

Se levantaron las copas de *champagne* y Mario afirmó que él brindaba por la libertad del pueblo.

—El pueblo somos nosotros, una élite que se muere por la mayoría —afirmó Dinello mirándolo con sus ojos castaños de párpados dibujados con delicadeza. Se volvió a Valeria.

—Los hijos de los dirigentes demócratas gozan del privilegio de no combatir por sus ideales. Ellos no van a la guerra y si van nunca se mueren.

—Es verdad —dijo Valeria mirando a la mesa de los oficiales.

—Te vez más bonita cuando ríes —le aconsejó Dinello, mientras la arrastraba a bailar.

Casi no lo reconoció, hizo un esfuerzo para distinguir sus rasgos y la música se volvió muy lenta, sería trágico que Dinello muriera en la guerra. En verdad era hermoso. En la mesa se hablaba ahora del baile de disfraces. No escuchó, la guerra para ella significaba que debía vivir del otro lado del océano, bajo la mirada de la familia de Mario y envidió a los italianos, que gozaban del privilegio de morir para defender la belleza que amaban. Por eso eran más bellos que los demás pasajeros. La cercanía de la muerte les daba un halo mágico: estaban ya fijos en el tiempo, como los personajes de los cuadros o las estatuas caídas en la hierba.

No pudo dormir, el barco crujía por todos los costados y de puntillas se echó un impermeable y salió a cubierta. Acodado a la barandilla encontró a Dinello.

—¡Vamos a tomar un *whisky*! —ordenó el muchacho.

Cruzaron pasillos y bajaron escalerillas hasta llegar a un salón redondo adornado con farolas en donde la gente bailaba con furor.

—¡Tercera clase! —anunció Dinello.

Se mezclaron con los estudiantes que festejaban su regreso. Ocuparon una mesa y combinaron los disfraces. Hicieron un recuento de su ropa y de lo que necesitaban. Dinello ponía tal interés en aquel baile que ella no pudo menos de pensar que quizás sería el último al que asistiría. Sintió un dolor agudo por el destino común que los unía. ¿Un destino común?, se preguntó sobresaltada. Sí. El destino era ilógico. Más bien su lógica era difícil de descifrar, aunque gozara de una lógica impecable. Sólo era necesario la lectura de los hechos insignificantes para conocer el destino que los aguardaba. Existía una hermandad entre los dos, ahora lo sabía.

—Iremos de lección de solfeo —decidió Dinello.

Guardaron el secreto y durante la comida se lanzaron miradas de complicidad a través de las mesas que los separaban. Valeria no miró al Capitán. Según el rito.

Se dirigió de prisa al peinador. En la puerta la esperaba Dinello. No se sorprendió al ver que los espejos estaban empañados y que el peluquero flotaba sonriendo en medio de un agua verdosa. Ahora todo lo veía a través del mar. No se sentía en tierra, por eso se veía sumergida en el agua y se echó a reír cuando apenas alcanzó la mano poderosa de Dinello. Arriba sobre el puente de mando estaba el Capitán ordenando sus gestos. El barco se mecía con fiereza y sus muros crujían con estrépito. *El canto de su buena construcción*, le dijo algún marino. Dinello ordenó un peinado que descubría su nuca y dejaba limpio su cuello alto. Al salir, no tropezaron por el pasillo.

—Tienen buen pie marino —les dijo un oficial observándolos bajar una escalera.

Ambos se dejaban llevar por los impulsos rítmicos que el mar daba al navío.

Por la noche Valeria se puso el traje blanco que la forraba como un guante y Dinello llegó a su camarote con una corona negra hecha de *Llaves de Sol*. Ceremonioso colocó la corona fabricada en papel negro, sobre su cabeza rubia y luego dejó ver su corbata hecha también con una *Llave de Sol* que brilló sobre la pechera blanca.

—¡Qué frivolidad! La burguesía está condenada a desaparecer —exclamó Mario.

Él se negó a disfrazarse. Dinello sacó de uno de sus bolsillos un parche negro y lo colocó sobre un ojo del marido de Valeria. Los tres quedaron en blanco y negro. En el comedor Dinello ordenó que pusieran su cubierto en la mesa de Mario y de Valeria.

—No se puede romper la partitura.

De la mesa del Capitán emanaba una fuerza secreta. Esa noche Valeria bailaría con él y esa certeza la dejó radiante. En las mesas vecinas había apaches, chinos, odaliscas y damas de la Corte de Luis XV.

—Traían los disfraces en las maletas —comentó Dinello.

Pía llegó al salón de baile vestida de gitana y antes de que empezara la música leyó la suerte de Mario en la palma de su mano.

—¡Te equivocas! —exclamaron Dinello y Valeria a un tiempo, porque Pía no estaba en el secreto.

—Un vals para un vals —invitó el Capitán inclinándose ante ella.

El salón entero se cubrió de agua y Valeria apenas logró verse reflejada como una mancha clara en los espejos. Las plantas del estrado se convirtieron en líquenes verdosos, que se mecían como brazos lánguidos, mientras ella giraba apoyada en el pecho del Capitán. Estaban solos en la pista y Valeria alcanzó a ver a Dinello sentado en una mesa solitaria con su impecable pechera blanca y la *Llave de Sol* negra como el signo maléfico de la muerte. Los músicos inclinados sobre sus violines se mecían al compás del mar.

En su camarote se quedó perpleja. Sentada frente al espejo se miró como si mirara a un fantasma. Por el fondo del azogue no circulaba Mario en sus idas y venidas, mientras se despojaba de sus ropas para acostarse. Estaba separada de Mario. ¡Se había ido! ¿Adónde? Estaba liberada, no volvería al lado de la familia de su marido, se encontraba sola en el camarote abandonado, lejos de los extraños y apartada del éxito o de la derrota, que tanto preocupaba a Mario. Sobre el puente estaba el Capitán, más tarde ella subiría a su encuentro, ¡para siempre! Dijeron los ojos fosforescentes de Saladino que seguía todos sus gestos.

—¿No piensas desvestirte? —preguntó Mario, rompiendo el círculo que formaban ella, el camarote y Saladino.

—Sí. —Y se quitó las zapatillas de raso, que curiosamente estaban secas.

El gato durmió enredado en sus cabellos y ella durmió enredada en una tristeza inexplicable producida por el Capitán de quien ni siquiera conocía el nombre.

Cuando colocaron cortinillas negras en las claraboyas y ventanales de los salones se produjo una alarma y la gente encerrada en aquel barco sin sirena, que navegaba a oscuras en la noche, corrió a invadir los bares y a beber *whisky*. *¡Sólo eran medidas de precaución!*, explicó el Capitán. El barco aminoró la marcha nocturna y las cubiertas permanecieron apagadas.

La mañana disipó el pánico y los pasajeros volvieron a la piscina. Pía acariciaba la nariz de Mario con una pajuela y Dinello observaba la seriedad de Valeria.

—¿Queé? Mario —le preguntó.

El nombre le sonó extraño y miró los ojos súbitamente serios de Dinello. Quiso decirle que su bondad y belleza eran incapaces de sacarla del mundo que había visitado en sueños porque en ese mundo él estaba comprendido. Dinello le echó un brazo alrededor de los hombros, se había establecido una amistad secreta entre los dos, pero resultaba difícil explicar las ligas que los unían. Tal vez era el futuro. ¿Acaso no formaban parte de la misma partitura?

Por la noche, en el salón de baile un oficial trató de animar la tómbola, parte de la rutina de festejos. Fue inútil. La gente contestaba y recibía los regalos sin ningún entusiasmo. El Capitán abandonó la fiesta y Dinello llevó a Valeria a una cubierta oscura. El viento sopló con fuerza y las gasas que colgaban de sus hombros se le enredaron en el rostro. Dinello las ató a su espalda desnuda y contempló el mar oscuro. Sin querer recordó su vida y ésta resbaló vertiginosamente por un tobogán que desembocó en el mar nocturno. Sólo le quedaba el barco y Valeria acodada a la misma barandilla que él.

—¡Lástima que sea tan complicado enamorarse! Me enamoraría de ti —le dijo sin mirarla.

—¿Por qué no lo haces?

—Eres casada y dentro de unos días no te veré más. ¿Qué puedo decirte? ¿Qué te acuestes conmigo?

—Sí —contestó Valeria.

—¿Y después?

—Después, nada —contestó ella sin hacer un gesto.

—No sabes nada del amor. ¿Cuántos amantes has tenido?

—El último se llamó Fernando —pronunció el nombre con alivio. Unos días antes le producía un dolor insoportable.

Dinello se volvió a escrutar aquel rostro desdibujado en la oscuridad de la cubierta, le alisó los cabellos y continuó pensativo frente al mar negro. Le tomó la barbilla y preguntó:

—¿Harías el amor conmigo?

—Sí.

Valeria cerró los ojos envuelta en la magia repentina de la boca fresca de Dinello. Los abrió y vio el puente del Capitán. ¿Se jugaría el futuro? Dinello la llevó a su camarote, le ofreció un *whisky* y le bajó las tirillas de gasa que sostenían el traje. *No debo hacerlo*, se dijo Valeria. Sin embargo, no tenía ninguna razón para privarse de aquel romano. Mario no existía y Fernando se había esfumado. Su vida estaba en blanco y frente a ella un hombre de párpados delicados esperaba. Dinello la llevó a la cama y preocupado se sentó junto a ella.

—Te dije que era fácil enamorarse de ti.

Le arregló los cabellos y se tendió a su lado sin tocarla. Le encendió un cigarrillo y encendió otro para él y fumó en silencio. Hablaron en voz baja de la guerra que estaba sucediendo y recordaron sus estatuas, sus palacios, sus catedrales y sus ciudades predilectas. Hubo un silencio y Dinello levantó las cintillas del traje y la miró.

—Vamos a la tómbola. ¿Qué sucedió en el puente? —preguntó.

—No lo sé.

—No me gusta nada forzado, por eso no me acuesto contigo.

Cruzaron los pasillos bajo las miradas de los oficiales y volvieron a cubierta. Dinello soportaba la derrota con gallardía.

—Es mejor, me estoy enamorando de ti.

El barco crujía ante las embestidas del mar. Era mejor no haberse acostado, se hubiera roto el encantamiento y ellos se hubieran separado. La llevó a su camarote en donde la esperaba Saladino.

Los días siguientes fueron melancólicos. Los pasajeros ansiaban llegar a Nueva York y leían los boletines con las noticias que aparecían en los vestíbulos o cerca de las tiendas. Sólo Valeria deseaba que no terminara aquella temporada en alta mar. El Capitán y la oficialidad permanecían impasibles, revestidos de una calma impersonal.

La penúltima noche a bordo, el Capitán bailó con Valeria en un adiós que pareció una cita y la dejó pensativa junto a Dinello. Los pasajeros bailaron juntos, un día y una noche más y un tercer día a las ocho de la mañana estarían en Nueva York. Valeria se sintió perdida. Acompañada de Dinello vagabundeó por las cubiertas abandonadas y volvió a su camarote para encontrar que Mario estaba enfermo.

—¡Pídeme algo! ¡Me siento mal!

Salió a buscar ayuda. Un oficial la escuchó con seriedad, hacía sólo media hora que Mario había abandonado el camarote de Pía. Guardó silencio y le dio algunas pastillas contra el mareo. Durmió mal esperando al nuevo día. *El último día* se dijo y se hundió en pensamientos tristes.

El mareo de Mario se convirtió en resfrío y era ella la que debía hacer las maletas en ese último día en El Colonia. La ropa tenía que ser colocada con cuidado para evitar hacer y deshacer diez veces las maletas, pues para Mario era vital cerrarlas sin esfuerzo y que al abrirlas los trajes no necesitaran un planchado.

—¡Estás arrugando mis camisas! —le dijo echando una mirada a la maleta que iba a cerrar en ese instante.

Cuando ya estén listas va a recordar que necesita algún papel y habrá que deshacerlas para hacerlas otra vez, se dijo con certeza, ya que eso ocurría una y otra vez al hacer el equipaje. Mario era un personaje extraño, le gustaba verla buscar algo, siempre algo, cuando era niña el título de una canción norteamericana: *Buscando una aguja en un pajar* la impresionó, era sólo una premonición de su vida futura en la que siempre la harían buscar una aguja en un pajar. Mario vigilaba sus gestos, la vio cerrar nuevamente la maleta.

—Ve a cambiar este cheque —le ordenó.

Trató de explicarle que en el barco había avisos anunciando que no se cambiaban cheques personales. ¿No recordaba que antes de embarcar ella le insinuó que el dinero reservado para el viaje era insuficiente? ¡No quiero oírte, no quiero! Gritó su marido mientras desgarraba el cheque. Permaneció un rato sentado entre las almohadas con el cabello en desorden y escribió un nuevo cheque por una cantidad mayor.

—¡Cámbialo! No soy un aventurero, puedes decírselo a estos nazis.

—La medida es para todos.

Y se precipitó a recoger el cheque antes de que subiera más la cantidad. Encontró a los pasajeros charlando animadamente en las tiendas y en los bares para celebrar la víspera de la llegada a Nueva York. Deprimida, se dirigió a todos los despachos abiertos para cambiar el maldito cheque. ¿Por qué la señora no cambió en tierra? ¿Por qué necesitaba una cantidad tan fuerte la víspera de la llegada? Era imposible explicar el carácter de Mario.

—El Capitán es amigo mío —afirmó ante la negativa.

El oficial la condujo al puente de mando donde se hallaba el departamento del Capitán y éste la recibió de pie en un gabinete cubierto de mapas. Con un gesto le ordenó tomar asiento. El oficial desapareció. Enrojeció de humillación y se dio cuenta de que el Capitán estaba enterado de su petición y la miraba con condescendencia.

—Abandonó su regalo en la tómbola —le dijo.

Lo vio abrir un pequeño archivero y sacar un bulto que ella desenvolvió confusa. Era una chalina de gasa en todos los tonos de azul. Valeria se la puso al cuello ¿y ahora qué iba a decir?

—Deme el cheque, señora.

Tendió el papel que le quemaba la mano de vergüenza y lo vio alejarse, para volver con un manojo de billetes. *Nunca le perdonaré esta jugada a Mario*, se dijo mientras guardaba con los ojos bajos el dinero en su bolso. ¿Qué podía decir? ¡Nada!

—Un *Sherry* —lo escuchó ofrecerle.

Brindaron levantando las copas, ambos sabían que no era un brindis banal, el cheque se convirtió en una forma caprichosa del destino para prolongar un instante en la eternidad del tiempo. La bebida corrió como un filtro por sus cuerpos. Valeria vio el amplio pecho azul y el brazo que se alargó para sostenerla. Estaban solos bajo una inmensa tormenta, el agua mecía los cabellos de Valeria y los ojos del Capitán eran los de Saladino. Una soledad mortal los envolvía en el abrazo. La copa cayó de la mano de Valeria y el ruido fue estentóreo.

—Me voy.

¿A dónde iría? Perdió la cuenta del tiempo, apenas habían transcurrido los segundos de un abrazo interrumpido por una copa rota que brillaba en el suelo como una brújula inútil. El Capitán la acompañó a la puerta. Lo había besado. *Parezco una ladrona*, se dijo mientras le tendía la mano que él besó con respeto. No se decidía a cruzar la puerta. *Si no lo hubiera besado*, se dijo confundida bajo la clara mirada que registraba todos sus gestos.

—Volveré más tarde, esta noche.

—Desde el minuto en que abandone el baile te estaré esperando —le contestó él con seriedad.

Huyó aturdida. Un reloj le señaló la hora: las diez y cuarenta y ocho minutos de la mañana. ¿Había estado sólo ocho minutos en la cabina del Capitán? Bajó la escalera que la llevaba a su camarote y se encontró con Dinello.

—¿Tuviste suerte?

—Sí.

—Quisiera que fuese verdad —le contestó el romano cediéndole el paso.

Le entregó el dinero a Mario y de bruces lloró largo rato sobre su cama. Subió sola al comedor, el camino para llegar a su mesa le pareció interminable bajo la mirada del Capitán que la observaba con aire impenetrable.

—Te acompaño. Somos la misma música, la misma partitura —le dijo Dinello cuando ocupó el lugar reservado para Mario que continuaba enfermo.

—Valeria, ¿cuánto tiempo vas a quedarte en Nueva York?

—Dos semanas.

—¿Dos semanas? No lo creo —dudó Dinello.

Le ofreció un cigarrillo y le tendió el encendedor pequeño que en su mano poderosa parecía un minúsculo juguete de oro.

—¡Lástima que te quedes de este lado! No podré enamorarme de ti, pero te recordaré como a la tonta más tonta que he conocido.

—Siempre estás de broma.

—No contigo —y acarició la mano de Valeria abandonada en el mantel.

Una tristeza muy antigua se desprendía de la persona de Dinello, era como si conociera el secreto del paso fugaz de la belleza.

Por la tarde permaneció en la cabina reflexionando: siempre desconfiaba de las invitaciones de los hombres, sabía que se daban cuenta de su posición degradada frente a su marido y ella rechazaba la fácil protección que le ofrecían y permanecía al lado del pequeño tirano, defensor público de la libertad. ¿Por qué ahora sólo pensaba en llegar a la cabina sobre el puente? Tal vez debía acudir a la cita. Era la última noche en el barco y nunca volvería a ver al Capitán. ¡Nunca! La palabra le resultó insoportable. Abandonar el barco, adentrarse tierra adentro y llegar a la casa reseca de Mario, ¿ese era el porvenir? Se dejó caer en un sillón. Vio entrar torrentes de agua en su camarote y pensó. *Soy una ahogada* y se dejó mecer en el agua. Era la única vía de escape.

—¿Piensas quedarte en babia toda la tarde? —preguntó Mario apartando el libro que leía.

Se puso de pie, sobre su cama estaba la chalina de gasa azul como una fresca corriente de agua milagrosa invitándola a la humedad y al canto de las caracolas.

—¿No quieres que cene aquí contigo?

—Te suplico que me dejes. ¿Acaso no tengo derecho a un rato de soledad? —contestó Mario.

Cenó con Dinello y luego ambos salieron a cubierta y se acodaron a la barandilla a contemplar la espuma blanca que salpicaba los costados del barco. Valeria vio en la espuma el rostro de Dinello y su pechera blanca.

—Te vi reflejado en el agua.

Los dos entraron al salón de baile con aire melancólico. Estaban tristes y la música empezó unos compases. El Capitán la invitó a bailar, giraron en cámara lenta, Valeria llevaba el traje blanco y la corona negra hecha de *Llaves de Sol*, tenía el rostro salpicado de sal y el Capitán la sostenía en sus brazos poderosos para evitar que se hundiera en un mar sin fondo. Otras parejas bailaban a su alrededor y ellos continuaron girando entre los desconocidos, pálidos y cada vez más, suspendidos en el aire, llevados por los giros del vals que subían hasta los cristales de los candiles ahora convertidos en trozos de hielo.

—¿Bailamos? —preguntó Dinello.

Desde la pista vio el instante en que el Capitán abandonaba el salón y sin embargo ella y Dinello continuaron girando como sombras diluidas en el agua.

—No llevas el compás. ¿Te sucede algo?

Volvieron a la mesa y bebieron un *cognac*. Los pasajeros festejaban ruidosos la llegada a Nueva York, sólo ella y Dinello estaban tristes.

—Podemos vernos mañana por la noche en El Morocco —propuso Dinello.

¿Cuánto tiempo hacía que el Capitán había abandonado el baile? Quería calcular el tiempo transcurrido en su espera. El reloj de Dinello marcó las doce de la noche.

—Te llevo a dormir —le dijo el muchacho.

La abandonó en una cubierta de la que partía una escalera que subía al puesto de mando. Valeria se preguntó si Dinello sabía y se sintió dividida entre su afecto por él y la voz que la llamaba en silencio más allá del puente. Al pie de la escalera encontró a dos marineros rubios y retrocedió avergonzada hasta la cubierta oscura. Pensó que no podría pasar aquel obstáculo y sin embargo debía pasarlo. Se acercó varias veces y siempre encontró a los dos marineros que hacían guardia. Era la una de la madrugada, estaba perdida, a esa hora el Capitán estaría ya dormido pensando que ella era sólo una pequeña prostituta que lo besó para arrancarle el dinero del cheque.

—¿Un *whisky*? —era Dinello.

Se encontraron en el salón circular de la tercera clase, en donde los estudiantes continuaban bailando. Valeria pensaba en el pecho azul del Capitán que quizás esperaba todavía.

La vida es imposible cuando se es cobarde —dijo Dinello.

Lo miró: fumaba indolente, observando a las parejas que bailaban en la pista.

—La timidez o es cobardía o es cortesía y hay que romperla con un gesto brutal —agregó Dinello.

—¿Y cuál es ese gesto? —preguntó Valeria.

—¡Cruzar las líneas enemigas! —contestó él sin titubear.

Valeria no contestó. Su tiempo había pasado, el reloj marcaba las cuatro de la mañana y ella no cruzó la línea enemiga que la separaba de lo que amaba con fuerza absurda y misteriosa.

En su camarote se recostó abrazada a Saladino. Escondió la cabeza en las almohadas que chorreaban agua, también sus cabellos estaban empapados. A las cinco de la mañana guardó su traje de baile en la maleta. Se puso el traje blanco reservado para desembarcar, se enroscó la chalina azul al cuello y con los zapatos en la mano para no despertar a Mario y los guantes blancos atravesó el camarote, eran las seis y media de la mañana. ¡Cruzaría las líneas enemigas! Atravesó el barco cuyos pasillos estaban invadidos por maletas y baúles, pasó entre los marineros y se encontró frente a la puerta de la cabina del Capitán. Llamó con los nudillos.

—¡Adelante!

Valeria dio la vuelta a la manija de la cerradura, empujó la puerta y entró. El Capitán la esperaba de pie, con el uniforme de gala que lucía la noche anterior y los ojos desvelados. En un rincón, una mesa pequeña servida con viandas, frutas y licores, esperaba.

—Sabía que vendrías.

Valeria se sintió desolada. La había esperado toda la noche y ahora la recibía como si llegara a la hora justa de la cita.

—No pude pasar, esos marineros.

—Estaban avisados —contestó él.

Valeria bajó la vista, turbada, el Capitán se acercó y le levantó la barbilla.

—¿Un café?

Bebieron el café humeante en silencio. ¿Qué podían decirse?

—Me quedan unos minutos para ti. Debo atender pequeñas cosas —dijo él con pesar.

Casi sin darse cuenta, Valeria se puso de pie y él quiso regalarle todo lo que había en su cabina: un encendedor, su cigarrera, un pequeño regalo cuidadosamente envuelto. La miraba con ojos trágicos y ella recibía los obsequios atontada.

—Me voy, me voy —repitió.

La tomó en sus brazos y ella supo que había encontrado un lugar del cual no podría irse. Fue él quien la alejó con suavidad, le arregló el sombrerito y le dio un beso en la frente. La despedía, con tristeza, pero la despedía.

—Volveré, ¿cuándo? —preguntó ansiosa.

—Vamos a estar tres días, si quieres vuelve esta tarde.

—¡A las cinco! —prometió Valeria.

Él se inclinó sobre la mesa y escribió un pase para que le permitieran atravesar el muelle y llegar al barco. Le tendió la pluma.

—Guarda la pluma del pacto —le dijo con voz muy seria.

Valeria salió corriendo. Todavía no desembarcaban y el mundo ya había entrado en el navío, con sus idas y venidas inútiles. En el camarote la esperaba Mario, pero ella se había quedado arriba, en el puente y la Valeria que cerraba el maletín y revisaba el camarote bajo la mirada avizora de Mario era sólo una sombra proyectada desde otra dimensión, un reflejo de ella misma.

En el comedor vacío sólo Dinello bebía su café acompañado de tostadas, buscaba a Valeria, la encontró en la escalera amplia por la que bajaban los pasajeros para llegar al lugar de reunión de la salida. La vio cuando se cruzó con el Capitán, que con el uniforme diario, estaba afeitado e intacto. La encontró pálida y saludó a Mario con amabilidad. Deseaba el nombre del hotel en el que se hospedarían en Nueva York.

Los requisitos y las aduanas se multiplicaron por la bandera del Colonia. A media mañana, Valeria se encontró en un muelle turbulento de voces, grúas, maletas, cargadores y taxis. Un rato después estaba con Mario en la habitación impersonal de un cuarto de hotel. En la ciudad quedaba un calor pegajoso.

A las dos de la tarde se encontró sola y se echó a dormir. En realidad ya había dormido muchas veces ese día y siempre encontró el mismo sueño. Despertó a tiempo para llegar al muelle. Un taxi la depositó en una calle sucia, adoquinada, con arcadas de hierro. El lugar enorme y desierto tenía sólo bodegones construidos en ladrillo. ¿Era la misma calle? Por la mañana el bullicio la había hecho diferente. En el bolso llevaba el pase, no lo necesitó, ante ella estaba el Capitán sonriendo. La tomó del brazo, atravesaron el muelle y llegaron al barco silencioso y apagado. Yacía allí como un enorme animal atrapado, tan triste y tan fuera de lugar como ella misma. Cruzaron la pasarela tendida entre el muelle y el navío y los marineros se cuadraron a su paso. El barco estaba iluminado con luces pequeñas distribuidas escasamente por los pasillos largos, en donde parejas de marinos hacían guardia. Sólo la cabina del Capitán guardaba el orden antiguo de luz tan clara como el día. Valeria ocupó un sillón, se despojó de los guantes y observó la mesa con viandas y flores renovadas.

—Aquí está la pasajera que esperé siempre —dijo él contemplándola.

Ella, por su parte, estaba frente al hombre que sólo había esperado en sueños y ahora soñaba ese barco anclado, ese camarote, esas flores y esas manos seguras que servían el té. También soñaba el diálogo sin palabras, *sabía que vendrías*. Te amo. Y ella comió un pastel pequeño como una argolla. Los minutos corrieron tensos, como ocurre en los sueños en donde el tiempo deja de existir. Ni siquiera necesitaban besarse, tenían toda la eternidad para mecerse en el barco apagado. De alguna parte llegaba la música de Mozart. Se puso de pie y le quitó el sombrerito, después pasó su mano sobre los cabellos de Valeria y ésta, enrojeció violentamente y agachó la cabeza.

—No quiero nada que tú no quieras —dijo en voz alta.

Lo vio volver a su sillón y ella depositó su taza de té, su voz le pareció tan irreal como su silencio. ¿Por qué te casaste, Valeria? No lo sé. Tal vez Mario pensó que yo era valiosa y siempre desea tener algo valioso, aunque no lo ame. Valeria miró las fotografías familiares enmarcadas en madera oscura y colocadas sobre la mesa de trabajo. ¿Y tú por qué te casaste?, preguntó. *Mi mujer y yo nos conocimos muy jóvenes. La amo. Es mi mujer terrestre, tú en cambio estás destinada a vivir en el agua, eres el sueño de los hombres de mar, y aunque los sueños que se realizaban en la antigüedad se alejan del hombre moderno, a veces suceden, cuando realmente se les sueña. ¿Se habían dicho todo eso?* Sí, Valeria escuchó su voz poderosa explicándole su destino común, un destino que llegaba a su fin en el reloj del camarote, que marcaba las ocho de la noche.

—¡Debo irme! Mario me espera —exclamó sobresaltada.

También él se puso de pie y la siguió cuando se puso el sombrerito. Al volverse la recibió en sus brazos. ¿Cuánto duró aquel abrazo? Tal vez sólo unos segundos, pues a las ocho y siete minutos le abrió la portezuela de un taxi y la miró con ojos tristes.

—¡Vengo mañana! a la misma hora —prometió al ver la desolación reflejada en la figura masculina que la despedía.

—¿Y el pase? —gritó ella ansiosa.

—El pase soy yo —contestó con voz profunda.

En el hotel encontró un recado de Mario, debía reunirse con él en la casa de Ortiz, un compatriota. ¿Por qué no hice el amor con él? se preguntó con desesperación mientras se mudaba de traje. Sólo recordaba el color violeta y una tristeza profunda.

—¿Estás de acuerdo, Valeria? —le preguntó Ortiz.

—Sí... ¡claro!... —contestó en aquella mesa extraña.

Tal vez hablaban de la guerra. ¡Siempre la guerra! En cambio los que iban a morir en ella como el Capitán o como Dinello parecían olvidarla y evitaban hablar de ese acto íntimo que es la propia muerte.

¡No había visto a Dinello! Durante la conversación de palabras ruidosas como pájaros voraces que deseaban devorar los recuerdos de esa tarde, Valeria se repitió: *Mañana a las cinco de la tarde*.

Se encontró en la tarde siguiente, otra vez en el muelle abandonado. Una mano la condujo al barco quieto en donde los marinos hacían guardia y con pie ligero entró en la cabina iluminada. El sueño de la víspera empezó cuando se quitó los guantes. La música de un vals corría por la cabina y ellos ya no tenían que explicarse nada. A Valeria le pareció que Dinello andaba cerca y escuchó atenta, hasta que el ruido ensordecedor se produjo. También él lo escuchó, la miró intensamente y saltó a su lado, con un brillo terrible en los ojos.

—Pasa algo —dijo ella.

Asustada, se dejó caer en un sillón y sintió que el barco se inclinaba peligrosamente hacia la proa y ella se derribó sobre la mesa dejando caer algunos frascos de licor.

—¡No pasa nada! —afirmó él tomándole las manos y mirándola con intensidad.

Valeria aceptó sus palabras. Sólo sucedía el sueño que se repetía desde la primera noche en que bailó con él. Bebieron el té y probaron las pastas. Él le tocó la punta de la nariz y le hizo un gesto amistoso, pero sus ojos permanecieron terriblemente tristes mirando unas visiones que ella compartió: Valeria abrazada a su pecho flotaba en vientos helados, perdida en un inmenso líquido brumoso. Te vi siempre en un puerto del Norte.

—Anoche no entendí de lo que hablaban. No existen, ¿verdad? —preguntó ella.

El Capitán guardó silencio. Existían en aquella tierra gruesa y dura por la que ella caminaba mientas él atravesaba los mares del Norte. Movió la cabeza.

—No, no existen —dijo para consolarla.

Pero el reloj anunció con ferocidad su existencia, al cantar las ocho de la noche. Se había ido el tiempo ¿y ni siquiera se dieron un beso? Valeria se puso de pie y lo miró con ojos de ahogada. Él la besó largamente y juntos volvieron a cruzar el barco cada vez más oscuro, como si estuviera unido a sus separaciones. Caminaron la calle adoquinada. Un taxi se detuvo, él abrió la portezuela y la miró con ojos trágicos.

—¡Vengo mañana! a las cinco —prometió Valeria dejándolo de pie en mitad de la calle sucia, perdido, como un ser perteneciente a otra dimensión.

¿Por qué no hice el amor con él? se preguntó en el taxi y empezó a sollozar. El chofer la miró por el retrovisor y movió la cabeza disgustado.

—Si yo fuera él, no haría llorar a una chica tan bonita —le dijo.

La dejó el chofer en la puerta del hotel y pensó que el marino alto y fuerte que le recomendó a la chica ponerse un poco de polvo en la nariz enrojecida, era un hombre afortunado. Se encontró con que Mario y Dinello la esperaban en un bar con algunos pasajeros del Colonia. ¿Por qué no hice el amor con él? se preguntó sentada frente a Pía, Mario y Dinello. La luz rojiza iluminaba los rostros de una manera extraña. Un piano contestó a su pregunta con música de jazz.

—¿Cuántos días vas a estar en Nueva York, Valeria? —le preguntó Dinello.

—Dos semanas.

El muchacho la escuchó preocupado: Valeria le mentía. La luz rojiza iluminaba el escote de Pía y éste brillaba como un lago abierto al viaje. Hicieron la ronda de los *clubs* nocturnos y al final se encontró en su cama de hotel. Durante el sueño lo vio en lo alto del puente observando un arco iris submarino. Ella estaba bajo el arco hundido en las profundidades del océano. Abrió los ojos y se encontró en el cuarto extraño. Mario no estaba allí, seguramente se fue apenas ella se quedó dormida. Faltaba mucho tiempo para que dieran las cinco de la tarde y abrazó a Saladino.

A la hora fijada lo encontró en el muelle. Tenía los ojos chispeantes y los párpados rubios ligeramente hinchados. Apenas cerró la puerta de la cabina le dijo:

—Mañana partimos a las tres de la tarde. ¿Es ésta la última vez que te veo?

Ella se abrazó a su cuello y él la condujo a su camarote privado. Su cama de marino era estrecha y estaba adosada a la pared. Después, él colocó en su garganta desnuda un pequeño hilo de perlas pequeñísimas y corales pálidos. La contempló en medio de un oleaje verde que los llevó a las cavernas más profundas del océano, en donde habitaban seres lánguidos, personajes de *smoking* y señoras de trajes claros y cabellos flotantes que los miraron rodar en aquel abrazo eterno. Valeria lo vio como una antigua estatua arrojada al mar y luego emerger con ella hasta la superficie de su cama de marino empotrada en el muro. Cubierto, por una bata blanca, le sirvió un té y ella enredada en la sábana se dejó servir por aquel hombre mitológico. Se llevó la mano a la garganta y tocó el collar que la rodeaba como una ligera corriente de sangre y de agua salada. El reloj dio las once de la noche. Su ropa absurda se secaba sobre el respaldo de una silla.

El reloj volvió a dar aviso peligroso y ambos sintieron que el tiempo sí pasaba. Taciturnos cruzaron el barco apagado en el que los marinos hacían guardia. Cuando el taxi apareció, lo tomaron juntos.

—Es la última vez que te veo —dijo Valeria.

La besó. ¿Acaso ignoraba que estaban juntos para siempre? El marino le ordenó al chofer detenerse frente a las puertas de un hotel conocido.

—¿Así? ¿Así termina todo? —preguntó Valeria.

Entró a su habitación extraña en donde sólo la esperaba Saladino. Sobre él escondió sus lágrimas. Tarde, cuando Mario llegó, se hizo la dormida.

Abrió los ojos a las diez y media de la mañana. En unas horas más él estaría navegando y ella se hallaría sentada en cualquier bar hablando de la guerra. Llamaron a la puerta.

—¡Pase! —ordenó Valeria.

Un mozo de chaquetín rojo le presentó una bandeja con un sobre. Adentro, Valeria encontró un billete de regreso a Europa en el Colonia con el mismo número de su antiguo camarote. También había un recado escrito: *La vida empieza a las tres. Helmut.* ¡Ni siquiera sabía que se llamaba Helmut! Se duchó y se fue a dar una vuelta por la ciudad que ahora sólo era un recuerdo. Existía únicamente el billete de regreso y la nota firmada por aquel nombre. No sintió ningún afecto por su pasado ajeno a ella y del cual salía como una recién nacida. Regresó al hotel a la una y media, a sabiendas de no encontrar a Mario que a esa hora tenía una cita. Hizo su maleta, recogió a Saladino y ordenó un taxi.

—Díganle al señor que me mudé —explicó en la Administración.

Leyó el pensamiento del Administrador: *Se disgustó con su marido.* En el muelle había menos movimiento del que esperaba. La gente no iba a Europa, el miedo la obligaba a volver en tropel y les impedía ir. Subió la escalerilla y encontró a los oficiales conocidos que sonrieron al verla. Uno de ellos la condujo a su antiguo camarote. Por la claraboya contempló el mar y súbitamente se sintió aterrada. ¿Estaría loca? Se llevó la mano a la garganta y tocó el hilo de perlas y corales y se echó en la cama para hundirse en un sueño inquieto. Despertó cuando el barco iba muy lejos de la costa. Arriba estaba él. Pensativa, se puso el traje de su primera noche a bordo, tuvo la impresión de hallarse frente a una resucitada. Subió al comedor. Había pocos pasajeros y todos eran europeos. Ocupó su mesa vecina a la del Capitán. Dos veces levantó la vista y buscó sus ojos y no supo si ellos la miraban a ella o a la orquesta colocada a sus espaldas. Cerca, cenando solitario, descubrió a Dinello.

—¡Dinello!

—Sabía que vendrías —le dijo él acercándose a su mesa.

—¿Y tú?, ¿por qué? —le preguntó ella.

—¿Yo? ¿Y la guerra? —y se echó a reír mostrando su hermosa garganta antigua.

En el estrado del salón de baile los músicos afinaron sus violines y las plantas de sombra se volvieron graves. El vals de la primera noche se dejó oír y el Capitán avanzó hacía Valeria. Giraron en la pista perdidos en espirales líquidos.

—Tu corazón va más de prisa que el vals —le dijo él.

Valeria levantó la vista y observó su mentón dorado y la rareza de sus dientes perfectos. Todo estaba intacto, como al principio, el único cambio era el collar que ceñía su garganta como una herida delicada. El Capitán la devolvió a su mesa donde la esperaba Dinello.

—El amor no era para mí —dijo el joven con voz displicente.

Valeria vio cuando el Capitán abandonó el salón. ¿Qué haría? Imposible ir a su cabina sin ser invitada y se sintió perdida en aquel barco de cortinas negras echadas, encerrado en su luz, con la sirena muda, que navegaba como un pirata. Dinello la llevó a cubierta y ambos contemplaron el agua sombría. Una tristeza irremediable cayó sobre los dos. Valeria tuvo miedo, tal vez se había equivocado y si era así su equivocación era terrible. Al cabo de un rato, Dinello decidió conducirla a su camarote en donde la esperaba Saladino.

—No te preocupes. Él vendrá a buscarte —le dijo al tiempo que le dio una palmadita en la mejilla. Un marino le llevó una cartulina invitándola al puesto de mando y conducida por él se encontró en el puente con el Capitán rodeado de sus oficiales.

—Pensamos que le gustaría contemplar el cielo. Es usted nuestra pasajera más fiel.

Escuchó en silencio la conversación llevada en voces pausadas. Cuando todos se fueron retirando, él la condujo al interior de su cabina y antes de que despuntara el alba él mismo la llevo a su camarote en donde la esperaba Saladino.

El viaje de vuelta a Europa sucedió exactamente como el anterior: paseaba con Dinello, bailaba algunos valses y sobre la mesa de su camarote aparecía todos los días un ramillete de rosas. De Mario no quedaba una sola huella. Se preguntó si había existido alguna vez y el nombre Fernando le recordó sólo la *Historia Universal*. Las noches ahora se poblaban de estrellas, de corales, de playas y murmullos.

—Va a pasar algo —dijo Dinello acodado a la barandilla de la cubierta apagada.

Valeria sabía que nada podía separarlos. Navegaban por el Mar del Norte, el viento había enfriado y debajo de ellos el agua se abría partida por la flecha del Colonia.

Fue a las tres de la tarde, del día siguiente, en el momento en el que Valeria contemplaba sus guantes abandonados sobre la superficie brillante del bar, cuando se produjo aquel ruido ensordecedor que la tiró de bruces y que no olvidaría jamás. El rostro del *barman* se puso intensamente pálido y Dinello se colocó a sus espaldas tratando de guardar el equilibrio.

—Estoy mareada.

—Me parece que hemos topado con alguna mina —contestó Dinello.

La voz del Capitán se escuchó poderosa sobre el barco entero: ¡No hay motivo de alarma! El ruido terrible volvió a repetirse: Son minas, aseguró Dinello. ¡No hay motivo de alarma! Repitió el Capitán y en ese instante el barco se detuvo. Dinello arrastró a Valeria. ¿A dónde ir? Solo podían ir al mar y ella se precipitó a ir a buscar a Saladino. Los oficiales circulaban de prisa, la palidez de sus rostros indicaba el peligro en el barco que empezaba a inclinarse en un ángulo que pronto sería recto. Valeria vio que la popa empezaba a apuntar al cielo. Le costó trabajo llegar a Saladino. La gente trataba de correr por los pasillos casi verticales. Los altoparlantes habían enmudecido. Los pasajeros deseaban llegar a un sitio y sus rostros aterrados le contagiaron el pánico. Se produjo una nueva explosión y por las escaleras salieron llamaradas y humo negro. La confusión se volvió atronadora. Del fondo del barco salieron hombres ennegrecidos por el humo, confundidos con los marinos y los pasajeros. Los oficiales trataron de poner orden. Con Saladino en los brazos volvió a encontrar a Dinello. La gente amotinada trataba de llegar a los botes salvavidas. Un oficial la sujetó.

—¡Órdenes! —dijo con firmeza y trató de llevarla a uno de los botes que bajaban de sus amarras iguales a columpios infantiles en medio de aquella confusión aterradora.

Se escabulló para buscar a Dinello a quien perdió de vista en medio de aquel motín coronado de gritos. Corrió por el barco inclinado y subió al puesto de mando. El barco entero se hundía vertiginosamente.

El Capitán muy pálido daba órdenes inútiles. Dinello contemplaba la escena fumando un cigarrillo medio mojado y ella sobre el pecho del Capitán que de pie contemplaba la inaudita catástrofe. El Capitán la guardó contra su pecho con un brazo sin dejar de mirar la tragedia del Colonia que ahora se rehusaba a obedecerle, a ponerse de pie y a continuar el viaje. Valeria vio nuevamente a Dinello fumando su cigarrillo mojado, mientras que sus ojos castaños se iban cubriendo de sal muy lentamente. Una montaña de espuma los cubrió. Después cayeron sobre ellos borbotones salvajes de agua, el mar entero se abrió y el barco giró sobre sí mismo en el precipicio abierto de las aguas.

Valeria sostenida por el Capitán bajó lentamente hasta el interior de la vieja catedral de Friburgo. Allí, desde una tumba de piedra contempló el instante en que su mente se puso de pie. A su alrededor flotaban personajes solemnes cerca de los muros cubiertos de líquenes oscuros y mapas que dibujaban manchas caprichosas que habían dejado de existir.

El cielo azul se volvió muy oscuro mientras ella dormía sobre el pecho del Capitán. Despertaba como todos los días, pero bajo otra luz y a un ritmo diferente. Los periódicos dieron la noticia equivocada del hundimiento del Colonia y en algunos bares públicos se brindó por su naufragio. Pero, no fue así, el barco continuó sus viajes de ida y de vuelta con el reloj detenido en las tres de la tarde. La vida a bordo continuó también idéntica a sí misma, girando por las noches en valses melancólicos reflejados en los espejos verdosos mecidos por los líquenes. La voz del Capitán llamaba a Valeria desde el puente de mando y murmuraba a su oído: *Eres mi mujer del mar.* De pronto a las tres de la tarde su voz barría las cubiertas oxidadas: ¡No hay motivo de alarma! Y todo volvía a recomenzar.

Cuando en alta mar subían a otros barcos, Dinello los acompañaba. Su paso quedaba marcado por el agua que chorreaba de sus trajes de fiesta. Se mezclaban con los pasajeros para girar en los compases de la música y ésta se diluía en ondas suaves y profundamente tristes. Su inesperada presencia en los barcos que cruzaban el océano producía siempre una nostalgia desconocida entre los pasajeros. Algunos contemplaban a los tres visitantes impecables y hermosos como dioses ahogados surgidos de las olas y sus memorias retrocedían al tiempo inescrutado de los bosques submarinos, de las sirenas, de Ulises y de Tristán e Isolda y la fiesta banal cobraba caracteres trágicos. Se sabía que tres pasajeros abordaban a veces a cualquier barco y que su paso quedaba dibujado en las cubiertas y en las alfombras por un rastro de agua salada y algunos líquenes frescos.

Hoy es jueves

—Hoy es jueves —afirmó Adrián a la hora del desayuno.

La mañana entraba por la ventana del comedor que daba a un patio desde el que se podía casi tocar con las manos a los albañiles que construían un edificio vecino, Lucy no escuchó a su marido y continuó observando a los hombres que caminaban por los andamios con las ropas y los rostros llenos de cal. *Parecen Pierrots*, se dijo.

—¿En qué piensas? —le preguntó con voz severa Adrián.

Lucy no contestó, se dejó mirar por su marido. Llevaba un traje azul de algodón con cuello y puños blancos. Las trenzas rubias le caían sobre el pecho. Fascinada observó sobre el fondo de su taza de café. Se sintió incómoda, sabía que cualquier palabra suya podía desencadenar la ira de Adrián. Lo escuchó repetir con violencia:

—¿En qué piensas?

—En nada —respondió sin dejar de contemplar el fondo de la taza.

—¡Mientes! Estás pensando que me odias. ¿Por qué no confiesas que no quieres ir a la casa de mi madre?

Lucy se había convertido en un ser pasivo, aunque de pronto padeciera ataques terribles de violencia. Había cambiado de naturaleza. Le era difícil hablar, quizás porque su vida estaba presidida por el error.

—¡No quiero hablar!

—Está bien. Trata de llegar a la hora —exclamó Adrián levantándose de la mesa.

Salió sin despedirse y Lucy quedó clavada en su silla contemplando absorta el mantel blanco bordado por ella y las pequeñas migas de pan dejadas por Adrián. Era jueves y eso significaba como todos los días, ver a Beatriz, su suegra. La única diferencia consistía en que ella y Adrián comerían en su casa y Beatriz no vendría a visitarlos hasta después de las tres de la tarde. Tampoco llegaría Lupe, su criada, a la una de la tarde con la enorme canasta con la comida que Beatriz enviaba todos los días. La canasta contenía dos menús: uno destinado a Adrián y otro a ella. Beatriz había declarado que ella era incapaz de manejar una casa y educar a su hijo, por eso la comida llegaba de su cocina y su hija permanecía en su casa mientras que Lucy permanecía quieta en el piso pequeño.

Soy incapaz se dijo la joven en el comedor pequeño bañado por la luz de la mañana. Los muebles eran dispares: una mesa moderna de nogal y unas sillas austriacas. En las vitrinas se guardaban cristales de Bohemia y cristales de Sèvres, que ella amaba con una pasión devoradora y minúscula. Quizás era lo único que amaba ahora. El matrimonio la había enseñado la palabra temor y le había borrado el significado de la palabra amor. En el pequeño salón contiguo estaban el diván y los enormes sillones tapizados en sarga verde. Odiaba aquel verde espinaca. La alfombra antigua era verde agua y sobre ella flotaban guías de rosas pálidas. Le gustaba imaginar que ese cuarto era un hermoso lago invadido por monstruos tropicales y por las tardes el diván y los sillones se convertían en cocodrilos amenazadores, que aterraban a la reproducción de la Primavera de Botticelli, cuya sonrisa entonces parecía la de una loca. Se levantó para acercarse a aquel rostro familiar y melancólico y quiso descifrar su sonrisa.

Por la ventana del saloncito entraba la luz blanca de la mañana y a lo lejos se divisaba el perfil azul del Cerro del Ajusco dibujado de caminillos oscuros. Le pareció que también ella vivía metida en un cuadro y que el Ajusco no era sino el fondo profundo de la pintura, dentro de la cual ella se movía y era sometida a interminables interrogatorios, como si ocultara secretos tenebrosos. A la Primavera nadie la interrogaba y si lo hacía, nunca daba la respuesta. Con movimientos automáticos hizo su cama y la de Adrián, limpió el cuarto de baño y quitó el polvo a la habitación del fondo, que hacía las veces de biblioteca con sus anaqueles de caoba y los volúmenes que habían pertenecido al abuelo de Adrián. Los libros y las demás antigüedades formaban la única herencia que había recibido su esposo. La parte substancial la guardaba Beatriz y la compartía con su nuevo marido: Pedro. Después, limpió la cocina que sólo servía para recalentar la comida. Lucy estaba segura de moverse en un mundo peligroso como si fuera un personaje dentro de un cuadro sin terminar. A veces tenía la impresión de que alguien había cambiado las esquinas de los muros y que la escoba la observaba con sus pelos amarillos e hirsutos. Entonces, se dejaba caer en un sillón y contaba los minutos que marcaba el reloj, para saber cuánto tiempo faltaba para que Adrián o Beatriz llegaran a interrogarle y a decirle en sus propias narices: ¡Mientes! La semejanza entre ambos era escalofriante: los dos tenían los ojos negros y la miraban con fijeza, como si desearan convertirla en piedra durante los interrogatorios. ¿Por qué desean tanto que mienta?, se preguntó. *No. Tal vez desean demostrarme a mí que miento. Quieren equivocarme*, se dijo anonadada.

Abajo, por la acera solitaria caminaban gentes felices. ¿Qué era ser feliz? Vagamente recordó días azules, días fluviales, que ella atravesó en su casa y sin saber por qué dejó correr lágrimas. Ahora, dentro del tiempo fijo que la aprisionaba, lo único que podía hacer correr eran lágrimas. Contó los días que llevaba viviendo con Adrián: 1917 días, acababa de cumplir cinco años y tres meses de casada, y ella tendría veintitrés años en cuatro meses más, se hacía vieja y dentro de ella sólo quedaba un pozo profundo en el que no había ¡nada! Vivía rodeada de tinieblas y a veces se ponía a llorar con la esperanza de que alguien comprendiera lo que sucedía, entonces Adrián la señalaba con su dedo índice y exclamaba: ¡Mírenla, está loca! Era mejor permanecer muda y llegar a la una en punto a la casa de Beatriz. Se bañó y se puso otro traje de algodón, cuyo azul claro era impecable.

A la una en punto llamó al portón enorme de la casa de Beatriz. Su suegra vivía en Coyoacán, en un caserón gigantesco. Le abrió la criada Lupe, y Duque, el perro gran danés, le puso las patas en los hombros y le lamió las mejillas con esmero. El zaguán era muy amplio, se abría a un jardín que casi abarcaba toda la manzana y estaba descuidado. A la izquierda del zaguán se hallaba la puerta que conducía al departamento de los criados, convertido en bodega de licores. Al entrar le invadió el olor a alcohol y por la puerta de la bodega apareció Pedro, el marido de Beatriz. Pedro estaba en pantalón de gabardina color vainilla, chaleco y camisa de seda. Se cubría la calva pronunciada con unos cuantos pelos ralos y largos que llevaba del lado izquierdo hacia el lado derecho de la cabeza. Sí, sí, me tardo mucho tiempo en peinarme, afirmaba molesto cuando alguien hacía alusión a la complicación de su peinado.

—Ven a probar mi nuevo *whisky*. He comprado dos barricas vacías —le dijo saliéndole al paso. Se dejó conducir por el viejo Pedro y cruzaron cuartos repletos de botellas, taponadoras, corchos, barricas y alambiques. El hombre le sirvió un poco de *whisky* en una probeta y en el momento de probarlo, el viejo se acercó a ella y le preguntó con cinismo.

—¿Y tú qué haces aquí? ¿Qué esperas para dejar a Adrián? ¿No sabes que él y Beatriz no te quieren? ¿Por qué no te vas?

Lucy colocó la probeta sobre una repisa y observó los calendarios enormes que coleccionaba el viejo. Prendidos con chinches, cubrían los muros de la bodega y formaban una galería de jóvenes rubias, delgadas y ágiles, desperezándose sobre playas, divanes, alfombras y camas.

—Míralas, todas son como tú, te repito que debes dejar a Adrián —le dijo el viejo Pedro, observándola de muy cerca y mientras se arreglaba el fistol de la corbata, en el que brillaba un diamante.

Lucy miró con miedo sus dedos amarillentos en forma de espátula y cubiertos de anillos de brillantes, el viejo también le daba miedo: tenía algo equívoco en los ojos y en su ridícula manera de vestir. Ella había sido testigo de sus visitas a la otra casa de Adrián, lo había visto llevarse todos los objetos de valor, todas las joyas, los cubiertos y los candelabros, bajo la mirada complaciente de su suegro y el hombre le producía temor. Iba a decir algo, cuando Lupe, con sus ojos oblicuos y sus trenzas medio deshechas, entró igual a una serpiente, sin hacer ruido y con una precisión ondulante.

—Dice la señora Beatriz que la está esperando —le dijo mirándola a través de las greñas sueltas que le caían sobre los ojos.

Beatriz se hallaba sobre en una vieja banca de hierro pintada de verde y colocada al fondo del jardín. Como siempre estaba desaliñada y sin medias. Con gesto indiferente miraba a Pablito, el hijo de Lucy, que ahora se ocupaba en arrancar hojas y que miró a su madre con curiosidad. Lucy no se atrevió a tocarlo. El niño iba a cumplir dos años y se parecía a ella, sólo que tenía el cabello menos rubio y los ojos más serios.

—¡Deje al niño, está jugando! —le ordenó Beatriz desde la banca.

Lucy se sentó con docilidad junto a su suegra y volvió a asombrarse del escote que dejaba ver la abundancia rosada de su pecho. La vio aspirar el humo de su cigarrillo con un gesto de desdén en sus labios cargados de carmín y guardó silencio. De sus hombros emergía una cabeza pequeña dotada de unos ojos de mirada inocente si su interlocutor era un varón y de piedra si era una mujer. A Lucy, con sus ojos negros, la petrificaban; para ella, Beatriz era un ser temible, y mitológico. Le asombró que el jardín no se hubiera petrificado y que su hijito todavía gateara entre las hierbas.

—¡Ay Dios mío! ¿A qué horas llegará Nito? —preguntó Beatriz con voz trágica.

—Me dijo que a la una —susurró Lucy.

—¡Pobre! ¡Pobre hijito mío! ¡Qué carga tan pesada lleva! —suspiró Beatriz aspirando el humo del cigarrillo que sostenía con sus uñas manicuradas en rojo.

La llegada de Adrián produjo la acostumbrada conmoción en Beatriz. Corrió como si no lo hubiera visto en muchos meses. Nito ocupó un lugar en la banca, muy cerca de su madre y bebió el *vermouth* que le sirvió Lupe. Una vez que estuvieron a la mesa, Lucy escuchó decir a Pedro:

—Esta chica está muy flaca, necesita unas vacaciones.

Inmediatamente sobre las rajas de chile poblano, las rodajas de queso y el caldo de gallina que se aproximaba cayó un gran silencio. Adrián continuó masticando el jamón, mientras su madre le acariciaba una mano. El viejo Pedro insistió:

—Lucy necesita unas vacaciones. Yo la invito a Veracruz. Llevaremos al niño, los baños de mar le harán muy bien.

Lucy lo escuchó aterrada. Miró al viejo alhajado que comía haciendo rechinar su dentadura postiza y quiso gritar: ¡No! ¡No! ¡No voy!, pero guardó la protesta ante la mirada de piedra que le dirigieron Beatriz y Adrián, que masticaban al mismo compás, mirándola con fijeza. El olor a comida le revolvió el estómago, pero era necesario comer aquel caldo de gallina con huevo picado que Beatriz preparaba todos los días. Escuchó que entre los tres fijaban la fecha del viaje y sintió extrañeza; ¿por qué Beatriz le permitía viajar sola con Pedro su marido? ¿Por qué Adrián la enviaba con aquel viejo que se expresaba tan mal de él? Los miró con miedo, disponiendo de su vida y de sus días con tanta libertad y murmuró:

—No me gusta el calor.

Adrián la miró para imponerle silencio. Después, durante varios días forcejeó con él para no ir a Veracruz con el marido de su suegra.

—¿Por qué no viene Beatriz a Veracruz? No lo entiendo, está muy enamorada de Pedro.

—¡Cállate! Pedro es un hombre magnífico —contestó Adrián.

Las riñas alcanzaron caracteres graves y Lucy le rogó a Adrián que le concediera el divorcio.

—¡Muy bien! No volverás a ver a Pablito, el niño se quedará con mi madre —afirmó Adrián.

Siempre era la misma respuesta: no la dejarían ver al niño nunca más. Ahora lo veía los jueves y los domingos, cuando ella y Adrián iban a comer a la casa de Beatriz, ya que su suegra no traía al niño por las tardes, cuando venía a visitar a su hijo. *Pedro ya arregló el viaje. Se quedarán dos semanas en Veracruz* la escuchó decir. ¡Dos semanas! Nadie podía haber inventado algo más infernal.

—Tú te vendrás a mi casa, hijito. No quiero dejarte aquí solito —concluyó Beatriz fumando con tranquilidad.

Sin saber cómo, se encontró en el tren de Veracruz. Había obtenido una pequeña victoria: su hermana menor, Estela, la acompañaba en el viaje. Pedro por su parte paseaba al niño por todos los vagones y anunciaba que era su hijo, lo que atraía las miradas curiosas de los viajeros y los convertía en un grupo irregular.

Llegaron al puerto a las siete de la noche y se hospedaron en un hotel céntrico. El edificio era antiguo, provisto de un patio interior y hermosas arcadas. El comedor estaba en la planta baja, tenía palmas de sombra y piso de mosaico rojo. En el vestíbulo se encontraba la Administración y algunas mesas y bancas. De allí partía la escalera con barandal de hierro, adornada también con tiestos de flores. Las calles y el hotel olían a sal y viento marino. Pedro se inscribió en una habitación contigua a la de las dos jóvenes y del niño, separadas por una puerta endeble.

Cenaron en los portales. "El Café de la Parroquia" estaba animado y de todas las mesas los miraban con curiosidad. Pedro se ocupaba del niño y Lucy se sentía ofendida por la solicitud del viejo.

—¿Es su abuelo? —le preguntó una señora gorda que cenaba en la mesa vecina.

—No, es mi hija —contestó el viejo Pedro.

Estela se echó a reír y el viejo le mandó una mirada de disgusto. La joven se puso seria y Lucy le hizo guardar silencio, pues temía que Pedro hiciera una escena.

—¡Ahora a dormir! —ordenó Pedro cuando apenas la plaza y los portales empezaban a cobrar animación.

Las jóvenes obedecieron contrariadas. En el cuarto del hotel vieron que la puerta que las separaba de Pedro era demasiado endeble y en silencio escucharon los ruidos que hacía el viejo al caminar por su habitación. También él podía oírlas y con señas se dijeron que tenían miedo. Revisaron el armario de tablas amarillas, la silla de madera y las camas de hierro cubiertas con colchas de algodón a rayas.

—No me gustan los armarios —murmuró Lucy.

—A mí me dan miedo —contestó Estela en un susurro.

Después, la menor señaló la puerta que comunicaba con el viejo y, de puntillas, se acercó para escuchar con atención. Con gran cuidado, dio vuelta a la perilla y comprobó que no habían echado la llave. Volvió al lado de su hermana.

—Está abierta —le dijo al oído.

Cogió una media y sin hacer ruido la ató a la perilla de la puerta. Después, entre las dos hermanas cargaron la cama hasta la puerta y ataron el otro cabo de la media a uno de los barrotes de la cabecera. Así, si alguien intentaba entrar, la cama serviría de defensa y avisaría. Ambas se sintieron en peligro y procuraron no hacer ningún ruido. Pablito las observaba con sus ojos dorados, sin hacer caso de las cucarachas enormes que se deslizaban por los muros pintados de amarillo sucio. El calor encajonado en el cuarto no les permitió dormir. Además, tenían miedo. ¿Por qué estaban allí? Les resultaba inexplicable que Beatriz siempre tan celosa de su nuevo marido hubiera aceptado gustosa permanecer sola en la ciudad. Sola no, con su hijo Nito. *Dos semanas, dos semanas* se repitieron asfixiadas por los olores de la habitación, al tiempo que espiaban los ruidos provenientes del cuarto del viejo.

Muy temprano, Pedro golpeó la puerta que comunicaba con el corredor y ambas se precipitaron a desarmar la cama, esconder la media y volver el mueble de barrotes azules a su antiguo lugar. El corazón les iba muy a la carrera y las lágrimas corrían por sus mejillas. Se ducharon en silencio, bañaron al niño y se vistieron de prisa.

—Tú no digas nada —le dijeron a Pablito.

En la playa había pocos bañistas, no era temporada y el mar encerrado en alambradas para evitar la entrada de los tiburones, las defraudó. Pedro eligió un galerón de madera que hacía las veces de restaurante, sacó un envoltorio y se lo tendió a Lucy.

—Tu traje de baño.

Lucy y Estela, con Pablito de la mano, se dirigieron a las casetas, mientras que Pedro pidió un *cocktail* de camarones.

—¡No puedes ponerte eso! —gritó Estela cuando vio el traje de baño de lana negra que Lucy sacó del envoltorio.

—¡Me da igual! —contestó ella con cansancio.

Estelita la observó con incredulidad: su hermana siempre había sido una gran deportista, adoraba la natación y los hermosos trajes de baño, ¿qué le sucedía ahora? Buscó en su bolso de playa y le tendió un bañador de látex azul cielo con pequeñas estrellas blancas.

—¡Ponte éste! —le ordenó.

Ya por las mañanas le había prestado unos pantaloncitos cortos a rayas blancas y azules. Estela no entendía a Lucy, ni su apatía, ¿por qué había perdido el interés por todo? Lucy es otra persona, repetían en su casa, intrigados por la actitud variable de Lucy, que pasaba bruscamente del silencio absoluto a accesos de cólera terrible. Además, había perdido mucho peso y el brillo de los ojos se había ido. Estela le puso el trajecito de baño al niño y los tres salieron a la playa. Se tendieron en la arena caliente y se subieron las trenzas rubias alrededor de la cabeza. Estela se cubrió con cuidado de aceite de coco y luego cubrió la espalda de su hermana. Poco a poco, el calor se fue introduciendo en sus cuerpos y se sintieron confortadas. Hacía mucho tiempo que Lucy no iba al mar, ni a una piscina y ahora al borde del agua recordó a la antigua Lucy dorada por el sol, segura de sí misma y de la vida que surgía como una fuente inagotable, en los jardines, en las playas, en el campo, en la ciudad. Se levantó de un salto y se tiró al mar. Deseaba irse nadando hasta sus confines luminosos, opuestos al mundo oscuro y anguloso en el que ella vivía. No deseaba regresar y nadó hasta topar con las alambradas, que separaban a los bañistas de peligros tenebrosos. Recordó a las Columnas de Hércules y al Mar de los Sargazos, se detuvo indecisa y volvió resignada a la playa, en donde Estelita jugaba con su hijo. Ahora era el turno de su hermana menor.

—Cuida al niño y al dinero que me dio mi papá. Aquí lo pongo —le advirtió Estela colocando un pequeño rollo de billetes dentro de la cubeta roja de playa de Pablito.

Lucy se tendió bocabajo en la arena. Existía el mundo abierto que ella había perdido, sobre la playa se dibujaron con precisión piscinas, bosques y algunos amigos perdidos como Hans, Dieter y Eric, con ella cargando mochilas, subiendo cuestas y encendiendo fogatas en las cimas, vio su bicicleta y a ella en largas carreras por el bosque y no entendió que todo aquello quedara reducido ahora, a habitaciones cerradas, conversaciones cortas y largos interrogatorios. ¿Qué deseaba saber Adrián? Él y su madre la trataban como si fuera criminal: le imponían castigos y la privaban de comunicarse con su familia y, además, habían cortado los vínculos con sus amigos. Escuchó que un hombre lanzaba exclamaciones, pero no le interesaba nada de lo que sucedía a su alrededor. Por primera vez en 1932 días, volvía a saber que el mundo era un lugar hermoso. Con el rabillo del ojo vio a su hijo ocupado en hacer agujeros en la arena. También vio unos pies dorados de hombre y cubiertos de arena. Después observó al hombre en cuclillas, mirándola con sus ojos azules y la piel dorada por el mar. El hombre le mostraba un billete mojado.

—¿Es suyo? —le preguntó en inglés.

Lucy se enderezó y el joven le dijo que en las olas flotaban billetes. Alguien los había dejado en una cubeta roja, a la que una ola había volcado. Estelita, chorreando agua, apareció también con un billete mojado en una mano.

—¡Mira! ¡Mira! —le dijo.

Las dos hermanas seguidas del joven y de su amigo, se lanzaron al mar a rescatar el dinero, mientras Pablito las contemplaba divertido. Lograron recoger algunos billetes a los que luego colocaron sobre la arena para que se secaran, mientras las hermanas y los dos desconocidos festejaban el rescate con grandes risas. Después de todo era magnífico que el dinero se ahogara. Los extranjeros también reían un poco asombrados. Lucy detuvo la risa: ¿acaso el mundo no había sido siempre agua, jóvenes y risas? Los cuatro fumaron un cigarrillo y hablaron de sí mismos con despreocupación, como si se conocieran de largo tiempo atrás. El joven que habló primero con Lucy se llamaba Corbett y su amigo, Ted.

—¡No! No tienen tipo de mexicanas —dijeron los dos norteamericanos asombrados.

Lucy contempló el cabello sedoso de su hermana lleno de hebritas de un rubio tierno como la plata y sus espaldas de nadadora, vio a su hijo, con su cabello diminuto de color cobrizo y luego se miró las piernas largas con una ligera pelusa rubia. Los cinco podían ser de la misma familia. Cerca de ellos había grupitos de bañistas morenos y silenciosos que comían camarones y ostras y que los observaban con disgusto. Siempre la habían mirado como si fuera una extranjera, parece una institutriz alemana, ¡sosa! Exclamaba Beatriz con disgusto. Con Ted y Corbett se sintió en familia. Apenas acababa de entrar en aquel ambiente risueño aparecieron frente a ella unos pantalones de gabardina clara y unos zapatos brillantes hundiéndose en la arena.

—¡Nos vamos!

Levantó los ojos para encontrarse con los de Pedro, que la miraban con hostilidad. Sintió vergüenza. El viejo alhajado como una prostituta parecía un personaje siniestro bajo la luz del sol y el viento marino. Los muchachos se pusieron de pie de un salto.

—¿Su padre? —preguntó Corbett sin ocultar su asombro.

—No. Mi suegro —contestó ella en inglés.

Pedro cogió al niño y dio órdenes de vestirse inmediatamente. Estaba de mal talante y el sol le daba tintes verdosos. Las hermanas corrieron a la caseta. Al salir encontraron a Pedro esperándolas y lejos en la arena los dos muchachos rubios las observaban incrédulos. Comieron en la barraca, bajo la mirada astuta del viejo, que pidió arroz, jaibas, ostras, pulpos, cocada. Era capaz de provocar que se congestionaran. La alegría de Estela se había apagado. ¡Ojalá y se muriera este asqueroso!, pensó Lucy con asco y recordó que también los otros dos se debían morir, entonces ella podría volver a ser lo que había sido: libre.

—¡Ahora a dormir la siesta! —ordenó Pedro.

—Yo nunca duermo siesta —aclaró Estela.

Fue inútil tratar de protestar. Pedro tomó en brazos a Pablito y abandonó el barracón. Atravesaron la ciudad llena de sol. Iban sombríos, el viejo no les dirigía la palabra, sabía que deseaban permanecer en la playa y contrariarlas le producía un júbilo secreto, una compensación para su ira. Las dejó en su cuarto húmedo por el que circulaban cucarachas y él se encerró en el suyo.

—Vámonos a la playa —dijo Lucy en voz muy baja.

Estela movió la cabeza y señaló la puerta que las separaba de Pedro; éste entró en ese momento y con gesto severo llamó a Lucy, que no se movió de su sitio.

—Le digo a usted que venga —ordenó el hombre.

Lucy salió con él al corredor, el hombre trató de llevarla a su cuarto, mientras le proponía con voz y palabras soeces acostarse con ella. La muchacha aterrada se soltó de sus manos con dedos de espátula y volvió corriendo a su habitación en donde la esperaban Estelita y su hijo.

—¿Qué te pasa? —preguntó su hermana en voz baja.

Lucy se sentó en la orilla de la cama, ¿cómo explicarle a Estelita lo que le había dicho Pedro? Sí, debía decirlo, debía hablar alguna vez.

—Me agarró por el brazo, quería —no pudo continuar, la invadió una vergüenza desconocida, además se podía armar un escándalo y Adrián no se lo perdonaría jamás. Miró a Pablito y se sintió acorralada. ¿Qué se propone Adrián y Beatriz? Se preguntó asustada. Si pudiera dejar de padecer el terror que le infundían se podría salvar, las losetas rotas del piso le contestaron: *Estás perdida, estás perdida*, recordó los ojos de piedra gris de Beatriz mirándola con una fijeza aterradora y la voz de Adrián: ¡Mientes, mientes, mientes! Era inútil debatirse, estaba perdida, pero jamás podría acostarse con el viejo Pedro, prefería matarse y matar a su hijo.

—¡Lucy!, ¿qué te sucede? —preguntó Estelita asustada.

—Me voy a México —contestó ella poniéndose de pie de un salto.

—Yo me voy contigo —dijo Estela en voz baja.

Lucy abandonó el cuarto corriendo. Estela tomó en brazos al niño y alcanzó a su hermana en la escalera. Salieron a la calle y caminaron largo rato a la deriva por las aceras sofocantes. ¿Por qué Beatriz y Adrián me mandaron con Pedro?, se preguntaba Lucy en medio del vapor asfixiante que envolvía la tarde y apresuraba el paso, como si la velocidad pudiera darle la respuesta. ¡Qué desdichada era! Sintió que no había nadie más desdichado en todo el mundo. Su hermana la seguía en la carrera. ¡Cómo ha cambiado Lucy, está muy rara!, pensaba la jovencita apresurándose para no perder a su hermana mayor. En una esquina tropezaron con un grupo de mocosos que remataban a pedradas a un perro moribundo. La sangre espesa del animal manchaba el cemento ardiente. El coro de alaridos de júbilo y palabras soeces cayó sobre ellas en medio del sol mientras el perro agonizaba. Estela soltó a Pablito y se lanzó a golpes sobre los criminales. Lucy se unió a la pelea. Los mocosos corrían alrededor de ellas dándoles puñetazos y una lluvia de insultos.

—¡Órale! Gringas patonas, váyanse a su país.

Lucy oyó el llanto de su hijo y corrió hacía él, mientras uno de los vagos la tiraba de los pelos.

—¡Degenerados!

Al final ellas quedaron dueñas del campo. ¿Qué podían hacer con aquel animal moribundo? Estela se puso a llorar y Lucy pensó que iba a desvanecerse ante la vista del perro moribundo cuya sangre continuaba manando. Se acercó a ellas un niño:

—Yo no quería que hicieran eso, pero siempre lo hacen —hablaba tan de prisa que tuvo que repetir su explicación para que las jóvenes lo entendieran.

El animal continuaba agonizando y ellas se sintieron impotentes para aliviar su dolor, no podían abandonarlo pues los verdugos volverían a la carga. El crimen parecía inaudito en aquella tarde de cielo aparentemente glorioso. *Podría ser el reverso del cielo, podría ser el infierno*, pensó Lucy acorralada por la luz y el dolor atroz del animal abatido. De pronto le ordenó al niño que fuera a una farmacia a comprar cloroformo, mientras ellas vigilaban al animal. El muchacho partió corriendo y ambas esperaron su vuelta en silencio. Pablito sentado en el suelo miraba al perro con los ojos muy abiertos por el espanto, también él estaba mudo. Al cabo de un rato el muchacho volvió con el encargo. Estela se arrodilló junto al animalito y le puso su pañuelo empapado en cloroformo junto a la nariz. Esperó hasta ver que el perro ya había muerto, lo tomó en brazos y lo colocó en el quicio de una puerta, mientras que Lucy se empeñaba en buscar en el aire el alma del animal, le pareció ver una ligera columna de mercurio translúcido que subía al cielo como una flecha veloz y miró a su hijo y lamentó seguir sobre la acera. El animal muerto había cambiado, se diría que jamás estuvo vivo ahora era sólo un algo piadoso, abandonado en el quicio de una puerta. Su hermana la sacó de sus cavilaciones, la cogió de un brazo y le ordenó: ¡Vámonos!

Caminaron sin rumbo, la gente las miraba con curiosidad, arrastrando al niño que se detenía a cada paso, como si la calle le produjera miedo. Al cruzar una plaza les salieron al paso los dos jóvenes norteamericanos:

—¿Qué pasa? —dijeron alegres de volverlas a ver.

No supieron qué decir, los habían olvidado, desde la mañana habían sucedido tantas cosas, que los dos extranjeros les resultaron dos desconocidos, dos seres venidos de algún país inexistente. Ellos se miraron y las invitaron a tomar un refresco. Se dejaron llevar, no deseaban volver con Pedro. Tampoco sabían de qué hablar con sus nuevos amigos, tan ajenos al mundo mezquino que las rodeaba. Estuvieron en una nevería charlando hasta que empezó a oscurecer. Lucy tenía miedo ¿Qué nos hará Pedro?, se decía. El miedo la volvía impaciente, no escuchaba lo que le decía Corbett, observaba a Estela, riendo y compartiendo su helado con Pablito. Notó que Corbett le arreglaba solícito unas mechas de su trenza que se habían escapado durante la pelea por el perro. Después señaló un golpe en el brazo.

—¿Qué es esto? —preguntó sorprendido.

Estela contó la muerte del animal y mostró su blusa desgarrada. Los muchachos guardaron silencio. Es inútil cualquier comentario. Lucy pensó que ellos sabían que su vida con Adrián era parecida a la de aquel pobre animal perseguido por la pandilla de asesinos y le llegó ácida como el vinagre la sordidez de su vida íntima. Él es feliz, nunca podrá comprender la miseria vergonzante de mi vida. Yo estoy tocada por el mal y recordó la habitación donde durmió por primera vez con Adrián, mientras detrás de la puerta vigilaba Beatriz. Si recordaba una sola vez más lo que había sucedido entre aquellas paredes de las que colgaban retratos al óleo y espejos podía volverse loca. Vio que Estela se ponía de pie. Los cuatro salieron a la calle, Corbett llevaba a Pablito en brazos, Ted y su hermana tomaron la delantera. El horror de aquella primera noche en la casa de Beatriz se dibujaba con precisión en el atardecer ardiente de aquel puerto curiosamente cubierto por el polvo a pesar de su cercanía al mar. Recordó una figura desnuda cruzando la habitación, era flácida, de piel blancuzca y ojos terribles, llenos de una ira inimaginable, que avanzaban contra ella, y escuchó las palabras simples de Corbett contando su biografía y la de Ted, ambos eran pilotos de guerra, estarían tres días más en Veracruz y luego volverían a su puesto. La muchacha apenas lo escuchó. Pedro esperaba en el hotel. Era el enviado de Adrián y de Beatriz. Los dos estaban dispuestos a volverla loca. Pedro tomaría represalias. Quizás era Pedro el encargado de repetir aquella noche en la que la figura flácida de Adrián avanzó hasta ella con una ira incontenible. *Pediré auxilio* se dijo y recordó que aquella noche también había pedido auxilio y que nadie acudió en su socorro. *Tal vez porque la casa de Adrián era muy grande y estaba muy aislada*, se dijo. *No, nadie escucha las llamadas de auxilio, por eso los criminales actúan con toda impunidad.* Después de aquella noche nunca volvió a ser la misma persona, mientras veía correr su propia sangre y escuchaba las blasfemias, supo que no existían palabras para decir lo que le había ocurrido. ¡Mi madre tiene que ver esta sangre indecente para que vea que su hijo fue el primero! No quería recordar. ¿Por qué surgían con tanta nitidez aquellos gestos, hechos y palabras en el atardecer veracruzano y junto a un joven rubio que olía a pasta de afeitar? Miró su perfil correcto, su piel dorada y su cuello poderoso. Él desconoce el terror. Le resultaría banal el pánico que sentía frente a Pedro. Lo envidió, si ella hubiera sido chico, también hubiera sido soldado. Combatir a campo o a cielo abierto y matar no era un crimen, era la mejor muerte, la más limpia. ¿Cómo decirle la sordidez de la muerte de su alma y de su cuerpo? La suya era una muerte cotidiana, se moría en abonos, a plazos, era una sombra que debía regenerar todos los días su propia imagen frente a ella misma, se hallaba escarnecida, deteriorada, humillada, se creía marcada por un signo infame y temía enfrentarse a la gente, hasta con su propia familia. Se preguntó si Corbett no habría leído en ella aquel signo infamante. Miró las manos grandes y doradas del muchacho que llevaba a su hijo y sintió nostalgia por algo que ella no había tenido nunca: la ternura viril con la que la cobijaba su padre. Llegaron al hotel, Corbett la miró con sus ojos límpidos y ella sintió su lástima.

—¿Van mañana a la playa? —preguntó enrojecido súbitamente.

—Sí —contestó ella, segura de que acudiría a su llamada.

El muchacho la miró con agradecimiento, le entregó al niño y le arregló una mecha rubia que caía sobre su frente.

Cuando subían las escaleras del hotel, los empleados las miraron con malicia, uno de ellos sonreía con gozo, ambas creyeron leer en su gesto: *Ya van a ver par de putas.* Estela anunció:

—Ted viene a buscarme esta noche. Voy a salir con él. No quiero estar aquí.

—¡Por favor! —suplicó Lucy.

El viejo Pedro salió de la oscuridad de unos pilares.

—¿De dónde vienen? —preguntó con insolencia.

—Llevamos al niño a dar una vuelta —murmuró Lucy casi sin voz.

Cenaron en silencio en el comedor del hotel que se hallaba casi vacío. La dentadura postiza de Pedro rechinaba con descaro, mientras su dueño comía con una velocidad inusitada. El niño empezó a dormirse sobre la silla.

—Sube a dormir al niño —ordenó el viejo y luego miró con fijeza a Estela.

Lucy enrojeció hasta la raíz del cabello bajo la mirada de su hermana. ¿Por qué la miraba así? Optó por no moverse de la silla. Las tinieblas la envolvieron y el mundo regresó con violencia a los cuartos solitarios, a las órdenes, a las blasfemias, a los interrogatorios y las miradas acusadoras. El viejo levantó al niño de la silla.

—¿No me oíste? —le preguntó a la madre que permaneció clavada en su sitio mirando el fondo de la taza de café.

Pedro atravesó el comedor llevándose al niño. Estela contempló a su hermana que continuaba inmóvil.

—¿Sabes lo que me dijo? Que yo estaba aquí de más. Que tú debías ir esta noche a su cuarto y que si te acompañaba y las dos le hacíamos compañía en la cama me podía quedar —dijo Estela en voz muy baja.

Su hermana no contestó a aquellas palabras terribles. *¿Qué podía decir?* Pedro era el marido de Beatriz y ella sólo era la infeliz Lucy.

—¿Es cierto que vas a ir a su cuarto? —preguntó su hermana exasperada.

Lucy movió la cabeza negativamente.

—Me crees ¿verdad? Me tienes que creer. Desde que inventó este viaje tuve mucho miedo, por eso quise que vinieras tú, siempre tengo miedo, Estelita. No sé si estoy loca o estoy rodeada de locos. Dime, ¿estoy loca? —preguntó en susurro.

Estela guardó silencio, parecía reflexionar, su hermana le daba pena. Desde su matrimonio se había convertido en un ser silencioso y huraño. Tampoco ella entendía nada y también ella tenía miedo, nunca se había sentido acorralada, como se sentía ahora.

—Vamos a llamar a Adrián. Le diremos lo que nos ha dicho este viejo —dijo Estela decidida.

—No lo creerá —aseguro Lucy.

—¡Tiene que creerlo! ¡Me lo dijo a mí! —gritó la jovencita.

Lucy la cogió de un brazo:

—¡No lo creerá nunca! ¿No te das cuenta de que es el marido de Beatriz? ¡Pedro es sagrado! Le dará la razón a él —dijo con los ojos fulgurantes de ira.

Apareció Ted en el comedor, vestido con su traje militar. Parecía un ser de otro mundo. Estela lo miró como un héroe. En efecto, el joven brillaba como un personaje mágico, dorado, impecable y portador de beneficios y milagros. En la puerta estaba Corbett igualmente erguido y purificador. Tal vez ellos con su sola presencia podrían salvarlas. Las muchachas se miraron avergonzadas de la sordidez que las rodeaba: arriba las esperaba el viejo Pedro, agazapado en la oscuridad, se había llevado de rehén al niño que era tan rubio y dorado como los dos recién llegados. Estela supo que no podía abandonar a su hermana.

—No puedo salir —le dijo a Ted con la voz llena de lágrimas.

—¿Por qué? —preguntó él desencantado.

Era imposible decir la razón y Estela guardó silencio, mientras llamó a Corbett con un gesto.

—¿Puedo sentarme? —preguntó Ted.

Las hermanas les ofrecieron asiento y se quedaron mudas frente a sus amigos. El mundo soez en el que vivían en aquel hotel anónimo las humillaba. Estela no entendía a su hermana y ésta tampoco se entendía a sí misma, ni entendía lo que le sucedía desde su matrimonio. *Quisiera no tener tanto miedo*, pensó y trató de sonreír. Estela se dio cuenta de que los hombres de la Administración las observaban con malignidad y le pareció escuchar sus comentarios groseros. Por su parte, Lucy pensaba locuras, como la de escapar con Corbett que con su gorra en la mano la observaba en silencio, no volver nunca al piso que compartía con Adrián; no ver nunca más a Pedro y a Beatriz, pero todo esto sólo era una locura, Ted y Corbett sólo estarían en ese puerto tres días y sólo querían nadar y charlar con ellas porque sus rasgos físicos les eran familiares. No imaginaban que detrás de su apariencia rubia y limpia existía un mundo oscuro y complicado opuesto al mundo de los dos pilotos. Lucy era una criatura deteriorada, una voluntad, ajena a su voluntad, la empujaba a la vulgaridad, hasta llegar a la promiscuidad propuesta por el viejo que las esperaba arriba. Pensó que toda su familia se desintegraba. La presión del mundo externo era demasiado fuerte y ella y sus hermanos carecían de armas para resistirla, era como tratar de detener un torrente con una mano. Quizás el culpable era su padre que los había educado en el deporte, la música, el latín, el vegetarianismo y los bellos sentimientos. ¡Los bellos sentimientos! ¿Qué diría su padre si ahora ella le dijera que sólo deseaba matar a Adrián y a su madre? Los valores que les habían impuesto sólo eran válidos para un país imaginario y la habían convertido a ella y a sus hermanos en seres inermes y ridículos. ¿Cómo explicar la conducta increíble del hombre que esperaba arriba? ¿Cómo decirle a su padre que su noche de bodas había sido una larga noche de insultos y de golpes? Desde aquella noche espantosa su vida había cambiado. No su vida, ella había cambiado. Se daba cuenta de que se había convertido en un ser vulnerable y humillado. Y lo peor era que no podía escapar de aquella pareja mitológica formada por Adrián y Beatriz. Era un monstruo de dos cabezas, exactamente iguales, con cuerpos aparentemente distintos y dotados de los mismos deseos, sensaciones, apetitos y ambiciones. Beatriz se había vuelto a casar con Pedro para vengarse de la traición cometida por Adrián al casarse con ella. Pero ninguno de los dos estaba dispuesto a dejarla ir con vida de sus garras feroces y de sus lenguas increíblemente viperinas. Recordó que antes era una chica libre que andaba en bicicleta, sostenía conversaciones con sus camaradas de estudios y contemplaba la vida como un hermoso espectáculo. Las miradas oblicuas e insolentes de los empleados de la Administración la convencieron de que existía un foso infranqueable entre ellos y su familia. Su madre tenía razón: *El mundo está lleno de peligros, qué bueno que los tengo a todos en la casa*. Un mozo se acercó sonriendo con felicidad.

—Dice el señor que ya se suban —dijo con insolencia, mirando por encima del hombro de Ted, que se volvió a él sonriente.

—¡Vámonos! —ordenó Lucy poniéndose de pie.

También Estela sintió la curiosidad malévola de los criados y la dicha que les producía contrariarlas. Era mejor no darles el espectáculo regocijante. Ellos sí sabían lo que Estela y su hermana desconocían; estaban en comunicación con Pedro y lo aplaudían. Por eso las miraban con aquel regocijo malévolo.

—¿Nos vemos mañana en la playa? —preguntó Ted.

—Sí —aseguró Estela.

Estaba decidida a ir a la playa con ellos. Al pasar cerca de la Administración escuchó decir:

—¡Puta!

Tuvieron que llamar al cuarto de Pedro para reclamar la llave de su cuarto, ya que éste la había recogido en la Administración. El viejo les abrió en calzoncillos y Estela retrocedió asustada.

—La llave está sobre la mesilla de noche —dijo Pedro con descaro.

Lucy evitó ver sus piernas flacas y su pecho enjuto cubierto de vellos ralos. Recogió la llave con rapidez y se inclinó a tomar a su hijo, que dormía sobre la cama de Pedro. Éste aprovechó el momento para atacarla por la espalda. Se entabló una lucha sorda entra la joven que trataba de ganar la salida y el viejo que trataba de impedírselo. Lucy no quería que su hijo al que llevaba en brazos, se despertara y contemplara aquel espectáculo que le parecía degradante. Al verlo se dio cuenta de que estaba decidido a organizar un escándalo a sabiendas de que todo estaba de su parte, incluso Adrián. Cambió de táctica, sonrió:

—Voy a dejar al niño y vuelvo —le dijo con voz suave.

El viejo pareció calmarse, le era insoportable mirar sus ojos vidriosos. Salió y encontró a Estela escondida detrás de un pilar del corredor. De prisa, ambas entraron en su habitación, cerraron la puerta con llave y acostaron al niño para luego cargar la cama hasta la puerta de comunicación con la habitación del viejo y atarla con una media. Estaban jadeantes, el corazón les palpitaba con fuerza y sintieron que iban a ponerse a llorar.

—Los de abajo le pueden prestar la llave maestra —susurró Estela señalando temblorosa la puerta de entrada.

Se precipitaron a llevar la otra cama junto a esa puerta y a atorarla con una media a la perilla de la cerradura. Después cada una se sentó sobre una cama y esperaron en silencio. No tardaron mucho rato en escuchar a alguien tratando de abrir primero una puerta y después la otra.

—Están atrancadas, señor —oyeron decir a un hombre. Pedro soltó algunas palabras soeces y ellas guardaron un silencio angustioso.

Pasada la media noche se desató un viento terrible sobre la ciudad. El viento entraba por la ventana y las rendijas de las puertas, se diría que la cólera de las hermanas había desatado el huracán.

—Mañana nos vamos —dijo Estela.

Buscó frenética el dinero para contarlo: no tenía bastante para pagar el viaje, el mar le había tragado casi todos los billetes.

—¿Cuánto tienes tú?

—Nada —contestó Lucy con simplicidad.

Su hermana la miró con incredulidad.

—¿No te dio nada Adrián?

Estela, agobiada, se dejó caer sobre la cama. Al amanecer el viento traía ráfagas de lluvia. Apenas amaneció cogieron la bolsa de playa y al niño y abandonaron el hotel. Los hombres de la Administración las vieron pasar con aire divertido.

—Hay Norte. ¿A dónde van? —preguntaron con alegría.

En la calle el viento soplaba con furia, las jóvenes podían dejarse caer de espaldas pues las corrientes de aire las sostenían. Les divirtió el juego. Llegaron a la playa barrida por un oleaje furioso. El galerón donde habían estado la víspera se hallaba húmedo y desierto. Sólo quedaba la mujer que preparaba el arroz, que se había refugiado en una especie de cuartucho, que olía a orines y a cerveza. La mujer les permitió ponerse los trajes de baño.

—¿Se van a bañar? —insistió asustada.

Ellas se echaron a reír. Toda la furia del mar no bastaba para limpiarlas de la noche pasada en el cuarto sucio del hotel.

—El guardavidas no permite bañarse hoy —dijo la mujer señalando a un hombre de piel oscura y reluciente como la de una roca, sentado en una atalaya blanca colocada en mitad de la playa. El hombre escrutaba el mar y llevaba colgado al pecho un silbato.

—Yo voy primero —anunció Lucy sin escuchar a la mujer.

Salió a la playa a enfrentarse con el viento, y el oleaje, se lanzó a las olas, no tenía miedo, entre ella y el mar existía un acuerdo secreto, una amistad leal. Las olas enormes pasaban sobre su cabeza y la metían con violencia evitándole escuchar los silbatazos del hombre de la atalaya. Volvió a la playa con las trenzas pesadas por el agua y la sal. El guardavidas se acercó indignado.

—Está prohibido nadar cuando hay Norte —le gritó.

Ella movió la cabeza como si no entendiera. A veces su aspecto extranjero le era útil. Al entrar al barracón se encontró con Ted y Corbett charlando con Estela. Ambos habían acudido puntuales a la cita. Se habían puesto los trajes de baño y habían colocado un disco en la rocola. Al ver a Lucy corrieron a echarle una toalla sobre los hombros. La vida era maravillosa, bastaba ver los ojos límpidos de Corbett para saberlo. El guardavidas interrumpió la alegría de aquel momento.

—¡No pueden bañarse! —ordenó.

—Hoy es su día, puede decir: ¡no! —exclamó Lucy.

Los jóvenes tomaron la revancha de la noche pasada: también ellos habían sentido la hostilidad gratuita de los hombres del hotel. Miraron divertidos al hombre que apenas les llegaba a la clavícula y que los miraba con una autoridad que resultaba cómica.

Se echaron las bolsas al hombro y se alejaron en busca de una playa que careciera de vigilante. El guardavidas parecía tan imbuido en su importancia que los cuatro rieron largo rato con malevolencia. Encontraron una playa abandonada en la que nadaron en sus olas plomizas y encrespadas, lucharon con el agua y con el viento que amenazaba llevarlos por el aire. Quemados por la sal y el viento atravesaron la ciudad, iban alegres, con los cabellos llenos de sal y arena. Casi nadie transitaba las calles, excepto alguna que otra mujer chancleando sobre la acera y algunos niños que se ofrecían como guías de turistas.

Lucy y Estela debían regresar al hotel, temían la cólera de Pedro, cabizbajas se despidieron de sus amigos, ellos las vieron alejarse preocupados. Las jóvenes tenían algo indefenso, se diría que estaban en peligro y que ellos sentían ese peligro. Ya muy cerca del hotel, Lucy declaró:

—¡No quiero ver a Pedro! Vamos a comer a cualquier cafetín.

Estela tampoco deseaba enfrentarse al viejo, recordaba lo sucedido la noche anterior como una pesadilla, vio los dedos alhajados del hombre prendidos al pecho de su hermana y supo qué hacía años que Lucy se debatía en un tiempo oscuro, en una dimensión irreal, la escuchó decir: *Le diré todo a Adrián*, y Estela supo que era inútil. A sabiendas de que la escapatoria al cafetín era sólo un minuto arrancado al infierno en el que vivía, Lucy le agradeció a su hermana que aceptara su proposición.

—Nunca te cases —le dijo a Estela en el momento en que entraban al cafetín de sillas pintadas de color de rosa.

—¡Eh, chicas! —las llamaron en inglés.

Se volvieron para encontrarse con Ted y Corbett riendo y contentos del reencuentro. Pensaron que las habían seguido de lejos. Ambos tenían algo profundamente simple que provocaba las miradas de los demás comensales que parecían escandalizarse de sus piernas desnudas. Lucy se encontró con los ojos de Corbett, ¿por qué no será él Adrián? Pensó que le gustaría estar siempre bajo la mirada limpia del muchacho. Él puso una mano sobre la suya.

—¿Qué pasa, Lucy? —le dijo.

—Nada —contestó y casi sin quererlo volvió a mirar sus ojos azules, que de pronto se volvieron graves.

—No digas nada —le dijo él dándole de palmaditas en la mano.

Afuera la lluvia arreció y el viento sopló con más furia. Era un viento aventurero que venía de muy lejos, barría los países extranjeros, entraba a Veracruz para partir después hacia otros rumbos. Ella y su familia siempre se habían querido ir, en los armarios de su casa se guardaban los trajes para el viaje y mientras se iban al encuentro de la nieve, leían *La Odisea*, *Magallanes*, *Simbad el Marino* y cualquier libro de viajes y aventuras. *El mundo es peligroso*, les repetía su madre, que deseaba que no salieran nunca de su casa. ¿Por qué se habría casado? El tiempo hostil e inmóvil de su matrimonio no tenía fin, Adrián era un extraño, igual a los clientes del cafetín que comían a grandes bocados la comida oscura servida en los platos gruesos de porcelana barata. ¿Cómo escapar de él y de Beatriz? Se preguntó convencida de que ambos poseían un extraordinario poder y de que la tenían sujeta en una red invisible y rígida. *Me ven de día y de noche*, se dijo y recordó sus ojos de piedra gris que la paralizaban de terror. Escuchó sus continuos interrogatorios: *Quieres ir a tu casa, ¿verdad? ¡Confiésalo, confiésalo! ¿En qué estás pensando? ¡Ah! Piensas en que nos odias. ¡Confiésalo, confiésalo!*

—¿Y tu marido? ¿Lo quieres? —escuchó lejana la voz desconocida de Corbett.

Se sobresaltó, no supo qué decir, la voz del muchacho venía de la profundidad de su pecho amplio, se recordó a sí misma por las noches, con el terror de las pesadillas, sentada junto a la ventana, mirando la calle desierta y los edificios vecinos blancos, como cráneos olvidados en un tiempo inmóvil. Angustiada esperaba el final de la noche. Era peligroso llorar, Adrián podría sorprenderla y la llamaría loca, loca, loca. Corbett le dio un golpecito en la mano, la luz límpida de sus ojos aseguraban la certeza del orden solar. El muchacho repitió la pregunta.

—Sí, claro... —contestó ella al cabo de un silencio.

Mentía, hubiera querido tener valor para decir que le temía, que la tenía atrapada en una cortina maligna entre sus pliegues espesos *de color, de color, ¡Beatriz!* se dijo recordando la abundancia de la carne que amenazaba saltar por el escote del traje de la madre de Adrián. Corbett sacó su peinecillo y le arregló algunas mechas que escapaban de sus trenzas. De las mesas vecinas los miraron personajes gordos, de ojos furtivos. Se diría que les estaban preparando una trampa.

—Vámonos —dijo Lucy, que prefería el vendaval de la calle a las miradas de los comensales.

Caminaron sobre el viento. Las calles estaban desiertas. La gente se resguardaba del huracán que amenazaba llevárselos como a hojas sueltas. Las mesas de los cafés habían sido retiradas de los portales. Lucy y Estela recordaron a Pedro. ¿Qué habría hecho al descubrir que se habían ido tan temprano? Sintieron miedo y trataron de no recordar la escena nocturna a la que un pudor invencible las obligaba a replegarse en las profundidades de su memoria, Ted preguntó:

—Y el suegro, ¿qué hace?

No supieron decir, simularon indiferencia y se encaminaron al hotel. ¿Cómo confesar que andaban a la deriva porque el suegro había querido acostarse con Lucy? En el portón del hotel se despidieron.

—Hasta la noche.

Los vieron alejarse con sus camisas caqui mojadas por la lluvia. Habían aceptado que vinieran a las siete a sabiendas que no podrían salir con ellos. ¿Cómo dejar al niño y cómo quedarse a solas con Pedro? Los empleados del hotel las vieron subir la escalera con una sonrisa equívoca y un comentario soez en los labios.

—¿Ves? El mal siempre encuentra cómplices. Es inútil que me queje o diga algo, todos se pondrían de su parte. Es evidente que el viejo Pedro es un malvado y ¡míralos!, están con él —dijo Lucy aludiendo a los empleados de la Administración.

—¿Crees que lo sepan? no pueden ser tan malos —dijo Estela asustada.

—Lo saben y lo gozan, por eso estoy perdida.

Estaban empapados y el niño parecía divertido, le había gustado la lluvia. Con la humedad el cuarto del hotel olía a mugre de muchos años. De los rincones surgían olores acedos y las camas despedían recuerdos de cuerpos extraños. Las hermanas se sentaron en el borde de la cama sin saber qué hacer. Era una desgracia el viaje, por primera vez en su vida Estela se sintió llena de rencor: *El viejo está detrás de la puerta*, se dijo y se volvió a su hermana que con las trenzas chorreando agua, ni siquiera se le ocurría buscar una toalla para secarse y secar a su hijo, era un ser inerte en medio del huracán que se abatía sobre la ciudad.

—Llama a Adrián. ¿Qué vamos a hacer? No quiero ver al viejo —le dijo en voz muy baja.

—Es inútil que le llame —contestó Lucy.

—¿No te das cuenta de que puede repetirse la escena de anoche? —suplicó Estela.

—Sí, me doy cuenta, pero Adrián no hará nada, ya no puedo más.

—¡Tienes que poder! —gimió Estela.

Lucy se puso de pie, avanzó hasta su hermana, la miró al fondo de los ojos y dijo con voz grave.

—El único remedio es matarlo... o matar a Pedro... o a Beatriz... ¡No, matar a los tres! Acabar con esta pústula, con este trío infame, antes de que ellos me maten a mí y maten a mi hijo.

—Lucy, no hables así, qué cosas tan horribles se te ocurren —exclamó espantada.

—Te equivocas. A veces el crimen es el único remedio contra los criminales que actúan en la impunidad.

Lucy se preparaba a explicar su plan, el más secreto de los planes que había hecho para escapar de la tutela tiránica de Adrián y de Beatriz, cuando la puerta que comunicaba con el cuarto del viejo se abrió y éste apareció con los escasos cabellos en desorden y el gesto soez.

—¡Ven aquí! —le ordenó a Lucy.

Estela que había escuchado a su hermana con horror, vio que ésta se quedaba inmóvil ante la orden del viejo. Le pareció que los minutos se eternizaban, recordó las palabras de Lucy: *Matar a los tres*. Sintió que iba a llorar y ante la actitud implacable del viejo, movida por el terror se puso de pie y corrió a su encuentro.

—Nos llovió, no podíamos volver, estamos empapadas, vamos a cambiar al niño —le dijo suplicante.

El viejo le echó la mano a un pecho y ella retrocedió espantada, lo vio acercarse a Lucy, se sentó junto a ella y empezó a acariciarle los muslos dorados con torpeza. Estela permaneció inmóvil, lo escuchó decir:

—No te vas a burlar de mí. ¡Qué bonito color tienes! ¿Para quién te guardas? Ven a mi cuarto, ¿crees que tu marido ignora a lo que venías?

Lucy permaneció en silencio, intensamente pálida, Estela aterrada, sólo pudo gritar:

—¡Papá! ¡Papá! ¿Dónde estás? ¡Ven!

Su grito despertó a su hermana, que abrazó a su hijo y con él en brazos salió corriendo escaleras abajo. Estela la siguió. La encontró sentada y jadeante en un sillón en el fondo del vestíbulo de piso de mosaico rojo, con su niño sobre las rodillas. Se sentó a su lado y ambas guardaron silencio, mientras los empleados las miraban divertidos. Aquel grupito de hombres sabía lo que les sucedía y gozaban con su humillación. A Estela se le llenaron los ojos de lágrimas.

—Si lloras delante de estos malditos te mato —le dijo Lucy con voz resuelta.

Estela se contuvo y volvió los ojos a su hermana que fingía jugar despreocupada con su hijo. La imitó, el niño les sirvió de juguete para disimular su desesperación. Pedro no bajaría y ellas lo único que tenían que hacer era esperar a que dieran las siete y llegaran sus amigos. Con ellos estaban seguras, al abrigo de los ataques del viejo y de las miradas grasientas de los empleados. Lucy pidió unos cigarrillos y café.

—¿Ves cómo es un imperativo que mate a esta trilogía maldita? —le dijo a Estela mientras simulaba saborear el café espeso.

—No hables así, me das miedo —suplicó la menor de las hermanas.

—Antes yo era como tú, pero me han cambiado, ahora sé que los crímenes no siempre aparecen en los diarios. ¿Prefieres que me maten a mí? mira, cuando vivía en la casa de Beatriz, antes de que se casara con Pedro me desperté una noche porque ella me estaba asfixiando con una almohada, su hijo dormía en el ala de la casa que ocupaba Beatriz. Cuando logré desasirme de la almohada y de ella, corrí por la casa oscura, no podía gritar, tropecé con un mueble en el salón y derribé una mesilla llena de bibelots, entonces grité como tú, ¡papá! Se encendió la luz y apareció Adrián en pijama ¿Qué haces aquí?, ¿estás loca? Vi su boca caída por el asco y sus ojos de piedra y tuve valor para decirle lo que me había ocurrido. Adrián abrió mucho los ojos, vi que también él tenía miedo y gritó: ¡Mamá! Beatriz entró envuelta en un viejo kimono japonés, muy sorprendida, ¿Qué pasa, hijito? Mamá, mamá, has tratado de ahogar a Lucy con una almohada, le reprochó. Beatriz empezó a golpearse el pecho y a gritar: ¿Yo?, ¿yo?, ¿yo? ¡Dios mío! Qué mala es esta mujer, qué mala, ¡me odia, hijito! ¡me odia! ¡Juro por la paz del sepulcro de mis padres que miente! ¡Miente, hijito, miente! Y Beatriz besaba la cruz una y otra vez. Adrián se quedó perplejo unos instantes, después se volvió a mí: ¡Malvada! ¿Cómo te atreves a calumniar a mi pobre madre? Beatriz avanzó hacia él, lloraba a grandes sollozos y gritaba: ¡Hijo, hijo, tu mujer me calumnia, me odia! Espantada, retrocedí ante la pareja, la cólera me nubló la vista y cogí la mesilla derribada y la lancé contra Beatriz. ¡No miento! ¡No miento! ¡Vieja canalla, usted trató de ahogarme con la almohada! y Beatriz esquivó el golpe con rapidez. ¡Juzga tú, Nito, quien quiere matar a quién!, dijo dejando de llorar, pues ella llora a voluntad.

Lucy calló. Su hermana la contempló asustada.

—¿Qué pasó después? —preguntó.

—Nada. Adrián le creyó a ella. ¡Vete a tu cuarto y cuidado con volver a calumniar a mi madre!, me dijo. ¡Quiero irme a mi casa!, contesté, al oír esto, ambos se colocaron junto a la puerta del salón y dijeron a coro: ¡Eso sí que no! ¡Usted se queda aquí, cargará con las consecuencias toda su familia que no supo educarla! Beatriz se puso en jarras, escupió y dijo: ¡Puta!, usted no va a deshonrar esta casa honorable. Te lo advertí, Nito, te lo advertí.

—Y luego, ¿qué pasó? —preguntó Estela en voz baja.

—Nada. Apagaron la luz y se fueron a sus cuartos. Me quedé allí a oscuras, hacía ya tiempo que sentía que me habían colocado un trozo de caca en el cogollito tierno del corazón, estaba muy humillada. No tenía miedo, ya sabía que Beatriz es una asesina.

—¡No digas eso! y ¿por qué lo dices? —preguntó Estela asustada.

Su hermana le lanzó una mirada de fatiga, pensó que había hablado demasiado, ahora meditaba cómo librarse del viejo que esperaba arriba. Se inclinó sobre su hermana.

—No podemos subir. Si es necesario nos vamos a dormir con los norteamericanos —le dijo. La ropa mojada se secaba lentamente sobre sus cuerpos, afuera el vendaval barría las calles como aquella noche en que a oscuras buscó el camino de su cuarto en la casa sombría de Adrián. No durmió, veló largas horas esperando el regreso de Beatriz, ahora rebotaba como una pelota contra los muros de un recinto cerrado, no encontraba salida para su situación desesperada. *Sí, debo matarlos,* se repitió varias veces. Imaginó que para Beatriz era menester utilizar un puñal muy largo, un cuchillo cebollero, un puñal cualquiera no alcanzaría ningún punto vital, *si tuviera una pistola*, suspiró. Quiso recordar su vida anterior de la que le quedaban imágenes superpuestas en desorden: *Hay dos caminos, uno bordeado de rosas, recto y perfumado, el otro lleno de espinas, cardos y vericuetos. ¿Cuál escoges tú?*, le preguntó la Madre Dolores desde su alto pupitre y su hermosa cofia blanca cubierta por un manto negro. ¡El de las rosas!, contestó ella con decisión. Ese es el camino del infierno, le respondió la Madre teresiana. No comprendió el misterio, ¿por qué las rosas llevaban al infierno? No tuvo tiempo de preguntárselo a la Madre; unos días después unos hombres cerraron el convento y el patio de losas blancas sembrado de naranjos, donde las niñas en fila besaban el anillo del señor Obispo que daba paso en la entrada de la Capilla, desapareció. Ese mundo silencioso y geométrico, en donde los misterios de la blancura y la penumbra se sucedían en el orden previsto de los perfumes secretos y las palabras indescifrables de las oraciones, desapareció para siempre de su vida. Los cirios encendidos como un pequeño jardín llameante se apagaron, así como los pasos marcados por la chasca de la Madre. De un puntapié un hombre llamado Calles rompió el orden de la belleza secreta, como ahora, un hombre llamado Pedro había roto el orden marino. Le pareció que desde el principio todo lo que amaba estaba destinado a ser destruido a puntapiés. Se vio vestida de azul caminando por la calle rosa de San Idelfonso, ¿por qué siempre azul?, porque el azul es para *las rubias*, era la respuesta de su padre. Lo había olvidado. Recordó entonces, la tarde en la que compró un abrigo azul de Prusia, de corte de capote militar con un pequeño cuello de piel gris. La contempló sonriendo, llevaba el cabello rubio anudado en la nuca: *Pareces un húsar*, le dijo complacido y la invitó a cenar. La había educado en el orden militar en el cual no cabían las lamentaciones ni los desfallecimientos. *Los soldados ingleses se afeitan antes de ir a la batalla*, repetía y ahora ella mecánicamente ejecutaba la disciplina del silencio. Tal vez esa mecánica le impedía el suicidio, que como un deseo imperioso la perseguía desde el día de su matrimonio. *Te educaron para faquir*, le decía Adrián riendo. Quizás era verdad, pues no sabía quejarse. De pie, como un húsar, aguantaba los puntapiés que destrozaban uno a uno los valores que ella había colocado por encima de sí misma. A veces también recibía bofetadas por encima de las aceitunas puestas sobre la mesa de Beatriz. *Me iré un día*, y miraba la casa donde la trasplantaron casi sin su consentimiento. *Me iré un día después de haberlos matado*, se repitió, mientras se arreglaba los cabellos mojados que se resistían a secarse en aquel vestíbulo barrido por el viento marino que le humedecía aún más la blusa y los shorts. Su hijo jugaba al caballito sobre las piernas de su hermana. Se angustió al comprobar que su hijo crecía con aquella pasmosa lentitud, Adrián y su madre, no le permitirían llevárselo por eso tenía que matarlos. Adrián venía de una familia de abogados y en las discusiones de familia echaba siempre mano de las leyes que protegían sus intereses y derechos, sin contar con que gozaba de amistades poderosas. Ella era hija de un inmigrante y su casa empezaba a desintegrarse a fuerza de desconocer sus derechos, que en la práctica eran nulos. Contempló a Estela, sonreía con una sonrisa apenas dibujada, bajó los párpados gruesos y pálidos como los pétalos de una magnolia. Siguió su sonrisa y vio que en la puerta estaban los dos oficiales con la gorra militar en la mano.

—¿No están listas? —les preguntaron.

Con un gesto Lucy les ofreció asiento. Corbett ocupó un sillón con asiento de cuero próximo al que ella ocupaba, quería saber qué ocultaba aquella muchacha alta y atlética que se conducía de una manera tan inesperada a pesar de su aspecto simple. Un sentimiento desconocido lo movía a protegerla, tenía la impresión de verla en lo alto de una cornisa dispuesta a lanzarse al vacío. Le levantó la barbilla y la miró a los ojos.

—¿Qué pasa? Todo puede arreglarse —le dijo en vez de decirle que se había enamorado de su silencio.

Lucy sintió la intensidad de las palabras banales y la fuerza de la mano que le sostenía la barbilla y tuvo la intención de arrojarse a su pecho a llorar. Con él podía abandonar la disciplina impuesta por su padre, que le servía de coraza frente a los que se permitían con ella abusos y crueldades. Corbett tenía la nobleza de los que van a morir y en su mundo no ocurrían las cotidianas bajezas, de los escribanos, los dictadores de arbitrariedades, burócratas policíacos escudriñando los pensamientos ajenos que suman y vuelven a sumar el número infinito de sus víctimas y de sus ganancias.

Estela y Ted jugaban con su hijo, el cabello sedoso de su hermana lanzaba destellos de cobre pulido que atraía las miradas de los hombres cruzados de brazos alrededor del escritorio. Lucy los miró con miedo, sonreían con despecho: *Esperen, ya verán*, parecían decir sus ojos. Se volvió a Corbett que parecía reflexionar sobre la situación.

—No importa que no puedan salir, cenaremos aquí —dijo mirándola con sus ojos límpidos.

Lucy iba a contestar, cuando estalló un escándalo al pie de la escalera. Era Pedro, que en mangas de camisa, rodeado de los hombres de la Administración, que las miraban satisfechos, les lanzaba a voz en cuello una serie de injurias entre las que sobresalía la palabra putas. Estela, con el niño en brazos, se quedó petrificada de terror. Ted se volvió a ella.

—¿Qué pasa?, ¿qué dice?, ¿por qué nos señala así? —preguntó estupefacto.

Estela no supo qué contestar, su piel se volvió roja y los ojos se le llenaron de lágrimas. Se acercó a su hermana.

Pedro, con los brazos extendidos las señalaba mientras la palabra putas brotaba sin cesar de su boca ante la aprobación de los empleados. Corbett se puso de pie y seguido de su amigo avanzó hacía el grupo amenazador. Lucy los detuvo.

—¡Siéntense! Está enfermo. Lo trajimos a Veracruz para que descansara —les dijo con firmeza.

Los jóvenes se colocaron al lado de ellas con los brazos cruzados sobre el pecho en actitud de desafío. Los hombres que rodeaban a Pedro se quedaron quietos mirando de soslayo a las muchachas y a los extranjeros. De pronto Pedro dio la media vuelta para rehacer el camino de regreso a su habitación. Los hombres que le servían de coro bajaron la cabeza, se diría que sus lustrosos bigotes habían perdido brillo. Lucy contuvo las lágrimas mientras su hermana, abrazada al niño, lloraba con una facilidad incontenible. Los jóvenes sentían vergüenza, de alguna manera adivinaban la humillación infligida a sus amigas.

—¿Qué quieren que hagamos? —preguntaron temblorosos.

—Nada.

Contestó Lucy, cuyas rodillas chocaban entre sí con temblor nervioso. Corbett colocó las manos sobre las rodillas de su amiga.

—¡No tiembles! Podemos abofetear a esos —le dijo señalando con un descaro a los hombres de la Administración.

—¡No! Usan navaja —contestó ella con voz severa. *Al que hay que matar es al de arriba*, pensó. Él era el culpable, él desataba la bajeza en los demás. Existen seres así que llaman a la cobardía, como existen otros que apelan a los sentimientos nobles. Vio a

Ted que levantaba el puño y lo miraba amorosamente. Lo escuchó decir:

—Ellos tienen navajas y nosotros puños.

Sus amigos no entendían el problema: Pedro expandía el germen de la vileza y había contagiado a aquellos pobres diablos. Si sus amigos los golpeaban Pedro era capaz de pagar a alguno de ellos para que les pusiera una celada por la noche. Trató de convencerlos.

—Ellos siempre tienen razón, acabaríamos en la cárcel —les dijo a sus dos amigos.

—Habría un muerto, nunca se sabría quién lo mató —agregó Estela.

Las amenazas de Pedro obligaron a los muchachos a tomarlas bajo su protección. Se sentaron junto a sus amigas.

—No tengan miedo, nos quedaremos con ustedes —aseguraron sonrientes.

Formaron un pequeño círculo y ordenaron la cena. Ted se ocupó del niño que se quedó dormido en sus rodillas. Afuera el vendaval continuaba soplando con furia y hasta el rincón del vestíbulo entraban remolinos de viento empapados de lluvia, como si quisiera barrer las palabras inmundas que habían caído sobre el grupo de jóvenes que hablaban en voz muy baja. Desde lejos los empleados continuaban observándolos. Estela estaba segura de que cuando sus amigos salieran a la calle iban a atacarlos en algún rincón oscuro, después dirían que dos gringos borrachos habían provocado una reyerta. Pero no dijo una palabra acerca de sus temores. Por su parte, Lucy buscaba la manera de lavar aquella afrenta pública que le había inferido Pedro. *Lo mataré a él primero*. Los dos muchachos ajenos a sus cavilaciones hablaban de cosas simples y observaban con agrado a sus amigas. Cuando Estela empezó a cabecear, Ted extendió el brazo y colocó la cabeza de la jovencita sobre su hombro. Corbett y Lucy se limitaron a hablar de sus respectivas universidades, pero por debajo de las palabras se establecían corrientes secretas y frases apasionadas que los obligaban a detener la conversación y a mirarse sorprendidos. ¿Por qué estoy casada? ¿Por qué está casada y vive en este lugar horrible? Corbett extendió la mano y le dijo con aire divertido.

—Pecas.

Lucy se cubrió la cara con las manos, siempre se las había reprochado.

—¿Por qué? Son muy bonitas —dijo Corbett sorprendido.

Y calló pensando que le gustaría besar el rostro de la chica taciturna que estaba junto a él. Bajó la vista para escuchar a la noche que avanzaba en medio de la furia del viento. Nadie hizo alusión a la hora. Estaban entumecidos por la humedad. Ted se había quitado el chaquetón para cubrir al niño que dormía apacible sobre sus rodillas. El reloj del vestíbulo sonaba de cuando en cuando para avisar que se terminaban las horas. Los cuatro habían caído en un tiempo en el que se amaban en silencio, un silencio cada vez más desesperado. En la Administración quedaban dos veladores para observarlos; bajo sus ojos malignos era imposible cualquier gesto. Los cuatro habían olvidado su presencia y sólo deseaban el amparo de un lugar imaginario donde pudieran decirse las palabras que se morían en sus gargantas.

—¡Odio este lugar! —declaró Lucy. Su declaración de odio sustituía a la declaración de amor que hubiera querido decir a Corbett.

—¿Por qué no te vas a California? —preguntó el muchacho.

Dijo la palabra California como si ella encerrara la promesa del paraíso. Lucy no contestó. El paraíso había sido abolido para ella, en su mundo no existía ni pasado ni futuro, únicamente un eterno presente que podía reducirse a la frase: *Hoy es jueves*. La palabra California le abrió una rendija al perdido mundo imaginario, a los días en que el jueves era su día predilecto, el día dedicado a Júpiter tonante, cuando en su tiempo circulaban dioses griegos mezclados con esplendorosas Vírgenes Marías. Miró sonámbula a Corbett y éste la recibió en sus brazos y la arrulló unos minutos, como la prueba de que la rendija abierta tenía cuerpo. Era la primera vez que Lucy sentía la corriente secreta del amor que partía indestructible del pecho ancho de Corbett y se mezclaba a su pecho delgado llenándolo de un poder desconocido. Cuando se separó de sus brazos se sintió fortalecida, había recibido el bautismo de la Poesía.

Estela dormitaba sobre el hombro de Ted que de vez en cuando se inclinaba para besar furtivamente sus párpados pálidos.

Los muchachos esperaron las primeras luces del amanecer.

—¿Están seguras de que no quieren mudarse a nuestro hotel? —preguntaron.

Ellas movieron la cabeza negando. Estaban al pie de la escalera que las llevaría a su cuarto, ofrecieron sus mejillas para recibir un beso de los oficiales y luego subieron tratando de disimular su terror. Las vieron irse, no se movieron hasta que sus piernas largas y torneadas desaparecieron en la curva de la escalera. Entonces, se calaron sus gorras militares, miraron con desdén a los hombres de la Administración esperando una reacción que no se produjo y salieron a la calle a enfrentarse con el vendaval.

Tenían cita con ellas en el Café de la Parroquia a las nueve y media de la mañana. Era ese el último día que estarían en el puerto. Al día siguiente partirían para el frente.

A la hora convenida ocuparon una mesa en el café. Casi no había parroquianos y por la calle continuaba la desenfrenada carrera del viento. Los dos se hallaban preocupados, habían comentado la conducta de Pedro y el terror de las muchachas. Se habían dado cuenta de que ambas sentían una enorme vergüenza frente a ellos, miraron el reloj, pues el retraso de sus amigas los tenía inquietos. Les disgustaba no volver a verlas o dejarlas en manos de aquel viejo cuyas intenciones eran bien claras. Se disponían a ir a buscarlas cuando las vieron avanzar con el niño en brazos. Vistas de lejos, batiéndose con el temporal, parecían perdidas e indefensas. A través del cristal de la ventana del café vieron cuando sus amigas al sentirse observadas improvisaron un gesto de seguridad e indiferencia. Las recibieron de pie.

—¿Ya desayunaron?

Las jóvenes guardaron silencio. No podían disimular su depresión y resultaba difícil arrancarles una palabra.

—¿Sucedió algo? —preguntó Corbett acariciando la mano de Lucy.

La joven movió la cabeza y Estela apenas pudo contener las lágrimas.

—Nada.

¿Cómo confesar lo que había sucedido? Era demasiado humillante. Cuando los dos oficiales se marcharon del hotel y ellas se preparaban a dormir, el mismo dueño del hotel entró intempestivamente en su cuarto:

—El señor se fue a México y ustedes deben pagarme ahora mismo la cuenta —dijo mirándolas con cinismo.

Ellas asustadas habían guardado silencio. Estaban aturdidas. Carecían de dinero y el hombre que tenían delante parecía muy seguro de sí mismo.

—¿Me van a pagar? O tendré que cobrarme en especie —preguntó sonriendo.

—¿Qué quiere decir? —preguntó Estela.

—Bueno. Ahí está la cama, ahí me pueden liquidar la cuenta.

—¡Insolente! Salga de aquí o llamó a la policía —gritó Lucy.

—¿A la policía? Seré yo el que llame. Este no es un hotel de putas y menos de putas que no pagan. ¿Los gringos no les pagaron?

—¡Salga de aquí! Se le va a pagar la cuenta. Y entérese, mi hermana es menor de edad y puedo demandarlo —le dijo Lucy con voz iracunda.

Y acto seguido lo sacó a empellones de la habitación. La escena no terminó ahí, el individuo empezó a golpear la puerta. Lucy se puso los shorts y la blusa y salió a parlamentar con el individuo que la acorraló junto a un pilar para hacerle proposiciones soeces. Logró librarse de él y bajó corriendo a la Administración para pedir una llamada telefónica con México. Quería hablar con Adrián. El empleado le negó el uso del teléfono. Regresó a su cuarto tratando de guardar la compostura. Encontró a Estela sollozando.

—Vamos a la Central de Teléfonos ahora mismo —ordenó Lucy.

Frenética se lanzó a la ducha, se cepilló el cabello y vistió al niño que contemplaba la escena sin comprender nada. Contaron el dinero que les quedaba y salieron a la calle. Buscaron la Central Telefónica y les costó mucho rato comunicarse con Adrián. Cuando por fin escuchó su voz comprendió que estaba perdida.

—Sé lo que hiciste. Pedro se comunicó conmigo. Andas con un soldado gringo —le dijo con voz pastosa.

—¡Adrián!, eso no es cierto. Pedro se metió a mi cuarto.

—¡Calumniadora! ¿Cómo te atreves a hablar así de un hombre excelente? Pobre Pedro, muerdes la mano del que te ayuda.

—Sí... sí... es excelente, pero necesito que me mandes dinero para volver a México y salir del hotel —le pidió sumisa, pues sabía que era inútil decirle la verdad: Adrián no deseaba creerle a pesar de que estaba convencido de que le decía la verdad. ¿Para qué cree que su marido la mandó conmigo?, le había dicho el viejo Pedro. ¡Lo mataré!, se prometió.

—El hotelero se metió en mi cuarto, quiere que le pague hoy mismo —suplicó casi llorando.

—No pienso mandarte ni un centavo. ¿Lo oyes? ¡Ni un centavo! —advirtió Adrián y colgó el teléfono. Lucy miró a su hermana que esperaba ansiosa el resultado de la entrevista telefónica.

—No va a mandar nada.

A continuación le explicó que Pedro había tomado la delantera y buscó donde sentarse a llorar. ¿Por qué vine?, se repitió llorando. Imposible recurrir a su padre: apenas tenía dinero y estaba esperando una operación que le devolviera la vista. Todas las desgracias le caían encima. Ella era la culpable de haberse casado con Adrián en contra de la voluntad de sus padres.

—Le voy a poner un telegrama a mi papá. No podemos quedarnos aquí —anunció Estela con aire decidido.

Lucy se opuso, discutieron violentamente. Al final Estela se impuso, era necesario que el dinero llegara ese mismo día para salirse del hotel. Una vez que enviaron el telegrama abandonaron la oficina a enfrentarse al viento helado que azotaba la ciudad. Despacio se dirigieron al café en donde las esperaban los oficiales. Tenían la impresión de que el mundo entero les había caído encima convertido en cenizas. Ahora qué importaba que ellos leyeran el estigma infame con el que las habían marcado Pedro, el hotelero y Adrián. Ahora frente a ellos no podían explicar la catástrofe ocurrida. Estela comprendió el silencio de su hermana mayor.

—¿Qué pasa? —insistió Corbett mirando a Lucy con fijeza.

—Se fue el señor —contestó ella sin agregar más detalles.

Estaban libres y su suerte dependía de la rapidez de la respuesta de su padre. No deseaban volver a ver al individuo que las había sorprendido casi desnudas en su cuarto y las había injuriado con sus palabras obscenas.

—¿Qué hacemos? —preguntó Ted animado por la partida del viejo.

—Vamos a la playa —pidió Lucy.

La playa continuaba desierta, en el barracón estaba la mujer que vendía arroz. La india se alegró al verlos. Lucy se puso el traje de baño y seguida por Corbett se lanzó al mar enfurecido. *Si pudiera ahogarme*, se decía mientras luchaba blandamente con el oleaje espumoso que la llevaba de un lado a otro con gran fuerza. Su amor por el mar era correspondido y las olas no estaban dispuestas a matarla. Corbett la seguía a grandes brazadas. Salieron del agua tiritando, la vieja del barracón los contempló con amabilidad, parecían hermanos.

Estela no quiso bañarse, estaba obsesionada con el telegrama y la respuesta de su padre. Tenía que llegar ese mismo día. Lucy, Corbett y Ted volvieron al agua, mientras ella quedó cuidando al niño para que no lo arrebatara el viento. Asustada vio llegar a dos policías.

—¿No sabe que está prohibido bañarse? ¡Hay Norte! —le dijeron furiosos.

La chica no contestó y los hombres insistieron silabeando las palabras para hacerse entender. Ella se limitó a verlos con sus grandes ojos llenos de asombro. ¿Cómo pueden prohibir que se nade cuando hay Norte y en cambio permiten que un viejo trate de violarnos? Se preguntaba atónita. Los policías esperaron a los nadadores, cuando éstos reaparecieron los vieron con ojos solemnes y repitieron órdenes y amenazas con voz lenta para hacerse entender.

Lucy fingió que ignoraba el español. Poco a poco los policías perdieron los ánimos, Ted puso su chaqueta sobre los hombros de Estela y los cuatro abandonaron la playa. Los policías los vieron alejarse.

—¡Gringos pendejos! —exclamaron.

Los cuatro jóvenes con el niño en brazos vagabundearon por la ciudad barrida por el viento y lavada por la lluvia. *Hace ya tiempo que vivo a contrapelo*, se repetía Lucy a cada paso. *Le diré a mi padre lo que nos pasó*, se decía Estela, pero el rubor intenso que cubría su rostro le aseguraba que una vez en su presencia no tendría valor para confesarle aquella horrible aventura. Lucy pensó. *Sólo matando puedo liberarme de ellos*. Imaginó enseguida los cuerpos acuchillados por ella de Adrián, de Beatriz y de Pedro y sintió vértigo. ¿Qué haré con ellos? La invadió una repugnancia desconocida y se dijo: Sólo podría matarlos en la calle en un día de lluvia como éste. La lluvia lava la sangre. Apenas se dio cuenta de que entraban a un cafetín. Los muchachos no se atrevieron a invitarlas a su hotel, les pareció que tomaban ventaja de las jóvenes que parecían perdidas en medio de los remolinos de lluvia y de viento. Ocuparon una mesa y se dispusieron a comer. De vez en vez, Estela se levantaba para llamar a su hotel y preguntar si había llegado algo para ellas: ¡Nada!

Por la tarde la lluvia las empujó a entrar a una escuela vacía. El gran patio cuadrado se hallaba inundado y la fuente situada en el centro resultaba minúscula comparada con la magnitud de la tormenta que se abatía sobre ella. Los jóvenes se sentaron en un pretil del patio a contemplar caer la lluvia. Estaban tristes y la lluvia a pesar de su violencia los llenaba de melancolía. Fue Corbett el que se puso de pie frente a Lucy.

—¿Por qué no te vas a California? —insistió.

Lucy se abrazó a su hijo.

—¿Por él? —preguntó el muchacho.

Lucy asintió y él bajó la cabeza. Ted tomó a Estela por la mano.

—Nosotros nos vamos a dar una vuelta. Nos veremos más tarde en el café de La Parroquia.

Ambos salieron corriendo, liberados de la angustia que expandía Lucy que quedó en el patio de la escuela acompañada de Corbett y de su hijo. De pronto, Lucy se echó a llorar. Sus lágrimas corrían con la facilidad de la lluvia que caía sobre la fuente. El oficial buscó un pañuelo albeante en sus bolsillos y se lo tendió.

—Lo necesitas —le dijo.

Se sentó a su lado, con los codos sobre las rodillas, inclinado, para no verla llorar. Sabía que el llanto le hacía bien. Echó un brazo sobre los hombros de la joven y la atrajo hacia sí. El conserje de la escuela apareció frente a ellos.

—¿Hasta qué hora se van a quedar aquí? —preguntó sorprendido al ver las lágrimas en el rostro de la chica.

—Un rato más —contestó ella con humildad.

Corbett le dio una propina y el hombre se retiró con discreción.

—Mañana a las seis de la mañana nos vamos —dijo Corbett cabizbajo.

—Ya lo sé.

—Es posible que nunca más nos veamos —agregó él.

—No puedes quedarte en esta ciudad. Debes volver a un lugar seguro, a tu casa —recomendó bajando la cabeza.

Corbett llamaba un lugar seguro a aquella casa en donde ella rebotaba como una pelota entre cuatro muros vacíos. Lo miró con envidia: *ir a la guerra era un honor, en cambio volver al lugar seguro era una ignominia*. No dijo nada.

—¿Por qué no te vas esta misma noche? Ni Ted ni yo nos sentiremos felices sabiéndolas abandonadas en esta ciudad —afirmó muy en serio.

Ella se empeñó en guardar silencio. No podía confesar aquella última humillación: no tener dinero para pagar el hotel, comprar los billetes de tren y la agresión del hotelero. Trató de no recordar la conversación con Adrián. Y si le contara lo que me sucede ¿me creería?, se preguntó asombrada. ¡No, no me creería! Adrián es tan brutal que nadie puede creerme. Es mejor guardar silencio. Corbett pareció desesperarse, la cogió por los hombros y la miró con fijeza.

—¿Qué pasa? ¿Por qué no contestas?

Lucy se limitó a esconder la cabeza en el pecho del oficial y él la abrazó en silencio. Abandonaron la escuela callados, el muchacho llevaba al niño en brazos. Silenciosos deambularon por la ciudad. La lluvia calaba sus vestidos y el agua chorreaba de sus cabellos. El niño gritaba entusiasmado. Al final se encontraron sentados a una mesa de café, en espera de Estela y Ted, que llegaron con mucho retraso. Era evidente que ambos habían buscado un lugar para besarse y que ahora formaban un grupo aparte. Lucy vio a Ted escribir sobre las servilletas de papel palabras de amor repetidas una y otra vez. Luego, con gesto rápido entregaba aquellas notas a su hermana y observaba atento el efecto que causaban sus mensajes sobre el rostro melancólico de la jovencita.

Se había enamorado del piloto y de sus ojos de color violeta y la angustia de la situación le impedía entregarse a aquel amor imprevisto, surgido en unas horas, en medio de la tempestad que azotaba la ciudad y la sordidez compartida con su hermana mayor. ¿Cómo puede vivir así Lucy? Oscilaba entre el terror que le producía tener que regresar a aquel hotel y la desesperación de saber que su primer amor era sólo por unas horas, pues al día siguiente Ted desaparecería para siempre.

—Te voy a escribir. Te voy a escribir. ¿No me crees? —repetía el joven mirándola desde el fondo de sus ojos encendidos por aquel amor inesperado.

Al volver al hotel, se toparon en la Administración con el dueño, se diría que las esperaba. Sonrió al verlas llegar escoltadas por los dos oficiales.

—Los jóvenes van a subir con nosotras —le anunció Lucy con frialdad.

—No pueden entrar hombres a los cuartos —contestó el dueño.

—¿No pueden? ¿Y por qué entró usted? Lucy esperó en vano la respuesta, el hombre se mordió los labios y calló.

—Ellos van a esperar en el corredor. No son de su ralea —añadió Lucy.

Sin esperar la respuesta del hombre subió acompañada de Ted y de Corbett. Estela llevaba al niño.

Una vez en la habitación, se pusieron blusas y shorts secos. Estela cambió de ropa al niño. Lo hizo de prisa ya que en el corredor las esperaban sus amigos. Lucy salió primero, alcanzó a Corbett y ambos avanzaron hasta un pilar de piedra, allí el joven la tomó en brazos y le besó el cuello y los cabellos.

—Será difícil olvidarte —murmuró.

Lucy no dijo nada, sabía que para ella resultaría mucho más difícil. Se recostó sobre su pecho y le agradeció a su hermana que le regalara aquellos minutos de felicidad. *No puedo perdonarle a Adrián que me haya enseñado el odio*, se confesó a sí misma con sorpresa. Corbett cortó una rama de helecho y se la colocó entre los cabellos. Segundos después se reunieron a ellos Ted, Estela y el niño. En grupo bajaron al vestíbulo y ocuparon la misma mesa de la noche anterior, la lluvia continuaba y no deseaban exponer al niño de Lucy al viento y la humedad nocturna. Desde la Administración los hombres observaban al grupo. Los cuatro sintieron lo absurdo de su situación: estaban inmovilizados siendo observados por aquellos hombres hostiles. Sobre las muchachas pesaba el secreto de la falta de dinero. ¿Y si aquellos hombres habían detenido el telegrama de su padre? Todo era posible. Pedro debió darles una buena propina. ¿Y si su padre tampoco tenía el dinero suficiente para cubrir los gastos del hotel y del viaje? Adrián tenía algún motivo para enviarme con su padrastro, meditó Lucy preocupada. *No podré decirle a mi padre lo que nos ocurrió con el viejo*, meditaba Estela.

Al amanecer Ted abrazó a Estela.

—Te amo —le repitió en voz baja.

Corbett evitó mirar a Lucy. Se sentía abatido. Cuando sonaron las cuatro y media de la madrugada, los muchachos se pusieron de pie, ellas los acompañaron hasta la puerta del hotel, allí indecisos, se miraron largo rato, Ted abrazó a Estela murmurando palabras apasionadas, mientras que Corbett miró al cielo oscuro del que caían torrentes de agua fresca. Por fin los muchachos salieron a la calle, mientras ellas los miraban perderse bajo la lluvia. Lucy tuvo un desgarrón, entregó a su hijo a Estela y salió corriendo detrás de los oficiales. Estela la siguió aturdida.

—¡Corbett! ¡Corbett! —gritó Lucy.

El oficial se volvió para recibir en sus brazos a la joven. La besó muchas veces bajo la lluvia, mientras que Estela, Ted y el niño esperaban bajo una cornisa. De pronto Lucy se desprendió de los brazos de su amigo.

—¡Gracias!, creo que ahora seré incapaz de matar a alguien —dijo y echó a correr rumbo al hotel.

—¿Matar?, ¿tú? —exclamó el muchacho, pero ya ella iba lejos—. ¡Te escribiré! ¡Te escribiré! —gritó Corbett y se quedó transido en el amanecer de esa ciudad desconocida. Lucy había desaparecido tragada por la puerta del hotel y él seguía de pie aguantando la lluvia y con el corazón roto. Ted y Estela aparecieron a su lado, ahora el muchacho llevaba en brazos al niño. No le dijeron nada. Corbett los vio dirigirse al hotel, también vio cuando su amigo entregaba al niño, mientras él continuaba con el pecho dolorido. Ted se reunió a él y ambos caminaron a buen paso. Iban cabizbajos.

—Volveré por ella —afirmó Ted.

—Es inútil, están perdidas, es inútil —afirmó Corbett.

—Sé lo que quieres decir, pero no Estela —respondió Ted. Corbett lo miró piadoso.

—¡Las dos! Lucy se equivocó y su hermana compartirá el error, terminarán muy mal —aseguró Corbett con la seguridad de alguien que ve desde la playa que se ahoga mar adentro y calcula que por más esfuerzos que haga no tendrá tiempo de llegar a salvarlo.

Con precisión hicieron su pequeño equipaje. No era fácil pensar en las muchachas, tampoco era fácil dejar de pensar en ellas, en ese momento lo único trágico en sus vidas eran esas dos apariciones en aquel país extraño. Estaban marcadas para la destrucción. La guerra les pareció más natural, más soportable, que el pensamiento de abandonar a aquellas náufragas en ese lugar perdido. Habían pasado tres días con ellas y no habían logrado enterarse de lo que las atormentaba, pero su silencio anunciaba un drama insoluble. A las seis de la mañana abordaron el avión y desde el cielo trataron de situar el lugar donde se hallaban sus amigas, después ya en pleno mar y cómplices del mismo sentimiento se hundieron en sus asientos y se entregaron a sensaciones confusas y dolorosas.

Estela y Lucy por su parte, esperaron sentadas en el vestíbulo la entrada del nuevo día. Estaban calladas y el niño se había dormido sobre sus piernas.

—¿Por qué no suben a dormir? —insistía de vez en cuando el velador que las miraba burlón y satisfecho de que los dos norteamericanos hubieran desaparecido para siempre de la vida de las jóvenes.

Ellas no contestaron. El hombre sabía que había presenciado el adiós definitivo y que sin la corpulencia de los dos norteamericanos él podía burlarse impunemente de las dos jóvenes abandonadas en el hotel.

—¿Ya se fueron verdad? ¿Sintieron feo? —preguntó.

Ambas guardaron silencio, sabían que cualquier gesto o palabra suya la aprovecharía el hombre de la Administración. Cuando la mañana se iluminó, se dirigieron a su cuarto oloroso a cucaracha y esperaron. Hacia las once del día el dueño reapareció.

—¿Van a pagarme? —preguntó arreglándose las mangas de la camisa.

—Estamos esperando el dinero y haga el favor de no volver a entrar o llamaré a la policía —le dijo Lucy, que sintió que se ponía lívida de ira.

—Este es un lugar decente y es inútil que vayan a la policía. Allí tengo amigos, me conocen —contestó el dueño con voz torva.

Las examinó de arriba abajo, como quien examina a dos reses y luego abandonó la habitación con paso lento. Estela se echó a llorar amargamente ¿Por qué vine con Lucy?, se preguntó muchas veces. Su hermana bajó a la Administración para espiar la posible llegada del telegrama, debían tener alguna respuesta y el dueño del hotel era capaz de esconderla. Decidida se sentó cerca de la puerta y observó a los mozos que barrían los mosaicos rojos. La gota de miel que Corbett había depositado en su corazón desaparecía lentamente para convertirse en una enorme lágrima salada que se diluía en la corriente de sangre que corría por sus venas. Estoy maldita, nunca podré liberarme de este infierno, se repetía mientras las gentes pasaban frente al portón del hotel y la vida se deslizaba apacible bajo su mirada que amenazaba con nublarse con un torrente de lágrimas. Arriba su hermana continuaba llorando, Lucy sabía que tenía miedo y ella debía mostrar valor ante aquella situación degradante.

—¿Ya vino el telégrafo? —preguntó.

—Quién sabe —le contestaron los empleados de la Administración.

Decidió ir al telégrafo. Atravesó la ciudad llena de lluvia. En la oficina central una empleada de tez amarillenta buscó entre los avisos de los telegramas llegados en las últimas horas. Lo hizo de mala gana y de mala gana aceptó que un giro telegráfico había llegado a nombre de Lucy y había sido entregado al hotel.

—¡Lo sabía! —exclamó Lucy.

La empleada guardó los avisos de un golpe y la miró con rabia. Lucy tuvo que rogarle largo rato a aquella mujer amarillenta para que le diera el comprobante del giro a fin de poder reclamarlo en el hotel. Ante sus ruegos la mujer aceptó darle el comprobante. De vuelta al hotel reclamó el giro. Los empleados parecieron embrollarse.

—No ha llegado nada. —Dijo uno de ellos.

—Déjeme buscar. —Dijo otro.

—No, no hay nada —dijeron a coro después de simular que habían buscado en las gavetas.

La ira hizo enrojecer el rostro de Lucy, que permaneció de pie, inmóvil, mirándolos con una fijeza terrible que los hizo temblar. La miraron alta, con las trenzas rubias espesas, como un vengador inesperado y uno de ellos fingiendo sorpresa exclamó:

—¿Es éste? —y le tendió un sobre amarillo.

Lucy se lo arrebató con un gesto rápido, le lanzó una mirada fulminante y regresó a la oficina central a cobrarlo. Tuvo que esperar largo rato pues antes de pagarle, la mujer amarillenta hizo varias llamadas al hotel para cerciorarse de que Lucy era Lucy. *Vieja horrible, Estela debe estar desesperada*, se dijo una y otra vez, observando la calma que tomaba la mujer y el goce que le producía hacerla esperar.

A las cuatro de la tarde cobró el dinero. Volvió corriendo al hotel en donde encontró a su hermana deshecha por el llanto y la angustia.

—¿Dónde te metiste? —le gritó.

—¡Mira! ¡Mira! Hay que empacar rápidamente —contestó enseñando el dinero.

Las dos hermanas hicieron la maleta con una prisa parecida al furor. Lucy tomó a su hijo en brazos y los tres bajaron a liquidar la cuenta, para irse enseguida a la estación a esperar el tren nocturno que debía regresarlas a la ciudad de México. Allí terminarían los días amargos de Estela que volvía a su casa y empezarían días más amargos para Lucy que volvía al piso de Adrián.

Cuando se vieron sentadas en los asientos polvorientos del vagón de primera, un cansancio enorme cayó sobre las dos. Había terminado la pesadilla, es decir, la pequeña pesadilla de Veracruz. Entonces tuvieron tiempo de pensar en Ted y en Corbett y un sentimiento confuso las invadió. Les pareció que no eran reales: ¿en dónde estarán? Los imaginaron libres atravesando los cielos. Ellas en cambio seguían atadas al destino de la mezquindad. Lloraron a sabiendas de la inutilidad de sus lágrimas. El paisaje nocturno era amenazador. Por la mañana cruzaron llanos infinitos cubiertos de magueyes oscuros provistos de espinas como puñales. Después pasaron cerca de las pirámides, achatadas, pegadas al suelo, ignorantes del cielo.

A las ocho y media de la mañana entraron a la estación de la ciudad de México. Abordaron un taxi y Lucy depositó a Estela en la casa de sus padres.

—Dile a mi papá que muchas gracias —le dijo a su hermana a guisa de despedida.

—Y tú, ¿qué vas a decirle a Adrián? ¡Ten cuidado! Por favor, ten cuidado —suplicó Estela.

En el mismo taxi continuó hasta el departamento que compartía con Adrián. Éste la recibió con la misma ira fría que lo consumía diariamente.

—¡Te prohíbo que calumnies a Pedro! ¿Entiendes? Me ha contado ¡Todo! Eres una, ¡miserable!

—¿Te contó también cómo trató de acostarse conmigo?

—¡Mientes! ¡Mientes! ¡Miserable!

Lucy calló. Era inútil discutir con aquel demente. ¿Qué se propone?, se preguntó con miedo mientras le preparaba el desayuno, se lo sirvió y contempló las sillas austriacas. El niño sentado sobre un cojín ocupaba una de ellas. ¡Cómo tardaba en crecer! Su vida se estaba terminando y su hijo se empeñaba en continuar siendo un bebé rosado con su cabello castaño mezclado con hilos de oro.

—¿A qué edad alcanza la mujer su mayoría de edad? —preguntó con voz mecánica.

Adrián la miró con disgusto, todo en ella le provocaba una repulsión incontenible.

—¡Qué preguntas tan imbéciles haces! A los veintiún años —exclamó masticando las tostadas. A Lucy le faltaban diecinueve años para abandonar aquella silla austriaca en donde se hallaba clavada oyendo masticar a Adrián. *No los resistiré*, se dijo. Una fatiga como un enorme trozo de hierro cayó sobre ella y se dejó caer de bruces sobre el mantel.

—¿Qué te pasa? ¿Por qué te tiras así sobre la mesa? —preguntó su marido con enojo.

—Estoy muy, muy, muy cansada. Creo que lo único que debemos hacer es divorciarnos —contestó ella sin levantarse de la mesa.

—¡Esa idea te la ha metido tu madre en la cabeza! ¡Vieja siniestra! ¡Vieja puritana! No pienses ni por un segundo que voy a darle ese gusto a tu madre.

Hubo un silencio y Adrián se levantó de la mesa, se arregló con alegría el nudo de la corbata y anunció triunfante:

—Trata de estar puntual a la una en la casa de mi madre. Procura llevar bien limpio al niño. Debes pedirles una disculpa a Pedro y a mi madre.

—¿Disculpa? —preguntó Lucy con voz apagada.

—¡Sí! Disculpas. Te burlaste de todos nosotros. ¿Por quién te tomas, chiquita? —preguntó haciendo hincapié en la palabra chiquita.

—No iré —respondió Lucy con voz apagada.

—¡Fíjate bien en lo que te digo: estarás ahí a la una en punto! *Hoy es jueves.*

Dio media vuelta y salió del departamento. Lucy lo escuchó cerrar la puerta. *Hoy es jueves... Hoy es jueves*, se repitió varias veces, mirando con fijeza a su hijo. Desde un lugar profundo el terror empezó a invadirla: tenía que ver a Pedro, soportar la mirada gris de la Gorgona, entregar a su hijo a esperar todavía diecinueve años. Se sintió incapaz de aquella hazaña. Se levantó de un salto y corrió a la cocina. Presurosa buscó entre los cuchillos aquel que estuviera más afilado, tocó su filo frío y volvió al comedor en donde el niño bebía su leche. Lo miró, el líquido blanco corría por las comisuras rosas de los labios del niño. Tendría que empezar por él, como en una alucinación lo vio degollado sobre el mantel blanco, con sus ojos dorados e inmóviles mirándola a ella, su madre, después seguiría con ella misma, pero la cabeza de Pablito sobre el mantel la miraba fijamente. Dejó caer el cuchillo. El ruido hizo que el niño se bajara de la silla para ver con curiosidad que era lo que había caído. Lucy recogió el cuchillo con rapidez y corrió a colocarlo en el cajón de la cocina.

—Acompáñame, tengo que limpiar la casa. Debemos estar listos a las doce, porque, hoy es jueves, Pablito, hoy es jueves, hoy es jueves, hoy es jueves, hoy es jueves —repitió alzando cada vez más la voz. Su hijo la siguió hasta la habitación de dormir en donde Lucy se derrumbó sobre la cama y repitió: *hoy es jueves, Pablito, hoy es jueves...*

La feria o De noche vienes

La música de una polka norteña llenaba el espacio abierto de la feria. Sobre un tablado los bailarines giraban y trotaban animados al son alegre de la música. Desde abajo un grupo de jóvenes seguía atento el baile, uno de ellos, Andrés, invitó a su compañera Carmen a subir con él al tablado, pero los otros dos, Francisco y Roberto se opusieron.

—¡No! O bailamos los cuatro o no baila nadie —exclamaron.

—¡Egoístas! Déjenme bailar con Andrés —se quejó Carmen.

Francisco y Roberto la detuvieron por los brazos riendo, mientras arriba la polka continuaba girando.

—Tenemos que irnos a la carrera de caballos —le recordó Francisco a Carmen.

—Mi caballo no va a correr, no vino Antonio, no tengo a nadie que lo corra —se quejó la muchacha haciendo un mohín.

—¡Qué lo monte Andrés, es de Chihuahua y por allá son buenos jinetes! —gritó Roberto.

Andrés sonrió satisfecho, le echó un brazo a Carmen y afirmó:

—¿Y por qué no? Seguro que lo corro, anden, vamos.

Carmen se colgó de su brazo y los cuatro abandonaron el tablado para dirigirse a la pista de carreras. La música se alejó de ellos.

Desde lejos, Andrés vio a Carmen besar a Francisco, el ganador de la carrera, y se detuvo en seco. Le pareció escuchar su risa, pues vio brillar sus dientes tan blancos como su traje. No quiso llegar hasta la tribuna donde se hallaba el vencedor, se alejó humillado y volvió al tumulto de la feria para perderse entre los feriantes. No se explicaba por qué había perdido la carrera de caballos, *Tal vez la yegua de Carmen me desconoció*, se dijo molesto. En Parral, su tierra, era considerado un buen jinete. Se encontró con unos conocidos.

—¿Qué haces tan taciturno? —le preguntaron.

—Nada... creo que me voy esta tarde de Aguascalientes —contestó disgustado.

—¿Te vas?, pues te hemos visto muy animado con Carmelita.

La música de un huapango interrumpió el diálogo, otras parejas bailaban con animación en un tablado próximo, Andrés los contempló unos instantes y se alejó cabizbajo. No tenía valor para volver a ver a la muchacha, ni tampoco para abandonar Aguascalientes y regresar a Chihuahua. Hacía apenas unos días que la conocía y su risa, sus maneras desenvueltas, y sus trajes blancos lo habían deslumbrado. Caminó meditabundo en medio de la algarabía de la feria. Había demasiada gente, trató de salir para dirigirse a su hotel, recoger su maleta y volver a Parral sin despedirse de nadie. Pasó frente a un puesto de Lotería y entró. No tenía ganas de jugar. Se halló rodeado de hombres y mujeres, algunos de pie, otros sentados en bancas de madera, alrededor de unas mesas destartaladas. Oyó cantar al hombre que anuncia las fichas.

—¡El Valiente!

Ése no soy yo, se dijo Andrés Vallarta con humildad y apagó su cigarrillo en el polvo del piso de la barraca. El hombre cantó enseguida.

—¡La Garza!

Sin saber por qué, Andrés levantó la vista y se vio frente a una mujer resplandeciente. La mujer parecía una cascada, alta, vestida de blanco, con un rebozo de seda blanco enroscado al brazo. La desconocida parecía perdida entre la gente, seguramente había entrado allí por equivocación, igual que él. La vio buscar acomodo en una mesa. Todas las miradas estaban fijas en su traje blanco y sus alhajas que no iban de acuerdo con la barraca llena de polvo.

—¡Lotería! —anunció el hombre que cantaba el juego.

Una mujer malvestida se levantó y dejó su lugar vacío junto al lugar que acababa de ocupar la desconocida. Andrés fascinado ocupó el lugar vecino a la hermosa aparición. Una oleada de perfume lo hizo bajar la cabeza, era el mismo perfume que usaba Carmen. La desconocida era casi igual a la joven, sólo que parecía ser la verdadera Carmen. Tuvo la impresión de que la otra, su amiga, era una especie de anticipo y que ahora se hallaba frente a la mujer que había buscado desde niño. Tomó su cartilla e intentó seguir el juego, pero sólo miraba de reojo los dedos afilados de su vecina, que sostenían un tubo de labios e indiferente marcaba con una gran cruz, las imágenes que el gritón anunciaba. De pronto el tubo de labios rodó por debajo de la mesa y Andrés se inclinó a recogerlo. La desconocida hizo lo mismo, y así inclinada, lo miró largo rato, mientras sus dedos suaves le abrieron la mano y recuperaron la prenda. Andrés se enderezó turbado, bajó los ojos y miró con ahínco a su cartilla. Era necesario reponerse de la impresión que la desconocida le había producido. Sintió que su corazón iba muy de prisa y no se atrevió a levantar los ojos para mirar a la mujer vestida de blanco. El hombre volvió a cantar:

—¡Lotería!

Hubo un movimiento de mesas y de gentes, Andrés levantó la vista y la hermosa mujer había desaparecido. Su lugar en la banca estaba vacío. Se levantó de un salto. ¿Había sufrido una alucinación? Miró en derredor: la caseta, los jugadores, las bancas, el gritón seguían intactos. Salió violento, debía encontrarla. Caminó por la feria abigarrada en busca de aquella mujer apenas entrevista como un cometa. Lo detuvo un grupo de gente que bailaba con animación vestidos lujosamente. Andrés trató de ver por encima de los bailarines a la gente que se movía a su alrededor o bien que contemplaba el baile popular y animado. De pronto vio brillar a lo lejos su pelo negro y su traje blanco, se acercó abriéndose paso entre los bailarines y cuando casi iba alcanzarla, una nueva comparsa de bailarines lo separó de ella. La feria llena de música lo aturdió. Tal vez sólo la había imaginado, levantó los ojos agobiado por el gentío y el calor y la descubrió en lo alto del cielo, brillando como una estrella entre las dos luces del oscurecer. Ahí estaba sentada en una banca de la Rueda de la Fortuna, con un rebozo blanco enroscado al brazo y las puntas de flecos flotando sobre el cielo. Trató de acercarse a la Rueda de la Fortuna para esperar su descenso, pero alguien lo tomó por el brazo y lo llamó por su nombre:

—¡Andrés!

Era la voz de Carmen. Se volvió sorprendido, allí estaba la joven sonriente acompañada de Roberto y Francisco.

—¿Te enojaste?

—¿Por qué?

—Por la carrera.

Andrés se quedó perplejo, había olvidado la carrera. Tuvo la impresión de que ese incidente había sucedido en otra vida. Miró a Carmen con curiosidad: su traje, su cara y sus ademanes eran banales ahora que había descubierto a la verdadera Carmen.

—No, Carmelita.

Carmen se le acercó y le dio un beso en la mejilla.

—Te andábamos buscando para ir al *cocktail* de los Pastrana. ¿Se te había olvidado?

Andrés hizo un gesto de desagrado. Hubiera querido decirle que después de la aparición de la desconocida había olvidado todo, pero sus amigos no le dieron tiempo, lo arrastraron fuera de la feria, hacia los automóviles, tenían que ir a la fiesta que se celebraba para festejar al triunfador de la carrera.

Andrés se encontró en el salón de los Pastrana con un vaso en la mano, rodeado de jóvenes risueñas y señores graves, que le hacían preguntas sobre su tierra. En Aguascalientes, Chihuahua parecía muy lejana y él casi un extranjero. Buscó aislarse, la imagen de la desconocida le seguía preocupando, se colocó en un rincón, cerca de un ventanal enorme, que daba sobre el jardín iluminado. No tenía ganas de hablar. Hasta él llegaba la canción que un trío cantaba en el lado opuesto del salón:

De noche vienes,
De día te vas,
Dime, morena,
con quién estás...

De pronto a través de los grandes vidrios del ventanal la vio avanzar por el jardín. Venía con un lujoso traje blanco, hecho de cristalitos pequeños. Se quedó estupefacto. Sus ojos se cruzaron con los de ella, que se quedó quieta, tan asombrada como él mismo.

—¡Andrés! ¡Andrés! Te presento a la señora Pastrana. Le he hablado mucho de ti.

Era Carmen. Aturdido tendió la mano a una señora mayor que lo miraba sonriendo.

—Esta niña tan linda, tan rodeada, ya le he dicho que debe sentar cabeza.

Andrés la miró sin entender lo que decía.

—¿Usted no cree?

—Sí, sí... claro.

—Andrés es tan serio, que la obliga a una a ser seria —dijo Carmen echándose a reír.

Andrés se volvió a mirar por el ventanal en busca de la desconocida luminosa, pero ella había desaparecido. Miró a Carmen con ira: siempre que la hermosa aparición se producía, Carmen irrumpía y la otra se esfumaba.

—Estás en las nubes —dijo Carmen risueña.

—Sí, perdona, voy a buscarte una copa —dijo Andrés para alejarse de la joven.

Sin esperar respuesta abandonó el salón y se dirigió al jardín. Anduvo por los caminillos solitarios, pero la desconocida no se encontraba en ninguna parte. En vano la buscó entre los árboles y los macizos de flores. Anonadado, encendió un cigarrillo y se detuvo junto al árbol a reflexionar. Vio a Carmen que avanzaba hacia él.

—¡Andrés! ¿Qué haces? Estás muy raro.

La miró con ojos vacíos.

—Nunca pensé que perder la carrera te hiciera este efecto.

Se acercó mimosa, lo tomó por los hombros y le ofreció la boca. Él la miró como si no la hubiera visto nunca.

—Besas tan bonito —suspiró la joven.

—¿Carmen, tú crees en las apariciones? —preguntó Andrés con vehemencia.

La joven lo miró molesta.

—Yo sí —contestó Andrés.

Se separó de Carmen y se quedó pensativo mirando algo que Carmen era incapaz de imaginar.

—Vamos adentro —urgió ella.

—Ve tú, yo tengo algo que hacer.

—¿Me plantas? Acuérdate que eres mi pareja.

—¿Tu pareja? —y la miró incrédulo.

—Con razón les llamamos bárbaros a los norteños. Eres un majadero.

—Perdóname, Carmelita, pero ando buscando algo que perdí.

—Yo me voy mañana —dijo Carmen humilde.

Convencido por su actitud humilde, Andrés se dejó conducir al interior de la casa. Se formó un grupo de jóvenes entre los que se hallaba Carmen, Roberto, Francisco y él mismo para volver a la feria a bailar en los entarimados de la plaza. En la calle oscura abordaron sus automóviles. Carmen subió con él. Entre giros y risas se dieron cita cerca de la plaza, hasta donde podían llegar en coche. Durante el corto trayecto, Carmen lo miraba de reojo, no entendía su actitud ausente. La joven le acarició una mano y él no correspondió a la caricia. Al llegar al bullicio de la feria estacionó el coche y ayudó a Carmen a bajar. Aturdidos por la gente buscaron a sus amigos perdidos en la multitud. Fue Carmen la que distinguió a Roberto subido a los Caballitos, entre un grupo de jóvenes que giraban montándose y desmontándose de los caballos de madera y saltando a tierra, para volver a subirse con gestos graciosos. Habían organizado un baile al compás de la *Marcha de Zacatecas*. El público entusiasmado también bailaba alrededor del carrusel. Carmen corrió para incorporarse al baile colectivo. Desde uno de los caballitos, le hace señas a Andrés, llamándolo, éste la sigue con la mirada, sonríe y de pronto cuando ella pasa frente a sus ojos, ve a la otra rodeada de un halo de luz, enseguida la vuelve a ver como a Carmen y decide irse entre la multitud.

Se alejó en medio de la gente y de la música, de pronto irrumpió una nueva corriente de gente y de gritos jubilosos que avanzaba abriéndose paso con un *torito de fuego*. La multitud se cerró en torno suyo, y lo empujó calle arriba, rumbo a la plaza. Era imposible zafarse del mar compacto de cuerpos que lo llevaba y que amenazaba con derribar las filas de puestos que cerraban la calle casi completamente. Con esfuerzos se abrió paso hacia un lado de la calle para refugiarse en uno de los callejones oscuros formados entre las filas de puestos. Al llegar a la orilla de la calle logró colocarse de espaldas a un pequeño callejón para ver pasar a las comparsas que bailaban detrás del torito de fuego. De repente sintió que alguien aparecía a sus espaldas y se volvió con brusquedad para encontrarse con la desconocida que también se había refugiado entre los dos puestos, la miró con arrebato y la tomó en brazos, al mismo tiempo que la arrastró hacia el callejón oscuro, formado detrás de las barracas. La desconocida no tuvo tiempo de zafarse de su abrazo; además, Andrés sintió que se dejaba arrastrar voluntariamente. La miró largo rato. Desde ahí se escuchaba la música y los cohetes, pero Andrés sólo oía el corazón de la mujer junto al suyo.

—Eres de verdad —suspiró el joven mirándola incrédulo.

La hermosa desconocida sonrió y Andrés se inclinó a besarla en la boca, que parecía pedirle que lo hiciera. Repentinamente la mujer forcejeó, quiso huir.

—¡Déjame ir! ¡Déjame ir!

Había visto sobre el hombro de Andrés que alguien asomaba la cabeza por una barraca y que la cabeza había desaparecido con velocidad. El muchacho la sujetó con violencia.

—¡Quién deja escapar la vida! —le dijo en voz baja volviéndola a besar.

—¿Cuál vida? —preguntó ella retirando sus labios.

Él la sostuvo vencida con un brazo, mientras que con asombro la mano libre del otro dibujó apenas con la punta de los dedos los labios de la mujer.

—Ésta —contestó convencido.

Él la guardó contra su pecho conmovido por el milagro de tener a aquella mujer entre sus brazos.

Ella permaneció quieta unos instantes y luego hizo un movimiento para zafarse de su abrazo.

—Me voy —suspiró la mujer.

Andrés la retuvo.

—¿Te vas y ni siquiera me has dejado ver el color de tus ojos? —preguntó con voz transida.

—¿Para qué? —preguntó ella desde el pecho de Andrés. El joven la estrechó aún más.

—Para ver el color de mi suerte —dijo al tiempo que la retiraba un poco para verle los ojos de cerca. Ella lo miró de frente.

—Son negros —contestó la mujer.

De la plaza llegó la música en oleadas melancólicas. Los dos escucharon atentos. La multitud y los fuegos de artificio habían pasado. La desconocida lo miró largo rato, mientras escuchaba la música.

—¿Oyes? *Viva mi Desgracia.*

Andrés escuchó atento los compases tristes del vals, que llegaba a ellos como un augurio, luego la miró apasionado.

—¡Que viva! —exclamó apretándola contra sí.

La desconocida arrastrada por él dijo:

—Viva —y buscó los labios del joven para sellar el pacto.

Los dos permanecieron juntos, los labios y los cuerpos perdidos en el ruido de la feria que para ellos había cesado. El nombre de Andrés gritado por varias voces en mitad de la calle los sobresaltó. Eran sus amigos que avanzaban por la calle llamándolo a voces. Distinguió la voz de Carmen. La desconocida pareció presa del terror y quiso escapar a toda costa.

—¡Cálmate! —le ordenó él tratando de retenerla, pero ella forcejeó en sus brazos a medida que se aproximaban los gritos.

—¡Andrés! ¡Andrés!

El joven sintió cómo el cuerpo de la desconocida se escapaba escurriéndose como una anguila plateada y de pronto se enfrentó con el rostro contrariado de Carmen seguido del de Roberto.

—¿Qué te pasa? —preguntó la joven con disgusto.

Andrés descompuesto, se pasó la mano por los cabellos mientras miraba en la dirección en que creía que había desaparecido la desconocida.

—¡Caray! ¿Qué buscas, hermano? —le preguntó Roberto dándose cuenta de que habían sido inoportunos.

Apareció Francisco seguido del grupo de jóvenes que habían bailado en los caballitos.

—¿Dónde te metes?

—¿Por qué te escapas?

Lo rodearon amistosos. Carmen se colgó de su brazo y lo hicieron avanzar hacia la plaza. En grupo subieron a los entarimados en donde un grupo de jóvenes bailaba la *Zandunga*. Andrés se deslumbró ante las hermosas cofias blancas de las bailadoras, creyendo ver en cada una de ellas el rostro de la bella desconocida. En un rincón ocuparon una mesa y Carmen al verlo tan ensimismado, le acarició una mano. Las tehuanas parecían novias y a veces las velas que iluminaban las mesas y los faroles que pendían en filas ordenadas, semejaban a monjas.

—¿Estás triste? Sí, estás triste porque yo me voy mañana —dijo Carmen segura.

Andrés volvió a mirarla sorprendido, para luego volver a ensimismarse en el hermoso baile de las tehuanas. Le molestaban el coqueteo y la risa de Carmen. Oyó reír a sus amigos y no se inmutó cuando Carmen se quitó un zapato de raso blanco, lo llenó de whisky y se lo ofreció a Francisco.

—¡Conozco un lugar para destrampados! —gritó Francisco.

Los otros entusiasmados pagaron la cuenta y ruidosos descendieron las gradas rumbo a sus automóviles.

—¡Allí le diremos adiós a Aguascalientes y a su feria tan nombrada! —gritó Carmen, mientras arrastraba a Andrés que se dejó llevar sin convicción.

Bajaron la calle en grupo rumbo a sus automóviles. Al pasar frente al lugar en el que había besado a la mujer de blanco miró largamente hacia el callejón formado por los puestos, en donde ahora no había nadie, sino un hueco oscuro y silencioso. Subieron a los automóviles y enfilaron rumbo al lugar de los destrampados. El auto de Francisco se detuvo en una calle oscura y los demás lo imitaron.

Ocuparon varias mesas una vez adentro del local profusamente iluminado y en el que se escuchaba música tropical. Algunos se levantaron a bailar sones veracruzanos. Andrés vio con alivio que Roberto invitaba a Carmen a salir a la pista. En medio de la alegría desbordante de la música Andrés se deslizó a la calle. Abordó su automóvil y a los pocos minutos se halló otra vez buscando a la desconocida por la feria. La buscó primero en automóvil, luego a pie. Recorrió los lugares en donde la había visto en las otras ocasiones, pero su búsqueda resultó inútil. Descorazonado se sentó en la balaustrada de la plaza y fumó pensativo un cigarrillo. La gente empezaba a dispersarse y las parejas descendían de la tarima cogidas de la mano. Él continuaba solo, esperando el milagro. Empezaron a apagarse los faroles luminosos y una melancolía cayó sobre la plaza. Andrés se sintió oprimido, y se preparó a abandonar la balaustrada. De pronto la vio a unos cuantos pasos de él. Su silueta se recortaba clara sobre la pared de un edificio. Se dirigió corriendo hacia ella, que dio vuelta en una esquina oscura, ahí lo esperó. Cayó en sus brazos.

—¡Andrés!

Se besaron largo rato. Después en el automóvil de él se dirigieron a su hotel. Los dos iban silenciosos y graves. En la habitación se besaron hipnotizados, a lo lejos pasaron unos feriantes cantando *Carmelita*. La desconocida y Andrés escucharon la canción desvanecida por la distancia y diluida por la noche. El joven miró a la mujer y de pronto preguntó asombrado:

—¿Dime cómo te llamas?

—¿Yo? Carmen —dijo la desconocida después de vacilar unos instantes.

—Carmen —repitió él con aire soñador.

Se sentó a contemplarla en todo el esplendor de su belleza. La luz de la noche iluminaba sus cabellos oscuros sobre la almohada.

—Nunca he conocido a nadie como tú, me parece que no eres de este mundo —dijo admirado.

Carmen besó la mano que él había abandonado sobre la cama, él se inclinó sobre ella y le dijo al oído:

—¿Te vas a venir conmigo?

Carmen cerró los ojos y lo obligó a recostarse junto a ella.

—Te va a gustar mi tierra, montaremos a caballo, Carmelita —prometió él mirándola de reojo.

Carmen se recostó sobre su pecho con aire triste.

—¿Te vienes conmigo? —insistió la voz seria del joven.

—Sí, me voy, ¿cuándo? —contestó ella.

—Apenas amanezca, podemos casarnos en Chihuahua o donde tú órdenes. A mi familia le vas a gustar mucho, oye, ¿y yo le gustaré a la tuya?

—¿Por qué no?

—¿No te duele dejar tu tierra, Aguascalientes y tu casa?

—¡No! Me iré gustosa de aquí.

Andrés la recogió y la puso contra él. Se quedaron dormidos con las bocas juntas como si fueran una sola persona.

La luz del amanecer se convirtió en luz de la mañana e iluminó el cuarto del hotel. Por la ventana los primeros rayos de sol entraron para iluminar el rostro dormido de Andrés. Éste abrió los ojos con dulzura y se halló solo en medio de su cama. Carmen se había ido. Se levantó de un salto como si estuviera herido de muerte para buscar a la mujer. Sin rasurar y sin corbata llegó hasta la Recepción del hotel. Los empleados lo miraron burlones.

—No, señor, no hemos visto salir a ninguna señorita de esas señas —contestaron a su pregunta. Andrés los miró sombrío.

—Tal vez el velador vio a esa señorita de blanco —dijo uno de ellos al ver el aire agresivo del cliente.

Andrés pidió la dirección del velador, sabiendo lo que esos imbéciles estaban pensando: *Una cualquiera que desvalijó a este tonto.*

—Que bajen mi equipaje, enseguida vuelvo y dejo este hotel —dijo con rencor.

Subió a su automóvil para ir a buscar al velador. La ciudad estaba quieta a esas horas. Apenas debían ser las siete de la mañana. Los puestos iluminados la noche anterior mostraban ahora una fealdad de tablas y viejos techos de lona gris. Las aceras estaban llenas de basura, que algunos barrenderos recogían. Anduvo al azar, buscando la dirección del portero del hotel. El hombre vivía en las afueras de la ciudad. Tomó una calle de casas bajas. A lo lejos, casi al final de ella la vio venir, cojeando, pues sólo traía un zapato. Aceleró la marcha del auto y frenó junto a ella, temeroso de que volviera a desaparecer. La miró desencantado.

—Eres tú —dijo al ver a la otra Carmen.

La joven lo miró con tal júbilo que lo dejó anonadado.

—¡Andrés!

Sin esperar respuesta se subió al automóvil, le echó los brazos al cuello y lo besó. Luego se soltó llorando. Él miró sus cabellos en desorden y su traje manchado.

—¿Qué pasa, Carmelita?

—Tú tienes la culpa. Anoche cuando te fuiste hubo un pleito y acabamos todos en la cárcel, de ahí vengo ahora, llévame a mi casa —suplicó.

—Sí, claro que te llevo, no llores.

Andrés echó a andar el automóvil.

—¿A casa de la señora Pastrana? —preguntó.

—No, a mi casa, a Guanajuato. Ayer vinieron por mí, pero cuando estuve en el bote anuncié que me iba con Francisco, no podía decirles donde me hallaba. El comisario me permitió llamar por teléfono.

—¿Que te lleve a Guanajuato? —exclamó Andrés sobresaltado.

—Sí, anoche le mandé decir a la señora Pastrana y a mis hermanos que ya me iba. No podía decirles donde estaba.

Andrés se dejó convencer, su amiga parecía aterrada y no podía abandonarla.

—¿Puedo pasar a mi hotel a recoger mi maleta? —preguntó él.

Se detuvieron unos momentos en el hotel, mientras el joven pagaba su cuenta y recogía su maleta y enseguida emprendieron el viaje a Guanajuato.

—¡Tengo que llegar antes de que mis hermanos lleguen a comer! ¡Son tan estrictos! —suspiró Carmen.

Tomaron la carretera a gran velocidad. Andrés quería volver a Aguascalientes para buscar a la otra Carmen, por eso él también llevaba prisa.

—¿Y Roberto y los demás? —le preguntó a la joven.

Ella se echó a reír a carcajadas.

—Están en el *bote*. Pues que no te dije ya que le prendieron fuego al *¿Ave del paraíso?* —dijo la joven ahogada por la risa.

—¡Qué bárbaros! —exclamó Andrés echándose a reír.

—Entre todos pagaron mi multa, en cuanto paguen las suyas y salgan vendrán a visitarme a Guanajuato —agregó complacida.

El campo amarillento parecía interminable, cuando el sol estaba alto, Andrés se halló casi por milagro en las goteras de la ciudad de Guanajuato. Carmen dormitaba junto a él, cansada de parlotear y de reír. Como si sintiera la proximidad de la ciudad, se despertó sobresaltada. Guiado por ella el joven entró por calles pequeñas y apartadas y de pronto lo hizo detener el automóvil.

—Aquí me bajo. Tomaré un taxi para llegar a mi casa —dijo Carmen.

—Cómo tú digas.

Impetuosa, le echó los brazos al cuello y lo besó.

—¿Sabes, Andrés? Estoy enamorada.

—También yo —contestó él muy serio.

—¿De quién?

—De una aparición.

Lo miró con curiosidad, no la veía a ella. Ofendida se bajó del auto y cerró la portezuela de un golpe, luego se asomó por la ventanilla. Él permaneció tranquilo.

—¿Es bonita tu aparición?

—Muy bonita —le contestó dándole una palmada en la mejilla.

—¿Quién es?

—Te dije que es una aparición. Lo único que sé de ella es que se viste de blanco y que se llama Carmen.

La joven sonrió emocionada.

—¿Carmen?, ¿cuándo vienes a mi casa para que te presente a mis hermanos?

—Cuando quieras.

Pasaron unas mujeres que los miraron con curiosidad.

—¡Adiós, Carmelita! —le dijeron a la joven.

Carmen volvió asustada. Las señoras se acercaron y Andrés aprovechó para echar a andar el automóvil.

—¡Ven a mi casa! —gritó Carmen en el momento en que Andrés se alejaba.

Andrés se perdió en los vericuetos de la ciudad. Se detuvo a preguntarles a unos transeúntes por la salida a la carretera, hablaba con ellos, cuando vio a la verdadera Carmen con un traje blanco impecable, subir a un auto también blanco. ¡No podía ser ella! Aturdido la vio tomar el volante y salir a gran velocidad. Partió en su persecución. El coche deportivo desapareció en una esquina. Detrás de las casas escuchaba el motor potente del otro automóvil, pero la ciudad era un laberinto. En una bocacalle lo vio de lejos, luego escuchó su claxon. Tardó un tiempo en retroceder y alcanzar la calle que había tomado su amante. Se encontró en una calle silenciosa. Por la acera estrecha caminaba una mujer gorda que llevaba de la mano a un niño. Las fachadas de las casas no le dijeron nada. Desconcertado, detuvo su auto y recorrió con la mirada las ventanas cerradas de algunos palacios. Era una calle rica e indiferente. Tuvo la certeza de que detrás de alguna de aquellas ventanas se ocultaba su amante.

Remedios entró al gran patio de baldosas de su casa. Bajó de su automóvil blanco y le preguntó a Loreto, el criado, que se acercó solicito, después de cerrar el portón.

—¿Ya llegó la señorita Carmen?

—Acaba de llegar, señora Remedios —contestó el criado.

Tranquila subió las escaleras de piedra y llegó a la planta alta de la casa, en donde se hallaban los salones de estar y las habitaciones íntimas. Cruzó un claustro, entró a un saloncito y llamó con discreción a una puerta que comunicaba con la habitación de su cuñada. Le llegó la voz de Carmen.

—¿Eres tú, Remedios?, pasa.

Se encontró frente a la joven que se cambiaba de ropa a gran velocidad.

—Puedes decirme si fui a buscarte a Aguascalientes ayer, ¿por qué me dejaste plantada en el hotel a media noche? —preguntó Remedios con voz grave.

—Estaba en una fiesta y los muchachos prometieron traerme temprano. No quise molestarte —dijo Carmen temerosa de su cuñada.

—¿Y si Marcial lo sabe?

—¡No se lo digas, dile que volvimos juntas! —suplicó Carmen.

Remedios sacó un cigarrillo y se paseó nerviosa por la habitación.

—No me gusta decirle mentiras a tu hermano.

Llamaron a la puerta.

—El señor las espera en el salón —dijo una criada.

—¡No me acuses! —suplicó Carmen tomando a su cuñada de la mano.

Remedios salió, tenía miedo de enfrentarse con Marcial y sus hermanos. Al pasar frente a su espejo se miró unos instantes, parecía asustada. Trató de componer el gesto y entró al salón en donde la esperaba su marido rodeado de sus cuatro hermanos, que llevaban todos una cinta de luto en la manga de sus americanas. Marcial se acercó a besarla.

—¿Y Carmen? —preguntó.

Remedios se sintió incómoda, la entrada de Carmen la alivió.

La joven estaba tan tranquila que se diría había obedecido las órdenes estrictas. Ahora vestía de negro, estaba enlutada como sus hermanos. De pronto su nombre surgió de la calle.

—¡Carmen! ¡Carmen! ¡Carmen! —un hombre la llamaba.

Carmen corrió hacia el balcón de la sala, seguida de Marcial y de Remedios. A través de los vidrios vieron a Andrés que llamaba mirando hacia las ventanas vecinas. Remedios pareció petrificarse, apenas se atrevió a mirar a su amante.

—¿Quién es? —preguntó Marcial enojado.

—No lo sé, nunca lo he visto, un loco —dijo Remedios.

Carmen hizo ademán de querer abrir el balcón y Marcial la detuvo.

—¡Desvergonzada! ¿Cómo provocas este escándalo enfrente de mi casa? —le dijo furioso.

—¡Es Andrés Vallarta, mi novio! —gritó impulsiva la joven.

—¿Y tú para qué sirves? ¡No me digas que no sabías nada de esto! —le dijo Marcial a su mujer mirándola severo.

Remedios se mantuvo erguida y muda junto a los visillos del balcón.

—Es mi novio —repitió Carmen.

—¿Y por qué escandaliza en la calle en lugar de dirigirse a mí? —exclamó Marcial con dignidad.

Remedios vio cuando Román y Joaquín, sus cuñados más jóvenes, salían iracundos del salón. Casi a pesar suyo miró por los visillos con disimulo y vio a Andrés subir a su automóvil, lanzar una última mirada a las fachadas de las casas y alejarse de ahí. También vio a Román y a Joaquín salir a la calle y avanzar en busca del joven.

—¡Eres un tirano Marcial! ¡Odio a mis hermanos! ¿Qué van a hacer? ¿Matarlo? —gritó Carmen.

—¡Cállate! —ordenó Marcial.

Andrés recorrió la ciudad en busca de un hotel. Se quedaría hasta hallar a Carmen. La ciudad le pareció muy hermosa y le fue difícil encontrar habitación, pues los hoteles estaban llenos por los políticos que habían llegado para la toma de posesión del nuevo gobernador. Encontró alojamiento casi en las afueras de la ciudad. El hotel era lujoso y sus terrazas estaban llenas de gente que comía y bebía en medio de una música alegre. Subió a su cuarto a cambiarse y a bañarse y luego bajó al bullicio de la terraza, en donde los mariachis tocaban sones de Jalisco y algunas parejas bailaban al compás de los guitarrones. Se distrajo de la alegría, no entendía a Carmen. ¿Por qué huía siempre? Se le ocurrieron los pensamientos más diversos y se quedó triste. Se sintió ajeno a la algarabía del hotel. Llamó al camarero, le dio unos billetes y le ordenó:

—Dígales que canten *Carmelita.*

El camarero se acercó a los mariachis y Andrés escuchó pensativo. ¿Cómo había podido irse después de lo ocurrido entre los dos?

El camarero lo sacó de sus cavilaciones.

—La señorita Carmen lo espera en el teléfono.

El camarero lo condujo al bar.

—Espérame en la presa, arriba, al oscurecer —escuchó sobresaltado.

Era una orden. Su voz inconfundible le llegó en tono muy bajo, como si tuviera miedo de que alguien la escuchara. Antes de que él hubiera podido decir una palabra la oyó colgar el aparato. Volvió a la terraza aturdido. Se acercó el camarero.

—Perdone, ¿conoce usted a la señorita Carmen que anda siempre vestida de blanco? —le preguntó al hombre.

El camarero lo miró con curiosidad.

—No, señor. Yo conozco a una señorita Carmen que anda de negro. Lleva luto.

Andrés pensó que se burlaba de él y guardó silencio. El hombre se retiró respetuoso y lo observó desde lejos.

En el salón, Marcial y sus hermanos interceptaron el paso de Carmen.

—¡Quédate en la casa y cámbiate de ropa! —ordenó Marcial a la joven que se preparaba a salir a la calle con un traje blanco de Remedios.

—¿Te parece justo que yo que soy la joven ande siempre de negro?

—A Remedios le hace daño el luto, se lo he dicho a ustedes mil veces. Además mi padre era su suegro —dijo Marcial, tratando de imponerse frente a sus hermanos, tenía ahora demasiado quehacer para detenerse en una disputa familiar.

—Déjame ir a verlo, él está enamorado de mí y yo de él —suplicó Carmen con la cabeza baja.

Remedios al pie de la escalera escuchó las palabras de su cuñada.

—Espera a que pasen estos días y yo te ayudaré con Marcial —le prometió a la joven con voz serena.

Carmen la miró con rencor, miró a Marcial, luego a sus hermanos y subió las escaleras corriendo. Era inútil, no la dejarían salir.

—Son casi las cinco —recordó Remedios a Marcial.

Éste la ayudó a subir al coche que esperaba en el patio y los esposos salieron juntos. Él debía saludar a algunos políticos y ella a sus mujeres en un hotel situado en las afueras de la ciudad, famoso por sus hermosos jardines. Sería una especie de merienda campestre, salpicada de música y de bailes en honor del nuevo gobernador. Remedios se había esmerado en su atuendo y Marcial se sentía orgulloso de su belleza.

Los jardines del hotel lucían esplendorosos, la música sonaba alegre, las mesas colocadas en los corredores estaban repletas de mujeres y hombres elegantemente vestidos, la entrada de Remedios y de Marcial fue acogida con gestos amistosos. Un pequeño grupo de bailarines ejecutaba un alegre baile y algunas jóvenes se unieron a ellos.

Andrés recorrió la ciudad. Buscó el lugar de la cita y estacionó el automóvil cerca de unos árboles. Vio correr los últimos rayos del sol y esperó a que cayera la noche. Impaciente bajó del auto y paseó al borde del agua. De pronto escuchó un ruido leve, se volvió y se halló frente a Remedios que avanzaba cautelosa. Sin decirse una palabra cayeron el uno en brazos del otro. Se besaron bajo los árboles y subieron al automóvil.

—Sólo vienes de noche —le reprochó él.

Ella no contestó, se limitó a besarle el cuello.

—Andrés, vete de Guanajuato —le rogó.

—¿Qué me vaya? ¿Por qué? No puedo vivir sin ti.

Remedios se separó de él, miró sus ojos acongojados, se recostó sobre su pecho e insistió.

—¡Vete, mi vida, te lo ruego!

El joven guardó silencio. No la comprendía. La tomó por los hombros y la miró con fijeza. Ella desvió la mirada.

—Dime por qué quieres que me vaya. ¿Con quién vives? ¿Quién eres cuando no estás conmigo? La mujer no contestó, se empeñó en seguir con los ojos bajos.

—¡Dime dónde te vas cuando no estás conmigo! —gritó exasperado.

—¡Voy a mi casa!

—¿Dónde está tu casa? —exigió él estrujándola.

—En San Miguel Allende —respondió ella asustada.

Andrés la abrazó contra sí, no quería asustarla más, el miedo podía hacerla desaparecer para siempre.

—No quiero asustarte, pero, ¿qué haces en Guanajuato? —le dijo con voz suave.

—Hay fiestas, y vengo, son compromisos —agregó ella ocultando la cara.

—¿Compromisos? Tú no tienes compromisos con nadie, sólo conmigo.

—Cuando pasen estos días seré libre —contestó ella emocionada.

—Vente conmigo —suplicó Andrés.

Remedios se cubrió la cara con ambas manos.

—Andrés, créeme que te amo, como no he querido a nadie.

Él la apretó contra su corazón. Permanecieron quietos, el uno junto al otro, asombrados de su milagroso encuentro.

—Tengo que irme. ¡Prométeme que te irás de Guanajuato! Y yo te seguiré.

Andrés la miró con reproche y echó a andar el automóvil.

—¿A dónde vamos? —preguntó ella presa de pánico.

—A mi hotel —contestó él decidido.

En un cruce un semáforo los detuvo. Había tráfico, gente paseando, cohetes, la ciudad entera estaba animada. Remedios abrió la portezuela y bajó corriendo, regresó por la calle que acababan de bajar y que era sentido único. Andrés abandonó el auto y corrió tras ella, la vio dar vuelta en una calle y corrió hacía allí. Se encontró con una callejuela oscura y torcida.

—¡Carmen! ¡Carmen! —gritó furioso.

Ella, desde el hueco de un patio oscuro, lo vio torcer por el callejón que partía de la mitad de la callejuela en donde ella se encontraba. Salió de su escondite de prisa y torció en la dirección opuesta. Conocía los callejones y sus salidas de memoria. Apresuró el paso y bajó en línea recta por una callecita de escalones, que daba a una plazoleta cerca de la presa en donde había escondido su automóvil blanco, subió en él y desapareció rauda. Unos minutos después se hallaba en su casa. Era tarde. No sabía qué excusa dar si tenía que enfrentarse con Marcial. Se dirigió a su cuarto, se arregló el cabello y se pintó la boca. Entró Carmen que la miró con fijeza.

—Marcial te llamó muchas veces.

—Se me hizo tarde.

—Está furioso porque te fuiste de la fiesta sin avisar.

Remedios avanzó hacia su cuñada y la miró con ira.

—¡Me espían! Estaba cansada, fui a dar una vuelta, ¿hay algo de malo en eso?

—Nada, pero así son. Tampoco a mí me dejan salir para ver a Andrés.

Remedios guardó silencio y trató de no ver a su cuñada. Ésta se acercó melosa.

—¡Ayúdame, Remedios! Invítalo al teatro pasado mañana.

Remedios la miró con sobresalto.

—¿Cómo, si no lo conozco?

—Mira, mañana salimos juntos y le llevamos una invitación.

Remedios guardó silencio. Era absurdo lo que le proponía su cuñada. La miró de frente.

—¿Estás segura de que es tu novio? —le preguntó con incredulidad.

—¡Claro! En Aguascalientes anduvimos juntos la semana que estuve y él me trajo esta mañana a Guanajuato. Cuando me bajé de su coche se me declaró.

Remedios se mordió los labios, hubiera querido echarla de su habitación. Sacó un cigarrillo y dio varias vueltas por su cuarto.

—¿No me lo crees? Le pediré mañana delante de ti, que me repita lo que me dijo hoy —declaró la joven con sinceridad.

Remedios tuvo miedo de ponerse pálida frente a su cuñada.

—Mañana decidiremos todo, te lo prometo —aseguró con dignidad.

Carmen se acercó a darle un beso.

—¡Se me olvidó decirte que Marcial y los muchachos llegan tarde! —le dijo antes de salir de su cuarto.

Cuando Remedios se encontró sola se tiró bocabajo en la cama y golpeó las almohadas con los puños. Se levantó y salió de su cuarto con sigilo. Bajó las escaleras y se dirigió a su coche. Loreto el mozo se le acercó.

—Voy a buscar al señor —le anunció con voz fría.

El criado abrió el portón y Remedios se halló en la calle. Corrió veloz hacia el hotel de Andrés, necesitaba verlo, iba furiosa. Sin darse cuenta se encontró frente al hotel iluminado. Se detuvo a reflexionar. A lo lejos vio estacionado el auto de su amante. Bajó decidida y avanzó hacia la terraza, pero la vio tan llena de gente que retrocedió asustada. Se acercó al auto de Andrés, quería dejarle un mensaje, algo que le dijera que ella había ido a buscarlo, que lo amaba. Sacó su tubo de labios y con mano segura escribió sobre el parabrisas. *Vine. Te amo. Once de la noche. Carmen.* Se alejó corriendo temerosa de que alguien la hubiera visto. Una vez en la ciudad se dirigió al hotel en donde se daba la fiesta que ella había abandonado y en donde todavía se encontraba su marido. Al llegar a los jardines del hotel, la música la hizo retroceder, no podría soportar aquella alegría, llamó a un mozo y le pidió que llamara a su marido. A los pocos minutos apareció Marcial alarmado.

—¿Qué pasa? Son las once y cuarto —dijo mirando su reloj pulsera.

Remedios guardó silencio.

—Primero me plantas aquí y ahora te presentas sola a ¡estas horas!

—Estoy nerviosa. Vine por ti, no quiero estar sola.

—¡Mira! Esta fiesta es importante para mí o te quedas o te vas inmediatamente —le contestó Marcial con disgusto.

Remedios prefirió irse. Cuando Marcial llegó a su casa se hizo la dormida. Su marido la observó preocupado y tampoco él pudo conciliar el sueño. Por la mañana se levantó muy temprano y recomendó que no molestaran a la señora. No quiso despertarla. ¿Para qué? Esperaría a que se fueran los capitalinos para hablar con ella. Apenas se fue Marcial, Remedios salió de su cuarto. No quería estar en su casa y enfrentarse con Carmen, que insistiría en su locura de invitar a Andrés a la función de gala en el teatro y luego a la fiesta. Subió a su automóvil.

—Dile al señor que me fui a San Miguel para ver a mi mamá. Hablaré de allá para ver si hay novedad —le dijo a Loreto.

Al salir de su casa lo primero que hizo fue llamar a Andrés por teléfono. El joven se sobresaltó al escuchar su voz.

—¿Por qué te escapaste anoche? Juegas conmigo, se quejó dolido.

—No me preguntes, mi vida, algún día te lo explicaré todo.

Andrés guardó silencio. Remedios tuvo la impresión de que el joven pensaba irse.

—¿Dónde estás ahora? —preguntó él.

—Estoy solita —respondió ella.

—Ya tengo lista mi maleta, me voy.

—Anoche te fui a buscar, te dejé un recado. Te espero al oscurecer junto a la iglesia de La Valenciana —suplicó Remedios.

—¿Y ahora por qué no? Sólo de noche vienes —se quejó el joven.

—Te amo —respondió Remedios y colgó el teléfono.

Subió a su coche y salió rumbo a San Miguel. Quería reflexionar. Pasaría un día sosegado sin la presencia de sus cuñados, que la espiaban. Tenía que impedir que Andrés fuera al baile del Gobernador y que se fuera de Guanajuato. No sabía qué hacer.

Andrés bajó corriendo a la Administración del hotel, quería leer el mensaje de Carmen.

—Anoche me trajeron un mensaje.

—No, señor. No hemos recibido ningún mensaje para usted.

El joven miró con odio al empleado. Se confabulaban contra él. Se retiró del escritorio y salió a la calle. Al llegar a su automóvil vio el letrero escrito con rojo de labios. Lo leyó muchas veces. Subió y dio varias vueltas por el campo. No quiso borrar el mensaje de amor. Volvió a la ciudad y entró a una nevería a tomar un café.

En otra mesa de la nevería, Román y Joaquín, acompañados de un grupo de periodistas terminaban de desayunar. El grupo salió a la calle. Los hermanos encontraron estacionado junto al suyo a un coche con placas de Chihuahua, que era el mismo que la víspera se había estacionado frente a su casa. Y en el que venía el hombre que había gritado el nombre de su hermana en la calle. Leyeron con ira el mensaje escrito en el parabrisas. Disimularon delante de los periodistas y se fueron con ellos.

—Volveremos después a arreglar este asunto —le dijo Joaquín a Román en voz baja.

Dejaron a los amigos y tomaron el camino de su casa. Iban a reclamarle a Carmen. Al llegar interrogaron a Loreto.

—Les aseguro jóvenes que la señorita Carmen no salió ayer en todo el día.

—¡Salió en la noche! —gritó Román con el rostro enrojecido de ira.

El criado retrocedió asustado.

—No, joven, anoche sólo salió la señora Remedios.

Los hermanos se miraron estupefactos.

—¿Dónde está la señora?

—Se fue temprano a San Miguel, a ver a su mamá.

Subieron a hablar con su hermana. La encontraron disgustada porque Remedios se había ido sin avisarle.

—Es una egoísta, le pedí un favor y se fue para no hacérmelo.

—¿Qué favor? —preguntó Joaquín.

—Qué fuera conmigo a invitar a Andrés a la función de teatro de mañana y al baile del Gobernador.

—¿Lo viste anoche? —preguntó Joaquín.

—¡No!, ni siquiera he podido localizarlo por teléfono, anda todo el tiempo fuera. Además, no quiero perjudicar la carrera política de Marcial —agregó la joven con burla.

—¿Remedios conoce a Andrés? —preguntó Román.

Carmen lo miró asombrada, después pareció reflexionar.

—Que yo sepa, no. La tarde que ella estuvo en Aguascalientes no anduvimos juntas.

—¡Espérame! —dijo Román a su hermana al mismo tiempo que le hizo una seña a Joaquín para que no la dejara sola.

De prisa se dirigió al cuarto de su cuñada. Abrió los cajones y revisó sus papeles, en uno de ellos había escrito con lápiz de labios un número de teléfono. Lo marcó y resultó ser de un salón de belleza. Se echó el papel en el bolsillo y salió al encuentro de sus hermanos.

—¿Todas las mujeres tienen manía de escribir con su tubo de labios? —le preguntó a Carmen.

—Todas no, Remedios lo hace, por eso sus bolsos están manchados por dentro, ya se lo he dicho, dijo la joven con curiosidad.

Joaquín llama entonces a San Miguel Allende, con la seguridad de que Remedios no había ido a visitar a su madre, pero le contestó su cuñada.

—Dice que llega esta tarde —explicó desilusionado a sus hermanos.

—Llama a tu amigo y dile que lo vas a invitar al teatro —le pidió Román.

—Carmen llamó al hotel y preguntó por el joven. Enseguida colgó el teléfono desilusionada.

—Vamos a buscarlo para invitarlo a la fiesta —dijo Joaquín con malicia.

Al oscurecer, Andrés se dirigió a la iglesia de La Valenciana. A un lado, en lo alto, se hallaba la iglesia, su atrio y sus árboles viejos. Del otro lado de la carretera una barranca y al fondo las viejas construcciones de las minas con los restos de una antigua hacienda. Empezó a cerrar la noche, el paisaje se volvió fantasmal y sobre Andrés cayó una gran melancolía. Pensó que morir debía ser hundirse en una niebla nostálgica de la perfección. De pronto vio avanzar por la carretera a Remedios como una tenue niebla blanca. Bajó del auto a recibirla, ella lo tomó de la mano y juntos descendieron por aquel paisaje árido y pedregoso. Como en un sueño se sentaron muy debajo de la barranca y ella apoyó la cabeza sobre la tierra y contempló el cielo alto, que se alzaba sobre ellos. La noche entera anunciaba la quietud y la paz. Andrés la besó, le pareció verla a través de una niebla que desdibujaba sus facciones y dulcificaba sus ojos.

—No sé, mientras te esperaba pensé en la muerte —le dijo en voz muy baja.

—También yo —murmuró Remedios y el rostro inclinado de su amante le pareció el de un ángel que anunciaba tragedias. Lo sintió en peligro, pensó que los dos se columpiaban sobre un abismo, se abrazó a él con desesperación y el joven la besó.

—Eres mi premio, lo supe desde que te vi —murmuró al oído de ella.

Ya no podría vivir sin Remedios. La tomó por los hombros para explicárselo y de pronto, con gesto cansado, la dejó caer y se puso de pie para mirar la noche acumulada en el fondo del barranco. Sintió que las palabras no le servían. Se volvió a mirarla tendida sobre la tierra y casi tuvo miedo.

—¿Quién eres, Carmen? ¿Adónde te vas cuando no te veo?

Ella guardó silencio.

—Vienes de noche y desapareces —le dijo con rencor.

Se agachó, buscó una piedra y la lanzó con fuerza al fondo de la barranca, como cuando era niño y arrojaba piedras en el campo, asombrado de verlas viajar por el aire, y luego desaparecer en algún lugar que sus ojos no alcanzaban. Oyó zumbar la piedra y la oyó caer muy lejos, tragada por la noche. Así se sentía cuando no veía a Remedios: una mano extraña lo lanzaba a las sombras y caía en un lugar irremediablemente oscuro. Cogió otra piedra y la volvió a lanzar con ira. Cuando ella lo besaba lo lanzaba por un espacio luminoso, viajaba por valles verdes y constelaciones luminosas. Trató de explicárselo y guardó silencio, oprimido por las sombras de la noche oscura. Así sería toda su vida sin ella. Sumiso, volvió a su lado, y le acarició una mano abandonada sobre la tierra.

—No quiero pensar.

—Eres mi amor —dijo ella.

Se inclinó para besarla y la miró largo rato.

—¿Te vendrás conmigo?

—Sí, no podría vivir sin ti después de haberte conocido —respondió ella con simpleza.

—¿Cuándo? —preguntó él mirándola de muy cerca.

—Mañana en la noche estaré aquí esperándote.

Andrés la besó desfallecido y ella cerró los ojos ante la gravedad de la promesa que había hecho.

Las estrellas cambiaban de lugar cuando ellos iban subiendo la cuesta. Ambos estaban tristes. Se encontraron frente a los faros apagados del auto de Andrés y el joven la arrastró hacia el interior del coche para besarla nuevamente.

—Tengo miedo de que se acabe el tiempo junto a ti —suspiró.

—¿Miedo? Mi vida, no digas eso —suplicó Remedios súbitamente aterrada y miró las manecillas luminosas del reloj en el tablero del auto.

—Son las once —dijo casi a pesar suyo. Se tapó el rostro con las manos. Luego hizo ademán de querer bajarse del auto. En ese momento pasó un automóvil junto a ellos a gran velocidad y Remedios se bajó enloquecida del coche de Andrés. El coche que acababa de pasar avanzaba hacia ellos reculando.

—¡Vete! ¡Vete! —le ordenó echando a correr rumbo a la iglesia.

Andrés obedeció. Supo que también ella estaba en peligro, echó a andar su auto en el momento en que el otro coche se aproximaba a él. El coche desconocido tomó varios minutos en girar para salir en su persecución. Remedios desde su escondite vio a sus dos cuñados correr tras de su amante. Ella se dirigió aterrada a su propio auto estacionado detrás del convento y huyó.

Andrés corrió un rato seguido por el coche extraño y luego, cuando se acercaba a la ciudad disminuyó la velocidad para dejarlo pasar primero. El coche pasó zumbando junto a él. En la calle oscura de entrada a la ciudad vio al coche extraño parado en la mitad del arroyo, con las dos portezuelas abiertas y un joven de pie junto a cada una de ellas. Le habían interceptado el paso y Andrés optó por detenerse y esperar. Los jóvenes avanzaron hasta él, se colocaron a cada lado del auto y se inclinaron a mirarlo. Tendrían la misma edad que él.

—¡Váyase de Guanajuato! —le dijo el que estaba al lado del volante.

—Le conviene más —insistió el del lado izquierdo.

Después, sin más explicación se alejaron, subieron a su automóvil y se perdieron en la calle oscura. Andrés los vio irse, sacó un cigarrillo, lo encendió y muy despacio volvió a La Valenciana donde había abandonado a su amada. Estacionó su coche en el mismo lugar que antes, bajó la barranca en busca de ella. El lugar se hallaba deshabitado y solo. La llamó en voz baja, luego gritó su nombre y al final, se sentó agobiado en el mismo lugar en que momentos antes había estado con ella. Se sintió como la piedra lanzada al fondo del abismo. No podía irse, debía hallarla, estaba seguro de que lo esperaba escondida. Al amanecer volvió a su automóvil y muy despacio tomó el camino de su hotel.

Al entrar a su casa Joaquín y Román le preguntaron a Loreto si ya había vuelto de San Miguel la señora Remedios.

—No, jóvenes. Todavía no ha vuelto —contestó el criado.

Los hermanos se miraron pensativos. Durante el día habían buscado el auto con las placas de Chihuahua. Después habían vigilado la entrada de la carretera de San Miguel Allende y todo había sido en vano. Luego recorrieron los lugares apartados en donde se esconden los amantes y al ver estacionado el coche del forastero frente a La Valenciana, les pareció ver una silueta de mujer. Su desencanto al detener al forastero a la entrada de Guanajuato los desconcertó, ya que iba solo. Entraron al salón y se miraron preocupados, no se atrevían a decir que sospechaban de Remedios, pero su silencio y su actitud lo decía a las claras. Tampoco se atrevían a comunicarle a Marcial sus sospechas, temían la cólera desmesurada de su hermano mayor. De pronto lo oyeron subir la escalera. Marcial se sorprendió al encontrarlos en el salón.

—¿Qué hacen? ¿Qué esperan?

—Esperamos a tu mujer.

—¿No ha vuelto todavía? —preguntó alarmado.

—No.

Marcial se sirvió una copa y la bebió de un trago. Román le explicó a Marcial que Remedios había salido de San Miguel a las tres de la tarde.

—Tal vez le sucedió algo —dijo el marido disponiéndose a salir en su busca.

Carmen apareció en la puerta del salón.

—¿Tú qué opinas? —le preguntó Marcial a su hermana.

La joven no dijo nada, pareció preocuparse.

—Es curioso, tampoco Andrés está en su hotel —dijo casi a pesar suyo.

—¿Qué insinúas? —le gritó Marcial indignado.

—¿Yo?, nada. No insinúo nada —afirmó ella con desdén.

El claxon conocido del coche de Remedios sonó en la esquina de la casa.

—¡No tolero infamias! —gritó Marcial.

El coro de hermanos guardó silencio. A los pocos instantes apareció Remedios junto a ellos. Venía pálida con el traje blanco arrugado. Marcial se levantó a recibirla.

—¿Qué pasó? Nos tenías a todos con una zozobra espantosa.

Remedios los miró impasible, sabía que sospechaban de ella.

—El coche se me paró a media carretera, me olvidé de ponerle gasolina. Además olvidé ponerle agua —dijo tranquila, escrutando el rostro de Carmen, que la veía sin creerle una sola palabra de lo que afirmaba.

—Se me manchó el traje. ¡Puaf! vengo hecha un asco —afirmó. Cogió el vaso de *whisky* que sostenía Marcial y le dio un trago. Se sentía vacilante. Los hermanos la miraban sin decir una palabra.

—Estoy cansada, muy cansada desde hace varios días —dijo a manera de excusa.

Marcial la miró preocupado. No quiso comentar nada delante de sus hermanos, salió tras de ella en silencio. Los hermanos se miraron con curiosidad.

—Es verdad lo que dijo Remedios —exclamó Román.

—Voy a hablar por teléfono y te apuesto a que Andrés ya está de vuelta en su hotel —dijo Carmen con despecho.

En el hotel le informaron que el joven no había vuelto.

—Llamaré más tarde —dijo con aire vengativo.

—Anda solo. Es un tipo raro —afirmó Joaquín.

—¿Y quién escribió en su parabrisas? —preguntó Carmen mirando a sus hermanos con desafío.

—Hay muchas Cármenes en Guanajuato, será alguna de ellas.

—Además, Remedios no se llama Carmen —agregó Román.

—Es una ladrona. Se pudo robar mi nombre —dijo Carmen.

Sus hermanos le echaron una mirada de desaprobación.

—Siempre le has tenido celos, la imitas —le replicó Joaquín.

Carmen se mordió los labios, hubiera querido decirles que ella no había vuelto a Guanajuato con su cuñada, sino con Andrés. Y que no había pasado la noche con Remedios, sino en la cárcel con Roberto y con Francisco. También hubiera querido decirles que el joven le había dicho: Estoy enamorado de una aparición vestida de blanco que se llama Carmen. Los miró con rencor.

—¿A qué horas llegó Remedios de Aguascalientes? —preguntó.

Los hermanos se miraron con asombro.

—No lo sé, más o menos a las doce, contigo —murmuró Román.

—Sí, a la una yo vi su coche en el patio —afirmó Joaquín.

—Remedios engaña a Marcial. Y ustedes se hacen los tontos porque les coquetea a todos —aseguró Carmen.

Los cuatro hermanos se pusieron de pie indignados.

—¡Cállate! ¿Cómo se te ocurre cosa semejante?

Carmen salió con gesto indignado.

Marcial alcanzó a Remedios en su cuarto. La observó en silencio mientras se preparaba para acostarse, parecía muy cansada, le sonreía de vez en vez, pero algo en ella había cambiado, se diría que estaba frente a otra mujer que no era la suya. Se acercó a besarla y ella se retiró con presteza.

—Hace mucho que estoy al corriente de tus aventuras —le dijo Remedios.

—Las aventuras no cuentan, sólo hay una esposa.

—No hay lugar para las aventuras cuando hay amor —le aseguró ella.

Marcial sintió que había un foso irreparable entre él y su mujer, pensó que estaba en peligro de perderla y sintió unos celos fulminantes.

—¿Por qué llegaste tan tarde? —le reclamó.

—Ya te lo dije.

—Todo lo que dijiste en el salón es mentira —le dijo Marcial tomándola de las muñecas.

—Si no me crees no vivas conmigo, déjame en libertad —le contestó ella.

Marcial le soltó las muñecas asombrado.

—¿Dejarte? ¿Dejarte en libertad? ¿Qué dices? ¿Estás loca?

Remedios salió de su habitación sin decir una palabra y se acomodó en un diván que había en el saloncito contiguo. Marcial la observó desde la puerta.

—No te dejaré nunca. ¿Deseas volver con tu madre o fugarte con algún hombre?

Ella no contestó.

Muy temprano Marcial entró al saloncito en el que Remedios había pasado la noche. La halló sentada, pálida y desvelada.

—No vengo a comer. Te suplico que estés lista para la función en honor del Gobernador.

Su voz sonó triste y ofendida. La miró consternado.

—Estaré lista. No te preocupes.

En el comedor Marcial se reunió con Joaquín, lo miró preocupado, se diría que sentía vergüenza delante de su hermano menor.

—Joaquín, estoy preocupado, es Remedios, ¿sabes? Está muy cambiada, no me gustaría que saliera de la casa hasta que yo venga a buscarla en la noche.

—¿Por qué? ¿También tú, sospechas? —preguntó bajando mucho la voz y sin atreverse a mirarlo de frente.

—No, no se trata de eso, pero procura que no salga y si lo hace síguela —dijo Marcial mirando el fondo de su taza.

Joaquín no dijo nada, terminó su desayuno y acompañó a su hermano hasta su automóvil. Le dio unas palmadas en el hombro.

—No tengas cuidado, hermano.

Por su parte, Carmen entró en el saloncito en el que se hallaba Remedios, la miró con sorna y exclamó.

—¿Dormiste sola? ¡Qué raro! ¿Ya no te gusta mi hermano?

—Estábamos los dos muy cansados.

Carmen encendió un cigarrillo y lo fumó con gran delicia.

—Creo que ha llegado el momento en que presente a mi novio con mi familia. ¿Qué te parece? Quiero invitarlo a las fiestas de esta noche, ¿me ayudarás?

Remedios guardó silencio.

—Me lo prometiste, Remedios.

—¿Marcial está de acuerdo? —preguntó con voz débil.

—¡Claro! Sólo me falta tu aprobación. ¿Lo invito?

—Como quieras, cuenta con mi aprobación —contestó sintiéndose muy pálida.

Apenas salió Carmen del saloncito, Remedios se precipitó a llamar a Andrés. En voz baja y muy de prisa le pidió que la esperara esa noche en La Valenciana para fugarse con él. Temblorosa colgó el aparato y salió a cerciorarse de que nadie la había escuchado. Se tiró en la cama preocupada por la promesa que había hecho, pero debía impedir que Andrés se presentara en el Teatro y en el baile.

Carmen discutió con Román y con Joaquín, para tratar de convencerlos de que la mejor manera de borrar las dudas era invitar a Andrés.

—Esta noche descubrirán que es una sinvergüenza —afirmó.

—¡Estúpida! Pareces demasiado segura —le reclamó Román con impaciencia.

—¡Lo estoy!

—¡Di por qué, de dónde te viene esa seguridad! —exigió Joaquín.

—A su debido tiempo. Primero hay que enfrentar a los dos —afirmó la joven.

Remedios no se atrevió a salir de su casa y el día transcurrió con lentitud. Por la tarde, mientras la peinadora le arreglaba el cabello miraba a su cuñada que tenía un aire hostil. Las dos mujeres sabían que había surgido un obstáculo irreparable entre ellas y apenas hablaban. Remedios hubiera querido preguntarle si por fin había invitado a Andrés a las fiestas, pero la pregunta se le detenía en la punta de la lengua. *Estás temblando*, pensaba Carmen mirando a la otra de reojo. *Estúpida, no irá. A mí es a la que quiere*, se decía Remedios mirando de soslayo a su cuñada, mientras la peinadora iba de una a otra arreglándoles los rizos.

—¿Invitaste por fin a Andrés? —preguntó Remedios sin poderse contener.

—Sí —contestó Carmen fingiendo indiferencia.

—¿Aceptó?

—¡Claro! Está encantado —afirmó Carmen observando la angustia reflejada en el rostro de Remedios. Ésta guardó silencio. Su seguridad de que Andrés la esperaría en La Valenciana se vino abajo. ¿Habría cambiado de opinión? Tal vez Carmen le había revelado su verdadera identidad y había decidido ir a las fiestas a sorprenderla. Se sintió perdida y miró con odio a la joven, que la observaba con malicia. Trató de controlarse, a través de los cristales del balcón la luz de la tarde empezaba a morir. Apenas se fuera la peinadora volvería a llamarlo, quería estar segura.

—El señor Vallarta salió temprano —le dijo la voz impersonal de un empleado.

Remedios se sintió mal. ¿Y si se había ido para siempre? Volvió a llamar.

—¿Se fue del hotel? —preguntó.

—Se va esta noche —le contestó la misma voz indiferente.

Se paseó nerviosa por su cuarto, no podía fugarse con Andrés y no podía vivir sin él. La llamó Marcial por teléfono para suplicarle que estuviera lista a tiempo y notó que en el curso del día la había llamado muchas veces. ¿Sospecharía algo? Se quedó petrificada de horror. Decidió vestirse y mientras lo hacía pensó en su amante que a esas horas la esperaba en La Valenciana. Se contempló angustiada en el espejo. Afuera se escuchaban los cohetes y la Rondalla que recorría las calles cantando canciones de amores. Marcial entró puntual a buscarla.

—¡Eres la más linda de todo Guanajuato! —le dijo sincero.

Abajo en el salón se hallaban reunidos todos los hermanos menos Román.

—¿Y ése por qué no llega? —preguntó Carmen con impaciencia.

—Fue a echar un vistazo —explicó Joaquín.

Entró Román agitado.

—El tipo está en La Valenciana, igual que anoche —anunció.

Entraron Remedios y Marcial, la cuñada se enfrentó con Carmen vestida con un suntuoso traje negro, que contrastaba con el suyo blanco.

—Pareces una novia —le dijo Carmen con malicia.

—¡Por fin vamos a conocer al novio de Carmen! —afirmó Román mirando a Remedios con fijeza.

Marcial lo miró con severidad.

—¿Quién lo invitó? —preguntó con voz seria.

—Yo mismo llevé la invitación a su hotel. Pensé que era una buena ocasión de calarlo —contestó Román sin dejar de observar a Remedios.

Remedios subió vacilante al auto de Marcial y salió rumbo al palacete del Gobernador. Atravesaron las calles animadas por una multitud que paseaba con espantasuegras, gorros y estandartes. El cielo estaba surcado de cohetes y algunas comparsas bailaban en las calles y plazas.

Poco después se encontró sentada en un palco de honor y rodeada de personajes que la miraban con admiración y respeto.

Marcial charlaba con el Gobernador, mientras se levantaba el telón del foro. Se sentía ausente, una ola de aplausos la sobresaltó, empezaba el magnífico espectáculo. Por la escena desfilaban los grupos de bailarines siguiendo el compás de una música alegre y estruendosa. No veía el baile, veía a Carmen, que sentada en un palco vecino escrutaba con sus gemelos al público, sin duda en busca de Andrés. Las polkas, los sones de Jalisco, los huapangos, se sucedían en medio de aplausos delirantes y ellas dos continuaban espiándose y escrutando los palcos, las plateas y la luneta.

En La Valenciana, Andrés esperaba nervioso fumando un cigarrillo tras otro. Estaba allí desde las ocho de la noche. Se bajó del auto y miró la barranca negra por la que había andado la noche anterior con su amante. Echó mano al bolsillo para sacar el encendedor y se encontró con la invitación que habían depositado esa mañana en su hotel. La sacó sorprendido y a la luz del encendedor la volvió a leer. Se quedó pensativo, a lo lejos la ciudad brillaba. El reloj dio las once de la noche. Guardó la invitación en su bolsillo y decidió volver a la ciudad. Carmen ya no vendría, lo había engañado. Salió con ira rumbo a la ciudad, estaba seguro de que la encontraría en el bullicio de la fiesta. Las calles estaban atestadas de gente y unos policías le impidieron el paso en automóvil.

—¿Por qué? —preguntó iracundo.

—Por aquí va a pasar la comitiva —le dijeron con sequedad.

Estacionó el auto y se dirigió a pie hacia el teatro. De pronto se halló frente a sus gradas, una multitud de mirones esperaban la salida de los invitados. Subió las gradas con presteza, presentó su invitación a un ujier que lo miró con reproche.

—La función ya va a terminar, señor.

—No importa.

Penetró al teatro y un acomodador, buscó su butaca. Desde su palco, Carmen lo vio llegar, con voz dichosa les dijo a sus hermanos en voz alta.

—¡Ahí está Andrés!

Remedios también sintió su llegada. Lo vio acomodarse y levantar la vista en busca de alguien y vio a Carmen ocultar una risita dichosa. Pensó que iba a desmayarse, se inclinó sobre Marcial.

—Me siento mal ¿Puedo retirarme?

—¡Contrólate! —le ordenó su marido.

En la escena el espectáculo tocaba su fin. Remedios vio caer el telón y escuchó los aplausos ensordecedores. La cortina se levantó varias veces y el Gobernador no daba muestras de querer irse. Cuando los bailarines saludaron numerosas veces, agradeciendo los aplausos, el Gobernador se puso de pie y ella y Marcial y los demás invitados hicieron lo propio. El público del lunetario abandonaba el teatro.

Andrés se colocó en las gradas, en medio del público que empezaba a arremolinarse. Vio entrar al Gobernador acompañado de Carmen esplendorosamente vestida de blanco del brazo de un desconocido. Detrás venía la otra Carmen vestida de negro, acompañada de cuatro jóvenes. Encandilado por la belleza de su amante e iracundo por su engaño, avanzó hasta ella y la miró desde dos escalones más abajo. Ella lo miró sin querer reconocerlo. Sintió que su acción había paralizado a todos los invitados, que lo miraban sorprendidos.

—¡Carmen! Me has engañado —le dijo tomando una de sus manos.

Se produjo un gran silencio. El Gobernador lo miró asombrado, la comitiva entera se detuvo como en una fotografía y Remedios lívida, lo miró unos instantes y trató de zafar su mano.

—¡Carmen! ¿No quieres reconocerme?

Sus palabras provocaron que un sinnúmero de curiosos se precipitara hasta la escalinata. Los guardaespaldas rodearon a los poderosos.

—¿Quién es? —le preguntó Marcial a Remedios.

—No lo sé, nunca lo he visto, es un loco —contestó desfallecida.

Sus palabras se cortaron con el ruido seco de un disparo. La gente reculó para dejar aparecer el cuerpo de Andrés tirado boca arriba sobre la escalinata. De su boca salía un hilito de sangre que corría ahora por la piedra de las gradas.

—¿Qué pasa? ¿Quién es? —dijo el Gobernador deteniéndose asombrado.

—No sé. Nunca lo he visto, es un loco, señor Gobernador —contestó Marcial sosteniendo a su mujer que amenazaba caer muerta junto al desconocido.

El público guardaba silencio profundo, mientras los invitados se miraban aterrados también en silencio. Carmen y sus cuatro hermanos parecían de piedra, mirando con fijeza a Remedios, que sostenida por Marcial resbalaba suavemente al suelo.

—¡Que se investigue inmediatamente esta muerte! —ordenó el Gobernador mirando a los hermanos de Marcial.

Remedios cayó de rodillas junto al joven que seguía tirado sobre las gradas. Le tomó la cabeza entre las manos y se inclinó sobre él a besarlo.

—¡Mi vida!

La gente miró con respeto. Marcial miró a su mujer como si soñara.

Relato publicado póstumamente
(2006)

La factura

María encontró la factura en el buzón. "Hay un error... ¡mil quinientos dólares de electricidad!... ¡Es una locura!", se dijo incrédula. Miró los muros sucios del pasillo y los botes grises con tapas naranja, que servían para tirar la basura. La escalera gastada la llevó hasta su estudio encastrado entre dos patios interiores. El rincón ocupado por la cocina se cubría de una humedad viscosa pues ella prefería no abrir la ventana por la que entraban arañas panzonas que hacían sus nidos en el patio "negro como la boca del infierno". "¿El infierno?", ya no había ni infierno ni cielo, ni recompensa, ni castigo, ni bien, ni mal, sólo había facturas urgentes que pagar.

La nota que ella encontró en su buzón la acusaba de una deuda de mil quinientos dólares, suma que ella nunca había visto. ¿Cómo era posible si ella vivía en la oscuridad? Contempló las lámparas de cobre que pendían del techo y vio que sólo una bombilla no estaba fundida. Esa bombilla no alcanzaba a romper las tinieblas del estudio. Era inútil ir a hablar con el propietario, que vivía del otro lado de la puerta azul de la cocina. María había colocado allí un enorme baúl para evitar la impresión sórdida de la promiscuidad.

Estaba convencida de que el señor Henry era un hombre extraño. Llevaba colocado en lo alto de la cabeza un pequeño gorro negro, que se diría hecho con un trozo de media, usaba pantuflas de fieltro y cuando la encontraba en la escalera apenas la saludaba. La presencia de su inquilina lo inquietaba. Temía que la extranjera estropeara los muros de su casa. Observaba cómo adelgazaba y vigilaba detrás de los vidrios de su ventana que daba sobre el patiecillo negro los movimientos de la intrusa.

María desde su ventana cerrada veía la silueta angulosa del hombre, su perfil anguloso, su nariz ganchuda, su piel grisácea y el pequeño bonete colocado en lo alto de su cabeza. "Es temible"..., se dijo, preocupada. "¿Por qué lleva esas pantuflas?" La nota de la electricidad la sobresaltó. No podría pagarla: pero ¿cómo vivir en la oscuridad absoluta? Recorrió con la mirada el cuarto miserable y se preguntó qué demonios hacía ella en París. Recordó a algunos conocidos que vivían en cuartuchos semejantes al suyo. Dos de ellos trabajaban en los drenajes y otros eran veladores nocturnos en hoteles de paso. Eran extranjeros que alguna vez fueron arquitectos, abogados o jefes de empresa en su país. Ahora todos vestían harapos y levantaban los hombros cuando ella les preguntaba:

—¿Por qué no vuelves a tu país?

—¿A mi país?... bueno, tú sabes, la política.

Habían olvidado su pasado y sus vidas se habían disuelto en la ciudad de muros de piedra gris, castaños verdes y el río cruzado de puentes propicios al suicidio. Vivían como ella en estudios de muros pegajosos con "servicios" ubicados en algún agujero sin ventilación, y con cocinetas negras y ahumadas. ¡Habían olvidado el sol, el aire, el cielo alto y la libertad de elevar la voz! No protestaban y ante la amenaza de las facturas huían a otro agujero negro o bien optaban por el suicidio. No eran bien vistos en las agencias de alquiler de pisos. María bajó a la calle. "¡Debo protestar!", se dijo con cólera, pero no sabía adónde ir.

La empleada de la tienda que hacía fotocopias, exclamó al ver la nota que María mostraba:

—¡Por Dios!

No debía pagar esa factura, y excitada escribió una carta para protestar por la enormidad de la suma.

—Envíela recomendada y con acuse de recibo a la recepción de la oficina. Vaya a la agencia a protestar y exija que revisen la instalación y el contador. ¡Pero exíjalo a gritos!", le aconsejó la jovencita.

"Gritando", pensó María con escepticismo. Y sonrió casi con ironía. Del correo fue a la agencia de electricidad. La actitud amable de los empleados se transformó en frases despóticas al escuchar que protestaba por el monto de la deuda. Un joven se acercó para mirar las pantallas electrónicas que mostraban cifras que ella no podía ver. Discretamente el joven se acercó a ella y le dijo en voz baja que la cuenta del propietario no marcaba nada.

"Conectó su corriente sobre su contador." Le explicó que el viejo Henry era conocido en la agencia y amigo de un ministro, era riquísimo. "La mejor cosa que usted puede hacer es mudarse", le dijo convencido.

Durante varios días visitó agencias de pisos en alquiler. No encontró nada. Además le exigían "la hoja de pago" de su trabajo y carecía de empleo. Vivía de una pequeña pensión que le enviaba su familia. A fuerza de visitar cuartos inmundos, de tomar el metro y de buscar las calles, la ciudad se transformó en un monstruo obtuso. "¿Llamó usted al inspector?", le preguntó la jovencita de las fotocopias. "Sí, vendrá en unos días." Las tiendas de comestibles le quitaban el apetito con sus hileras de latas de conserva. "No entiendo por qué quieren vivir como los americanos"..., se repetía en el supermercado.

Se cruzó varias veces con el señor Henry, que la miró con sus ojos de cuchillo y le produjo escalofríos. El hombre parecía muy sombrío. "Tal vez sabe que me fui a quejar de la factura", se dijo en la noche, y un insomnio cargado de malos augurios la mantuvo despierta toda la noche. Muy temprano corrió a buscar a Miguel, que a esa hora salía del hotelucho de mala nota donde trabajaba de velador. Tenía muy mala cara.

—¿Sabes?, estoy perdiendo la memoria. Leí que la falta de sueño destruye el cerebro... —María lo miró con pena y en el camino le pidió consejo.

—¿Qué dices? ¿Mil quinientos dólares? Es un robo a mano armada. ¡Lárgate de ese antro!

—¿Sin pagar?

—¡Sin pagar!

Era fácil decirlo, la electricidad pertenecía al Estado. ¿Cómo podía escapar a una deuda de Estado? Tomaron un café en un establecimiento frecuentado por homosexuales y prostitutas. Ya no hablaron. Tanto el uno como la otra habían olvidado todo. Miguel pensó que María era una autómata que había perdido todos sus resortes defensivos, ella pensaba lo mismo de su amigo.

—¡Escucha, tú puedes matar, pero deber un franco, eso no lo puedes hacer! ¡Demonios!

Al volver a su estudio encontró sus papeles en un orden diferente del desorden en que los había dejado. El señor Henry había entrado. Su olor muy personal impregnaba el cuarto.

—¿Qué buscaba ese demonio? —se dijo y recordó que también el demonio había sido abolido, aunque en esos momentos, pegado a los vidrios de su ventana, trataba de ver lo que ella hacía.

El jueves siguiente dos inspectores llegaron muy agitados. Verificaron con gran velocidad la instalación y a coro y en voz alta exclamaron: "¡Todo está correcto!" "¿Correcto? ¡Me roban la electricidad!", gritó ella. El inspector de bigote enorme la amenazó:

—¡Mañana usted recibirá una carta! —y se fueron dando un portazo.

La carta era un aviso: el lunes le cortarían la electricidad. ¡Sin remisión! Le quedaban veinticuatro horas para resolver su problema. Se iría a un hotel. Pero ¿cómo llevarse sus papeles, sus libros y su ropa sin que el señor Henry se diera cuenta? Allí estaba, pegado a los vidrios como una enorme mariposa nocturna. Corrió al mercado a pedir unas cajas de cartón, durante la noche arreglaría todo. Fue a buscar un cuarto de hotel. No encontró nada, los turistas habían tomado todos los cuartos de la ciudad. Al amanecer salió en busca de Miguel y éste aceptó cederle lo que le quedaba de su dinero. Después corrió al banco a retirar hasta el último franco. Actuando con rapidez podría pagar la factura.

—Ya es tarde —le anunciaron dos jóvenes empleados vestidos con camisas a cuadros.

Era inútil protestar en el piso de arriba. "Ya es tarde", le repitieron los trabajadores que se preparaban a irse de fin de semana.

Desolada, vagabundeó por la ciudad, que de pronto le pareció una prisión enorme. Recordó lo que alguien había escrito en la cárcel de su país:

En este lugar maldito
Donde reina la tristeza
No se castiga el delito
Se castiga la pobreza

Una vez en su estudio, la invadió un tierno olor a madreselva, olor que envolvía el recuerdo de su casa. Sobre la acera de enfrente vivía la bella Marta. La veía llegar siempre con ramos de azucena y las flores blancas sobre su traje negro la transformaban en un paisaje lunar, aunque su llegada se produjera al mediodía, cuando el sol giraba glorioso sobre las aceras florecidas de mimosas y magnolias. María y sus hermanas acodadas a la ventana espiaban las idas y venidas de Marta, que se parecía a Narda, la novia del mago Mandrake. Su amante era alto y estacionaba su automóvil en la orilla de la acera y en dos saltos desaparecía. Ahora la inesperada presencia de la casa de Marta, de su amante, y de sus hermanas envueltas en el aroma de la madreselva le produjo el bendito sueño esperado y del que no iba a despertar jamás.

El señor Henry abrió la puerta del estudio, después, con precaución, abrió las llaves del gas de la cocina, tomó el dinero del bolso de María, dejó la factura de la electricidad y salió con sus pantuflas de fieltro. "Suicidio de una extranjera", creyó leer en algún rincón de algún periódico. Volvió a su departamento, recordó que debía quitarse el pequeño bonete y lo colgó con cuidado de una percha. Ahora por fin podía dormir tranquilo, mantendría su palabra: su departamento y el estudio que lo agrandaba no tenía inquilino, el comprador estaría satisfecho con el departamento vacío. El señor Henry era un hombre muy serio en los negocios, pero de eso a que fuera respetado...

Inéditos

Amor y paz

Desde hacía tres años sabía que iba ocurrir algo. Estaba viviendo en el revés del tiempo y veía los hilvanes, los forros y los enresortados de los días. Su vida entera era ahora el revés de su vida. Recordaba que cuando era muy pequeña jugando al escondite se metió debajo de la cama de sus padres y quedó paralizada cuando vio, que por abajo, sólo había resortes y que la madera oscura, que terminaba en unas rosas talladas desaparecía, así como los almohadones y la colcha tejida de hilaza blanca. Así descubrió el revés de las cosas y supo que había dos realidades y con tenacidad examinó las sillas, los roperos, las cortinas persas bordadas de jeroglíficos anaranjados, los gobelinos, las estatuillas, los platos, y siempre había un revés que no coincidía con la belleza aparente de lo que la rodeaba. No le comunicó a nadie su desconcertante descubrimiento, lo guardó como un secreto y siguió investigando. Cuando aprendió a leer, supo también que las palabras tenían un revés y quiso leerlas y decirlas al revés, para encontrar que no significaban lo mismo. En su familia se reían asombrados cuando ella hablaba al revés. Se repetía Roislécxe o Lasrevinu, cuando llegaban los periódicos y no encontraba *Excélsior* o *Universal*. Era desconcertante. Sin embargo debería existir la razón secreta del revés. Con la convicción de esta verdad avanzó por la vida jugando, ya que durante el juego había descubierto esa segunda realidad, para comprobar que en las situaciones y en los personajes existía también el revés de los gobelinos y de las cortinas y de las palabras. También leyó *La Iliada* tomándola desde el fin hacia adelante sin entender su clave, para llegar nuevamente a la palabra Canta. El hecho de que *La Iliada* empezaba con esa palabra hermosa y terminara también con la misma hermosa palabra tomando el libro al revés, la convenció de que la verdadera belleza no era una simple apariencia, sino una incontrovertible realidad, aunque esta fuera inapresable y estuviera cifrada en un lenguaje colocado de cierta manera para facilitar a los mortales la presencia de la belleza. Era un hecho indiscutible, que las personas eran diferentes de espaldas y el hecho de que los ojos estuvieran colocados en el frente no era un simple azar lo desagradable, se llevaba por detrás, de otra manera no podrían vivir el demonio, se colocaba por detrás para ser invisible y engañar a los incautos hasta convencerlos de su inexistencia. Era como los criminales, que siguen a su víctima sin presentarse y la guían hasta el lugar del sacrificio. Con esta certeza contemplaba a las personas y a sus hechos, que nunca coincidían. ¿Por qué Ramírez, aquel hombrecito pequeño, rencoroso y que no usaba calcetines, quería el bien de la Humanidad con mayúscula? ¿Por qué hablaba de justicia y justificaba a ésta con una serie de crímenes injustificables? El momento en que Augusto la llevó a las Juventudes Socialistas, para ayudar a la Humanidad a liberarse del yugo capitalista, quedó en su vida como un presentimiento del horror. No pudo olvidar el patio oscuro que olía a orines, situado en un viejo edificio en la parte antigua de la ciudad. Estaba oscureciendo y en el patio no había sino un "compañero", que orinaba contra un hermoso pilar, construido para un objeto más noble. Entraron a una oficina de duelas astillosas, resecas y sin pulir, en donde habían colocado un escritorio de madera de pino pintada de amarillo y manchada de tinta. Frente al escritorio estaba Ramírez, sentado en una silla que correspondía al escritorio y con los pies colocados sobre éste. Junto a él, estaba "La Estufita", que con la boca entreabierta se dejaba manosear. Ella no dijo nada, contempló a la pareja y guardó silencio, mientras Ramírez, La Estufita y otros dos compañeros discutían con Augusto, en un lenguaje, que a ella le pareció grotesco, y amenazador. Del techo alto de la habitación desnuda y de paredes manchadas, colgaba un foco sucio que daba una luz sucia al grupo y hacía que las palabras y amenazas proferidas por aquellos cuantos personajes se convirtieran en armas dirigidas contra el sol que acababa de ocultarse. Hablaban sin pudor del asesinato en masa de la burguesía. Ella no comprendió que pudiera planearse el crimen, escupiendo por el colmillo y utilizando palabras, como libertad. Ramírez le tendió una revista: *UURRSS en Construcción.* En la portada aparecía una joven rubia y sonriente, con un pañuelo atado sobre la cabeza, que se asomaba entre ramas florecidas de manzano.

—La felicidad del pueblo, compañera —le dijo mirándola con sus ojillos negros de rata ávida de desperdicios, y que era el revés de aquella joven sonriendo entre las flores.

Desde ese instante supo, que el revés de la revolución era la cara de Ramírez y que la cara de la joven del pañuelo era sólo la apariencia. Si la revolución terminaba en el rostro de Ramírez, no podía terminar con el de la joven de las ramas de manzano. El hombrecito le dio miedo, pues supo que al final volverían a aparecer sus ojillos sedientos y afiebrados saliendo de una atarjea vomitando sangre. Acababa de contemplar el revés de la Revolución. Quiso explicárselo a Augusto, pero éste no le creyó, la miró como si estuviera loca: "Estás enajenada por el espíritu de la posesión. Eres una pequeña burguesa", sentenció cuando remontaban la calle vieja por la que caminaban gentes como ella, aunque todavía desconocían el secreto: la determinación de aquel pequeño grupo oscuro que orinaban sobre los pilares de exterminarlos. Ese oscurecer primero pasado por primera vez con los "compañeros" la dejó preocupada. Supo que Ramírez y La Estufa, que era la hija del secretario del Partido se dedicaron a vivir juntos un tiempo y luego León otro compañero, intercambió con Ramírez a su compañera, una yucateca, por La Estufa, sin que nada ocurriera. La proveyeron de folletos sobre el aborto y el amor libre y ambas cosas le parecieron inútiles y contradictorias. El amor era el único acto libre del hombre y si existía el amor, ¿por qué la decisión del aborto? La tenacidad para repetir incansablemente las mismas palabras obtusas y las mismas "verdades racionales para demostrarle que el capitalismo estaba condenado a muerte" sólo la convencieron de la necesidad vital de aquel pequeño grupo de asesinos, para tomar el poder y exterminar a la humanidad. No cabía duda de que miraba el revés del amor, de la justicia y de la libertad y que poco a poco aquel pequeño grupo lograba volver al revés al orden y a la disciplina. Para ellos la disciplina era la capacidad de hacer lo que les viniera en gana siempre que contestaran de palabra los interrogatorios de los miembros del Partido y con hechos las necesidades del Partido para desordenar el orden común y aceptado por todos. Después, el pequeño grupo podía juntarse, abortar, asesinar, injuriar, calumniar, volver al revés los hechos y los objetos, eran en verdad el revés del amor y la paz: el odio y la agresión gratuitas. Apenas un "compañero" se desviaba de esta conducta, era exterminado. Por el contrario, si aceptaba el desorden y el crimen, se le recompensaba con publicidad escandalosa y con dinero. El Deshonor, se había convertido en gloria y el crimen en acto heroico. Vio, cómo poco a poco, las vitrinas de las librerías se fueron llenando de pasquines soeces en donde se aconsejaba, la droga, la homosexualidad y el crimen, mientras desaparecían *La Iliada*, *La tragedia griega* y los Clásicos. Parvadas de seres al revés circularon por la ciudad, llenándola de injurias y amenazas y la ciudad se convirtió en un peligro. También vio salir del patio oloroso a orines a La Estufa, a Ramírez, a León, a Rodolfo, a José, para convertirse en burgueses poderosos, encargados de liquidar a la burguesía. Se mudaron a los barrios elegantes y se trasladaban a sus reuniones en automóviles guiados por choferes.

—Hay un movimiento muy interesante que acaba de surgir en San Francisco: el de los niños flor. Parece que los jóvenes están dispuestos a cambiar el orden de la violencia burguesa por el de paz y amor. Muy interesante en verdad.

Aseguró Mario, con la piel enrojecida por el vino rosado con el que ella había rociado su mesa burguesa e impecable. Ella, Remedios lo miró asombrada y así empezó todo: lo miró masticar complacido el asado de ternera y luego lo vio irse en su Jaguar. Mario era un revolucionario que dirigía el terror en Guatemala, a salvo en la Ciudad de México. Volvió a su salón y contempló incrédula las rosas colocadas en la mesa, "¿Todavía hay rosas?" se dijo asombrada y recordó a los "niños flor" que Mario acababa de mostrarle en las fotografías, cubiertos de pelos y de mugre y que no eran sino el revés de alguien que pudo ser humano y a quien ahora llamaban flor. Imaginó su casa vuelta al revés: con las camas y las sillas volteadas y las cortinas mostrando el forro y a los pocos días, eso que ella vio se convirtió en realidad: una noche al volver la halló en ese estado. ¿Quién lo había hecho? El mozo, un indígena oaxaqueño, la miró sudando desde su estatura enana:

—Vinieron... vinieron unos putos...

Después calló y la miró con los mismos ojos de Ramírez. Remedios trató de guardar la calma:

—¿Quiénes eran?

El enano sonrió, movió los brazos cortos, como pequeñas aspas de molino y volvió a mirarla con los ojos de Ramírez:

—Quién sabe... yo creo que lo soñé... —le contestó eludiendo su pregunta.

Remedios miró los muebles volteados y las patas de las sillas rotas. Hasta ella llegó la voz del enano:

—Van a volver... —dijo.

—¿Quiénes? —repitió Remedios.

—Quién sabe... esos que soñé —respondió el oaxaqueño.

Era mejor avisar a la policía y Remedios se dirigió a la cocina en donde había una extensión telefónica.

—Sólo hay una guardia y no podemos acudir —le contestó la voz de un hombre que de inmediato cortó la comunicación. José, el enano, la miró divertido, mientras ella fumó un cigarrillo tratando de no mostrar el pavor que la fue invadiendo y que hacía que el cigarrillo temblara entre sus dedos. Estaba calculando que no tenía salida, su casa estaba aislada, en un lugar cercano al Bosque de Chapultepec y el pequeño jardín trasero de bardas bajas daba justamente a los árboles que marcaban el lindero del bosque. Las grandes ventanas de cristal, no ofrecían ninguna protección y la puerta de entrada carecía de cerrojos. La policía estaba de guardia en sus oficinas y ella no tenía ni una pistola, sólo la compañía de aquel oscuro enano, que la contemplaba sudando. Vio cómo las gotas de sudor, corrían por su frente saliendo del espeso cabello negro empapado y grasiento. "Me van a matar" se dijo, mirando la ventana de la cocina cubierta por cortinillas almidonadas de tela de vichy, de cuadros blancos y amarillos. Su vida no pudo desfilar ante sus ojos. No era verdad eso de que en los momentos supremos la vida desfila como una película y a una velocidad inconcebible. Al contrario, su vida se estacionó en ese instante sin salida pegada a las cortinas de la cocina, como si ese fuera el último punto real que existiera.

Lago Mayor

Tuvo la certeza que al final de esa noche iba a saber. Cuando el automóvil entró en la carretera que bordeaba el Lago, sintió que acababa de cruzar una frontera, un límite invisible que le permitía verse como a un personaje extraño a ella misma. El mundo se volvió irreal como una película. Sintió alivio al saber que cuando esa noche terminara, aparecería la palabra fin. Llovía como en las películas. Era el otoño y la humedad que se levantaba del Lago la hacía tiritar de frio. En la oscuridad las playas vacías se alejaban hasta confundirse con el agua sombría de olas aún más sombrías. Apenas distinguía sus perfiles movedizos barridos por la lluvia. Las colinas y la interminable fila de hoteles apagados, pasaban de izquierda a derecha, según fueran los recodos del camino. La temporada había terminado. En la carretera no había nadie. Las terrazas vacías eran una interminable colección de cráneos inmóviles. Ya todo era el pasado. El mañana era tan insólito como el de un agonizante que sabe que no verá la luz del día. Detrás de ella se alzaba su vida extraña e impenetrable. La había vivido sin saber por qué. Tampoco sabía por qué iba a aquella hora corriendo a la orilla del Lago Mayor. Nadie podía darle la respuesta. Decir el destino le pareció una banalidad. Sin embargo, cada paso, cada vuelta de camino, cada minuto de su vida, la había llevado a ese momento en el que corría en ese automóvil desbocado, a la orilla del Lago Mayor. Corría en un tiempo imprevisto y lo que sucediera a partir de esos instantes no era su tiempo, ni era su vida, por eso tuvo la seguridad de asistir a la proyección de una película. Miró a Andrés, su perfil estaba fijo sobre la carretera: no le quedaba ni una palabra. El automóvil lo apaciguaba, era su manera tranquila de ser. En cuanto bajaba a tierra sus silencios se volvían peligrosos y los ojos se le quedaban vacíos. Cogía su maleta, y resignado a su cólera, se recogía en el cuarto que le tocaba en suerte. Al otro día llamaba al cuarto de ella a cualquier hora.

—Chiquita, ¿todavía no estás lista?... te espero abajo.

En su maleta, ya no quedaba ropa. Buscaba algo que ponerse, se miraba al espejo y encontraba una cara cada vez más extraña.

Casi no se reconocía en los ojos asustados y las mechas desordenadas que la miraban desde la profundidad mortuoria del azogue.

—Bajo enseguida, perdona...

A veces la fatiga la hacía llorar, mientras revisaba la maleta. A la mitad de las lágrimas el teléfono sonaba.

—Hace mucho que espero.

Tiritando de cansancio entraba a las tinas que le parecían una sola tina, con miedo de ahogarse en su agua sucia. A veces los baños eran blancos, a veces verdes o amarillos, algunas eran negros, pero todos eran inhóspitos. A fuerza de jabón y ausencia de cremas la piel rubia se le secaba como un papel mojado y luego puesto al sol.

—¡Mira, ahí hay una perfumería!

—En el próximo pueblo.

—¿Por qué dices que no a todo lo que pido?

Andrés aceleraba la marcha del automóvil y se recogía en un silencio más atroz. A veces levantaba el puño, como si fuera a abofetearla. En los comedores de los hoteles elegantes, los camareros la miraban como a un objeto fuera de lugar. Junto a la nitidez de los manteles, la belleza de las rosas, y la magnificencia de los candelabros, su traje arrugado y sus mechas en desorden, resultaban extravagantes. Andrés la miraba sonriente, le pasaba los menús y contemplaba a los comensales elegantes y frívolos.

—Te ves muy graciosa, pareces un vaguito...

Sus trajes impecables, sus corbatas escogidas, sus camisas hechas a la medida, lo aseguraban contra las miradas de los camareros: respiraba riqueza. A ella se le caían los cubiertos de la mano o derramaba el vino sobre el mantel: le temblaban las manos. Andrés se inclinaba curioso, la observaba y se echaba a reír con carcajadas bajas y rotas.

—¿De qué te ríes?

—No sé, no sé, te ves tan graciosa.

Era mejor callar. La menor palabra podía provocar una escena que terminaría en la palabra puta. La última vez había sucedido en el comedor dorado de Venecia.

—¡Puta!

Andrés se levantó con precipitación de la mesa, arrojó sobre el mantel lo suficiente para pagar la cuenta y salió a la calle con dignidad. Ella impasible, fijó los ojos en el *filet de sole*. "Humillación inesperada", se repitió mientras masticaba la carne incolora del pescado. Sintió que el *Maitre d'Hotel* se acercaba a ella, lo miró y el hombre se detuvo a observarla desde una cortina de damasco rojo.

Los demás comensales dejaron de mirarla: estaban incómodos. La llamaron de la Administración.

—Hemos dado su cuarto señorita, a las cuatro entra el nuevo huésped.

Hacía muchos años que nadie la llamaba señorita. Su pasaporte decía casada. La cara del hombre y la palabra señorita eran irrevocables. Recogió su ropa y miró el Gran Canal. Mujeres impávidas, vestidas de muselinas claras se deslizaban en las góndolas negras. Había grupos de turistas amontonados en los vaporetos. Los motoscafos llevaban casi por el aire a los dueños de los palacios. Sus banderolas cruzaban la tarde como plumas veloces. En otros tiempos había cenado en algunos de esos palacios y las mujeres de las góndolas habían sido sus amigas. Ahora no reconocía a nadie y nadie la reconocía. Al principio se comentó su fuga con el hermoso Andrés, más tarde otras fugas borraron a la suya y ella se perdió en el anonimato. Andrés la escondía, y se le perdía durante días enteros. Tenía la sensación de que él frecuentaba todavía a algunos amigos. Ella esperaba aterrada en su cuarto de hotel.

—¿Dónde fuiste Andrés?

Andrés la miraba iracundo, gritaba, y hacía señas soeces. Durante muchos días no le dirigía la palabra y a veces, ni siquiera lo veía. Ignoraba si continuaba en el hotel, encerrada en su cuarto esperaba su reaparición. "¿Con qué pagaré la cuenta?". Comía y cenaba en su habitación, sin atreverse a preguntarles a los camareros si el señor Bernal continuaba viviendo en el hotel. Los camareros la servían sin verla, como si les diera vergüenza su situación. Ella guardaba silencio. Trataba de mirar por la ventana mientras los criados preparaban la mesa o limpiaban la habitación. "¿Qué haré, a dónde iré?", se repetía como un reloj que da la hora. Los canales negros y rosa de Venecia, los canales blancos y azules de Estokolmo, los relojes de Berna, el Lago de Ginebra, las calles de París, las Plazas de Roma, eran siempre la misma pregunta: "¿Qué haré? ¿Con qué voy a pagar la cuenta?". Se despertaba en camas anchas y en camas estrechas, en verano y en invierno, sola preguntándose siempre: "¿Qué haré? ¿Con qué voy a pagar la cuenta?". Y mientras tanto qué hacía Andrés? No lo sabía. Ni sabía para que había inventado aquel amor impetuoso y provocado aquel escándalo. Había gritado: ¡Amo a Blanca! Y luego había comenzado la carrera por todos los hoteles de Europa. Había un error. El gran amor de Andrés era un error. Y mientras Blanca se descubría ese error, la sucesión de hoteles, carreteras y ciudades, continuaba. Prolongaba sus misteriosas ausencias y cuando Blanca empezaba a sentir que la rondaba la locura cristalizada en la pregunta: "¿Qué haré? ¿Con qué voy a pagar la cuenta?" aparecía Andrés Bernal en su habitación. Se dejaba caer en un sillón y establecía un silencio. Ella lo miraba, incorporada en su cama, no sabía si con alivio o cada vez con más temor.

—Chiquita tú no sabes nada del asco... la vida es un asco... un asco...

Llegaba pálido y se quejaba de dolores en la nuca. La miraba con tristeza y hablaba interrumpiéndose. Empezaba un relato y lo olvidaba. En catorce meses de vida en común, Blanca no había logrado tener una imagen de su vida, ni pasada, ni presente, era como si olvidara lo sucedido y sólo le quedaran frases sueltas, comentarios amargos, y un gran miedo: por qué los hombres eran malvados. Mentira que hubiera actos o personas desinteresadas. Todos corrían detrás de objetivos mezquinos y precisos. Blanca negaba con la cabeza y Andrés guardaba silencio.

—¿Vamos al cine?

En el cine la besaba con desesperación. El cine era el único espectáculo al que asistían, a veces iban hasta tres veces en un día. Al salir del cine se refugiaba en el cuarto de Blanca y se quedaba diciendo frases y haciendo silencios hasta el amanecer.

—Tú no crees en los vicios, te aseguro que el medio del cine es de homosexuales y lesbianas.

—¡Estás loco!

Para convencerla le relataba el crimen de un actor que ella no conocía, uno que había asesinado a una jovencita, introduciéndole una botella. Blanca se reía de sus comentarios disparatados.

—No lo entiendes chiquita, porque tú tienes un cuerpecito inteligente. Y los cuerpos inteligentes no entienden a los cuerpos viciosos. Ya vez para lo que sirve la inteligencia.

Y la miraba con tristeza. Blanca tenía la impresión de que le hablaba de cualquier cosa para evitar irse a dormir, y por eso a medida que la noche avanzaba, él avanzaba en sus conversaciones sexuales hasta hacerlas cada vez más exageradas, para despertar en ella el interés y espantarle el sueño que la vencía. Al amanecer se retiraba a su cuarto. Amanecía marchito y deprimido, después del baño y del café surgía el hermoso Andrés: impecable, observando a las mujeres en los bares elegantes. Dormía muy poco y en cualquier minuto había que estar preparada para irse. Blanca tenía la sensación de haber salido del mundo real, para viajar continuamente en la dimensión de las pesadillas. Todo se había vuelto inalcanzable: Andrés, las ciudades, los amigos, la familia, los trajes, su casa.

Recordaba el orden avellana de sus cortinas y los canapés de su casa como un paraíso del cual ella se había escapado sin sentirlo y ahora por más esfuerzos que hiciera, no lo penetraría nunca más. Una cortina de vidrio la separaba de lo real y la empujaba a seguir en la carrera de la pesadilla. Andrés era el enviado de la nada. Su rostro enigmático no le daba ninguna respuesta. Impávido contemplaba su desasosiego y su ruina visible. A veces pasaban frente a los salones de belleza y las mujeres que salían de allí con sus peinados y sus uñas impecables la llamaba al orden irrecuperable.

—Quiero ir a peinarme.

—¿Para qué? Las mujeres son despreciables. Tú eres como todas, no piensan sino en componerse para atrapar macho.

—¡Cuántas estupideces dices! ¿Y tú porqué vas al peluquero?

—Es distinto, por higiene.

Una mañana entró a su cuarto y le robó dinero de su mesita de noche. Tenían que comer con una mujer vieja que Andrés había encontrado en un café y con la cual había establecido una amistad extravagante. Salió de puntillas, oyendo correr el agua de la ducha, segura de que Andrés no la había visto, y se fue al peinador. Se sintió segura con un peinado de moda. Andrés la observó con malignidad. Comieron en una terraza junto al mar. Blanca olvidó la recomendación extraña de Andrés cuando iban al encuentro de la señora Dupuy.

—Le dije que eras mi secretaria, lo hice por ti, no lo olvides.

La señora Dupuy la miró con benevolencia. Era vieja y procuraba tener hermosas maneras: levantaba la cabeza para mirar y luego se limpiaba los dientes con las uñas. Blanca no sabía quién era, ni qué quería. Tuvo la impresión de que aquella mujer tenía algún poder sobre Andrés. Pero con Andrés todo era extravagante. ¿Por qué no frecuentaba a nadie y por qué de pronto invitaba a desconocidos y desconocidas dudosas? Se salía de su clase casi con un placer perverso y Blanca tenía la impresión de que lo hacía para humillarla, como si se empeñara en mezclarla con gentuza, con un propósito de acostumbrarla.

"A ti solo te gusta el hampa", le dijo una noche, Andrés guardó silencio y después de un rato contestó: "Contigo, solo al hampa puedo frecuentar". Ante su asombro agregó con frialdad. "No chiquita, no eres lo que crees. No somos lo que fuimos, sino lo que somos". Blanca se soltó llorando. "Así es la sociedad", agregó con frialdad. Ese medio día en la terraza junto al mar, Blanca observaba a la señora Dupuy sin saber dónde colocarla, llevada por la curiosidad quiso hacerle una pregunta y Andrés la interrumpió con violencia.

—¿Qué le parecería Madame Dupuy si alguien que trabajara para usted entrara a su cuarto y le robara dinero?

Madame Dupuy se echó a reír. Blanca enrojeció y le pareció que en esos momentos Andrés obedecía a un demonio.

—¿Y con lo que roba se va al peluquero y luego se le presenta muy peinada? —agregó impávido.

Esa fue la única vez que ella fue al peluquero en los quince meses que vivió con Andrés Bernal y desde ese día su vida se volvió más infame. Nunca le perdonaría esa afrenta y sin embargo seguía en la carrera desenfrenada de Andrés Bernal. No podía escapar. Y su amante necesitaba degradar y ella era su blanco. En cada pueblo lo esperaban cartas de su madre.

—Me escribe porque cree que viajo solo. Mi madre no acepta a las mujeres como tú.

Ya no sentía cólera, se dejaba insultar poseída por un odio desconocido, que la dejaba atónita, incapaz de moverse o de decir una palabra. ¿Por qué no se iba Andrés? ¿Qué buscaba en ella? Sentada en las terrazas elegantes, bebía café para mantenerse despierta. Estaba cansada y podía quedarse dormida en cualquier sitio. Sus cabellos revueltos y su traje arrugado le eran indiferentes. Los espejos de los bares y de los cines, le devolvían unos ojos asustados y una piel tirante. Así iba ahora a la orilla del Lago Mayor, pero no era ella la que viajaba junto a Andrés. Ella estaba en un punto del espacio mirando el perfil de Andrés que avanzaba alerta a un peligro próximo. Algo se conjuraba esa noche. Algo extraño que anunciaba la llegada al centro de la pesadilla. Los hoteles enormes y apagados se sucedían unos a otros con sus balaustradas y sus columnas batidas por la lluvia. Los cipreses estaban altos y negros presenciando el paso de la pareja.

Andrés la miraba de reojo de cuando en cuando. ¿Por qué no se detiene frente a ningún hotel? Blanca se calló la pregunta. El Lago enorme y negro se confundía con la noche y con la lluvia.

—Ya terminó la temporada, va a ser difícil encontrar cuarto.

Blanca habló casi para sí misma, quería romper el silencio peligroso que surgía de la oscuridad húmeda que la rodeaba. Andrés no contestó, parecía dirigirse a un lugar preciso, como si alguien desde lo oscuro lo guiara con firmeza. Blanca sintió miedo. Había vivido con él y apenas lo conocía, no sabía cuáles eran sus motivos, ni por qué la torturaba. Pensó que estaba loco. Vivía con él fuera del mundo real en una región solitaria, en donde nada tenía sentido, y en donde las palabras no correspondían a las situaciones, ni éstas a las actitudes. ¿Era eso el amor para Andrés?:

¿La degradación continua del ser amado? Ni siquiera era la destrucción; si hubiera decidido matarla lo hubiera entendido. Nunca habían dormido juntos y cuando la besaba, se asía a ella con desesperación.

—Te adoro, te adoro...

Repetía Andrés Bernal con la voz cortada por los sollozos.

—¿Estás llorando?

Blanca extendía la mano para enjugarle las lágrimas. Al principio los llantos de aquel hombre alto, fuerte, deseado por las mujeres, la conmovían. Ahora la fatiga le impedía el gesto. Además tenía la impresión de que Andrés empleaba las lágrimas a voluntad, y las producía siempre que ella estaba a punto de tomar una decisión suicida.

—Tengo ganas de matarme...

—¿De matarte?... sí, hay veces en que no queda otra solución...

Blanca escuchó con atención, miró el cuarto del hotel y trató de recordar en dónde se encontraba ese cuarto húmedo y pegajoso. Debía ser en verano pues por la ventana abierta entraba el ruido de los automóviles, los gritos de los pasantes y un calor maloliente. Estaban en Milán.

—No me diga la señora de mis sueños que piensa suicidarse...

Blanca se volvió a mirar a Andrés. Sobre la blancura de la almohada distinguió sus cabellos negros y su perfil hermoso de seductor sudamericano. Había apoyado la cabeza sobre los brazos, mostraba el torso desnudo, y de sus lágrimas impetuosas ya no quedaba nada.

—¿Suicidarme?...

Andrés no contestó, se perdió en los ruidos que venían de la noche. ¿En qué pensaba tendido, aislado, lejos de la habitación, hundido en un tiempo impenetrable y extraño? Blanca tuvo miedo, como ahora junto a él, corriendo a la orilla del Lago Mayor. En la cara de Andrés sobre la almohada apareció un gesto de los bajos fondos como si un Andrés soez y desconocido se hubiera posesionado de él, tan correcto, tan admirado de las mujeres, tan seductor. Blanca se volvió a mirarlo mientras conducía el automóvil, temiendo encontrar aquella cara desconocida del hotel de Milán. Él nunca era indiferente a ser mirado, inclinó un poco la cabeza y sonrió. Blanca vio su nariz recta y luego se volvió a mirar a los cipreses que desfilaban como sombras frente a los hoteles apagados. Continuaba lloviendo. Se sintió sola, sin pasado y con el futuro abolido. Los hoteles empezaron a escasear: se separaban, dejaban claros negros en las colinas. ¿Cuántos cientos de cuartos vacíos habían pasado? Pensó que ya había dormido en todos ellos y que en cada uno había perdido una parte de ella misma, que al siguiente día olvidaba. Los días junto al hombre que llevaba el volante eran siempre el mismo día. Lo miró: seguía en la misma actitud, de cuando en cuando se inclinaba sobre el parabrisas, para ver mejor la lluvia, parecía emocionado. Pasaron frente a un hotel como los anteriores: blanco, de construcción reciente. Estaba situado lejos de la carretera, en la profundidad de un jardín de arbustos recortados. Algo en la inmovilidad del edificio llamó la atención de Blanca: el edificio existía más que los anteriores, les hacía señas. Andrés pasó de largo. Al cabo de unos minutos detuvo el automóvil y luego le metió reversa. Avanzó reculando hasta el frente del hotel. Detuvo el coche con decisión.

—Ve a ver si hay cuartos —le ordenó como de costumbre, mientras él se recargó sobre el volante y miró atento el hotel elegido. Para Blanca era penoso bajar del automóvil y entrar a los hoteles. Sus sandalias usadas y su traje amarillo de verano, le producían vergüenza. Trataba de no fijar la mirada en ninguna parte cuando cruzaba los vestíbulos iluminados. Siempre que le concedían habitación se desconcertaba: estaba segura de que la rechazarían. En general los empleados la miraban con una curiosidad alegre.

—Dos cuartos con baño.

—¿Comunicantes?

—No. Separados.

No recordaba quién había decidido pedir cuartos separados, tal vez de común acuerdo, para que ella no se pusiera en evidencia delante de los hoteleros. Pero su separación los volvía más vulnerables a las miradas de los empleados. Ella tenía la sensación de que les inspiraba lástima y cuando Andrés entraba a su habitación pálido y desmejorado, estaba segura de que había salido con mujeres o las había llevado a su cuarto.

Bajó del automóvil y cruzó el jardín oscuro y silencioso. La lluvia arreciaba y no llevaba impermeable, con la cara y el traje mojados, llegó frente a la puerta de cristal. Un vestíbulo amplísimo, amueblado con sillones de colores vivos, yacía quieto detrás de los vidrios de los ventanales y la puerta. Entró y se encontró dentro del vestíbulo silencioso y abandonado. Guiada por la luz de la terraza buscó la recepción: no había nadie. El hotel respiraba silencio.

—¿No hay nadie? —gritó.

Su voz sonó extraña en el vestíbulo del hotel vacío. Se asustó de sus palabras que rebotaron contra los muros de mármol y luego vibraron inútiles sobre los pisos.

—¿No hay nadie?

Gritó con más fuerza y empezó a dar de palmadas que resonaron rápidas y huecas. Nadie acudió a su llamado. Era absurdo pensar que el hotel estuviera clausurado y con la puerta abierta. Siguió llamando a voces:

—¿No hay nadie?... ¿No hay nadie?...

De pronto calló, ¿y si Andrés hubiera hecho ese viaje extraño para abandonarla en ese hotel abandonado? Buscó, a través de los vidrios de los ventanales empañados por la lluvia, la carretera y la mancha amarilla del automóvil de Andrés: allí estaba, con los faros apagados, esperando. Una luz blanca iluminó de golpe el vestíbulo del hotel y una voz de hombre surgió sin ruido a sus espaldas.

—¿Busca algo?

Se volvió estremecida: un hombre vestido de negro sonreía suntuoso.

—Dos cuartos con baño.

—¿Comunicantes?

—No, separados... solo para una noche...

El hombre pasó detrás del mostrador de la Recepción y sin una palabra tendió las fichas para la policía. La miraba con fijeza, sus ojos oscuros, se volvían más oscuros con las sombras del pelo negro, y el traje negro. Blanca miró las manos del desconocido, largas, con dedos finos que contrastaban con el dedo pulgar grueso y redondo como un mallete. Buscó turbada su pasaporte en el desorden de su bolso. La mirada imperturbable del desconocido la impedía encontrarlo: tenía las pupilas dilatadas y fijas como si quisiera hipnotizarla. Se le cayeron unos papeles de la bolsa, se inclinó a recogerlos y salió corriendo a buscar a Andrés. El hombre continuó inmóvil detrás del mostrador. Blanca llegó corriendo hasta el automóvil.

—Podemos buscar otro hotel... hay un hombre horrible.

A lo lejos, detrás de los vidrios de la puerta de entrada, el hombre los miraba. Andrés la miró con indiferencia y por toda respuesta encendió el motor del automóvil, para conducirlo a lugar seguro. Había decidido pasar la noche allí. Blanca volvió al hotel. El hombre tomó un paraguas y salió al jardín. Blanca lo vio dirigirse al automóvil y cansada se dejó caer en un sillón de cuero rojo. Esperó un rato. El vestíbulo era amplio y de forma irregular; un bar fabricado de bambú aparecía envejecido en una esquina. A un lado del bar, un jardincillo de plantas de sombra crecía carnoso al amparo de la luz blanca del neón. El jardín estaba quieto y tenía la tristeza sórdida, casi indecente de los jardines interiores de los edificios modernos.

Todo el hotel vivía alrededor de aquellas hojas gruesas y malolientes. Los pisos de linóleo, los muros de colores brillantes, el bar, los ventanales, recuperaban, al contacto del jardincillo la verdad pornográfica de las construcciones modernas, hechas con materiales groseros y chillones. Blanca sintió nauseas. Se volvió a mirar a la noche y a la lluvia que seguía cayendo. El empleado del hotel y Andrés avanzaban debajo de un enorme paraguas negro. Le pareció que al cruzar la puerta interrumpieron una confidencia, pues entraron graves, como si fueran más extraños el uno al otro, de lo que ya eran. La miraron con fijeza. Blanca se dirigió a Andrés y el hombre fue detrás del mostrador de la Recepción y les tendió las llaves.

—Yo haré las fichas, dejen aquí sus pasaportes.

Blanca tendió el suyo y Andrés la detuvo con un gesto.

—Vamos a llenarlas ahora.

Dijo Andrés mirando vivamente al empleado, éste sostuvo imperturbable la mirada y les tendió las hojas sin agregar una palabra.

Andrés escribió la suya y miró con atención la de su amante.

—¿Cuál es el número de los cuartos?

—El mío es el diecisiete —contestó Blanca mirando la placa de metal que pendía de su llave.

—El suyo es el veintiuno —dijo el hombre de negro y le entregó una llave igual a la de Blanca.

Andrés se inclinó sobre la ficha y escribió en ella el número de su cuarto. Blanca lo imitó. El hombre recogió las boletas y las colocó en el escritorio, salió de detrás del mostrador y cogió las maletas. Escondido por unas columnas cuadradas estaba el ascensor. Subieron en silencio y salieron a un pasillo largo y estrecho, con ventanas al Lago y enfrente a ellas las puertas de los cuartos. El linóleo rojo del piso, apagaba los pasos. El número diecisiete era la tercera puerta. El hombre se detuvo frente a ella, la abrió y los dejó pasar. El cuarto era un cuarto más de hotel: dos camas gemelas formaban una sola cama enorme, una puerta negra comunicaba con un baño intacto.

—Esa es mi maleta —señaló Blanca.

El hombre la colocó sobre el mueble que servía de maletero.

—Vamos a la otra habitación —pidió Andrés.

Salieron los tres al pasillo. Cuatro puertas más adelante, estaba el número veintiuno. La habitación era exacta a la otra. Andrés la contempló abstraído, mientras el hombre colocaba su maleta. Luego el empleado los miró de arriba abajo y permaneció quieto, esperando la propina. Andrés lo miró a los ojos y se volvió a Blanca.

—¿Quieres un café, chiquita?

Blanca iba a rehusar, pero la amabilidad de su amante la conmovió, sabía su debilidad por el café.

—¿Es posible?

—Lo subo en diez minutos —contestó el empleado, sonriente.

—No, no. Nosotros bajamos a tomarlo —declaró Andrés con una voz que a Blanca le resultó extraña.

El hombre hizo una reverencia y salió sin ruido. Andrés se dejó caer sobre la cama, se aflojó la corbata y miró a Blanca.

—¡Ven! —suspiró.

La mujer se acercó y él empezó a acariciarle las piernas y las caderas; estaba concentrado y pálido, reconociendo el cuerpo conocido de su amante. De pronto interrumpió brusco las caricias, abrió los ojos y se levantó de un salto.

—¡Vamos! Nos debe estar esperando.

Blanca aceptó sin protestar, salieron juntos al pasillo y tomaron el elevador. Al llegar al vestíbulo lo encontraron apagado, sólo una luz verdosa salía del bar de bambú. Allí estaba el hombre esperándolos.

Andrés se sentó frente a él y lo miró con ojos fijos. Con mano segura el empleado preparó el café, les tendió las tazas y sin un ruido desapareció. Andrés lo buscó con la mirada, pero él parecía haberse esfumado definitivamente. Bebieron el café absurdo y volvieron a sus habitaciones. Afuera continuaba la lluvia. Por las ventanas del pasillo miraron el Lago negro y móvil. Blanca entró a su cuarto y Andrés la siguió.

Esta obra se terminó de imprimir
en el mes de febrero de 2025,
en los talleres de Diversidad Gráfica S.A. de C.V.
Ciudad de México